庆祝中国共产党成立 100 周年

中共南京市溧水区委党史工作办公室

溧水奔流

刘志庆 ◎ 著

中国言实出版社

图书在版编目（CIP）数据

溧水奔流 / 刘志庆著. — 北京 : 中国言实出版社,
2021.7

ISBN 978-7-5171-3804-4

Ⅰ.①溧… Ⅱ.①刘… Ⅲ.①报告文学 – 中国 – 当代
Ⅳ.①I25

中国版本图书馆CIP数据核字（2021）第143077号

溧水奔流

总 监 制：朱艳华
责任编辑：王蕙子
责任校对：李　岩

出版发行：中国言实出版社
　　　地　　址：北京市朝阳区北苑路 180 号加利大厦 5 号楼 105 室
　　　邮　　编：100101
　　　编辑部：北京市海淀区花园路 6 号院 B 座 6 层
　　　邮　　编：100088
　　　电　　话：64924853（总编室）　64924716（发行部）
　　　网　　址：www.zgyscbs.cn　E-mail：zgyscbs@263.net

经　　销：新华书店
印　　刷：涞水建良印刷有限公司
版　　次：2021 年 10 月第 1 版　　2021 年 10 月第 1 次印刷
规　　格：787 毫米 ×1092 毫米　1/16　30 印张
字　　数：655 千字

定　　价：78.00 元
书　　号：ISBN 978-7-5171-3804-4

序

I

　　红色溧水，处在新四军东进抗日的关键节点，是苏南敌后抗日根据地的重要核心地区和组成部分，在江苏党史和新四军抗战历史上具有十分突出的重要地位。

　　近年来，中共溧水区委、区政府十分注重溧水红色资源的挖掘利用，投入许多人力物力，打造红色李巷，兴建新四军历史陈列馆，摄制大型文献纪录片《抗战中的红色溧水》，出版长篇乡土文学作品《南京南》，等等。现在，溧水党史工作办公室又推出了长篇纪实文学作品《溧水奔流》。这是全省党史、新四军历史领域一件很值得庆贺的盛事和喜事，令人由衷地为溧水在这么短的时间内，接连涌现出如此大手笔的重量级优秀精品力作而喝彩，而为之点赞、为之感佩。

　　《溧水奔流》是作者刘志庆在溧水党史办的大力支持下创作的一部气势磅礴的长篇纪实文学作品，他是一名大学教师，教书之余，把大量的精力用于地方党史和新四军历史的研究，写了数量可观的学术论文和纪实文学作品。全书39章，全景式地勾勒了全面抗战时期中国共产党领导新四军及溧水人民建立敌后根据地，与日伪顽英勇斗争直至赢得最后胜利的宏大历史场景，真实记载了许许多多革命前辈的感人事迹，用形象生动的语言，为广大读者详细记载了溧水的光荣革命历史。本书总体上可谓大事不虚，虚实结合。即大的历史事件、人物、时间、地点都是真实的，但作为纪实文学作品，文字上又有许多加工、提炼的艺术创作成分，是一部历史真实与艺术真实相结合的成功之作。

　　在全国深入开展党史学习教育活动的大背景下，《溧水奔流》这部红色题材的纪实文学力作得以推出，确实是恰逢其时。这是溧水党史部门为广大干部群众和青年及时送上的一本精美的红色党史读物，相信每一位读者一定能从身边的党史、国史阅读学习中，切实获得"学史明理、学史增信、学史崇德、学史力行"的感悟，从一份丰盛的精神大餐中获得愉悦美好的享受。

衷心祝贺本书的公开出版，相信本书能受到读者欢迎。

中国新四军和华中抗日根据地研究会学术委员会主任

2021 年 5 月 22 日

《溧水奔流》即将出版，作者托我写篇序，我欣然答应。

此书是作者继《血战塘马》《风云塘马》《罗忠毅传》《廖海涛传》《芝山烽火》后的又一叙写抗战历史的军事文学力作，我恭贺作者写出了这么多的优秀作品。

军事文学是文学中很重要的类别，在文学史上有很重要的地位，古今中外军事文学的影响力非常巨大，在外国无论是远古时期的《奥德赛》《伊利亚特》，还是近现代的《战争与和平》《永别了，武器》《第122条军规》，都留下了不朽的印记。在中国，军事文学更是源远流长，《诗经》中的诗歌对于战争的描写，《左传》对春秋战争的记录，《史记》对楚汉之争的描绘渲染，无不体现着强劲的主旋律。唐时的边塞诗奏出了盛唐时期的军事最强音，明清的小说把军事文学提升到了从没有的高度，《水浒传》《三国演义》就是最典型的军事文学样本。建国以后，军事文学得到了长足的发展，以《保卫延安》为代表的史诗性的作品，显示了十七年军事文学的成就，以《西线轶事》为代表的作品，揭开了20世纪80年代军事文学的新篇章。军事文学发展到今天，有了更进一步的拓展，作者选择抗战历史作为军事文学题材，并以纪实小说体裁来表现它，是现当代军事文学作品的延续和发展。

战争与和平是人类发展史上的孪生兄弟，人们渴望和平，但战争无时无刻不在身边萦绕，20世纪的反法西斯战场，东方是主战场，中国人民在反法西斯战争中付出了巨大的牺牲，作出了巨大的贡献，中国共产党领导下的八路军、新四军是抗战的中流砥柱。作者的系列作品专注选择这一题材，显示了其对这一军事历史精深的研究和把握。

溧水地区在苏南的抗战史上具有重要的战略地位，初期，它是新四军最早到达的地区，是新四军领导机关与皖南新四军军部往来联系的重要通道；中期，它是苏南军民抗日斗争的指挥中心，后期是新四军向南发展，开辟皖南、浙西，扩大根据地进行反攻的前进基地和战略后方，14年抗战，溧水人民在中国共产党和新四军的领导下付出了巨大的牺牲，取得了胜利，功绩卓著，可歌可泣。作者选择了溧水地区8年全面抗战的历史，塑造了一系列英雄的人物，记录了一系列可歌可泣的历史事件，讴歌了共产党领导的新四军和溧水地区人民的抗战精神，体现了爱国主义、英雄主义的宽广情怀。《溧水奔流》是纪实文学中不可多得的佳作。

军事纪实文学中，人民军队、人民战争的历史是一个奇大无比、含量丰富的文学矿床，在这个矿床上，值得大力开采、挖掘。作者在书写这一段历史的时候，向着伟大，向着真实，真实和理想、真实和伟大结合起来，在题材上不管是大或小，情节上不管是多或少，在艺术中不管是虚或实都体现了崇高的主题意旨，体现了纪实文学的核心价值，有力地挖掘了这一矿藏。这一点是极其可贵的。

显然，文学不是对历史简单的机械的记录，文学性在作品中的重要性是不言而喻的，作者重视作品的艺术性，在作者出版的一系列军事文学著作中，无不体现了这一特色，白烨曾评介《风云塘马》"史料性与文学性的有机结合，纪实性与抒情性的桴鼓相应，使得这部作品读来引人入胜，读后令人难忘，也使这部作品成为近年来军旅文学的重要收获"。张颐武曾云，"小说文本的创新与拓展，在《风云塘马》中得到了充分的体现"。

《溧水奔流》这一作品在艺术上有了更为丰富的表现，这主要体现在：

第一，作品体现了宏大的叙事能力，全景式地表现了溧水8年全面抗战的历史。结构宏大，时间跨度长，人物众多，历史线索纷繁，多角度多层次地展示了苏南抗战的艰辛、复杂。作者从先遣支队写到一、二支队挺进苏南，创建溧高、江溧句、江当溧等抗日根据地，从皖南事变后"反清乡"写到塘马战斗后十六旅进行的一系列艰难曲折的斗争，无一不闪现着刀光剑影。但作者在描写军事斗争以外，也书写了在党领导下的政权建设、教育建设、文化建设、财政建设，全方位全景式地反映了苏南抗战的战斗画面。

第二，作品体现了纪实文学的史诗品质，具有强烈的真实感和庄重感，历史的书写是严肃的、真实的。作者经过艰苦的调研，认真的阅读，收集了丰富的历史资料，填补了许多新四军研究历史的空白，同时在作品中翔实地形象地反映了当时历史的真实面貌。真实是纪实文学的核心和生命。不能虚构历史，不能捏造历史，必须尊重历史。作为重大的历史题材，该作品描述了中国共产党领导下的人民军队是抗战的中流砥柱这一历史事实，体现了新四军的铁血精神，具有强烈真实感和庄重感，全景式的描写带来了作品的史诗性品质。

第三，作品在艺术和历史的相结合中，同时表现了人生、人性、人道，不仅描写了战斗惨烈的场面，也写出了战斗下的丰富人性，石臼湖上、铜山山下军民的真挚情感、战斗之余兄弟相逢的悠悠情怀，则表现出了丰富的人性美。

这是一部文学性、史料性结合得非常好的佳作，我愿推荐给大家。

江苏省报告文学学会副会长兼秘书长

2021 年 6 月 10 日

目 录

日本海军航空兵第一联合航空队的中型攻击机和其他两支部队的 7 架飞机率先发动第一批次的攻击，时间为东京时间下午 2 点。……随即他（三原元一）看到成团的人的碎块飞溅起来，犹如浪花往上抛，由于飞机飞得低，机舱上似乎也溅上了血滴，……他（三原元一）瞄准目标，扫射，再扫射。他清楚地看到那位女孩被雨点般的子弹击中后，身体扭动着、鲜血迸射着、慢慢地瘫倒在地，骨架也散了。……韩庆的母亲负了伤，肩膀和脚被机枪击中，已身中五弹。稍顷敌机又俯冲而下，一枚炸弹在洞口不远处爆炸，防空洞被炸塌了下去，他也被埋在土层中。……他（施茂合）已被吓得晕头晕脑，对着脚下那些呻吟声也感到无能为力，便匆匆地从小西门处走下城墙，沿着城墙边行走，只见河两岸到处都是尸体。尸体见惯了，渐渐不再害怕，偶尔见到一个活人，倒把他吓坏了。这反常的感觉使他心跳不已，便匆匆地走出城外。……从日军的电文中可以看到，日军共计出动 37 架飞机，投下 250 千克炸弹 27 枚、60 千克炸弹 128 枚。

……粟裕的心情也是一样，当两个人在新桥河上的木桥边相会时，两双手紧紧地握在一起。……溧水应该是茅山根据地重要区域，它直接威胁日军侵华的军事中心南京，政治价值非同一般。

"同志们！"江渭清洪亮的嗓音在张家祠堂的大厅内回旋着……1938年8月27日，一支队一团团部特务连奉命夜袭溧水城，狠狠打击了日寇的嚣张气焰。……二支队四团挟着山风，带着雨水，直入溧水李巷。……廖海涛站立村头向南眺望，他望着枯黄一片的方山。……李德安一马当先，"呼"一下推门而入，众伪军懵里懵懂发觉后惊叫而起，……刹那间，硝烟散尽，出人意料地，鬼子一个也不见了，连中弹倒地伤亡之敌也神奇地消失了。……罗忠毅指挥的博望伏击战规模不大，但政治影响很大，人民群众真正认识到新四军是抗日的部队，……陈毅点点头，叫陶勇吩咐四团二营六连战士分头行动。没多久，六连便捕获了三匪首。

这个秘密工程的建设全在晚上进行，一般人进屋根本看不出里面藏有许多机关。……她硬着头皮过去，一半装着，一半真的，以哆哆嗦嗦的情状慢慢迎了上去。……日军头目收回战刀，"吆嘻吆嘻"地叫了两声，便带着抢来的猪羊扬长而去。

众徒弟又运起气来，立即个个肚皮凸出，青筋突现，十指颤抖，双脚抖动起来。……彭冲决定和参谋长傅狂波及王一凡一道前去救援，把三团最精锐的一个连和两挺机枪带去。……她们下身着破衣，脚上穿破鞋，腰上挂铜铃，手摇蒲扇，迈着"之"字形的步伐，弯腰上山，她们青面獠牙，做着鬼脸，说着脏话，念着咒语，有时拍拍双乳，嘴里发出唤婴儿吃奶的叫声，有时拍拍臀部，扭着腰肢，说着只有本地人才能听懂的下流语言。……让人痛心的是彭冲平时特别器重的那个精通日语的敌工股股长被刀会暴徒几乎砍成了肉酱。……夏希平一见黄坡、焦恭士和袁雪亮等同志，便"哇"地哭了起来，她的泪水饱含了辛酸、委屈和感激。……费明龙正在浴室里理发，姜书平派凶手张晋兴跟入，见左右无人，便向费明龙的脑后连开几枪，就这样横山一龙费明龙，惨遭杀害。

罗忠毅、廖海涛静静地站立在溧水经巷村前，……一连数日，邓仲铭与罗、廖盼望着军部人员的到来。……孰料1月13日，第二支队电台与军部电台的联络突然中断，14日，整日呼叫，联络不着，……天已漆黑，苏皖区党委机关人员随第二支队司令部机关在西杨庄村前广场上整队集合，……后来，第二支队司令部还是从国民党统治区里找到几张国民党出版的报纸，从日伪据点里买到一些汪伪出版的报刊，才得知新四军军部和皖南部队在移动中，被国民党顽固派军队阴谋围歼了。

自许维新开枪打死两名日军后，日军便把全村的房屋都烧了，还发生了骇人听闻的马场惨案。……许维新哪里知道，他最信任的这几个人中，贾长根等三人早已叛变，……几只蚊子玩命地叮着许维新，他一惊，伸掌猛击，只觉得掌心黏糊糊的，旋即闻到一股浓浓的血腥味。……突然，传来一阵狗叫声，许维新翻身而起，摸起枕边的手枪，迅速下床。……两人屏心静气，又把枪口对准了许维新的头部，眼睛一闭，双双扣动了扳机。……陈毅悲愤异常："善有善报，恶有恶报，只要我陈毅活着，定报此仇！"

好家伙，果然是偷袭！人影出现了，钢盔摇动了，那太阳旗猎猎作响。敌人密密麻麻，弯着腰，扯着草，分三个方向先向中马山扑来。……"打！"郭启超一声吼。……四十六团政委钟国楚、团长黄玉庭听到枪声跳了起来，……骤然，炮声停息，张连长跃了起来，他透过烟雾看到鬼子发疯一般往上爬动了。……郭启超被抬到了半山腰，因失血过多，生命垂危，他脸色苍白，声音微弱，……姜恩义腕力大，硬生生地夺过一把刺刀，捅死一个日军……

钟国楚、黄玉庭在方家边接到罗、廖发来的电报时，已是27日的深夜了。

两人急促地研究起来。……方知罗忠毅、廖涛同日殉国，钟国楚、黄玉庭大惊失色，哭倒在地。

……过了几天，师部来电，急命钟国楚为十六旅代政委，黄玉庭为代旅长。……谭震林带了两个警卫，由苏中地区渡江南来，在丹阳遇险，机敏突围，终于到达溧水李巷，十六旅旅部。……谭师长急忙召钟国楚相商："日军冲我们来的吗？会不会冲南面的国民党军？"……子弹如雨点一般，一颗颗呼啸着从谭震林头上飞过，一旁的欧阳惠林用身体保护着谭震林，并快步走上大路，脱离了危险。……乐时鸣上任初始，便立下一功。

鲁毅望着屋外的大雨，心情不免有些急躁起来，……汪伪航空营是汪精卫的精锐部队，在中国抗战处在极度困难时怎么遽然起义呢？……顾济民到了半夜，见新四军无人来接应，内心恐慌起来，万一有人告密，这可要掉脑袋的。……鲁毅、范征夫、周永健拿着枪，密切注视起义士兵，防止生变，……钟国楚、江渭清一听，相视一笑，他们心中有数，王直同志已经把这支部队改造得相当成功了。

忽然情报人员急速而入，急报6月4日在宜兴发生独立二团遭受重创的事件，二人听罢是大惊失色。……为拓宽生存空间，十六旅首先恢复横山地区，由钟国楚率一个营西进，打开江、当、溧地区的新局面。……他无意中竟然钻到鬼子群中了！……好险！鬼子身上的气味，叽里呱啦的日语，鬼子的呼吸声长时间地停格在他的脑海中。……突然山下"叭喷"一声枪响，一颗子弹从钟国楚翘着的小腿打进又打出，再进入大腿。……一声枪响，王桂馥一下就倒在稻田里。他当时往自己腿上一看，子弹打在膝盖处，可能是打断了筋，他的脚尖转了180°，脚尖朝后了！

里佳山傍晚时分倒是出奇的凉快，山风阵阵，松涛声声，显得极为寂静……一听这消息，钟国楚气得用手掌猛烈地敲打桌子，……"砰"一声响，从铜山山腰上飞来一颗子弹，子弹带着尖利之声破空而来，直直地钻入小林臀部的肌肉中，鲜血直冒，疼痛迅速袭向小林的心头。……观察了一会儿，王直冷笑了一下……钟国楚、江渭清命令四十七团坚守阵地，同时命教导大队二中队急赴枕背山，支援四十七团……钟国楚、江渭清见战场上呈现如此之势，哪有不追击之理。

江渭清一路劳顿，晚饭后有点困倦，他想散散步来驱除长时间积累的疲劳，也想散步时趁空间转换思考一些问题。……江渭清自然知道军事斗争不是单纯的军事行为，而是一个复杂的综合体，……"对，减租减息。"江渭清脸上顿显欣喜之色，他握紧拳头，迈开脚步，快步回到住处，命人急请苏皖区党委副书记邓仲铭。……程桂芬一听，一颗心落了地，"找到了"，吹口哨者必是吴宝康了。……做好了哥哥的工作，曹明梁发动一些地主家庭出生的党员干部动员自己的家庭、亲戚减租。……减租减息虽有波折，但在农救会的努力工作下进展比预想的快，江渭清、邓仲铭露出了会心的微笑。

胜利的同时，钟、江两人想起了逝去的先烈，想起了塘马战斗。……江渭清、钟国楚、邓仲铭商量后决心东进，在塘马战斗一周年之际在敌占区塘马村举行罗、廖牺牲一周年的纪念大会。……钟国楚代表十六旅读完祭文，江渭清又代表苏皖区党委上前致祭文。……乐时鸣和战士们纷纷撤离，他回转身朝塘马村及为罗、廖首长举行追悼会的会场投去深情的一瞥。

修养所所长龚力突门而出，她抬眼一望，大吃一惊，在冰天雪地的原野上已出现了搜索前进的日军。……残酷的日军对移动较慢的伤员用机枪扫射，当场便有七八名伤员倒在麦田中……一部日军冲进芮家棚子，看到正在家中爬行的重伤员便开枪射击，许多伤员当场牺牲。……有一重伤员躺在墙角，突然拉响手榴弹扔向日军，数名日军被炸死，他自己也被日军枪弹打成了马蜂窝……但休养所的周医生经不住敌人的拷打，供出了部分同志的身份、职位。

将惠农币运到"小鬼滩"，藏到安放在茅草丛的老坟基棺材里，……李孝廉立即赶赴尤赘村，和程玉堂商量好后，当晚带领众党员将布匹藏进了程玉堂家中草屋的夹墙里。

曹母迈着小脚，艰难地跑到离南曹半里不到通往新桥的紫家坝，听到后面有敌人追捕的吼叫声，就不顾一切拽着坝沿上一棵大柳树的枝条，全身没入刺骨的凉水中。

王必成解开了上衣最上面的两粒纽扣，继而捏紧拳头，面向着遥远的黑夜中沉沉的南方。……王必成本有虎气，如今又充满了霸气，他一声令下，第二旅第四团教导队、特务营及兴化、盐城独立团各一部共2000余人于12月31日从台北县出发，向南挺进。……天气虽然寒冷，但黄祖煌不觉得有丝毫的寒意，反而觉得十分地燥热，他站立船头，解开上衣的纽扣，目视南方。……当农夫与小苏炎坐在车上时，她便"吱吱嘎嘎"地推着车，像模像样地赶起路来。一路上，乐得她笑个不停，丹阳的百姓直夸这个媳妇好，又善良又贤惠。

第一梯队登上木船后，先过夹江，上岸后急速行军，一个接一个，不敢拉开距离，过了夹江又上木船过大江。

第二梯队先到新老州，然后准备从那儿乘船到南岸……大年初一，天降神兵，他们有点手足无措，且疑心重重。

第三梯队年初一才到达江都的十里长庄，便在那儿过了年，……刘季平在台下听了，哈哈一笑，冲着台上大声说道："胡子在这儿，胡子在这儿，胡子没有掉队。"

有一位重要人物参加了这次会议，他就是苏南区党委委员兼教育委员会主任和苏南党校党委书记黄祖炎。……"啊，是祖煌，那是我的四弟呀！"黄祖炎惊喜地叫了起来，……四眼一对视，黄祖煌的惊愕惊喜之色混杂在一起，顿时泪花涌出，颤抖着叫了一声："大哥！"……下次什么时候见面，这一提问猛地一下触动了黄祖炎的心弦。……"不会远的，黑暗快要过去了，曙光在前头……"

1943年3月，江渭清担任苏南行政公署主任，标志苏南抗日根据地真正实行了党的一元化的领导。……它为以后反顽、抗敌提供了战略支撑点，也使苏南溧水成为真正意义上的根据地和苏南抗战的战略指挥中心。

……这一来又乐坏了顾祝同、上官云湘，两人拿了文稿读了好几遍，旋即又聚集一起密谋起来。……陶广正慢悠悠地喝着茶，忽报新四军十六旅攻占了上沛埠、上兴埠，气得是哇哇直叫，连忙吩咐召开军事会议，加快实施消灭苏南新四军的步伐。……面对如此形势，江渭清、王必成感到了前所未有的压力，他们决定先向代军长陈毅和师长粟裕汇报请示。……动员的口号也格外严明："像保卫斯大林格勒一样保卫铜山！"并下达了军令状："阵地丢失者，杀！"

1943 年 4 月 12 日凌晨，顾心衡一声吼叫，挺进二纵队的四、五、六三个团从施家桥、南渡、七里山出发，向溧水挺进，一个团则向溧阳上兴埠猛扑过来。

……王详一见，忙带着一个班的战士冲下山去，抱着倒在血泊中的汤万益返回到原先的阵地。……黄祖煌见此，忙命人迅速把文件和地图交到团部，刘别生一看，命令部队停止追击，原地待命。……顾肇基放了第一枪后，战士们的枪筒几乎同时吐出火舌，顽军又倒下一片。……他做了一个砍头的动作，话语极其洪亮："江政委太客气了，说白了，拿不下回峰山、北经巷，提头来见。"……钟国楚在杨树山下，约见了四十六团团长黄玉庭和四十八团参谋长饶惠潭，谈了自己的想法，交代了一下具体的打法。……党训队队员写了一首歌词，沈亚威谱了曲，这首悲壮的歌曲迅速传扬开来。

"哼哼，消息真灵，来得真快，日军和顽固派配合得真好呀。"黄玉庭冷笑了一声……邱巍高杀红了眼，命令战士们利用战斗间隙，上好刺刀，准备巷战。……火光一熄，战士们破门而入，只见十几名日军躺在墙角，全被烧死，三木躺着，手中还紧握着钢刀。……战士们一阵慌乱，纷纷跳起来，但衣服晒了不久，根本没干，有的战士几乎光着身子……

她给战士们找来了铲刀、渔网、鱼篓、锄头、竹耙子等，使战士们可以根据不同情况，或拿网提桶到坝里捉鱼摸虾，或扛起锄头去锄草，或背草篓去拾柴扒柴，春英则拎篮子到野外去挑菜。……陈培英和婆婆很心疼，就拿出自家的米和杂粮，让他们能够吃饱。

鬏巴头是苏南乡村妇女标志的发型，有了它，新的身份便确定了。

……父子俩说："为了你，豁出性命也值得。"……还找了一套严玉珍父亲的旧衣裤让他穿上，打扮成外出帮工的模样。

还没容江渭清、王必成作出部署，粟裕便在 14 日发来电文，要求立即向敌后分散。……商量完毕，江、王两人急拟公告和抗议书，四处张贴，国民党官兵和苏南百姓对两溧战争的真相开始有了真正的了解和认识，……江渭清、王必成果断做出决定，精简苏南党政军机关人员，将大批干部分散到各地，加强基层工作。……曾旦生觉得奇怪，日军为何要在南面进攻我军呢？这不是明摆着逼我们再向北吗？

烈士的遗体只能早早掩埋于湖畔，而负伤的战士则被扶上一条条小船，由轻伤员负责照看着，向湖心飘去。……许多人实在忍受不住了，便抓了把生米放入嘴中生嚼，再用双手伸入水中捧上水倒入口中，以此充饥，要不再掰一些芦苇嫩芽塞入嘴中，当作下饭的菜……卫生员哭了，通信员哭了，其他伤员也哭了。他的脸色通红，嘴唇干裂，唇皮翘起，嘴中已发出含混不清的音节，两眼只能发出无力的黯淡的光来。……"天苍苍，水茫茫，石臼湖上是家乡。"此调一出，唤醒了睡在船头、舱中、船尾的众战士，……"这是家鸭，不能吃，据我看它的主人就在岛上，如果盲目吃了，会引起很不好的后果。"

蒋克一声喊："有敌情，赶快跑！"梅章立即站起来……这次遇险后，这两位既是同乡又分别担任区委书记的女同志被称为田螺姑娘，因蒋克年龄大于梅章，便唤作田螺姐，梅章便成为小巧的田螺妹了。……她们两人弯着腰，低着头，摸着蛳螺。日伪军临近时，她们的手在水中并没有挪动……幸运之神再一次光顾了梅章，也再一次光顾了蒋克，自此两人由"田螺姐妹"变成了"蛳螺姐妹"。

传来了好消息，修械所自制了迫击炮，明天要试射，这无疑是新四军的福音。……刘一鸿有些兴奋，他准备选一个场地试炮，……只听"呼"一声响，炮弹穿膛而出，直奔目标，"轰"一声响，对面的那棵大树被炸成两截，……在场的战士只听到一声巨响，随即看到火光一闪，气浪翻滚，刘一鸿身子被抛起，又沉沉地落下。……刘一鸿紧紧地抓住了刘蔚楚，吃力地、深情地说："孩子，你要好好学习……"乐时鸣闻之，十分悲伤，含泪写下一首诗，以示哀悼。

对于缪清，这儿的生活是全新的，一切都是用全新的姿态去适应，这对于瘦小年少的她，确实是一个不小的考验。……当缪清需要方便时，伤病员自然侧头闭目，当然伤病员们方便时，缪清也是扭头闭目……她人小，又是买相同的药，老板自然认出了她……6月1日，在横山县政府担任会计的吴坚，义无反顾地上路了，她要到古龙区和区长王波查对账目。……迎面跑来一女子，神色慌张地告诉她，前面来了一队鬼子。……刚入芦苇荡，便听到岸边传来了一片嘈杂声，一群鬼子已到了岸边……她们两人解开麻袋，把账本、税款和手枪用被子裹好，放在船头。……把东西放入其中，再覆盖上牛粪，又盖上麦草，才一步三回头地离开了牛棚。

今天腰间所挂的手枪似乎总想冒出来，他按了好几次，才把它压了下去，……鬼子猛扑过来，他们并没有在慈恩寺停留，而是尾随周志远他们向东攻击。……就在眼睛刚一接触山东面的景物、脑袋稍作形势判断时，他突觉腰部震动，一股热流奔涌而出，顿时天旋地转，眼前一片漆黑，一切沉向深渊。……啊，这不是《太湖支队进行曲》吗?……周志远当然清楚这是什么地方，他猛地从门板上爬起，纵身一跃，跳入水中，准备葬身于水塘中，绝不做俘虏。

她抬头一看，只见很多穿黄衣服的士兵从树丛中悄悄地向她家走来。……"我从前门冲。"任重掏出了枪，邹毅一把拉住他："前门危险，我去。"……邹毅冲在前面，已接近顽军，被倾泻而出的机枪子弹击中，缓缓地倒了下去。……可惜他们向西突击到西坝边时，一条大河横亘于前，无法前行。……他掏出手枪，把枪口对准了自己的脑袋，面向蜂拥而至的顽军，脸上露出了极其轻蔑的微笑，然后毫不犹豫地扣动扳机，实现了"把最后的一颗子弹射向自己"的誓言，……李政本已脱险，后为人告发，也被抓走。

江渭清没有睡，他坐在一农夫家中休息，喝着凉凉的大麦茶……"同志们，快起来，鬼子来了!"江渭清一边喊着，一边拿起枪。……徐超迅速作出部署……一颗子弹射向他的腰部，由于江平时喜欢抽烟，腰间刚好放着金属烟盒，子弹打在金属盒上，又反弹穿过他的右小臂，打断了静脉血管，所以血流不止，……徐超一声喊，战士们也上好刺刀，吼叫着迎了上去，一交锋，日军心就凉了。……分散在红土山脚下的那30多名伤员都被鬼子杀害了，其中还有连排干部和战斗英雄。

邓仲铭不知，此船是苏南乡间的小划船，是专供渔夫养鸭或放丝网捕鱼所用……他忘了船老大的关照，也踏上了船，扶住了摇摆不定的邓仲铭。……话还没说完，船就倾覆，三人落于河中，两岸战士发出一片尖叫。……几十人围着，拉网式的捕捞，奇怪的是水中空无一物……他们紧紧地拥抱在一起，早已停止呼吸，但两人紧紧地拥抱，分也分不开。……当江渭清把邓仲铭遇难的消息告诉李坚真后，李坚真当场晕倒在地。

来到十六旅后的田芜用音乐作为武器，奋战在苏南的战场上……是的，田芜入戏了、着魔了，他是在进行着前所未有的创作，他在创作着一部大型的歌剧……田芜想写成话剧，但他又觉得话剧不对老百姓的胃口，因为老百姓受传统戏曲的影响较深，喜欢吹吹打打……他给剧本取名为《山乡曲》，排练几日后，剧中歌曲便在旅部周围的战士们中间传唱开来，没多久周围的百姓也纷纷吟唱起来。

沈云康从衣兜里掏出了一把木柄小口琴，凝视许久……沈云康一进屋，王直、田芜迎了上来。……这小黑皮嘴上还是不答应，但口气不似先前那么坚决了。

不久，军部回电："同意必成、渭清同志的意见，第四十八团坚持苏南不北调。"……分两路突袭新四军十六旅旅部驻地——句容县尚村，妄图一举歼灭我方首脑机关。……王必成听到哨兵鸣枪报警后，命令一营和三营立即组织部队进行阻击。……三营营长徐超命令八连从七连阵地出击，向日军发起冲锋，与敌人进行白刃格斗。……尚村战斗的胜利标志着茅山地区"反清乡"斗争已经进入尾声。

"孙爱之投敌了。""王惠珍也投敌了。"……为此十六旅决心除掉这个叛徒，……张华南着人写了一封给孙爱之的书信，投递时故意投错，投到伪军大队部去了，……尾田是个老狐狸，愤怒之后，头脑便冷静下来，……五十一联队情报机关经过反复研究，制定了一个方案，决心对孙爱之做一次彻底的考察。……就这样在惨叫声中，孙爱之成了大狼狗的美餐。……他不知道李浩岐能听懂日语，这李浩岐一听吓出一身冷汗。……王必成得到这一消息后，让旅部居住地移动了一下。

缪清抬头一看，呀，好家伙，果然是鬼子，那刺刀发出阵阵寒光，……陈联脚有伤，跑不快，跌倒在茅屋南侧的草堆间。……日军伸头一看屋中都是重伤员，毫无反抗能力，"吆西吆西"一阵乱叫，……几个炊事员未及撤退，奋起反抗，被日军用机关枪打成了马蜂窝，……原来日军故意吓唬她们，想让假枪毙来起到奇效，但在有着铁一般意志的女新四军面前，他们的奇招失效了。

王珍走进刀会会堂一看，着实吓了一跳，……满脸横肉，眼露凶光，好一副杀气腾腾的模样。……但这一次毛英奇出奇地镇静，这一次是平暴，……前面卧一排、后面跪一排、最后站一排，两边用机枪火力交叉进行射击，……他命令刀会头子喝下"法水"，片刻朝刀会头子脚下打了一枪，顿时鲜血直流，那刀会头子疼得惨叫声声，哭叫阵阵。……由于新桥区委、区政府的高度重视，在韩固、韩胡地区刀会暴乱时，云鹤地区的刀会始终没有呼应。

江渭清、王必成、钟国楚联名向军部提出建议，在敌人的占领区作战，……11月初，王必成亲率四十八团南进。……11月20日，江渭清带领旅部特务营从溧阳赶至溧水东流，决心拔掉这个据点。……江渭清的话使廖、陈两人眼睛一亮："对，我们有炮，用炮轰，用炮轰。"……钟国楚又回到了十六旅，又回到了他呕心沥血创建的四十六团。……11月22日，江渭清、钟国楚率队来到高淳，面对漆桥以南的游子山。……第二日，陈炎生大汗淋漓地起床了，他连打着哈欠，带上一个连的士兵加上大量的钱币，大摇大摆地向漆桥挺进。

……是役共缴获长短枪150余支，轻机枪3挺，俘伪第三师副师长陈炎生以下160余名，毙敌大尉及伪中校参谋以下40余，我军仅伤亡30余人。

他一见到小锅子就惊呆了，原来小锅子长得太像纪田太郎已过世的儿子，……小锅子的心被熏黑了……他一反常态用汉语问起小锅子来："张一郎，你的说实话，有没有拿我的钞票，大大的钞票。"……"报，张一郎来投诚了。"……小锅子连伤三名伪军，也背回了一支长枪……张一郎，这个崭新的名字出现了，小锅子已成长为出色的优秀的抗日战士了。……张一郎冷笑一声："我看你吐不吐。"他拿着刺刀去撬端乐福的嘴，端乐福疼得哇哇直叫，只好把烟土吐出。……此时一张无形的网已悄悄地向沙河游击小组张开……负了重伤的张一郎卧躺于长满茅草的田埂上，注视着日军，……"八嘎，"日军被骂火了，加之纪田有令"死的也行"，他们齐齐用刺刀刺向张一郎……

1945年8月上旬，江渭清、王必成决心在高淳发起东坝战役。……张强生在纵队会议上便显现出激奋的心情，脑海里浮现出各种作战方案，……最后，张强生、吴咏湘、参谋长商量决定：一营去解决固城据点的敌人……张强生也知道用几百发重机枪子弹在敌人的碉堡上打一个窟窿，对于视弹药如珍宝的新四军来说，这样的代价过于昂贵……范征夫把胸脯一拍："放心吧，保证完成任务！"……范征夫便写信给吴咏湘，请求增援。……吴咏湘微微一笑，命令开炮，并对炮手说："三炮必打中碉堡。"……钟国楚指示樊道余边打边侦察："首先控制街道，选好地形再进攻。"……

"溧水，我们回来了！"江渭清、王必成一踏上溧水大李巷的土地，就满怀豪情地发出了由衷的呼唤。……一支队的支队长为饶惠潭，副支队为颜伏，政委为罗维道，副政委为彭冰山，副参谋长为黄祖煌，这些首长个个都是能征惯战的将领。……顾肇基感慨万分啊，这是他在溧水参加的第三个有名的战斗了……庄子中、须壮被敌人的机枪击中要害，缓缓地倒下了。……也算中村命大，这一中队的日军大都擅长游泳，趁乱时，从远处凫水过河。……我军以张家岗战斗的辉煌战绩，夺取了溧水地区抗战时期最后一仗的胜利。

张家岗抗日战斗胜利的捷报刚刚传开，又传来了日本宣布投降的喜讯。……8月19日上午，驻溧水县的日伪军匆匆撤离，经夏家边、湖熟一路撤往南京，当日，溧水县解放。

后记

// 455

第一章

溧水大轰炸

　　穿过云雾俯瞰中国，长江、黄河、青藏高原赫然在目。直扑大地到苏南，扬子江奔腾、太湖水汹涌，还有那溧水河，滔滔东流。

　　溧水啊溧水，一个古老的名字，原为古河名，古标瀨水，一名厉湖，又名陵水，她由西向东横躺在古丹阳湖与太湖间。溧水啊溧水，一个古老的名字，又为古县名，吴语有瀨、厉、陵、溧四音，秦时依水名，在原瀨渚邑，置溧阳县，隋开皇十一年（591年）析溧阳西北境及丹阳故地东部置溧水县，从此溧水之县名一直流传到新时代。

　　溧水啊溧水，音节和谐、字形优美的两个汉字，已是地域的专有词汇，她的躯体位于江苏省西南宁镇扬丘陵山区，北邻江宁、句容，东邻溧阳，南接高淳，西南交于当涂；她的骨骼是连绵的山丘，东庐山、秋湖山、回峰山、无想山、方山、浮山、横山遍布于境内，东南高，西北低；她的血脉是分布宽广的河流，一干河、二干河、三干河、天生桥河、新桥河、云鹤支河横纵交错，湖泊虽少，面积却大，光是那石臼湖，烟波浩渺、云蒸霞蔚、渔帆点点、芦苇丛生；她的姿容是湖光山色，茂林修竹、山花烂漫、稻谷飘香、渔歌飘扬，江南烟雨蒙蒙之神韵尽显于外。

　　溧水啊溧水，作为地域，任何的自然存在都具有历史性。在当下的21世纪，人们撩开她的面纱时，会看到那昔日姿容的底色，现代科技又为她增添了许多现代特质。无论是禄口机场、宁杭高铁、宁杭高速公路，还是高楼大厦、广告灯牌、滚滚车流，无不昭示着外部世界的飞速演变。

　　当然，如果解析其历史内涵，当下的一刹那，便能浏览她身上透视出的历史信息。回峰山神仙洞古脊椎动物和古人类化石的显现，胭脂河与天生桥的诉说，永寿寺塔的低唱，无想寺摩崖石刻的呻吟，宋瑛墓的荒芜，蒲塘桥的沉默，汉校官碑的沧桑，周邦彦、齐泰、袁枚的蹈歌，太平军的硝烟……

　　这一刹那，在每一个时间的节点上都可以体会你独到的滋味。

翻开溧水历史，翻开溧水大地的书页，虽然充满了刀光剑影、莺歌燕舞、荒坟绝唱而生生不息，但终还有一种释怀，历史的释怀，可以说"天若有情天亦老，人间正道是沧桑"。但是如果翻开一段特定的历史书页，让时间逆流，追溯一段特定的往事，当下生活在这片土地上的人们会是怎样的心境呢？

穿越时空，倒转历史车轮，让我们的目光经过20世纪的1937年，再沿时间之河，顺流而下，停泊于1945年吧。

拨开云雾，探身而下，1937年年底的溧水城尽收眼底。溧水城啊溧水城，地处南京南郊，京建路、溧武路向外辐射，木船、汽轮拖船在宝塔寺旁的大河中漂流，飞机场、汽油库、军火库环列四周。

城墙上的砖块和城门上的木结构建筑在诉说着城市古老的历史和当时街市的繁荣。

城外有通济街、牛场口街、望京街。城内有中大街、状元坊、南中街，建筑都为砖木结构，前店后坊，两层楼房。最热闹的数城外通济街、牛场口街，城内北门街、状元坊。看看那店铺吧，米店13家，砻坊6家，槽坊4家，南北货商店24家，布店11家，绸缎庄2家，木行1家，烟茶店9家，药店8家，百货店13家，五洋店2家，香纸蜡烛店13家，酱园5家，锅碗瓷器店4家，饭店客栈13家，茶馆11家，猪肉店11家，宰坊2家，豆腐店11家，照相馆1家，旅店3家，澡堂2家，理发店14家，裱画店2家，当铺1家，钱庄2家，还有县衙和体育馆、图书馆、学校、夫子庙等文体设施。至于箩匠店、木匠店、成衣铺就更不用说了，说星罗棋布并不为过。城中居民约4000人，而当下则远远超过这个数。

这样的情形，你大可以为是清明上河图的缩影，你也大可赞美一番"好一幅农业文明的锦绣图"。不过，且慢，历史的时针已定格在1937年11月29日，状元坊马老三板鸭店人头攒动。啊，南京地区的板鸭是天下有名，只要钱袋里有几个钱，都要来此一逛，尝尝这鲜味。据说国民党军与日军8月13日在上海开了仗，形势不大好，但这儿似乎没有半点硝烟味。犁头尖的豆腐店生意特别兴隆，豆腐不属于荤菜，但对于寻常百姓来讲，这也是荤，是大大的荤，是不昂贵的荤。虽然不常常吃，但吃的频率总高于鱼肉。捞一两块，热热的，内心也热乎乎的，感受美妙。

三眼井的翟家碗店，孙家、赵家院外以及程家木行里也是一阵阵声浪。

这城里涌进了许多人，据说是东面逃难来的，且大多有些银两，街市如何不旺，这倒乐坏了店家，日进斗金。虽然据说战火将近，到手的银两有些不安全，但不管如何，看着叫人舒畅，拿着心里踏实，脸上堆满了笑，心里乐开了花。

小西门公共体育场、尼姑庵、程四兴大门口、南中街、小街头、大新旅馆，到处充溢着卖米的喊叫声。城中人多了，自然要吃米，米也贵了，郊外的农夫干瘪的脸上绽开了几十年看不到的笑容，"走，去城里卖米。"一大早，晃悠悠地进城，稻箩里装满了米，白花花的，太阳艳照下，闪亮闪亮，气人的是今天上午无人开秤。不过不用愁，这年头，米，谁不喜欢。价格居高不下，今日定能卖个好价钱，早一点卖完晚一点卖完，无关大局。"那就等！"溢满大米的稻箩很有秩序地安置在街市上，拼成了美丽的几何图案。

最悠闲的还是三圣庙旁的茶馆，一大早，早已茶客满座。大家一边喝茶，一边嗑着葵花瓜子，一边听着说书艺人的精彩评书。今天刚刚开讲《双女坟》，那说书人猛喝了一口浓茶，"啪"地敲了一下"醒木"。那略带嘶哑的声音在斗室中回荡起来："且说唐乾符年间，朝鲜才子溧水县尉崔致远来到固城镇花山附近的蒋山李家村，只见一高大坟墓……他欣然题诗墓门，'谁家二女此遗坟，寂寂泉扃几怨春。形影空留溪畔月，姓名难问冢头尘。芳情倘许通幽梦，永夜何妨慰旅人。孤馆若逢云雨会，与君继赋洛川神。'"

说书人吟毕，获得一片喝彩声，尤其在居中的一张八仙桌边，一老者身穿绣花棉袄，捧着手炉，胡须飘飘，连声叫好……

不过，这溧水城杨鳌家后院防空洞倒有一些迥异于他处的景致，防空洞一头挖进城墙肚里，一头在地下，两个洞口并排挖了两条壕沟，中间留道土墙，上面有木头跨沟横架，再铺上木板，木板上堆上土，种上小菜。

这是在军队工兵的指导下挖掘的防空洞。1937年11月12日，日本侵略军侵占上海，由上海派遣军队向南京进行大规模进攻，主力沿溧武公路和丹（阳）句（容）公路向南京方向进攻；以一部沿长江北岸攻击，切断（天）津浦（口）铁路；另一部迂回安徽广德、芜湖，向南京背后攻击。国民党政府鉴于其首都难保，于11月20日将首都移往重庆，政府机构相继迁至武汉、长沙等地。对于南京是撤退还是固守，蒋介石召集高级幕僚进行了认真研究和激烈争辩，最后决定由唐生智任南京卫戍区司令官，由他指挥第72、第78军，教导总队，宪兵部队和第74、第71、第66、第83军及第103、第112师，加第2军团徐源泉部两个师，共计12万人"固守南京"。

溧水与南京临近，自然要加强防守，挖一些防空洞以备百姓不时之需。工兵是行家，对于这样简陋的工事，他知道是经不起炸弹轰炸的，不过他想这溧水城几乎没有驻军，严格地说已不是军事目标，建造防空洞只有象征的意义，难道日军来轰炸平民不成？再者深挖也不可能，苏南不是北方，地下水丰厚，挖到一米，不消多时，便有积水。这杨鳌家后院紧邻城墙，地层高，还能挖几米深，但也无法挖得太深，能让一些胆小的人避一避就行。

……

远在上海的松井石根大将处于极度的疯狂之中，中日军队在上海一交火，他每一个细胞都处在异常活跃之中。本来淞沪会战后，"大日本帝国"并无进攻南京的意图，但随着形势的发展，攻取中华民国首都南京已是既定目标。现在兵分三路，直指南京，12月1日便将颁布总攻号令"大陆命第八号"。三路大军中的南路，准备沿着太湖南岸，经嘉兴、湖州、长兴、宜兴、溧阳、溧水，向位于南京南部地区的牛首山、雨花台、中华门一线进攻。若要进攻南京，必须清除溧水的防卫力量，按惯例首先应该实施空中打击。但从8月15日对南京的空袭看，南京的空中防卫力量很强，不好对付。至于溧水，据消息称，没有什么防卫力量，城内几乎没有驻军，国民党军队早已成溃败之势，无力做有限的、有梯次的防御，但为了保险起见，先实施轰炸，不管有无防卫力量，彻底清除它、抹掉它，这是攻取南京的一个不大不小的任务。

研究来研究去，最后把任务交给了海军航空兵第一联合航空队、第二联合航空队和远在台湾的鹿屋航空队。航空队接受任务后，便制定了严密的作战计划。

作战开始，飞机可以起飞了，日本飞行员纷纷上机，第一、第二联合航空队起飞，鹿屋航空队提前从台湾起飞。在同一天空下的同一时间里，溧水居民与日本士兵有着迥然不同的生活方式和心理活动。

日军的侦察机先行到达溧水地区，时间约中午12点半，它小心翼翼在溧水城区的上空盘旋了一圈，没有受到任何攻击，便立即返航，迅速向第一批次飞来的9架飞机做了通报："溧水城没有防空高炮，放心进攻。"

鹿屋航空队的9架九六式陆上攻击机，在上午9时25分至9时30分从台北的机场出发，于中午在上海的上空和第一联合航空队上海派遣队的3架九五式陆上攻击机、2架九六式陆上攻击机以及第二联合航空队第十三航空队的6架舰载俯冲轰炸机、8架舰载水平轰炸机会合，在9架舰载战斗机的护航下朝溧水进发。

日本海军航空兵第一联合航空队中型攻击机和其他两支部队的7架飞机率先发动第一批次的攻击，时间为东京时间下午2点。中型攻击机的指挥官中队长为海军大尉三原元一。

三原元一坐在机舱内俯瞰着苏南大地。热血沸腾的他双眼紧盯着前方目标，他那几乎被剃光了的头发根不断跳动，这一次是他大显身手的机会。虽然不久前他曾率队几次轰炸苏南的村庄，但轰炸苏南的市区还是第一次。他的残暴是出了名的，说他嗜血成性，真是恰如其分。他的残暴本性第一次暴发是在读小学的时候，那年他8岁，乡间砌房泡石灰，石灰放入池中，引入清水，须臾池内的石灰水便沸腾起来。围观的人很多，三原元一也挤了进来，不久便退出。当许多人惊讶于温度并不高的石灰遇到水后便自行沸腾时，只见三原元一提了一篓青蛙，全部倒入沸腾的石灰池中。那一百余只青蛙在石灰池中挣扎两下，便个个肚皮朝天浮了起来。就在人们痛惜之余，三原元一竟然发出了一连串的欢笑声，脸上的肌肉也变了形，且在欢笑的同时双眼散发出极其凶恶的光芒。

"凶恶与欢笑同时显现"。这可没有逃脱他老师的眼光，日后这位老师成为狂热的军国主义分子时，便毫不犹豫地把三原元一招至麾下，让其残暴之性得到进一步的发挥。

首先是拿动物开刀，对于鸡鸭之类的家禽，三原元一先是用刀砍，后来用手撕，最后用嘴咬；至于杀猪、杀羊、杀狗，三原元一更是乐此不疲，几乎不用别人代劳，猪的惨叫、羊的哀嚎、狗的嘶吼没有使他产生怜悯，反而激起他更加狂妄的斗志。当他身沾鲜血，听到猪、羊、狗的叫声时，他发出极其冰冷的笑声，同时双眼迸射出道道寒气逼人的凶狠之光。

他唯一的遗憾是不能杀人，不能把人当靶子，他只能在脑海里勾勒着种种杀人的图景，想象着自己对人刀劈砍杀的情景，情不自禁地叫好。这种情景往往吓得旁人连连倒退。

加入航空兵以后，他羡慕陆军，因为陆军能近距离地袭杀目标，而空军士兵只能在远距离的高空观战。

中日战争爆发后，他有了杀人的机会，此时他更羡慕陆军，他甚至想加入陆军行列亲自去斩杀中国人，但他没有机会，只有让他参加轰炸上海及苏南村庄的行动时，他才有了机会。他第一次投弹，第一次尝到了杀人的滋味。当他投下炸弹，看到炸弹击中目标，浓烟四起、火光冲天，甚至能看到纷飞的人的躯体时，他的能量得以从冰冷的笑声中释放。但他释放得并不充分，因为不能近距离虐杀，且乡间的人少，投下的炸弹大多击毁民房和树木，血肉横飞的场面太少，所以他时常感到不满足。如今机会来了，目标是苏南的溧水，并且城中没有防空力量。他想加快飞机飞行的速度，却下意识地做了一个劈杀动作，差点儿让飞机失去平衡。

溧水到了，溧水到了！按既定的落点投射。

三原元一的热血一下子沸腾起来："支那人，叫你尝尝大日本皇军的炸弹！"

他看了一下表，时针指向下午2点07分（东京时间）。鹿屋航空队在2点钟已经投了一批炸弹，现在轮到他大显身手了。他把飞机角度调整好，从东南朝西北方向在城区的上空飞行，然后按下了投射按钮。

2点07分，三原元一投下第一颗炸弹，紧接着，其他飞机也飞快地投下了一枚枚炸弹。

此时，张鸿树和抗日的学生找到一辆军车，来到溧水，他在街上吃完饭，准备和马骥到西门外看看女同志是否到来，当他看到一架侦察机由西向东飞来，大叫不好，拉上马骥跑出西门，躺在地上数飞机。

此时，3岁的王忠恒和哥哥及两个姐姐在天井里玩，3人当场被炸死，哥哥只有13岁，最小的姐姐只有6岁。后面的五间房子炸没了，前面四间房屋的柱子被震断。

此时，家住状元坊的夏光仁的父亲跟着人群往犁头尖跑，前面的人倒下来，刚好看到墙边有一个大石磨，他急中生智钻到石磨底下。

此时，家住大西门外的程风林听到了爆炸声，他的伯父叫他待在台子下，他才幸免于难，但附近店主的孙子被炸飞，腿呀、肠子呀挂在城楼上。

此时，家住县城北门外三眼井的李正兴只有5岁，听到爆炸声吓得往家里跑，结果房子被炸倒，他被倒下的木板压在房子里，有人听到他的哭声，把他救出来了。

此时，家住大西门桥北边的宋德海和邻居小伙伴在大西门城门洞里打铜板玩，飞机飞来了，一会儿冲下来，一会儿飞上去。"轰"的一声，传来爆炸声，他吓得向城外跑，穿过一片竹林，幸免于难，但一起玩的兄妹在被父母拽回家的途中被炸死。

此时，家住溧水县城小东门外通济街城隍庙隔壁的胡九明到木匠店送饭，然后在外面玩。他听到爆炸声后往天上看，飞机投炸弹下来，房子被炸飞了。他赶紧跑，躲在了棺材底下才逃过一劫。马老三、马老四、马老五被炸弹炸死了，家里的四间草房也被炸毁了。

此时，在"胡福星"饭店做学徒的孙庆发，见飞机3架一组飞来，飞机一过来地面就飘烟。他小姑妈一家被烧死5个。

此时，只有11岁的徐爱容到县城状元坊修车子的父亲那儿拿菜，他拎着菜篮，看到6架飞机飞来，接着又来了3架，开始扔炸弹，炸得天空乌漆墨黑，浓烟滚滚。对面看不到人，他不知道往哪里走，又没地方跑，就躲到附近的墙角边上，看着许许多多逃跑的人向城门口涌。

此时，只有12岁的许中柱，住在北门望京街，他家里有地下室。防空警报拉响后他就往地下室里躲，鬼子扔炸弹时就听着房顶上面的瓦被震得"叭叭叭"响。

此时，施茂发家住北门三眼井，他家里被扔进三颗炸弹，所幸一颗都没有爆炸。他连忙跑到附近沈老四家房子后面的土墩子边躲起来，刚蹲下来，沈老四家的房子瞬间被炸没了，弹坑有一个塘那么大。

此时，住在小西门附近的郑广英只有10岁，吃过中饭，她在家里玩，看到飞机飞过来，在太阳底下闪闪发亮，接着飞机俯冲着丢炸弹，像下雨一样。她没见过飞机，好奇地问大人这是什么，大人一看惊叫道："我的乖乖呀，炸弹来了！"拉住她往外跑。

此时，家住城隍庙的陈德英刚好出城到了北门桥，"轰"的一声响，北门城楼被炸，里面的人全部被炸死，所幸的是她已出了城门。

三原元一投下60千克陆用炸弹后，只见火光一闪，"轰隆"一声巨响，震得机舱玻璃嘎嘎直响。猛见黑烟四起，空中迸射着泥块、砖块、木屑和粉碎了的肢体，快感一下子传遍全身。他觉得这远比炸毁村庄过瘾，因为在街市中轰炸，明显能看到飞溅的、粉碎了的人的躯体，不像在村庄中，大多看见的是泥块和砖块，偶尔见到的也是牲畜的碎块，至于人的碎片太少太少，几乎看不到。

"炸死你们！炸死你们！"三原元一的脸铁青铁青，他调转机头，沿街飞行，用手指按下按钮，让炸弹精确地落入人群中。只要炸弹一响，街上马上骚动起来，到处是涌动的人群，太好看了。

火光闪现，爆炸声声，三原元一发现投下的炸弹有几颗落入建筑中，飞起的碎块大多是砖木，他有些心疼，认为将炸弹浪费了，直到有几颗炸弹准确无误地落入街市中并轰隆隆地爆炸后，他悬着的一颗心才放了下来。随即他看到成团成团的人的碎块飞溅起来，犹如浪花往上抛，由于飞机飞得低，机舱上似乎也溅上了血滴，喜得他连叫"吆西吆西"。但他马上发现还没有被炸的街道上的人变少了，显然他们躲藏到建筑物里去了，余下的极少的还在四处奔逸，想往城外跑。

三原元一心中燃起一股怒火，他把机头往下一按，俯冲下来，"我叫你们跑，我叫你们跑！"然后按下机关枪，疯狂地扫射起来，他一边扫射，一边叫喊："天皇万岁！我来做一次光荣的陆军。"他看见成批的人倒下，有几个人在机头前奔跑，眼看要跑到城外，尤其是一位穿着红衣服的小姑娘跑得飞快，一个个障碍物被她越过，马上要跑到城门口了。

他瞄准目标，扫射，再扫射。他清楚地看到那位女孩被雨点般的子弹击中后，身体扭动着，鲜血迸射着，慢慢地瘫倒在地，骨架也散了。此刻他的内心才得到了初步的满足，然后他拉上机头，机身再一次升高，在空中盘旋起来。

他想做一次短暂的休息，如此近距离的扫射，清晰地看到目标被毁灭，远胜于一般的轰炸，因为投弹轰炸，目标虽然被清除，但看不到具体的细节。

他的快乐忽然被内心冒出的一个疑问打断，对于扫射一个平民女子能否显示勇士的精神境界，他有了一丝的犹豫，旋即他的嘴中冒出一句话："谁叫你是支那人？"快乐即刻恢复，并充溢全身。

杨鳌家后院，10岁的韩庆连听到了爆炸声，他拉着母亲向防空洞奔去。但见黑烟翻滚，火光冲天，血肉横飞。待到他和母亲到了洞口，洞里的人已经满了，洞口维持秩序的警察不让他们进去，他急得直哭，只好站在进洞的台阶上，母亲则站在外面。突然一颗重型炸弹飞落而下，在小街头前爆炸。震得防空洞中的土墙和洞壁土块"嗖嗖"直落。他的母亲负了伤，肩膀和脚被机枪击中，已身中五弹。稍顷敌机又俯冲而下，一枚炸弹在洞口不远处爆炸，防空洞被炸塌了下去，他也被埋在土层中。

惊恐万状的韩庆连听到洞里许多人喊："救命！救命！"但洞口的人不是被炸死了，就是被炸跑了，哪有什么人。

洞口塌了，巧的是一个木头斜顶着木板，韩庆连肩膀和身体被埋在土层中，只剩头在上面，得以活动，能看到阳光，也能呼吸，但整个身子不能动弹。而早先进了防空洞，尤其是进入前半段防空洞的人，几乎无人能动弹。空气渐渐稀薄起来，叫喊声渐渐消失了，呼吸声也渐渐消失了。

下午4点多，敌机走了，许多人来防空洞找人，韩庆连的父亲从乡下回城找他和他母亲，见洞口有三四个人在扒土救人，于是也扒起土来，揭开木板，发现了他，一根木头几乎压到他的头上，身子已全埋在土里。他用力将韩庆连拔出，但韩庆连身体硬邦邦的，怎么也站不起来。经清理，仅在洞口和洞的后半段救出数人，其余的百余人全部遇难。

在后半段防空洞中没有遇难的人十分幸运，杨光春是其中之一。他家是一个大家庭，住在南门街，十分富有，开着"泰山堂"药店。他家离防空洞最近，后门一开就是地道入口，所以敌机飞临上空，警报一响，他们全家就从后门进入防空洞。当时他还在襁褓中，由于他们最先进入防空洞，后面陆陆续续进来的人把他们挤到后面去了。炸弹一炸，前半段一百余人全部遇难，后半段没有倒塌，他们幸存了下来，只是其父的嘴和脸被飞来的弹片削得鲜血直流。

两轮轰炸后，一切均已面目全非。

施茂合家住蒲杆村，父亲在县城做生意，他失学在家，看家守店。在乡下听到爆炸声后，全家放心不下，于是他便向县城跑去，准备探听父亲的下落。

下午3点，远见县城股股黑烟升腾，团团火苗上下，他哆哆嗦嗦地走进庙巷，墙壁的倒塌声、毛竹的爆裂声，不时撞击耳膜。他走到街头，但见房屋东倒西歪，商店有的关门上锁，有的大门敞开，有的门板上反，都空荡荡的，不见人影。街上行人极少，偶见的满脸灰黑，喘着粗气，泪痕满面。

施茂合来到通济街中段自家店铺门前，但见店门紧闭，不见父亲的踪影。他只好进城去姜妃巷伯父家打听父亲的下落。他朝西巷三眼井走去，却几乎不敢相信自己的眼睛。三眼井翟家碗店的房屋全被炸毁，只有亭子尚在，亭子上竟挂着带血的破衣片，墙上竟贴着人肉。北门桥南灯笼店旁的简易砖瓦平房已经倒塌，桥头上直挺挺地躺着一个男人，桥下河岸两边横躺着四五具尸体。

他原本打算从北门进城，令他吃惊的是城门洞口全是浓烟，热浪翻滚，那是两边商店的房屋燃烧所致。

无奈他只得转向小东门，一进小东门，眼前是一片火海，西边端家、王家等一些私人住宅以及王景昌南货店、盐仓等店铺全笼罩在火海之中。浓烟呛得人喘不过气来，也看不清前面的道路，挡住了他前进的步伐，无奈他只得在小东门处顺着城墙根爬上了城墙。

他登上城墙，向北门一带望去，从北门口到状元坊、犁头尖，再到小东门两侧，这块商店居民区也是一片火海。他怀着十分恐惧的心情向东走了一段路，在夫子庙东边下了城墙，他猛地被吓了一跳，只见平时作壮丁训练的空旷场地上躺着三具尸体。

他连忙走开，从后巷向南走到大东门街县衙前，看到四具尸体横躺在照壁墙边，其中一具女尸是叫花子，她左臂还挽着淘箕，右手抓着竹竿。从受伤的情况看，这些人都是日军用机枪扫射致死的。

他在姜妃巷伯父家打听父亲的情况，得知父亲已回蒲杆村，才放下心来。考虑到安全，他返回蒲杆村时从三圣庙爬上城墙，然后向西北行走，从小西门出城。

他又行走在城墙上，这次他没走多远，便隐隐听到阵阵惨叫声和痛苦的呻吟声。他疑惑地往前走，发现城墙上的黄土多处出现了凹陷，还出现一条宽达六七厘米的不规则的横向裂缝，那些惨叫声就来自城墙下。

他一看，原来这就是杨鳖家后院的防空洞，在洞口不远处有一个炸弹坑，防空洞已被炸得陷落下去。在防空洞附近的一口水塘边，见到一人腰部被炸断，已变成两截，上半身埋陷在塘埂的泥土里，能看得见肚中绿色的肠子，下半身滚落在旁边的泥地里，一丝不挂，血已流尽，白得吓人。

他已被吓得晕头晕脑，对着脚下那些呻吟声也感到无能为力，便匆匆地从小西门处走下城墙，沿着城墙边行走，只见河两岸到处都是尸体。尸体见惯了，渐渐不再害怕，偶尔见到一个活人，倒把他吓坏了。这反常的感觉使他心跳不已，便匆匆地走出城外。

太阳下山了，路途似乎一片光明，因为城里燃烧着的火光能照出好几里外，时而还能听到投掷的哑弹被火引爆的爆炸声。

几乎在同一时间里，14岁的陈德英也经历了极其惊心动魄的一幕。她刚逃出北门，北门城楼即被炸毁。那里的人全部被炸死，她躲在郊外，待轰炸结束后，便返回家中。回到家门口发现，房子已被炸毁。她没有看到妈妈，急得直哭，以为妈妈死了。她到处乱跑，待跑到飞机场附近，有一些年纪大的逃难者问道："小姑娘，你到哪里去啊？你跟谁在一起呀？"她哭着说："我没有和谁在一起，我在找妈妈，妈妈不见了。"那些人关切地说："你找不到妈妈就别乱跑，晚上一个人太危险了，不如和我们在一起。"

她咬着牙，决定回头，在城隍庙附近的山岗上，她看到摆摊的人全跑了，只留下空荡荡的摊子。她看到一个卖元宵的摊子，见没有主人，饿极了的她便随手去抓元宵吃，结果把手烫坏了，烫出了一个很大的泡。

她只好跑回城里，想去小西门找她大姐，一路上只看到人的头呀、肠子呀，被炸飞挂在树上，把她吓得头昏眼花，头重脚轻，只想呕吐。

到了小西门，发现这一片的房子没有被炸毁，她大姐家的房子还在。她慌乱地走到状元坊那儿，记得有一个豆腐店，她想买点豆腐吃。不料，豆腐店里那位十八岁的大姑娘一个膀子被炸断了，压在房底下喊救命："救救我吧，若是大伯大叔，我愿做她的女儿，若是大哥，我愿做他的老婆。"

她的哀叫声极其凄惨，但无人敢上前救助，大部分人被吓呆了。不料，燃烧着的木柴突然掉落下来，活活把她烧死了。火太大，无人敢上前，陈德英被吓得早已瘫倒在地上。

傍晚时分，她妈妈在大街上发了疯地哭喊着，叫着她的名字。母女终于相见，抱头痛哭。她们两人便去西门找大姐，四下寻找，不见踪迹。

她们来到白衣庵，问老尼姑见到一个女子没有，她们详细地描述着大姐的容貌。

老尼姑两手一摊："人太多了，确有一个女子系了一个围裙，躲到我们床底下了，你不妨看一看。"陈德英的母亲连忙来到床边，急切地叫道："喂，躲在里面的是不是我的大姑娘？要是的话，就出来吧。"哭声从床下传来，瞬间即爬出一个披头散发的女子，满脸是血，正是陈德英的大姐。三人抱头痛哭，接着慌不择路往乡下跑……

日军共分四个批次对溧水进行了轮番轰炸。分别发生于下午2时、2时05分、2时07分和2时15分（东京时间）。

1937年11月29日17时30分，日军海军航空兵第一联合航空队上海派遣队指挥官向其上级多个航空兵部队以及"中国方面舰队参谋长"发出标注着"极秘"的"一联空战斗概报第十四号"电报，电报中称该航空队的飞机在溧水投下"60千克炸弹64枚，250千克炸弹6枚"，全部命中溧水城区，"引起多处火灾，效果相当好"。

半小时后，即18时，鹿屋航空队指挥官也发出了一份"极秘"电报，发给其上级以及"中国方面舰队各旗舰"的"鹿空战斗概报第七号"电报，电报中称"14：00轰炸溧水"，投下"60千克炸弹36枚，250千克炸弹11枚"，全部命中溧水城区，"引起多处火灾"，确认"效果好"。

19时，第二航空联队也向其上级、其他航空兵部队以及"中国方面舰长官"发出了"极秘"的电报，这份"第五空袭部队战斗概报第七号"电文称："14：05空袭了溧水，投下250千克炸弹10枚，60千克炸弹28枚。"

从日军的电文中可以看到，日军共计出动37架飞机，投下250千克炸弹27枚、60千克炸弹128枚。

国民党"中央通讯社"当天发了新闻电讯《敌机惨轰溧水》："在城内投弹达百枚，死伤平民甚多，被毁房屋无数。"这份新闻电讯第二日被《大公报》汉口版直接刊登，《大公报》上海版以摘录的形式予以刊登。

次日，又补发《敌今四次轰炸溧水》的新闻电讯："溧水城厢及附近村庄已成焦土，公路上之伤兵难民，因遭敌机枪密集扫射，死者极众，遗尸遍野，途为之塞，断胫残肢，惨不忍睹。即河中通行之难民船舶亦多遭炸沉，河水为之变色。"

这一天溧水被日机炸死的就有 1200 人之多，炸毁、烧毁的房屋近 5000 间，大火烧了 3 天 4 夜，县城 70 多条街道被炸毁烧光。残存的房屋寥寥无几，屈指可数：通济街只有城隍庙、周家和张家，北门内有章顺武家，南中街有杨鳌家、刘小二家和祝家，大西门内有八字门和李家，小西门内只剩尼姑庵，南门内有江北会馆、尹家、史家，大东门尚存天主堂、董家、姚家和庄家等。

县城被轰炸后不久，县城大户熊家老、熊月辉组织掩埋队，在杨鳌家后院清理出 100 多具尸体，城外无人认领的尸体 100 多具……掩埋队共清理了 11 天，掩埋无主陈尸 900 多具，后又陆陆续续在废墟中清理出 200 多具尸体。

大轰炸后，溧水百姓还没从惊恐状态中恢复过来，面对面的劫难又接踵而至。12 月 4 日，日军 114 师团先遣队 200 余人到达溧水县城，溧水城又处在血雨腥风之中。

北门外望京街程家木行，有 100 余间瓦房，在大轰炸中幸免于难。主人吓得躲到乡下去了，但顽强的程大奶奶决定留下来照看祖业，"我这一大把年纪了死不足惜，况且我是一个老太婆，日本人能把我怎么样？"

怎么样？她根本没想到日本人进入程家，对着这位手无寸铁的老太太，不由分说就是一枪，子弹从她头皮擦过，老太当即昏倒在地。

3 个看家的伙计，秦老三、秦老四、秦老贵均被日本人当作活靶子，在吼叫和狂笑声中被刺死，然后一把火将 100 余间房和 3 个死人 1 个活人全部化作灰烬。

北门外坝心村农民施克龙将老婆孩子送到乡下石漱亭山竹丝岗躲避，他同样忘不了城里那座没有被炸坏的老宅，因此返回了县城。12 月 7 日那天，他被日军发现，饮弹后沉落在双塘朱家桥的水塘里。

12 月 4 日清早，李厚发的父亲从高塘到县城东门探望姨父遭难情况，到了城东曾家塘村时，听人说城里有鬼子不能进城，他便从城外绕道来到了施家村，得知姨父姨母于前一天逃难到蒲杆村去了，他放心回家，返回城北时被日军发现，日军开枪便打。事后施家村中的好心人把他的遗体移到菜园埂边，用几把稻草盖住。李厚发和全家人四处寻找，打听到有人在施家村被打死，确认是自己父亲后，才将遗体抬回家安葬。

后来日军大队人马由洪蓝方向沿公路从南门进入县城，日军烧杀奸淫，无恶不作，仅南门一段被枪杀和枪伤的有名有姓的百姓就有数十人。60 余岁的张老头和 70 岁的徐景州被日军打伤后死在家中，城南张村堡一男青年被打死在南门口，陈三年、孙友人的弟弟小丫头和孔德富的母亲孔奶奶被打穿屁股。

更可恶的是日军竟诱杀平民。大轰炸后，县城缺少火油，日军故意把一桶"德孚"牌火油放在南门城里的街中间，然后他们躲在被炸毁的断墙后，无辜的平民以为是别人遗留在街上的，便去捡拾，结果被日军射杀，打死后便拖到一边，一天之中竟有 10 多人被打死。

日军还从各处抓来妇女约 40 人左右，一起看管在"慰安所"内，作为军妓，供日军玩弄。

据不完全统计，城内的受害者就有 300 多人，其他地方更是数不胜数。接着他们四处骚扰村民，烧杀抢劫，农历 2 月 15 日上午，日军在丰安寺村就一次打死农民 25 人。

日军的残暴激起了溧水人民的强烈反抗，在乡下，乡民自发组织了各种抗日武装力量，如大刀会、游击队，他们保乡安民，抗击日寇。在闻知日军全力在南京屠杀时，四乡大刀会、游击队在 3 月联合进攻县城，克复县城后，随即处死汉奸施德奎。在闻知日军南下时，主动撤出县城。

1938 年 4 月中旬，日军复占溧水，在县城庙山沟、八字门广场、荷花塘、大西门外几处血腥屠杀平民，并派重兵驻守溧水城。[①]

---

① 南京市地方志办公室，南京市溧水区地方志办公室，南京市溧水区档案馆．铁证如山：侵华日军溧水大轰炸实录［M］．南京：南京出版社，2016.

第二章

新桥会师

　　一支部队冒雨前行，从江宁的业家庄南下溧水洪蓝，沿石臼湖至渔歌，再东折至溧水新桥，东行至里佳山驻扎。

　　自溧水大轰炸、南京保卫战后，溧水已经没有什么正规的中国部队，国民党军队一溃千里，除溃散于苏南民间的少量队伍外，均已逃得无影无踪。日军在苏南几乎高枕无忧，放牧南山了。

　　徐州会战开始后，日军纷纷北上，苏南除了重要的交通线和重要城市外，也不见了横行的日军。但恐惧中的民众仍躲于室中，很少出门，乡村一片荒芜，萧条备极，整个苏南无比荒凉、荒芜、孤寂、沉闷，犹如一幅灰色的山水画图。

　　就在这沉寂得几乎凝固了的空间中，1938年4月，有一支300多人的队伍打破了这沉寂。他们来自皖南，5月份穿行于横山、江宁，后又兵分三路，东渡秦淮河，越过京杭国道，分赴南京东郊和镇江、句容、丹阳、金坛、武进进行侦查，在这死水一般的池塘中投入了一块巨石，激起了层层波浪，在这沉闷窒息得令人快要死亡的空间中掀起了阵阵风浪，给苏南这个空间注入了极为蓬勃的生命力，散发着耀眼的灿烂之光。现在这支部队在6月份又挥戈南下，来到了惨遭日军蹂躏、伤痕遍地的溧水。

　　这支部队不同于以往在溧水境内的任何中国部队。当百姓们领受了"兵匪一家"的古训，惊恐于杂色部队抢劫、掳掠、摊派苛捐杂税后，只能是"敬而远之"，叫门门不开，搭话人不理，遇之忙躲开，更谈不上让其住宿，提供饭菜了。老百姓几乎死了心，日军残暴，丧尽天良，灾星降临，救星未现，国民党没实力，畏敌如虎且残害百姓，天下还有什么军队能驱赶日军，即便能驱赶日军又能给百姓带来什么幸福……忍受忍受，听天由命。

　　但溧水的百姓很快发现这支部队的奇特之处：不惊扰百姓，叫门门不开，他们没有破门而入，而是静候于室外，晚上则露宿于野外；搭话人不理，他们则到处贴抗日标语，高唱抗日歌曲，进行街头宣传；没有饭菜，他们不掳掠，而是自己动手做饭，或者花钱购买，且买卖公平，说话和气。

他们的奇特之处，还在于虽然生活极其艰苦，衣服破旧、单薄，伙食粗糙、低劣，但人人精神饱满，满脸浩然之气。

他们的一言一行沁润着百姓的心，他们的一举一动感染着百姓的心。

在里佳山居住不久，贫苦的百姓渐渐和他们有了接触，并发现了他们身上有一股强烈的亲和力。他们是穷人的队伍，是自己的子弟兵，也是百姓的救星。在溧水里佳山，这支队伍和当地的百姓渐渐地融合在一起，老百姓才知道，他们便是国民革命军陆军新编第四军的先遣部队，是共产党的军队，为首的叫粟裕。

尽管新四军未来发展方向的大局已定，但是，刚刚由不同地区奔赴皖南的小股部队集结整编而成的新四军，却面临新的作战对象、新的作战地形与环境，加之对敌后地区的敌情、社情、民情等都不清楚，对如何突破日军封锁线进入敌后地区均没有摸底。为慎重起见，在主力开赴泾县、南陵一带以前，新四军军部决定派先遣支队去苏南进行战略侦察，主要任务是了解和侦察日军、伪军情况，特别是敌人的薄弱环节，了解苏南的地形及风俗民情、群众条件等，附带了解国民党军队的情况，以便于后续部队的开进；同时，积极宣传共产党的抗日救国纲领，宣传持久战的战略方针，开展抗日民族统一战线工作。毛泽东充分肯定了这种战术安排与行动思路，并于4月24日致电项英："主力开泾县、南陵一带，先派支队去溧水一带侦察甚妥，唯须派电台及一有军事知识之人随去。"

项英立即同叶挺、陈毅等进行了深入研究与部署，确定从第一、二、三支队抽调部分干部和侦察分队组成先遣支队400余人到苏南先行侦察。陈毅提出由第二支队副司令员粟裕任司令员兼政委，带队先行。叶挺、项英均表同意，粟裕也欣然受命。

现在粟裕和战士们来到里佳山，准备进一步实施战略侦察，突然一战士进来报告，一支队司令员陈毅将于明日到达新桥。

6月8日，溧水新桥地区下了一场小雨。这一场雨也下得真是时候，雨水带走了夏日的炎热，早晨的风儿凉爽呀凉爽，几日前的沉闷感、炽热感一扫而光。人们的心头透着丝丝凉意，夏日的雨把大地上早已被灰尘浸染的庄稼、树木、瓦垅洗涤得干干净净。尤其是那秧苗，在雨水洗涤下，苗尖上结着晶莹的水珠，阳光下闪闪发亮，叶片上的绿意撩拨着人的心弦。人们有一种全新的感觉，空气是新的，庄稼是新的，大地是新的，自然新桥河上的木桥也变新了。

木桥南北横躺于东西走向的新桥河上，是新桥镇最重要的聚集地，一条并不繁华的街道，在此地还是多少有些繁华的意味，人们办事、约人总喜欢在木桥处相聚。即便在日寇的铁蹄下，这条规矩也没改变，尽管如今早已失去昔日的繁华景象。

陈毅的心情是迫切的，现在他带着两个团的人马奔赴抗日前线，尽管他有中央苏区的作战经历和南方三年游击战争的战斗历程，但在苏南开展抗日游击战争对他来说还是新课题，其难度可想而知。如果他没有掌握苏南形势的第一手材料，这将会对以后的战略部署带来极大的困难。因此他极力推荐粟裕带队先行侦察，随后他遵延安总部和军部之命沿先遣支队的路线强行北进，现在第一任务是到达苏南后弄清苏南的抗战形势。

粟裕的心情也是一样，当两个人在新桥河上的木桥边相会时，两双手紧紧地握在一起。战士们也相互拥抱在一起，由于先遣支队是从三个支队中抽调出的，有的战士原先是在一个支队的，现在分别一个月，在苏南敌后相遇，怎能不欣喜万分呢？桥上、桥头、桥尾、河边，一支队战士急切地问着苏南敌后的情况，先遣支队的战士自然是滔滔不绝地讲述着在苏南的所见、所闻、所感。

用完中餐后，旋即召开两队联席会议。陈毅首先讲述了先遣支队出发后中央及军部的一系列指示。接着粟裕就先遣支队的活动做了近5个小时的汇报。最后，一支队领导经集体商量，在一团一、三营进入江宁、当涂、溧水和南京近郊活动后，二营随陈毅和二团进入溧阳竹箦桥地区。一团团部派保卫股长陈棣华率部分人员，在新桥地区，宣传发动组织群众。

会师后，粟裕率部向新桥王村进发。在率先遣支队完成任务后，准备返回，不料6月11日，接到叶挺军长拍给他的电报，内容是转达国民党第三战区司令长官顾祝同的一项作战命令。粟裕带着这项命令，立即到上沛埠向陈毅报告。陈毅见命令后，说："着该军派一部挺进，于南京镇江间破坏铁道以阻京沪之敌，务于三日内完成任务，否则严厉处分，并将敌情随时具报……"

陈毅深知粟裕肩上的担子很重，组建先遣支队时，他将身边得力的助手和测绘参谋派给粟裕，现在他又从一支队二团抽调100多人组成一个加强连拨归粟裕指挥。

二人分别后，当天下午4时，粟裕便率先遣支队两个连和一支队的加强连，由溧水县里佳山出发；陈毅率一支队主力向东到竹箦桥，再向北折宝堰、白兔，相机策应。

完成任务后，粟裕率领部队兜圈子经过镇江西南赣船山一带时，发现这一带是打伏击战的好地形，为了满足指战员的求战心情，迎接陈毅司令员率部会师，决定于此打一仗。

6月17日上午8时20分，韦岗战斗打响。

激战半个多小时，计击毙少佐土井和大尉梅泽武四郎以下官兵13人，击伤日军8人，击毁敌军车4辆，缴获长短枪20余支和一部分军用品，另有4车物资全部被毁。

溧水风景很美，苏南尤甚。水自不必说，西北有秦淮河，西南有石臼湖，水波荡漾，有迷人之姿。至于山，溧水的山丘之多，在苏南首屈一指。境内百分之七八十为低山丘陵，群山环抱是溧水地形的特质。但在溧水的群山环抱中，少有盆地、平原，常常是低山林立，丘壑纵横。其中林泉之美，颇有世外桃源的风姿，若在太平盛世，绝对是陶渊明、王维、苏东坡等人向往的归宿之地。

可日本帝国主义不允许这大自然的恩赐永远留驻人间，日军的战火烧遍了苏南，溧水怎能幸免！哪怕是最闭塞的一角，最幽静的一隅，也会有战争的火星溅落到。

溧水东南，方山、芝山犹如一道屏风与回峰山、观山形成环抱之势，零星的村落散落其间，无论是风和日丽的日子，还是细雨霏霏的时光，都有一种绮丽、幽迷的神韵，但战争的火星无尽地烧穿这风景的底板，留下了点点焦黑的斑孔。

南曹便是分布在其中的一个村落，一个只有七八十户的村庄，村中居民大多姓曹，杂有陈姓。其村四周绕有良田，虽不平坦，带有丘陵高低的痕迹，但耕作历史悠久，黑色的土地上还是长满了茂盛的庄稼，喜得老农夫干皱的脸上绽满了舒心的笑容。南曹村边有池塘，村中也有池塘。显然，丘陵地带难以积水，开挖池塘一来解决居民用水问题，二来可以解决灌溉用水问题。这恰好为村庄、田野、低山赋以水之拥抱，平添一股流动之美。

松竹环绕于村，更显山林之美，风一吹，流动的绿浪和岿然不动的群山相映成趣，你的心会泛起层层醉意。居民的房屋一律是灰色的，草屋、瓦房相杂期间。不过，当你看到村庄的西南有几排高大的木结构楼房时，你便可判断出这儿居有乡间甚有影响力的地主乡绅，这儿的世界绝不是贫乏单一的世界。

村西南那排高大的楼房西面有一池塘，塘边遍植桑竹，塘中遍植荷花，塘里绿色的家鸭在"嘎嘎"地游弋着，鸭子激起的水浪亲吻着塘边宽大的青石台阶，台阶的青石板上站立着一个瘦弱的青年男子。

这男子身高一米七左右，头发短短，显得十分精干。双眼平视，眼光深邃而又略带忧郁，略带上翘的上唇，似乎透露出内心不可限量的志向，至于那双脚，那双赤裸着的脚，虽细嫩，未受稼穑之苦，但沉稳坚定，似乎彰示着主人有超常的抗压力。他目视着西南的新桥方向，脸上显现着某种企盼之色，又隐隐透露着内心那翻滚的不尽的心意。

他，曹明梁，一个只有 23 岁的热血青年，在门口等待远方的亲人。

他便是南曹村那排高大楼房的主人，其父曹福星是附近有名的地主，家有田产六七百亩，他排行老二，上有哥哥曹明栋，下有三个妹妹，二妹叫曹鸣飞，曾在镇江女子职业中学就读，后因参加抗日救亡运动，为校方开除，这几日她到李巷探望亲人，说好今天返回，曹明梁站在村西的池塘边，等候妹妹的到来。

说起曹明梁，南曹这一带百姓是无人不知，他的履历上确有不平凡的几段经历。

曹明梁，出生于南曹富裕之家，田有数百亩，瓦房有数十间、槽坊一座，他本可享受富贵之乐，但他生于乱世，无法像先人那样养尊处优，颐养天年。他胸怀大志，有匡世济人、拯救百姓于水火之中的大愿，不过政府腐败，民不聊生，哪有曹明梁施展鸿鹄之志的地方呢？

1927 年，蓬勃发展的革命形势突遭逆转，曹明梁刚于溧水师范学校毕业，被分配在南曹不远的溧水县李巷小学任校长。他怀着愤懑的心情，曾画一水墨画贴在教室，画上是一横行的大螃蟹，下有一行题字"看你横行到何时"。国民党县教育局的督学腆着肚皮到校一看，沉着脸，摸着胡子扭头便回，认为是影射当局，立即将其革职。

1935 年，他应聘来到溧水县富塘小学执教，更荒唐的事发生了。国民党为了大打内战，调走了溧水县教育基金，拖欠全县小学教师薪水达四月之久，使教师生活陷入困境。曹明梁振臂一呼，与周良云、张一平一起担任溧水县教师索薪代表，并向教育局发出全县教师举行罢教的最后通牒。经三个月的罢教索薪斗争，取得了胜利，有力地揭露了反动政府置民族危亡于不顾、热衷于内战的阴谋。

风云又变，日寇入侵，国土沦陷，国民党一败涂地，民族败类纷纷出头，充当日本鹰犬，横行霸道，鱼肉百姓，山河破碎，国无宁日。曹仰天长叹，国民党是没有指望了，可共产党又远在延安，想去那儿学习，却路途遥远，又遭日寇封锁，无法成行，怎么办？

此时从溧水城来了几个人，一个尖嘴猴腮的劣绅请曹明梁出山，组织维持会，升官发财，曹明梁大怒，拍案而起："滚！投降日寇，背叛祖国，认贼作父，甘愿做亡国奴，无耻之徒！我曹明梁怎能与你们为伍，告诉鬼子，我曹明梁头可断，血可流，但绝不会做亡国奴！"两人吓得屁滚尿流，夹着尾巴逃走了。

新四军来了，曹明梁终于看到了希望，1938 年 5 月，粟裕率领新四军抗日先遣队来苏南敌后侦查，途径溧水新桥地区，进行抗日宣传，曹接触到了共产党和共产党军队，他读了政工人员赠送的报纸书籍，深受教育，仿佛黑夜中看到了明灯，大海中看到了船标。

6 月，一支队来到了新桥地区，早已向往新四军的曹明梁进一步接触了共产党和新四军，认识到只有共产党和共产党的军队才能担负起救国救民的重任，忧虑悲观之情一扫而光。

曹明梁的妹妹曹鸣飞，上海失守后，便回到家乡，此时和曹明梁一样苦闷无比，在民族危亡的时刻，心情无比绝望。

她听说新四军一支队一团招收战地服务团战士，很想参加，此念和曹明梁不谋而合。于是，她在其兄的鼓励下，前去大李巷亲戚家走走，看看新四军战士的风貌，再行定夺。

很晚很晚，村头才出现曹鸣飞的身影，曹明梁连忙迎了上去。"新四军作战勇敢，纪律严明，说话和气，尤其是那催人奋进的革命道理，震人发聩，我在黑暗中一下子看到了光明和希望。"曹鸣飞顾不得吃饭，热切地谈起了自己的感受。

炎炎夏日，乡间暮色四合，蛙声一片，萤火虫乱飞，池塘中的清水尽兴地倾吐着白日吸收的热量，桑树下、青石板的台阶边，兄妹俩边走边聊。

"哥哥，国民党真的没希望了，丧师失地，溃败千里，我看共产党就不一样。"曹鸣飞甩了一下辫子。

"嗯。"曹明梁点点头，顺手掰了一根柳枝："确实不一样，别的不说，部队就不一样，纪律严明，爱护百姓，我从没有见到这样的部队。"他又重重地叹了一口气："唉，国民党的部队就和土匪一样，不扰民就不错了，还指望他们赶走日本鬼子吗？"

"是呀，共产党的主张令人耳目一新，目标很明确，为民族、为国家、为咱们老百姓。他们唱的歌也特别令人振奋。"曹鸣飞激昂地唱起了她刚从新四军一团战士那儿学来的歌："挖战壕呀，嘿嗬！打日本强盗，嘿嗬！不怕锄头重，不怕泥土坚，一锄一锄用力挖，救国责任我担当！齐心挖呀！嘿嗬！合力挖呀，嘿嗬！"歌声穿越乡村，在山水间回荡。

"妹妹，国家兴亡，匹夫有责，我们待在家里是报国无门，现在共产党新四军就在眼前，我们应该积极地向他们靠拢，去救国救民。"曹明梁说出了憋在心里许久许久没有说出的话。

"对！哥哥，此时不去更待何时，我们应该赶快走进抗日的队伍中去。"

"是该走进抗日队伍的时候了，是时候了。"曹明梁握紧了拳头。

兄妹俩商量一阵后，便鼓动经哲松、张迅等一批青年知识分子报名参加新四军一支队一团的服务团，还同其他参加服务团的溧水青年张一平、朱建华、孙飘萍等人一起到处奔走，宣传抗日道理，高唱抗日歌曲，排演抗日戏剧。

当时条件异常艰苦，道具的置办非常困难，没有戏台，兄妹用门板和老百姓收稻用的屍桶去搭；没有衣服和道具，他俩就向部队或老百姓借，东西用完后，当即归还，坏了还要赔偿。小道具有时还要自己制造，这些东西虽然细，但却非常烦琐。好在曹氏兄妹都有文化，工作有热情，态度认真，这文化宣传搞得是有声有色。一时昏昏沉沉的新桥乡村出现了生机，震荡激昂的抗日歌声点燃了连天的抗日烽火。

……

一队日本兵开进镇子，镇上的妇女挥旗欢迎："先生请，先生请。"那些妇女鞠着躬，面无表情地邀请着那些情绪亢奋、按捺不住的日本士兵。小山进了慰安所，脱下黄色军服，露出了洁白的衬衣，他的脸上洋溢着杀气，掺杂着稚气，含混着男人寻求女人满足性欲的邪气。

他搂住了一个女子，拨开头发，刚想用他那炽热的双唇压在女人脸上时，突然双眼圆睁，如触电一般把女子推开，立在那里，一动不动。然后又把那女人拉近，瞪大了眼，左看右看对方的脸面，眼珠不时地转动着，好像想辨认出什么？

那女的仍然微闭着双眼，无精打采，好像在例行公事似的，完成那天天如此、月月如此的机械式的任务。

"美子……"小山一声惨叫。

那女子一听"美子"二字，猛地睁开眼，当她的目光投向惨叫着的小山时，双眼忽地圆睁，发出一道恐惧之光，她嘴唇痉挛，尖叫起来："哥啊，是你吗？"

"妹妹，是我呀，我是小山。"那日军一下子跌倒在座椅上……

这是一出戏，是新四军战地服务团演出的一出反映日军慰安妇悲剧命运的戏剧，内容是一对日本兄妹在中国的慰安所意外重逢的故事，向人们控诉了日本军国主义的罪行。曹明梁演小山，曹鸣飞演美子。

……

"天皇啊，我们为什么要发动战争？"小山掏出枪，对准了自己的脑袋……一声枪响，紧接着是一个女人的尖叫声。

观众一片掌声，演出时场地上挤满了人，人们更加痛恨军国主义的罪行，更加认清了日本军国主义的罪恶本质，它不仅残害了中国人民，也残害了日本人民，不消灭军国主义，和平就不可能实现。而实现和平只有战斗、战斗再战斗，直至把侵略者赶出家园。

曹鸣飞静静地站立在岗上村的大银杏树下，她抬头望着树上累累的白果，顺手摘了一片树叶，放在手掌上拍了拍，又用拇指食指捻着叶片的柄儿旋转着，她知道银杏的树叶呈扇状，树片很厚，不似蒲公英，一吹花针乱飞，可以放飞梦想，但她也清楚这银杏叶子到了秋冬季节呈金黄色，十分灿烂，飘落于地，人行其上，沙沙作响，美丽无比。

曹鸣飞是个有梦想的姑娘，其父曹福星在溧水方山一带是个头面人物，但他不过是一个农村的普通地主，仅有的一点文化也仅是古老封建文化的一个翻版，自然信奉"女子无才便是德"，他可以让曹明梁、曹明栋读书，但他不会让女儿们读书。曹鸣飞却与众不同，她幼小的时候，就大异于一般女子。她生有异相，一般女子大多削肩，她是平肩；一般女子的脖子较长，她较短；一般女子较为文静，即使在山野之地，带有野性，但终究被束缚在传统的框架里，但她性格刚烈，行事果断，作风泼辣。男孩喜爬树掏鸟，她从不落后；男孩下河摸鱼游泳，她照样一个猛子入水，捞鱼上岸；男孩敢夜间行走于山路，她照样不用打灯笼，轻松地穿行于山间之中。

她不像两个哥哥，也不像两个妹妹，颇有女生男相之姿，算命先生瞪大眼连声直呼："此女生有异相，将来必大富大贵。"

她毫不在意，她的父母也并不完全在意，因为女孩长大了是人家的人，且女人重在德，"才"与"贵"似乎并不重要。

她聪颖异常，丝毫不亚于其兄曹明梁，其父十分惋惜："若是男子，曹家大可高枕无忧。"

读完小学，父母不再让她读书，她坚决不从，并要求到镇江读书，其父吓坏了，其母吓呆了，一个女孩家读什么书，懂针线女红就行，还要到镇江读书，岂不是千古奇闻。也难怪，其父其母乃乡间土财主，在闭塞的乡间宗法社会结构里生活，哪里知道外面世界的变化。

曹鸣飞铁了心，非去不可，其兄曹明梁也鼎力相助，竭力规劝父母。她父母怕女孩在外读书不安全，但慑于女儿的刚烈，儿子的支持，只好点头同意，曹鸣飞有幸就读于镇江女子职中。

来到镇江就读，曹鸣飞进入了一个全新的世界，她从新式学校接受到了全新的知识，了解了世界的真正面貌。她的脑海纳入了新的文明元素，这正契合了她特殊的生命个体素质，正当她想通过努力学习报效祖国时，抗战的枪炮声打破了校园的宁静，她和其他同学走上街头，抗议国民党的不抵抗政策，却为校方不容，开除出校。

回到家乡，父母高兴异常，"女孩子读什么书，回来就好。"但她陷入极度的苦闷之中，国家的出路何在，人生的出路何在？

适逢其兄曹明梁也处在极度的苦闷之中，自索薪罢教后，苦闷无比，常常以打牌消遣，以赌博来麻醉身心。

兄妹俩常常在一起议论，探讨，后来曹明梁到新桥亲眼目睹了新四军后，兄妹俩便决定投奔新四军，后又参加战地服务团，有过数月的活动，他们对抗战有了全新的认识，一听说在岗上村举办青年抗日救国训练班，便毫不犹豫地参加了。

今天她一大早来到岗上村，独自来到村西的大银杏树下，一边观看，一边沉思。

青年抗日救国训练班在村东的张家祠堂举行，由一团宣教科长刘亚奇负责，团政治处战士洪季凯协助工作，服务团分队长余伯由及杜景仁等担任训练班的辅导员兼做生活管理工作。

这一次来了许多人，因为有团首长亲自来讲课。

九点整，授课的时间到了，溧水的朱述华、张一平、孙飘萍、曹明梁、经雪友、曹鸣飞、张德桢、王道生、邱承连、毛翔等鱼贯而入，当涂县小丹阳的吕世文、溧阳县上沛埠的张肇璜和句容县郭庄、葛村的青年张云也进入祠堂内，五六十人端坐台下，静候领导的到来。

曹鸣飞坐在前排，拿着笔记本，准备做记录。在这群人中，她算是个"秀才"了。

几分钟后，宣教科长刘亚奇领着几位干部从侧门进入祠堂大厅的主席台，坐定后，刘亚奇便一一介绍，傅秋涛、江渭清、钟期光、魏天禄等响亮的名字一一传入众人的耳中，随之大厅内响起一阵热烈的掌声。

这几位干部一一作了简短的报告，便下来和众人相见，随即留下一人上课，其余的便纷纷退场，到别处参观指导。

留下的一人来到曹鸣飞跟前，曹鸣飞抬头一看，只见此人身材中等偏上，体型适中，走路右脚微跛，但步伐坚定有力。他身穿戎装，衣领挺括，一脸庄重之色。由于战争残酷，脸色微黄，那是营养不良所致。但他的双眼坚定乐观，沉稳，眉宇间显出一股英雄俊朗之气，明确地彰显着任何困难都不能使之屈服的气概。

曹鸣飞微笑着站了起来，她在刘亚奇的介绍中知晓他就是一团的副团长江渭清。

江渭清微笑着点点头，亲切地说道："好，是个女同志。"他上下打量了一番，只见眼前的女子身高1米60左右，身子骨特别硬朗，远不是那种婀娜型的女子，透有一种坚硬、刚强的韵味。她的眉毛又细又长，睫毛有飞扬之势，两眼特别有神，具有一种威严，类似于古代巾帼英雄的那种特质。像这种类型的人在特定领域内，必为出类拔萃之辈，绝不是庸庸碌碌之徒。

江渭清在三年游击战争中见过许多女英雄，倒也没遇到有如此引人瞩目的人物。

他关切地问道："小同志，叫什么名字，家居何方？"

"我叫曹鸣飞，家住溧水南曹。"曹鸣飞回答简短有力。

"名字怎么写？"

"鸣叫的鸣，飞翔的飞。"

"好呀，不鸣则已，要鸣则一鸣惊人。不飞则已，要飞则一飞冲天。欢迎你加入抗日队伍中来。"江渭清本想再说些什么，但由于时间关系，他不能多说了，便回到台上，向大家讲授《抗日救国十大纲领》。

"同志们！"江渭清洪亮的嗓音在张家祠堂的大厅内回旋着："今天我为大家讲授我们中国共产党提出的《抗日救国的十大纲领》，这个纲领是去年8月22日至25日，我们党在洛川召开的中央政治局扩大会议上由毛泽东主席提议并通过的，彻底体现了中国共产党的人民战争路线，下面我把十大纲领的内容讲一讲。"

江渭清侃侃而谈，并深入细致地分析着其中的内容。

曹鸣飞很惊讶，按她早先的了解，新四军的干部大多是红军三年游击战争过来的，论打仗是不用说的，至于文化吗？应该说大多是大老粗。这位江渭清是个副团长，按理行伍出身的人只能扛枪打仗，为什么他却有如此能力深入浅出地讲解着抗日的纲领？

当然，曹鸣飞并不清楚江渭清的来历，江渭清虽然在队伍中摸爬滚打；但他是受过良好教育并极具读书天赋的人。

江渭清出身于湖南平江县秀水乡余家洞，其父没有读过书，为了不受欺压，与兄弟商量，咬牙送江渭清上小学读书。他读了三年初小，后因家中供不起他，就随父兄在家种田。1925年夏，其父带他跑了几十里路，去浯口江家祠堂同族人一道祭祖，引起了主持祭祖仪式的族长的注意。他见江渭清十分聪明，辍学在家十分可惜，建议让其考高小，若能考上，学费由族里出。族长是晚清举人，自然说话有影响力，江渭清本人也十分渴望再去读书，后家庭支持其投考平江的第四高小。

没想到他的作文竟得了满分，江被破格录取为插班生，直接上高小五年级，由于其表现优异，在五年级第一学期，训育主任向校长推荐让他担任了全校的学生队长。1926年他加入了中国共产主义青年团，在北伐战争和农民运动中作为学生的他，一直参与组织宣传活动，培养了优秀的组织能力和宣传能力。1927年高小毕业后，因政局动荡和家境所限，无心也无力继续上学，遂投笔从戎，后在革命熔炉中，他长期担任军队的指挥工作和政治工作，是一个军政双全的优秀干部。他现在名为一团副团长，那是国民党的编制所定，实乃一团的政治委员。

江渭清细细地讲述《抗日救国的十大纲领》并做了分析和归纳，曹鸣飞沙沙地做着记录。"同志们，我们共产党的纲领和国民党的《抗日建国纲领》，有很多相似之处，两党都主张以孙中山先生的三民主义作为制定抗战纲领的指导思想。中国共产党认为要实现全面的民族抗战，国民党的政策必须转变，全国上下必须共同实行……"

江渭清在台上说着，同时扫视着台下听课的同志。只见许多人都做着记录，有的虽然没有做记录，但听得格外仔细。他估计没有做记录的同志，可能文化低或者自己语速快了些，便放慢了语速："同志们，在抗战的具体政策上，两个纲领也做了某些相同的规定。首先，在军事问题上，共产党主张动员全国陆海空军，实行全国抗战。国民党提出加紧军队之政治训练，使全国官兵明了抗战建国之意义，一致为国效命。"

江渭清在分析时着重说明了两党抗战纲领的共同处，他感到迄今为止国共两党在抗战时配合尚好，不久前歼灭叛匪朱永祥时，国民党三战区还是全力支持的。另外，初到苏南，要争取民众抗战，还必须强调一下国民党的作用。因为苏南民众对共产党不了解，视国民党为正统，所以必须注意宣传的策略。但是党在抗日民族统一战线中的独立自主的原则不能丢。

"同志们必须清楚，国共抗日是合作，我们的抗日纲领是全面抗战，不是片面抗战。而且我们党在抗战的统一战线中，始终保持独立自主的地位。"江渭清说到此处，心情为之一沉，他和国民党有血海深仇，三年游击战争有多少战友和百姓牺牲在国民党的屠刀下，自己的右腿致残也为国民党所赐，若不是有掳获的军医所治，恐怕早废了。所以下山时，他心情特别激愤，但为民族独立、生存，他胸怀磊落，不计前嫌，奋起救国。但国民党的本质他是清楚的，他认为在任何情况下党都不能放弃独立自主的原则。但军部有个别领导人过于强调要服从统一战线，这恐怕会留下隐患。但是现在……

江渭清授课既形象又生动，那些深奥的道理通过形象的讲述一一变得通俗易懂，这一点曹明梁、曹鸣飞兄妹最清楚，他们都上过学，算是有文化的知识分子，听过许多名师授课，一比较，他们觉得江副团长的讲述自有一套独到的本领，而且从两个纲领的对比中，更加坚定了对共产党的信仰，决心跟着共产党抗战到底。

其他上课的同志记的记，听的听，小声讨论的小声讨论，都觉得心中许多的问题得到了解答，眼界为之大开，对全国抗战的形势和苏南抗战的形势有了一个较为全面的了解。心里有了谱，便决心付诸行动，除了继续听课外，他们有了新的目标，那就是听党、听新四军的指挥，积极投入抗日的洪流中。

在江渭清讲授了《抗日救国十大纲领》后，其他团的领导傅秋涛、钟期光、魏天禄等人先后讲授了"抗日民族统一战线""抗日战争中的游击战术""敌占区组织动员群众问题"等内容。

课后，好多学员提出要加入共产党，一支队一团根据中央5月14日《关于新四军行动方针的指示》中提出的"大力去发动组织群众建立地方党"的要求，训练班领导经过一段时间的考察，由团政治处批准，首先吸收朱述华、张一平、孙飘萍三人入党，后训练班建立了党支部，刘亚奇兼任支部书记，朱述华任组织委员，张一平任宣传委员。

抗战时期溧水地区最早的党支部成立了，不久，曹明梁、曹鸣飞、经雪友、张迅等人的愿望也实现了，他们光荣地加入了中国共产党。

党旗下，兄妹俩庄严宣誓："我志愿加入中国共产党，坚持党的纪律，不怕困难，不怕牺牲，为共产主义事业奋斗到底。"

自此曹氏兄妹在党的领导下，在抗日的洪流中，揭开了人生的新篇章。

8月，日军调动频繁，新四军一团团部分析敌军可能下乡"扫荡"，决定提前结束训练班。曹氏兄妹因为参加了先前的战地服务团，于是随部队做民生工作。其他没有参加服务团的学员回到家乡住地从事抗日宣传活动，做农抗会、青抗会、妇抗会和民先会的发动组织工作。

斗争残酷，危险随时可能发生，一团团部虽然没在李巷，但根据需要，随时要变换居住地点。曹氏兄妹力邀一团团部领导相继住入其家，其父曹福星、兄曹明栋也热忱邀请，故傅秋涛、江渭清等人有时也住到曹明梁家，曹氏兄妹在一团首长关怀教育下，对敌斗争的水平有了大幅度的提高。

1938年8月27日，一支队一团团部特务连奉命夜袭溧水城，狠狠打击了日寇的嚣张气焰。

连长傅彪、指导员毛英奇率众疾进，当到达离溧水城不到五里路的小村庄时突遭大雨，行军的进度一下子放慢了下来，两人决定进入村中暂避大雨。

8月的天气通常是炎热异常，一场大雨后天气一下子凉快起来，战士们的身心有一种从没有过的愉悦。毛英奇也不例外，这位只有19岁的年轻的连指导员身上洋溢着一种战斗豪情，所以显得格外兴奋。

闪电撕破了夜空，雨水从茅房屋顶的茅草梢尾上飞泻而下，在屋檐下汇成一幕雨帘。

闪电照亮了泥泞大地，门前的谷场上泥水汇着泡沫向低洼处肆虐地流淌；闪电也照亮了毛英奇英俊而又儒雅的脸庞，他的眼神坚定沉着而略带些幽迷，其中似乎蕴藏着说不清道不明的丰富内涵。

雷鸣震撼着大地，一声霹雳，茅房在颤动，树木在抖动，脚下的大地在涌动。战士们紧握的双枪早已卸下，放入屋内，以避雷击。雷声也使毛英奇的那枚心爱的手枪静静地斜躺在茅屋内的一张破旧的四仙桌上。

毛英奇进入苏南已有一个多月，他清晰地记得跟随傅秋涛、江渭清到了小丹阳，为了争取地方武装，他奉傅秋涛之命先去拜会当涂坝头的地方武装首领刘一鸿，为刘一鸿全力配合一团消灭朱永祥打下了良好的基础。这以后一团团部离开小丹阳来到溧水李巷，他便和一团的战士奋战在溧水的土地上。

就在不久前的7月15日他还率队夜袭溧水城郊的一个大村庄，活捉汉奸、维持会头子蒋某。7月15日夜晚的那一幕又在眼前浮现：维持会会长蒋某大办生日，趁机对乡邻敲诈勒索，还请日军小头目参加，一团特务连决定趁机歼之。

根据这一情况，他和傅彪及副连长陈才桂带领警卫排和侦察班在向导的带领下直扑蒋某所在的村庄。

他们从云鹤山出发，专走小路，避开村庄，在融融的月色下来到蒋某所住的村头。

此时打谷场上人山人海，戏正演着，蒋某和日军小头目一边说笑，一边喝茶，正有滋有味地看着戏。毛英奇和傅彪带领侦察班挤入人群中，来到台前，副连长则带着警卫排负责接应，封锁路口。蒋某和两个日军小头目坐在三把太师椅上，背后站着七八个保镖，戏台两侧有人持枪护卫，他们在"绝对安全可靠"的氛围中放松地观看着《贵妃醉酒》。

只见毛英奇用手一挥，战士们砰砰几枪，首先撂倒两个日军，然后一拥而上击倒护卫，傅彪一个箭步，一边把瘫倒在地上的蒋某抓起，一边朝天放枪，那些护卫本为乌合之众，见蒋某被抓，个个放下手中的枪支，连叫"饶命"。

特务连满载而归，不久三人又带领全连战士迎接更大的战斗——夜袭溧水城……

闪电又起照亮了周边的水田，秧苗在风中摇摆，随即消融于黑暗中。毛英奇见此情景，竟脱口而出："月黑风狂夜，天倾地欲沉。"

傅秋涛笑了："英奇，你又作诗了。"

黑暗中，毛英奇点了点头："触景生情，有感而发。"

是呀，触景生情，有感而发，于毛英奇而言，倒是恰如其分，说毛英奇为军中诗人并不为过。毛英奇，湖南平江人，出生时家境一般。后其父为当地豪绅诬告，以通共罪下狱，半年后幸红色游击队攻克伪区署，才得以出狱。他只好远走他乡，买一小舟摆渡于湘水、洞庭间避难。那年英奇8岁，家贫不能就读，好在其母出身名门，熟读经史、诗词，每于纺绩之余，教授于英奇，英奇从小受到了良好的教育，积累了深厚的古典文学的功底。后毛英奇参加红军，因其文笔流畅，被选为八路军驻汉办事处党代表董必武的秘书，吟诗作赋，确有一股儒雅之气。

傅彪和他在一个红军连队里待过，知道他写过《留别湘鄂赣军区诸战友》《出征》等诗，尤其在下山东进途中，他一路走来，一路写，遂成《东进经程》组诗，流风余韵，传为佳话。如今箭在弦上，即将发出，途中遇雨，有感而发，是最自然不过的了。

不久，闪电雷鸣消失，雨却没有停止，他们决定疾速前进，决不能错过攻取县城的良机。

到达城下，根据侦察员的报告，傅彪迅速作出决定，由其带一排战士攻打驻天主堂的日军，由毛英奇带二排攻打驻火神庙的伪军。

一切布置停当，副连长陈才桂带领侦察班战士从县城西北角登上城墙。

他们弯腰前进，两个伪军迎面走来，一声大喝，他们猛扑过去，活捉了两个俘虏。

陈才桂一挥手，众战士纷纷攀援而上，然后翻下城墙，迅速向天主堂扑去。

二排战士在向导带领下由毛英奇指挥，直扑火神庙。

大雨刚停不久，哨兵听到声音，还没有反应过来，两把刺刀同时插进了他的胸膛，他还没有来得及哼一下，便倒地毙命。

毛英奇枪一挥，众战士冲击大庙正殿，排长眼明手快，一把抓起架在桌子上的一挺轻机枪，战士们的枪口则对准正在熟睡的伪军，齐声喊道："投降不杀！"伪军醒来，哪敢反抗，乖乖地举手投降。

火神庙的伪军被解决，毛英奇根据事先的布置，由向导带路，直扑城隍庙对面的周家住宅——溧水县伪维持会。

此时街上寂静无声，没有人影，只见维持会的大门关得紧紧的，黑漆漆的门十分沉重，毛英奇上前轻敲了几下叫道："屋里有人吗？"

没有反应。

毛英奇又用门环敲了几下，里面终于有人搭腔了："谁呀，半夜三更敲什么门？"

毛英奇故意大叫道："还不开门，我是警备队皇军派来的，有要事告知，你们睡死啦，还不开门！"

屋里的人连忙答道："来了，来了，刚听到。"随即传来一阵急促的脚步声，门"吱"地一下打开了半扇。门一开，两只手电筒的光柱照在对方的脸上，对方忙用手遮住眼："喂，别乱照，有事请吩咐。"

两个战士猛扑上去，把他捆了起来，经短暂审讯，方知其人就是"铁杆汉奸"江某。

此时，天主教堂那边连响起一阵手榴弹爆炸声后，又响起了一阵"乒乒乓乓"的枪声，傅彪他们开始向日军进攻了，日军急忙打开探照灯，步枪、机枪在探照灯照射下，同时射击。日军的枪弹组成了有效的火力网，新四军难以近前，两小时后，天色微明，傅彪见攻克无望，便下令撤军。

撤退前四处张贴布告。

毛英奇等人在周家住宅留有一信，信上写道："你们这些民族败类，死心塌地为日军效劳，欺压百姓，绝没有好下场。"

战后，毛英奇赋五言诗一首："月黑风狂夜，天倾地欲沉。填薪超巨堑，攀索上危城。照道雷催电，消声雨助人。弹轰山岳颤，红焰夺黎明。"

月底的一天，一团团部在李巷召开干部会议，一支队副司令、一团团长傅秋涛对一团进入苏南后的工作做了总结，他喝了一口大麦茶，对着与会干部说道："同志们，今天我们开个会，对前一阶段的工作总结一下。"

"新四军一团在小丹阳地区消灭叛军朱永祥，进入溧水新桥地区后，便全面开展抗战工作，取得了不凡的战绩……溧水的战略地位如此重要，毛主席多次提及。我们一团能打响第一炮，这对贯彻中央的指示有极大的作用。"

说到此处，一团的干部脸上都露出了笑容。

傅秋涛继续说道："随即，我们举办了青年抗日救国训练班，着力培养地方干部，我们成立了各种组织，以李巷为中心……真可以说形势一片大好。"他转过头对江渭清说，"江副团长，这样我们发动群众就有了基础，形势比我们湘鄂赣三年游击战争扩红时的形势还好。"

江渭清点点头："对，发展得这么快，也有点超出我的预料，毛主席真英明，如果我们不首先抓这项工作，让国民党抢了先，那形势会是另外一个局面。"

傅秋涛两眼发光，满脸喜悦之情，他猛喝了一口茶，挥了挥手："我的报告完了，现在请江副团长给谈谈我们一团的军事工作吧。"

江渭清说道："我们到苏南近5个月了，对敌作战达30余次，消灭朱永祥部3000余人……初步创建了溧水抗日游击根据地，激励了溧水人民的斗志，得到了群众的拥护。"

江渭清关于军队工作的汇报勾起了许多人美好的回忆，与会干部眼前仿佛又出现了那烽火连天的场面，但他们的回味很快被接下来的发言中断，江渭清汇报军队工作结束后，由钟期光介绍一团开辟江、溧、句边区的工作情况。

钟期光发言结束后，又有几个同志上台发言。

最后傅秋涛宣读军部命令，一团调回皖南，朱述华、孙飘萍、曹鸣飞、毛翔、张德桢、李善远、肖增白、严青、方岳、张聚武随一团去皖南，经雪友奉调到军部教导大队学习，洪季凯带领江、溧、句边区近百名战士去皖南，一团民运干部姜杰、谢石鼎和地方党员干部曹明梁、张一平、李代胜等留在原地继续从事抗日工作。

二支队四团挟着山风，带着雨水，直入溧水李巷。

10月上旬，天气还是炎热的时候，李巷完全笼罩在暑气之中，但见南面方山屹立，山草树木枯黄一片，一粒火星即可以使之灰飞烟灭。西北毕家山昂然挺立，山头犹如干渴的龙头，喷着烘烘的热气，似要深入湖中吸尽里面的积水。两山斜对，方圆几十里的开阔地，土丘林立，填补其间空白的是块块绿色的农田，农田还算平整，水稻顽强地生长着，因稻田缺水，土壤开裂，隙缝间蛙儿乱跳，稻叶间虫儿乱飞。

李巷在这绿野中，在热烘烘的空气中静静地伫立着。

李巷村不大，一百户人家不到。李巷，顾名思义，是李姓者的村庄，其实严格地说，此李巷应为大李巷，因为在它的南面还有一个小李巷，这大李巷是建立在山地丘陵上，北高南低，村中巷多，这倒与村名极其相符。村中多砖瓦房，表明此村的居户比其他村庄多为茅屋的人家富裕。村庄多池塘，为先民所开，贮水以便家用，这并不奇特，奇特的是其村中间有一大巷，巷上的路途遍布青石板，石板路的一侧建有水沟，水沟用砖石建成，村北的池塘之水，由北向南缓缓流淌，清冽可鉴，村民于此洗菜淘米，类似于安徽徽州的古村落宏村的功用设施。李巷村北建有一祠，此祠堂为三进，气势恢宏，为李姓族人祭祖议事聚会之所。

大李巷，本为寂静的村庄，耕作、稼穑、居民繁衍，悲欢离合均中规中矩，毫无变数，犹如小小的行星有规律地绕着大行星转动。但日军的炮声、枪声改变了其运行轨道，同时使村庄的历史融入新的内容，这古老的祠堂便目击了新的历史所特有的内涵。

新四军来了，一团团部设于大李巷，缘由是大李巷村子大，房屋多，还有大祠堂适合于开会议事，且周围有山地，防守有依托，当然李巷的百姓支持抗战也是一大原因。

傅秋涛、江渭清、钟期光等人的足迹便深深地留在了李巷，他们播下的火种也在溧水大地上熊熊燃烧起来。二支队也来到苏南，大家挤在一起不好办，一团北移，活动在江、句、溧一带，李巷出现了暂时的真空。

四团来了，于10月上旬填补了一团留下的空白。四团的领导人进入了李巷，他们继续燃起抗日的烽火。

廖海涛站立村头向南眺望，他望着枯黄一片的方山。

廖海涛的身份是二支队四团的副团长，兼政治处主任，廖本为四团的政治处主任，担任副团长事出有因。

四团的干部名单有过几次变化，初公布时：卢胜为团长，叶道之为副团长，王胜为参谋长，廖海涛为政治处主任。后来副团长因故改为周桂生担任，后来又改为一支队副参谋长张道镛。但当四团北进时，团长卢胜调军部学习，后又将其调入新四军参谋处，这样张道镛改任团长，廖海涛任副团长兼政治处主任，王胜仍任参谋长。

廖海涛望着方山，思绪飘浮在李巷的上空。

6月5日，因张鼎丞司令赴延安汇报工作，粟裕副司令率先遣支队先入苏南，所以二支队由罗忠毅参谋长、王集成主任率领奔赴抗日前线。由于四团一营和二营六连留在军部，四团只有五个连随支队机关及三团出发。他们由泾县田坊出发，经南陵马永园，通过宣（城）、湾（沚）铁路封锁线，于6月中下旬进入江南敌后，支队领导机关以大官圩、金宣宝为中心进行活动。

10月1日，四团来到了水阳，准备接替六团的防务，碰到了军政治部主任邓子恢老首长，老首长说，一团已调回军部，你们去接替一团的防务。

四团迅速出发，由水阳经高淳漆桥，来到溧水李巷、张家岗等地，三营也由小丹阳经博望，到了李巷附近的邹家山。团部及第二营两个连和直属队、学兵队就驻在溧水大、小李巷，南曹一带，向溧水、洪蓝埠方向开展游击活动。

在东坝至上兴埠途中，碰上了国民党五十二师及其他部队，好家伙，这五十二师在闽西时，也算是老对头，一看到他们，廖海涛热血沸腾，这国民党军和自己有血海深仇，老母、儿子被杀，妻子远走他乡，莲塘惨案更是惨不忍睹……不过现在是国共合作，抗日为上，应相忍为国。

国民党军已换上了新装备，有苏联的新轻机枪、崭新的中正式步枪和新式迫击炮，而咱们的装备则寒碜多了。他们看到后个个露出惊讶之色："我们国军，人多，枪好，装备如此精良，尚不能胜敌，你们的武器这样差，只有几百人也敢到前方去？"

我们的战士笑了，我们是共产党的军队，行不行，走着看吧！

我们和他们不一样，他们住大村庄，我们住小村庄，他们抢劫财物，骚扰百姓，我们严格执行三大纪律八项注意，帮助百姓挑水、打扫卫生，宣传新四军是穷人的子弟兵，是过去在江西、福建的红军组成的抗日队伍。

终于到了李巷！地形不错，经过一团的努力，群众的基础已很好，根据地建设也有了一定的基础。

这江句溧地区地形复杂，小山坡、小森林、小河沟纵横交错，又距敌人据点不远，处于敌人封锁线以内。由于新四军先头部队全体指战员的艰苦奋斗和努力，这里的社会秩序相当的安定。四团的主要任务是巩固发展这个局面，坚持这个地区的抗战，创建以茅山为中心的抗日根据地。

然而形势不容乐观。大刀会、红枪会、黄枪会、青帮、土匪等势力猖獗，茶馆、澡堂、麻将馆、纸牌馆随处可见，一些顽固派分子对新四军故意挑剔，进行种种破坏，社会情况仍然异常复杂。初到上沛埠、竹箦桥等地时，一些顽固分子就制造谣言，挑拨离间，威胁老百姓不要与新四军接近，部队要找区乡保甲长也找不到，不少百姓对新四军表现出惊慌害怕的样子。为此，廖海涛带领全团指战员，在坚持江南抗战的总任务下，正确执行党的抗日统一战线方针、政策，积极开展各种形式的抗日宣传活动，深入发动群众，努力开展抗日统战工作。经过一段时间深入细致的工作后，情况有了很大的好转，打破了军民之间的隔膜，老百姓消除了对新四军的成见；一些被顽固分子恐吓而逃避的民众，纷纷回来做事了，民众的抗战情绪提高了，军民和军政之间的关系密切起来了。各区乡还普遍组织了抗战动员委员会、各行业抗敌协会以及部分的民众武装。四团每次对敌作战，老百姓都会自动前来救护伤员、收殓牺牲同志的遗体、完成运输物资等工作。

这期间，廖海涛带领政工人员紧密配合团长张道庸，坚决执行"坚持团结，坚持抗战，坚持进步"的方针，一方面加强部队的建设，一方面组织和武装民众，深入群众，热情宣传新四军的政治主张，争取团结，联合各党派、各阶层、各抗日武装以及一切不愿做亡国奴的人，以巩固抗日统一战线；号召民众遵循政府的法令，实施国民公约，开展"十要十不要"

运动，以孤立敌人；针对敌人的欺骗，以事实揭穿其阴谋，实现抗战国策；真诚联系友军和地方武装，实行战略上的统一指挥，统一行动，努力做到互相呼应，互相配合，争取更多、更大的战斗胜利；向部队宣传艰苦奋斗、英勇作战的优良作风和优良传统，加强部队政治工作，使部队铁一般地团结起来；努力坚持江南抗战，摧毁汉奸傀儡政权，粉碎日寇军事扫荡计划和经济掠夺计划。

"廖主任好！"战士们的招呼声打断了廖海涛的思绪，廖海涛点点头，扫视了一下李巷周围的环境，一个响亮的声音从内心中迸发："不管困难如何，一定要打开苏南抗日的新局面！"

李巷祠堂内，四团召开了简短的会议。对军事作了如下部署：二营布防于溧武路南阳溧高地区，三营布防于以郭庄庙为中心的江溧句边区。整个四团活动于京建路以东，京杭路西南，溧武路两侧的溧阳上兴埠、上沛埠、高淳桠溪港、溧水新桥，李巷白马桥，句容郭庄庙，江宁龙都，解溪和淳化等地。

为了在一团基础上继续深化抗战工作，四团首先展开了一系列军事行动。

五连根据团部张道镛、廖海涛及营首长的决定，直插白马桥、东芦山、浮山地区，并以这一带为驻点，负责监视蔡巷、天王寺、方边等交通线据点之敌，伺机打击敌人。

部队进驻后，首先做好群众工作，旋即派人化装成便衣到敌据点附近侦察敌情、地形。经过充分准备，短短两个月内打了5次仗。

连长李德安是福建连城人，身高超过1米80，是参加过中央苏区反围剿及3年游击战争的老红军，此人身强力壮，胆大心细，是四团的一员猛将。

他首先参加了夜袭天王寺日伪军的战斗，这也是五连挺进苏南的第一次战斗。五连组织了15名勇士为突击队，由李德安带领展开行动。他们以排主力及机枪班进占的高地作掩护，蹑手蹑脚来到了伪军的住房附近，迅速包围了房子。伪军住房的窗户里透着灯光，里面传来"叭叭"的麻将牌声，不时还伴着嬉戏的笑声。李德安个子高，伸头从窗外一看，伪军在灯下赌博，他们一边抽着烟，一边哼着小调，有时哈哈地笑着，完全沉浸在赌博的快乐之中，忘记了周围的一切。

李德安一马当先，"呼"一下推门而入，众伪军懵里懵懂，发觉后惊叫而起，李德安喝令道："不准声张，放下武器，缴枪不杀！"伪军们吓坏了，连忙举手投降，众人迅速上前缴了他们的武器，随即押着俘虏往回走。出房门不远，守在炮楼的敌人发觉有黑影窜动，胡乱地打了一阵枪。"操你奶奶的，去你的蛋！"埋伏在山头的五连机枪手也对准敌炮楼"回敬"了几梭子弹。这一仗，共俘敌5人，缴驳壳枪1支，步枪4支，子弹若干。

张家棚子是敌占区，离蔡巷只有六七里，连部根据侦察情况认真分析后，决定挑选15名精明战士组成便衣突击队，仍由李德安负责，分成三组，化装成当地农民，分别到张家棚子附近田里劳动待敌。上午9时左右，有6个敌人从据点来到张家棚子，李德安即安排一组防敌逃回，带领另两组尾随敌人进村。这些伪军直进村里找伪保长，他们也紧跟到伪保长家。伪保长见伪军到来，连忙泡茶，忙不迭地递上香烟，根本不知道新四军已近在眼前。李德安他们一个箭步猛冲上去，敌人惊慌失措，舌头早已不听使唤，只得结结巴巴地问干什么，新四军战士的驳壳枪早已毫不客气地对准了敌人的胸膛，"不准动，我们是新四军"，敌人浑身颤抖，连连求饶。

他们未放一枪，就俘敌6人，缴获步枪6支，子弹300多发，手榴弹10枚。为了保护群众，争取伪保长，他们除了向伪保长及其亲人宣传我军抗日宗旨外，还叫伪军去向日寇报告。

李德安冷冷地说："你们告诉鬼子说一进村就遇上不少新四军的便衣队，是朝竹箦桥方向去的。"

伪军以为李德安试探他们的，连忙说"不敢不敢"，李德安大吼一声："就这么说，不要啰唆！"

10月中旬，李德安他们在深山岗伏击歼灭了由溧水城出来的伪军一个班，俘敌9人，毙敌副班长1人，缴获步枪9支，驳壳枪1支，子弹近千发。

这期间，四连与团侦察排也打了八九次胜仗，歼敌100多名，缴获长短枪100余支。

在寻机歼敌的同时，部队在孙家边、张巷、官塘、白马桥等地积极向群众宣传，组织群众参加抗日，并帮助各村建立各种公开的或秘密的抗日组织。团机关人员和营、连政工干部都深入各村帮助培养骨干，建立组织机构。通过口头和实战宣传，广大群众都认定四团是一支真正抗日的队伍，是为群众利益而战斗的人民子弟兵，因而信任他们，靠拢他们，支持他们，与他们休戚与共。不少人还自愿参加了队伍，连里增加了10名新战士。

虽然深入敌后才两个月，只打了十多次小胜仗，但大大地扩大了新四军的政治影响。新四军未来之前，日本鬼子非常狂妄，经常五六个人便带着伪军大摇大摆到远离据点八九十里的地方抢民财，找女人。他们在途中见行人就开枪，把中国人当活靶子打。当地群众不敢外出，恐日情绪非常严重。自从四团连续袭击敌据点、寻机歼灭日伪军后，鬼子就心神不宁了，只好死守炮楼，不敢轻举妄动。

四团首长很想活抓鬼子，多次要伪保长、情报员去向鬼子报告，说某某村来了新四军，想引其出来给以打击，但他们诡计多端，均未奏效。怎么办？硬攻鬼子的炮楼，手中无炮，也无炸药，加上这一带离句容、溧水城都很近，敌增援部队一小时即可赶到，所以不敢轻易下手。

10月20日左右，四团得到情报：驻守在溧水城外至天王寺一带之日寇，要互相调防。这是一个难得的好机会。团首长立即决定率四、五连到离天王寺5公里、距方边5公里的大路口以南的一个高地伏击歼敌。

部队晚上9时出发，借着下弦月暗淡的月光，行军4个多小时，到下半夜2点才进入阵地，连忙做好隐蔽伪装工作。熬至天明，仍不见鬼子到来，守至早上八九点，仍不见敌人踪迹，战士们脸露焦虑之色。约莫10点钟左右，他们才发现天王寺有42个鬼子排成两路队形大摇大摆地沿公路而来。日军很谨慎，一个尖兵班在前面搜索前进，日军小队长在后面压阵，一面太阳旗在风吹下猎猎作响。因战士们隐蔽得很巧妙，敌尖兵并未发现他们。待鬼子进入伏击圈时，二营营长黄玉庭、教导员彭胜标一声令下，两挺轻机枪和一挺重机枪以及其他步枪便一齐开火。

"呼呼呼"枪声大作，"轰轰轰"爆炸声响起，顿时火光闪闪，硝烟四起。这是典型的突袭战，三营攻击突然，火力也很猛。李德安凭借红军时期对国民党军作战的经验，爆炸声起后，敌方肯定血肉横飞，倒下一大片。但是李德安透过硝烟清清楚楚地看到只有七八个鬼子应声倒地，也没有传来鬼哭狼嚎之声，却见其他的日军反应奇快，连滚带爬，有序地滚到一边，并没有出现惊慌失措、慌乱异常的景象。

刹那间，硝烟散尽，出人意料地鬼子一个也不见了，连中弹倒地伤亡之敌也神奇地消失了。李德安揉了揉眼睛，感到十分惊奇，难道日军像土行孙一般有地遁之术？还没等战士们弄清怎么一回事，敌人突然冒出来组织反击了，两个八八式掷弹筒朝五连机枪阵地不断轰击，步枪和机枪也迅速朝他们开火，逼得他们无法出击，到11时，他们只得撤出战斗。

经过这次战斗，李德安他们看到了日军单兵、班、排战术动作非常熟练，射击技术精良，指挥也很沉着。战士们觉得应该很好总结经验教训，与之战斗绝不能大意。这次虽然没有消灭日军，不过在一定程度上打击了鬼子的嚣张气焰。日军慑于我军的威力，也深恐被我各个击破，只好将蔡巷据点撤掉，以加强天王寺之守卫兵力。

四团深入敌后打开抗日救国的新局面，深得民心，但是，国民党则惶惶不安。本来国民党是企图让我军深入敌后前方，利用日寇之力量削弱我军的，没料到新四军非但没被削弱，反而日益壮大，因此，国民党只好命令五十二师也开进我军活动地区。其企图一是想坐收渔利，占领我军新建立起来的根据地；二是想逼我军到敌据点密集的句容、江宁县去，继续借敌之手把我军消灭或赶走。

国民党五十二师抢占我军好几块根据地后，也想显示自己的威风，派了一个营通过店岗公路的敌人封锁线进入丘家山，并在丘陵高地上构筑工事。几天后，打了一仗，国民党五十二师就像受了惊的小兔再也不敢到前方与鬼子较量了。但他们怯于外战，勇于内战，龟缩在官塘、白马桥地区，经常与四团搞摩擦。11月底，五连刚到官塘与白马桥之间公路以东的洞屋驻扎，五十二师也立即派一个营插到离五连驻地仅3华里的贯庄住下，以牵制我军行动。五连派出瞭望小组到官塘镇东面高地观察溧水城之敌，他们也派瞭望小组赶到同一高地干扰我军侦察行动。

1938年12月下旬，团部号召部队比赛，活抓鬼子过春节。团侦察排决定到洪兰埠敌据点去捉鬼子哨兵，要五连和团直属一个连担负警戒，伏击溧水城来援之敌。李德安随部队子夜出发，凌晨2点进入阵地。

日军骄横惯了，没想到新四军会深夜出击，哨兵也疏于防备。5点，侦察排的战士乘哨兵打盹之际，猛扑上去，拿起口袋便往日军头上套去，收获颇丰，6名鬼子哨兵云里雾里全被套住，6支枪也被缴获。这些鬼子受过日军的武士道教育，且军官平日欺骗他们，说中国军人如何如何残杀战俘，所以他们拼命挣扎、叫喊，用脚踢、用口咬。侦察排的同志怎么拖、怎么拉、怎么扛，也挪不走这些鬼子，5个人拖一个日军，20分钟也只能拖走四五十米。天将拂晓，守在炮楼内的敌人发现了他们，因未搞清我方兵力不敢出来，只在炮楼上胡乱地打枪。这样拖下去对我不利，敌哨兵不肯就范，万一炮楼内的日军出击，事情便麻烦了，无奈之下，只好将敌哨兵击毙。

此时，溧水城出来几部车，载着400多名鬼子在姜人村与马鞍山村之间下车，迅速向西南迂回，企图包围我担负掩护之部队。我侦察排立即向毛家山方向撤退，但敌人地形熟，来势猛，很快与我侦察排接上火，为掩护我主力安全撤出战斗，李德安率领一排和机枪手勇猛射击，没多久，同志们都安全转移了。战斗中，李德安勇猛异常，他一边指挥，一边射击，在射杀几名日军后负了重伤。

1939年1月6日，桑园蒲的"壹来茶社"特别热闹，这西进的房子有七八张桌子坐满了茶客，修钟表的小柜台上一只闹钟突然响了起来，主人杜可森忙上前一看，已是中午时分了。

杜可森本为殷实之户，可这几年日军横行，民不聊生，家境也是王小二过年，一年不如一年，他勉强地开着茶社兼修钟表，维持生计。

在抹桌倒水之际，他无意中听到了两个农民在议论，今天一大早日寇到博望扫荡去了。起初他没在意，就在他准备再次给茶客倒水时，突然闯进来一个人来，着实给他带来一阵惊喜，此人是二支队三团侦察参谋王培臣。原来三团自1938年7月进入横山地区后，便经常在洪蓝、石湫一代活动。王培臣喜喝茶，也常常化装成农民到"壹来茶社"喝茶，有时也到此落脚，一来二去便成为杜可森的好朋友。由于王培臣的大力宣传，杜可森的思想有了很大的转变，后来成为新四军的地下情报员。

王培臣四下扫视了一下，除了一张张被热气熏红了的朴实的脸外，没有什么奇异的征兆，他慢慢地到内室要了一碗茶。

"老杜，我路过此地，近来有情况否？"

杜可森随口应道："没有。"他递了一根烟，忽然想起刚才两位茶客的议论，便有意无意地回答道："听两位茶客讲，洪蓝埠一个小队的日军一大早去了博望扫荡去了，其他没什么。"

"扫荡？博望？"王培臣立刻站了起来。"老杜，这可是重要情报，你去核实一下，我们正是要去博望地区，粉碎日寇的进攻。"

"好吧，我去问问两位茶客。"杜可森忙去席间有意无意问起这事，两位茶客不知就里，如实地讲了早晨亲眼目击日军去博望的事。

杜可森忙把此事向王培臣做了汇报。

"太重要了。"王培臣按了一下额头："日军去博望扫荡，晚上必回洪蓝埠，这是个重要战机，我得赶快向罗参谋长汇报。"说罢便匆匆离开茶社。

杜可森觉得奇怪，这是一个普通的消息，为什么王参谋如此重视？

杜可森哪里知道，1938年冬，日军联队长横山大佐指挥2000余人的日、伪步骑兵（其中骑兵 200 多名），分路奔袭合围横山，妄图一口吞掉初进江南敌后的新四军二支队，摧毁根据地。敌人以三路会攻横山，一路袭占博望，断我后路，企图迫使二支队主力退缩于秦淮河、姑溪河、石臼湖之间的博望平原而予以聚歼。

军情紧急，三团首长派团政治处总支书记钟德胜向支队首长请示，把在狸头桥支队部轮训的两个连派回三团，参加战斗。

1938 年年底，二支队司令部移入安徽宣城狸头桥张家村。

军情紧急，支队参谋长罗忠毅决定亲自率队前往，粉碎敌人对横山地区的进攻。

罗忠毅和二支队三团一营政治教导员、支队政治部统战科科长王荣春、二支队参谋王培臣以及钟德胜率三团两个连从狸头桥张家村步行到高淳，后乘船渡过石臼湖，登岸后在天亮前到达了桑园蒲，拟到横山东侧的独山李家。

二支队参谋长罗忠毅是红军时期资历极深的分区司令员，进入江南敌后已带领二支队打了许多仗，一听这消息十分兴奋："战机，战机，日军下午必回洪蓝埠，我们何不设伏消灭之。"

他急率三团两个连的战士从桑园蒲出发，直扑独山李家。

独山李家那地方是新区，许多群众对新四军不了解，由于匪患太多，群众见之，四处奔散，后见新四军秋毫无犯，和气待人，渐渐接近。

罗忠毅十分友好地和乡亲攀谈着，不时作出宣传。群众看新四军装备太差，有些担心。罗忠毅微微一笑："老乡，别怕，我们是共产党的部队，有着特殊战斗力。你别急，看我们收拾那些狗强盗。"

一村民见罗忠毅语言洪亮，掷地有声，气度不凡，大着胆子说镇上来了几十个鬼子，十分凶残，已经杀了好几个百姓。

罗忠毅强压怒火，他急命侦察员去博望侦察敌情。

侦察员很快回来向罗忠毅参谋长报告：镇上来了 37 个日军，一个翻译，一个汉奸向导，共 39 人，武器装备有轻机枪 2 挺，步枪 30 支，敌人就是从洪蓝埠来的。

罗忠毅迅速做出判断：日军初次占领博望，没有据点，也不急于离开，看来不会参加战斗，那么他们当日必回洪蓝埠。

他摊开地图，查看一下后发现，在当涂博望与溧水明觉寺之间的下圭塘有小土丘，利于埋伏，且那儿是日军回洪蓝埠的必经之路，如果于此设伏，可以一举歼灭日军。

但问题是两个连的兵力装备太差，虽有两挺机枪，但步枪很少，子弹也缺乏，很多战士还背着大刀，拿着梭镖，名义上是两个连，实际上武器装备只有一个排的兵力。且士兵多为新兵，没有战斗经验，有些人还未打过仗。而日军有一个小队的兵力，武器精良，战斗力强，伏击未必能稳操胜券。

罗忠毅权衡再三，决心设伏。他很清楚，地形有利，一个排的兵力可以围住敌人。近距离作战，敌人施展不开，我军人数占优，大有胜机。加之敌人小股外出，遇险必不敢逃窜，肯定就地固守，这正好可以围而歼之。

从军事上讲，打这样的仗，有充分的把握。另外，日寇在江南横行霸道，十分骄横，打一个歼灭战，可以挫挫敌人的威风，鼓舞一下江南军民的抗日斗志，提升新四军的形象，意义重大。

罗忠毅手一挥，决定设伏，他临时召开了连排长干部会，研究了伏击战的打法，并分配了各连、排的战斗任务。

接着他做了战前动员，一些新兵刚刚整训完，有一些恐惧心理，罗忠毅讲述了设伏的种种有利条件："同志们，地形有利于我们，在闽西，我们打过许多这样的仗，有时敌人比我们多十倍。伏击战出其不意，敌人猝不及防，我们人数众多，近身作战，敌人占不到便宜，加上有群众的支持，我们完全有信心取得胜利。"

罗忠毅和两个连的战士在独山李家吃完午饭，迅速出发，经华府村、上旬村到明觉寺与博望之间的下圭塘，旋即迅速登上下圭塘附近的小岗上。

罗忠毅心潮澎湃，这是他进入江南后亲自参与的第三个战斗。8月22日和26日，他协助粟裕司令员率队作战，一举粉碎了敌人八路对小丹阳的围攻，两天前，他又协助张鼎丞司令员、粟裕副司令员在水阳一举消灭北犯之敌，现在他亲自率队，即将与四十余个鬼子展开血战。

他用望远镜朝博望镇望了望，又转身回望绵延起伏的横山山脉，热血在沸腾，思维在奔涌，瞬间，中原大战、宁都起义、苏区作战、闽西鏖战的情景电光火石般地在眼前闪现，一股战斗的豪情陡然升起："战斗！迎接血与火的洗礼。日寇呀，新四军战士决不会允许你们在中华大地上横行霸道。我们要用铁拳砸烂你们，用血与肉谱写战斗的乐章！"

敌人出现了，罗忠毅手一挥，战士们俯伏下来，静候鬼子进入伏击圈。

一小队鬼子在小队长的率领下大摇大摆往回走，日寇十分骄横，几十万国民党军队被他们打得弃甲丢盔，"大日本皇军"三三两两便可横行天下，现在几十人的队伍谁敢冒犯。

敌人进入伏击圈，罗忠毅手一挥："打！"两挺捷克式轻机枪同时吐出火焰，十几颗手榴弹同时飞向敌群，一阵阵排枪齐齐射向敌人。

敌人没料到会在此地遇上伏击，一阵慌乱，但久经沙场的老鬼子很快镇定下来，四面散开，卧地扫射起来。

果然不出罗忠毅所料，敌人由于人数少，突遭袭击，一下子报销了七八个，加之地形不利，没有选择突围，而是保持队形，就地扫射，伺机出击。

战士们一边放枪，一边叫喊，一边收缩包围圈，四周的群众也在远处呐喊。敌人不知遇上多少部队，更不敢贸然出击，趴在地上，疯狂扫射。

敌人不敢突围，战士们缩小包围圈后，倒下了好几个，主要是新兵不懂得保护自己。罗忠毅急命战士们注意隐蔽，守好口袋，待敌人子弹打完后，近身搏击。

敌人打了一阵后，见新四军利用地形，紧紧围住放枪，并不上前，双方足足对峙了一小时。鬼子小队长见弹药越来越少，眼看固守待援无望，便命残余日军用掷弹筒机枪猛烈向东扫射，准备杀出一个缺口，突路而逃。

罗忠毅识破了敌人的奸计，命战士们迅速收紧口袋，封住东面出路，进行围歼。

鬼子小队长一声喊，几十个日军猛地齐齐跃起，一边放着枪，一边喊叫着向东冲去。

罗忠毅大喊一声，拿起战士手中的机枪，利用田埂，封住东面的缺口，对日军猛烈扫射起来。敌人一下子倒下了七八个，其余的战士叫喊着扑向敌人，一场厮杀在下圭塘的原野上展开。

一日军抱着机枪扫射，几个冲上来的战士被击倒，一日军乘机冲出包围圈，玩命东突。其余的日军刚想冲，被罗忠毅的机枪逼回，顽抗了一阵子，剩下十余人没有了子弹，嗷嗷地叫着，端着刺刀和战士们厮杀起来。

一瞬间，血雨腥风，刀击声声，战士的呐喊声和敌人的惨叫声相混一起，英雄和日军共同倒在了血雨中……

突围而出的那个日军端着机枪扫射了一阵，见有人追来，便把机枪丢入池塘中，玩命地奔走，战士们追赶不上，只好返回。另有3个鬼子丢下武器向东逃跑，到达明觉寺东北的大通庄时被我民兵用大刀全部砍死。

博望一战，共打死小队长以下36人，俘获1人，缴获轻机枪2挺，掷弹筒1具，步枪30支，手枪1支，军刀1把。我方也伤亡了十几个战士，在战斗中，王荣春不幸受伤，后光荣牺牲。战士们十分气愤，还没等罗参谋长到来，便将生俘的日军也杀掉了。

接着，罗忠毅率队指挥三团，在地方游击队的配合下，粉碎了敌伪2000余人的大"扫荡"和破坏我横山抗日根据地的企图。

罗忠毅指挥的博望伏击战规模不大，但政治影响很大，人民群众真正认识到新四军是抗日的部队，和国民党的所谓抗日游击队完全不一样。人民群众对新四军真心实意地拥护，主动给部队带路，报告敌人的情况，一些原来对新四军抱怀疑态度的中上层人士也改变了看法，认为新四军是真正抗日的部队，积极接近他们，给他们送去红旗和慰问品。连国民党部队的一些下级官兵也对战士们说："新四军真有办法，武器装备差也能消灭这么多日军，而我们这样好的武器还不敢与日军打……"这次战斗还沉重地打击了敌人的气焰，敌人从此接受了教训，再也不敢轻易离开据点到处乱跑乱窜了。

1939年的2月，三营八连奉命往南京郊南靠拢，以郭庄庙、邢家镇为中心，在敌伪据点林立的区域开展游击战，李德安伤愈后任三营八连连长。

那一带的情况非常复杂，自从南京失陷后，当地政权极度混乱。老百姓难忍侵略者的蹂躏，各式各样的抗日队伍应运而生，大体上有三个方面的力量：第一是地方有志之士自动武装起来的队伍；第二是国民党部队溃败时残留的爱国军人组合的队伍；第三是原地方保卫团，经当地绅士集议为自卫组织的队伍。其中还杂入青红帮、大刀会等人员。这些队伍不甘当亡国奴，是有民族骨气、抗战热忱的，但是，由于没有统一指挥，缺乏政治纪律和一致的军事行动，有的仅有抗战的雄心，而无抗战的办法，很难取得什么战绩，更多的则是借口军械与给养没有来路，不仅不能积极对敌行动，反而向挣扎在水深火热中的民众勒索繁重的捐税，人民对他们怨声载道，热切盼望真正抗日的军队早日到来。

其实新四军一进入苏南，一团曾大力经营此地。7月中旬，一团团部派副参谋长张藩、三营营长丁麟章、副营长龚正英带三营部队和团民运股长马俊丰、敌工股长洪季凯（后去）、战地服务团员谢石鼎等民运干部进入溧武公路以北的江溧句边区，部队以甲山为中心在草堡庄、魏家庄（属溧水）、郭庄庙、葛村、三岔（属句容）、渡桂、湖熟（属江宁）一带宣传抗日，发动群众建立抗日组织。

经过新四军一团三营指战员及民运干部的努力，通过群众抗日组织的广泛宣传发动，在郭庄庙、三岔及其附近村庄，团结一大批青年，相继建立起乡、保抗敌协会和抗敌小组。

四团进入溧水后便派组织科长王直和三营营长余龙贵、教导营范钦洪带领三营到溧水北境的草堡庄、魏家庄驻防，随即从郭庄庙向葛村、赤山、湖熟等地发展。

张道镛也来到了湖熟，准备在湖熟打击一下日军的嚣张气焰，他突然想起一个人——陶家齐，就连忙命人把陶家齐接到郭庄庙附近的汤巷陶家村。

陶家齐来了，因为他太重要了，张道镛连忙迎了上来。

陶家齐在地方上极有声望，不过一般的人并不知晓他的真名，但一提到"陶聋子"，几乎无人不晓。

陶家齐，即陶聋子，1890年3月2日出生于江宁湖熟的一个商人之家。

他小时就读于私塾，崇拜岳飞等精忠报国的人物。长大后做过学徒，当过兵，在上海跟人合伙做生意，1932年"一·二八"淞沪抗战爆发后，捍卫民族的爱国心驱使他义无反顾地参加了十九路军的抗战，在军中做文书工作，后来在一次战斗中，耳朵被日军炮弹震聋，成了聋子。

他耳朵全聋后回到老家，先在燕丹乡乡公所里当书记，后加入国民党，再后来乡长马伯川不干了，他就当了代理乡长，成了湖熟镇上有名的士绅。

1937年抗战全面爆发，江宁和南京相继失守，陶家齐目睹国破家危，生灵涂炭，汉奸得势，土匪如毛，刀会帮会兴起，为了在乱世中得以生存，他不得已拜了南京安清帮头目"大"字辈宋汉文为"老头子"。

1938年夏，陶家齐正感报国无门之际，忽然来了一位戴眼镜、穿长衫、十分气派的陌生人，目的是交朋友，此人是新四军的工作人员，名叫胡剑松。原来新四军一支队已入江南，一团已来到了江宁地区，当支队领导了解湖熟这位陶乡长是主张抗日的爱国人士后，动员他出来协助抗日。

陶家齐从茫茫黑夜中看到了光明，毅然从之。而且他的大儿子陶和庆也积极参加抗日活动，不久后当上了赤山区的区大队长。

陶家齐先在湖熟秘密组织一个工作团，发动爱国青年严必昌、戴如高、陈德显、徐云、许海宝等人参加，他自任团长。陶家齐虽然自己耳聋不便，但他所收的安清帮门徒却消息灵通，湖熟地区的敌伪军一举一动，他大都能及时掌握并报给新四军，随即老一团团长傅秋涛任命陶家齐为湖熟地区情报主任。

现在张道镛正面见这位极具传奇色彩的"陶聋子"。

陶家齐穿一件双襟衣服，布衣、布纽扣，一看似乎是个老派人物，但他眼光澄澈而又明亮，脸上还洋溢着些许书卷气，深交便知是一个堂堂正正的人物。这些特质的组合表明此君是有文化有韬略的人，作为情报主任是最合适不过的了。不过张道镛还是有些担心，一个聋子怎么交流呢？这情报主任要眼观六路，耳听八方呀。

但很快，张道镛知道自己的担心是多余的，这陶家齐是被炸弹震聋的，他不是先天的那种聋哑人，他还能听到一些声音，另外此人极其聪明，凭你嘴唇抖动的形态，便能知道你讲了什么话，这种超常的本领着实是使张道镛吃惊。

张道镛敬上茶和陶家齐促膝交谈起来："陶主任，久仰你抗日爱国的大名，你为我们新四军一团做了许多工作，现在我们四团来接防，希望你能像以往一样支持我们，四团刚到，对这里日伪的情况不了解，希望你能利用关系，为我们提供一些情报。"

陶家齐在参加"一·二九"淞沪抗战时曾对国民党充满了希望，渐渐心灰意冷，后来他听到八路军平型关大捷的消息后，激动不已，曾在日记中赞赏国共合作，并写道："未来的希望，可能就寄托在这样的部队身上。"他也亲眼看到一团在江溧句一带的英雄抗日活动，深为感动，现在四团找上门来，他满口应承，随即安排情报骨干严必昌、陆舜尧等以做生意为掩护留在湖熟，并通过帮会关系打入敌人内部搜集情报，要严必昌拜梁台鬼子据点的侦缉队长蔡忠宏为"先生"做内线的情报工作。

张道镛有了这个帮手，在江溧句边境的军事斗争取得了极为便利的条件。

李德安一到八连便准备采取积极的军事行动，迎接更为残酷的战斗。

1939年3月18日，南京、溧水、句容日军大举"扫荡"以郭庄庙为中心的甲山游击基地，四团获悉敌行动情报后，决定集中力量打击来犯的一路日军，此战歼敌50余人。4月1日，四团三营八连的指战员驻守在东岗、后村一带（今群力乡境），敌派便衣特务化装成商贩，以收买鸡蛋为名前来刺探，得知新四军在该地驻防休整。2日清晨，溧水日军100余人由其爪牙便衣队长何成道带路前来东岗奔袭，并得到天王寺、句容、湖熟等日伪军几百人的配合，包围了东岗村。三营奋起反击，主力向后村馒头山方向突围，遭到湖熟方向开来的日军堵击。新四军立即折向，从敌人包围空隙的北面草堡庄村冲出了包围圈，终于转移脱险。在东岗、后村一线抗击日、伪军奔袭战斗中，八连牺牲了连队文书王福祥等11名战士，群众13人惨遭敌杀害。

5月8日，日军到北牌楼庄（群力乡排上村北）一带骚扰，新四军四团三营埋伏于村边，经过激战，敌伤亡30多人，余敌逃回据点。

深入敌后，部队处于高度分散状态，八连的活动范围是南京东南郊方圆六七十里的地方，在进行了一系列战斗后，部队首长指示：在统一的战略原则指导下，各具体单位可以因时因地自行机动灵活地打击敌人。

鉴于以往的战斗，李德安与指导员林高丰同志商量，一方面对部队加强抗日爱国的政治思想教育，用中国历史上民族英雄的故事和红军的光荣历史激发指战员的爱国主义和革命英雄主义精神；李德安挥着手分析道："日寇的军事是强大，但也有短处，侵略者自身有许多不利因素和致命弱点，诸如四面受敌、兵力不足、供给困难、耳聋目瞎、处处挨打等，这些不是武器好和武士道精神所能克服的。我们利用敌人的短处就一定会取得胜利。另一方面在军事上我们要积极做好准备，寻找战机，打击敌人，扩大影响。"

金秋离去，霜冻来临，八连又转移到西距郭庄庙镇两公里的新社里。张教导员和林辉才副营长率领七连（两个排）和营部重机枪班，也相继进驻离八连 500 米处的张家边。

天高云淡，清晨，指战员们身披霞光在冷气袭人的村外紧张地训练着，陶家齐的情报员从敌据点赶来报告说："湖熟镇敌人出来了。鬼子加伪海军警察（穿海军装，戴大盖帽）约莫六七十人，由鬼子小队长领着，要到郭庄庙清乡抢粮。他们 7 点半出发，伪军走前头，鬼子走后头。他们还不知新四军已经开到这里哩！"

听到这一情报，李德安和指导员林高丰商量，认为这里是丘陵起伏和低洼水网地带，便于我军隐蔽行动，是歼敌的好战机。于是，他们派出侦察员前去侦察。这时，张教导员、林副营长和七连连长林少克（老红军，平和人）刚好赶到八连。他们听了敌情和八连的意见汇报后，也都认为这个战机不可丢。于是，营首长当即与他们一起研究战斗方案，决定：八连从公路北面沿山坡由东向西攻击郭庄庙街的西北头，打鬼子；七连从八连左边进郭庄庙街，打伪军。营部和重机枪班位于郭庄庙街东边小高地上，以火力掩护七连八连作战。

作战方案刚刚确定，派出的侦察员也正好回来。报告说敌人确实出来了，而且已经进入了郭庄庙。

"出发！"张教导员一声令下，他们立即轻装出发。一班战士穿便衣作尖兵开路，随后是机枪班和一、二、三排依次顺序跟上，利用地形，隐蔽小跑前进。为了便于实时了解情况和指挥部队，李德安和林指导员紧跟在一班后面。运动到距离郭庄庙只有四五百米处时，他们伏下观察了一阵，发现街北头的场地上和街南桥边的一块小小的独立高地上各有一个鬼子哨兵在放哨，街南桥头有一个伪军哨兵，街西北头靠山边屋前有 10 多个鬼子为刚抢到的东西在狂欢狂叫，镇上的凄惨哭骂声隐约可闻。面对这一情景，指战员个个怒发冲冠，恨不得扑上去猛砍猛杀，后续部队跟上后，李德安把三个排长和机枪班长叫到跟前作了战斗部署。大家明确任务后，李德安便指挥部队展开战斗队形，轻手轻脚，向前运动，准备冲锋。

战士们蹑手蹑脚来到了距离街南桥边小高地 100 多米处时，鬼子哨兵发现黑压压一群人冲来，一阵叫喊后，立即开枪，战士们就地还击。顿时"吱吱"的哨声和"嗷嗷"的狗叫声四起，鬼子和二鬼子一个个从街头巷尾慌慌张张地跑了出来。战士们向鬼子队伍猛打猛冲，一下就逼近了敌阵。鬼子小队长见我军来势迅猛，且数量众多，来不及召集队伍，他眼珠转了转，拉着机枪手和八八式掷弹筒炮手，挥舞指挥刀吼叫着奔向街西头，抢占高地。伪军也跟着鬼子离开街镇，走到高地后侧公路两边的坡地上摆开阵势。这时，郭庄庙镇已完全被八连控制。李德安和老林进到了一幢独立房屋里，利用窗户观察敌情，指挥机枪射击，掩护一、二排向高地攻击。但因敌人已处于高处，前面又是一块块梯田，一、二排连续发起三次攻击，均未能奏效。时间一分一秒过去，仗已经打了两个多小时，有的同志担心这样拖下去，周围据点的敌人会出来增援，建议撤出战斗。

是撤，还是继续打呢？李德安和林指导员经过一番研究，一致认为方圆三四十公里之内，除溧水城的敌人多一点外，每一据点都只有一个排的鬼子和一个排的伪军，力量薄弱，他们是不敢轻易出来增援的。再说，这是头一回跟鬼子正面较量，就这么哨了一块皮放掉，对我军心民心的影响都是不利的。李德安经验丰富，刚才指挥战斗时就发现了日军的弱点，他向副营长提出一个利用敌人弱点进行攻击的建议："我们如果抽出一部分兵力，利用高地南面斜凹部的地形，隐蔽接近鬼子阵地后侧，先攻打伪军，伪军容易消灭，消灭伪军后便可对鬼子形成东西两面夹击，就有可能歼敌取胜。"

营首长同意这一建议，立即命令七连长林少克率两个排迂回包抄到高地侧后。在七连向敌运动的同时，营首长指挥重机枪向日伪阵地实施压制射击，使敌无法向南斜坡观察；八连正面积极佯攻，吸引敌人。

喜的是日伪军退出街镇占据两处高地其实也是各怀鬼胎，伪军是脚底板擦着油，哪敢与我军直接接触，避到鬼子后面，仅是助助威的，一旦鬼子顶不住，就向后开溜；鬼子则是不放心伪军挨近自己，只让其在距离三四十米的地方做后卫。此时鬼子认为后面有伪军控制，正面地形对他有利，坚守没问题，若是离开倒有被歼的危险，所以就死死钉在那里，企图坚守待援。可日伪军没有料到七连竟会从背后猛插他们一刀。七连到达高地南侧，在距伪军二三十米处，突然向公路西坡的伪军群中掷去一排手榴弹，伴随着一阵剧烈的爆炸声和惨叫声后，战士们高叫着"冲啊！杀啊！"冲进了敌阵，四五个伪军被炸死后，其余全部举手投降。公路东坡的伪军一看，慌了手脚，刚想还击，七连的战士又由西向东扑了上来，吓得伪军一半投降，一半跑到高地上去了。

夺得了伪军阵地后，八连和七连趁势从东西两面向鬼子展开了新的攻势。正打得难解难分时，高地上空忽然升起了一颗红色信号弹。战士们一愣，猛地听到一阵狂呼乱叫，鬼子全部端着枪刺向我一、二排正面扑来。原来，敌人在两面夹击的不利形势下，放弃高地，企图下来抢占房屋，继续顽抗待援。在这瞬息突变的情况下，考虑到鬼子枪刺长，刺杀动作熟练，加上他们受武士道精神训练，拼刺刀于我不利。于是，李德安果断命令一排向西让，二排向东靠，夹鬼子在中间，同时命令机枪手猛烈射击，在敌运动中击杀。但鬼子动作奇快，不顾伤亡，径直地朝他们这座房屋冲来。李德安只好带着机枪手迅速转移。刚出门口向左走上几步，迎面就碰上两个端着枪刺的鬼子，距离只有七八米远。李德安一枪将里头一个撂倒，通讯员也眼疾手快地把另一个毙掉。他们立即就近闪进巷口，指挥机枪和三排分散，利用各个房角巷道进行射击，逼敌暴露于独立房屋外面的场地上。

李德安他们打巷战是有经验的，这是在闽西3年游击战争中练就的，八连机枪班的正、副班长都是老机枪手，打仗机灵得惊人，战士们常常亲昵地跟他俩开玩笑，称班长"大流氓"，副班长叫"小流氓"。先前在向高地攻击时，他俩一会儿在窗口射击，一会儿在门边射击；一会儿从屋里朝外打，一会儿又走到屋门外打，多次避开了敌人小钢炮的轰击和机枪的射击。现在进入巷道后，他俩一前一后，轮换着手抱机枪，忽而这里，忽而那里，在房前屋后寻找鬼子的机枪，弄得鬼子防不胜防。鬼子也十分狡猾，十分凶残，利用建筑物作掩护，瞄准八连的机枪对射。此时，他们已四面挨打，只要他那里机枪一露头，这里八连机枪就抢先开火，八连正副班长接连击毙了4个鬼子，压得鬼子的机枪无法施展威力。

在街头激战的这一瞬间，八连二排在老林的指挥下，截住敌人的后尾，把一个排的伪军给收拾掉后，也从西向东攻来，两个排相继靠拢过来，紧紧地把鬼子包围在一个不大的地方。指战员越打越勇猛，越打越灵活，各自寻找目标，你一枪，我一弹，打得敌人东倒西歪的。最后，鬼子队长只好领着几个人，带着机枪钻进了原来李德安指挥的房屋里，在桌上架起机枪对门外射击。七班长见状，立即带领几个战士贴墙运动到窗口，向屋里连投了四五颗手榴弹。

"轰、轰、轰"一阵爆炸声后，未等硝烟散尽，李德安喜滋滋地冲到门口一看，外屋倒着几具尸体，一挺歪把式机枪还架在桌上。通讯员见到机枪十分高兴，没等李德安上前就一个箭步跨上去把它给端了出来。机枪是战士们的命根子，得到机枪，喜出望外，他们两人在门口抱着机枪边看边笑时，老林来了。老林有经验，见房内没有动静，便走进房去，想搜索一下里面的套间。刚走近套间门边，冷不防跳出了4个鬼子，其中一个正是那鬼子小队长。只见那家伙双手举起指挥刀，像一头受伤的野兽，张开血盆大口狂吼着扑将过来。老林猛一怔，赶紧退出门外，此时李德安手上的"歪把式"刚好拉开枪机，他立即对着鬼子，扣了一个连发，4个鬼子全部应声而倒。接着，老林和几个战士趁势冲了进去，不管三七二十一，玩命地往里间扔手榴弹。"轰轰轰"一阵连响后，进屋的9个鬼子便统统给报销了。

郭庄庙一仗，共消灭日本鬼子26人（仅跑掉1人），打死、打伤和俘房伪军中队长以下96人（其中七连俘40名）；缴获日寇轻机枪一挺、八八式掷弹筒一门、三八式步枪21支、手枪2支、望远镜一具、指挥刀一把、军大衣一件和一批弹药，缴获伪军的捷克式轻机枪一挺、驳壳枪2支、中正式步枪86支（七连缴45支）和其他军用品一部分。而我方除一战士耳朵被打了一个孔外，无一伤亡。

捷报传开，方圆几十里的乡亲无不扬眉吐气，兴高采烈。许多人纷纷跑来慰问，其中有地下干部，有群众，也有地方绅士、资本家、地主，还有国民党和帮会头头。人们都竖起大拇指赞道："新四军厉害！""有你们打鬼子就有希望了！"三营也借此机会积极做些宣传工作，说明日寇必败、人民必胜的道理，表明新四军抗战到底的决心，同时希望大家团结抗日，要做好日寇报复和扫荡的思想与行动上的准备。

这次战斗，三营声望日增，八连全体指战员受到了新四军二支队首长的传令嘉奖。

12月初，四团奉上级指示，又号召以连为单位开展"活捉鬼子，迎接新年"的比赛活动。

提起这一活动，李德安他们自然会想起去年腊月下旬部队开展"捉活鬼子过春节"的活动，想起一年来与日伪交战的每一场战斗。李德安他们到敌后一年多时间，消灭过不少日军，但就是没抓过活鬼子。有几次活捉了鬼子哨兵，都因鬼子拼命挣扎，惊动了守在炮楼的日寇，只好就地击毙。可见，抓活鬼子可不是一件容易的事哩！

怎么办？若按老办法，恐怕能抓到活的，却抓不回活的。他们苦思冥想，想出了一个新办法：派一批便衣人员潜入敌伪据点，与有爱国之心的伪军人员称兄道弟，结交朋友，向他们宣传我党抗日救国十大纲领，把他们争取过来。对被逼出来为鬼子做坏事的伪军人员，则通过"抓俘""放俘"（抓来教育后，又放他回去）的办法，进行政治攻心战；对个别死心塌地为鬼子充当走狗的汉奸，则采取"杀鸡儆猴"的办法，予以严厉处置。如天王寺的区长，不听劝告，继续替鬼子做坏事，残害老百姓，他们抓到这个家伙时，就当众给他摆罪行，当场将他击毙。采取这些对策，对伪军人员教育很大。他们说："我们都是中国人，帮助日本鬼子杀害自己的同胞，是做了伤天害理的事。""我们保证今后再不替鬼子做坏事了，愿意为贵军效劳，为人民立功赎罪。"这样，八连争取了不少伪军人员，他们经常通过各种途径及时地向八连提供情报，还暗中掩护我便衣人员，使便衣人员能经常进入日伪据点内部活动。

由于八连的工作做到了敌人据点内部，日军的行动常常走漏风声，敌人也因此越来越恐慌。于是，他们一方面加紧对伪军人员的控制，另一方面增强溧水、句容城的兵力，企图"扫荡"八连，还增派暗哨监视他们，寻机对他们发动进攻。

一天晚上，八连开到距溧水城东北10公里的夏家边住下，天刚亮，驻溧水城的鬼子出动了150多名来包围他们，八连有耳目，哨兵也发现及时，李德安便率部队撤至村边小山头，向敌人开了数枪后又转移他处打击敌人，和敌人捉迷藏。

在日军对我军加紧扫荡的情况下，八连采取化整为零的方法，分成若干小组，分散在溧水城、天王寺、湖熟镇、淳化镇、江宁县和句容城等敌据点外围活动。他们每到一地都充分发动群众，宣传群众和依靠群众，以日本鬼子对当地老百姓实施残忍暴行之事实教育群众，激发他们的民族仇恨心，增强拥护、支持我新四军抗日的热情。

时间一晃又过去半个多月，眼看离过年只有10多天了，八连还没有抓到一个"活鬼子"。团首长又接二连三指示各连要尽快想办法抓活鬼子过新年。怎么办？大家心里都很急。

他们立即召开"诸葛亮会"，研究抓活鬼子的具体办法。会上，战士们你一言，我一语，献计献策，十分热烈。通过一番详细的比较和讨论，最后，李德安认为淳化镇据点只驻有日军一个排，伪军10多人，敌兵力较薄弱，从这里下手比较妥当。

淳化镇周围一带是苏南有名的产粮区，这里，每年都有大批的大米运往南京，日寇占领南京后，我军为了封锁敌人，断绝日军的给养来源，到处贴出布告，禁止群众把大米运往南京。但是，日本鬼子经常派粮食贩子偷跑到淳化镇、湖熟镇和赤山等地贩运大米，这些粮食贩子过了淳化镇，一路上都有日本鬼子保护，我军的便衣队好几次曾将粮食贩子偷运的大米拦截回来，但往往又被淳化镇的日本鬼子抢夺回去。鬼子出来抢夺粮食时，最多不超过25人，这可是抓活鬼子的一个好机会，加上八连经常在淳化镇周围活动，对这一带的地形很熟悉，又有一定的群众基础，所以，他们决定以淳化镇据点的日军为猎物，寻找鬼子出来护粮或抢粮之机进行围歼捕捉。

机会说到就到。腊月22日，八连派出的情报员回来报告：有几十名粮贩子用手推车偷运一批大米，沿着赵家边、松岗庙、桥头、西戚阁桥、淳化镇这条线路，准备把大米偷运往南京。他们对西戚阁桥头一带很熟悉，那儿距淳化镇约4公里，便决定借此机会设法将鬼子诱到西戚阁桥头，来个瓮中捉鳖。

23日凌晨，八连指战员按预定方案埋伏在西戚阁桥东北小高地。8时许，李德安派出的5名便衣人员，在西戚阁桥头将粮食贩子偷运的大米拦截住，并故意放走3名粮食贩子，让他们跑到淳化镇去报告日本鬼子，以引诱鬼子出来。不出所料，9时左右淳化镇据点果然出动了20余名日军，径往西戚阁桥头方向开来。但是，敌人相当狡猾，队伍刚出街头，突然又向东改走小路，企图先占领唐家村北面高地，而后向南直插桥头追堵我便衣人员。

唐家村北面高地，正好在我连埋伏高地的背面，这个高地若被敌人占领，对我十分不利。李德安立即命令全连利用高地东侧的反斜面，迅速隐蔽地向北运动。战士们动作相当利索，没几分钟，一排就占领了北面山头，二排、三排占领了南面山头。这两个山头都长满了小松树和杂草，便于隐蔽，两个山头之间有一条羊肠小道。全连占领高地后，李德安立即召集各排排长研究具体战术，最后决定待敌人接近我军20多米时，实施两侧夹击，先用火力消灭其一部，而后全连出击抓活鬼子。

约莫10点30分，鬼子神气活现地朝八连伏击地点开来。看到鬼子中了圈套，战士们心里别说有多高兴！日夜盼望抓活鬼子的机会终于来到了！

当鬼子进到阵地前100米时，只见一只军犬朝地下嗅来嗅去，距离50米远时，那只军犬突然停下来，"汪、汪、汪"地狂叫了几声，这时，鬼子马上散开队形，全部卧倒在地。这表明敌人已经发觉我方，李德安立即命令全连一齐向敌人开火。日寇受我军两面夹击，死伤不少。紧接着，二排从正面向敌人发起冲击，一、三排从侧翼向敌人进行包围。狡猾的鬼子见势不妙，立即拖着5具尸体往回逃，八连只好下山追击。

鬼子在退到离据点只有两华里地的一口水塘西面坡壁时，利用水塘坡壁的有利地形进行阻击待援。我一、三排追到水塘东南面小山头想歼击敌人，但由于地形所限，兵力施展不开，子弹难以杀伤敌人。有人想涉水过去，但这水塘有10米深，浅处有1米2深，塘底又淤积了很厚的烂泥，水塘直径有50多米宽，若冲到水塘内，那要成为活靶子，肯定要吃亏，怎么办？有几个战士气愤地向敌方投掷手榴弹，但几乎都不及塘岸，落在水塘里爆炸。他们的行动启发了李德安，他跟排长商量，组织5名投弹能手，集中全排30多枚手榴弹投向敌方，以图在水塘上空爆炸的方法来消灭敌人，可惜这种方法也见效不大。

在双方僵持半个多小时后，哨兵得到消息，驻在江宁县的60余名日军乘车赶到淳化镇，并向水塘方向派出增援。根据这一情况，李德安只好命令全连撤出战斗，向七里岗方向转移。

这次战斗，八连先后消灭日本鬼子10多名，缴获掷弹筒炮弹10发、步枪子弹数百发及部分物品，还活捉了鬼子的一只军犬。

当天下午，由副指导员带领一个班的战士，将活捉的军犬和战利品上送给支队部，副指导员还代表全连主动向支队首长做检讨，说这次仗未打好，没有抓到一名活鬼子。支队首长听后哈哈大笑起来，不但没有批评，反而表扬他们这次仗打得好，消灭了不少敌人。首长还指着那只军犬风趣地说："怎么说没抓到'活鬼子'呢？这不就是'活鬼子'吗？"

不久，支队下发了这次战斗的简报，表扬了八连。除夕那天，八连召开庆功大会，驻地的群众也纷纷带着物品来慰问他们，在军民团结的热烈气氛中，他们辞别了旧岁，迎来了新年。

从1938年10月新四军第四团开赴溧水地区抗日，到1939年冬苏皖支队渡江北上为止，在溧水及周边地区进行了一年多时间的抗日斗争，大小战斗达150次以上，击毙、击伤敌700余人，毁桥梁6座，破坏电话线路17次，计73里，缴获敌汽车10余辆，组织民众破坏公路路面约30里里程。

廖海涛和曹明梁在李孝廉家参加了大李巷党支部第一次会议，他高兴地对着李子元、李孝廉、王金海、赵忠保、张孝南等人说道："这是你们溧水地区第一个农村基层党支部，意义不小呀。"

廖海涛是有名的军政双全的新四军领导人，在红军时期担任过上杭县县委书记，又担任过红七支队的政委，搞扩红，搞党建，搞武装建设，很有一套，而且打仗勇猛，惯于冲锋陷阵，又能灵活机智应用游击战术，在闽西3年游击战争中是张鼎丞、谭震林的得力助手。现在担任四团副团长，又担任政治处主任，除了抓军队建设领兵打仗外，还要担任地方的政治工作的建设，在他的支持下加快了地方党组织发展的步伐。在新桥地区成立了中共新桥区委，曹明梁为书记，在溧高边境地区成立了中共溧高边区区委，张一平任书记。曹明梁根据四团传达的中共中央"大量发展党员是党目前迫切严重的任务"这一指示，大量发展党员，成立了第一个农村基层党支部，特别邀请廖海涛主任来指导工作。

煤油灯下，小方桌边，条凳上静坐着七八位党员，他们在静静地听着廖海涛的讲述。

"同志们。"廖海涛用带有浓重闽西口音的话语说道，"现在抗战的形势非常好，统一战线的威力也显示出来了，现在我们面临的共同敌人是日本法西斯主义，因此，我们发展党的组织远比我们闽西好，在闽西，革命处在低潮时，有时不要说发展党员，连已经成为党员的同志也消沉下去，脱离革命队伍，但我们从来没有放弃过党的建设，就是在那样极端困难的条件下，我们党组织照常开展工作，照样发展党员，我们之所以能打破国民党的围剿，坚持到抗战下山，全靠党的力量，尤其是基层的党的力量。"

曹明梁等人听了热血沸腾，眼睛顿时射出明亮之光。

"同志们，红军时期离不开党的基层力量，现在同样如此。毛泽东同志说得好，兵民是胜利之本，战争的伟力最深厚的根源，存在于民众之中，但民众的发动要靠基层的共产党员，如果我们基层党员大力发展了，便能发挥核心的作用，深入民众便成为可能，全民族抗战便成为可能，同志们，千万不要小看这种作用，千万要认识到你们担负的历史重任。"廖海涛的话语在小房里回荡着。

李孝廉，大李巷村人，生于1895年，是一个老实巴交的农民，他亲眼目睹了日军的暴行，也看到了国民党军大溃败的惨象，新四军先遣支队和一团的模范抗战行动深深地感染了他，他很想加入共产党新四军领导的抗日洪流中，后来听说曹明梁兄妹参加了一团在岗上的抗日救国训练班，十分羡慕。他积极要求参加抗战，在曹明梁的引导下加入了共产党，现在听到新四军四团领导人的讲话，心中燃起了明灯，眼前出现了灯塔，他感到一条光明的大道展现在眼前，他说："廖主任，你的话我明白了，但眼下，我们到底该怎么干？"

廖海涛笑了笑，摆了摆手："你坐下吧，别着急，一个党员要独自开展工作还需要一个过程，你们还需要系统地接受教育。现在团部决定在张家岗村举办党训班，你们要好好学习，学习后要继续发展党员，建立党的基层组织……"

李孝廉家的灯火很晚才熄灭，参加会议的人脸上个个显出兴奋之色，恨不得马上投入战斗中。

1939年1月，在白马桥张家岗村举办党训班，曹明梁、张一平、李子元、李孝廉、陈令才、张孝南、张正香、孔繁荣以及高淳的李代胜、孔华亭、诸长馥等20余人踊跃参加了学习。

党训期间，张道庸、廖海涛、邱相田、张文碧等人亲临讲课，二支队政治部主任王集成来溧水四团视察时也亲到党训班授课《中国共产党党章》《中国共产党党史》《党的统一战线》以及《民众运动》《农抗会组织》等内容。

党训班两周后结束，党员们纷纷奔向基层，发展党的组织，溧水的党组织雨后春笋般地发展起来。

1939年3月，在四团党委的领导下，成立了溧高县工委，曹明梁任书记。

1939年7月，中共苏皖特委成立，中共溧高县工委改为溧高县委，归属其领导，8月改称为中共溧高县委，曹明梁任书记。在溧水西部，1939年7月成立了中共江当溧县工委，书记为陈辛，8月改为江当溧县委，书记仍为陈辛。在溧水北部，1939年7月，中共江溧句县工委成立，姜杰任书记，9月，改为江溧句县委。

这样，1939年下半年，溧水县境内3块地区（溧高、江当溧、江溧句）的县一级党组织先后建立，溧水抗日根据地已初步形成。

1939年5月底，陈毅赴苏北听取了惠裕宇、管文蔚汇报情况后，确定了在苏北发展中采取"联李、孤韩、抗日"的策略方针，随即回到苏南。[①]

陈毅的目光盯在了苏中、苏北，华中局执行党中央的指示已着力经营江北，身为东南局东南分局委员的陈毅处在两难境地，一方面他必须接受新四军军分委的领导，但新四军的领导人，尤其是项英，无论是东进，还是北上都迟疑不决，而陈毅坚决执行中央的指示，向北发展是必然，但他又必须注意军部的意见，因此，他不得不回头再来照看苏南的军事、政治发展。

① 刘树发.陈毅年谱 [M].北京：人民出版社，1995.

　　当时溧水主要是四团活动的范围，是二支队活动的地盘，陈毅很想去看看。八月，一二支队合并，成立江南指挥部，统一苏南的力量，以利更好地经营苏南，成立大会要到11月份正式召开，因此10月份陈毅以新四军军分委领导的身份去溧水视察。

　　此时的四团主要领导人为陶勇、卢胜、廖海涛、王胜。卢胜本为新四军四团团长，后被留在军部，直到1938年10月又调回四团，当时已恢复政治委员制度，他旋即改任政委，和其他领导一道奋战斗在溧水、溧阳、句容一带。

　　这是陈毅第三次进溧水，当他来到大李巷时感慨良多，他或拍拍那些古老的树干，或踯躅于村北芦花遍放、野鸭四飞的河坝，或拨弄着微黄沉甸甸的稻穗，不禁吟起了他初入苏南的那首诗："波光荡漾水纹平，河汉沟渠纵复横，扁舟容与人如画，抗战军中味太平。"

　　他边吟边想，他首先想起1938年初入苏南溧水的情景，当他踏上溧水的大地上，他为溧水百姓的抗战热情所感染，也为自己踏上苏南大地准备一展宏图而奔走。他在新桥为百姓做演讲的话语又在耳边响起："父老乡亲们，我陈毅代表新四军问候你们，你们这半年都过的什么日子，我们都看到……今天晚上你们看演出，都把心放宽宽的，把屁股坐稳稳的，村外十里都有我们的战士放哨。啥子莫要怕……我们这个队伍名字叫新四军，是共产党的队伍，你们听说过平型关大捷吗？我们是和他们一样的队伍，是来打日本鬼子的。你们想想，如果咱们军民团结起来，整个江南团结起来，几个日本兵怎么敢下乡抓老母鸡，抢花姑娘……乡亲们，中国是中国人的，咱们是在自己的家乡，这里一河一桥、一沟一坎是咱们的，莫要怕那个短腿的日本鬼子，哪有主人怕强盗的道理……"

　　使他感到欣慰的是新桥会师一年，溧水军地区在新四军的领导下，在溧水境内已创建了三块根据地，且在根据地里取得了一系列出色的成绩，虽然这些功劳不全是由一支队创立的，但他作为新四军军分会主席，是一个全局的领导者，他感到由衷的高兴。

　　他与四团的干部来到大李巷李光保家，这是处在村中南北一条长巷中间的一座大门朝西的房屋，陈毅初入溧水，途经李巷时便居住于此屋中。主人热情的接待给他留下难以忘怀的印象，清瘦的身躯、黝黑的皮肤、真挚的笑脸、朴实的语言……一切的一切，和井冈烽火、瑞金硝烟、梅山鲜血交映叠加一起。他来过苏南，他知道苏南，但没有深入在苏南生活过，如今抗日的召唤使他有机会在如此狭小的空间里和倭寇作一殊死的搏斗。

　　他摸了摸墙上的泥坯，敲了敲门边的砖块，想起4月份为了溧水根据地发展，在此屋中、于油灯下和陶勇、卢胜、廖海涛等人促膝长谈。当他听了陶勇的军事汇报和廖海涛的根据地建设的汇报后，对四团三营和四团的干部大加赞赏。

　　"敌人本质上是虚弱的，虽然敌人现在在军事上处于压倒性的优势，但我们新四军只要执行毛泽东同志的路线，发扬老红军的优良传统，就一定能在苏南立住脚，并最终打败日本帝国主义。"

　　他朝四周看了看，又颔首点头："有了根据地我们就有了根基，我们不是流寇，不能有流寇思想，我们必须拥有根据地，无论内战还是外战，都必须有，毛主席首先确立建立茅山根据地，又指出溧阳、溧水战略地位的重要性，显然，在溧水建立根据地意义非凡呀。眼下，根据地建设还主要靠军队来创建，以后逐渐交给我们的政府机构，现在苏皖区党委在江北已成立，苏南也将成立苏皖区党委，但不管如何都离不开军队的支持呀，所以你们四团的任务既要抓军事也要抓政治呀，在特殊情况下抓政治的比抓军事还要重要、还要迫切……"

晚上，中共溧高县委书记曹明梁来汇报工作。

陈毅一边喝着山区土质的大麦茶，一边聆听着曹明梁的汇报。

曹明梁穿着对襟的白衬衫，一五一十扳着指头诉说着："陈司令，我们溧高县委在四团党委的领导下积极开展工作，根据地建设有了一定的成绩，我们教育党员提高觉悟，坚定信心，这样基层党员的斗争信心得到了加强。我们进一步健全了交通站，李巷李孝廉的交通站在南北这条线上起到了很好的作用，这对我们保持与党的联系、军队联系、听取指示、接受任务有极大的作用，另外，我们争取了当地保长，也争取了刀会组织，上级领导对我们的工作也十分满意，只是……"曹明梁说着说着语气迟缓起来，似乎有一种欲言又止的味道。

陈毅朝曹明梁看了看，他对曹是了解的，曹虽然出生于地主家庭，但抗日的意志坚强，对敌斗争坚定，他和其妹曹鸣飞早已加入党组织，是优秀的党员，现在身居地方政府要职，是个优秀的政府干部，是完全可以信任的同志："曹书记啊，你有什么说什么，放开手脚，大胆工作，不要有什么顾忌。"

"陈司令，我们溧水这儿有三多：土匪多、司令多、赌博多，说起赌博，我也自感惭愧，由于对国民党抗战没有信心，有一阵子也沉湎于其中。现在无论是街镇还是乡村，赌博兴盛，有不法分子也有百姓，如不根治，势必影响社会风气和抗战气氛。但不法分子好抓，群众难抓呀。"曹明梁两手一摊，有点儿为难。

陈毅点点头："这赌博是流传了几千年的旧习，要一下子断根，是不大容易，群众赌博玩玩的居多，这里要和不法分子分开。我看抓一下社会影响不良的头目，惩治一下，对群众进行适度教育，我想是可以控制，当然这个工作是长期的，不能一蹴而就的，你们干部要有长期斗争的决心。"

曹明梁一听，一拍手掌："对，先抓他几个头头惩治一下，其他的好办了，至于一般群众通过教育应该有效。"但另一个问题困扰着他："陈司令，我们这儿还有一个大问题，那就是司令多、土匪多。说起司令吧，要好办些，经过收编，大都加入了我们的抗日队伍中，但土匪难办，单纯讲惩办土匪比较容易，但这些土匪大多和国民党官员、军队相勾结，抓起来麻烦，就怕影响国共两党的统一战线，但若不处理，这些土匪几乎是无法无天，有些地方被他们搞得乌烟瘴气了。"

"抓！"陈毅一拍桌子，茶碗在桌上也抖动了几下，"别怕，只要是土匪就抓，我看国民党怎么包庇他们，朱永祥不也是被惩办了吗，曹书记，不要有顾虑，我看冷欣他们不至于胆大到公开纵容包庇土匪吧，抓起来，处理狠一些。"

曹明梁一听喜出望外，"好，有了陈司令的话就好办了，这儿有三个有名的土匪，陈跃、祁大山，还有一个外号叫'没药医'，这几个土匪无恶不作，老百姓对他们是咬牙切齿，恨之入骨，就请部队的同志动手吧。"

陈毅点点头，叫陶勇吩咐四团二营六连战士分头行动。没多久，六连便捕获了三匪首。

　　陈跃、祁大山先后被抓，只有那位外号叫"没药医"的土匪，因行踪不定，嗅觉特灵，急急地溜到国民党的部队去了。

　　翌日下午，在大李巷西南的老鼠山召开了群众大会，公审陈跃、祁大山。

　　陈毅作了简短的讲话，号召溧水百姓全力以赴，投入到抗日救国的大业中。

　　最后，曹明梁上台，历数陈跃、祁大山的罪状："你们白天公开到老百姓家里敲诈勒索，晚上抢劫民财，还暗中点火烧房，罪大恶极，不杀不足以平民愤。我代表溧高县委，判处你们死刑，立即执行！"两贼即刻被就地正法。

　　两贼被枪决后，社会风气大有好转。再经溧高县委的反复宣传教育后，大李巷一带赌博之风渐见衰落，完全恢复到正常状态之中。

　　李巷村有一南北三间的青灰砖瓦房，大门朝东，南面山墙壁有一小门，此房在苏南并不少见，奇异的是在南墙上开一极其隐蔽的小门，在苏南通常山墙是不开门的，除街面上出现买卖的需要外。

　　可就是山头上这一个小门，一个不起眼的小门决定了这座房屋不同凡响的地位。

　　房屋的主人就是李孝廉，别看此君是一个地道的老实巴交的老农民，他的身份、他的活动、他的外貌、他的言行和当地乡民没有丝毫的区别，但实质上抗战后他已不是一般意义上的农民了，李孝廉是一个地道的共产党员，是溧水县较早加入中国共产党的党员，1938年9月他加入共产党，并担任大李巷村党支部副书记，后又担任观峰乡代理乡长、新桥区农救会主任、溧水县农救会主任。他的这一系列职务都是公开的，也是重要的，但和他秘密担任的一个重要职务——大李巷秘密交通站站长相比就算不了什么。

　　溧水大李巷交通站是二支队四团进驻大李巷时所建，它是一条极其重要的南北秘密交通线，南至高淳港口，北至句容郭庄地区，对于联系新四军南北往来，是极为重要的。这个站长的选择，是经过反复讨论的，选择李孝廉是因为李孝廉党性强，能力强，且有广泛的人脉关系。

　　李孝廉担任这秘密站长后，便充分施展了自己的杰出才华。

　　首先，他对房屋进行秘密改造，东墙山头上开一秘密小门是为了防止意外与不测，万一情况有变，人员可从小门逃出。这一小门平常用柴草遮住，不为人注意，家中的墙壁砌有夹墙，可以在危急时藏身其中，在屋中还辟有地窖，这地窖可以贮藏一定的物资。

　　这个秘密工程的建设全在晚上进行，一般人进屋根本看不出里面藏有许多机关。

　　房屋改造好后，他便物色帮手，他选择五弟李孝根在句容山头边建一秘密交通站，又选择三弟李孝柏在溧水南面群力后村建一秘密交通站。

　　另外，他在身边又选择了几个交通员。一个是儿媳尤秀英，一个是同村的赵忠保，有了这两个帮手，李孝廉的工作得以有效地展开。

　　尤秀英是白马镇九涧桥村人，1920年出生，8岁便作了童养媳，她在公公的带领下多次出色地完成任务。

　　第一次执行任务，尤秀英心怦怦直跳，李孝廉交给她一份情报，写在纸上，让其送到群力的后村交通站。情报放在哪里，李孝廉早就考虑过了，放在鞋底，或是在头发中，此类方法是不能用，也不可能用。在秋冬之时，最好办法是卷成小棒插在棉衣的棉絮里，这是一种极其保险的方法。

尤秀英经过一番打扮，化成回娘家的媳妇，攀山道走小路，由李巷经官塘，再至长乐桥。

当她经过官塘后，再向南行，这一路是山道，山上是野花齐放，芳香扑鼻，山花烂漫的季节，尤秀英不由得哼起了溧水民歌《十二月花明》。

她刚哼了几句，便进入了峡谷，此峡谷内溪水淙淙，芳草遍地，蝴蝶乱飞。突然她见远处的鸟儿扑扑扑地从树丛中惊飞而起，还未等她细辨，便见一阵嘈杂声传来，她探头一看，暗道"糟糕"，碰上日伪军了，此时她是退不得，进不得，藏不得，距离日伪军只有几十米，而且日军拉动枪栓，叽里呱啦地乱叫起来。

她硬着头皮过去，一半装着，一半真的，以哆哆嗦嗦的情状慢慢迎了上去。

日军叫伪军盘问，伪军上前盘问起尤秀英。尤秀英按原先想好的内容回答着，日军小头目眼睛盯着尤秀英，上下打量着，又一挥手命伪军上前搜身。伪军在鞋底找了找，摸了摸，又在尤秀英头发上胡乱地梳理一番，便汇报什么也没有。他刚想放尤秀英走，日军上来了，又拉开尤秀英的上衣，细细地搜了一番，也没有搜到什么。尤秀英以为没事，不料日军小头目突然拔出战刀，一下子架在尤秀英的肩膀上。尤秀英双眼一黑，咬着牙，硬挺着。只见日军小头目喝问道："前面新四军的有？"

"没有，没看到。"尤秀英坚定地回答，嗓音虽然有些颤抖。

日军头目收回战刀，"吆嘻吆嘻"地叫了两声，便带着抢来的猪羊扬长而去。

完成任务后，回到家，还一副惊魂未定的样子。李孝廉既表扬了她，又指出了她的不足，关照她要镇定，要多磨炼。不过为了保险起见，遇到特别重要的内容，他对尤秀英口授情报内容，直到尤秀完全背诵为止。有了这一招，尤秀英不怕日伪军检查，此后几次都有惊无险地化解了日伪军的盘查。

最艰巨的任务是护送干部出境，这可不是小事情。这对交通员的要求极高，胆大心细，要有极强的应变能力。这一点上李孝廉下足了功夫，他培养的赵忠保便是一个护送干部的高手。

1939年冬和1940年初，中共苏皖特委书记谭启龙、特委组织部长李华楷和青年部长王一凡先后到溧水境内唐邵、大李巷等地检查工作，来往都是由赵忠保护送。

后来，这条线发挥了积极作用，为溧水抗战作出了重要的贡献。

第三章

横山事变

横山静静地横卧在江苏和安徽交界处，默默地注视着栖息在它脚下的江宁、当涂、溧水的一切生灵。可现在它似乎疲倦了，微微地闭上了双眼，不愿再俯瞰沟渠纵横的大官圩，也不愿探视碧波万顷的石臼湖、石头城、秦淮河，甚至滔滔东流的长江。至于那些历史记载："横山，古名曰衡山，又曰横望山，其半入溧水。淮水之流，经其下焉"，"横山蜿蜒连绵，实为金陵南方屏障"，它也一概漠然视之。总之，它累了，痛了，在日军的枪炮下，生灵涂炭，万物萧条，它不愿再睁眼看这满目疮痍的世界。

山累了，不过栖息在它脚下的人并不累，博望之西的水东村大庙内，深更半夜还有人在操练武艺。

这一刻的世界，有许多人在战斗，操练并不奇怪，哪怕是深夜。不过这群横山脚下的子弟还在对冷兵器时代的利器日夜操练，那冲天的劲儿似乎和当时中日战争处在相持阶段的时期很合拍。但令人惊奇的是他们并非膀大腰圆的武夫，也没有同仇敌忾抵御外敌的气概，脸上更看不出有义愤、复仇之类的表情。那一个个瘦弱的身躯在机械地执行着拳师们的指点，那阴森森的脸上显现的是莫名的愚昧、无知、虔诚的神情，似乎和现代文明及当下的战争没有丝毫的联系。若有人偷看，还以为此时此刻在上演着中世纪的旧戏。

最后一进祠堂的殿堂内端坐着关羽的塑像，两旁站立着周仓和关平，这种威严和氤氲的香火使人有一种敬畏之感、威压之感。

尤其是塑像下的那位人物使这一感觉得以彻底的强化。

头扎红巾，几乎是个光头，颌下却毛发粗长，看那胡子又黑又长，似乎要赛过关羽。再看那身架，腰圆膀大，肉疙瘩块块，显然用肌肉发达来形容是绝对不够贴切了。肤色黝黑，但脸膛红润，那是营养极好的佐证。远不似刚才在一进殿内练武的人脸色蜡黄。他裸露上身，腰束粗带，黑色长裤，硕大手掌，老茧厚厚，伴随一声吼，脚一跺，地上的砖块确有松动的迹象。

此君是当涂博望村的点传师胡玉堂，现在他正在教授徒弟们练习技艺。

一排刚练完拳的徒弟上来，他用朱笔在黄裱纸上画"符"，然后以火焚之，其灰放入每人的口中让其吞服。

随即有人抬来一桶凉凉的井水，胡玉堂抓上一把红色粉状的朱砂，放入桶中，用手搅拌，再令人用大碗盛水，让徒弟们喝下。

少顷，胡玉堂大喝一声"念咒语"，众徒弟"活啰活啰"地念起音节含混不清的咒语，不一会儿，众徒弟脸色发红，腮帮发胀，浑身燥热，骚动不安起来。

"运气！"胡玉堂又大叫一声。

众徒弟又运起气来，立即个个肚皮凸出，青筋突现，十指颤抖，双脚抖动起来。

"试刀！"胡玉堂狂叫了一声，手拿大刀对着平马坐裆的徒弟的腹部猛砍起来，只见那些徒弟个个若无其事，大刀砍后只有几条白杠杠，没有丝毫的损伤，真可谓毫发无损。喜得胡玉堂"哈哈哈"一阵大笑："徒弟们，你们已是刀枪不入，还怕什么，看来这横山的天下是我们大刀会的了，这是我们正一派无上的光荣呀。"

"谢师傅，我们刀枪不入啰，我们刀枪不入啰！"众徒弟僵硬的脸上顿现狂喜之色。

"你们操练吧！"胡玉堂手一挥，"你们现在刀枪不入，本师父枪弹不上身，日本人的子弹还未到胸口，就要变成灰了。徒弟们，你们操刀、操枪训练，不用多久，就可以和本师傅一样让子弹、炮弹变成灰。"

那些狂叫的徒弟似发了疯一样，个个操起屋中的红缨枪，吼叫着乱舞起来，他们动作怪异而又机械，似机器人，又似木偶。

人类的疼痛之感在这些人身上早已不复存在，所以其抗击打能力一下子增加了千倍，虽然稍有常识的人也不会相信冷兵器时代的"刀枪不入"，更何况现代战争下的枪弹，但凭眼下厮杀的场景，以及刀枪无碍的境况，还真有点将信将疑，人类是否真的有这种神乎其神的能力？

胡玉堂心里很清楚，他诡秘地一笑，进入另一小屋，喝起浓浓的香茶来。

"报，胡师傅，溧水上方寺张满之妻黄春娟求见。"一个头扎红巾的年轻人进来急报。

"啊，是黄大嫂大驾光临，快请，快请。"胡玉堂连忙站起，出去相迎。

黄春娟，其夫张满，是溧水县上方寺有名的大地主，此人可不是一般的地主，他身份多样，是刀会首干，在马庄桥开设"过载行"，收徒弟几百人；又是国民党蒋介石集团苏南一区专员汪国栋的干儿子，当地豪绅姜书许的徒弟，上方寺刀会堂主、伪乡长和自卫团团长张方燮的堂孙。来头不小，这胡玉堂哪敢怠慢，但胡玉堂感到纳闷，这半夜时分，一个妇道人家赶来干吗？张满本人为何不来？难道有什么变故？

胡玉堂一出关帝庙，着实吓了一跳，只见黄春娟一身素服特别耀眼，尤其那头上扎着的白长带几乎垂到地面。

还未等胡玉堂缓过神来，黄春娟哭倒在地："胡兄呀，张满被新四军杀害，你可要为俺做主呀！"

胡玉堂一怔，急问何故。

溧水明觉乡甘皮塘村的刘滢西一抱拳："胡兄，张满大哥被新四军四团无故抓去，被强行押至句容三岔，惨遭杀害，小弟幸亏命大，和周祥顺拼命逃回，要不然兄弟和胡兄是生死两重天啦。"

"胡兄，张满死得惨呀，好端端被人抓去，我托汪大爹、锦山兄、百安出面担保，他们竟不理睬，现在横遭杀害呀！"黄春娟一面磕头，一面诉说："胡兄，大刀会同是一门，其他兄弟都同意不赶走新四军，张满一天不出棺材，此事就看胡兄你的了。"

黄春娟一把鼻涕一把眼泪，哭叫声一片，弄得大刀会众徒纷纷赶来围观。

胡玉堂一听张满死了，先是一惊，再听到黄春娟要求自己为张满作主，赶走新四军，还是觉得有些为难。

张满被新四军枪杀，到底是什么原因，新四军的威望实力摆在那儿，岂是大刀会能够解决的，所以他只是"嗯"了一声，并没有答应下来。

黄春娟见胡玉堂没有明确表示，便在地上打滚，并声称胡兄不出手相援，便不起来。

刘滢西上前，凑在胡玉堂耳边："胡兄，张兄和你同为大刀会首领，若你袖手旁观，这汪专员、许平祖师爷、张团长会答应吗？"

胡玉堂眼珠子转了两转："他们那几位如何表示呢？新四军可不好惹呀。"

"老兄放心，汪专员他们发誓要报仇，你老兄还有什么不放心。"

"好，如果汪专员肯出面，我胡玉堂可效犬马之力，不过，"他顿了顿，"此事须从长计议，还须联络周石安、熊三星、张二昌他们，大家合力，方可赶走新四军。"

"好，说定了。"刘滢西连忙搀扶起黄春娟，"嫂子，胡兄答应了。"

黄春娟连忙磕头道谢，胡玉堂假装十分悲伤地说："嫂子见外了，张兄遇难，我胡某岂能袖手旁观，我定为张兄报仇，不过此事还得多方联络，方可无虞。"

黄春娟一边抹泪，一边点头。

横山南唐宅圩，夜晚，县委书记夏定才和副书记新二连连长费明龙以及新一连连长赵家淦、新三连连长郄贤林、组织部部长陈宗茂、青年部长杨骏及妇女部长梅影在开一个紧急会议。

油灯下，夏定才讲述着眼下斗争的形势："同志们，时值七月了，现在陈、粟首长正率队渡江，准备北上开辟苏北根据地，主力部队已经北上，留在苏南的只有二支队的三团、四团了，且三团、四团都在句容、丹阳地区，我们横山地区只有 200 多人的地方部队，真可谓力量薄弱呀，但我们面临的形势却比以前任何时候要严峻，要复杂。"

夏定才的神色一下严峻起来，油灯照亮他的脸膛，他的眉毛紧锁，拳头握得紧紧的。

"现在主要的问题是日伪和国民党有勾结的迹象，自从 1938 年粟裕司令员进入横山地区后，抗日的火种便燃烧起来。后来一团、三团相继在这儿抗日，终于建立起横山抗日根据地，1939 年 8 月，我们成立了江当溧县委，真可谓形势一片大好，这就引起了国民党的嫉恨，他们想尽一切办法想破坏我们的工作，我们不得不加倍小心，以防不测。"夏定才握紧的拳头又松开。

费明龙接着夏定才的话头说开了："现在主要问题是横山地区存在着各种力量，这儿连接着南京，紧挨着皖南，可以说是一个战略要地。日军在'扫荡'结束后，汪伪登场了，他们利用伪自卫团在作祟。而国民党呢？他们的五十二师也盯着这儿，还利用地方豪强进行欺骗宣传，妄图在横山地区插上一脚，专员汪国栋真忙得不亦乐乎，他们疯狂地破坏我们的减租减息工作。但这些并不可怕，都在意料之中，可怕的是这个地方的刀会组织多，会徒广，他们又在社会的基层，这就比较麻烦，如果这股力量为敌所用，后果将不堪设想。"

梅影叹了一口气："费副书记说得对，这大刀会的问题真叫人头疼，他们的头目大都是恶霸地主，地痞流氓，是我们的对立面。而会徒呢？成分极其复杂，大多是贫苦群众，但这些群众受了点传师和什么堂长之类人的宣传后，变得十分迷信，十分愚昧，对新四军采取了敌视态度。如果我们把他们视作对立面，我们将失去群众，但这些群众由于受到迷信宣传，很难争取过来，如果任其发展下去，后果难测也。"

赵家淦点点头："所以我们要对他们的行为予以坚决的制止，绝不能听之任之，以前在刀会势力刚开始发展时，我们没有及时采取措施，坐视其大，现在再不制止，以后就不好办了。"

"我们要注意策略，上次我们抓了张满，本来不想杀他们，不料路上遇到国民党军队挺进六团。6月27日早晨又和日军相遇，张满等想逃跑，部队只好奉命将其处决，但这一来引起了骚乱，现在他们到处串联，似有暴动迹象。大家千万要当心，不要随便活动，部队随时要跟进，因为他们到处站岗放哨，盘查和袭击我单独行动的过往人员……"

汪国栋死了干儿子，他是没有一点儿伤心的感觉，不过他听到黄春娟报来的死讯时，还是装着极度伤心的样子，可眼睛不争气，半天也没有挤出眼泪，他也没有时间挤上几滴眼药水充当泪水。

他干号着，为了安抚黄春娟，发誓要为张满报仇，并急忙召集幕僚商量对策。

黄春娟一走，他收起了伤心的架势，脸上的肌肉一下子松弛起来，他甚至想笑几声，一方面自己装得太像，简直是演戏，另一方面，张满又不是亲儿子，死活与自己有多大关系呢？倒是他这一死，自己的政治生涯有了转机，讲起来，自己已是堂堂的国民政府一区的专员，却几成笑柄，南京保卫战，国军溃败得一塌糊涂，后来勉强搞了个三战区，冷欣的部队躲在郎广山区，像缩头乌龟，哪敢冒出头来。蒋介石严令要在苏南恢复政权，这怎么可能，死活没人敢来，来了以后也不敢抛头露脸行使政令，这本来就使上峰恼火，不料又冒出新四军，又打日寇，又打汪伪，又打土匪，在苏南搞得红红火火，还搞起了地方政权，原先还遮遮掩掩，只称什么工委，现在堂而皇之建立政权，又是收税又是二五减租，弄得国府坐立不安，而他这个专员又无能为力，除了接受上峰的训斥外，还能有什么呢？无奈之下他请求军队进入溧水，这一点终于抓住了上峰的软肋，他们不肯来，他也有理由说无法推行政令，但上峰反问共产党政府为什么能建，他可无法问上峰共产党军队为什么能来。

还好，这几年形势有了转机，项英这个软蛋说要服从统一战线，所以横山地区开了好头，却没有深入下去，另外，冷长官严令新四军北移溧武路，这样把他们的主力逼到长江以北去了。横山、溧水成了真空，但他们还有地方武装，一时奈何不了他们，不过上苍有眼，国军不能来扫除他们，有一股力量可以借用，那就是大刀会。原先自己担心刀会被新四军抓住，因为在苏南许多抗日武装被他们收编了，不料，他们在这方面没有下功夫，而且刀会和新四军有严重的对立倾向，这真让汪国栋喜出望外。他想了半天，共产党统战这么厉害，怎么没有把刀会抓过去？他推测原因有二：一是项英捆住了他们的手脚，二是刀会这股力量比较特殊，他们是靠迷信捆绑在一起，首领大多是地痞流氓，而会徒又极其愚昧，你想想迷信这东西能一时破得了？所以呀这股力量在正常情况下，国府是要取缔的，但眼下可以利用，可惜刀会头领慑于新四军的威望，未敢公开对立。这好，张满一死，这帮同门弟兄能不相助？这真是天赐良机呀。

想到此，他不由得哈哈大笑起来，汪国栋的小老婆见他一会儿哭，一会儿笑，便板着脸骂他神经病，骂他枉为人父，汪国栋眼皮一翻："你懂个屁，女人家，头发长，见识短。"

他叫来手下一个幕僚，吩咐道："你去，叫黄春娟和张满的徒弟魏金禄、魏晋绅去联络各地的刀会首领共举大事，国府坚决支持，五十二师也会配合，但是国府不能公开支持，以免造成政治上的被动，你告诉他们放心大胆地干，对新四军想杀就杀，想抓就抓，不用怕，有我撑腰。"

幕僚领命而去。

他小老婆又是大感不解，问为什么报仇要遮遮掩掩。

汪国栋冷笑了两声："这大刀会是成事不足，败事有余，蒋委员长赶走了日本人还要他们吗？所以政府不能出面，看他们相互残杀，如果出了面，弄好了倒不碍事，弄不好谁来负责？"他点了一下她的鼻子，"让我来做替罪羊，老子不上这个当。"

他又干笑了两下："这一来，刀会会徒蜂起，看你们新四军怎么办？国府是赢定了，新四军如果杀刀会会徒，他们的军民鱼水情将是一句空话。如果刀会赶走了新四军，等于替国府办了一件大好事，横竖我们都赢。张满呀张满，你死得恰逢其时呀，哈哈哈。"

这黄春娟见人就磕头，发誓要报仇，有些刀会首领出于种种原因，有所顾虑，后一听说有国府支持，那气儿一下子膨胀起来，个个如发了疯一般，号叫着要报仇。黄春娟使了浑身解数，她出色的组织能力几乎发挥得淋漓尽致，她还鼓动周祥顺、刘滢西、张方燮四处活动。

上方寺刀会堂主、伪乡长、伪自卫团团长张方燮一马当先，他几乎不分昼夜和反动分子、刀会骨干出谋划策，穿针引线，打算纠合溧水、江宁、当涂等地刀会一起暴动，并研究如何勾结国民党五十二师一起配合，还找周围据点里的日伪军商量参战等事宜。

他们提出：5月准备，6月报仇（5月、6月均指阴历）。太平、石湫、博望、洪兰埠等地刀会首先加紧操练，并和柘塘的周石安、江宁的夏国森紧密勾结起来，接着横山地区各重点村的刀会都活动起来。北面有上方寺、寺庄头、葫芦坝、端祥村、柿元村、东小村、西大村、老小坟、坟头村、施家庄、潘村、闷水桥、大小东圩村、方家村、海塘村、马庄庵村、朱家边村等，南面有汤庄、熊家、赃头村、陈宫塘、陈塘头、郗客村、桑园铺。另外，他们还操纵了三个自卫团，北面指挥点设在新庙，南面则设在汤庄，准备两路夹击。北面是由周祥顺、张方燮、彭道林、端乐果负责，周石安、朱顺禄配合；南面是由张仁昌、周能才、彭国祥负责，杨德铭、刘滢西配合。

剑拔弩张，一时杀气腾腾。

为了达到更有效的目的，他们还到处造谣，说新四军要抓刀会会员打仗，要没收百姓财产。一时间满城风雨，人心惶惶，形势极度地混乱起来。

7月26日，费明龙率领当涂新二连一部在新市活动，发现水东、西洋一带刀会头子陶子满、袁有庆策划暴乱，便赶来制止，袁有庆的弟弟袁有凤竟拔刀砍人，费明龙下令逮捕了袁有凤，陶子满一看便鼓动刀会来抓费明龙。

夏定才得到消息，心急如焚，他已经知道自从杀了张满后，刀会活动频繁、异常，而且气氛不对。现在事故又发，若不及时处理，有可能酿成更大的事故，他急忙和新三连连长邵贤林带领十余名战士前往水东调停。

这袁有凤一抓，胡玉堂是暴跳如雷，"是可忍，孰不可忍"，他找来熊三星和徐家道在莲花庵开会决定即刻发动暴乱。

胡玉堂狂叫道："两位仁兄，张满尸骨未寒，新四军又来抓人，把我辈置于何地！再这样下去，难道吾辈甘心引颈受戮。马上起事，若再迟延，后果难测。"熊三星咬牙切齿道："减租减息，断了我们的财路，现在还要我们的命，我们以牙还牙，凡是新四军都杀，给他们一个下马威，让他们看看我们大刀会不是好惹的！"

第二天晚上，夏定才等通过博望青阶岘，碰上了到处盘查准备杀人的胡玉堂等刀会100余人。

夜里，漆黑一团，副班长黄恒录听到对面来了许多脚步声，忙问："什么人？"对面回应，"太极会（亦即大刀会），你们是哪里的？"

"我们是新四军。"黑夜中黄恒禄大声地回答道。

"啊！"一声响，众会徒纷纷后退，就在这一刹那，胡玉堂大喝一声，举起大刀对毫无准备的黄恒禄砍来，黄即遭杀害，随即胡玉堂挥舞大刀，见人就砍。

新四军人少，且晚间近距离无法使枪，这短兵相接，定然吃亏，夏定才急命战士后撤，退至新市与费明龙汇合，然后向东北方向转移。

刀会匪首胡玉堂、袁有庆尾随追击，追至东垄庵、童王村一带，见难以追上，才停下脚步。

这胡玉堂的举动博得了徒弟们的满堂喝彩，他一时成了刀会的英雄，此时他的"英雄气概"着实应该显示一番了。他举刀高喊："徒弟们，还有没有跑走的，此时不杀，还待何时，有种的跟我走！"

众会徒齐声号叫，举着火把，搜捕我方人员，桃凤村的女党员夏贵保、党支部委员衡宏柏、青抗会武装股长、党员陶仲俊惨遭杀害，地下党员陶月英、民主人士陈欲根也遭毒手。

......

夏定才、费明龙率队向山南朱村转移，后又向横山脚下的胡家店转移。

与此同时，刀会加快了暴乱的步伐，加大了暴乱的力度。7月28日，在汪国栋和汪伪自卫团团长周广忠策划下，以"表现神勇"的胡玉堂为首，在山南马武村成立"指挥部"，传令四乡刀会集中，并威胁说"哪个村不来，杀哪个村"。在其胁迫下，江、当、溧地区140多个堂口2万余人，倾巢而出，向我方进攻。

此时乐坏了谢村、小丹阳、博望、洪蓝埠的日伪军，日军头目转动着眼珠，得意地拒绝了部下提出的出兵建议："不出兵，不出兵，一出兵，弄不好刀会全散掉，支那人怕有汉奸的嫌疑。但我们一定要切断新2连、新3连的退路，我们坐等着看好戏。"

形势十分危险，横山县委和地方武装已处在四面包围之中，现在只有退守横山一条路，但刀会有两万之众，一道拥来，是无法对付的，唯一的办法是向江当溧中心县委求救。

8月1日，夏定才找到了苏皖区党委派至江宁、横山等地指导工作的王一凡，汇报刀会叛乱、县委被围的情况，请求部队前去支援。王一凡急忙向新三团求援。

"什么，县委被围？"新三团政治处主任彭冲吃了一惊："有多少人？"

夏定才气息未定："彭主任，实在可怕，万人以上。"

"万人以上？"彭冲瞪大了眼，将信将疑，"看来部队不去，难以解围，什么原因会招来如此之多的刀会会徒？"

"唉，此事说来话长。"王一凡简略地讲了刀会的历史以及横山地区刀会形成的历史原因，"南京沦陷后，当地地主为了保其财产就延请大刀会点传师开坛传道，蒙蔽迎合了百姓维持家安的想法，骗了大批农民入会。1940年，横山地区刀会共办堂口140余个，各有正、副会长3人，正副堂主208人，点传师57人，会众近3700人，现在江宁、溧水的刀会也加入了，又蒙骗了大批群众，万人之多，可不是虚妄之言。"

"救人如救火呀！"夏定才一直惦念着退到横山脚下的战友们。

彭冲急忙和参谋长商议起来，这出兵也不是想出就出，横山地区不在新三团管辖之内，要出兵须得报上级首长批准，这是纪律，而上级首长便是新二支队的副司令廖海涛。但廖海涛此时正在茅山脚下，一时无法找到，看来只得先去救人。

彭冲决定和参谋长傅狂波及王一凡一道前去救援，把三团最精锐的一个连和两挺机枪带去。

这个连基本上由红军组成，是留守团部的，它的前身是四团三营的九连，是粟裕从浙江平阳带来的，老三团调四军部后，二支队便把四团三营九连调拨到新组建的三团，以此为骨干组成了新三团，它是三团的骨干和班底。

其实郭庄庙到横山也只有几十里地，但是为了避开敌人的据点，彭冲决定不走公路，抄近道走山路。披星戴月，百十号人急行军，在柘塘附近渡秦淮河继续南行。晚上到达谢村附近的詹家小路村宿营，于次日（即8月2日）凌晨赶到江、当、溧县委所在地，与费明龙等同志汇合。此时县委的同志和县地方武装已退守到横山的半山腰。

彭冲与费明龙等人刚一会合，便被刀会里三层外三层密密麻麻地包围起来了……原来8月2日，刀会纠集了北面23村的会众和自卫队，开始围攻费明龙部，他们派人传令西、南面各乡、各地，要求刀会立即赶到横山脚下围攻横山县地方武装。他们大体分六路进逼县武装，他们是：新市"十三太保"的大刀会，小丹阳胡妖的大刀会，横溪周广忠的自卫团，薛家洼熊三星的大刀会，梁村周石安的大刀会，铜山、水晶、曹村和定村四乡联防自卫队。

彭冲吃完一碗面条，便登上山顶，此时天色微明，整个横山展现在他的眼前，山有五峰，名不虚传。什么拖船滑、四顶山、鸡冠山、王八桥坳、石马尖山，于彭冲而言实在不能算什么山，他的家乡闽南到处是山，而且远比苏南的山高大、宽广、绵长，但令彭冲惊奇的是此山的确四望皆横，他最早看到横山是随二支队进入大官圩地区，远望此山，东西横亘，可如今站在石马尖上望此山，变成南北横亘。

"四望皆横，此言不假。"彭冲点点头，他回首东望，只见红日已喷薄而出，大地一片殷红，山下村寨良田相连，丘陵起伏一片，不远处笠帽、笔架两山相依，山下河塘点点，闪闪发亮，山上凉风习习，太阳射出的炽热金箭，却使人不由得联想夏日的酷暑来。

突然，山下传来"呜呜呜"的牛角声，一会儿又传来阵阵的鼓点声，一会儿又传来清脆的锣声。彭冲觉得奇怪，揉了揉眼睛，朝下一望，着实吃了一惊。

他算是一个老资格的新四军领导人了，现在身为团级干部便是一个明证，他也是一个老资格的党员，在城市工作多年，可谓是见多识广，饶是如此，他从没看到过如此的场面，那些和他同来的新四军战士，大多是浙南的红军战士，也从没看到如此的场面。

俗语云撒豆成兵，此时所见，山下的场面几乎应验了传说中的神话。整个横山全围满了刀会会徒，尤其是石马尖的南、东、北三面密密麻麻，其人群组成的环形圈状几乎可以用密不透风来形容。西面为四个山尖，只有紧挨着王八桥坳处有人，人数不多，但还是有人在山下严阵以待。

在山下，投一万兵力，几乎可以视而不见，中央苏区的国民党军队几十万围剿红军，但一进入山区也被稀释得无影无踪。苏南的山是小，横山最高峰只有490米，最低250米，但毕竟也是山，在山里，人密密麻麻，没有数万之众，怎能有如此的架势！彭冲的内心一阵疼痛，新四军一、二支队进入茅山，千方百计扩军，几年下来也只发展到数千人，而今南京城下，一下子冒出了数万之众，是什么力量驱使他们在中日交战的情况下，去残杀自己的同胞！如果这股力量全用在抗日上，会出现什么结果？看来抗日战争要发动毛泽东同志倡导的"全民族抗战"，还有很长的路要走。

山下的会徒和古代小说中描写的农民起义没什么两样。彭冲在彰州活动时，长期在城市工作，创办的"芜潮剧社"也到乡村演出过，当然彭冲看过的书更多，现实中的场面也见得很多，但也没见过20世纪现代战争条件下出现规模如此之大的古老战争场景。兵器是大刀、长矛、木棍，服装为杂色斑驳之服，乱七八糟，大多是民间常穿之衣。装束也是五彩缤纷，有头扎红巾、白巾的；有腰扎黑腰带、红腰带的；更奇怪的还有杏黄伞盖，内中端坐似僧似道之人，拿着宗教器具拂尘、禅杖类。至于牛角号、大鼓、铜锣等更是数不胜数，使人完全沉浸在古代战争的氛围之中。

彭冲、傅狂波、王一凡和其他战士看了一阵头晕。聚集这些人，他们要干什么？他们会干什么？危险像高强度的气流撞击着每一个人的脸面。

此时，山下的胡玉堂是趾高气扬，满脸红光，他那黝黑的皮肤冒着颗颗汗珠，块块饱绽的肌肉在微微抖动，眼睛珠子红亮红亮，放射着吃人的光芒，他像一头猛兽觊觎着山上的猎物，仿佛不亚于古代的英雄。更为奇妙的是，在会徒中他也是一个神仙类的人物，不仅仅具有刀枪不入的功夫，还有精神上的绝对发号施令的权威。他是神仙的化身，现在他的目标是建立伟业，一展大刀会统治横山的宏图，到时可以和日本人分享横山的治理权。

他不仅造谣说新四军要杀人，而且还说自己是神仙下凡，替百姓谋幸福。刹那间聚数万之众，为了围歼新四军，他这位刀会总首领传言"哪村不来杀哪村"，在此情形下还能不战无不胜？

当然他自己心里清楚，战场上是真刀真枪，自己的那一套刀枪不入的功夫肯定不管用，但没关系，人多势众，肯定能赶走新四军，这样什么样的意外也不会影响刀会的发展。此外，若有人中枪弹死了，说他玩了女人，神功不灵。当然绝招是朱砂，此物甚灵，让敢死队打头阵，死多少不可惜。至于敢死队嘛，这一次还招募了女兵，全是半身赤裸的女子，这叫奇兵，古人作战，最恐女人、僧道，我这里全有。新四军是在劫难逃，也许有人要问女人上裸，她们会愿意吗？没问题，苏南女子生了小孩后，在夏日无不裸露上身，兵源有的是，再不然，找几个妓女凑凑，银洋一放，朱砂一喝，让她们冲锋陷阵，无不欣然，乃是奇招一着。

胡玉堂在杏黄伞盖下手拿旗子，哈哈大笑起来，比姜太公大获全胜还要开心。他看了一下戴在手上的那块不伦不类的手表，发现还差半个小时就到了九点总攻的时间了，于是急命第一批会徒，尤其是那些即将冲锋的女会徒喝朱砂水。

彭冲和傅狂波细细地朝山下看了看，缓缓地舒了一口气，这横山虽不高，却很陡，如果山坡平缓些的话，这仗是无法打了。他俩迅速作出部署，二百多名战士守住山顶。若会徒冲上山来，不要随便开枪，以劝告为主，也可以鸣枪警告。因为他们大多是被蒙骗了的群众，若情况有变，再行调整。

战士们分散开处，坚守住以大小石马尖为主的五个山头。

九点一到，胡玉堂在杏黄伞盖下举起旗子，猛烈摇动。刹那间横山四周牛角声声，鼓声阵阵，山下的会徒如蚂蚁一般蠕动起来。

傅狂波大叫一声："同志们，准备战斗！"战士们荷枪实弹，严阵以待，双眼紧紧盯住上山的会徒。

在石马尖的东面，有一座略低的山叫雨山，此山只有二百多米高，山坡稍显平缓，东面的会徒首先冲上山来。

前面一批是胡玉堂的奇兵——女子敢死队，后面是手握明晃晃的大砍刀的男会徒。

这些女会徒脸上画上乱七八糟的东西，上身也绘上不知是虫是兽的纹图，双乳奇突，肚皮鼓起，她们下身着破衣，脚上穿破鞋，腰上挂铜铃，手摇蒲扇，迈着"之"字形的步伐，弯腰上山，她们青面獠牙，做着鬼脸，说着脏话，念着咒语，有时拍拍双乳，嘴里发出唤婴儿吃奶的叫声，有时拍拍臀部，扭着腰肢，说着只有本地人才能听懂的下流语言。

战士小林吃了一惊，他是闽西永定人，在3年游击战争时，他们有一次围攻反动民团的土楼，民团们就用了女子，裸露着上身，说着脏话，谩骂红军战士，有几个战士气愤不过，站着对骂，为躲在土楼中的反动民团射杀。难道历史有如此相同的惊人一幕，难道今日注定要重演那次惨烈的一幕？

女会徒越来越近，后面跟着男性刀会会徒。

主力连连长王伟告诫战士们不要开枪，以劝告为主。

100米，50米，20米，女会徒们面对战士们黑压压的枪口停住了，但不断发出怪声，做着怪异的动作。

王伟挺身而出，力劝会徒不要上敌人的当，赶快退下山去。

女会徒们似乎被王伟的话震慑住了，一下停了下来，没有了动作，没有了叫声，犹如雕塑一般，男会徒们也停止了脚步。

突然，山下传来一阵击鼓的声音，"咚咚咚，咚咚咚"直撞耳膜，女会徒们一听，那形如雕塑的躯体立即复苏过来，又蹦又跳冲到战士们跟前又是用扇子打，又是用嘴咬，战士们遵照上级指示，只是用枪挺挡着，把她们赶下山坡，女会徒如皮球一般滚到男会徒脚下。

男会徒们一见，举着刀迈着步，继续涌来。

此时王伟急了，他不顾战友的劝阻，纵身一跃，跳到一块石头上亲自喊起来："乡亲们，乡亲们，千万不要上敌人的当，自己人不打自己人，我们团结起来去打日本鬼子……"话音未落，男会徒中打来一声冷枪，王伟捂住左胸，倒在血泊之中，滚下山坡。

"连长，连长！"战士们呼叫着去抢救王伟，而众男会徒见新四军不敢开枪，突然蜂拥而上，举刀便向战士们砍来。众战士连忙后撤，有几个战士后撤不及，为会徒杀害。

事已至此，劝告已无用，若再不采取果断措施，战士们将会全部遇难，彭冲一声令下，战士们一阵排枪。刚上山的男会徒被击倒一批，剩下的滚下山坡。

此时山下的会徒从东南西北四个方向纷纷进攻，而且山下又不断聚集更多的会徒，甚至有的山头已有了国民党顽固派的部队参与进来，且突破了第一道防线。短兵相接，展开了肉搏战，砍刀、刺刀、枪托、石头……一起都成了拼死作战的武器。有的战士甚至与敌人抱在一起，扭打着滚下山去同归于尽。这种情形再持续下去，这二百多名战士的部队很难坚持到天黑。

彭冲与傅狂波决定：一是收缩兵力，战士们退守到三个山头集中使用兵力；二是要近距离开枪，节约弹药；三是以射杀会徒首领为首要任务，首领一死可以震慑众会徒。

刀会一波攻击失败后，纷纷退回原地，胡玉堂恼羞成怒，命手下把那几个女会徒全砍了，他提着人头叫道："谁再后退，我念咒语，解除神功，全部砍头。"

他怕喝下去的朱砂水时间一长失去功效，又命人让上山会徒猛喝几大碗，还让会徒们披一段黄布，身上挂一水瓶，里面盛着把画符烧成灰后加以搅拌的水继续冲击。

刚好西北方向传来一阵掷弹筒声，那是日伪军发出的，胡玉堂一阵狞笑："徒弟们，日本人也在围堵他们了，今天新四军必成刀下之鬼了，你们怕什么？上！"

众会徒喝了朱砂水，神志完全不清，一听说"上"，便举着刀纷纷而上。

一场惨烈的战斗在横山展开，虽然刀会会徒大多是拿着原始的兵器，只有少量的枪支，但他们喝了朱砂水后早已失去了理智，人处在一种特殊的精神错乱和精神亢奋之中，近乎疯狂，成为半人半兽的动物，再加上胡玉堂砍杀女会徒加以威吓，所以他们似发了疯的疯子，瞪着血红的眼珠扑上山头，另外新四军战士还击时总有些缩手缩脚，有时还要选择对象，如刀会首领，这样杀伤力大打折扣。刀会首领没有倒下几个，成群的会徒却涌上山头，他们上来见人乱砍，并伴有疯狂的叫喊，早已置生死于度外。

彭冲见此情景，心疼得直摇头，好多战士牺牲时其状极其惨烈。有的手被砍断，腿被砍折，头被砍下，更有甚者，一个战士倒下，疯狂的会徒竟然三四人举刀乱砍，有的用长矛捅入战士的肚中，乱捅乱戳，丝毫不亚于日军的残暴。

新三团连长牺牲了，指导员牺牲了，几个排长也伤亡过半，团里三个科长牺牲了两个，战士们牺牲了 30 多人，让人痛心的是彭冲平时特别器重的那个精通日语的敌工股股长被刀会暴徒几乎砍成了肉酱。

彭冲见过激烈的战斗场面。1938 年 7 月，他作为二支队政治部民运科长和二支队司令部作战参谋张开荆一道曾在大官圩和日寇交战过；1939 年 1 月他参加粟裕指挥的"奇袭官陡门"战斗，后又到高淳任新四军驻高淳县办事处主任，也和日寇交过锋。至于在新三团，和日寇作战的次数更多了，其惨烈的场面引起了他强烈的反应，那是仇恨，那是复仇……而现在呢？这样惨烈的场面，除了痛心外还是痛心。

他怀着极其惨痛的心境和傅狂波下了最重要的指令："用手榴弹、用机枪。"

机枪声一响，手榴弹一炸，胡玉堂手下的暴徒被扫倒、炸倒一片，其他被挟持的会徒见状，不知是被炸醒了，还是刀枪不入的神话已破灭，齐齐发出惊叫声，滚下山坡。

战斗出现了暂时的停顿。

此时县委机关和部队战士被围困在石马尖，没吃没喝，又饥又渴，时值中午，炊事员将带上山的剩饭，捏成小饭团，分给大家充饥。但没有水，饥渴问题解决不了，幸好天降大雨，有的同志把带在身边的伞倒过来，充当饮水器，饥渴问题终于解决了。

午餐刚刚用完，山下的会徒在胡玉堂等刀会匪首的严令下，又像狼群一样慢慢地围了上来，而且包围圈越来越小。

彭冲和傅狂波分析，今天的战斗极其严酷，用宣传、枪击刀会首领的办法已不管用，刀会会徒之所以退下，是因为他们怕机枪和手榴弹，现在他们四面围攻，我们只有一挺机枪是无法应付，万一一处被敌攻破，后果不堪设想，现在吩咐战士们在四个方向均用手榴弹，一挺机枪在四个方向交替射击，这样可以镇住敌人，至少可以延缓会徒进攻的速度，熬到天黑，再伺机突围。

新三团一连机枪手唐德虎和众战士领命而去。

唐德虎既聪明又勇敢，他在几个山头来回奔波，选准时机对会徒猛烈扫射，暴乱的会徒纷纷倒下，他一会儿在这个山头打一会儿，一会儿在那个山头打一会儿，弄得胡玉堂丈二和尚摸不着头脑，他离开雨山脚下的杏黄伞盖，来到石柱庵下，听着"哒哒哒"的机枪声，不由得心惊肉跳。

他眨巴着眼睛，他原以为新四军不敢用强，这手榴弹一炸，机枪一响，他再也不敢怠慢，知道新四军动真格了，再一寻查，发现四面都有手榴弹爆炸声和机枪声，心里有点发虚。

但他并不死心，命令会徒放慢进攻节奏，伺机强攻。

唐德虎是最累的战士了，他要不断地奔跑，不断地射击，早已饥渴得不行了，加之机枪打久了，枪管已发红了，需要用水冷却，但山顶已无水，大雨只能解一时之渴，唯一的办法是要冒着危险到山坳中的稻田去舀刚落下的雨水。

"我去。"清脆的女声传来。

"我也去。"另一清脆的女声传来。

大家扭头一看，是山上仅有的两位女同志，一是区党委王一凡同志的爱人王昌颖，另一个是横山县委妇女部长梅影，她们要下山汲水。

"我们也一道去。"有几个战士也围了上来。

两个女战士和其他几个男战士，利用树木遮挡，爬上爬下，不顾疲劳，在稻田里舀上浑浊的泥水。一解战士之渴，二解机枪枪管之热。这样唐德虎的机枪声一直震荡在横山的山谷间。

新三团三连炊事员小山东，在战斗中主动要求参战。从胡家店撤向横山制高点时与一个刀会会员相遇，被砍了两刀，满脸是血，仍战斗不停。随杨骏同志上山的通讯员张春保，虽然从未参加过战斗，但他靠着手中的一支步枪，转战于几个前沿阵地，毫无惧色。

此时，暴徒已经占领了王八桥坳，从西边山头向新四军开枪，但由于新四军防守严密，暴徒一时无法攻上石马尖。

随后暴徒又发动了一次全面攻击，在留下几具尸体后又退了回去。

为集中兵力，彭冲、傅狂波命战士收缩到大、小石马尖两个山头上。

临近黄昏时，暴徒不再大规模攻山，只是虚张声势地号叫，彭、傅两人把部队撤出前沿阵地，全部集中于石马尖主峰上。

此时，子弹不多，便将剩下来的手榴弹分发给非战斗人员、机关人员人手一枚，准备必要时与暴徒同归于尽，一等天黑准备突围。

与此同时，胡玉堂、熊三星、周石安等匪首聚在一起商量对策，熊三星提议先让刀会会徒围住横山不让新四军走脱，再让汪国栋出面，让五十二师火速增援。

胡玉堂叹口气："国军不够义气，连日军也帮忙了，他们说现在国共合作，不宜公开用兵。"

周石安献计道:"不能公开,就暗中帮忙,今天若没有他们提供武器,对方早就逃脱了。我们可以让他们穿着我们的衣服上山,这样不就万事大吉了。"

"妙!我们的人不会用枪,由他们扮作我们的会员,新四军就插翅难飞了。"熊三星伸出大拇指,连连赞道。

"嗯,好计,备上三十根金条,让汪专员去疏通,等赶走新四军,这横山就是我们的天下了……哈哈哈。"胡玉堂一阵狂笑。

夜渐渐深了,可以说伸手不见五指了,除了山下有堆堆篝火外,四周均是黑暗。

山区归于平静,一片沉寂,除了偶尔传来刀会会徒"杀呀,冲呀"的嚎叫声外。

彭冲、傅狂波决定突围,眼下的寂静隐藏着深深危机,万一敌人晚间偷袭,那后果可想而知。敌我力量过于悬殊,绝不能恋战,本来此行的目的就是为解救横山县委机关人员和新三连和新二连的战士,现在突围是上策。

经过仔细观察,发现石马尖的北面和东面篝火较少,从北面突围是首要选择。费明龙十分赞同此举,他是本地人,熟悉地形,决定从石马尖经大小回龙,再过椅子背下山,一是线路短,二是此条线路有山沟,易于隐蔽。

彭冲、傅狂波规定突围时手拉手,不准发出响声,只能穿蓝黑衣服,穿白衣服的全部赤膊。费明龙走在前面,他拉着王一凡,王一凡拉着彭冲,彭冲拉着傅狂波……一个人拉着一个人向前走。

一到山下,见一片稻田,这一百多人早已口渴得嗓子冒烟了,连忙趴在田埂上伸头喝水。彭冲也渴得快昏倒了,见状,忙用小搪瓷碗舀上水,顾不得浑浊不浑浊,一口气喝了七八碗。

然后他们向东南,绕过尚周村边,过三星桥,直奔郭庄庙,突围成功。

入夜,汪国栋见到了胡玉堂送来的三十根金条,他私吞下八根,带着其余金条,快马加鞭地来到五十二师,请求发兵攻打横山新四军。

五十二师的首领见到金条便答应汪国栋,连夜派一个营去横山,第二日穿上便衣上山助战。

胡玉堂见到五十二师的营长又是磕头又是作揖:"有国军相助,明日定当生擒新四军,破膛开肚,为死去的弟兄们报仇雪恨。"

第二日,亦即8月4日,清晨,胡玉堂在化了装的一个营的顽军援助下,向山顶发起总攻。

前面的会徒虽然有国民党军壮胆,但毕竟还是怕子弹,怕手榴弹,一直小心翼翼地前进着。在离山头不远时,一直没遇到进攻,有几个喝了朱砂水、胆子较大的会徒爬上山顶,见什么声息也没有,才召唤同伴上来。

众暴徒和顽军上山,发现除了一顶帐篷和一头驴子外,什么也没有,那头驴子是傅狂波带上山的,因转移无法带走,便留给敌人做"礼物"了。

胡玉堂与众匪首面面相觑,百思不得其解,这横山被围得水泄不通,这新四军到哪儿去了呢?难道他们有驾云腾雾之术或有地遁之术。愚昧的会徒会相信,但胡玉堂众匪首和顽军可不相信，他们清楚新四军已偷偷地溜下山了，但从哪里溜走的，一时无法查清。

胡玉堂判断新四军不会走得太远。凭自己的会徒遍布横山、溧水、江宁、当涂四方，只要命其会徒各回本部，严厉搜查，不愁抓不到。

于是他下令各刀会分会迅速回到自己原先的区域，务必缉拿潜逃的新四军。

顽军无仗可打，又索要了几千大洋，高高兴兴回到自己的防区去了。

刀会会徒在胡玉堂的指挥下，如放开箱子的蜂儿，四处散开。在横山四周，穷凶极恶地到处搜索新四军战士。

天亮后，新三连10余名战士突围到了曹村，刚好碰到王敬文、孙大益为首的反动自卫团追剿队。

无奈，战士们只好从财神庙过河，准备从竹岗圩过王山、乌山至茅山根据地，不料刚出山头，被反动刀会骨干钱士友发现，钱士友大喜，立即纠集刀会成员四下堵去，结果新四军5名战士被捕，其余同志拼命突围。

钱士友如发了疯的野兽一般，一面急忙通知临村刀会，搜捕突围的新四军战士；一面将被捕的5名新四军战士押至老安道老安庙内，交由刀会堂主周庆孝和伪自卫团团长王敬文等反动骨干分子开会处理。

丧心病狂的王敬文咬牙切齿地叫嚷道："我们都是张满的徒弟，今日要为师傅报仇。"旋即用极其残酷的手段杀害了捕获的5名新四军战士。

后来，又陆续搜捕到5名新四军战士，这5名战士也惨遭杀害，区党委搞儿童工作的小陈同志和三连的指导员在突围中被杀害，有一位伤员死得十分可惜，他未能跟上部队转移，只好来到石湫境内的溧塘庙来躲藏，庙中有一名叫许老小的和尚守寺，这许和尚为防止这位伤员被发觉，将其掩藏在神堂的草堆之中。独山孙家店人周桂英到庙里烧香，获悉此事。

她告知丈夫，丈夫龚安南决心救治伤员，周桂英利用早烧香，晚换水的机会，送饭、送菜给这位伤员吃，还用盐水帮他清洗伤口，给他换洗衣服。

在周桂英和许老小两人的精心服侍下，伤员的伤情大有好转，正当周桂英夫妇为其转移时，被大刀会人员发觉，他们包围了溧塘庙，伤员冲出庙门奔向老虎山。当跑到胡桂才家门口时，被追赶来的大刀会人员围住，伤员大义凛然，宁死不屈，跳入塘中，壮烈牺牲。

当夜，龚安南叫上独山寨的周信南和许老小3人，带上铁锹、锄头等工具，在老虎山上挖了一个深坑，按当地的民间习俗，含泪将烈士遗体安葬。

8月3日上午，突围而出的一名年轻战士，身穿灰土布军衣，从四龙桥、三神庙方向急奔，他匆匆跑到了曹吕村，避入魏红玉家中，向她要口水喝。

小战士已一天一夜未进米水，加上突围奔跑，饥饿交加，已是疲劳不堪，魏红玉见状当即从碗橱里拿了一只大碗，从淘米箩里装了一些锅巴，放了几粒盐花，用开水一泡，递给小战士，还端出一碗咸豇豆给他下饭，叫他坐在灶门口快吃。

当时，风声很紧，各村的大刀会到处拦截新四军，等小战士吃完饭，魏红玉从衣箱里翻出一件她儿子穿的对襟中式白褂子，让他把军装换下来，穿上白褂子。魏红玉随即将这位小战士悄悄送至村东北很远处，告诉他一直向北到周岗圩的路线。小战士深情地对魏红玉说："大妈，我若今日不死，日后一定要感谢你的搭救之恩。"

同一天上午，乌山乡泰淮村老庵边高官印与高官洪弟兄俩正在家中休息，正好曹村有个名叫小喜子的剃头匠来给他们剃头。突然从王家渡方向跑过来一位穿灰色军衣的新四军战士，因后面有大刀会会徒在追击，进门后就说："我是从横山石马尖突围中被冲散了的新四军，大刀会会徒正在后面追我，请找个地方让我藏一藏。"

高官印一听是新四军，连忙迎了上来，他想了一会儿说："躲在这儿很不安全，会徒们要挨家挨户查的……你化装一下，然后……"高官印先叫小喜子给这位战士理发，又从衣箱中拿出件白布褂子给他换下军装。高官洪又找了一条围腰布给他围上，把换下的军装一折一卷，放在破旧鱼篓里藏了起来。高官印送这位战士出了村，又陪他走了一段路后，指引他去茆公渡的方向，告诉他过河后就能去郭庄找到新四军部队，这位战士握住他的手，久久才松开。

就在这一天，四团派往横山做民运工作的夏希平也经历了惊心动魄的一幕。当时她正患疟疾，忽冷忽热。8月3日，工作组长焦恭士找到他们，命她和刘润华、李青到尚周村动员群众，设法做动员工作救治伤员，3人匆匆前行，刚到尚周村村前，横山大小石马尖以及铜山已发生了战斗。

她们3人在尚周村二间茅屋前，看到成群的大刀会会徒一次次向山顶进攻，又一次次被打落下来。当时的气氛十分紧张，大刀会已控制了许多村庄。虽然尚周村的刀会会徒都去打仗了，但在那种情形下是无法动员群众去救援的，3人商量来商量去，只有干着急，想不出解决的办法。

第二日，3人正商量对策，忽见茅屋主人，一个驼背的老大娘匆匆赶来，朝她们3人叫道："来了，来了，快躲开，快躲开。"原来刀会会徒在搜捕新四军。

情况十分危急，夏希平急忙叫刘润华去隔壁人家躲避，留下了她自己和李青。

夏希平四下一望，茅屋周围空荡荡的什么也没有，只有一棵榆树孤立地挺立着，再看屋内，只有一张门板搭的床和一眼锅灶。要说有藏身之处就是门板作为床的床上有一顶脏得发黑的蚊帐。

但那蚊帐只能躲藏一人，而李青又是个男同志。李青急得直跺脚，夏希平十分冷静，她毕竟是1938年就参军的老新四军战士，又参加了女生八队的学习，她叫李青去床上蚊帐中躲避，李青不肯，要夏希平去。

"夏姐，我是本地人，我能应付。"

推来推去，刀会会徒快到房前了，"咚咚"的脚步声和明晃晃的大刀撞击声已撞击着两人的耳膜了，在李青一再坚持下，夏希平爬上床，蜷缩在床上，拉上了帐门。刀会会徒进屋搜查了，他们一把揪住李青，喊问其是不是新四军，一个刀会会徒举刀便砍，但李青坚持说不是，是来投亲的。刀会会徒一听是本地口音，便放下了刀，但为了不失去邀功的机会，硬是把李青架走了。

由于李青不是尚周人，刀会会徒对陌生人的出现总有一种警觉，留下的两个便开始搜索起来。不过在他们的视线中，除了那顶蚊帐还有可疑之处，实在是找不到任何藏身之处。

但蚊帐又脏又黑，那细纱蚊帐的网眼早已被灶烟熏得染得没有任何空隙了，肉眼根本看不到里面的东西。一个刀会会徒上前一步，想撩一下蚊帐看看，但闷热的天气使蚊帐发出特别刺鼻的臭气，他伸出的手又缩了回来，连声说臭。

而夏希平镇定自若，蜷缩着一动不动，另一会徒想用大刀撩蚊帐，见前面的那人连声说臭，手上的动作迟缓了些，随即他又闻到了一股奇异的臭味，手中的刀滑落下来，也捂起鼻子，连忙说："好臭好臭。"捡起刀就走。

他们的判断是：这样臭的蚊帐还会有栖息物吗？

到了隔壁的屋内，他们听到了床上有哭泣声，连忙上前查问。

刘润华虽然也在女生八队学习过，但她经历的战斗场面少，突遇险情，不由得哭泣起来，而且她是外地人，一开口便会暴露。

"什么人，为什么哭？"手拿大刀的刀会会徒吼叫道。

刘润华不能开口，索性有板有眼地哭。此时房主人，一位姓卞的大娘连忙赶来解释："那是我外甥女，从上海过来的，在闹别扭哭泣呢？"

这两个刀会会徒不是尚周村人，也弄不清真假，想上去盘问。老大娘急了："喂，她是个姑娘，你们不能动手动脚。"

刀会会徒多少受传统文化影响，一想是女人家，的确不好随便动手动脚，但也不能随便放开，便叫道："你要负责，你要担保。"

卞大娘一拍胸脯："邻居都知，你们问问。"

刀会会徒无奈走出村外，朝赶来张望的乡邻问道，卞大娘连忙使着眼色，众邻居一口咬定是，两个刀会会徒才快快走开。

刀会会徒走后不久，尚周村有几个老乡跑来，他们拉起两人安慰起来："别怕，新四军是我们穷苦人的队伍，我们都清楚。刀会会徒大多是被蒙蔽了，你们不要怕，我们会保护你们的。"

然后他们向夏希平、刘润华两人诉说，突围出来留在尚周的一位陈参谋因伤势过重已经牺牲了，至于李青，因为是本地人，说本地口音，已有一位大娘号称其姨妈也担保了出来。

最后老乡决定，刘润华转移到另一个地方躲避起来，夏希平则随老乡们进村子里隐蔽。

一到村子上，一群老乡围上来问寒问暖，夏希平一阵热泪滚涌而出："多好的百姓，若没有你们，也许我成为会徒的刀下之鬼。"她掏出身上仅有的6元钱，这是她从上海参军时带来的，从不舍得花用。

她托老乡把2元钱设法交给隐蔽另一村的刘润华，2元交给李青，剩下2元，一元留着，一元交给老乡做伙食费。

她在尚周村住了下来，刚想吃晚饭，一位老乡匆匆赶来："刀会的来了，刀会的来了。"他一把拉起夏希平来到麻田深处，关照她千万别动，等刀会会徒走后，他才领她回去，说完匆匆离去。

这麻田本是干燥的，但因大雨，田里积水甚多，夏希平站在水田中，只听到外面不时传来枪声，不时传来鸡叫狗叫的声音，她只好站在那儿一动不动。

虽说是盛夏，到了晚上水还是凉凉的，加之饥饿感袭来，蚊虫肆虐，夏希平咬牙坚挺，不敢出来，她深知一出麻田，会被刀会会徒发现，便九死一生。有时实在忍不住了，便在麻田中挪动一下身子。她叹息身上没有手榴弹，如有手榴弹，她宁愿出去和刀会会徒同归于尽。

熬呀熬，熬到深夜，才由那位老乡领回家中，家中老大娘给她打水洗脚，又忙着给她烧饭，还亲切安慰道："指导员，你放心，我们老百姓会照顾你。"

由于大刀会会徒天天要光顾尚周村，第二天这位房主人便托两位老乡将夏希平送去离尚周村六七里的白杨村隐蔽，不料刚进村便遇到伪军，进退两难之际，一个瘦高个女青年挺身而出把夏希平带回家，还对婆婆说："妈，她是新四军女指导员，快快把她藏一下，外面的鬼子要抓她。"

那老妇人说："快吃饭吧，你们是为了打日本人才吃这样的苦。"那个瘦高个女青年对她说："你别怕，真有鬼子来搜，我家有垛暗墙，就在大木橱后面可以躲藏。"

夏希平一下子放下心来，不料刚吃完饭，那瘦高个女青年从外面跑来，说村上有一个二流子知道她住在这儿，要去报告日本人了。

一下子气氛紧张起来，还好，她想出一个办法："我外婆家住在曹村镇，镇上住有日本人，把你转移到那儿去，他们反而不会去搜查。"

夏希平只好转移到曹村，瘦高个女青年的外婆也是一个瘦高个，她连忙安慰夏希平："别怕，别怕，这里谁也不会来，你放心躲着。"

这以后，夏希平便随这位瘦外婆推石磨，做麦饼，干杂活。这瘦外婆把麦饼一只一只挑来挑去，把好的给她吃，自己吃差的，这使夏希平感动不已。

瘦外婆对夏希平真好，但夏希平的心在部队，她挂念着首长，挂念着战友们，她多么希望自己能肋生双翅，早日飞向茅山，早日飞回四团。

20天，20天，终于熬过了20天。这一日阴雨绵绵，夏希平见瘦外婆和一个打扮成农民的湿漉漉的男子在耳语着，说着说着，瘦外婆眉开眼笑起来："好好，快把女指导员送回队伍去。"

夏希平一问，方知是瘦外婆托人把她送回部队去。她喜得一跳三尺高，但瘦外婆很冷静，她的脸上显出一副特有的沉稳之色，她缓缓地说："你去借辆独轮车，我去借把阳伞和绣花鞋，让她扮作小媳妇吧，若小鬼子来查，你就说送女儿回婆家。"

一切按瘦外婆的关照去做，夏希平穿上一双尖口绣花鞋，手撑一把阳伞，坐在独轮车上，依依不舍地告别了瘦外婆。

车子刚出曹村，转上一条小路，迎面遇上两个伪军，端着枪挡住了去路，推车的农民冷静地解释："送女儿回婆家。"

两个伪军贼头贼脑地细细打量着，见夏希平穿着本地风光的绣花鞋，又见她神色镇定，没有丝毫的慌乱，便嘀咕着走开了。

绕过敌军据点，经过几道山岗，终于来到了四团据地，夏希平走进营房一看，是四团政治处的同志，一见她回来了，纷纷地围了上来："回来了，小毛头回来了。"

夏希平一见黄坡、焦恭士和袁雪亮等同志，便"哇"地哭了起来，她的泪水饱含了辛酸、委屈和感激。

"横山事件"后，新四军被迫撤离横山地区，那儿顿时成了血雨腥风之地。

大刀会会徒到处搜捕、抄家、杀人，黄春娟9月份把张满尸体从茅山弄回。

她和张满的徒子徒孙为张满"奠祭"了7天，出棺材那天，竟有上千人送棺，将整个横山地区弄得乌烟瘴气，一片狼藉。

"横山事件"使新四军损失不小，尤其是新四军新三团一连大多为红军战士，是粟裕从平阳带来的，他们是革命的宝贵火种。

新二支队司令部和苏皖区党委认真地做了总结，认识到了此次事件带来的严重后果。一是新四军暂时丧失了横山抗日根据地。这对原先苏南兵力不足的新二支队而言极为不利。二是助长了反革命势力的嚣张气焰。三是日伪在横山地区广设据点，使横山地区的党组织革命斗争处于极为困难的时期。

苏皖区党委决定重派人员进入横山，力图打开横山抗战的新局面。

"横山事变"后，苏皖区党委进行了认真的总结，但当时新四军有限的部队已经东移，没有相当力量的主力部队难以恢复横山根据地，而我们本身在对刀会的政策上有"左"的倾向，为了理清横山地区的情况，设法恢复该区的工作，苏皖区党委组织部部长程一惠来主持中心县委工作，便派江当溧句中心县委汪大铭和江当溧县委副书记、军事科长费明龙一道再入横山，尽可能找一些关系线索（党的、群众的、政府的、统一战线的），了解大刀会的组织活动、力量分布、各派头子的态度、内部矛盾与敌顽关系，了解我党组织受破坏、地方党员、干部、基本群众以及各阶层统战对象的态度情绪等情况，并争取联系上一些线索和关系，回来再研究恢复横山工作的方针部署。

9月30日，汪大铭和费明龙接受任务后便动身出发，每人各带一个通讯员，汪大铭所带的通讯员叫老崔，是共产党员，费明龙所带的通讯员叫戴金山，是随他从横山一道撤出来的。

他们准备先到费明龙的家乡，因为那儿的群众有一定的基础，且费明龙非常熟悉情况。

他们进入横山是采用武装潜伏侦察的形式，主要是通过可靠的党群关系了解情况，没有准备以合法的身份或其他化名伪装。

汪大铭和费明龙商量，汪的真实身份不要公开介绍，公开出面以费为主，这样连戴金山都不清楚汪的身份。

10月1日深夜，4人到达横山脚下谢家窑，汪与费商定，由费天亮前赶到他老家了解情况，约定第二天晚上再回到这里碰头。于是费明龙连夜带着戴金山向家乡走去。

费明龙的心境极其复杂，现在他要回到家乡小丹阳东库村，准备多方联络，力图恢复横山抗日根据地。

费明龙经历了整个"横山事变"，血雨腥风使他的情感难以自持，他又看到了四望皆横的横山了，石马尖还在，雨山还在，四顶山、拖船滑、鸡冠山、王八桥坳都在，但王伟等同志永远不在了；胡家店、石柱庵皆在，但党组织不在了；东库村还在，但横山根据地不存在了。

费明龙心一阵一阵地绞痛着，他是横山抗日根据地的重要参与者、见证人，为创建横山抗日根据地，他和战士们呕心沥血，创业多不易，但短短的几十天，这样一块由一团、三团、四团打造的根据地，就悄无声息地丢失了，这个教训太深刻了。

费明龙是够心痛的了，如果翻开他个人的历史，就很容易理解此时此刻他特有的心境。

他原是当涂县小丹阳乡东库村费家的少爷，祖籍湖北孝感。他祖父后逃荒至当涂横山脚下，家业渐渐兴旺起来。

当1911年费明龙出生时，费家已经有田300亩，在小丹阳镇上盖起20多间瓦房，已是东库村有名的大户。

费明龙3岁丧父，到他这一代已是三代单传，祖父自然盼他成"龙"，他7岁上私塾，后又到丹阳镇藤子圩上学。17岁时，与比他大一岁的童养媳朱凤英草草完婚，有次他公然对祖父说："人家种田，我们收租，这是不合理的。"祖父听之，吃惊不已。

1938年春，二支队来到横山地区，当时的三团常驻东库村一带，团部就设在费明龙家里，在黄火星、青年干部夏定才等人的帮助下，费明龙毅然地走上了抗日之路。

1938年下半年，费明龙进入军部学习，1939年在溧水三区举办的训练班上，他加入了共产党。费明龙回横山后，先后担任过小丹阳区委书记、江当溧三县动员委员会主任、江当溧县委副书记兼军事科长。当时新四军的主力部队流动性大，要迫切发展地方武装，费明龙亲自从一个只有十来人的游击小组去抓，没有武器，便入虎穴去缴。经过一年的努力，扩充至80多人后被编为新二连，他兼任连长。为了发展武装，他卖掉了田产200多亩，关掉了小丹阳镇上的20多间屋。

1939年农历八月的一个上半夜，大雪天他带领战士奇袭黄盖村，消灭20多个日伪军。1940年春，他和新一连连长赵家淦各带一个连夜袭向山矿，20多个鬼子全被打死，俘获20多个伪军。

费明龙和连里的战士，还经常在白天化装成农民挎着竹篮，出其不意地查捕汉奸，扰乱敌人，夜袭敌营，他们在短短一年多的时间里，经历过许多次大小战斗，有力地配合了主力部队，牵制住了敌人。

但是刀会会徒打乱了新四军的部署，费明龙前后都经历了，他对刀会是了解的，新四军来之前，他也加入过大刀会，那是为了保家保村，后来他发现这是封建迷信，他和那些堂主们格格不入，新四军才是抗日的救星，农民的希望。他一直希望要很好地争取、分化、改造这些刀会，但几年来新四军军部的个别领导人忽视了这一点，任由其发展，以至酿成不可收拾的局面。他自己去抓袁有凤也是迫不得已，如再任其发展，还不知酿成什么后果。但没料到大刀会的发展及其后果比预计的还要严重，他们被逼得只能登上横山，尽管他一再利用自己在地方上的声望去呼喊，去劝说，但毫无作用，肩头还遭到会徒的砍杀，突围至郭庄庙时竟昏倒在地……

"东库呀，家乡呀，家乡呀，东库，我又回来了。"费明龙握紧了拳头，"我们一定要恢复横山根据地……看我的吧！"在东库村头，看到了分别不久但恍如隔世的家乡，费明龙下定决心血战到底，不管有多大的困难，也要打破刀会的白色恐怖。

第二天一大早，他赶写了三封信，让戴金山送出，和当地有关人士联系，但没有想到戴金山意志薄弱，经不住威胁利诱，被敌收买，这些信却被送到丹阳镇伪自卫团长王茂海手里。

王茂海喜得差点儿晕过去，以手按额："踏破铁鞋无觅处，得来全不费功夫。没有想到你自己送上门来，上天赐我呀，此时不取，必遭天谴呀。"

他立即串通横溪镇伪自卫团长周广中派了徐秀峰等3人前来东库村费家诱捕费明龙。

费明龙来不及转移，即遭被捕，但他机智地托人传言汪大铭。

汪大铭同老崔在谢家窑隐蔽，没有外出，只向房东询问了一些本村及附近地方的情况，下午他要老崔到附近一带观察了解情况，并根据夏定才交给他的一些地方党员名单找找关系，傍晚时分，不见费明龙到来，忽来了一个老百姓，说费明龙已被抓到横溪镇去了，要他们赶快转移。

不一会儿老崔返回，汪大铭和老崔迅速转移到几里路外的一个独家茅棚。

汪大铭和老崔本想继续留下，弄清事实真相，但他们两人对当地人事均不熟悉，无法了解到更具体的情况，留在那儿已没有多大的作用，也就赶回中心县委。汪大铭和老崔走了两天，来到茅山，向程一惠做了汇报，程一惠点点头，没有作具体决定。准备继续设法弄清那边的情况，敌人只是把费明龙软禁起来，因为他在当地群众中有极高的声望。他们对他封官许愿，诱他投降，遭到费明龙的严词拒绝。

不料费被软禁的消息传到了反动刀会头目姜书平的耳朵里，姜要为张满报仇，决心暗杀费明龙，便派人跟踪。8月19日，费明龙正在浴室里理发，姜书平派凶手张晋兴跟入，见左右无人，便向费明龙的脑后连开几枪，就这样横山一龙费明龙，惨遭杀害。

当时新四军主力部队已向苏北发展，新二支队的武装力量也已东移，无暇顾及横山地区，横山的抗日斗争一时处于低潮。后苏皖区党委在两个月后由纪涛同志只身进入横山地区，以收鸡蛋、行医等公开职业为掩护，重新开辟根据地工作，纪涛在地下党员和进步群众的掩护下，巧妙地进行地下斗争，终于站稳了脚跟，为以后主力部队回师横山，进行了积极的准备。

横山事件后，原在中共江（宁）当（涂）溧（水）县委妇女部工作的梅影与另一名张姓女同志转移到江（宁）溧（水）句（容）边区来活动，常来西塘村做群众工作，由于她俩了解到王凤卿是军属，所以常常在她家住宿。当时，西塘一带是以张锦山为头目的伪自卫总团的势力范围，团丁们时常到村上骚扰。为了保证梅影她们的安全，王凤卿总是把自己的床铺让给她们，自己则搬张椿凳睡在门外，以纳凉为由，主动在门外担负起放哨望风的任务，往往一夜要惊醒好多次，一旦发现异常情况，就立即叫醒她们，或者转移隐藏起来。

横山事变后，溧水地区的抗战形势起了变化，特别是一些干部身份暴露，面目过红，不宜再在本地工作，为了保护他们，上级决定把他们转移到其他地区。

1940 年 11 月，上级找到李孝廉，要他护送两个重要的干部到句北苏皖区党委驻地。

"谁？"李孝廉问道。

"曹明梁兄妹。"上级答道。

"好，一定照办。"李孝廉与曹氏兄妹十分熟悉，他们并肩战斗多时。此时的曹明梁已是溧水县委书记，其妹曹鸣飞已是妇女部长，两人在本地"面太红"，顽军已盯上了，必须转移。

曹氏兄妹中，尤其是曹鸣飞（亦即鲁毅）已完全被国民党挺进队盯上了，这曹鸣飞自在江南指挥部回到溧水乡下工作后，便推说有病不干了。但挺进队并没有对她放松监视，她家前后门常有挺进队的侦探秘密监视兄妹二人及来往人员。

一次，挺进队的营长和副营长在她家中辱骂新四军。

曹鸣飞一听非常气愤，正想上前与之辩论，但细一想，这样交涉容易暴露身份，但不整治他们又不甘心。于是她想出一法，在每盘菜上放上一只油煎荷包蛋，用切得很细的红辣椒丝放在蛋上，组成了"抗日高于一切"的字样。

端上菜后，挺进军军官看后又气又恨，但又抓不住把柄，只好闷闷不乐地吃，吃完后溜之大吉，但自此对她更加注意。

曹鸣飞的妹夫刘德福通过送信把这一情况告诉了她，兄妹俩在家乡已难以展开工作，区党委决定把他们调至溧武路以北工作。

把曹氏兄妹护送到句北地区，并不是一件容易的事，这一路上既有日伪军，也有国民党的挺进队，要经过好几道封锁线。李孝廉把这一重任交给赵忠保，因为赵忠保对这条线非常熟悉，哪个地方有小村、河流、小道、树林，他都是一清二楚，什么路、什么时间可以避开敌军他是了如指掌。但李孝廉还是反复关照"把困难想足，切不可大意"。

一番打扮后，3 人上路了，曹氏兄妹打扮成种田人和农妇，赵忠保则扮成卖黄豆的。他们一前一后来到方家边交通站徐广道处，不料挺进队的侦探正在他家。徐广道连忙使眼色，赵忠保谎称是去浮山亲戚家，路过此地。为了避开敌人的侦察，徐广道便拉住挺进队侦探打麻将，这样把侦探拖住。天亮前他们 3 人出发，甩开了侦探。

从方家边出来后，他们 3 人从官塘沿着东庐山西麓向北行走，避开大路和村庄，专挑山路走，他们在方边和徐溪桥两敌据点之间的赤虎山越过溧武公路敌人封锁线，进入了张锦山大刀会控制的地方。

　　这个地方说是虎穴，并不为过，该区在张锦山的统治下，村村设岗放哨，稍有差错，便会引起怀疑，刀会便鸣锣围捕，手段极其残忍，而且长乐桥凉棚村设有哨兵，驻有伪自卫团。

　　赵忠保并不惊慌，引着曹氏兄妹涉河绕过了凉棚村，终于在傍晚时分来到了郭庄山头边的交通站，第二天曹氏兄妹终于来到了苏皖区党委驻地赤山。

1941 年 1 月 4 日晚，罗忠毅、廖海涛静静地站立在溧水经巷村前，在以往的岁月中，罗忠毅在溧水的日子不多，廖海涛和溧水有不解之缘，他在四团担任政治处主任和政委的时候，在溧水奋战了许多时间，他对经巷并不陌生，就向罗忠毅介绍着溧水经巷一带的基本情况。

罗、廖怎么会出现在经巷，并把司令部据扎于此？这可是江南指挥部成立后四团二营随卢胜、张道镛北上成立苏皖支队、四团北移江句地区后，溧水地区少有的新四军大量出现的现象，这是为何？

原来 1940 年 11 月下旬，第二支队奉命要接运皖南新四军部队经苏南渡江北上，罗忠毅便由丹北地区回到茅山根据地，与第二支队副司令员廖海涛会合，一同到达竹箦桥、水西、陶林、棠荫一线，准备接运皖南新四军军部第一批经苏南去苏北的人员。

此时，日军对丹北、茅山地区持续反复大"扫荡"，苏南敌后形势十分紧迫，罗忠毅果断下令独立二团和长滆人民自卫团向南移动，负责监视溧阳、张渚方向的国民党军队，新三团留在茅山地区进行敌后游击。

12 月初，日军又对茅山地区进行大"扫荡"，疯狂地在我中心区延陵、九里、丁庄、西旸、蒲干、柳如、茅麓公司等地筑下 20 余处据点，大肆烧杀抢掠。而且迅速切断了茅山通往丹北转赴苏中地区的南北交通线，致使新四军军部先期撤出的经苏南北上的第一批人员，不能通过京沪铁路封锁线，被迫滞留在茅山地区。

1940 年 12 月 23 日，第二支队司令部的通信员把东南局机关撤离人员曾山及率皖南特委机关人员先行转移的欧阳惠林等人一起带到溧阳棠荫村，罗忠毅、廖海涛和邓仲铭在那里等候迎接曾山等同志的到来。

罗忠毅说:"我早已收到军部和东南局发来的电报,估计你们今天到达。"罗忠毅面带焦虑之色,他急需从曾山那儿了解党中央对新四军军部和皖南部队移动方面的指示以及确切的移动日期,因为第二支队已移驻到竹箦桥附近的敌顽空隙地区近一个月,天天静候军部人员的到来,现在溧(水)武(进)公路以北的敌后地区,正遭到日伪军大规模的"驻扎扫荡",南面国民党统治区的顽固派军队又向北咄咄进逼,南北夹击,形势十分紧张,只有了解了军部整个军事的部署计划与意图才能很好地部署,迎接军部人员的到来。

早在1940年11月下旬,第二支队接奉新四军军部的命令,要担负接应军部和皖南部队经由苏南敌后渡江北移的任务,罗、廖则率第四团南移到溧武公路以南之溧阳地区。其具体任务是:负责监视溧阳城、南渡、戴埠、东坝一线国民党顽固派军队的动向,查清苏南的敌情与顽情及其兵力的部署;负责筹集粮草,供应皖南部队过境时的需要,担任皖南部队过境的向导,保障皖南部队的顺利通过;负责护送先期由皖南撤出的新四军直属机关单位非战斗人员、伤病员以及后勤物资医疗器材等,安全通过苏南敌后封锁线,渡江运往江北;严防国民党顽固派在苏南地区中途截击我由皖南撤出的部队,以便在必要时作出策应的行动。苏南我军可以相继插入国民党顽固派军队的侧面打击敌人,援助皖南部队的安全转移。

可恨的是在新四军军部和皖南部队北移之前,国民党顽固派有意将皖南部队经苏南敌后北移的路线与时间的消息透露给日寇,想攻击皖南不成,便借日军之手,消灭我皖南部队于转移途中。日寇毫不客气地收下了这份厚礼,他们先切断了我茅山地区通往丹北地区转赴苏中的南北交通线,使新四军军部直属机关单位先期撤出的第一批非战斗人员在进入茅山地区后无法越过京沪铁路封锁线,而被迫滞留在茅山地区。除其中一部分人员及时转移到句(容)北山区暂时隐蔽,伺机由高资、下蜀等地渡江到达淮南地区外,大部分被撤出的人员都化装为老百姓,就地分别埋伏在群众家中,仍有少数人被冲散,遭受一些损失。在此严重情况下,第二支队司令部和苏皖区党委决定以后由皖南撤出的新四军军部直属机关单位的非战斗人员以及后勤物资、医药器材、军工机械、印刷厂等,全部改向东,经长滆、太滆地区,另辟新的交通线,越过京沪铁路封锁线转移到澄(江阴)武(进)地区渡江北上。

曾山了解到这批撤到苏南地区的地方工作人员时,正值日军在茅山地区进行大"扫荡"最紧张的时期,十分着急,因为他奉命要如期赶到苏北中原局,商讨筹组华中局机构及其人事安排问题,要上报中央核定。他急急地对邓仲铭说:"我们从皖南出发时,怎么没有得到你们这方面的报告?还以为这里是比较平静呢。"罗忠毅说:"日军'扫荡'丹北地区,我们曾向军部做过报告。对于日军'扫荡'茅山地区,我们也曾提到。但是,没有料到敌人这次'扫荡'规模这样大,时间这样长,又是'驻扎扫荡'。原以为这次'扫荡'还是像过去一样,几天就可以结束。"

曾山即与邓仲铭、罗忠毅、廖海涛3人研究商量行动的对策。鉴于日军正在茅山地区大"扫荡",丹北地区的日军亦未全部撤走,"驻扎扫荡"时期肯定是长期的。曾山同意第二支队司令部与苏皖区党委的决定,将新四军军部直属机关单位撤出的非战斗人员和后勤物资向东转移到太滆地区，另开辟新的交通线，护送其过江到江北。同时，曾山要第二支队司令部继续查明当前敌情变化。至于他本人是要很快地赶到苏北中原局的，同时要邓仲铭电告丹南中心县委书记陈洪赶来，设法派人护送他去苏北。

罗忠毅向曾山汇报了当前敌情，他说："长滆、太滆两地区各据点内的敌人兵力未见增加，改向东去的军部直属机关单位撤出的非战斗人员和后勤物资，也已大部分顺利地到达太滆地区，正在太滆地区通过封锁线向北安全转移。据说原驻在苏南的国民党军队四十师已有一部分调向皖南集结，可能是对付军部与皖南部队移动的。在皖南部队尚未移动之前，估计苏南国民党军队将第二支队还是放在次要地位。目前，我们暂时住在这里，利用敌顽之间的矛盾尚可相安无事。如果皖南情况有变化，我们住在溧阳地区也是很危险的。但不知军部和皖南部队何日启程出动？这是我们最关心的一件大事。"

曾山说："我离开皖南时，军部内定在1940年底前移动，所以我赶在12月16日离开皖南。但是具体日期始终未定，现在不知有无新的改变。这是军事机密，在部队没有出动之前，军部是不会事前告知下级的，大家只有耐心等待。"

没多久，邓仲铭向曾山汇报了陈洪的来电，说："陈洪在接到我们电报后，立即动身南来，估计今晚过溧武公路封锁线，下半夜或至迟明天凌晨定能赶到第二支队司令部。茅山地区'扫荡'情况仍很紧张，新三团已有一部分向东转移到金（坛）丹（阳）武（进）地区。军部直属机关单位撤出的非战斗人员已开始离开溧阳地区向长滆、太滆地区转移，没有出现问题。现在只有温仰春撤出的东南局一批地方工作干部仍滞留在溧阳地区，希望曾山同志考虑能否将这一批干部留在苏南分配工作……"

12月25日，陈洪到后，苏皖区党委召开会议。1940年7月陈毅率部渡江北上后，东南局增补罗忠毅、廖海涛两人为苏皖区党委委员，此时，苏皖区党委委员只有邓仲铭、罗忠毅、廖海涛、陈洪4人。

……

1941年1月4日，新四军第二支队电台收到新四军军部发来的电报，获悉军部和皖南部队已由泾县云岭地区出发，向苏南方向移动。所以罗、廖当晚率第二支队司令部向西移到溧水境内之经巷宿营，与第四团团部靠拢，准备策应迎接军部和皖南部队向东行动。

一连数日，邓仲铭与罗、廖盼望着军部人员的到来。

7日，第二支队电台又收到新四军军部来电，获悉军部和皖南部队在移动途中，遭到国民党顽固派军队突然袭击，四面包围，拦阻其前进，发生战斗。

罗忠毅、廖海涛吃了一惊，当即通知所属部队提高警惕，密切注意南面的顽情，加强战备。

10日，第二支队电台又收到叶挺、饶漱石向党中央发的电报并抄告各支队，内称项英、袁国平、周子昆等人离队他去，不知所往，请求中央指示。旋即又转来中央复叶、饶的十万火急电报：中央决定在项英出走后，部队由叶挺负责统一指挥，迅速突出重围。

邓仲铭、罗忠毅两人接阅此电后，内心都十分焦虑，但又不知内情原因。为了防止日寇和国民党的进攻，当晚，第二支队司令部由经巷转移到曹山脚下的尤村宿营。

尤村，在尤凤年家的五进大院内，邓仲铭、罗忠毅两人每天都轮流按照与军部电台的通报联系的时间，守在第二支队电台的发报机旁，等候军部的来电，了解皖南部队的行动情况，以便迅速作出对策。

孰料1月13日，第二支队电台与军部电台的联络突然中断，14日，整日呼叫，联络不着，估计皖南部队与顽军的战斗发生了重大的变化。邓仲铭、罗忠毅与电台工作人员均心急如焚，但是，谁都不敢妄作揣测。罗忠毅经历过血雨腥风的战争生涯，他情知不妙，此时不可走漏风声，否则会动摇军心，他一再叮嘱电台工作人员一定要绝对保守秘密，不得对任何同志泄露与军部电台联络中断的消息，违者则以纪律论处。

那时，他们没有料到军部和皖南部队9000人在移动后，遭到国民党顽固派的军队围攻，发生震惊中外的皖南事变。

此时，第二支队获得情报称：苏南国民党江苏省保安第一纵队第一团和江南游击区挺进军第二纵队一部由溧阳的社渚和高淳的东坝一线向北挺进到上沛埠、漆桥一线，似已发觉我军第二支队主力一部已移驻溧水境内活动，因而步步逼近，形势吃紧。为了避开国民党顽固派军队的进扰，继续弄清军部和皖南部队的移动情况，罗忠毅决定将第二支队司令部向北移到溧水白马桥地区以北的西杨庄宿营。

第二支队司令部在西杨庄宿营两天，到1月16日，与军部电台仍然没有联络上。当时，第二支队司令部电台与党中央和苏北的中原局均无电信联系，对皖南情况与整个形势均不了解，犹如盲人一样，情况完全不明。

看到日寇在溧武路以北虎视眈眈，国民党军由南向北步步紧逼，如果久居此地，后果难测。罗忠毅决定第二支队司令部率第四团主力两个营离开溧水地区，越过溧武公路封锁线，暂时转移到南京外围的第三游击区行动，静观形势的变化。

1月17日晚上，天已漆黑，苏皖区党委机关人员随第二支队司令部机关在西杨庄村前广场上整队集合，宣布今晚越溧武公路封锁线，进入敌后地区活动。王胜参谋长下令出发向北行进。那天晚上，罗忠毅率部越过溧武公路封锁线，进入第三游击区的江（宁）句（容）地区。走了约20里左右，便在虬山脚下的一个村庄宿营。第二天晚上再由虬山北移到赤山脚下的一个村庄宿营。

第二支队电台在移到第三游击区后，仍然没有联络上军部电台。

后来，第二支队司令部还是从国民党统治区里找到几张国民党出版的报纸和从日伪据点里买到的一些汪伪出版的报刊，才得知新四军军部和皖南部队在移动中，被国民党顽固派军队阴谋围歼了。蒋介石还发布反动命令，诬蔑新四军"叛乱"，取消了新四军的番号，扣押了叶挺军长，制造了震惊中外的皖南事变。

对于这一不幸的消息，邓仲铭、罗忠毅两人研究后，当时只告知了少数干部，因为这只是国民党和汪伪两方报刊上发表的消息，真相究竟如何尚未得到上级的正式通报，为了稳定军心、民心，在未接到中央和上级党委的正式通知前，对外对下一律继续保守秘密，不得有任何泄露。

第二支队司令部只得在第三游击区行动，在虬山、赤山、土桥、杜桂、龙都等村庄流动宿营，廖海涛则率四团部分人员先行进入太滆地区。

过了一阵子，考虑到第二支队失去了与新四军军部的联系，又与党中央、中原局、淮南江北指挥部等处均无电信联络，在对全局形势完全不了解的情况下，邓仲铭、罗忠毅两人商议，为了更好地坚持苏南敌后长期斗争，保存有生力量，决定第二支队司令部率第四团跳出日军在第三游击区大"扫荡"的圈外，暂时先转移到溧武公路以南的金溧地区之张村、戴巷、黄金山一带行动。

这时日军乘机在句容地区进行"扫荡"，形势极为紧急。罗忠毅、邓仲铭决定重返溧武路以南，于除夕之夜到达溧阳的张村。随后，东渡长荡湖，穿过长（荡湖）滆（湖）地区，再渡滆湖，去太滆地区与廖海涛所部会合，决定在太滆地区坚持抗日斗争。

第五章

魂断许家棚

许维新起身从溧阳上杨湾回家，他现在是溧水县抗日民主政府的第一任县长，又是溧水县警卫营的营长。

他站在上杨湾村前看了看不远处的瓦屋山、丫髻山，但见村北地势渐高，丘陵一片，直达瓦屋山山下，山上寺庙赫然。山坡上青松翠竹绿浪翻滚，"呼呼"声一片。天气虽然炎热，但山风习习，还是感到阵阵凉意，他解开纽扣，对着山风，听松涛声声，内心阵阵翻滚。

抗战四年了，他跟定了共产党，跟定了新四军，获得了新生。他是磨盘山下许家棚子一农民的孩子，排行老三，大哥早亡，二兄许维国。十八岁那年，他过继给了白杨村塾师许云峰，竟在塾师身边读了七八年书，这点文化素养，使他脱了武夫粗俗之气，纵为匪类，也不是那引车卖浆者之流，走卒贩夫之类。可惜继父命运多舛，身为塾师，又好打不平，替人写状子得罪了官府和地方恶霸，竟为人所诬，投入大牢，含冤而死。许维新无法咽下这口气，一定要与这吃人的社会抗争。官逼民反，热血沸腾的许维新只能学水浒英雄，拉起武装，以暴抗暴。

这儿多的是为人所逼的河南乡民，组织他们并不是难事，许维新虽然不是振臂一呼而应者云集的英雄，但在方圆几十里也算是一呼百应、说一不二的人物。他们反压迫、反恶霸，并不是盲目的打家劫舍的"绿林人"。

但痛心的是有人告他私通"表妹"，奸人之妻，锒铛入狱，和继父一样又被一根看不见的黑线牵入监狱。好在他能屈能伸，不会自寻短见，或气死于囚室，只待东山再起。

抗战爆发，血气方刚的许维新终于出狱，出狱后但见哀鸿遍地，尸骨遍野，除了拉起武装外，还有什么选择？好在兵荒马乱，投军的人很多，许维新拉起一百多人马，保境安民，自称"游击司令"。还真行，这司令还真有点威风，连陶阜阳也来请他了。

不过许维新看不惯这陶阜阳的作为，他收罗散兵游勇无可厚非，但为什么枪口不对准日本人，而对准自己的同胞？这样的人，许维新认为无法与之合作。后来国军苏浙皖边区司令谢胜镖收编其部为第七大队，去攻打朱林日军，结果是大败而回，一百多号人只剩二三十人。

无奈只得拉人投奔堂叔许中堂，来到了脚下的这所村庄。

……

许维新觉得身子被凉风吹得差不多了，便命警卫员赵四、曾昭扬叫上战士贾长根、王丛吾、丁志和准备出发。他又来到村中一庙前，去找老婆李三毛，老婆已怀孕，他准备把她送到磨盘山一带休息，快分娩的女人不能长期待在军中。

他拾级而上，看到这青石板台阶和高大的庙门，与新四军初次接触的一幕浮现在他的眼前……

1938 年初夏，许维新和胞兄许维国一道加入堂叔许中堂的部队，声势是大了些，但堂叔的行为实在有点过分，虽然时而打击一下日军，但扰民太多，不管是政府还是百姓都把他视作匪类，许维新本来想伸张正义，弄来弄去依然是一个匪，实在不快，多次劝说堂叔胞兄，但无效，心头的阴影始终抹不去，仿佛在黑暗中看不到光明。

突然，堂叔说新四军一支队司令部联络参谋张庆来访。

新四军，听说过，据说来到了南面的竹箦桥，名声特好，颇有仁义之师之风，但只是听说，还未曾见过，据说他们的头儿是共产党大官陈毅。

堂叔是聪明绝顶的人，他说来者不善，善者不来。新四军有两个团，不可小觑，不能随便得罪，但也不是靠山。眼下是日本人的天下，国军几十万大军不战而溃，谅新四军只有几只破枪，也闹不出什么名堂。咱们井水不犯河水，若互不侵犯，则以礼相待，若是来并吞我们，则兵戎相见。

这也有道理，许维新倒要看看新四军是何等人物。

那天堂叔做了安排，这三进大庙也作了精心布置，按相传的规矩，一进摆上机枪，让弟兄们施点威，二进摆上大刀、长矛，让弟兄们显显风，三进台上放把匕首，看你新四军有没有胆量坐下来。

这张庆自然不同凡响，头戴礼帽，手拿文明棍，这机枪、长矛、大刀被视作粪土。看到台上的匕首，则哈哈大笑，凛然之气直冲庙宇。

茅山一带的英雄许维新见多了，有如此气质的，一个也没有，这也真把堂叔给镇住了。

那张庆口若悬河，一张口，道理一个接一个，抗日抗日，合作合作，堂叔无话可说。谁敢说不抗日？合作自然好，两不相伤，堂叔是求之不得。

一番交谈，张庆和许维新的话就多了起来，其实没什么别的缘由，只因他是真心抗日。

张庆发出了邀请，堂叔要弄清虚实，派许维新前去。许维新欣然前去，想见见陈司令，想见见新四军。

在竹箦桥许维新见到了大名鼎鼎的陈司令，听到了从没有过的抗日形势分析和行动指南。有人说听君一席言，胜读十年书，他觉得听了陈司令一席言，如醍醐灌顶，茅塞顿开。

彼此有了几次合作，战斗完后，不但没有向他们索取战利品，反而把自己的战利品给了许维新他们。他也从不提收编一事，这让许认为，共产党的抗日，是真正的抗日，共产党的军队是真正的农民的军队。

陈司令建议许维新参加他们的干部训练班，这他倒不以为然，因为他上过一阵子的军校，凭共产党军队的军事素养，觉得自己去学，不会学到新东西。

陈司令笑了笑："你试一试，我们主要是学政治。"

学完后，许维新才完全弄懂了抗战的大局、形势和应采取的战略战术。视野也大为开阔，这才是军事大学校，许维新准备投入新四军怀抱中，去完成抗日大业。

不久，张庆第二次造访，在大庙第三进大厅里，他提出了改编部队的建议，堂叔不识时务，还说新四军不识时务，在张庆的严词驳斥下，竟喊"来人"！企图谋害张庆，却不曾想这张庆临危不惧，身手不凡，三下五除二制伏了堂叔……

堂叔叫许维新送他，许维新作了完全的表态：我是个军人出身，完全有爱国思想，你放心，堂叔那里由我负责，陈司令那里，请你转告何时改编，怎么改编，改编后如何活动，都可以商量，不过堂叔那里也要给点面子……自此他加入了新四军的队伍，真正汇入抗日的洪流中去了。

许维新叫上妻子准备出发，地点是老家的许家棚子。一方面是安顿妻子，另一方面是为了搞好统一战线，打开苏南抗战的新局面。

说起溧水县，许维新是感慨万千呀，这溧水县的政府是在竹箦桥成立，所辖之处为句容南部和溧阳北部，亦即磨盘山、瓦屋山、丫髻山一带。皖南事变后，茅山根据地几乎全丢了，现在是恢复期，旅部在塘马地区，独立二团奋斗在太滆，廖海涛司令率四十六团二营奋战在茅山地区，钟国楚、黄玉庭率一营在塘马地区休整，随时进入溧水地区，恢复昔日的江当溧地区。而许维新这个不在溧水施行政令的溧水县县长奋战瓦屋山南北，配合旅部拓宽十六旅的生存空间，此行的任务是要利用一切关系，维持统一战线，分化瓦解汪伪势力，集中力量打击日寇。

许维新一行从瓦屋山西麓北行来到上杆村，又东拐，中午时分，来到了白杨村。

久违了，白杨村。这白杨村是许的第二个家，他真正的家在东面三里许的许家棚子。第二个家在白杨村村子的南面，门口则是一片开阔的水田，一马平川，田地一直延伸到瓦屋山下。

说久违了，是因为自许维新开枪打死两名日军后，日军便把全村的房屋都烧了，还发生了骇人听闻的马场惨案。这以后许维新无法在白杨居住，加之他加入新四军后，东征西讨，也无暇回村小住。

那是1938年4月23日，许维新率领几个弟兄从东王庙刚回到白杨村，便听说了一件事，昨日，村上佃户徐四亦即徐傻子开枪打死了一个鬼子，被埋在了村北的桑树田里。

怎么打死的，说法不一，但大意是日军要强暴他妹妹，他到东家家里取了枪和日军搏斗，被日军击倒，在众人帮助下，他翻身而起，开枪杀死了鬼子。

"好，该杀。"许维新拍了一下桌子，他冲着保长戴朝金说道，"要当心，鬼子的报复心理特别强烈，如果让他们知道了这件事，就不好办了。"

"我也提心吊胆，不过，这半天风平浪静，估计鬼子不知道这士兵死在咱们村上。"戴朝金还是心有余悸，身子抖抖索索的。

下午，吃过饭，戴朝金命人带上女儿上了上岗村，他自己则喝起了浓浓的茶水。突然他手下的刘昭示跑来急报，说有3个日本兵往村中走来。

"会不会是来报复的？"戴朝金吓得冷汗直冒。

许维新冷冷一笑："不会，如果是来报仇的，就不可能来三人。"

"对，对对对。"刘昭示说，"三个鬼子慢悠悠的，有说有笑，不像是来报复的。"

许维新掏出了枪："有备无患。"

戴朝金一见，连忙摆手："许司令，这使不得，小鬼子的厉害，大家是知道的，你千万不能开枪，枪一响，全村都得遭殃。"

"可以。"许维新放下了枪，"我可以不开枪，不过，如果他们敢胡作非为，我这子弹是不客气的。"

"好好好，你坐坐，你坐坐……"戴朝金抹了抹额上的冷汗。

一听日本兵来了，村上的人四处奔跑。这日本兵一见哈哈大笑起来，便肆无忌惮地扑入村中。

原来昨日的日军是从唐陵来的，而此三名日军是从蔡巷来的，他们并不知晓这儿曾埋葬了他们的一个"同伴"。

他们见国民党军一战即溃，哪把普通百姓放在眼里，他们胆大包天，三个人出来寻欢作乐。

村中有一姓卞的老太，见村民四处躲避，也拉着13岁的孙女急避，由于她脚小眼瞎，移动速度较慢，刚好被进村的日军发现了，两人便往村北桑树地里躲避，鬼子一见，喜得连叫"呦嘻"便直扑过来。

老太早被他们扔到桑树枝上，小姑娘则被他们三人揪住，意欲强奸。

消息传到了许维新的耳中，他一把甩开了戴朝金，率领几名战士直扑日军，没有防备的两名日军被许维新的枪弹击中，当场殒命。

另一日军见势不妙，狂奔而去，许维新率众人追击，不料日军奔跑的速度奇快，一会儿便消失在视野中。

村民们拍手叫好，旋即惶恐不安，许维新却镇定自若，他确信日军会回来报复，告知村民即日转移，以备不测。

但乡民们大都抱着侥幸心理，有的过于恋家，不愿弃家而走，只有极少的人随许维新远去。许维新则带着女儿许善芳从上岗转至上杆，又从上杆南下杨湾，暂时休整。

果然，第二日，日军调集大批兵力，进行报复性"扫荡"，见房就烧，见人就抓。白杨村104户人家,有103户住宅化为灰烬。天王寺的日军兵分多路到各村搜捕,用各种惨无人道的手段,当场杀死30多人,又将抓来的74名群众押至马场集体屠杀,除一姓蔡的乡民在敌人机枪扫射的一刹那先行倒下,被尸体掩盖未被枪杀外,全部遇难……

而今三年已过,看到村中被日军烧毁的房屋依然留下当年被毁的痕迹,许维新还是感到阵阵心疼,自己打响了句容茅山抗日自卫的第一枪,竟会招致日军如此报复,看来这是侵略者的本性决定,不赶走日本鬼子,中国人永远不会有安宁的日子。

7月8日,农历六月十四,天气出奇的炎热,许久没有在白杨村居住了,许维新很想在白杨村的老屋里住一晚上,这毕竟是自己第二个家呀,但警卫贾长根与王丛吾一再阻拦,丁志和也在一旁劝说。

贾长根走上前,神情有些怪异:"许县长,你长久不在这儿居住了,这白杨村人人心难测,老是抱怨你打死了日本人,才招致日军报复,万一有人通报日军,事情就不好办了。"

这王丛吾也压低了声音:"我也听说,许县长,车不立险地,我看还是另选一个地方。"

这贾长根是茅山王庄人,王丛吾是苏家大洼人,丁志和为后白鸡毛人,都是许维新的家乡人,也跟随他许多年,被许维新视为心腹,他们的话许维新自然要认真考虑。

许维新一想也对,这人心隔肚皮,自己起兵多年,多有杀戮,仇家也多,弄不好真有人告密,还是移居他地为好,那么到哪里去呢?

"到苏家大洼我家去。"王丛吾献计了,"我们那儿没几户人家,又有高山密林,十分安全。"

"对呀,对呀。"贾长根、丁志和在一旁随声附和。

"到苏家大洼,还不如回许家棚子,这不靠一起吗?"许维新摸了一下枪。

三人相互对视了一眼,齐声说:"也好,你老家也有高山,也有密林,很安全。"

许维新遂叫上警卫员赵四、曾昭扬、老婆李三毛一起向东面三里许的许家棚子进发。

许维新哪里知道,他最信任的这几个人中,贾长根等三人早已叛变,他们三人早被伪自卫团长王致炜收买,时刻想下手杀害许维新,他们知道这白杨村是大村,许家房屋里房间多,难以下手。即使下手,也会惊动人,弄不好自己不能脱身,所以他们一再怂恿许维新移居高山密林,好趁机下手。

许维新虽然加入新四军多年,被吸收为中共特别党员,但他的脑海中仍有江湖义气的思想,过于相信自己的同乡,放松了警惕,他在5月份组建警卫营吸收了一些流氓、兵痞,队伍的成分复杂了。6月,警卫营长枪连内的一些人受了坏人鼓动,阴谋叛乱,被及时发现,并加以制止,但他并没有引起足够的警惕,且无视领导的忠告,未经指示就擅自带领5名自认为可信的短枪班战士和怀孕的妻子一起返回老家,寻找可以利用的上层关系,去开展统战工作。

久违了许家棚子。当许维新踏上村子时,眼眶湿润了。自抗战后,他很少来到自己出生并生活了18年的村子。这个村子,严格地说是几家棚户,对他来说既陌生又熟悉,既熟悉又陌生,一切恍恍惚惚,如若隔世。许维新第一次感到这村子是多么的可亲可爱,这棚户中的人都是许姓，都来自河南，由于饥荒，民国初年，他们逃荒落户于此。

由于苏南人歧视客籍，他们只能居住在荒野偏僻的地方，受尽欺凌，好在河南人都很团结，且民风彪悍，崇尚武艺，常常抱成一团用武力抗争。虽然多次吃亏，但地方官僚也不敢小觑，好歹在地方上谁也不敢轻易有动许家的念头，这也是许氏家族以及河南人引以为豪的地方。

但这些在抗战面前，实在算不了什么，现在主要是要把日本鬼子赶出中国，许氏家族的利益算不了什么。不过他内心深处还是泛起一丝宗族荣光的情愫。

他带着警卫员在村前屋后转了转，他要好好看一看，他觉得这可爱的一切似乎要远离他而去，他有必要再亲近一番。

他自家住宅后面有一片竹林，竹林真是修篁万竿呀！那翠绿的叶子，那挺拔的杆子，那枝头上跳跃的鸟儿，都撩拨着他的心头。孩提时在竹林中捉鸟、捉蜻蜓、挖笋、赶野猪的往事不断地在眼前飘移，飘移……

他又来到屋前的小溪边，伸手摸了摸那流淌的水，凉凉的，清清的，身心有一种说不出的畅快，这水来自苏家大洼，流向李塔村下。溪边怪石丛立，上面遍布青苔，用手一抓，软绵绵犹如海绵，有一种特殊的清香，他放到鼻子底下玩命地嗅闻起来。

贾长根一见，心中窃喜，他从没见过许维新有如此异常之举，看来下手的机会已经到来了。

李三毛和警卫员早已把屋内打扫得干干净净，许维新用过晚餐，早早便睡了。

贾长根与王丛吾、丁志和躲在一旁密谋，准备夜里动手，但丁志和反对，说许家棚子在谷底，两山夹峙，不易脱身，加之许氏家族多为习武之人，枪声一响，弄不好把自己也赔上，还得耐心，最好把他骗到苏家大洼动手，那样才方保无虞，两人点头称是。

不知是天气闷热，还是蚊虫太多，许维新怎么也睡不着，他不时地爬起来喝水，不时地用芭蕉扇拍打蚊子，一点儿睡意也没有，弄得老婆也睡不好，倒是警卫员睡得又香又甜。

许维新失眠了，他迎来了回家乡后第一个失眠之夜。

竹席本该凉凉的，如今热得发烫，大热天蚊虫原本不多，况且架了蚊帐，但蚊子不知从何而来，嗡嗡直叫，乱叮乱咬。蚊帐虽有网孔，但仍犹如铁板一块，几乎密不透风，有一种强烈的窒息感。

许维新的思维却在这闷热的空间里翻滚起来。

他想起了加入新四军后的多次战斗，在改编的新四军一支队独立营成立后，初任营长的他便投入战斗。1938年夏，组织群众扛着钉耙背着梯子到天王寺去薛埠的溧武公路上破路，割电话线……

那场面，至今令人难忘，以前的战斗都是弟兄们在干，大都有一种偷偷摸摸非正大光明的感觉，而今百姓参战，齐心合力，光明正大，堂堂正正，身心都有一种新生的感觉。跟着共产党，跟着新四军就是不一样。

最有趣的是，有一次侦查到天王寺到唐陵之间的洋桥边的护桥日军常到河边洗脸，自已带着十多名战士，带着短枪，装成百姓埋伏在洋桥周围，乘其洗脸之际，着人潜入水中，一下子抱住敌人双腿，拖入河中，再拖到岸上。

面对喝饱了水的日军，众人真开心呀。虽然多次与日军照过面，也打死过日军，但活生生地抓上一个却是第一次，看着那"活宝"，大家真是快乐无比。记得小时候，村上的大人活捉了一头野猪，从没见过野猪的他急奔而去，看到关在铁笼子里的野猪自然兴奋异常，用草逗之，用棒撩之，用烧红了的火钳烫之……如今抓到一个活生生的"野兽"，自然是乐不可支，但毕竟战争不是儿戏，需要执行党的政策，在对其进行了必要的惩罚后送到支队部，不能让众人的一时之快造成政治影响。

后来的埋地雷、炸军车，大家也干得有声有色。从战斗中成长，接受了战斗的洗礼，并从战斗中学到了宝贵的作战经验。

最难忘的战斗还是东湾战斗，为配合作战，独立营作向导。独立营中的人大都为本地人，许维新因不清楚东湾的情况，就通过炊事员了解了日军的布防情况，让二团首长作了针对性的布置，一举拔掉了这个宁杭线上的据点，重重地打击了敌人的嚣张气焰，独立营配合作战，阻击援敌，弄得天王寺的日军胆战心惊，谁不知晓许维新的威名呢？

几只蚊子玩命地叮着许维新，他一惊，伸掌猛击，只觉得掌心黏糊糊的，旋即闻到一股浓浓的血腥味。他一点儿睡意也没有，思绪如浓雾一般，四处弥漫开来。

军部，军部，教导总队第九分队，这是一个终生难忘的分队，这是一个高干队，是培养干部的一支队伍。在这段学习期间，许维新结识了许多优秀人物，廖海涛、熊兆仁、王胜、王直、钟国楚、乐时鸣、陈练升……以前一直自诩为英雄好汉，而今与他们相比，才知道什么叫差距。从他们身上许维新学到了从没有过的东西，自己的匪气自然少了，英雄气多了，成了一个全新的人！这从新近所拍的一张身着军装的照片中，就可以看到自己已经从一个旧军人变成了新四军的新军人，精神面貌可以说是焕然一新。

回到江南指挥部驻地，陈、粟首长亲自致辞欢迎，陈司令同他亲切交谈，并给他以鼓励，许维新激动得"啪"地一个立正："陈司令怎么说，我就怎么做，办不到，我就把头交给陈司令。"不久许维新便被吸收为中共"特别党员"。他，一个江湖好汉已成长为一个共产党领导下的抗日勇士。

许维新佩服陈司令，1940年的四五月间陈司令在茅山北视察，传达中央指示，部署北渡长江的准备，途经磨盘山来到他家，他见陈司令所骑之马又瘦又小，脚力不济，便托人在皖北买了十分强壮、强力矫健的好骡子。陈司令连连夸奖"好骡子，好骡子"，这样他行军的速度大大加快了。六月底，陈司令北上，许维新真依依不舍呀，在护送其过溧武路时，紧紧地抓住了他的双手，久久，久久才松开……

突然，传来一阵狗叫声，许维新翻身而起，摸起枕边的手枪，迅速下床。

没有敌情，警卫员贾长根说拉肚子，刚从外面回来，惊动了狗，许维新点了点头，关照了几声，又回到卧室。

他一点儿睡意也没有，从红色的茶炉里倒了一杯浓浓的茶，又顺手点了一支烟。

天气还是那么闷热，外面蛙声一片，连晚上从不啼叫的麻雀也叽叽喳喳地叫起来。

许维新从土墙的窗口中向外张望了一会儿，野外银灰一片，月光特别好。

许维新明白，月光太好，所以蛙与鸟不甘寂寞，声响格为响亮，连汩汩而动的溪水声也能听到。

他边抽烟，边踱步，边盘算起来。

现在抗日处在艰难时期，罗、廖首长在茅山奋战，自己怎能自甘落后？为了打开抗战新局面，他准备先和戴臣富聊一聊，让其做两面派区长，多为他们提供些物资，如果提供不了物质，要多提供一些情报，这叫统一战线，如果有这些内应，工作就好开展多了。

至于镇江汪伪师长老李，他三番五次招降自己，许维新当然严词拒绝，不是不可以利用这个机会，哄其提供一些物资，这也是可以筹划的事。他打算先派人接触一下，或者派人打入其内部，这对眼下的抗战也有好处，不过要向旅部汇报，这种敏感的事不能擅自做主，这次回老家，自己也没向上级汇报。事出有因，但不管如何，下不为例了……

贾长根突然出现了，他连连说热，并提出一个绝好的建议，移到山上的棚子去居住，既避蚊虫，又可纳凉。王丛吾、丁志和两人又齐声说好，连许的妻子李三毛也认为此法甚好，家中太热，实在吃不消。

许一想也对，前几日天也热，但住在大庙中，不觉闷热。今日居于山谷土屋中，确实闷热，一点儿睡意也没有，山上有几间草屋，那是兵荒马乱时所建，以备不时之需，既然山上清凉，又无蚊虫，且利于防守，何不上山居住。

于是许叫醒了赵四、曾昭扬一齐上山休息。

众人很快上了山，一阵忙乱后，一切安排停当。除李三毛外，众人又在山沟里洗了冷水澡，再返回休息。

这一次许维新觉得身体格外舒畅，山高本就凉，况且突然起了一阵风，那凉意直透心头。月光皎洁，四野银灰一片。月光下竹林随风摇荡，哗哗声一片，似乎把人带入仙境，许维新在此山头住过多年，也从没见到过如此之美景，若不是处在抗战的危险期，他真想狂奔到竹林里漫游一番。

天气一凉，心也定了，睡意袭来，他翻身上床。妻子李三毛也直叫凉快，还轻轻地拍了拍肚皮："小孩在里面动了，他也觉得凉快了。"许维新真高兴，耳朵贴在妻子的肚皮上，静静地听着胎儿的蠕动声。

"听到了，听到了。"许维新真开心呀，他已是四十岁的人，只有一女善芳，被其送到安徽读书，现在第二任妻子怀孕了，托人看了一下肚皮的形状，行家百分之百地肯定是男孩，这怎叫他不高兴呢？

"快生了，快生了。"他喃喃地说着，他准备明日着人把山上的房子整修一下，好让妻子在山上哺育孩子，以免受炎热之苦。

睡意又猛烈地袭来，许维新支撑不住，他掏出手枪，放到枕边沉沉地睡到凉凉的竹席上。

贾长根、王丛吾、丁志和三人是一点儿睡意也没有了，他们见其他人很快进入梦乡，便溜出房外，在一棵松树下密商起来。

贾长根看了看明月，额手称庆："天助我也，两位，咱们现在动手如何？"

王丛吾点点头："也好，我本来想把他诱骗到苏家大洼动手，但现在看来在此地动手更有利，一来这里远离村庄，枪声一响，即便惊动了乡邻，也奈何不了我们，这里山高林密，我们可从容地全身而退。夜长梦多，过了此村，就没有那店，也难保他会去苏家大洼。"

丁志和有些害怕："我总觉得心直跳，手心冒汗，他们有四人，且许司令会些武功，倘若他们醒来咋办，我怕。"

"怕？"贾长根一把揪住不满十八岁的丁志和，"小子你想不干，倘若走漏风声，老子要你全家的命。"

"好啦，好啦，声音小一些，别把他们吵醒。"丁志和连忙摆手，贾长根眼珠子狡黠一转，来到丁志和跟前："你以为不干，他许维新会放过你，不要忘了你已拿了王团长的好处。"

"这样吧，你怕，你在外面放风，我们干。"贾长根放开了丁志和。

丁志和点点头，王丛吾拉住贾长根："我们先准备好，你再回去看看他们睡着了没有，若没有睡着，就不能动手。若醒来问你，你说我们三人在外面放哨，切不可慌张。"

贾长根点头称是："还是你老心细，我进去看看。"

贾长根蹑手蹑脚地进入屋内，不小心被地上之物所碰，差点儿跌倒，他慌得缩成一团。只听到许维新呼噜声一片，其他三人也睡得死死的，他暗暗高兴，想返身而回。突然睡在竹席上的李三毛轻声叫道："宝贝，你来得真好，你来得真好。"

贾长根腿一软，真想磕头求饶，但又听到："许家有后了，许家有后了。"马上明白李三毛说的不是自己，所谓的宝贝不是指自己，是指肚中的婴儿，他大着胆子探头一看，李三毛鼻息均匀，嘴唇微动，双眼紧闭，显然是说着梦话。

他慌忙跑出屋外，抹了抹头上的冷汗，把二人招到跟前："天助我呀，他们全睡着了。"

王丛吾咬牙切齿地叫道："许维新，你不要怪我们不义，王团长给的好处更多，今天你做张飞，我三人便是范疆、张达。"

"小子，你在外面放风。"贾长根打开了快慢机冲着丁志和轻声叫道，他又转身朝王丛吾说道："老王，我们两人赶快动手，否则夜长梦多，过了这村就没这个店了。"

王丛吾也掏出手枪，打开保险，恶狠狠地扑向屋内："走！"

二人掏着枪，进入屋内，来到许维新、李三毛的床前。伸头一看，月光照在两人的脸上，只见许维新鼾声如雷，李三毛睡得正香，两人的枪口齐齐地对准了许维新。

刚好许维新一翻身，两人吓得想溜。但见许维新又鼾声如故，即刻镇静下来，两人屏息静气，又把枪口对准了许维新的头部，眼睛一闭，双双扣动了扳机。

枪声一响，许维新抽动了一下，他们立即调转枪口朝惊醒了的赵四和曾昭扬开枪。

赵四与曾昭扬惊醒后未及掏枪，旋即遭到贾、王两人的枪击，赵四被枪弹击中，旋即倒地，曾昭扬动作快，遭枪击后跑出门外，贾长根又从背后连连开枪，曾昭扬连中两枪，滚下山坡。

此时李三毛从梦中惊醒，当她明白是怎么一回事时，未及叫喊，王丛吾朝她连开数枪，凶残的贾长根返身屋内朝其肚子又开数枪，两人怕许维新、赵四不死，又在两人身上补了几枪，才仓皇逃出屋外。

丁志和抖抖索索地躲在屋边，被两人用枪逼着牵着两匹马，从另一条小道急速而下，连夜投奔伪自卫团长王致炜。

第二日清早，人们发现了许维新夫妇及赵四的遗体，下午，放牛娃在山边的草丛中发现了曾昭扬的尸体。李塔村白皮红心的两面派保长安葬好烈士的遗体，旋即把消息通报了十六旅旅部，不久陈毅同志在苏北也得到了许维新遇难的消息，陈毅悲愤异常："善有善报，恶有恶报，只要我陈毅活着，定报此仇！"

第六章

激战马占寺

　　皖南事变后，新四军成立新军部，下设七个师，在苏南战斗的新四军部队被整编为第六师，师长谭震林，参谋长罗忠毅，六师下辖十六旅、十八旅。十六旅于4月在宜兴闸口成立。下有四十六团、四十七团、独立二团。5月份谭震林、罗忠毅率部西返茅山地区，在溧阳黄金山地区三次打退国民党四十师的进攻，确定了以塘马为中心的茅山地区的苏南根据地，后日伪军清乡，十八旅撤至苏北，十六旅孤悬在江南，形势十分严峻，为此，旅长罗忠毅、廖海涛在采取了北进茅山、连拔据点措施外，又去太滆稳定独立二团程维新部，在锡南组建四十八团。接着在塘马整训部队，在整训取得出色的成效后，便派四十六团西进溧水，试图打开江溧句、江当芜、溧高地区的抗日局面。

　　1941年10月，整训结束时，罗、廖送钟国楚至塘马黄泥塘才分手，罗忠毅的话语是那么的亲切，"国楚呀，西边的局面靠你与玉庭去打开了，旅部居中，四十八团居东，四十七团居北，你们主力四十六团居西。西面是老根据地了，地位的显要可想而知，那儿紧挨南京城，你们可在敌人的眼皮下，想法恢复横山地区，把尖刀插在敌人的心脏里。"血色黄昏，钟国楚与罗、廖在黄泥塘边握手告别，塘中的波浪泛着红光，似浮金跳跃，岸边的扁豆藤斜挂柳树上，红红的扁豆在青青的叶中，发出闪闪红光，黄豆叶垂落，黄豆荚低垂，山芋藤爬满了田埂，上面的毛虫轻轻蠕动着。钟国楚接过警卫员的缰绳，跃上马背，当他回首时，罗、廖站在塘边挥动着双手，两人站在夕阳下，背倚塘马村，是那样威武而又庄严，凛凛然一身正气，犹如两棵巨型青松，屹立在苏南的村西面。

　　钟国楚、黄玉庭率部由溧阳塘马地区西进，进入溧水东南县境，初在经巷、尤嘴、南曹、曹家桥、李巷、岗上等村活动，后又转移到白马桥西面的方家边、俞家岗、马占寺一线整训。

　　溧水县委书记李代胜随同部队回到溧北后，会同四十六团组织科长谭成章，与原地坚持的地下党组织负责人李孝廉、李子元、许广道等取得联系，着手恢复溧水地区的党组织。11月，溧水县抗日民主政府县长曹明梁率领溧水县政府干部，也从溧阳竹箦桥地区返回溧水。中共路西北特委副书记、组织部部长兼敌伪军工作委员会主任陆平东亲临溧水，协助、指导溧水抗日游击根据地恢复重建工作。

四十六团初返溧水时，驻扎溧水地区的国民党顽军挺进军从白马桥、李巷退至邰村、杭村以南的高淳安兴地区，四十六团则活动在白马桥以南、大李巷、里佳山以北、曹山以西、新桥以东的地域。

深秋，寒意浓浓。1941年11月25日凌晨，霜花沾满了苏南溧水的大地，白马桥地区的马占山南北横卧，三峰起落，完全消融于黑色的夜空中。一切是那样的安详静谧，静得连一点儿声息都没有。

马占山的最高峰中马山顶峰，一个人影来回移动着，并不时地向四周瞭望，那挺立的身躯和瘦削的面孔显示着特有的朝气，手中的刺刀透着寒气，嘴中呼出的热气彰显着因心中涌动着那澎湃的热血所汇成的特有的韵致。

是小战士，是新四军十六旅四十六团四连七班战士，在山顶放哨。他监视敌情，脸上丝毫没有松懈的神情。

山顶上还有一个窝棚，里面住着11个人，他们是军事哨人员，四连三排排长史继根、班长李纪根、副班长大李子及战士徐进等6人，另有机枪班徐副班长和机枪手等4人。整个山顶只有12个人。军事哨拥有步枪十余支，手榴弹数十枚，日式机枪一支。机枪是歪把子的，是廖海涛在1941年夏率四十六团二营在金坛王甲战斗中缴获的。

徐进，16岁，来自金坛建昌西曹的小战士，刚入伍不久。早晨，他怎么也睡不着，他爬出被窝，打好背包，静静地坐着。

11月底，天气寒冷，穿着单衣的他感到凉意阵阵，但心里却暖洋洋的，因为他有了一个大家庭。在新四军这个大家庭里，他感到了从没有过的温情和温暖，而且人生从过去漫无目标转化为有着明确的目标。心里有了明灯，生活充满希望，虽然战士的生活过于艰苦了些。

寒风吹来，他挪动了一下身子，往事如电光火石般在眼前闪现。

家乡在不远处的金坛县西北的建昌圩西曹村，由于家贫只能在西曹村边的河边洼地里搭了一个简易棚子。说到简易，令人心酸，一条废弃的破船作墙，两边用泥土垒起山墙，再用芦苇一围，涂抹上泥巴，这就是居住的居室。

这样的贫困生活令人难受，但日军的到来使人们连这样的生活也享受不到了。1939年冬，日军恼于贺甲战斗的失败，出动大量兵力在丹阳南部和金坛北部扫荡，伺机一举消灭新四军部队。

一日，日军从白塔"扫荡"而来，他们通过汉奸侦知新四军有部分枪支藏在河里，还有雨伞等雨具藏在百姓家中，但老百姓拒不承认。

敌人一无所获，来到西曹村一带。见河边洼地有草房，便开枪扫射，徐进的父亲倒在血泊之中，子弹击穿手掌，入体内穿肺而过，所幸没有致死，但三间草房和交租的谷子、冬季生火的柴草被日军烧得一干二净。

日军把母亲、兄妹赶到西曹西北上的桑树田，这里又被日军赶来许多百姓，主要是西曹、吴巷的百姓，日军逼问百姓，要他们告知新四军枪支的下落。日军得不到结果，便开枪杀人，同学常小锁和30多个村民为日军枪杀。所幸自己个子矮小，幸免于难。日军又窜至东曹，把东曹、后巷的百姓赶到后巷村西边的河沟旁，枪了60多岁的陆东福老人后，又残杀了数十位村民。他们又窜到建昌镇把吴可如的妹婿，一位年轻的理发师拖出，残杀于街头。敌人在屠杀的同时，又放火烧房，连烧了望仙桥、新河、庄城、吕圩、田头、直溪、下陵等84个村庄。他们的目的很明确，一方面用残杀烧光的手段威胁百姓，使他们不再和新四军打成一片，另一个目的是通过焚烧村庄使新四军在该区域无法安身，因为新四军必然要住在百姓家里，现在没有房屋了，自然也无法安身了。

人未亡家已破，1940年，他只好外出车水打工，挣些钱糊口，但身子骨不够硬朗，难以承受如此之高的劳动强度。春节期间，外出拾起小锣，挨家挨户去送春。送春、敲锣、唱歌，尽为主人说些吉利之话，变相乞讨些食物。熟悉一点的人家给些白馒头，不熟悉或特别穷的人家只给些豆腐渣，但不管如何，多少能弄一些回来，保存好，能糊口一段日子。

1941年的7月，徐进偶遇昔日老师的哥哥的儿子，他把徐进拉到一边，鼓励他去参加新四军，徐进二话没说一口答应了。说真的，徐进早想参军了，可惜日寇"大扫荡"，就见不到新四军的踪迹了。现在有了介绍人，正好了却他的心愿。当兵打鬼子，为父亲为乡亲报仇。

徐进等一批人被送到孟冈，区长、新兵连连长指导员接待了他们。新兵连连长罗奋友、指导员石磊都是老红军，都是江西人。区长眭进是本地人，他们对战士们关怀备至，难以忘怀呀。

部队出发了，从建昌到西旸，过公路到磨盘山，磨炼了一月后到了溧阳戴巷，编为四十六团二营四连三排，排长便是身旁的史继根，班长便是身边的李纪根。

天渐渐放亮，山顶放哨的小战士突然听到中马占山正西方的张家山传来一阵狗叫声。旋即发现灯火，他睁大了眼，发现灯火在移动，狗叫声由"汪汪汪"转化为"嗷嗷嗷"，显然这是狗被打后发出的叫声。

"奇怪，怎么会有灯火移动，大清早狗怎么会'嗷嗷嗷'乱叫？"他站立在山巅凝望着，一个念头在脑海中掠过，"有敌情，可能是鬼子来偷袭了！"

他忙转身，准备向在窝棚里休息的排长史继根汇报，刚巧碰到四连的联络哨哨兵，金坛籍小战士。

"有敌情！"他用手指着张家山方向，联络哨哨兵伸头朝张家山看了看，"讲什么胡话，天这么凉，一大早，日本兵会出来？"

此时，窝棚里的徐进和其他战士也听到狗叫声，这一连串狗的惨叫声引起了众人的惊觉，他们一致判断有敌情，便纷纷起身打好背包，准备迎接有可能发生的战斗。

徐进拿起枪，刚推开窝棚门，天空中传来清晰的枪声，"叭唝"，这枪声明确无误地告诉众人，日军来了，这种枪声是日军三八枪发出的特有的声音。

一声枪响，惊动了四连炊事员小李，他正拎着饭菜，从四连驻地中马占山下的马占寺向山上走，给军事哨的战士们送饭。

小李，安徽人，因在乡间过度地想女人，成了"花痴"，被人们称为"小呆子"，参军后在军中担水烧饭烧菜，别看他人呆，但听觉特灵，一听这枪声，便知有了敌情，而且方位距离判断得十分精确。

他连忙放下饭菜，飞步下山，向四连连长张启标汇报。

清晨，四连连长张启标、指导员郭启超带领刚吃过早饭的战士们在马占寺门前的广场上出操，突然听到"叭唝"一声响，两人跳了起来，命令战士们操枪做好战斗准备。两人正准备派人向军事哨询问情况时，只见"李呆子"飞步而下，身子多处被荆棘划伤，鲜血直流。

"鬼子来了，鬼子来了！"李呆子上气不接下气地说着。

"从哪边来？"张启标忙问道。

"有多少人？"郭启超上前了一步。

"西边张家山那边来，不知有多少，黑压压一大片。"其实他根本没有看到多少人，倒是日军来的方向说得准确无误。

无法细辨，张启标和郭启超商量后，即刻作出决定，由郭启超率领二排五班加两个机枪手增援中马占山山顶军事哨七班战士。张启标则率领一排、二排两个班，三排两个班急赴中马占山和马占山山洼，进行阻击。敌人要偷袭，也有可能走这条线。

山顶排长史继根急命七班战士和机枪手进入预设阵地。

徐进跳入了浅显简易的战壕，这是他第一次面对面地和日军作战，心怦怦直跳，两眼死死地盯着西边的山下。他比较幸运，在溧阳戴巷整训时，因战绩突出，营长廖坚持奖励给他一只小马枪。这小马枪枪短、分量轻，对于年轻的新兵特别管用。它要比那些老套筒、中正枪要强得多，可惜的是子弹极少，一共只有七发。此时，他们手榴弹也不多，只有数枚，但不管如何他们占领着山顶，地形有利，敌人虽然火力猛，要突破这道防线，也不是轻而易举的事。

须臾，连指导员带领五排战士跃上山顶，跳入战壕中准备迎击敌人。

郭启超决定留下，三排排长史继根、班长李纪根、副班长大李子及机枪班徐副班长和机枪手及其余人员全部撤至窝棚东面的山顶上。

"为什么让我们撤下？"徐进上前问道，"我们也要打鬼子。"

"因为你们是新兵，打鬼子的任务多着呢，以后少不了你们。"郭启超拍了拍徐进的肩膀。

徐进一想也是，便和其他新兵一道撤到窝棚的山坡上，他知道四班的干部和五排的战士都是老兵，这样的任务不交给新兵是有道理的。

郭启超命令战士们严阵以待，密切注视山下的动向，此时天已放亮，远山近村已清晰地露出了它们的面目。

　　郭启超和五班的王副班长来到留在山顶的机枪班徐副班长前："徐副班长，你的机枪要注意隐蔽，打一会儿换一个地方，当心敌人的炮弹。"

　　徐副班长是安徽湾趾人，老党员，他转动着枪管，双眼一睁道："放心吧，指导员，敌人来多少，我就叫他倒多少……"

　　话音未落，只听尖啸之声破空而来。未及反应，只听一声飞响，山顶火光一闪，旋即山石、泥土飞溅，黑烟腾起，接着尖啸之声又起，两颗炮弹几乎同时落下，更为猛烈的响声撞击着战士的耳鼓，更为浓烈的黑烟熏烤着身子，更为密集的山石、泥土扑面而来。

　　硝烟未尽，郭启超和王副班长、徐副班长，倒在血泊中。战士们忙上前救治，只见王副班长和徐副班长被炸得面目全非，已经身亡，郭启超小肚受伤，鲜血直淌。郭启超推开救治的战士，忍痛站立起来，手指西南方向："同志们，敌人上来了，等他们靠近，给我狠狠地打。"

　　郭启超原先判断敌人可能从中马占山和北马占山山洼处偷袭，因为那儿的坡比较平缓易于进攻。没料到敌人开了一枪后，便开始炮击，三发炮弹竟全部朝机枪手飞来。

　　他忍着痛，咬着牙，他觉得敌人这三发炮弹也许是事先通过望远镜看到了山顶的重要目标，也许是试探性地随意打了三发炮弹，但不管如何，炮弹轰击以后，便是步兵跟进，不需要多长时间，敌人便会出现在眼皮底下。他急命战士们挖战壕，修工事，放好手榴弹，架好枪，迎接来犯之敌。

　　此时山上山下出奇的宁静，只有寒风吹起枯草发出"丝丝"的响声。

　　狗吠声没有了，黑影没有了，一切是那样的安详、宁静，东方已微微露出晨曦，远山、近村从黑暗的海洋里渐渐露出柔和的轮廓。

　　郭启超心一阵一阵收缩，伤痛剧烈，额上的汗珠滚滚而下，这位经历无数次战斗的江宁龙都的老战士深知，这绝不会是什么好兆头，这往往是恶战的前兆。

　　他把嘴中咬着的草根扯掉："同志们，别大意，盯住山下，松懈不得。"

　　战士们绷紧了脸，紧握钢枪，双眼圆睁，死死地盯住山脚下。

　　好家伙，果然是偷袭！人影出现了，钢盔摇动了，那太阳旗猎猎作响。敌人密密麻麻，弯着腰，扯着草，分三个方向先向中马山扑来。

　　郭启超皱紧了眉，看来敌人得到了精确的情报，想占领马占寺直扑方家边。

　　"注意，大家不要慌，等敌人靠近，狠狠地给我打！"他捋起了袖子，操起了驳壳枪。

　　敌人到半山腰了，一百米，八十米，五十米，呼气声已灌入战士们的耳朵中。

　　"打！"郭启超一声吼。

　　子弹冲出枪膛，飞向敌群，手榴弹画着弧线，扑向敌群，"砰砰""轰轰"作响，火光四起，硝烟弥漫。

　　日军惨叫着，滚下山底，马上又聚合起来进行反扑，掷弹筒、小钢炮、歪把子机枪齐声地吼叫起来，刹那间中马山山顶火海一片。

　　四十六团政委钟国楚、团长黄玉庭听到枪声跳了起来，他俩早已得到了情报。是夜，四十六团派往韩胡村、官塘方向的侦察员已发现敌情，并向团部做了汇报。钟国楚、黄玉庭认真作了分析，四十六团在塘马地区做了几个月整训，于十月下旬西进溧水，是为了担负首长布置的恢复溧水抗日根据地的重任。

皖南事变后，二支队被迫东进，新军部成立后，十六旅西返，可惜原先的根据地大多丢失，恢复昔日的面貌已是当务之急，四十六团西进后便打下官塘敌伪据点，日军显然不会善罢甘休。敌情的出现，不可小视，需认真对待。

好在溧水白马桥地区是丘陵山区，地形有利于防守，有回旋的余地。团部和一营营部及三连驻马占寺东北约一公里的方家边，二连驻团部北面的俞家岗，一连驻赵家、上洋村，二营营部和五、六连驻马占寺东南约一公里处的西杨庄，四连则驻马占寺，这样的兵力配置攻守结合，十分合理。现在有了敌情，但不明了，唯一的办法是加强警戒，以备不测，视形势的变化随机而动。

团部传达给连队的消息刚刚发出，即刻便传来枪声，钟国楚与黄玉庭走出村外，马占寺方向骤然间枪炮声声，火光一片。

几个参谋走上前来："钟政委，鬼子来偷袭了，送上来的肥肉，我们包下吧？"

钟国楚没有作声，侧着耳朵朝马占山听了一会儿，旋即神色凝重，半晌不语。

钟国楚是老资格的军人了，在江西中央苏区，他就是老红军了，后来又随旅长罗忠毅参加了艰苦卓绝的闽西三年游击战争，抗战后，在二支队及十六旅与日寇作战多次，积累了极为丰富的作战经验。

他深知对日作战和对国民党、汪伪作战不一样，日寇军政素质高、战斗力强，加之武器装备精良，新四军和日寇作战完全是不对等的，别看四十六团有两个营，经过塘马整训战斗力有了大幅度的提高，但和日军相比，差距是明显的，现在一个团的兵力应付不了日军一个大队的进攻。眼下凭这密集的枪声和传来的炮声，敌人至少集中了中队以上的兵力，加之敌人偷袭是有备而来，现在只能避实就虚，安全转移。

"同志们！"钟国楚语调沉重，"我也恨不得冲上马占山，狠揍一顿鬼子，但敌强我弱，如贸然迎战，正中敌人的奸计，我认为留下一部分战士阻敌，其余全部转移。"

"对！"黄玉庭上前一步，"钟政委说得对，强敌在前，转移为上。通讯兵，传令二营长，从西杨庄抽出部分兵力支援四连，其余人员随团部向北转移。"

"是！"通讯兵行完礼转身朝西杨庄奔去。

中马占山哨所激战正酣，敌军见新四军居高临下，山顶一时难以攻占，便按原计划从中马占山和南马占山连接的山口洼地寻找突破口，再突袭方家边。

一队日军从汤家庄沿着山路刚刚进入中、南马占山的山口，迎来的是张启标连长的一声怒吼："打！"四连共有三挺机枪，两把歪把子机枪是廖海涛在王甲战斗中缴获的，现全在山顶，已被炸毁一挺，另一挺为苏式150发圆盘机枪，是在溧阳黄金山反顽战斗中缴获的，现在在张启标的手里。随着张启标的一声怒吼，苏式机枪吼叫起来，子弹雨点般喷射而下，敌人溃退而下。

敌军见此道偷袭不成，想翻越南马占山，不料二营营长林少克率领五连早已抢占了南马山的制高点，排枪齐放，尤其是那挺马克沁重机枪玩命地怒吼起来，枪弹飞速而出，敌人倒下一片，只好又溃退而下。

日军大队长尾田气坏了，他摸着脸上的血污狂叫着"八嘎"！

尾田内心翻腾，这次偷袭，他对南京大本营是拍了胸脯的，计划制定得也极为周密。大本营新的战略目标，是必须肃清苏南的抗日力量，以便抽军南下。四十六团在溧水，如芒刺背，必须拔掉，即便拔不掉，也必须把他们赶走，为下一步合围塘马打下基础。开始极为顺利，一路上行军未遇到哨兵，到了张家山，便见马占山。偷袭已成，攻击的枪声响后，不见中马占山有任何动静，九二式步兵炮试发了三发炮弹后，便实行偷袭战术，现在倒好，偷袭不成，反而损失了许多士兵，看来新四军早有了防备，难道计划泄密了不成？但不管如何，一定要越过马占山，赶走四十六团。

尾田眨了眨眼，原先他估计新四军有可能在北、中马占山间设防，他便采取偷袭中马占山的战术，出其不易，攻其不备，不料中、南两山均有新四军，看来北山也定有人把守，那么只有占领最高点中马占山，方可越山而过，袭击方家边。而现在制高点均在新四军手中，且互为犄角，相互支援，不好办，看来先集中火力猛攻中、南马占山间的洼地，能攻下则好，若攻不下，毕竟吸引了新四军的注意力，再伺机猛攻中马占山。中马占山一旦拿下，此战便可稳操胜券。

他命令从洪蓝埠赶过来的一个中队的日军猛攻中、南马占山间的洼地，从溧水县城赶来的另一队日军进攻中马占山，先缓攻，后猛攻，放弃对南马占山的进攻。

日军的炮口齐齐地对准了中、南马占山间的洼地，接着是山崩地裂的炮声，敌人的枪口也齐齐地朝向了洼地，顷刻间是弹如飞蝗，在空中交织而过。

火光一片，映红了战士的脸膛；硝烟四起，熏染了战士的双眼。瞬顷，泥土乱飞，铺天盖地般泻落在战士们的头上、肩上，炮弹爆炸的声响撞击着战士的耳膜，气浪搜刮着战士们单薄的身躯，山地在颤抖，天空在咆哮。

张连长毫不畏惧，以其惯用的立姿在阵地上移动指挥，"当心，趴下！"他叫喊着。

他跳跃着，挥着枪："沉住气，炮声一停，鬼子就会上来，大家给我盯盯紧。"

骤然，炮声停息，张连长跃了起来，他透过烟雾看到鬼子发了疯一般往上爬动了。

"大家注意，靠近些……给我打！"他连发两枪，战士们的枪口齐齐地吐出火舌，敌人惨叫着滚下山去，偶尔有几个日军爬上来，还未等他们举枪射击，便被战士们掷出的手榴弹炸成几截。

尾田冷冷一笑，并没有对溃败下来的日军发火，而是命令步兵炮继续轰击，让洪蓝埠来的一中队日军抽出部分兵力佯攻，其余全部迅速调到中马占山下，准备和溧水县城来的日军齐攻中马占山。

这次日军的炮火更猛，山顶的掩体工事全被炸毁，有几个战士倒在血泊之中。

炮声一停，日军吼叫着往中马占山与南马占山的洼地冲去，张连长忙命一排、三排战士们发枪射击，哪里有危险他奔向哪里。在奔走间，腿部中弹，他咬着牙让小战士扶着，指挥战士们顽强地阻击。

敌人始终没有跃上中、南马占山间的洼地。

此时，中马占山出奇的平静，敌人进行了第一轮攻击后，后面没有了声息，许多战士看到对面中、南马占山间的洼地鏖战正酣，以为敌人选择了其他进攻方向，纷纷请求增援中、南马占山间的洼地。

"当心，同志们，我们要坚守自己的阵地，敌人很狡猾，看来又要玩什么花样，我们不能上当。"郭启超命令战士们赶紧修筑工事，"同志们，更大的战斗还在后面。"

他拍了拍小战士的肩膀："要节约子弹，不要放空枪，等敌人挨近再打。"

工事还没修补好，突然空中传来一阵尖啸声，旋即火光一亮，爆炸声四起。

"当心，大家趴下，敌人放炮了。"郭启超话没说完，敌人的炮弹雨点般地落下了。

尾田这一次让一部分日军继续攻击南马占山，其余的日军倾其全力进攻中马占山，他把所有的炮口转向中马占山，一齐轰击。

这一次的轰击可想而知，整个中马占山裹拥在硝烟中、火光中、汽浪中。

天已放亮，战士们的脸膛漆黑一片，衣服是破洞累累，还冒着点点火星。

炮声刚停，日军吼叫着，戴着钢盔，挺着刺刀，向山顶冲击，一小部分日军已快爬到山顶了。

"打！"一声吼叫，愤怒的子弹射向日军。日军惨叫着，如软泥般瘫倒在山坡上。

机枪手架着歪把子机枪对着敌人狂扫，敌军连忙趴下，躺在山石后。

日军单兵作战能力强，射击技术高，枪法极准，他们四面散开，做扇形攻击，有的则迂回包抄，进行侧攻，中马占山的形势一下子危险起来。

郭启超急命通信员向营部汇报，一面命令战士们英勇阻击，誓与阵地共存亡。

四班李副班长挺立山头，边向敌人投弹，边组织战士阻击："同志们，多坚持一分钟，便多一分胜利，我们一定要让大部队安全转移！"

敌人炮火轰击，步兵跟进，多方进攻，果然奏效。虽然正面佯攻之敌在战士们的火力压制下动弹不得，但侧面迂回而至的日军非常活跃，他们或突击而上，或施放冷枪。

有几个日军跃上山巅，吼叫着朝战士们扑来，郭启超眼睛都红了，捡起一把轻机枪，叫喊着扫射起来，日军纷纷倒下。

一个日军突然跃起，紧紧抱住了郭启超，幸得另一战士赶来援战，三人一起倒在血泊之中。此时增援部队冲了上来，把冲上山巅的日军全赶了下去。

战斗已达半小时，林绍克奉团部命令急命四连撤出战斗。

郭启超被抬到了半山腰，因失血过多，生命垂危，他脸色苍白，声音微弱，蠕动着嘴对史继根、李纪根、徐进说道："我……不行了，你们走吧，我在江宁龙都尚有一女……快撤……快撤……多打鬼子。"

英雄渐渐合上双眼，长眠于马占山上，徐进等人含泪用树枝把他遮蔽在马占寺东南100

米处，便急速向西杨庄方向转移。

日军发动了新一轮攻击，他们吼叫着向山顶攀爬，一路并没有遭到阻击，他们疑惑地冲上山顶，发现山顶空无一人。

硝烟散尽，只见山下树木森森，寺庙巍峨，池塘泛着冷冷的波光，方家边在朝阳下清晰可辨，日军一阵喊叫，迅速扑向马占寺。

进入寺庙，一无所获，新四军活动的痕迹隐约可见。尾田十分恼怒，下令火烧马占寺。

马占寺被火海吞没。

突然，尾田得到消息，新四军正向马占寺的北面突围而去。

"向嘎够！"尾田拔出战刀，指向了方家边。

日军行动神速，疯狂地穿过树林，越过池塘，跨过田垄，扑向方家边，接着从方家边后面的秧塘凹大坝，到达前塘庙北的张子山，企图拦截四十六团，切断我军后路。

此时，一营营长廖坚持已命三连保护团部先行转移，自己率主力二连由方家边经俞家岗迂回到赵家村，向一连靠拢。突然战士急报，敌人已尾随至张子山，企图拦截我军。

廖营长用望远镜照了照张子山，发现敌军已集结于张子山下，正准备发动攻击，为了掩护团部和二营后撤，廖坚持迅速命令一连向南迅速占领张子山，二连占领小张子山，用火力予以支援。

"你们无论如何要把敌人拖住，这关系到整团战士的安全转移。"

二连连长何永棉朗声应答："营长放心，部队没有转移完，我们绝不会后退半步！"

随即何永棉率领一排、三排向山顶冲去，让指导员姜恩义带着二排用火力掩护。

战士们先一步到达小张子山山顶，随即对日军施以密集的子弹。

四十六团有三个营，三营在重建军部时调至苏北，后来十六旅重建三营，营长为孙爱之，副营长为王桂馥，但此营兵力甚少，一营遂成为主力。一营在溧阳塘马整训时，训练刻苦，成绩卓著，战术有了明显的提高，射击技术和刺杀技术和昔日相比，不可同日而语。四十六团西进恢复江、当、溧地区，一营冲锋陷阵，威风八面。

清晨战斗打响后，一营战士摩拳擦掌，恨不得马上扑向敌阵，此时仇人相见，眼分外地红，二连战士们吼叫着，排枪齐放，撂倒后面的日军后，便与后续上来的日军交上火。

何永棉、姜恩义是能征惯战的猛将。何永棉，浙江温州人，经历过艰苦卓绝的三年游击战争；姜恩义，溧阳大溪藤村人，1938年日军占领溧阳以后，他和孪生兄弟率领本村及邻村抗日自卫团民众，多次抗击凶恶的日军。一天日军从南渡小金山下乡骚扰，何永棉兄弟率众抗击，日军见民众甚多，边打边撤，民众奋然追击，追击时，其孪生哥哥为敌所害。他发誓报仇。1939年初，经周城地下交通员"丁长腿"介绍，到溧水白马桥参加了新四军，成为二支队四团的战士，因作战勇敢，很快由普通战士上升为一营二连指导员，他随罗、廖东征西讨，屡立战功。何永棉、姜恩义两人带领战士们利用有利的地形，发挥近身作战的特长，或弯腰躬身，或半蹲跪地，或直立挺胸，以不同的据枪方式和射姿向敌人袭击，打得敌人嗷嗷乱叫，翻滚而下，敌人一下乱了阵势。

尾田大怒，用战刀连劈两日兵，他吼叫着，在山下松林里整理好队伍进行反扑。姜恩义一看，猛地一惊，若敌人整理好队形，分梯次用炮击、步兵轮番冲击，小小的张子山是无论如何也守不住的。

他热血一涌，急忙和何永棉商量，何永棉点点头，急招战士们齐集而来："同志们，我们不能和日军打阵地战，我们应趁敌人立足未稳，先行冲锋，到下面榆松林里和他们肉搏，打他们个措手不及。"

"好！拼个你死我活！"战士们齐吼着，一排长赵义金上好刺刀，吼叫着带着战士们向山下树林扑来。

尾田正让士兵拖着步兵炮，调转炮口，准备炮击，忽见新四军如猛虎一般奔腾而下，一时慌得瘫倒在地，他无论如何都不敢想象，新四军会主动冲击，敢和"大日本皇军"进行白刃战。

日军慌了一阵，接着上好刺刀嚎叫着在松林里应战起来。

日军起初还很自信，自进入苏南后，所向无敌，尤其是白刃战，由于中国人体质弱，技术差，一个日军对付三个中国士兵，还绰绰有余，现在新四军主动出击，岂不是自投罗网？

但日军很快慌张了，一是被战士们的气势震慑住了，他们还很少见到如此勇武的中国军人，二是新四军士兵刺杀技术远非昔日可比，三是松林里树木多，日军枪身长，有点施展不开，况且新四军战士们后背上挂着大砍刀，当施展不开时，拔出砍刀，劈杀起来，那无论如何是招架不住的。

战士小吴来自福建闽西，自幼爱好武艺，砍杀技术练得出神入化，此时他扑进森林，扔掉长枪，拔出砍刀扑向敌人。

两个鬼子见他使用砍刀，嘿嘿冷笑，一个正面突刺，一个绕行斜刺，小吴一个转身，双脚灵活挪到一棵树后，两个日军差点相互刺上，小吴顺势翻转手腕，连劈带砍，两个日军顷刻毙命。

战士小王刺杀技术原本一般，后在塘马整训时，练就了自己特有的技术，他常常先用枪尖撩拨对方，在对方后退时，便突然劈刺，再侧身用枪托后击对手。

一日军吼叫而来，小王迎面而上，刺刀搏击，"乒乓乒乓"一阵作响，小王用娴熟的正面刺杀技术逼得敌人连连后退，日军退到树旁，刚好背对松树，小王一声吼，迎面一个劈刺，对方无法后跳，只得用枪抵挡，小王近身侧转，回手一枪托正击中那矮小的日军头部，鬼子一声惨叫，脑浆迸裂，四射而出。

赵义金碰上了日军小队长，小队长拔出指挥刀，戴着白手套，双眼圆睁，灵活地移动着脚步和赵排长对峙起来。

几番交手，赵义金感到吃力，这鬼子果然有两手，一把指挥刀舞得呼呼作响，刀光一片。赵义金是江苏江阴人，江阴人尚武，自幼练过一些武术，有一定的功底，他灵机一动，一个突刺后，迅速后跳，退却，鬼子小队长见赵义金脸露怯意，一阵冷笑，挥刀猛劈。赵义金突绕到树后，小队长收刀不及砍中树干，赵义金趁势掏出手榴弹，用力敲向敌首。

鬼子小队长正在拔刀，见状躲闪不及，一阵惨叫，鲜血四溅，仰面倒在松林里。

姜恩义的家乡溧阳并不尚武，但民国时期兵荒马乱，村民纷纷组织武装团体进行自卫，也进行过一定的武术训练，姜恩义练过一阵子刀枪棍棒，虽称不上高手，但对付一般人绰绰有余，尤其他膂力过人，一把石锁拿在手中舞得呼呼有声。何永棉也有一定的格斗功底，他一声喊叫，两人扑入敌群。

此时的松林里，喊杀声、金属撞击声、松涛声相互激荡，声震于天，汗水味、草树味、血腥味、火药味回旋翻滚，刀光、日光交相辉映，一切在旋转，一切在升腾，为了民族生存，战士们用热血谱写着壮丽的乐章。

姜恩义腕力大，硬生生地夺过一把刺刀，捅死一个日军……

日军倒下了，战士们也倒下了，小吴在连砍数人之际，被一鬼子刺伤，又遭另一鬼子突刺，圆睁双眼，劈倒一鬼子后倒下了；小王力战数人，引得大群鬼子涌来，乱战中也负伤倒下，壮烈殉国。

尾田见如此缠斗下去，无法追赶北撤的新四军，便丢下武士道的荣耀和军人的尊严，命令士兵向正在白刃战的双方士兵开枪，五名新四军战士和搏斗着的日本兵共同倒下。

战士们见状，怒火万丈，停止格斗，掏出手榴弹，纷纷投向涌来的日军，日军被炸得血肉横飞，退向松林的一角。

何连长急命战士退出松林，防止日军炮击。此时通信兵跑来，传达营部命令："报告连长，廖营长感谢大家阻敌成功，现在团部已安全转移，营长命令战士们速回，和二连合兵向北转移。"

何连长只得和七位拼刺刀牺牲的战士告别，命战士们迅速转移，把松林和小张子山山顶交给日军。

日军在尾田指挥下，对松林进行了猛烈的炮击，炮击一停，日军突击队便喊叫着扑向松林。松林里见不到任何踪迹，日军又向张子山山顶扑来，待爬到山顶，除了草木、石块和同伴的几具尸体外，一无所有。

尾田用望远镜朝四周瞭望，在贺龙岗至白水塘的方向上，有新四军快速移动的踪迹。

尾田见东北是一片原野，加之河汊纵横，阡陌交错，自己两个中队的兵力偷袭尚可，如大规模与新四军交战，四十六团有千人之众，弄不好抓鸡不成蚀米一把，无奈挥挥手，命令日军停止追击。

他看着受伤的士兵，和八具被刺死士兵的尸体，咬牙切齿，对东北咆哮着："好个四十六团，我看你们往哪跑，你们往东跑吧，越往东越好，过几日大日本皇军再来会会你们！"

他一挥手："撤！"日军便向官塘、溧水方向撤退。

三天后，尾田参加了偷袭溧阳新四军十六旅旅部的塘马战斗，在王家庄被新四军女战士蒋小琴用手榴弹炸死。

　　四十六团安全转移，当夜钟国楚、黄玉庭电告远在溧阳塘马村的十六旅旅部罗忠毅、廖海涛首长，告知一日战况，并请示部队是否返回塘马地区。罗、廖电告，由于敌情不明，若四十六团东来旅部则过于拥挤，万一遇敌，不好周旋，况且四十六团恢复溧水抗日根据地的战略计划不可动摇，不管遇到多大困难，都要原地坚持。钟、黄确定把部队转移原地，团部仍设方家边，一营、二营调防，继续进行武装斗争。

　　战斗刚结束，白马镇涧屋村人王古书立即招来葛秀邦等几位青年，将郭启超等三位烈士的遗体抬进马占寺旁一间小草房内（大庙已被日军烧毁），将烈士脸上的血迹和污泥一一擦洗掉。第二天一大早，王古书等人就去新桥买了三口棺材，悄悄地分批运出新桥。在西阳庄村南马山脚下，找了一块依山傍水的墓地，含泪埋葬了三位烈士。

　　马占寺战斗，于清晨六时揭开战幕，经过两个多小时的激战，四十六团战士打退了日军偷袭、强攻、拦截等手段的进攻，打死打伤敌人三十多名，粉碎了敌人的阴谋，四十六团胜利转移，仍坚持在溧水经巷、李巷等地区开展抗日斗争，为我党我军恢复和建设溧水抗日根据地，保存了可贵的实力，并为塘马战斗后苏南党政军领导机关移驻溧水，继续领导苏南人民坚持抗日斗争，创造了有利条件。

第七章

塘马战斗前后

溧阳塘马，十六旅旅部，旅部罗忠毅旅长和政委廖海涛在商讨着军情。

罗忠毅忧心忡忡地说："前日接四十六团黄玉庭、钟国楚部来电，敌人进攻了马占寺，我四十六团打退了敌人的进攻，顺利西移，看来敌人想压缩我们四十六团的活动空间。情报如果属实，是不是想压缩我们四十八团及旅部的活动空间呢？或者说是想把我们逼到西面，他们从容控制溧阳北部地区？"

"我考虑过了，转移也难，否则我早就在会上提出转移了。因为我们没有转移的空间了，北面不可能，四十七团熊兆仁、诸葛慎部在坚持，那儿已没有任何空间。东面是长荡湖，即使我们到了太滆地区，也无法立足，况且程维新并不可靠。西面是四十六团，马占寺一仗，他们已经东移，那儿原是我们二支队活动的地区，群众基础也好，可惜皖变前，我们丢掉了那块地方，现在钟国楚、黄玉庭部立足未稳，若转移过去，也许正中了敌人的奸计，而且国民党会趁机占领溧阳北部，那么我们想再回来就困难了……"廖海涛发出了阵阵的叹息。

"是呀！老廖啊，由于路北形势十分险恶，所以这儿又集中了苏皖区地方党政机关的工作人员，还有我们后方机关、卫生、军工、被服厂等大量人员，转移起来困难呀！上两次转移，我们还容易些，只是部队转移。现在情况不同了……"罗忠毅也叹息道，"但我们必须做好部署，一是部队要准备战斗，二是机关要相机转移，绝不能盲目转移。马上给四十六团发电，命其严密注视日军动态，保持高度警惕。"

钟国楚、黄玉庭在方家边接到罗、廖发来的电报时，已是 27 日的深夜了。

两人急促地研究起来。

"什么事这么紧急？"钟国楚皱起了眉毛。

"敌人又要玩什么花样？"黄玉庭也感到不解。

"黄团长,这次旅部没有说明要转移过来,可能有新的部署。"钟国楚的脸色十分冷峻。

"对,这次的情况和上次大不一样,上次我们四十六团这边特别平静,这次我们刚刚和敌人在马占寺打了一仗,现在很难弄清敌人新的部署,旅部要我们坚持在白马桥一带,不能往东向旅部靠拢,怕挤在一起,反被敌人暗算,现在旅部的北面有敌情,旅部不准备西移,恐怕也是为了避免挤在一起,反而中了敌人的计。"黄玉庭用手指轻轻地敲击着八仙桌。

"应该是,不知旅部在塘马作如何部署。我看这样,黄团长,我们应该迅速下达命令,叫战士们做好战斗准备,密切注视塘马方向的情况,当然也不能忽视洪兰埠、中山庵方向的警戒,这样万一有什么新的情况,我们可以从容应付。"

"对,钟政委,现在情况复杂,难以断定,我们有了准备,即使敌人不是针对塘马,而是针对我们,我们也不怕,什么骑兵、炮兵,吓不倒我们,我们要保持和旅部联络的畅通,旅部的游动哨在竹箦一带,离我们不远。"

"九连怎么样?"

"九连送物质去了旅部还没有回来,回来后应该加强东北方向的防御,这儿离天王寺很近呀!"

"嗯,我们赶快布置。"钟国楚站了起来,黄玉庭也站了起来,命通讯员召集连以上干部迅速到团部开会。

会议结束后,连队干部迅速深入连队,战士们连夜分散隐蔽,做好了战斗准备。

入夜,钟国楚怎么也睡不着,他的心狂跳不已,始终不能平息,总有一种异样的感觉,心头上始终罩着一股阴影,觉得空气给人一种强烈的窒息感,时值秋末,寒意甚浓,但他觉得空气十分火热,大有一触即爆之势。

他平卧着,觉得不舒适;侧转身,身下的稻草唦唦作响。眼睛刚闭,两天前,即25日的那场血腥的战斗时断时续地浮现在眼前。

……

钟国楚怎么也睡不着,他似乎闻到空气中有一股强烈的火药味,并不时飘散着强烈的血腥味,"这空气似乎一点就着。"这到底为什么,他坐起来,披上单衣,朝窗外望去。

窗外一片漆黑,什么也看不清,竹叶在风中相击的沙沙声不时地灌入耳中,寒风不时地从缝隙中钻入,吹在脸上,冰凉冰凉,寒意阵阵。

钟国楚觉得头脑清醒了些,脑海中的硝烟与火光似被冷风滤尽,理智渐渐充塞于脑海,他的思绪沿着严密的逻辑轨道迸射起来。

"日军的战斗力真强,战斗是不对等的战斗,打退敌人的进攻真不容易,如果没有有利的地形,如果没有塘马、黄金山一带的整训,恐怕战斗将成为另一个样子,这一点罗、廖首长功不可没,在武器落后的情况下,如果不提升战士军事素质,部队朝正规化方向迈进,则以何为战呢?

"敌人的战术有了变化,他们也模仿起我们来,以前怕夜战,为了在白天结束战斗,常常拂晓便发动进攻,西施塘就是一例。而现在他们往往半夜出动,天还没亮便发动进攻,这可不是好苗头。黑夜作战向来为敌军之大忌，但不等于他们完全不善夜战，因为夜战毕竟具有不易察觉的隐蔽性，如果四十六团疏忽大意，那后果不堪设想，看来苏南比内战时的闽西好不了多少，得时时提高警惕，否则要吃大亏，这一点非得在干部会议上提出来，也应该向师部旅部汇报。

"敌人增兵了，到底要干什么呢？针对国民党？针对旅部？针对四十六团？这可是苏南战场上从没有过的举动呀。马虎不得，如果他们晚间出动，无论针对谁，后果都将不堪设想。"

他想了想，觉得眼下首先要防止敌人向四十六团发起进攻，尽管从种种迹象判明，这种可能性非常小，不过防患于未然，军事上容不得半点的侥幸，他忙穿好鞋，带上枪，顶着寒风去查哨……

11月28日，钟国楚、黄玉庭在方家边隐约听到旅部方向传来枪炮声，内心十分不安。但又无法得知旅部的情况，下午四十六团靠近句容天王寺一带的连队抓到几个伪军，那是日军派往天王寺搬运尸体的，从伪军口中得知旅部所在的塘马地区发生了激烈的战斗。日军伤亡惨重，钟国楚、黄玉庭十分担心两位首长的安全，但又得不到旅部的指示，所以按兵不动，严格注视日军的动向。到了30日下午，在白马桥遇到了前来寻找四十六团的苏南党、政、军机关人员，方知罗忠毅、廖海涛同日殉国，钟国楚、黄玉庭大惊失色，哭倒在地。

罗、廖牺牲，原参谋长王胜已被免职，只担任四十八团团长，而今四十八团损失殆尽，四十七团很小，独立二团远在太滆，十六旅主要靠四十六团，重任自然落到旅政治部副主任、四十六团政委钟国楚身上。

钟急忙安顿好党、政、军机关人员，并严令部队加强警戒，暂时封锁罗、廖牺牲的消息，以备不测。

过了几天，师部来电，急命钟国楚为十六旅代政委，黄玉庭为代旅长。

钟国楚资历不浅，他1912年生于江西省兴国县埠头乡，1928年就冒着生命危险，参加了农会组织，1930年8月便成为中共党员，并参加了在福州汀州举行的共青团第一次代表大会，见过毛泽东、朱德同志。

土地革命战争时期，历任江西省兴国县龙沙区游击连党支部书记、中共福建省泰宁县溪口区区委书记、泰宁县县委组织部部长、泰宁县苏维埃代主席、闽赣军区独立十八团大队政委。在闽西三年游击战争时，率部接连在龙岩的溪口、梅村、永安县的小陶地区，打了几个漂亮仗，后任闽西南军区独立八团副政委兼政治处主任。先后参加了中央苏区反围剿和闽赣边区三年游击战争。抗战后，任三团政治处主任，在粟裕、罗忠毅指挥下，参加了水阳、官陡门之战，后任新四军副团长，率部在金陵城与敌血战，前不久指挥四十六团参加黄金山战斗，负伤作战，三战三捷，后和团长黄玉庭一道率部在塘马整训，为建设正规化军队呕心沥血，不久他奉旅部之命西进溧水，展开战略攻势。

现在罗、廖牺牲，他暂代旅部领导顺理成章。

黄玉庭觉得自己资历太浅，他是由三营营长升任团长不久，也就一直没到旅部办公。

旅政治部个别干部对新任领导有意见，旅部出现一些不和谐的因素。

……

1941年年底，一场罕见的大雪飘来，毕家山白雪茫茫，南曹村积雪盈尺，白雪压断了树枝，压倒了茅棚，在日寇、汪伪、敌顽三重压迫下，溧水的百姓生活在水深火热之中。

夜晚，一个黑色人影蠕动在村头，旋即向村中一大户人家移动，在门环一阵一阵撞击声中，一个年迈的老者眯缝着眼看了一下，即刻张大了嘴，喷出一股热气，对着黑影喊道："孩子，大雪天，你……你……你何时赶回来的？"

黑影闪进门中，开了口："爸，我是偷偷回来的，马上还要走。"

黑影人便是曹明梁，他是从太滆地区赶来探望父母的。

曹明梁何以冬日雪夜回家探望父母？又何以要连夜返回？

这源于1941年特殊的抗日背景所致。1941年抗日战争处于战略相持阶段，抗战处于最困难的时期，中国共产党领导的人民军队处在日寇最凶狂的进攻时期，而此时的国民党消极抗战，积极反共，特别是年初发动了骇人听闻的皖南事变，抗日形势骤变，苏南抗战处于极为困难时期。早在1940年新四军部队撤离溧水后，党的组织就被迫转入地下活动，曹明梁和妹妹鲁毅坚持原地斗争，开展秘密活动搜集情报。他们俩自然成为横行在溧水的国民党挺进纵队的监视、盯梢的目标。敌人经常化装成讨饭的、做买卖的进行监视，兄妹胆大心细，将情报用蜜糖写成密信，交给秘密政治交通员赵忠保，让他迅速送往驻句容赤山地区的苏皖区党委书记邓仲铭。赵忠保将雨伞撑杆竹节打通，把密信藏在里面，再用泥巴塞紧。他打扮成卖茶叶的，谨慎地通过敌占区，行程70多里，将密信安全送给了路北的苏皖区党委书记邓仲铭。

11月形势更紧，他被转到路北江句工作。

皖变后，日军对江、句地区大规模"扫荡"，增设据点，配合顽军向新四军进攻，曹明梁又只好转至太滆地区工作，挺进队又严密监视曹明梁的父母妻子，并胁迫他们叫曹明梁回家自首。无奈之下，曹明梁只好雪夜偷偷回家看望父母。

"儿呀，你不过了年再走，整日在外，做娘的整日提心吊胆，我看你还是藏在家中，等过了年再走。"曹明梁的母亲含着泪，用颤抖的双手抚摸着曹明梁的脸。

曹明梁双眼一热，用低沉的语调说："爹、娘，做孩儿的怎么不想陪伴你们欢欢乐乐地过年，但眼下抗日形势极其险恶，许多人生活在日寇的铁蹄之下，在死亡线上挣扎，作为一个热血男儿，怎么可能待在家中，享受天伦之乐。"

他擦了一下眼泪："溧阳发生了塘马战斗，罗忠毅、廖海涛首长光荣殉国，旅部在溧水重建，我得返回太滆交割工作，不久也要回溧水工作……"

父母听了曹明梁一番话，思索后，连连点头："孩子，你去吧，一路小心，早日回来，多打鬼子。"

雪夜，曹明梁返回太滆，年底，又随部队返回溧水，在党组织恢复溧水抗日游击区、建立抗日民主政权后，被委任为溧水县抗日民主政府县长。

苏南十六旅大敌当前，险象环生，谭震林坐立不安，他未等身体痊愈便决定南下整顿十六旅。

1941年12月下旬，谭震林带了两个警卫，由苏中地区渡江南来，在丹阳遇险，机敏突围，终于到达溧水李巷，十六旅旅部。

钟国楚、黄玉庭和欧阳惠林接待了他，对于罗、廖的牺牲，谭震林悲痛异常，寝食不安，他的首要任务是安排好十六旅的领导并弄清塘马战斗的情况。

他用极其深沉而又悲怆的语调说道："十六旅是新四军坚持苏南敌后斗争的唯一部队，它的存在与发展壮大，关系着坚持苏南敌后阵地、今后向南发展的大局，它是我们战略上的一颗重要棋子。我收到电报后，本想立即赶到苏南亲自了解塘马战斗的详情，以及解决罗、廖海涛牺牲后亟待解决的问题。但因患重感冒未能成行，现在才到，迟了些……马上华中局在苏北地区要召开扩大会议，也只好请假，这里我非来不可了。"

然后他召开会议，作报告，沉痛悼念罗忠毅、廖海涛，会上不点名地批评了某些同志，然后宣布经新四军军部批准的任命名单，由他自己兼任十六旅旅长，钟国楚任政治委员兼政治部主任，张开荆任参谋长，王直任政治部副主任。

1942年1月某日晚，作战科长王桂馥匆匆来到了经巷谭震林的居室。

"谭师长，这几日情况异常，鬼子的据点在增兵，刚才也有群众反映，附近村上有一个挑货郎担的看你们在村边的塘边打水漂，看了许久，我看今晚要移营。"王桂馥气喘吁吁地说道。

谭师长急忙召钟国楚相商："日军冲我们来的吗？会不会冲南面的国民党军？"

"从种种迹象看，日军是冲我们来的，今晚这儿不能呆。"王桂馥神色十分冷峻。

钟国楚点点头，他对王桂馥十分了解。

王桂馥1916年出生在湖南桂东县一个城镇贫民的家庭里，由于生活所迫，1936年参加了游世雄为司令的红军湘南游击队。西安事变后，国共合作，陈毅下山把湘赣边界的各支游击队收拢，于1937年夏在江西的池江集中，组成一支一千多人的队伍，然后出发北上抗日。这支队伍中湘南游击队有三百多人，司令游世雄在行军北上途中发生了动摇，拉出原湘南游击队的一二百人开小差回湘南山区去当他的"山大王"去了，王桂馥没有动摇，坚定地跟着陈毅北上。由于王桂馥念过几年书，所以开始做宣传员，一路写标语口号，后来陈毅看见王桂馥会写字，就让他当自己的文书。

后来组成新四军江南指挥部，陈毅为指挥，王桂馥为指挥部参谋。1940年五六月间，他们到达镇江茅山地区后，陈毅带着他和几个人骑着马绕着茅山走了一圈，察看了天王寺、薛埠等这样的战略要地，陈毅让他们这些随从牢牢记住。不久，要向"友军"南面的国民党第三战区司令部联络，需派一个联络官，这个人需要能很好地理解国共合作的政策，能随机应变，机敏果断。陈毅选中了王桂馥，由于这是江南指挥部向国民党派出的第一个联络官，关系到苏南地区国共两党关系的大局，所以陈毅司令员很重视，亲自向王桂馥交代注意事项，临行前一直把王桂馥送到村口，亲手帮王桂馥扣好配有上尉军衔的军大衣扣子，目送他骑马南去。王桂馥此行顺利，和国民党第三战区成功联络和沟通，他们还请王桂馥吃了一顿丰盛的筵席，答应给我军一些武器弹药。回来后王桂馥向陈毅做了汇报，陈毅很满意。隔了一段时间，当派另一个参谋去联络时，不知哪个环节出了问题，国民党突然翻脸，竟将我们派去的联络官活埋了，苏南地区国共两军关系顿时紧张起来。

一次，粟裕派王桂馥去金坛县取一份上海地下党送来的五万分之一的军用地图，作为指挥员，军用地图对他来说太重要了！所以粟裕对此期望很高。王桂馥接受任务后，带着几名侦查员穿过敌人封锁线赶赴接头地点。不知何故，送地图的人没有按时到达。他们等了两天，还找了周围几处联络点，都没有找到送地图的人，他们不得不空手而归。回到江南指挥部，向粟裕汇报后，粟裕大失所望，虽然没有批评王桂馥，但脸色很难看。王桂馥见此情形，二话没说，提着驳壳枪叫上那几个侦查员又返回接头地点。这一次总算等来了送地图的人，他说路上遇到危险，耽误了几天。当王桂馥把地图交到粟裕手里时，他高兴极了，连声说："好！好！好！"

1939年，陈毅为培养王桂馥，把他送到皖南新四军军部教导总队军事队学习，在军部学习了各项军事技术和参谋人员需要的各种知识。

叶挺军长还亲自教过王桂馥怎么使用德国造驳壳枪，他对叶军长整齐的军人仪表印象特深。在教导总队学习期间，大家吃饭时都抢饭，就一大桶饭，吃慢了就吃不饱。那时有人抢饭，上来就盛一大碗，等那一碗吃完了，桶里的饭也被抢光了；而他上来就盛半碗，两口吃完后，再满满地盛一大碗，这样他常常吃得饱饱的。在军部教导队军事队学习半年多后便毕业，由于成绩优秀，军部要把王桂馥留下。陈毅知道后，借军部开会的机会找到新四军副参谋长周子昆，说前方需要干部，硬把王桂馥和李洪元（三年游击战争时陈毅的贴身警卫员）要回江南指挥部。

1940年7月，陈、粟率江南指挥部主力渡江北上后，陈毅把王桂馥留给钟国楚，王桂馥随即任新四团作战科长。1941年1月皖南事变后，原新四团编为四十六团，是十六旅主力，王桂馥先后任四十六团作战科长、三营副营长。

1941年11月的塘马战斗，十六旅损失很大，罗、廖司令、旅部警卫连及机关人员近400人阵亡。王桂馥正带着三营在塘马附近行动，当天一大早就听见塘马方向响起了激烈的枪声，一直响了一整天，王桂馥当时就估计旅部情况不妙，果然出事了！

塘马战斗后，六师师长谭震林来十六旅重建十六旅旅部，一开始因有人不服钟国楚，所以谭震林自己兼任十六旅旅长，钟国楚任政委，王桂馥任旅作战科长。

眼下有异常的情况，王桂馥凭敏锐的军事嗅觉提出自己的建议。

钟国楚认为保险起见，应该移营。谭震林其实早就定下了移营的准备，他不过是征询一下对方的意见，见两人警惕性如此之高，满意地点了点头："日军很有可能重操进攻塘马的战术，我们不会上他们的当，移营！"

"移哪儿？"钟国楚问道。

"我看移到东面曹山不远处的尤村，那儿安全，若日寇真的要来偷袭，我们可以转到溧阳地区。"

"好，就这么定。"谭震林点了点头，即刻十六路旅部和机关人员转移到离经巷 8 公里处的尤村。果然，日寇盯上了转移到溧水的十六旅，半夜，他们分两路直扑溧水经巷，一路从洪蓝埠出来，走新桥、芝山、方山迂回过来；另一路是从溧水城、官塘来的鬼子，走白马桥、张家岗到经巷。

这一次，日军偷袭比偷袭塘马还要快，不料从方山迂回的日军在经过石头寨时遇到了我们的哨兵，哨兵扔了两颗手榴弹，且直奔经巷。

日军得到确切的情报，十六旅部在经巷，他们奔袭的目标自然是经巷，现在他们见新四军哨兵往经巷方向奔去，更坚定了他们的决心，他们不再分兵在其他地方停留，而是大队人马直扑经巷。

此时居住在尤村的谭震林、钟国楚迅速起身，碰到了作战科长王桂馥，命王桂馥往石头寨方向打探一下，然后按计划谭震林经牛首山往溧阳上沛埠方向转移，王桂馥急命几个战士背着谭震林迅速转移。

王桂馥带领几个战士赶往石头寨一看，着实惊出一身冷汗，日军出动人马如此之多，速度如此之快，而且毫不犹豫直扑经巷，肯定得到了情报。

王桂馥回头追上谭震林和钟国楚时，部队快到上沛埠，然后三人商量，旅部留在上沛埠并不安全，还不如转移到云鹤山去，那儿离日军远，较为安全。

定下计划后，部队摸黑从上沛埠、方山的中间直插溧水西南的云鹤山。

经过长途跋涉，在天亮前终于到了云鹤山，不料云鹤山已为顽军所据，顽军凭借制高点拼命向十六旅旅部转移人员射击，子弹如雨点一般，一颗颗子弹呼啸着从谭震林头上飞过，一旁的欧阳惠林用身体保护着谭震林，并快步走上大路，脱离了危险。

身为苏皖区党委秘书长的欧阳惠林深有感触，他参加过塘马战斗，他知道当时十六旅的苦衷，皖南事变后，国共彻底反目，那时罗、廖无法向南转移，因为南面是虎视眈眈的国民党。可笑，在中国的土地上中国人竟然不能转移，他的内心阵阵作痛。

机关部队没有一人受伤，撤到杭村稍事休息，顽军占领云鹤山后亦未再前进，旅部遂移至里佳山宿营。

事后，经侦察员侦知，这次日军偷袭确为某货郎担小贩所为，他还奇怪亲眼看到谭、钟二人在塘边散步，还向塘里丢石子，打水漂，怎么眨眼间晚上不见了。

这次是毫不客气了，王桂馥带了几个人在黑夜摸到汉奸家中，一开门，不容分说，几把刀齐齐插向汉奸的心窝，还留下了惩治警告汉奸的信，这一来告密的人越来越少了。

演戏，用演戏来接待南京下来的学生。1942 年春节过后，南京有一批学生来溧水旅部，这无论如何要好好地招待一番。

谭震林刚整顿好十六旅，在苏南抗战处在低潮时，自然不会放过这次展示新四军面貌的机会，任务交给了新任的宣教科长乐时鸣。

乐时鸣原是十六旅管理科长，谭震林南下十六旅后，有一次晚上，找乐时鸣谈话，准备派他去上海扩军，因为上海有许多青年想参加新四军。上海扩军不是新鲜事，早在1940年谭震林从军部到东路后，曾在东路大力扩军，招募了许多上海产业工人，这为东路抗日救国军的发展，乃至为十八旅的成立打下了坚实的基础，眼下苏南抗战处于低潮，兵力严重不足。乐时鸣爽快地答应了，虽然他没有从事过扩军工作，但上海有党组织，有党组织就有办法。不过不久乐时鸣又被任命为宣教科长，原先的宣教科长许或青改任十六旅教导大队的政委。

乐时鸣被任命为宣教科长，可谓人尽其才。乐时鸣在大上海深受新文化的影响，读过莎士比亚、契诃夫、易卜生的剧本，也读过中国剧作家的一些剧本，在创办《徽明》月刊时，除写诗外，写过散文，小说，也写过较短的剧本，是军中的秀才，让其来担任宣传科长，是一个正确的选择和任命。

原先他担任管理科长时，也经常从事文化宣传工作，"火线剧社"成立时，廖海涛担任社长，他担任副社长，十六旅搞文艺宣传、演出少不了他，最难忘的是在塘马旅部演出《前路》一剧，乐时鸣花了好长时间写出剧本，其妻徐若冰亲自扮演其中的女主角小媳妇莲莲，这在当时的十六旅是人人传诵的佳话。

应该说是十六旅搞文艺宣传，人才济济，根本不算什么难事，但塘马一战后，许多人不在旅部了，热热闹闹的火线剧社一下变得空空荡荡、冷冷清清，社长廖海涛牺牲，社员陆容、廖平生去了苏北，潘吟秋去了四十七团，李英、骆静美等人也离开了旅部，如今只剩下田芜、袁文德、徐若冰、夏希平和他自己，要搞一个文艺演出远不似在塘马时那样从容不迫；但谭师长明确指出，南京市的学生下来要"热情"接待，通过宣传，要突出十六旅誓死抗战的决心。

"要出色地完成任务。"乐时鸣暗下决心，并找到田芜。

田芜听了乐时鸣关于演出的任务，眉头一皱，"时间太紧，谁能在一天之内搞出一个剧本，在塘马，你那个《前路》可写了好长时间呀。"

"是呀……剧本这东西哪能一下子写出来。"

忽然，田芜眼睛一亮，"我倒有一个现成的剧本，叫《红星》，那是我在旅部塘马时写的，不过写的是三年游击战争的，不知能不能用？"乐时鸣也眼睛一亮："什么内容？"

"一个苏区的女共产党被地主恶霸的靖卫团抓住了，她坚贞不屈，惨死在敌人的屠刀下。"

乐时鸣边听边想，听完后，沉思片刻，"我看可以，现在是抗战最艰难的岁月，我们共产党在国共合作的大前提下，独立自主地领导人民抗战，这个剧本可以更好地表现我们共产党员崇高的战斗精神。"

拍板定下，难题又来了，剧中的人物谁来扮演，这里面有两个主角，一个是苏区的女共产党，一个是地主恶霸。

"演这个节目，女主角不用愁，我看就让徐若冰来演，她有演戏的天赋，人物形象把握得精确到位，她又有文化，能把握剧本的精髓，在塘马演出的《前路》产生了很大的影响，至于男主角嘛？实在找不到人……"田芜沉吟了一下，"现在也来不及找人，乐科长，我看就你亲自出马，夫妻同台演出。"

田芜说得很认真，绝不是开玩笑，这一点乐时鸣很清楚，乐时鸣是文化人，对表演也有独到的兴趣，但他没有演出的经历，只是红十字会在南昌时参加过《重逢》的演出，但那是没有台词的配角。

现在要在短时间内演一主角，这绝不是一件容易的事，但强烈的责任感使他毫不犹豫地答应下来："好吧，我来演，不过，你这个导演要多加指点。"

田芜笑了："乐科长，有徐若冰在，还用得着我吗？"

乐时鸣笑了……

徐若冰原在宣教科，自乐时鸣担任科长后，便调至卫生部去了，乐时鸣便去卫生部找徐若冰，一路上，他内心隐隐作痛。

那时，在塘马，多么热闹呀，人多，搞一个文艺活动很容易，搞起来也轰轰烈烈，热闹非凡……可惜，塘马一战，似乎有烟消云散之感，文艺演出的人都难以寻觅了。

他想起了在塘马时演出的《前路》，徐若冰扮演接受抗日道理、不顾丈夫阻挠、勇于走出家庭的小媳妇，她的演出十分成功，特别是对小媳妇的情绪把握得十分到位，既有娜拉出走时的激情，又有别于娜拉只是为了个人利益出走的动因，受到了罗、廖首长和广大战士、群众的欢迎。这也难怪，徐若冰有文艺天赋，加之她出生在富有家庭，受过良好的教育。她热情奔放，在中小学时代，就有过多次登台成功演出的经验，现在，要靠她来解决文艺演出的难题了。

徐若冰是个认真而又充满战斗热情的人，一听说需要她参加文艺演出，马上答应下来："好，时鸣，这是我们的职责。"

她接受任务后，马上和乐时鸣演练起来，徐若冰在军中经常听罗、廖首长和其他老红军谈三年游击战争的故事，也亲切地感受过这些老红军的言行、人格力量和不凡的气质，所以一招一式演得十分到位，旁观者是击节赞叹。

她同时指出了丈夫演出的一些弱点："时鸣，要把恶霸趾高气扬、横行霸道的特色演出来。"

乐时鸣便故意来了几个抬头叉腰、恶狠狠的动作，由于动作过于夸大，惹得大家一阵哄笑，场地的气氛显得异常活跃，那温暖热浪散逸在寒意凝重的山村中。

……

山村经巷沸腾了，戏台上的几盏汽油灯把房前屋后照得如同白昼，这对于习惯了生活在寂静黑夜中的山民来说，是一波巨大的冲击，人们新奇于这光亮，整个山村如同白日一样，他们的脑海如同眼睛，呈现的是一片光明。

热闹，也给他们带来了极大的心理冲击，平日的夜晚漆黑一团，寒凝大地，除了"呼呼"的北风的尖啸之声、树枝的撞击声和偶尔的狗吠狼嚎声外，什么也没有，而且声响单一，没有器乐合奏的混响。

如今锣声、鼓声、话声、歌声混合一起，如一曲混合的交响乐在宽大的空间里回旋。

什么叫耳目一新？这就是。

旅部的干部战士也来了，他们早就听到了夫妻同台演出的消息；那些南下的大学生早早地坐在前面，饶有兴趣地想看一看在偏僻的山村里、素有铁军之称的新四军是怎样展开文艺演出的。

谭震林来了，钟国楚也来了，黄玉庭等人也来了……

紧锣密鼓之后，帷幕拉开，苏区女党员登上舞台，几个动作展示后，喝彩声传来，一个片断演完，那些带着挑剔眼光的大学生们竖起了大拇指："没想到军中也有如此出色的人才。"

谭震林点着头，钟国楚小声地赞扬着。

恶霸上台了，引起一片哄笑声，那略带夸张的动作把大家的兴趣一下子转移到欢娱的状态中，但那恶劣的罪行，顷刻间又把人们的心境切换到痛恨的境地中。谢幕时掌声一片，汽油灯不断摇晃，光亮映照着看者兴奋的脸庞。

演出结束后，谭震林表扬了宣教科，表扬乐时鸣夫妇道："你们辛苦了，你们演得好，你们有功，抗战是全方位的，不是单纯的军事行为，文艺演出具有特别的作用。"

钟国楚走上来说："这也是战斗，是一种特殊战斗，宣传科的同志，乐科长，你们辛苦了。"

"谢谢首长的鼓励，我们将加倍努力，迎接新的战斗！"乐时鸣夫妇齐声回答道。

乐时鸣上任初始，便立下一功。

1942 年的春季特别温和，单从地形地貌和外界的自然风景看，一片春光明媚，风和日丽之景，阳光、空气、山峦、田野、河川、植被都显示着春天的特有生机，万物苏醒，万物生长，真可谓欣欣向荣。

是呀，时值 4 月份，早已是冰雪融化。

春意盎然的季节，你可以讴歌鸟语，你可以赞美花香，你可以吟诗，你可以作画，你也可以轻歌曼舞，大自然既然恩赐了这样的环境，人类又何必要辜负造物主的一片好意呢？

溧水东南有一个小村，叫尤村，东临溧阳曹山，周边山岗起伏，村边良田、美池、桑竹遍布，确有一派世外桃源的景象，村子掩映在花木之中。这村子和其他的村庄不一样，不仅房子好，全为砖瓦房，且造型奇特，布局有致，说造型奇特，是因为苏南房屋一般是二进，至多三进，但尤凤年家的房屋达五进；说它布局有致，一般的房屋都是南北向，大都错落于地面上，而尤村的房屋按一定的几何图形排列，巷与巷之间环环相连，陌生人进去根本摸不着头脑，有时转上半天还出不了村，不光是村落如此，就是单户的房屋内布局也很复杂。在尤凤年家的五进房如果不生活一段时间，东南西北你也分不清，一时难以出门。

相传这尤村的祖先在明朝时出过一位武状元，所以这村的房子好，布局带有一定的防御性，是呀，毕竟是偏僻山村呀，防匪防盗是必然要考虑的，兵荒马乱之时，倒也是一个理想的隐蔽之处。

新四军进入溧水后，以李巷、经巷为中心展开活动，有时少不了进入这一地区。1940年冬，罗、廖为迎接新军部的到来，就曾居住于此。1942年2月份，日军奔袭经巷，谭震林等人也曾暂住于此。这是一个很好的所在，如今它迎来了一位新的主人。

此人身着戎装，腰挎手枪，信步由村中走向村外，后面跟着一个警卫员；他头发齐短，面容清瘦，但双眼炯炯，毫无倦意，眼光显示着坚定、沉着、万难不屈的斗志。他的神情里有丰富的生活内涵：成熟的智慧、凛然正气的智慧之术。他的右脚有些跛，但双脚移动沉稳有力，快速而又坚定；这双脚曾涉足过千山万水，曾踩下过无数的艰难险阻和刀光剑影……现在这样的一位人物出现在溧水山村一隅，绝非空穴来风、无根无源之事。

他朝四周看了看，脸上显现出丝丝喜悦之色。山风习习，竹影婆娑，山花烂漫，绿浪滚滚，但他双眉并没有舒展，表明主人公的内心还有些沉重的纠结，因为自然与社会毕竟不是和谐一致的。

江南虽好，溧水虽好，但谁能忘记，这是烽火连天、凶险异常的最艰苦的抗战时期！

他，这位伫立于尤村村北的新四军干部便是新到任的十六旅政委和江南区党委书记江渭清。

江渭清初到溧水，虽然旅途极度疲劳，但他实在难以平静内心的翻滚与涌动，便出来走一走，看一看。

他，已是第三次进入苏南，每一次进入苏南，他都有不同的感受。

第一次入苏南，他有的是热血、激情与战斗的欲望，红军入山，整编入伍，为的是杀敌，相忍为国，和国民党合作的目的是驱逐倭寇。苏南呀，我来了，日寇呀，看你横行有几时！他是带着强烈的战斗欲望进入高淳，北渡石臼湖，西击朱永祥，东入溧水创建党组织，南京城郊试锋芒，瓦解刀会歼土匪，与陈毅对饮作诗，在苏南抗战时写下了浓墨重彩的一笔。

二入苏南，感慨万分，皖南突围，历尽艰险，初任旅长，欲展宏图。他的战斗热情中掺入了更多的理智、经验、教训，作为十八旅的军事主管，他要施展自己的全部才智与日寇血战，信心与期望共融一体。

这次他已是第三次进入苏南，他的感受特别复杂，只觉得肩头沉沉，千重山，万重水，入苏南，解万难……

江渭清在苏南反清乡受挫后，接军部指示于1941年9月北移，10月下旬离开泰兴、靖江、如皋一线，向江都、高邮、宝应地区进军，开辟江高宝地区。不曾料11月28日在苏南发生了震惊大江南北的塘马战斗，谭师长南下整顿十六旅，无法参加1942年1月20日和 3 月 5 日的华中局第一次扩大会议，谁去代表六师参加会议呢？只有江渭清一个合适的人选了，他和代表时任江南区党委的区党委副书记邓仲铭一道前往开会。

这次的华中局第一次扩大会议非同小可，被称为"华中抗战里程碑"式的会议，原因是一大、二长、三透，亦即规模大、时间长、议论得透彻。

在江苏阜宁县西北的黄河古道旁一个单家港的偏僻的小山村里，江渭清和邓振询在 1 月 21 日和 1 月 22 日发了言。

当时江渭清在整个新四军军内的知名度并不高，但他代表六师作的报告引起了新四军的一号人物刘少奇的注意。

缘由是塘马战斗后，罗、廖同日牺牲，加之谭震林要回苏北，谁去主持苏南的抗日重任？

当时在军部的会议上也有人提出个邓振询，可惜邓只熟悉党务，对于军事，他是个外行，如果全面主持苏南抗日工作实在不是一个极佳人选，而派谁呢？

军部也头疼，因为军部在酝酿一师、六师对内合并，谭震林将任一师政委，是不可能再待在苏南了。江渭清的发言使刘少奇眼睛一亮，他忙向陈毅打听江渭清的情况，然后忘情地说："有了，有了。"

为了进一步考察江渭清，他特意让江渭清再去党校作报告，当晚在华中局的会议上他提议江渭清担任十六旅政委、江南区党委书记，与会代表表示同意，后军部在征求谭震林的意见后正式通知了他。

刘少奇找到了江渭清，但他有些顾虑，觉得自己虽二次在苏南作战，但毕竟时间短，上面还有领导，这次要入苏南主政，恐干不好。不料刘少奇微微一笑："渭清，你说干不好，我反倒放心了，这叫革命的辩证法……"然后他脸色冷峻起来，"这次到苏南去，非比同常呀……这次去苏南，首先要强化一元化领导，实现党政军统一领导。做到统一思想，统一指挥，统一行动。另外一元化领导不是个人领导，而是要贯彻执行民主集中制，实行集体领导。"

江渭清点点头，领导如此信任，同志们又如此盼望，他只有不辱使命，不负众望，拼死疆场了。他便领命，肩挑重担，再入苏南。

他再入苏南，首先向谭震林汇报了华中局第一次扩大会议的精神。

谭点点头，提议在苏南召开一次区党委扩大会议，贯彻执行华中局扩大会议的精神。由于江南区党委在 1941 年 5 月成立后一直没有召开过会议，此时召开，正合其时。因为江渭清担任了江南区党委书记，原江南区党委书记谭震林便以华中局代表的身份参加会议。

1941 年 4 月 20 日，江南区党委的扩大会议召开，实际出席的只有丹北中心县委、苏皖特委和太滆特委，以及十六旅旅部队党组织有关代表。因为东路地区已划为苏中区党委领导，所以没有派代表出席会议，另"江南区党委"改为"苏南区党委"。由于大家叫惯了"苏皖区党委"，所以在正式文件中有时两个名称并用。

会上江渭清和邓仲铭传达了华中局会议的精神，随后的一个内容是整风，主要学习毛泽东同志的《整顿党的作风》《反对党八股》。

谭震林作了报告，号召苏南的全党同志要继续发扬英勇善战的革命精神，通过自觉整风，坚决克服主观主义、宗派主义和党八股等不良作风，争取苏南斗争的更大胜利。

4月21日开会后，为了安全起见，也到经巷开会。

4月29日，会议仍在尤村举行，晚上谭震林难以入睡，因为会议结束后，他将返回苏北，他自1941年12月进入溧水后，一直苦心整顿十六旅，有时为了安全起见，也到溧阳戴巷开会。戴巷在塘马东北不到5公里，站在戴巷高坡便能看到塘马，提到塘马，便会想起自己的亲密战友罗忠毅和廖海涛以及那些长眠于地下的战士……

谭震林不由得泪流而下，罗、廖可是他闽西三年游击战争时期生死与共的战友呀，一眨眼，便永远地长眠于苏南的土地上了……这就是战争，这就是战争，要奋斗，就会有牺牲，我们只有继承先烈的遗志，不懈地奋斗，消灭日寇为先烈报仇。

回到溧水后，在3月28日他突然收到了军部的一份电报①：

十六旅转谭震林：

宥电悉：

（一）从战略意义重要性来说，目前一师是一个战略单位，统率苏中与苏南地区部队比较便利适宜，而十六旅苏南地区虽然重要，但就今天情况与部队数量来说，有邓、江两同志南去主持是可以独立应付的。一师因刘炎病批准其长期休养，必须要你去才能解决问题，统一苏南，苏中指挥。

（二）至于南北交通阻碍这应当注意的，请详察与考虑，是否可以化装北来，并先有周密与妥善的布置，如无十分把握，切勿冒险。

华中局金

谭震林一看是华中局发来的，再细看一下内容，他并不惊讶，他有了心理准备，因为邓仲铭在华中局扩大会议一结束便返回苏南，曾谈到六师与一师合并之事，但没有正式通知，所以谭震林也无法就此问题发表看法。现在终于有了电文，且是华中局发来的，可见这不仅仅是军部的意见了。

谭震林是六师师长，且是江南区党委书记，是皖变后苏南党政军的一号人物。一师、六师合并调其至一师任政委，这意味着他很难再具体地从事苏南抗战的工作，他还真有点舍不得。抗战五个年头啦，他从皖南一直到苏南，身经百战，威震四方，在皖南、繁昌一役，打得鬼子胆战心惊，进入东路扩军备战，使薄弱的东路的抗日力量迅速壮大起来，东路抗日根据地出现了前所未有的好局面，区区数百人的新江抗一下子发展到两千多人的东路抗

___
① 茅山新四军纪念馆.新四军与苏南抗日根据地（下册）[M].南京：江苏人民出版社，2005.

108

日救国军，这为十八旅的建立奠定了基础。六师成立后，发展势头凶猛，抗战形势也一片大好，不料日伪清乡，由于经验不足，十八旅只得渡江北上，好在十六旅在茅山地区打开了新局面，孰料发生了塘马战斗，十六旅损失太大，元气大伤，他只好独自南下，亲兼旅长，正待重振六师雄风。现在六师、一师合并，调其担任政委，离开十六旅，离开苏南，实在有点舍不得。但他考虑到一师、六师合并，跨江作战，战略上有了回旋的余地，也不失是一种很好的战略选择，因为苏南实在没有战略纵深，倘若有战略纵深，也就不会有无地方转移的塘马战斗，即便有了塘马战斗也绝不至于四面被围。

他安排了十六旅旅长、政委的人选，旅长为钟国楚，政委由华中局内定的江渭清，至于江南区党委书记一职也由江渭清兼任。华中局作此安排时曾征求过他的意见，他完全同意，他相信江渭清，信任江渭清。江渭清是他的老部下了，在三支队时，调回军部的一团曾归三支队指挥过，皖变后，江在他的挽留下，担任十八旅旅长，由他来继任苏南的军政大务是最合适的人选，现在召开江南区党委扩大会议，完全是为了交好班呀！

夜深了，他还在思索，他住在尤凤年家的第五进房子里，在思考，在思考……

谭震林在尤村思考的时候，日军又开始出动了，他们得到了我苏南党、政军首脑机关在尤家召开重要会议的情报，便从溧水、洪蓝埠、天王寺等据点调集三千兵力，于4月30日夜，采取长途奔袭、分进合击的战术，偷袭尤家。

这一次日军十分狡猾，除了使用大队人马偷袭外，还组建了精干的小分队，这些小分队直奔目标。不到目标地，不见到重要目标，绝不轻易开枪。

鉴于上次日军偷袭北经巷的教训，十六旅旅部早已做了准备。一旦发现敌情，除留下少量部队阻击外，其余直接往东转移至溧阳，因为尤村一带有丘陵山岗，东面是海拔近200米的曹山，只要进入山中，日军再多也无可奈何我军。

4月30日的晚上，还有一位干部很晚入睡，他就是十六旅的宣教科科长乐时鸣，因为他要忙于对这次会议的宣传工作，一直在赶写文章。

清晨，天还没亮，他突然听到一阵枪声，他一下子翻身而起，戴上眼镜侧耳听，吓了一跳，好密集的枪声，这和去年11月28日的塘马村的枪声何其相似。

未及思考，他听到住在五进的谭震林叫道："还不快走，鬼子来了。"

乐时鸣连忙奔出屋外，让战士们和运输员挑起担子往外冲。

对于敌情，战士们有心理准备，外围也有许多部队，四周也有警戒的哨兵，但不知为何日本兵一下子就来到眼前，原来鬼子的大队人马在胡家塘受阻，小队人马组成的突击队抄近路走小道，迅速扑向尤村，眨眼间便来到了尤村。这一下战士们有些慌乱起来，加之尤村的五进房屋结构复杂，平时有的战士也会走错。这一乱，许多人晕头转向起来。

"不要急，不要急。"乐时鸣眼睛近视，只见眼前一片混乱，他这一叫喊，稳定了大家的情绪，即刻让大家冷静了下来，认清方向，有序地冲出这深宅大院。

乐时鸣走在最后面，这倒并非他的眼睛高度近视，跑步的速度慢，论记忆力，他与王桂馥等人是出了名的，方向感也特强，所以这五进房的深宅大院他闭着眼睛都能出出进进。

但此时此刻，他不可能也不会抢先脱身。他参加过塘马战斗，他亲眼见到罗忠毅、廖海涛为掩护党政军机关人员转移，殿后阻击，罗、廖把死留给自己，把生留给别人的事迹感染着他。每当想起塘马战斗，罗、廖的光辉形象便会在眼前闪现，现在也是他殿后的时刻。

出了大门，见战士们走远了，他才放心地向东转移。

此时，天色已明，晨曦初露，不料在长长的巷子中日军已端着上了刺刀的步枪，迎面走来，相隔只有两三步了。乐时鸣大吃一惊，他机灵地转身向后走，这些鬼子有约定，直扑既定目标，不轻易开枪，只是哇哇地叫着扑来。由于尤村的房屋布局奇特，巷中岔道很多，外来人极易迷路，乐时鸣在尤村住过多时，平时又用心识别，所以转过一个拐角，就在日军的视野中消失了。他急速奔至村西，看见村西有自己的战士向北转移，便和他们一道转入树林中，再折向东面，转移至溧阳。

就在乐时鸣进入树林的一瞬间，东面胡家塘的枪声更加猛烈了。

原来胡家塘驻有十六旅一个连的兵力，当日军大队人马向尤村进发时，在胡家塘受到了该连战士的阻击。日军一面用突击队继续猛扑尤村，一面用大队人马向战士们猛烈攻击。战士们边走边退，把敌人向西北方向引开，但敌人太多，一下子围住了战士们，战士们便舍身突围。连长见阻击的任务已完成，便带领部分战士冲出重围，但他发现还有部分战士被敌人围住，便毅然返回，援救战友，不幸的是，日军的子弹夺取了他年轻的生命。

日军冲进尤村，四处收集，捕捉百姓，严刑拷打，一无所获，最后带着抢劫的财物及禽畜，往西扬长而去。

谭震林、江渭清、钟国楚等人向东转移至溧阳陈塘圩，待敌人向西后，又重返溧水，在李巷继续开会，后来会址也有变动，直至5月4日才开完会议。

第八章

改造航空营

鲁毅当上了金丹武地区蠡河区的区长，这是苏南第一个女性区长。

鲁毅来到金丹武地区事出有因，原来她兄妹俩在溧水太"红"，她的妹婿刘福德送信告知，敌顽挺进纵队，完全盯上他们，为此苏皖地区党委再三考虑，将兄妹两人调离溧水去溧武路路北工作。1940年10月她安全到达溧武路路北区党委机关所在地，被分配于赤南县工作，任县妇女部长兼民运工作队队长。1941年年初，环境紧张，组织将她和方志坚调往太湖地区工作，这以后她到丹金武的长滆地区进行抗日活动。

1942年5月18日，鲁毅望着屋外的大雨，心情不免有些急躁起来，她挎着枪和金坛县政府秘书范征夫正在准备完成一项重要的使命，接应汪伪航空营部队的起义官兵。

汪伪航空营是汪精卫的精锐部队，在中国抗战处在极度困难时怎么遽然起义呢？

原来1942年春夏之交，汪伪航空营由南京调到常州担负机场守备任务，这个营是个小营，全营官兵只有287人，编成两个连又一个独立排，机枪4挺，手枪8支，由金陵兵工厂造的马步枪205枚，营长为顾济民。

顾济民为安徽人，家庭出身为城市贫民，本人成分是学生，日寇占领南京、上海后，生活困难，报考了伪南京军校，毕业后分配到空军警卫部队，当了排长，后升任营长。

他思想开明，有一定的正义感，对日军残杀中国军民极为不满，他们来到了常州后发生了三件事：一是他们所在的营与伪常州警察局有矛盾，该营有个班长被警察扣留，交涉无效，顾济民十分愤怒，急调一个排，冲击警察局，把警察局局长打得半死。二是机场仓库被盗窃，机场负责人怀疑航空营是监守自盗。三是伪南京空军战勤部克扣该营军饷，该营官兵十分不满，我武进敌工站闻之，乘机和该营一连连长顾庆良和二排排长陈飞取得了联系，顾庆良通过顾济民的大老婆周素英，做通了顾济民的思想，但顾济民忧心忡忡、举棋不定，因为他原先决定反正到国民党部队去。

不料，5月14日，伪南京空军某长官到常州，顾济民坐立不安，索性横下心，准备起义。5月18日晚，常州城的电灯熄灭，全城一片黑暗，顾济民召集连长开会，谎称上司命令警卫营次日配合镇江、丹阳、常州皇军"扫荡"里庄桥新四军，部队零点开进访仙桥。约好了时间地点，金丹武中心县委急命蠡河区区长鲁毅和金坛县政府秘书范征夫派人接应。

鲁毅急派人前去联络接应，准备和部队一道送往茅山，但到深夜，一直没有消息，鲁毅不由得着急起来，范征夫也十分担心，起义是否成功，会不会有什么变化？

原来到了约定的时间，陈立平、田树凡（苏南太滆地区的领导人）派去的几个人在途中遇到了伪军的盘查，一来二去，时间被耽搁了，好在他们手上拿着芦扉，便谎称是卖芦扉的。

过了关口，不料适逢大雨，无法及时赶到，所以，鲁毅派去的周永健那一批人一时无法联络上。

一道闪电撕破了黑黑的云层，光亮照亮了大地，屋外雨幕中茅舍、树木、稻田被雨水卷成一幅朦胧的水墨画。

鲁毅一咬牙，决定亲自前去，她和范征夫一商量，范连连点头，两人带上四五个精干的战士，携带着武器冒雨前行。

顾济民到了半夜，见新四军无人来接应，内心恐慌起来，万一有人告密，这可要掉脑袋的。

幸好周永健冒雨赶到，使顾悬着的心放了下来。顾济民借口配合皇军扫荡，带队急向茅山地区进发，当他们离开机场时，日军还在睡梦中做着美梦。

冒雨前进，风险迭起，汪伪部队的普通士兵不知起义，部队知晓内情的官兵过惯了安逸的生活，不愿再冒雨前进，想半途停留，第二日再行开拔之路。周永健见状，十分着急，他走在田埂上，打着手电，看到雨水淹没了秧尖，冲毁了稻田田埂，一时拿不出办法，连顾济民也面露为难之色。

周永健知道，这支部队的起义对我军的政治影响和军事力量增强有着重要意义，到不到茅山，关系着这支部队起义的成败，当初旅领导考虑，想把这支部队带到独立二团，由于独立二团力量小，无法改造，况且有前车之鉴，独立二团曾改造过伪军一个营，没有成功，现在江渭清、钟国楚明确指示必须把这支部队带到茅山地区四十七团驻地。

幸好鲁毅出现了，范征夫出现了。鲁毅听了汇报，急忙找到顾济民，简单问候后，用强硬的口气要求顾济民急行军奔赴丹阳里庄桥，容不得丝毫犹豫，否则后果不堪设想。

鲁毅、范征夫、周永健拿着枪，密切注视起义士兵，防止生变，鲁毅性格刚烈，命令手下人倘有人暴露意图，发生变故，立即处决。

一行人马冒雨前进，在黑夜中穿行。过河、过村、过丘陵、连滚带爬、终于在拂晓前来到里庄桥以东。薛斌把此事转告了四十七团，熊兆仁已派人在此恭候多时，立刻把部队带到了里庄桥。

鲁毅、范征夫浑身是泥，一路上不知摔了多少跟头，喝了多少泥水，但枪始终握在手中，双眼紧盯队伍，耳朵细听着每一个微小的声音，目的地到达后，两人露出了会心的微笑，由于全身是泥，乍一看，犹如两尊泥塑的雕像。

常州航空营一到里庄桥，便被四十七团带过运河和丹金公路，到达蔡东圩里，钟国楚、江渭清命王直和旅部保卫科科长张雍耿到这个营做改造工作，并抽四十七团两个连随同行动，不久旅部指示，由起义的两个连加四十七团两个连暂编成独立三团，任命顾济民为团长、张雍耿为政治处主任，四十七团团部一部分人员作为独立三团的团部工作人员。

一个月后，旅部决定独立三团到溧水整训，一到溧水，独立三团被安排在里佳山一带整训。

一日，钟国楚、江渭清请顾济民吃饭，吃饭时，顾济民感慨万分，面对两位旅领导，他眼圈一红，动情地说道："首长，我已经明白，新四军不像其他军队，没有必要保存个人实力。既然新四军两个连可以交给我指挥，我的两个连为什么不能交给你们指挥，请相信，我是中国人，一定以抗日大局为重。"

钟国楚、江渭清一听，相视一笑，他们心中有数，王直同志已经把这支部队改造得相当成功了。

事后，四十七团政委王直向两位旅首长汇报了改造的体会："一、'反正伪军'事前去向还未定下来，应提高警惕，必须派得力干部和超过一倍的兵力一块儿行动。二、争取团结反正部队，必须做艰苦细致的政治思想工作。三、要用我们部队干部战士的实际模范行为去影响他们。四、要发现反正部队中的积极分子，并积极利用。"江渭清听了直点头："王政委，你们做得很好，向你们表示祝贺。现在抗战处在相持阶段，伪军反正有不小的政治意义啊，现在汪伪政府已惶惶不可终日。另外，在军事上，我们必须把他们打造成为英雄的铁军之师，加强部队的军事训练为我们所用，壮大我十六旅的军事力量。我们缺人呀，他们来，正合其时呀。"

钟国楚接过话："是啊，现在苏南我方的力量还是比较小，在战略上还是处于守势，以坚持为主。我们一直向师部请示，请求增调部队到来，但师长说苏中的力量小，无法分兵南下，靠我们自己解决。现在有了这支部队，可以大大增强我们的力量，眼下利用溧水这相对安静的环境，必须加紧部队的军事训练工作。"

王直牢记旅首长的指示，带领独立三团在里佳山、毕家山一带整日训练，并不时加强政治思想工作，没多久，部队军事面貌已焕然一新。

整训结果如此理想，江渭清来到溧水南面，召开全团干部会议。他在会上讲了当前抗日战争的形势与四十七团的任务，为了加强部队战斗力，宣布起义部队和四十七团合编。合编七个连，其中一个团直机枪连，两个营部。团长顾济民，副团长熊兆仁（实际上是团长），政委王直，全团共700余人……

第九章

钟国楚西
进横山

　　苏南区党委扩大会议一结束，谭震林北归，钟国楚任十六旅旅长，江渭清任十六旅政委，苏南抗战的重任落在了两人的肩上。

　　怎样打开苏南抗战的新局面呢？塘马战斗后，溧阳北部地区已丢失，太滆地区也极度不稳定，当初有罗忠毅、廖海涛在，程维新还坚定些，后见罗、廖这样的大英雄也在疆场上壮烈殉国，他的心理已发生了变化，他认为新四军之所以遭受损失，就是连一个像样的后方都没有，将来恐怕还是国民党的天下，在此情形下，他与日伪的关系暧昧起来，在国共之间也摇摆起来。

　　所以该地区总给人一种不安全的感觉，至于溧水地区……

　　一日，钟、江两人正在总结溧水地区的情况，忽然情报人员急速而入，急报6月4日在宜兴发生独立二团遭受重创的事件，二人听罢是大惊失色。

　　独立二团诞生后，二营靠严明的纪律，靠群众的支援，靠英勇善战，转战太滆各地，打出了威风，打开了局面，团结并推动程维新一道抗日，赢得了太滆人民的尊敬和爱戴，唤起了太滆人民抗日的热情，使太滆地区成为茅山根据地的屏障，成为新四军"向南巩固、向东作战，向北发展"的跳板。独立二团形如尖刀插入敌人的胸腔，使敌人寝食难安。

　　为了肢解、摧垮新四军独立二团，日军曾施展种种伎俩，拉拢、引诱程维新。为了加快程维新脱离新四军的步伐，消灭太滆地区的抗日力量，日军精心策划，不惜重兵，于1942年6月4日，突然袭击独立二团驻地——闸口一带。

　　战斗从拂晓至傍晚，整整打了一天，闸口各主要交通要道都发生了战斗。二营全体指战员英勇顽强，拼命冲杀，虽先后突出重围，曾给敌人造成一些伤亡，但损失重大，主力二营伤亡了100多名能征善战的战士，武南县第三大队队长赵保成等20余名指战员阵亡，受伤 20 余名。一营更是损兵折将，牺牲 200 余名战士，元气大伤。中共太滆地委施教团长张之华、宜武太三县行政委员会秘书任大可、中共太滆地委敌工部部长孙宁、武南县委妇女部长钱立华等领导干部也在战斗中壮烈牺牲。

听完汇报，钟、江二人心情特别沉重，便命调查组前去宜兴调查，调查组回来后，钟国楚、江渭清经过认真分析得出两点结论。

其一，由于程维新强烈的政治野心，发展到政治上的动摇，企图保住他的一点实力而骑墙于国共之间。新四军党政领导虽对其多次教育，严肃批评，但收效甚微。其二，新四军党政领导及主力二营也在不同程度上存在麻痹思想，又适逢天下大雨，仍驻在原地，遭此不测。

独立二团损失如此严重，太滆的抗战局面顿处低潮，而茅山地区的抗战形势也不明朗，怎么办？

溧水李巷，钟国楚卧室的灯火一直亮着，身为十六旅长、担负苏南抗战重任的他来回踱着步，他在思考分析苏南军事态势，必须作出新的战略部署。

塘马战斗前，罗、廖以溧阳北部地区的塘马为中心，东面有锡南、太滆，西面有溧水，三面联合以此打开苏南抗战的局面。1941 年下半年，罗忠毅东进太滆，廖海涛北征茅山，抗战局面已恢复到皖变前。不料四十八团的领导人谎报军情放弃锡南，遂使十六旅的活动空间被压缩，塘马一役，溧阳北部地区丢失，罗、廖的构想也不可能实现了。在苏南东路已失、锡南已失的情况下，只有溧水和太滆这两块一般意义上的根据地。且这两块根据地地域狭小，没有任何战略纵深。好在溧水地区地形复杂，丘陵众多，有地形作依托，在日寇发动太平洋战争后，兵力大为减少的情况下，尚可与之周旋。

1942 年日寇已连续两次突袭溧水新桥地区，但十六旅两次都化险为夷，渡过难关。

眼下兵源不足，地域狭小，从整个态势上讲，苏南的抗战以坚持为主，发展为辅。十六旅多次电示师部，请求派兵南下。但一师首长明确表示，苏中形势紧张，眼下无一兵一卒可派。要坚持，要发展，全靠自己。为此区党委根据扩大会议精神加快了根据地建设。特别是减租减息运动的发展，使溧水南部的面貌发生了很大的变化，但是这种变化给军事上带来的影响是缓慢的。它需要一个过程，而军事上的任何变化都会给根据地发展带来极大的影响。

眼下苏南的发展还需从军事上寻找突破口，东路自清乡十八旅北撤后难以发展，茅山地区只能作为游击区，让四十七团原地坚持像钉子那样钉在那儿，眼下能坚持就不错了，大的发展似乎不大可能，剩下的便是太滆与溧水，本指望太滆地区有所发展，而今从 6 月 4 日的战斗结果看，要恢复原先的局面很难，短时间也不可能指望有大的发展，最后也只能盼望溧水地区有所改观了。

这溧水地区，南部为我控制，北部溧武路以北，日寇设以重兵，眼下无法掌控，江宁北部，南京城下是日军汪伪的统治中心，也近前不得，看来只有横山地区有文章可做。

这横山地区或称江、当、溧地区，本为我根据地，可惜横山事变后，新四军被迫退出该地区，如果能够恢复这一地区，从战略态势上讲，十六旅的发展和移动就有了更大的空间，否则日寇倘以重兵来溧水南部作梳篦式扫荡，那就十分危险。

他思考许久，便找政委江渭清商讨，江渭清一听连连点头："对，钟旅长，苏南的情况你比我熟，你的方案我完全赞同。"

两人商量后作出决定，为拓宽生存空间，十六旅首先恢复横山地区，由钟国楚率一个营西进，打开江、当、溧地区的新局面。

6月30日，钟国楚带着四十六团二营，强行军70里，从日军的据点洪蓝埠附近渡一条大河，插到横山山南，在离博望镇一公里的一个小村子宿营。

钟国楚又来到了横山脚下，当他的眼光投向东西横亘的横山时，可谓是心潮起伏。

一种异样的感觉袭上了心头，横山呀横山，你是那么的亲切，那么的熟悉，而似乎又时那么的陌生，那么的冰冷，为什么，为什么呀。

横山于钟国楚而言，具有特殊的意义，红军下山后，他在二支队三团，踏入苏南第一站便是这个地区。

当时二支队三团活跃在横山的山南山北，他和团长黄火星、副团长邱金声在横山一带浴血奋战，参加了小丹阳战斗，也参加了云台山战斗，后来三团撤回皖南，他就进新四军高干九队学习，最后又入苏南到四团担任政委。

一支队一团和二支队三团初步开辟了横山根据地，横山地区成为新四军活动的重要地区之一。可惜的是，1940年8月1日发生了横山事变，大刀会为国民党、日本人利用，围攻新四军，我横山抗日民主政府的队伍和新三团一部遭受了很大的损失，若不是彭冲当机立断，浴血奋战，突围而出，后果更是不堪设想。

这以后，横山被大刀会搞得乌烟瘴气，新四军失去了一块重要的根据地，但这一地区的重要性是明摆着的，它有两条公路：一条从当涂起经小丹阳、横溪、陶吴等地通向南京，一条从洪蓝埠经溧水、柘塘、禄口、秣陵关等地通向南京，在南京附近的东善桥交会在一起，形成一个牛角尖。石臼湖堵住了这只牛角的口子，日伪军在公路沿线筑了据点，不时出动骚扰。

现在新四军十六旅和四十六团主要活动在李巷地区，活动范围有限，如果遇到战斗的话，会出现无法应付的局面。

但现在面临的困难要比苏南任何一个地方都要艰难，因为这里的社会成分、情况比较复杂。当地的一些上层人物，组织大刀会，在国民党地方组织的唆使下，打着"保境安民"的旗号，反对我军到这个地区开展抗日游击战争。被欺骗和胁迫参加大刀会的，大多数是无知的农民。他们迷信"咒语""神符""仙水"等，以为只要有了这些东西，就可以刀枪不入。他们来进攻时满山遍野，疯疯癫癫，连蹦带跳，对于只有少量机枪，身上只有几颗子弹的游击战士来说，是有很大威胁的。何况，他们是人民群众，一个从人民中来的、长期接受爱民教育的人民战士，不到万不得已，是不忍心杀伤他们的。

刀会的操纵者们，并不真相信"刀枪不入"之类的神话，他们只是利用这种神话驱赶群众作为他们反共的工具。他们看准了新四军留在这个地区的力量比较少，才发动这场暴乱。而暴乱一起来，对于各种无耻的谣言和疯狂的反革命活动，新四军都无法进行澄清和解释了。

钟国楚双眉紧皱，他和其他战士一样，有着一种深深的疑虑，他们总觉得这片土地有点神秘，百姓也不像其他地方那么善良。怎么办？天大的困难也要上。钟国楚严令战士要遵守纪律，不要惊扰群众。

百姓们也感到疑虑，新四军又来了，虽然他们的敲门声是那么的轻小，呼叫的话语是那么的亲热，"大妈""大伯"喊个不断，但他们要干什么呢？是不是来报仇的呢？搞不清，谁也搞不清，他们也是满脸的狐疑之色。

钟国楚在干部大会上朗声地说道："要消除群众的疑虑，团结一切力量同我们合作抗日，争取刀会群众，最重要的是政策，而首先要求我们做出样子来，表明我们到这里来是为了抗日，而不是来报两年前的仇。我们决定先打一仗，作为给群众的见面礼。"

博望镇是横山地区有名的集镇，可谓是一个地方的政治经济中心，打铁业非常发达，一提到博望，人们就想到了博望的铁匠师傅，博望打造的精致的铁制农具。

这儿没有日军，有五十余名伪军。伪军非常狡猾，在水塘里修建了一个碉堡，只有一处小桥与街道相通，外面有圈的铁丝网，可以说是易守难攻。

钟国楚决定二营四连担任主攻，这个四连是四团唯一个保存下来的成建制的一个红军连，连长叫陈进太。

陈进太幽默活泼，有点老顽童的味道，他平时非常喜欢玩耍，战士们捉迷藏，可以躲到他的连队去，晚上行军时，如果没有敌情，他和战士们有说有笑。

不过要上战场，他就会脸色一红，眼睛一亮，带领战士冲锋陷阵，勇猛异常，毫不畏惧，是个勇猛的骁将。

陈进太手一挥，战士们在他的带领下乘夜色悄悄地摸进了街，伪军喝了酒，在碉堡里又唱又笑，有的打起了麻将，在很远的地方就听到了伪军淫荡的笑声。

伪军做梦也没想到新四军晚上会来攻打他们，陈进太带领战士们向前进发，临近碉堡时匍匐前行，他们扫除铁丝网，两把寒凛凛的钢刀刺入哨兵的胸腔后，冲到了碉堡门口，战士们用手榴弹轰击大门。

"轰，轰，轰"几声响，碉堡的大门被炸开了，伪军惊惶失措，缩成一团。硝烟未尽，陈进太拔出手枪冲了进去，大叫一声："不准动！"

有几个伪军想反抗，陈进太手枪的子弹毫不留情地射向了他们，战士们端起枪，一阵弹雨横扫过去，剩下的吓得乖乖地举枪投降。

这一仗全歼了敌人，缴获一挺机枪和几十支步枪。

战斗结束后，钟国楚没有像往常一样迅速撤离以防敌人报复，而是带领队伍就在离博望镇很近的一个村子里休息，观察敌人和刀会的动静。战士们起初不明白博望镇的枪声等于向敌人发了个通知：新四军又回来了。反动的刀会头子很容易利用群众的误解和恐惧心理，把群众煽动起来。果然二营打完博望撤回来，天蒙蒙亮时，一些山头上就飘起了刀会的旗子。他们终于明白这时要转移，势必又要同刀会发生冲突。

钟国楚又命令在村头的土坎上架起两挺重机枪，从侧面封锁住小丹阳通往博望的公路，同时对溧水和洪蓝埠方向加强观察警戒。

因为博望的敌人是隶属于驻小丹阳据点的伪军的，估计首先出来进行报复"扫荡"的是小丹阳的日伪军。

果然上午9时以后，小丹阳方向一批批人马前来，战士们一次次把他们打回去，粉碎了他们重新占领博望的企图。傍晚，队伍整整齐齐地开进博望，宣传抗日，出榜安民。

这一来百姓们终于知道他们和当年的罗忠毅率领的战士一样是来打日本鬼子的。

从此，二营在钟国楚的率领下开始在山南地区流动游击，除7月9日回里佳山指挥四十七团反击新七师外。每到一地，由旅团领导同志做地方头面人物的工作，连队干部战士做群众的工作。工作很有成效。大刀会没有采取公开对抗的行动。有时他们住在一个地方，刀会就在附近武装游行，显示他们的力量。他们镇定自若，不予理睬。一次，二营得到密报，新市那里的刀会准备发动暴乱。钟国楚决定先发制人，在黎明时把队伍开到那里，占领村边的小山岗，对空打了一阵机枪。当天，大部分会众就交出了大刀。至于一般群众，在战士们坚持团结抗战的实际行动和模范的群众纪律影响下，一两个月就和他们搞得很亲密了。此时群众看到他们天天以南瓜和豌豆下饭，非常同情，常常把自己熬的辣椒酱端出来。二营一个小小的休养所，没有一兵一枪保护，只靠老百姓封锁消息，可以在一个小村里住上十天半月。

横山事变后一度沦入敌手的江、当、溧地区，逐步得到恢复，抗日烽火又在这片土地上重新燃烧起来。

十六旅的胜利引起了日寇的注意，日寇开始疯狂报复。

有一次，钟国楚旅长和王桂馥带着部队，被日本鬼子追着围在了石湫的一个山上。王桂馥对钟国楚说："看来今天不妙了，鬼子很可能半夜就攻上山来，我们天一黑得赶紧抄小路下山！"钟同意王桂馥的意见，天一黑在山上留了一个排警戒，带大部队摸黑下了山。到山底后，钟对王说："你回去把山上那一个排带下来。"王桂馥二话没说，只身返回山上一看，那个排已自动撤离了。

王桂馥马上下山，刚下到一半，突然鬼子打了一颗照明弹。王桂馥定睛一看，大吃一惊！周围全是鬼子！叽里呱啦讲着日语正往山上冲。他无意中竟然钻到鬼子群中了！他急中生智，小心地慢慢地蹲在一块大石头后面，等照明弹灭了，就果断地钻到鬼子群中，和鬼子肩碰肩地逆向往山下走。也怪了，鬼子没有怀疑阻拦他，把他当成自己的传令兵了，就这样和鬼子人挤人地下了山。一到山底，看见鬼子都已上山了，他便迈开大步往预定的集合地点跑去……好险！鬼子身上的气味，叽里呱啦的日语，鬼子的呼吸声长时间地停格在他的脑海中。

其实战斗残酷、险情不断是常有的事。1941年夏，王桂馥时任四十六团作战科科长，随团政委钟国楚行动。一天中午，忽然响起了枪声，哨兵报告，鬼子来了！钟国楚穿的是圆口布鞋，提起鞋就往村外山上跑，王桂馥穿的是草鞋，要系鞋带，晚了一会儿，等他出村时，鬼子已在对面山头上架起了机枪。他穿着一件白衬衣，很显眼，当他往山上跑时，鬼子的机枪一个劲儿朝他打。他爬到半山时，突然觉得腿一麻，就跌倒了，一发子弹打中他的右小腿，从小腿的两根骨头中间穿过去，万幸的是，没有伤到骨头，但当时他倒在地上不能动了。他倒在半山坡上，鬼子的机枪朝他一个劲儿地扫，说来也怪，虽然子弹打得他周围尘土飞溅，却一直没有打着他，捡了一条命。这时，已爬到山顶的钟国楚回头一看，见山坡上躺着一个人，忙问那人是谁？警卫员回答：好像是王科长。

钟国楚立刻叫几个战士再下山去救王桂馥，战士们冒着枪林弹雨，找到王桂馥，抬着他爬到山顶，翻过一座山才脱离了危险。第二天晚上，钟国楚带部队行军休息时，在一个小山头上坐着抽烟，突然山下"叭唥"一声枪响，一颗子弹从钟国楚翘着的小腿打进又打出，再进入大腿。他后来笑称："一颗子弹三个眼儿。"这样，钟国楚和王桂馥两天内先后负伤，一起在一个老乡家里养伤，住了一个多月，两人的床紧挨着，天南海北地聊天，关系亲如手足，结下了深厚的友情。

横山局面已打开，江渭清也随队行动，一天早上，刚到石湫笔架山下的一个村庄，突然哨兵报告：鬼子快进村了！王桂馥赶忙通知旅部人员撤退。他们跑到村外水稻田里时，王桂馥在一条田埂上跑，旅政委江渭清在另一条田埂上跑，江渭清朝王桂馥喊："王科长，王科长，敌人朝你那边打枪，你快过来！"王桂馥于是就朝江渭清那边跑，刚跑到一半，"叭唥"一声枪响，王桂馥一下就倒在稻田里。他当时往自己腿上一看，子弹打在膝盖处，可能是打断了筋，他的脚尖转了180°，脚尖朝后了！

鬼子枪法真准，对面小山坡上刚隐隐约约看见鬼子的黄衣服，足有好几百米远，一枪就把他打中了。当时形势很紧张，王桂馥什么也顾不上了，居然自己就硬把脚尖又扭回原位，在警卫员帮助下，用绑腿把一个树枝绑在小腿上，草草固定了一下，就被几个战士架着继续跑，终于脱离了危险。负伤后，按理应把王桂馥放在老乡家养伤，伤好后再归队，可是钟旅长、江政委非要带着王桂馥随部队行动，他们需要王桂馥的智慧，需要他准确的判断力和机敏处理问题的能力。带一个伤员行动，对部队拖累很大，部队中也有人说怪话："老钟就是太重感情了！"钟旅长听到这话后不为所动，坚持让战士们用担架抬着王桂馥在敌人星罗棋布的据点缝隙中行军作战。

王桂馥总是不停地思考如何摆脱困难，经常整夜不睡觉，天一亮起来，立刻向钟国楚旅长提出解决问题的上、中、下三策，钟旅长总是采纳王桂馥的意见，从上、中、下三策中选一策下达命令，他非常倚重和信任王桂馥。王桂馥说："我和钟国楚在一起工作时间其实不长，只有四年多，但是那四年环境非常艰苦，我们真是生死与共，所以感情特别深。"

后来有人曾经问过王桂馥："当时你的脚尖都被打得朝后了，一般人光听见这种事都心惊肉跳，你怎么还能自己把脚尖又扭回来呢？！你不疼吗？"王桂馥淡淡地说："当时情况危急，也不觉得疼，本能地就把它扭回来了。"

8月1日，江渭清到横山宣布重新建立江当溧行政委员会，横山根据地终于完全得到恢复。

第十章

鏖兵里佳山

　　端午节来了，岗上村的麦田早已翻了土，烈日一晒，灰白灰白，十分坚硬，引水一泡，不几日，田地稀烂稀烂，犹如糊汤，这稀稠的泥浆很适合插秧，所以，在岗上村的四周的田野里，有许多身穿褴褛衣服的农夫、农妇、小孩背对青天在插秧，那黄黄的水田，经过辛勤的人们的耕耘，终见成行的绿色秧苗在无力地奄拉着脑袋，暴晒于阳光下。但有这绿意，终给这单一的黄色调添了几分生气，不过农夫、农妇、小孩们蜡黄的脸色，瘦弱的肌体，也给劳作的画面添了几分悲凉。他们有时走上田埂，咕咚咕咚地喝着井水，喉结与青筋抖动着，缺乏营养的滋养，十指又瘦又细又硬，犹如干柴一般。田野里的麦儿全收了，山坡上还有一些麦田没有收割，麦穗干瘪，麦秸灰黑，也许实在收割不了什么，只待一把火烧光，当作肥料。

　　几个老太踮着小脚送来了粽子，干活的人拔出泥脚，走上田埂，玩命地吞食着，吞食间忽然想起什么，忙又把扯下的粽叶将吃掉一半的粽子裹好，那是舍不得吃的表示，老太流着泪说自己年纪大了，吃不吃无所谓，你们要干活，要吃饱。

　　岗上村张光云的家里完全是另外一番景象，从来来往往的客人看，就迥异于田间劳作的人，衣服这一点是最明显，丝绸绣衣，显然不是褴褛棉布可比，引人注目的还有这儿的人白白嫩嫩，脸色红润，即使老者也红光满面，他们的肌体则是肉质丰满，女的丰乳肥臀，男的浑圆结实。

　　至于飘出的香味，呈现于眼前的鸡鸭鱼肉和充溢于耳鼓的欢笑声，自然是生命最好的礼赞。在大厅里，在酒菜丰盛的八仙桌边斜坐着几个人，喝着酒，呷着茶，在热血沸腾中喧闹成一片了。

　　张光云，这位被多人誉为长毛头子的雄性动物，抖动着粗硬的络腮胡须，睁着红红的双眼。他夹了一块鹅肉，在热气散尽后，并没有放入嘴中，因为他的舌头需要转动，吐出一系列重要的音节。

"诸位，今天光临寒舍，还得谈些正事。诸位是雅人，我是个粗人，对时下局势品谈品谈，还望各位指正指正。"他把鹅块放入自己的碗中，端起酒盅，猛喝了一口酒。"前年底，顾长官在皖南痛击叛军新四军真令人开心，我们溧水的新四军跑光了，没料到去年10月份来了一个什么钟国楚，新桥白马这一带又给叛军占了，后来又来了个什么谭震林，有滋有味地在这儿养起了兵，如今来了个什么江渭清，简直翻了天，这样下去，这儿要成为共产党的天下，诸位，蒋委员长难道就任由他们胡闹下去吗？"

李友松，江南行署第一行政区专员汪国栋的咨询，忙接上话头："张兄，说得对，今年以来他们折腾得也太厉害了，半年不到他们竟然建起了四个区政权，新桥呀、白马呀、韩胡呀，对了还有蒲塘，什么农救会、工救会也如雪球一般越滚越大……这不是反天了吗？"

溧水县国民党五区区长张承泉不紧不慢地吃着鱼，此君特喜吃鱼，他有个规矩：吃鱼不讲话，讲话不吃鱼。但今天破了例："他妈的，这算什么，可恨的是他们还建立了什么警卫连、区大队，还有乡中队。这最可怕，他们有军队，还有地方武装……哎哟，"他捂着嘴，由于一激动，鱼刺刺在了喉咙，"妈的，我吃鱼时不该讲话，一讲话鱼刺易刺住喉咙。"

他忙要了点醋，喝了一口，又仰起头，让醋在嗓子里打转，这样不消多时，鱼刺便消。但不知为何，今天这法不灵，弄得他无法再吃那些佳肴，气得他破口大骂新四军，是新四军的行为刺激了他，让他吃鱼时禁不住讲了话，如今连菜也无法下咽。

倒是二区区长张宝钧十分冷静，他阴沉着脸，双眼红红的，在猛吃几块猪肉后，又开口了："你们这几位仁兄只会骂，光骂就能把共产党骂走？"

"那还能怎么办？"李友松伸长了头，张承泉还在咒骂着新四军，因为鱼刺还没有拔掉，急得张光云只好把他老婆叫来，他老婆可是闻名四乡的拔鱼刺高手。

"怎么办？一个字'打'，只有'打'，才能赶走新四军！"张宝钧的声音忽地高亢起来，只一下把众人吓了一跳，巧的是张承泉卡在喉咙里的鱼刺也一下子消失了，不知是被张宝均的嗓音振出来的，还是被张光云的老婆用妙招拔出来的。张承泉这一下来了劲，用筷子猛地戳了一块肉："对，打，打死他们，打跑他们。"

李友松两手一摊："打，怎么打，我们去打，那不是鸡蛋碰石头？"

张宝钧冷笑了一下："老弟，对于时局，你真是个门外汉，外面的信息你几乎一无所知。打，那得请国军来打，你们不知。"他故意压低了声音以引起众人的注意。这一招也真灵，众人的头齐齐伸来，生怕漏掉什么信息，连一向不问政事的张光云的老婆也竖起耳朵聆听起来。"诸位，顾长官本来是皖南、苏南一锅端，不料陈毅、粟裕刁得很，他们早跑到苏北去了……现在他们在苏南的部队横行霸道，顾长官可以实施他原先的计划了，我想我们可以密告顾长官，只要顾长官的大军一到，不怕他们……"张宝钧连忙朝四周看了看，生怕有人在偷听，又收回眼朝张光云老婆看了看。张光云半晌没作声，见张宝钧盯着他老婆，他马上明白过来："你走吧，妇道人家不宜听……"

张光云老婆做了一下鬼脸，"哼"的一声，扭着屁股走了。

张光云老婆一走，张宝钧又压低了声音，那三个人又竖起耳朵听了起来，且听得比上次还要认真……

不久，酒席传来一阵叫好声："好好好，请新七师的兄弟们来相助，来相助……来，干杯。"

里佳山傍晚时分倒是出奇的凉快，山风阵阵，松涛声声，显得极为寂静，虽然蚊虫飞舞，蠓蚋子成团在空中翻滚，苍蝇也不甘寂寞，在人身上乱爬乱叮，但毕竟不闷热，人的内心有一种清凉的快感。夕阳西下，晚霞把山林染成红彤彤一片，虽为夏日，光线分外强烈，但人处在山林中，就有凉爽的感觉。

里佳山村是炊烟袅袅，麦香扑鼻，新打的麦秸秆堆成了草堆儿，狗儿跳着，猫儿滚着，老母鸡呱呱地觅着食，拴在树上的羊儿啼叫着，关在圈里的猪用鼻子到处乱拱着，劳动的人们回来，腿上沾满泥儿，嘴上沾满草儿，拿着破毛巾，在清清的池塘边，站在青石板铺成的台阶上看着自己的倒影，然后用手拿着毛巾，划破水面，双手搓揉，一边发出欢快的叫声。这儿欢乐、安详、平和，似乎远离了战争的硝烟、火光、炮声，有着一番新气象了。

是的，自从里佳山迎来了新的主人后，这儿确实发生了变化，新四军保住了一方平静，盗匪没有，日本人没有，当然顽军也没有，另外基层政权建立，区、乡武装的发展，使里佳山呈现出相对平和的有秩序的安宁生活。

前不久，钟国楚率队西进横山，打开了江当芜地区的新局面，部队完成任务后迅速地回到里佳山进行修整，好在里佳山天气凉快，生活安定，有利于休整，这使得十六旅的领导江渭清、钟国楚长长地松了一口气。他们准备趁热打铁，趁横山地区的局面打开后筹备召开区党委扩大会议，讨论放手发动群众，加强苏南根据地和武装建设等问题。

还没等十六旅旅部安全安顿下来，忽接交通站转来的情报，说顽新七师准备进攻我军十六旅驻地里佳山。

一听这消息，钟国楚气得用手掌猛烈地敲打桌子："好个国民党，不去抗日，专搞摩擦，皖南事变，杀我官兵，塘马一役，放弃防地，现我军恢复根据地，又来偷袭，实属可恨。"

江渭清也义愤填膺，如果说日寇来袭，还能理解侵略者的本性原来如此，而今国民党不顾民族大义，皖南一役，丧尽天良，如今又打起了苏南的主意。

两人叹息着摇摇头，但气愤是气愤，理智告诉他们，对国民党这种自相残杀、不顾民族利益的行为，政治上必须要有清醒的认识，军事上必须要有足够的准备，要有理、有节地和他们展开斗争。

当时四十六团的一、二营由黄玉庭率领，一、二营驻枫香岭以南的官家、李家一带，负责保卫领导机关，四十七团政委王直率团部和四、五连及刚起义的常州飞机场航空营驻里佳山东南的东庄头，旅教导大队大队长樊道余带领三个中队分别驻毕家山、枫香岭等村，培训班排连级干部和机枪射击手，旅部特务连随旅部驻里佳山，担负警卫工作。

7月9日，顽新七师出动两个团2000余人由地方顽固派引路，从丫溪港出发，经邰村向我根据地推进。当夜集结于杭村、铜山、芝山一线，指挥所设在店榔头祠堂，摆开向我进攻的阵势，10日清晨，集结在铜山的顽军约一个营兵力在构筑工事。

针对这些情况，江渭清、钟国楚迅速作出部署：9日深夜，各部进入阵地进行有效防守，四十六团一营一连占领横山、金驹山，二营五连一部占领里佳山村南的驼背山，教导大队一中队两个排占领枫香岭村北的西北山，一个排占领观山制高点，防止顽军从西侧和背后进攻，其余两个中队在旅指挥所隐蔽，作为预备队待命。

枕背山地理位置十分重要，它是保卫旅部的前哨阵地，由四十七团王直政委带领四十七团二营和接受整训的伪常州机场航空营的战士镇守。

王直率二营和原航空营的战士进入枕背山阵地，在东西两个山头用毛堡土块垒起两个半圆形的掩护体，原航空营另派一部分战士埋伏在枕背山的东山洼，以保证枕背山东侧的安全，枕背山与铜山仅有一洼之隔，两军对峙，剑拔弩张，大有一触即发之势。

7月10日上午，航空营反正的一位陕西籍战士小林还不大相信顽军来进攻，他是有爱国心的士兵，被强行拉入汪伪部队，时时想脱离，后随顾济民一道起义，他对蒋介石国民党政府抱有幻想，认为他们不会前来和抗日的共产党军队为难，只不过是抢抢地盘而已，新七师挺进到铜山也不过是虚张声势，绝不会大动干戈、兵戎相见的。

但他的幻想在上午10时被无情的枪声和子弹打碎，他正站着说话，"砰"一声响，从铜山山腰上飞来一颗子弹，子弹带着尖利之声破空而来，直直地钻入小林臀部的肌肉中，鲜血直冒，疼痛迅速袭向小林的心头。

小林一边叫着，一边摸着屁股，只觉身体有一种撕裂的疼痛，眼前是金星直冒，一头栽倒于地，天旋地转起来，还没容他骂出声来，铜山山腰上的枪声齐齐而起，硝烟四处弥漫起来。王直挺身而出，他枪一挥，大声叫道："同志们隐蔽好，准备战斗。"

他伏在山上的简易工事内，朝铜山一看，只见顽军拼命开枪，并不出动。对于国民党的卑劣行径，他清楚得很，闽西三年，浴血奋战，和国民党这个"老朋友"不知打了多少仗。抗日下山时，许多战士哭了，他们和国民党是血海深仇呀，为了国家为了民族，只能忍让。没想到走向抗日战场，他们不积极抗日，反而专事摩擦，但新四军战士相忍为国，在高庄战斗中，廖海涛率军拯救了国民党六十三师官兵，归还了他们所丢弃的枪支，不料顽军后来在塘马战斗中放弃阵地，让日军合围塘马，现在又不宣而战，主动向十六旅进攻，这怎能不引起他满腔的怒火呢？

观察了一会儿，王直冷笑了一下，这国民党军既卑劣、可耻又可笑，战斗力不强、战术呆板是他们的本质，他们又采用火力攻击、步兵跟进的老战术。

"同志们，不要开枪，现在顽军是火力侦察，他们的步兵还在后面，等近了打，要节约子弹。"他拿着枪，枪口朝着两山之间的低洼地，两眼死死地盯着山下。这顽军也真有意思，只是不断地放枪，却无一兵一卒冲向枕背山，而且枪声时紧时松，时密时稀。

战士们则埋伏在壕内，全然不理，任凭顽军放枪放炮。

顽军团长见枕背山的战士丝毫没有回击的迹象，又好生纳闷，但他乖巧得很，不肯驱兵上山，赔本的买卖他不做，兵打光了，他的官也做不成。他宁愿消耗弹药也不肯消耗兵力，所以断断续续放枪放炮，一连放了两个小时。

到了 12 时，顽军团长见新四军还是没有还击的迹象，便准备作试探性的进攻。他们先在铜山北侧的一棵大冬青树处，架起一挺重机枪和数挺轻机枪，玩命地向枕背山阵地扫射，然后派遣一路 10 人一组的侦察分队在火力掩护下向枕背山扑来。

战士们早已按捺不住，心里痒痒的，早就想扣动扳机，让敌人尝尝枪弹的滋味，只可恨敌人不肯上山，现在冲上山来，怎不枪弹相迎。他们屏住气，静候着他们，冒着汗水的手紧扣着扳机，手榴弹的盖子已拧开，引火环已套在手指上了。近了，近了，顽军分路爬上山了。近了，近了，他们的形体逐渐放大，头顶上的帽子纹理似乎也清晰地呈现在眼前了。

进了射击圈，王直一声喊"打"，子弹纷纷飞向敌群，手榴弹也在顽军头上飞落而下。

在枕背山东西两山头火力交叉的射击下，顽军乱作一团，纷纷倒毙，这一分队顷刻全部报销。

顽军团长吓了一跳，没料到新四军有如此强的战斗力，他再也不敢怠慢，命令一个排的顽军分几个点向枕背山进攻，但在王直的指挥下，均被击退。

枕背山的枪声时时牵挂着旅首长的心，在枕背山阵地两军多次交锋后，钟国楚、江渭清命令四十七团坚守阵地，同时命教导大队二中队急赴枕背山，支援四十七团，旋即又命令黄玉庭带领防守在金驹山的四十六团一部插到枕背山两侧的戴思岗村北的高地上，从侧后攻击顽军的冲锋之敌。

此时顽军以一个连的兵力，向枕背山阵地进攻，枕背山阵地险情突起，一时呈胶着状态。

黄玉庭急令部队发起攻击，顽军遭到四十七团正面攻击，又突遭四十六团的攻击，乱作一团。

航空营有一起义战士枪法奇准，整训后被黄玉庭要到四十六团任班长，只见他从容开枪，连发五枪，击毙五顽军，吓得顽军纷纷逃窜，滚下山坡，急忙撤回铜山阵地。

顽军团长用望远镜窥视着战场，发现新四军有条不紊地组织反击，心里有点慌乱，他哪里会甘心自己的部队败于新四军手下，又急忙东找西找，试图找一个突破口实施攻击。他发现枕背山东山头毫无动静，而且那儿可以避开枕背山两个正面火力点和西侧的戴思岗火力点的攻击，是一个理想的突破口，他急命顽军以一个排的兵力从东侧向战士们进攻。顽军前进到半山腰，他们哪知道这儿早已埋伏了四十七团一部的战士，他们一跃而出，短兵相接，枪刺刀劈，实施白刃战，新四军采取近身白刃战术，把他们吓得胆战心惊，两腿发软。攻在前面的惨叫着纷纷倒毙，攻在后面的扭转屁股，向铜山溃逃。

顽军新七师一个团向枕背山进攻的同时，另一个团则采取机动的作战方式，妄图偷袭我里佳山旅部。

顽军团长派一个排带着重机枪插到枕背山东侧一华里的南经巷，占领村后的井山，试图从这里打开缺口，经曹村向我旅部进攻。

顽军哪里知道，钟国楚、江渭清早已运筹帷幄，作了精心的布置，他们估计敌军有可能从此找突破口，早已派了樊道余带领机枪中队从毕家山持轻重机枪六挺占领了曹庄村的制高点。

顽军占领井山后，发现曹庄村已为新四军占领，便利用地势较高的优势，用重机枪拼命向我方扫射，我三中队奋力还击。

乒乒乓乓，山地与村庄竟然是火光一片，硝烟滚滚，由于顽军火力太猛，三中队的阵地上弹雨纷纷，泥土四溅，村边的树枝被枪弹所击，断裂声一片。

樊道余皱了皱眉头，沉思一下，决定不再死守曹庄村，他在村西小祠堂里开了一个简短的会，决定采取果断出击的方式，他派一部由曹庄村西亦即枕背山的东侧向南迂回插到井山之敌的西侧进行袭击。

我军突然出现在井山西侧，顽军一阵慌乱，腹背受敌，以为被围，顿时惊慌起来。战士们在攻击的同时又采取了政治攻势，纸糊的喇叭筒里不时传来"中国人不打中国人"的口号。这一来顽军军心动摇，许多士兵竟弃械向铜山逃跑，顽军军官见众人无心恋战，也不敢用强，也不敢制止，跟着士兵向铜山溃逃。

樊道余乘势下令追击，新四军个个奋勇向前，喊杀声一片，顽军哪敢还击，争前恐后，慌不择路逃回铜山，樊道余等追到山下，也不上山，严密监视山上之敌。

进攻枕背山的敌人见偷袭不成，也无心恋战，在山脚下放了一阵枪后也退回铜山。

下午3时，枪声渐渐稀落，新四军收兵回枕背山，顽军则蜷缩在铜山山顶。整个战场处于极度的平静之中，傍晚时分四十七团撤出阵地，二营的一名战士不幸中弹负重伤。6名战士轮流抬着送往医疗点，抬到枫香岭李家村东的小山坡上，伤员停止了呼吸，只好抬到官家村胡家棚子边停放。夕阳西下，村民魏四兰看到长眠的战士，心里非常难过："年纪轻轻就牺牲了，真叫人伤心，应该好好安葬才是。"魏四兰想来想去回家取来陪嫁的新被单里子，把战士的遗体包裹起来，并动员丈夫献出两扇门板，下垫一扇，上盖一扇。

魏四兰夫妇和本村的施大森、童金山在棚子边的山地里挖了个坑，含泪埋葬，做上记号。

战场上呈现出死一般的寂静，而旅首长的内心极不平静，钟国楚、江渭清面对地图反复思考着下一步的对策。

"敌军驻守铜山，于我不利，长期对峙不利我根据地建设。"江渭清用铅笔敲打着地图上标有铜山的那块区域。

"是呀，倘若新七师以此为前沿据点，终乃我十六旅心头之患。"钟国楚面有忧色。

"绝不能让他们驻守下去，这个钉子一定要拔掉，否则后患无穷。"

"晚拔不如早拔，我看乘敌立足未稳，主动出击，把他们赶走。"

"好，请张开荆和王桂馥同志来一下。"江渭清叫警卫员去请作战科科长王桂馥和张开荆。

四人在地图前，在灯光下决定着作战方案，他们都是老红军，脑海里不时浮现着三年南方游击战争中的战斗生活，丰富的经验使他们迅速达成一致的意见，采取佯攻和突袭相结合的战术。

对这样的战术钟国楚和江渭清十分满意，也充满了信心，虽未开战却胜券在握。他们两人在红军时期，不知打过多少次偷袭战，这种战术对国民党军队十分有效，因为国民党军队纪律差，战斗意志薄弱，别看他们人多，皆乃乌合之众，往往是一触即溃、一战即败，兵败时真乃如山倒也。不像红军战士有严明的纪律、顽强的意志、血战到底的气概。

此时，铜山之敌处在我军半圆形包围之中，铜山以西、以北和东北均处在我军包围之下，这样再派四十七团一部插到铜山以东和东南的周家庄、稻上岗一线待命，伺机出击，四十六团则兵分一部佯攻，再兵分一部偷袭。

11日凌晨，旅指挥所派出侦察人员由南经巷出发，去打探敌军虚实，在铜山前沿阵地抓回了两个哨兵，两个哨兵交代了铜山守军的情况，这样偷袭与强攻就有了明确的方位。

入夜后，顽军仅有一个连的兵力驻守山顶，其余的散落在铜山以南的山洼里，东一堆、西一堆，赌博的赌博，抽鸦片的抽鸦片，有的哼着淫曲小调嬉闹着，有的蜷缩着进入梦乡。

11日凌晨1时许，黄玉庭手一挥，一营战士在戴思岗小高地点燃稻草，鸣枪射击，号兵吹起冲锋号，战士们齐声呐喊，响声震荡山谷，在夜晚显得特别响亮，吓得顽军连忙操枪涌到铜山西北。

睡眼惺忪的顽军揉着眼皮，迈着颤抖的双腿，伸头向山下望，看到火光火把一片，听到枪声和喊声，两腿发软，身子摇摆，害怕新四军突击而上，只好硬着头皮伏在铜山西北胡乱地放枪，有的不时发出咒骂声。

伪军连长哪敢有丝毫的大意，连忙催赶军士全部涌向西北，以防新四军强攻，而在其他地方几乎没有安排一兵一卒。

此时，黄玉庭来到周家边，他在四连、五连中挑选部分勇士，组成突击队。

"同志们，勇敢地冲向铜山之顶，西边有一营的战士在佯攻，东面的进攻靠你们，你们要发扬准、狠的作风，给我狠狠地打这些龟孙子！"黄玉庭在黑暗中做着战前动员。

"保证完成任务！"突击队队员个个精神抖擞，丝毫没有胆怯畏惧之色。

突击队员枪上插上刺刀，腰间挂上五六颗手榴弹，消失在夜幕中，他们来到铜山的东面，小心地向上攀登，他们发现东面没有守军后，便奋勇向上，直达山巅，向北扑去。

顽军全部集中于西北，许多人拥挤在一起，放了半天枪，却不见有人上山，想回去睡觉，却遭到了连长的严令，必须全力守山，不准休息。他们正骂骂咧咧地面对着戴思岗的小高地，哪里知道"飞将军"从天而降，已来到了背后。

当他们听到喊打声时，还没有弄清是怎么回事，头顶上已飞来了手榴弹，在火光下冒着白烟发出"滋滋"声向下坠落，脑海里一片空白，双脚下意识地挪动着，但始终迈不开，他们想抱头鼠窜，可惜头也没时间抱了，似乎听到巨响，整个身子被撕裂，痛楚袭来，旋即整个人犹如坠入深井，坠入黑暗中，渐渐连感觉也消融在黑暗中无影无踪。

那些没有被炸着的顽军在惊慌中，终于挪动开了双腿。心儿一阵狂跳后，头上脸上霎时渗出冷汗，他们的意识渐渐清晰，已能知道操枪还击了，但一切都来不及了，子弹无情地穿过他们的身躯，击碎了他们的骨骼，除了倒地打滚发出呻吟惨叫外，也实在没有其他办法。

战士们则在敌人毫无防备的情况下，在敌人的背后像猎杀猎物一般，放心大胆地抛掷着手榴弹，用枪弹来回地给这些人喷洗着。

火光闪现，硝烟升起，断裂的躯体在空中呈不规则的形状在升腾、下落，被弹雨冲洗的士兵如多米诺骨牌一样纷纷倒下，虽有几个顽强地挺立着，也想开枪还击，但双手已无力端起那重如千斤的枪杆，至多是挣扎、摇晃，继而是畏缩着如土豆堆散落一般瘫倒于地。

战斗的喜悦催化着战士们的激情，猛冲猛打，成为战斗特有的镜头，他们如入羊群的猛虎，在吞噬着那些猎物。

顽军连长十分侥幸地躲过了一劫，双腿很快由打颤变为坚硬，然后飞快地摆动起来，在脑袋的指引下向铜山南面飞奔，其余的士兵几乎是由同样的感觉支配向南溃逃，溃逃时没有忘记喊爹叫娘。

冲上山的战士不多，手榴弹和枪弹无法阻挡他们纷纷南逃的急流，几乎是几分钟的工夫，一连士兵伤的伤、死的死、投降的投降，余者一下子在山巅消失。

你似乎可以认为他们根本没有存在过，不过遗弃的枪支弹药、鞋、帽还是作了强有力的佐证，几分钟前他们确实在这山巅生存过。

枪声早已把驻在店榔头的顽军团长惊醒，这位顽军团长虽然白天与新四军交锋没有占到什么便宜，但国军的巨大军事优势，在他的心理上还是起到不小的鼓舞作用：新四军那几条破枪如何奈何得了我堂堂的新七师。就算他们个个是神仙，在如此劣势的装备下也难有作为。

他穿上皮鞋，操起手枪，命士兵抬上他前来督战。

他止住了溃散的逃跑，又击毙了几个溃散的奋勇后退的士兵，然后催着大队人马扑向铜山。

他刚来到稻上岗，想对战斗作部署。不料埋伏在村东的四十七团的战士的枪弹无情地射向了他们，有几颗子弹是贴着他的耳朵飞过，那尖啸之声和激起的气浪几乎把他的脑袋弄晕了。这位身经百战的团长，着实知道枪弹的无情和性命的宝贵，他竟然神奇般地跳下担架，拔腿飞跑，双腿迈动着从没有过的频率，在旷野中显现。

榜样的力量是无穷的，士兵见团长落荒而逃，他们以此为榜样，团长又怎么会责怪他们、责罚他们呢？他们"轰"的一声响，四散奔逃，不久，便齐齐地朝南奔去。

钟国楚、江渭清见战场上呈现如此之势，哪有不追击之理。一声令下，十六旅全线出击，一直追击到芝山、店榔头以南。顽军丢下伤员，分别向上沛埠、丫溪港逃窜。是役，十六旅共歼顽军200余人，缴获重机枪1挺、轻机枪4挺、步枪200余支、子弹3万余发，十六旅阵亡战士10余人，伤60余人。

此役后，顽军久久不敢北进，溧水根据地出现了安静的抗战局面。

第十一章

减租减息

8月初，江渭清回到了溧水李巷。

他7月底赴横山山南，召开山南地区各县人士代表大会，成立了江、当、溧三县行政委员会，选举产生了九名委员，公推张干农为主任，童超、吴英为副主任。他在会上宣布了三条政策：一、不在地方上筹款筹粮；二、按最低标准征收田赋和税款；三、实行减租减息，同时要交租交息，并要与士绅协议进行。

这横山地区打开了局面，溧水地区又击退了新七师的进攻，江渭清、钟国楚稍微松了口气。

李巷，江渭清的居室为西向的三间屋，是青灰砖、黛色瓦、木结构的房屋，也算宽阔，出门西行为一广场，广场上有一泥土垒成的戏台，为集会作报告所用，广场再西行十几米即为水塘。李巷村的水塘很多，村中有，村边有，蓄水是为了日常生活。李巷建在丘陵上，北高南低，山水淙淙而下，蓄于水塘，水塘有口，水从口出，沿村中石板小水渠顺流而下。百姓于水渠中淘米洗菜，十分方便。这和安徽徽州的古村落十分相似，当然由于苏南经济较发达，村中有酒坊、槽房、用水量也大，所以村前村后有塘势所必然，顺理成章。

江渭清一路劳顿，晚饭后有点困倦，他想散散步来驱除长时间积累的疲劳，也想散步时趁空间转换思考一些问题。

出门，房屋墙角的野花、野草依然显示着强劲的生命，牛筋草贴伏于地，叶子怒翘，显示着它的超级发达的根系，荨麻籽由青转灰，手一捏籽料四溅；最美的是那梧桐树，表皮又光又滑，青色显示着它特有的高贵。江渭清用手抚摸许久，只觉得手心有一种特别的舒适感，南边的榉树叶子微黄，那树干粗大强劲，显示着它年代的久远，上面有几个螳螂在爬动着，锋利的尖爪不时地扭动着。

江渭清的右脚在残酷的三年游击战争中受过伤，走起路来左右略显不大平衡，但步履却格外地轻盈，他轻快地来到西边水塘处。但见晚霞殷红一片，落日高挂于山巅，慢慢下垂，山巅已是殷红一边。近前秧苗青青，秧尖挺立，蜻蜓飞舞，或栖于塘边草秆上，好一番自由自在的劲儿。乡下的农夫、农妇已赤着脚在青石板上洗着脸洗着脚，一日的劳作已经结束，炊烟一断，准备享受并不丰盛的晚餐，这段时光虽然短暂，但终究是一种快乐，是简单的农家之乐。

江渭清看着这一平静的并不丰裕的生活图景有一丝欣慰，不管如何，在江南四处烽烟的情况下，有此图景实属不易了。

夜幕渐渐降临，毕家山的山体渐渐模糊了，江渭清伸开双臂，做了几下扩胸行动，也活动一下筋骨，觉得刚才的倦意已消了大半。

自 1942 年 4 月份南下后，屈指算来已在苏南主政 4 个月，这 4 个月他不断探索，不断思索，5 月份的苏南区党委扩大会议已基本确定今后苏南发展的走向，但真正实施起来还是有许多困难。

从军事方面讲，塘马战斗使军事斗争处于一个低谷，六师、一师对内合并，现在军事大政有粟师长把握，斗争的战略，已由发展中的坚持改为坚持中的发展，但首先是坚持。现在根据地已压缩成了三块：溧水、茅山脚下、太滆地区，相互之间的联系也远不及罗忠毅、廖海涛的塘马时期，但也只能坚持了。这苏南的发展，在任何情况下都是军事第一啊，好在钟旅长西进横山，打开了西面的局面，四十七团还牢牢扎根于茅山脚下，独立二团在六·四战斗后，元气大伤，但建制还在，杨洪才、林胜国、王香雄等在太湖马山整训，加之顾济民的常州伪航空警卫营的起义，所有这些都说明形势在逐渐好转。当然苏南的军事力量是不够的，陈、粟北上，苏南的新四军军事力量锐减，谭震林、罗忠毅苦心经营，终因清乡，接连受挫。十八旅北上，塘马战斗军事主官牺牲，这苏南的力量实在太弱，向师部请示派兵南下，但师部回电，实在无兵可抽，只能靠自己。

从眼下的形势看，军事斗争暂处一个平静的时期，日伪的扫荡有规律，国民党的摩擦也有规律，真正打开苏南抗战的局面，该从何处下手呢？

江渭清摸了一下额头，揉了一下眼睛，慢慢地走到池塘边的一棵糖莲树下。一群鹅儿"嘎嘎嘎"地在水中游过，池面上漾起层层涟漪，一阵风儿吹来，秧苗相击，发出"唰唰"之声，江渭清顿感凉意袭来，心儿随之舒展开来。

关于打开苏南抗战的局面，他思索过多次，十八旅在日伪"清乡"中受挫转入江高宝地区就思考过，为什么十八旅在苏常太地区立不住脚，而在江高宝地区活动则游刃有余？南下后，他也思索过为什么塘马战斗时，部队转移竟然如此难下决断？看来只有两点，一是没有战略纵深，二是没有战略依托。没有战略纵深是无法改变的现实，至于战略依托，也没有，唯一可用的是地形，在溧水这个局部，地形是唯一的战略依托，在如此情形下处在弱势的部队要打开局面无疑是梦中呓语……

江渭清自然知道军事斗争不是单纯的军事行为，而是一个复杂的综合体，地形与区域固然重要，三年游击战争时地形就是战略支撑点，苏南可资的地形不多，也无法创造，但战略依托有很多要素，如党的领导、"三三制"民主政权以及培养军队的补充力量、后备力量、借用力量。现在看来只能在战略依托其他要素上做文章了。

……

一想到民主政权，便想到根据地，江渭清的心儿又不断地收缩起来。

茅山抗日根据地是毛主席亲自决定的全国八大根据地之一。但从全局上讲，它从来不是真正意义上的根据地，它几乎全是游击区；从政治上讲，共产党没有真正意义上的政权建设，也无法推行政令，原因在于这一地区是三角斗争区，国共是统一战线下的合作，频繁的军事斗争，新四军无暇顾及政权建设，这就是症结所在呀。

民主政权建设是根据地的核心，也是战略依托的要素，要说党的领导这个要素，在苏南一直没有空缺过，眼下苏南空缺的是民主政权这个要素，这个要素有了，战略上才会有真正的依托。

他猛地醒悟到，虽然皖变后我们在苏南许多地方建立了地方政权，但由于斗争复杂，没有办法实施真正意义上的政权建设，没有政权建设何来根据地？眼下溧水部分区域完全掌控在我们手中，何不以此加紧政权建设呢？

江渭清没有完全沉浸在自己的构想中沾沾自喜，这政权建设也不是设立一个机构、设立一个办公地点、委派一些地方官员就能解决的，政权建设首先要取得民众支持，没有民众，所有的设想将成为空中楼阁，而要获得民众的支持，当务之急是解决他们的生计问题，而解决生计问题的办法，参照各抗日根据地经验，减租减息是最有效的办法，当然这一条不是没有人想过，以前许多军政首长因客观条件所限都无法做到，而现在是时候了。8月1日，在横山地区宣布的减租减息，立刻引起轰动，就是明证。

"对，减租减息。"江渭清脸上顿显欣喜之色，他握紧拳头，迈开脚步，快步回到住处，命人急请苏皖区党委副书记邓仲铭。

邓仲铭一阵风似的来到江渭清处，两人寒暄一番切入正题。

江渭清虽然是苏南党政军的一号人物，但他十分尊重邓仲铭，遇事两人平等商量，团结如一人，这固然与江渭清谦虚谨慎的工作作风有关，另外，也与邓仲铭在苏南的党政地位非同一般有关。

抛开邓仲铭在中央苏区担任中华苏维埃共和国中央执行委员、长征途中担任第五军团政治部地方工作部部长、1936年担任中华全国总工会的领导工作外，凭他在新四军组建后，担任过皖南特委书记、苏皖区委员会书记、苏南军政委员会主席、江南区党委副书记的一系列职务，便可见他在苏南党内的地位了，但是邓仲铭长于党建、工人运动，短于军事，在复杂的苏南抗日大局中必须由军政合一的领导担任一号角色，好在邓仲铭同志一心为党为民族工作，从不计较个人的得失，与江渭清同志合作也十分得体、默契。

江渭清把自己的设想和盘托出，邓仲铭连连叫好，原来邓仲铭也有此想，关于减租减息一事，早在1941年七八月陈、粟北上后，他和罗忠毅、廖海涛便准备实施，苦于实在没有可实施的空间。罗、廖在塘马时期也准备实施此法，但战争不断，政府一级的地方武装十分薄弱，连干部的生命时时处于危险之中，更别说减租减息了。许维新遇难，巫恒通牺牲，任迈、袁先锋遭殃，陈洪被捕，王曼遇险，等等，牺牲不断，所以他们在塘马战斗前给军部的报告于地方建设这一页也只涉及税收和投资，减租减息的具体实施提及不多。

现在是该完成先烈遗愿的时候了，两人商量许久，制定了大致的方案，决定先在几个地方做试点工作，具体选择新桥区的观峰乡、笠帽乡，韩胡区的琴音乡，白马区的洞壁乡，然后组织力量建立农救会组织，再调查研究、制定具体政策，最后宣传发动培训骨干。

1942年8月6日，苏皖区党委在溧水地区小蒋村召开了有各县县委书记和各地民运工作负责人参加的苏南民运工作会议，着重讨论大胆放手发动群众，组织根据地内群众大多数和秋收减租问题。会议由苏皖区党委副书记邓仲铭主持，并作了题为《组织群众与秋收问题》的报告。

邓仲铭在会议总结时特别强调指出："当前苏南民运工作的首要任务，是抓紧秋收秋种这一时机，广泛地发动群众，普遍地组织群众，领导群众依靠自己的力量，武装保卫秋收，不让敌人抢去一粒粮食，实行减租减息与增加工资的斗争。"

苏南民运工作会议后，苏皖区党委责成区党委秘书长欧阳惠林抓紧做好两项工作：一是对苏南各地土地占有情况与租佃关系进行重点调查研究；二是负责筹办《江南党刊》。

在苏南民运工作会议以前，欧阳惠林已布置各地、县委着手调查研究工作，全区大概分三大块地区进行，太滆地区由太滆地委负责，茅山地区由茅山地委负责，两溧地区由苏皖区党委直接派出人员协助进行。

要建立农救会组织需要大批民运干部，好在1941年10月苏皖区党委在长滆、太滆地区部分民运工作队员和在青训班学习的学员结业后调到了溧水，迅速成立了溧水县委领导下的民运工作队，队长是县委妇女部长王惠珍，杨希为副队长，队员有蒋克、程强、邵倩、王明新、沈芸、吴云标、李觉新等男女青年10余人。另外，李坚真带领的党训班有部分学员，这些人也迅速投入溧水减租减息运动中，他们升入乡保，访贫问苦，启发教育，帮助农民组织队伍，从上而下地建立县、区、乡、保农救会组织。

溧水县农救会主任为张光，副主任为徐广道，新桥区农救会主任为李孝廉，白马区农救会主任为徐广道，韩胡区农救会主任为陈序洪，蒲塘区农救会主任为张光才。

县委民运工作队员转入县区农救会工作，以农救会委员身份进行工作。

这样一来，江渭清、邓仲铭的工作顺利多了，但所有的工作必须要有依据，制定好政策，否则工作就不好办了；而要有依据，制定好政策，必须搞好调研工作。

这调研工作由谁来负责，邓仲铭想起一人，高兴地叫了起来："对，就是他，就是他！"他急命人把他相中的人从茅山地区请来。

没有多久，此人来到李巷邓仲铭住处。

但见此人中等个儿，身体奇瘦，看那骨架大有被风一吹便欲倒地的感觉，不过那是静态时的感觉，他一走动起来，步伐格外有力，瘦不是弱，而是精，类似于瘦骨仙一般。他的脸色微黄，嗓子不时发出咳嗽的响声，似乎肺部有些问题，但他那炯炯有神的眼光和清瘦的面容以及高高的颧骨形成了一种奇特的神韵。大凡此类人，都有一些超凡之处，往往不是智者，就是仁者。此人便是邓仲铭所要找的人，他叫吴宝康，现在的身份是苏皖区党委的调研室主任，他本是六师政治部调研室主任，但六师已对内合并，虽未宣布，实际上六师的领导干部已不存在，原先也只有谭震林、罗忠毅，现在罗已牺牲，谭到了军部担任军政治部主任，这六师政治部也不复存在，他在5月份便转为苏皖区党委的调研室主任。他记忆力特强，分析力超群，由他来领衔减租减息的调研工作，可以说是众望所归。

邓仲铭出门相迎，他一把拉住吴宝康："老吴呀，身体如何？你可不能只顾工作，不顾身体呀，小程呢？工作好吗？"

吴宝康脸上顿显感激之情，他用浓重的浙江口音说道："好好，谢谢领导关心。邓书记急召，必有任务交代。"

邓仲铭笑了笑，亲自给吴宝康倒了一碗白开水，由于条件艰苦，连邓仲铭这样的区党委的领导都喝不上茶叶了。

"白开水了。"他脸上显出一丝歉意。

"没什么，白开水解渴。"吴宝康用询求的眼光看着邓仲铭。

"老吴呀，也真给你说对了，这次来找你有要事相托，区党委准备开展减租减息活动，此项任务主要由我来抓……千头万绪呀，为了制定政策，有效地开展活动，我们必须对溧水农村的土地资源的分布情况作充分调查，这样的任务必须要有一个独当一面的人去领导，我首先想到了你……"吴宝康没听完邓仲铭的话，便知晓十有八九要他挂帅，他有这个能力，也有这个兴趣，更重要的是他有这个责任感。

他二话没说，站了起来："邓书记，领导如此信任我，我全力以赴做好工作，我只担心自己的能力……"

邓仲铭连连摆手："你别谦虚了，你认了第二，无人敢认第一，我们还不清楚吗？我只是担心你的身体，听说你咳嗽还咳出血来，另外，你和小程刚结婚又不在一起，生活上无人照顾。所以嘛，具体工作你少做些，你要注意身体，有困难可及时向区党委说明。"

"没问题，邓书记。"吴宝康一拍胸脯，"有区党委领导，有同志们的信任，我绝不辜负领导的嘱托。"

邓仲铭点点头，深情地望着吴宝康，他用极其关切的声音对吴宝康说："老吴，记住一定要保养好身体，你的主要工作是挂帅，是指导。"

……

这吴宝康一回去便在调研室布置工作，忙得是满头大汗，咳嗽连连，这可心疼坏了妻子程桂芬。

程桂芬是1942年4月在苏中由惠浴宇派到茅山来的，一到茅山，便进入六师调研室工作，不久便和吴宝康结为夫妻。这程桂芬也不是泛泛之辈，是一个大有来头的人，她于1918年7月生于无锡，1936年便加入无锡学社，参加了革命。1938年加入中国共产党，1939年便参加了新四军，历任中国东南局妇女部秘书、苏皖区党委特务营文化教员、六师调研室秘书，现在和吴宝康一道转到苏皖区党委的调研室，是调研员。

吴宝康他们在六师时便在茅山的句容、丹阳、金坛以及溧阳北部地区做过许多调研工作，有着丰富的工作经验，但这一次的工作与以往还是有些不同。因为以前的调研工作是提供材料，提供数据，事实上当时党政军各部只是以此为参考，主要是为结成统一战线和战争时为税收的征收提供依据。而现在主要是进行根据地建设，工作要精、要细、要有针对性，要考虑农民的利益，又要考虑地主的利益。

吴宝康在调研室对调研员们做着动员："同志们，我们要对溧水这几个区、乡进行政治、经济、文化、阶级、阶层的详细的调查研究，不能瞎子摸象、实行主观主义，否则必导致工作失败。"

他说着说着，头冒虚汗，连连咳嗽，便走出室外吐了一口痰。程桂芬跑出去一看，浓痰中夹有鲜血，她的心一下子收缩起来。

吴宝康回到会场，继续说道："这次我们的调查主要是针对农村的土地状况和农民的收入情况，同志们不要以为这个工作轻松，比方说地主有多少田，农民有多少田，农民租多田少，地主出租多少地，这个看起来容易，也许有的同志讲，这到田地里量一量不就行了，但问题是丈量的工作量有多大，另外，如果地主隐瞒了我们又该怎么办？如果我们调查的数字不准确，那么会直接影响减租减息的工作。"

与会人员听了吴宝康的讲话，纷纷点头，在讨论中他们决心因地制宜，不照搬茅山地区的调研经验，脚踏实地依靠农救会，依靠群众，打好调研工作的第一枪。中午吃饭了，区党委给调研人员送来了一大盆红烧肉，因为吴宝康有病，调研人员单独给了他一份。

吴宝康牙不好，平时吃饭吃得十分精细，缓慢异常，七八个人吃完后见吴宝康碗里还有好几块肉，眼睛直盯着。吴宝康呵呵一笑，忙把肉递了过去，这几个人一拥而上，把肉、汤吃得干干净净，连菜盆也被舌头舔得干干净净。程桂芬看了，不知如何是好，她走上前关切地说："老吴呀，你要注意身体。"然后眼圈红了，再也说不下去。

"桂芬，没事，这是老毛病，休息休息就好了。"吴宝康满不在乎，似乎什么也没发生，但他的嗓子不听话，一阵奇痒，又没完没了地咳起来，咳得他气都喘不过来，眼泪都快咳出来了……

果不出吴宝康所料，减租减息的工作遇到了前所未有的难题。

有的地主少报田地，有的地主少报租田，而且威胁佃农："你们要报足租田，我就拔田不给你们种。"果然有些佃户不敢提出减租，这一情况有个别农救会会员向调研室做了汇报。

吴宝康马上把这一情况向上汇报，江渭清闻之，要求溧水县民运工作者以农救会会员身份揭穿这一事实，确保调查情况顺利进行。

吴宝康觉得光让农救会配合自己工作还不够，他自己主动找到曹明梁、鲁毅了解情况，这样加快了解了该地区的政治经济（土地关系、农业经营）、贸易方面的基本情况，又通过李孝廉这些基层干部摸清了地方上地主的土地经济等具体情况，所以基本上堵住了地主瞒报的问题，没多久一份详细的资料送到了江渭清、邓仲铭手里。

调查证明，溧水县封建地主占有土地比较集中，封建剥削相当严重。地租形式多数是包租制（即每亩固定租额），极少数是分租制。包租制对农民的剥削是苛重的，一般租额占当年亩产的百分之六十，低租额也占亩产的百分之三十。如遭旱涝虫风等灾害袭击，农民交租后所剩无几或仅够交租。

溧水地区多数地主除地租剥削外，还经营放债，高利盘剥农民。一般的付利，春天农民借地主一担稻，秋收时，要还两担稻；付利最高的，春季借地主一担稻，秋后要还270多斤，还要以房屋或土地抵押。

调查工作完毕后，几乎把吴宝康累倒了，程桂芬心疼不已。一日，烧了一两个菜来探望他，工作人员说他一大早出门去了，程桂芬放下菜出门寻找，不见踪迹。

"哪儿去了呢？"她双眉微皱，心情沉重，也许他咳得厉害，不愿被人看见，躲在一边去了，他咳嗽痰中有血，实在可怕，就连她有时都惊骇不已。有时看到他咳得喘不过气来，只担心他一口气上不来，这次为了做好调研工作，几乎把命搭上了，有时找地主谈话，有时找乡民访谈，有时下田丈量，有时整理材料、分析材料，光表格就画了好几百张。

"老吴，你不要命啦？"这是程桂芬对吴宝康讲得最多的一句话，而老吴的回答又简短又明快："没关系……"

突然，在李巷祠堂西面的一个小土丘传来一阵婉转而又亮丽的口哨声。口哨许多人会吹，但哨声如此圆熟流畅婉转，非一般人可比，只有擅长口技之人才能如此娴熟地表现。

程桂芬一听，一颗心落了地，"找到了"，吹口哨者必是吴宝康了。

程桂芬知道，吴宝康生于浙江南浔诗书之家，先前家庭殷实富有，后来家道中落。但家里从没放弃对孩子的培养，吴宝康除了饱读诗书外，还与乡人学了精湛的口哨之技。由于他学得精学得早，所以应用起来得心应手，他能用口哨吹奏各种歌曲，常常博得大家的阵阵喝彩，战斗、工作的间隙，常有人请他表演节目，他也从来不辞让。程桂芬猛然想起，自接受减租减息的调研工作后，吴宝康从来没有吹过一次口哨。

她循声而来，在一池塘边，吴宝康对着树上的鸟儿吹着口哨，吹着吹着突然唱起歌来，别看吴宝康是一个文弱之人，但胸腔中气十足，歌声洪亮，是属于那种洪钟大吕式的，初听歌声，一般人会以为是一个关西大汉在唱什么大江东去之类。

程桂芬笑了，因为他又唱起了家乡南浔的民歌，这一笑惊起了树上的鸟儿，鸟儿扑扑扑地飞向天空，消失在不远处的树林中。

吴宝康一愣，一回头，见程桂芬来到了身后。

"你来了。"

"嗯。"

"这么早？"

"对，调查完毕了，不放心来看看你啊！"

"是呀，前一阵子太累啦，我出来放松放松，呼吸一下新鲜空气。"

程桂芬深情地望着神色十分憔悴的吴宝康："老吴，这次你该好好地休息了。"

"没关系。"吴宝康还是那句话。

"哗"一下，池塘中跳起一鲤鱼，"咚"一下，水波相激，波浪舔吻着生满草儿的塘堤。

……

江渭清、邓仲铭表扬了吴宝康及调研室人员，他们两人在调查研究的基础上，依照中央关于在抗日根据地实行的一面减租减息，一面又交租交息的抗日民族统一战线的土地政策，精心制定了《溧水县三十一年减租减息的实施办法》。

实施办法一颁布，首先展开宣传活动。观峰乡先行一步，县农救会在区党委、县委的领导下，在小李巷举办了为期 10 天的农救会干部训练班，参加学习的有乡农救会主任、保农救会干部、民运工作队员 60 余人。

县政府出面召开乡保长、士绅会议，讲清抗战形势、减租减息的意义、政策和办法，要求他们以抗日为重，积极响应政府号召带头减租减息，争做开明士绅，团结抗战，争取最后胜利。

10 月上旬，"双减"进入展开阶段。

但政策好制定，实行起来未必容易，顽抗的地主有的是，有的收买笼络佃户，"瞒上不瞒下"；有的以拔田威胁佃户；有的造谣煽动，以"新四军待不长"来恐吓佃户，减租减息工作难以开展起来。

曹明梁身为县长，见此是忧心忡忡，想来想去，他决心从自己的亲属下手，只有这样，工作才能得以有效地展开。

他回家找到了哥哥曹明栋，向他宣传了二五减租的政策。

哥哥曹明栋吧嗒吧嗒抽着旱烟，半天才吭声："明梁啊，你做了共产党的官，我们得到了什么好处呢？ 18 间瓦房被烧得精光，几百亩稻谷被抢得一粒不剩，槽坊的厂房和酿酒的器具被洗劫而光，父母兄弟东躲西藏，寝食不安，这还不够吗？你看看，刚盖好的 18 间草房也被国民党烧了，我不收租，哪有钱盖房呀！"

曹明梁耐心地劝道："不是不让你收租，而是让你减租减息，少收租，少收息。"

"减租减息，这也得让人自愿呀，田是祖宗挣的，是私业，租田收租金，自古有之，天经地义，难道共产党就不讲法？"

"共产党讲法呀，当然讲法，而且最讲法，减租减息是为了抗战，是眼下抗战政策的一部分。"曹明梁还是耐心地劝导。

曹明栋不为所动："家中有三四百亩地，二五减租，你知道要少收多少谷子？"

"哥哥呀，我们要从大局出发，单方面看，我们家是做出了很大的牺牲，但你想过没有，现在全国有多少人在流血奋战，拼死疆场，与之相比，我们家的损失能有多大，我跟爹妈也讲过，如果抗战失败，我们家的田地财产能保得住吗？千千万万个老百姓的生命家产能保得住吗？"

曹明栋沉默不语。

曹明梁见之，便谆谆开导："哥哥呀，二五减租，所失有限，若你做个表率，大家都起来减租减息，情况就不一样，我们新桥区 29 个村，总户数 850 户，土地 17514 亩（1 亩 ≈ 666.67 平方米），51 户地主占有 9170 亩土地，而 496 户贫农仅占有 1315 亩土地，你想想看，二五减租给百姓带来什么，得到百姓拥护和得不到百姓拥护对地主家、对抗战将会产生什么影响。"

曹明栋想了想，暗思道：对呀，失去百姓不利抗战，从长远看，对自己也没什么好处呀。

沉思许久后，他便答应减租减息，做个表率。

做好了哥哥的工作，曹明梁发动一些地主家庭出生的党员干部动员自己的家庭、亲戚减租。洞壁乡大地主汤德恒有地 400 多亩，在乡里有一定影响，曹明梁又登门宣传，在曹明梁的宣传下，在曹明栋的带领下，他立即同意减租，并且在区里召开的士绅会议上公开做了表态。

曹明栋的举动获得了良好的效应。

白马区农救会主任徐广道，家有一冲田在杨塘村，他自告奋勇地到杨塘佃户家宣布减租，县民政科科长张一平、县政府秘书经哲松动员家庭带头减租减息。

这几个人一带头减租，这减租减息的工作便顺畅起来。

马山岗、毕庄头、东庄头歌声回荡，那歌声虽不似职业歌手唱得动听、亮丽，甚至有些粗糙嘶哑，但从那声音中蕴含的蓬勃的力量可以感觉到他们心中澎湃的激情。歌声落在山岗上、田野里、池塘边，水稻扬花抽穗，青黄相间，谷儿飘香，四处漫游，与歌声融合在一起，你能看到农业文明给人带来的极大的审美愉悦，仿佛把你带入一个没有任何战争硝烟的和平世界中。

蜻蜓飞舞，土灰田鸡乱跳，水稻的叶子在抚弄着那些敲锣打鼓的人儿的小腿肚子儿，歌声伴着有节奏的锣鼓的敲打，飘进了村庄。

"手拿镰刀快割稻，割下稻子好减租啦，咿呀嗨，咿嚎嗨，割下稻子好减租啦，咿呀嗨。'二五'减租最公平啦，咿呀嗨，咿嚎嗨，'二五'减租最公平，呀嚎嗨。"歌声吸引了许多人围观，农夫、农妇、小孩咧着嘴，看着那群唱歌的。那群唱歌人没有进入村庄，径直走向田野，然后停止歌唱，相互间看着稻田，勒下稻谷，估价着稻田的产量，然后再计算出所交租稻的数量。

为首的那位老人大家都熟悉，是本地人，观峰乡农救会主任傅孝坤，他们做完那神圣的工作，便去找稻田的主人，一位名叫刘海恩的马山岗地主。

"刘老板，我们已到你的田地里，算清了马山岗、毕庄头、东庄头这几个村庄你所拥有的租额，我们向你宣布每个佃户的减租数和交租数。"傅孝坤冲着刘海恩神色坦然地说着。

刘海恩微一皱眉，看到三四十人的队伍，他的头轻微地收缩了一下，但他马上镇定下来，拉长了声音说道："减租可以，但总不能全减吧，这样吧，一定要减，就减我毕庄头田地里的租子吧。"

"刘老板，你要开通些，这减租减息是区党委的政策，不能讨价还价。三个村的租子都要减，一块田也不能少。"傅孝坤一字一句，义正词严，刚好一位农救会的会员敲了一锣声，

"咚"一声把刘海恩吓了一跳，犹如戏台上的演员，身子一缩几乎跌倒。

但他马上又镇定起来，"是不是其他人也减了，难道非得二五减租不成？我今年稻田的收成不如其他庄上的先生们好呀。"他还不死心，还想减少一些"损失"。

"好啦，刘老板，曹明栋的弟弟是县委书记，不也减了，这次政策对谁都一样，你就收收心吧……"傅孝坤不软不硬地劝导起来，其他的农救会会员叽叽喳喳地议论，个个显出愤怒而又不耐烦的神色。

刘海恩是聪明圆滑之人，一见这架势，知道讨不得便宜，便点头答应了。

减租减息之风吹到了小蒋家村，竟出现了意外情况，佃户杨先成不要减租，乡农救会主任葛开诚、吴银忠愣住了，这怎么回事，只有地主不愿减租，哪有佃户不愿减租？

他们派人进行宣传，杨先成执意不肯，还没等农救会干部问清楚原委，地主曹某某跳出来了："你们新四军要减租，人家佃户不要，哪能强迫？"

这一来，行动出现障碍。葛开诚想起在尤村边召开积极分子动员大会时，区党委的干部们就提出要防止地主变相阻挠破坏，看来问题出在杨先成身上，这个老实人为什么要放弃自己的利益呢？看来解铃还须系铃人，首先要做杨先成的工作。

"老杨呀，新四军、共产党好不好？"在一棵老杨树下，葛开诚拉着杨先成坐在两张小竹椅子上聊开了天。

"新四军好，共产党好，打鬼子，保平安！"杨先成忙不迭地回答。

葛开诚递了一支烟给杨先成，杨先成不好意思地接过了烟，晚风一吹，两人身边的稻田哗哗声一片，稻穗摆动，卷起层层稻浪。

"那就好，你知道新四军为什么要减租减息吗？"

"这个……为了减轻咱们农民的负担吧。"

"减轻农民的负担又是为了什么呢？"

"嗯，大家一条心打鬼子吧。"杨先成的道理懂得并不少。

"那好，现在咱们合力打鬼子，只有把鬼子赶出去，大家才能过上好日子，区党委实行减租减息，一是为了咱穷苦百姓，二是为了抗战呀，那你为什么不要减租呢？"

"这……我只是自己不要减租，因为……因为我觉得日子过得去……"杨先成眼光明显缺乏自信，不敢正视葛开诚的眼睛。

"哈哈哈，老哥呀。"葛开诚拍了一下杨先成的肩膀，"谁不知道你杨先成穷得叮当响，吃了上顿，没下顿。夏天当衣服，冬天睡觉为缩食……算了，退一万步讲，除了你的切身利益外，你想过没有，你不执行减租减息的政策，地主们正求之不得，都以你为口实，那减租减息的运动怎么开展，这鬼子怎么打呢？"

"这……这我也明白，不过……"杨先成似有难言之隐。

葛开诚见状，知其必有隐情，就立刻单刀直入，要其说明原委。在他的一再开导下，杨先成终于说出了原委，原来地主张子安威胁他，如果答应减租，那么明年就无法种他的田，不租种他家的田，一家人要饿死的。

"不用怕，有共产党，有新四军为咱们作主，有我们农救会在，他们不敢拔你的田。"葛开诚一把拉住了杨先成，来到张子安家。

刚到张子安家门口，张子安家门前的狗便狂吠起来，葛开诚用棍棒挥舞了两下，狗便连忙后缩退到家中。

张子安硬着头皮出来，一看农救会主任和杨先成找上门来，内心恐慌起来，语言也不利索了，手脚也不大听使唤，倒茶时，一不小心把碗给弄翻了。

他还狡辩着，但杨先成一揭他的老底，他头上的虚汗就往外直冒，不时地用湿毛巾拭擦着，头上的青筋也绽露出来。

其他的农救会成员也来了，气势完全压倒了他，他结结巴巴地应付着，虽然极不情愿，但也只好答应减租减息。

葛开诚当场警告了张子安，又批评了杨先成，杨先成当场向农救会承认了错误。农救会一走，张子安掩上门，用手捂住胸口，半天才缓过气来。

张子安一同意减租减息，大树下的地主陈敬清、王村地主陈碧、丁家边地主丁道修等看到群众组织起来的强大力量，就顺水推舟同意区党委的减租减息的政策。

白水塘村大户张某某，经过三番五次说服教育还是顽固不化，拒不接受减租减息。经请示中共白马区委同意，在白水塘村召开由乡、保农救会成员、各村积极分子参加的几百人大会。会上，长工和佃户代表甘树荣当场揭露张某某顽固不化的行为。通过这次斗争，不但狠煞了张某某的威风，迫使他按政策老老实实接受了减租减息的条件，而且还触动了其他地方动摇不定的地主，使他们看到了农救会的威力和群众的力量，向农救会表示愿意按政策实行"双减"。

共和乡新塘头村农民陈立金、陈立银、陈立富三兄弟因家里有难，向句容境内的恶霸地主张守仁借了2100元钱。张守仁把2100元钱折成21担稻，按加倍利息，要陈氏兄弟三人还42担稻，还不起，以田作抵押，逼得陈氏兄弟走投无路。周克富知道这件事后，就以乡农救会主任的身份与张守仁面对面交涉。张守仁慑于农救会的威力，终于答应陈氏兄弟按减息政策归还本息。

减租减息虽有波折，但在农救会的努力工作下进展比预想的快，江渭清、邓仲铭露出了会心的微笑。

汤德恒是洞壁乡远近闻名的大地主，有400余亩田，区县戴国光决定先从他家下手，汤德恒见减租减息势在必行，在农救会的开导下同意减租减息，戴国光抓住时机，在马笪里召开士绅会议，让汤德恒先表态，汤德恒一表态，下面顽固的地主也只好同意了。贺龙岗的地主尹宣浩，有200亩田出租，还放高利贷。他本来想观望拖延，不料农救会负责人带着佃户、债户和他说话，他见农救会声势浩大，又见汤德恒表了态同意减租，他只得与佃户、债户办了手续，实行减租减息。

不过，宋开林却与众不同，他是既顽固又傲慢，这位琴音乡西宋村的地主，也有200多亩田地出租，面对农救会干部陈序洪、陈序昭、陈序德对他的谈判，却十分傲慢地说："减租，可以瞒上不瞒下，我家开支大，要交公粮，还要卖军米，还要雇工……"然后他叫喊道，"能减吗？我们家情况特殊不能减。"

几次谈判均不答应，宋开林和张子安威胁佃户，弄得佃户不肯减租。农救会见软的不行，便来硬的，勒令他出示佃户出具的租契，强行减租，为了防止宋开林暗中做手脚，规定佃户送租稻要经过农救会，二五减租后再送租稻。宋开林只好同意，但他怀恨在心，第二年反顽战役后，勾结顽五十二师，疯狂迫害农救会干部。

于巷村国民党党员陈维端仗着他在地方上的势力，拒不执行"双减一增"的政策，琴音乡农救会主任姚业大见此事拖而不决，便赴于巷召开佃农、长工会议，让佃户和长工积极分子揭露他的阴谋，开展说理斗争，使他被迫接受"双减一增"的政策。这位仁兄耐心真好，1945年新四军北撤后，他一跃当上国民党乡长，把姚业大抓到新桥吊打。

至于张光云，作为开始还有几分抗日意志的岗上村地主，有四五百亩田地。他索性顽抗到底，和笠帽乡周家山地主陈永章分别躲到上沛埠和洪蓝埠日伪据点，采用不接招的方式直接对抗。农救会只好采用强行处置的方式，"二五"减租后，佃户交的租稻除去应交的公粮外，其余部分集中起来，由乡农救会保管，待后处理。

张光云如此，其媳妇有过之而无不及，刁蛮无比。为了增加工资，十五六个长工与之谈判，她推说是女人家作不了主，拒不同意，为了泄愤，烧菜不放油，还要赖。长工朱昌才气愤至极，端了一碗韭菜倒在村前的菱塘里，水面上没有半点油花。"韭菜是用水煮的！"长工一看没有油，便大闹起来，这位刁妇在事实面前无法抵赖，心疼了半天，只好同意增加工资。

减租减息后，农救会组织迅速在各地建立，党组织有了发展。观峰乡发展了40名党员，笠帽乡发展了30多名党员，琴音乡有十几名积极分子入了党。

由于农民生活得到了改善，从内心支持共产党，所以参军的人数增加了。

日寇在茅山地区清乡，十六旅的军工厂不得不转移，最后转移到溧水新桥地区，先在岗上村，而后转移至石头寨的尤村。由于战斗的需求兵工厂需要优质的木材做枪托和手榴弹木柄，如果从外地运来，交通不便，时间也不允许，无奈，旅部只好采取就地取材就地购买的办法。

李孝廉又光荣地领受了这一任务。他走门串户，买到了一批优质木材，但量不大，后来他想起本村张启福家有一棵好几百年的白果树，那树树干有十几米高，要三四人才能合抱起来，如果用这树做枪托和手榴弹柄是最合适不过的了。不过他清楚这树难以买下，因为树大了，老百姓便视之为神，认为树神能保主人和一方平安，是动不得的。

果然李孝廉一开口，张启福连连摇手："老兄，支援新四军打鬼子，这没的说，但锯白果树万万不能，它是祖传的百年神树，锯掉家里便不太平，况且此树在夏天也遮阴纳凉。"

他的妻子听了更是不允许，村上的人听了也纷纷上门说情："这棵树是关系到本村的风水，是保平安的神树，还是到别处想想办法吧。"

李孝廉当然清楚群众的理由，各地各乡风气，老百姓的风俗习惯必须尊重呀，可眼下兵工厂正缺木材，如果没木材，这兵工厂生产可要影响呀。

他咬着牙反复开导张启福："老兄呀，你的话是有道理，但你想过没有，谁才能保一方平安。鬼子在溧水城屠杀时，溧水城死了多少人，溧水城的大树还少吗？它们能保得了一方平安？远的不说，说近的，去年年底，鬼子烧杀岗上村，张先森被打死，李秀英被丢入冰水中，'一只眼'与程朋被劈死，李疙瘩被日军逼着在塘中划水……"说着说着李孝廉眼泪都流了下来："岗上村西面不是有棵上千年的古柏树，它能保一方平安？就拿我们李巷村男女 60 人被关进公堂院内，王世来被戳了一刀，9 个妇女被强奸。某某妻子被带到岗山集体轮奸，她脱身就跑，五六个鬼子骑马追她，她跳进大塘被淹死，你忘了？"

这一番话说得张启福泪水在眼眶里打转，"你看新四军打日寇，造福一方，减租减息，为咱老百姓办实事，有新四军在，日寇就不敢轻易来。现在缺木材造枪造手榴弹，难道我们不该做出奉献……"

张启福含泪点头："老弟，我懂了，百年古树派上用场，神仙是不会怪罪能赶走鬼子的新四军，鬼子走了才能有真正的平安。明天烧过香，你们就动手吧。"

张启福的妻子听了后，也同意锯树。

树锯了 3 天，后按尺寸锯断剖开，肩抬车推运到尤村，共花了 20 天时间。

当李孝廉付钱时，张启福夫妇坚决不收："我同意锯树是为了支援新四军打鬼子，要说卖的话，就是给我再多的钱也不卖……"

区大队、乡中队迅速扩展，党和抗日民主政权有了坚实的群众基础。江渭清在总结报告中欣喜地说道："事实证明，通过减租减息和增加雇工工资的斗争，削弱了封建势力的经济剥削，提高了农民的政治地位，基本群众多数已组织起来，成为农村中的优势，巩固了农村抗日统一战线，巩固和发展了抗日根据地。"

第十二章

寒冷的四二年冬季

1942 年临近年底，十六旅度过了艰难的一年，经过一年辗战，十六旅顽强地在苏南作战，不但没有被消灭，而且取得了丰硕的成果，恢复并发展了皖南事变前的苏南抗日根据地，此时，全区拥有人口 100 余万，11 个县政府和一个县级办事处，十六旅所辖四十六团、四十七团、独立二团、茅山保安司令部，已恢复到 2300 余人，五十一团（共一个营）亦由丹北南来，归十六旅建制。

胜利的同时，钟、江两人想起了逝去的先烈，想起了塘马战斗。

塘马战斗后，抗战一时处于低潮，为了不影响抗战的士气，罗忠毅、廖海涛牺牲的消息一直没有对外宣布，直到谭震林南下后在溧水经巷举行了一个隆重的追悼大会。时间流淌一年，十六旅将士继承罗、廖遗志，在苏南大地上高举抗战的旗帜，取得对日作战的重大胜利，现在应该告慰烈士忠魂，进一步激发十六旅将士的抗日斗志。

江渭清、钟国楚、邓仲铭商量后决心东进，在塘马战斗一周年之际在敌占区塘马村举行罗、廖牺牲一周年的纪念大会，一是表示哀悼之情，二是向敌人示威：新四军打不垮，摧不烂，日寇呀，你们灭亡的日子不远了。

1942 年 11 月 28 日，十六旅旅长钟国楚，苏皖区党委书记、十六旅政委江渭清，苏皖区党委副书记邓仲铭率干部及部分战士来到塘马，召开追悼大会。

整整一年，乐时鸣又来到塘马，又来到了曾经庆祝建军四周年及纪念巫恒通的所在地——塘马村东的那片打谷场。

此时的塘马早无昔日的安静与平静，敌伪据点玉华山、别桥离此都很近，尤其是玉华山离塘马直线距离两公里左右，此时塘马可以称之为敌占区了，新四军的部队已很少在这一地区活动，敌人的活动十分猖獗，但新四军就是有着血战到底的气概，就在敌人鼓吹新四军被消灭时，刘禄保在塘马战斗后几天便率四十七团二营袭击了"指前标"伪军据点，振奋了苏南人民的抗日斗志，这一次十六旅部再次移师塘马，在敌人眼皮底下举行罗、廖纪念大会，就是要表明这种绝不屈服、血战到底的英雄气概。

乐时鸣看了看台前，寒风中，布幔、挽联哗哗作响，罗忠毅、廖海涛的遗像在眼前晃荡……

钟国楚望着前面，这眼前的一切是那样的熟悉，整训期间他一直居住在塘马，这儿的一草一木太熟悉了……

江渭清看着前面的挽联，心里默默地念诵着"塘马鹅山千古恨，丹心碧血满江红"，"忠勇为国，毅然丈夫，一朝杀身成仁，气凛沙场寒敌胆；海涯生波，涛振环宇，异月流芳百世，节届纪念慰忠魂"，他与罗、廖仅仅见过一两次面，1941年皖南事变后，亦即1941年3月5日，他与傅秋涛一行20多人，在澄锡虞交界处的顾山附近的一个村庄里见到了谭震林同志，便被谭震林留下，担任十八旅旅长，在师军政委员会中和谭震林、罗忠毅一道选为委员。

邓仲铭脸色凝重，他和罗忠毅、廖海涛是老战友了，陈、粟率军北上后，苏南的军政大局主要靠他这个苏皖区党委副书记与罗、廖二人来掌管，后担任苏南军政委员会主席，他又和罗、廖奋战在两溧、长滆、太滆地区，黄金山反顽胜利后，他与谭震林随师部活动。塘马战斗后，他在苏北，本拟去延安学习，后因故未成，重回苏南担任苏皖区党委副书记，这次随旅部一道来塘马祭奠罗、廖。塘马他来过几次，他曾和李坚真一道于此生活过，时间虽短，记忆极深，睹物思人，伤感万分，面对昔日牺牲的战友，他的心感到阵阵沉痛。

王直一直流着眼泪，他受罗、廖重托，率领机关人员先行突围，在戴家桥、清水渎形势万分危急之下，挺身而出，和王胜一道率众胜利突围。党政军机关人员突围了，首长牺牲了，他怎能不悲伤呢？

去年9月份，乐时鸣以司令部管理科科长的身份用嘶哑的嗓音在此地宣布巫恒通追悼会开始，如今，一年刚过，他以十六旅宣教科长的身份宣布敬爱的首长罗忠毅、廖海涛追悼大会的开始。

众官兵及塘马一带的群众齐齐肃立，向两位英雄的遗像默哀，全场一片肃静，偶尔传来一阵低泣声。

天空黑云一片，阳光骤然黯淡，苏南的大地呈现一片灰黑色，茅山在低泣，长江在鸣咽，长荡湖、滆湖在流泪，丘陵、平原、河汉都在静静地默哀着。

"向烈士三鞠躬。"乐时鸣擦了擦泪水道。

众官兵及塘马一带的群众齐齐地向两位英雄的遗像三鞠躬。

寒风四起，英雄的遗像和挽联瑟瑟作响，挽联上的字在空中飘拂着。

"下面由十六旅旅长钟国楚同志读祭文。"乐时鸣宣布完，钟国楚走出前排一列，拿出稿子用极其沉重的语调宣读起来。

钟国楚代表十六旅读完祭文，江渭清又代表苏皖区党委上前致祭文，江渭清回顾了罗、廖两同志在党的领导下，为了党和国家、民族的利益，不顾个人的安危，奋战在疆场上，直至献出宝贵的生命的过程，热情赞扬了两人的崇高精神和战斗业绩，号召全体党员继承罗、廖及众先烈的遗志，夺取抗战的最后胜利……

追悼会在乐时鸣的宣布下举行完毕。

由于此地离玉华山敌伪据点甚近，敌人随时有可能合围而来，钟国楚、江渭清只得匆匆向塘马一带的群众挥手告别，准备迅速撤离，为了纪念罗、廖首长，为了表示抗战的决心，战士们齐齐朝天放枪，高喊着为罗、廖及众先烈报仇的口号。

乐时鸣和战士们纷纷撤离，他回转身朝塘马村及为罗、廖首长举行追悼会的会场投去深情的一瞥……歌声从十六旅干部、战士及苏皖区党委干部、工作人员间传来，"敌人的步、骑、炮兵纷纷向着塘马进攻，我们顽强战斗，英勇地冲锋。不怕骑兵冲，不怕炮兵轰，死守戴家桥，血战王家庄，发扬了坚决顽强的勇猛精神，壮烈的战斗，粉碎了敌人的进攻！粉碎了敌人的进攻！"

寒冬来临，12月28日，芮家棚子笼罩在冰霜之中，村边的杨树早已枯萎，叶子早已凋谢而尽，斜依在河塘边枝丫上栖息着的不知名的鸟儿，在凄凄地啼叫着，冬日的麦苗经不起寒风的吹拂，发黑的叶子耷拉着，贴着结满薄冰的地面，村中仅有的几间房屋显得十分孤单，冰凌垂吊在草棚顶的茅草梢上，一切呈现着死一般的寒寂。

突然枪声响起……枪声冲击着耳膜，撞击着心扉，枪声在战争年代，预示着危险灾难的到来。

修养所所长龚力突门而出，她抬眼一望，大吃一惊，在冰天雪地的原野上已出现了搜索前进的日军。

"日军来了，赶快转移！"龚力连忙招呼大家。休养所遇险情，不止一次了，但每次她都化险为夷。1941年她遇上了塘马战斗，由于罗、廖率部英勇抵抗，她和休养所的人才和党政军机关人员一道突围而出，而今没有得到任何信息，便遇上了日军，实在令人意外。

龚力并不清楚，这不期而遇的日军是大扫荡的一部分，原来1942年苏皖区党委扩大会议后，溧水掀起了轰轰烈烈的民主参政、参军扩武、减租减息等群众运动，这引起了日军驻华派遣军司令部的注意，敌人为了消除心腹之患，于1942年冬集结兵力，对溧水抗日根据地进行第三次大规模的"扫荡"。

当时，区党委机关、十六旅部及主力部队驻扎在方山以北的李巷、岗上、南曹等村，溧水县政府驻南经巷，十六旅休养所驻方山北麓的芮家棚子，被服厂、鞋厂驻张家棚子。

敌人们采用分进合击的办法，从东、西、北三面向我方驻地层层推进，妄想把十六旅赶到方山脚下，一举全歼。

27日夜，十六旅接到敌人下乡"扫荡"的情报，旅部和区党委决定立即转移。午夜旅部、区党委机关和溧水县政府将不能带走的物资掩埋好，随即向西北转移到秋湖山一带，成功地跳出敌包围圈，而十六旅休养所没有得到及时通知。

28日夜晚，日军开始发动进攻。北路的敌军是从金坛、天王寺调来的日伪军，经白马桥、大树下、曹家桥向李巷扑来；东路是从上沛埠、上兴埠调来的日军，他们连夜出动，越过方山，悄悄地摸向李巷，到芮家棚子时天刚刚亮；西路的敌人是由溧水城、洪蓝埠集结而来的，他们在"扫荡"的前一天，佯装南下，从溧水出发，经洪蓝埠，到孔镇，深夜突然折向东，由东流村直奔李巷，与东、北两路敌军会合，形成对李巷的包围。

龚力看到的正是从上沛埠、上兴埠来的日军。她连忙组织人员疏散，轻伤的连忙穿衣出村，重伤的实在无法转移，只能就地隐蔽，重伤员自知难逃厄运，便要了几颗手榴弹，准备与敌同归于尽。

沈洁带领十几名轻伤员刚出村，晨雾中为敌所见，残酷的日军对移动较慢的伤员用机枪扫射，当场便有七八名伤员倒在麦田中，其余人员在枪击下多人受伤，卫生员沈洁被机枪子弹击中背部，也倒在麦田中，沈洁等人为敌所虏。

另一部分伤病员在龚力等医务人员的帮助下，正向方山撤退，日军很快追了上来，龚力及医护人员黎平、吴秀英、周××及伤病员十几人和逃难的群众均为敌所虏。县委书记张广因生疮疖，住院治疗，撤退不及，藏入草堆中，遭敌搜出被俘。

一部日军冲进芮家棚子，看到正在家中爬行的重伤员便开枪射击，许多伤员当场牺牲。

有一重伤员躺在墙角，突然拉响手榴弹扔向日军，数名日军被炸死，他自己也被日军枪弹打成了马蜂窝。

日军将被俘的战士、伤员、群众押到李巷村前的一块稻田里，逐一审讯。战士们不管日军威胁利诱，始终不肯吐露真相。

但休养所的周医生经不住敌人的拷打，供出了部分同志的身份、职位，这样一部分同志在第二天押往溧水县城继续审讯，次日夜晚又被押送到金坛。张光被俘后没有暴露身份，改名为唐昌之，他与被俘的男伤病员挑着东西走在队伍中间。

由于队伍拉得很长，张光和部分伤员、民伕乘敌首尾不能相顾之机，分别逃出了敌人的魔爪。

到金坛时，被俘人员仅剩几个女同志和行走不便的伤病员，他们在金坛被敌军关押数月后，经组织多方营救，终于出狱。

狡猾的日军在进行军事侵略的同时，还进行经济掠夺，他们大量盗印法币，扰乱中国的金融市场。为打破日本帝国主义的阴谋企图，保护抗日根据地内人民的经济利益，保证抗日部队的供给，在经济战线上开展对敌斗争，经苏皖区党委批准，1942年年底，江南财经处开始发行惠农币，以抵制法币，排斥伪币，稳定根据地经济。

1942年年底，江南财经处路南办事处从丹阳延陵惠农银行运来了6包惠农币，每包60斤，用老土布包装，并盖好启封印章，由县抗日民主政府财经科交给李孝廉，由他组织掩藏。

对于这一大笔钱财，要埋藏好确实不易，李孝廉想到1941年溧水抗日民主政府县长许维新埋藏了许多军用物资，由于李塔村的亲戚告密，物资被日军抢走，损失极大呀。

他想了半天，终于想到李巷东北方向一里路外有个"小鬼滩"，那儿是个乱坟岗，也是专门埋葬夭折的孩童的地方。人们极少去那儿，那里杂草丛生，常常阴风怒号，寒风凄凄。

如果找一老坟，埋一新棺，放上惠农币，日伪军、顽军是做梦也想不到的。

于是他在家中召集了地下党员程运清、任庆发、李承有、李承本、李志海等人，连夜将惠农币运到"小鬼滩"，藏到安放在茅草丛中的老坟基棺材里，后来，由指定的地下党员起出交给县财经科。

不久，十六旅送来近百匹布料，这是被服厂急需的材料，张家棚子的军鞋厂，周家山的被服厂已等得火急火燎的了。

这布匹比钱币还要难藏，不能受潮，体积庞大，这可怎么办？家中那些地方是无法堆放的，面积太大，一旦被人发现告密，后果是不堪设想。

李孝廉召开会议，他把这次掩藏布匹的任务作了交代，希望能够想出办法完成任务。

大家一筹莫展，李孝廉急得来回踱步，香烟抽了一根又一根，那焦急的神情在满脸的皱纹间时隐时现。

忽地一党员想起尤赘村毕山上住着一个地下党员程玉堂，独门独户，他家草房的山墙是用大土坯砌起来的双面墙，中间空的，一直砌到顶，只身一人可以行走，进出时只要掀开墙顶盖的草即可。

李孝廉乐得连连叫好，众人也认为把布匹藏于他家最合适。李孝廉立即赶赴尤赘村，和程玉堂商量好后，当晚带领众党员将布匹藏进了程玉堂家中草屋的夹墙里。

这些布匹陆陆续续近一年才用完。

后来从高淳运来一批军用食油，这一次难不倒李孝廉他们了，他们有足够的贮藏经验了。他们来到党员李子元家，在他家老房子里挖坑。挖好后，埋一大缸，里面盛满食油盖上大木锅盖，再铺上棉絮，加上伪装物，这样以后新四军随用随取，十分方便。

1942年年底，日伪军包围了南曹村，曹家被洗劫一空，18间瓦房，几百亩稻谷及槽坊的厂房和酿酒器具被全部烧光，曹母也被抓住。

曹母昂头挺胸："养儿子不养他的心，我怎么知道他在哪里，要杀要剐，随你们便！"

曹明梁闻风，悲痛异常，但他丝毫没有动摇自己的意志，而是更加坚定地站在抗战的前沿。

敌人逼不出口供，就把曹母关押起来，不给饭吃，还抽打审讯她。曹母是小脚，三天三夜下来被折磨得筋疲力尽，敌人以为她已遍体鳞伤，无法跑走，就放松了对她的看管。第三天深夜，曹母趁看守醉睡之际，挣脱绳索，逃出了虎口。曹母迈着小脚，艰难地跑到离南曹半里不到通往新桥的紫家坝，听到后面有敌人追捕的吼叫声，就不顾一切拽着坝沿上一棵大柳树的枝条，全身没入刺骨的凉水中。敌人走过后，曹母好不容易爬上岸来，一步一拐向曹家桥方向走去。在一个山坡上被同村的胡恒广发现，胡立即把她背到胡甲村金家换了衣服，然后又背到新桥躲藏起来。等敌人"扫荡"结束后，曹母才回到南曹村。

曹母脱险后，为儿子的行为感到骄傲，她托人带信给他："别牵挂我，儿子，你做得对，你做了应该做的事。"

第十三章

二旅南下

阜宁夸州附近一师二旅驻地，在华中党校学习提前结束的王必成一回到旅部，便召集干部，传达上级指示：二旅准备南下，重回苏南战场。

会后，寒风中，王必成站立村头，内心如翻江倒海般滚涌起来。

"苏南，苏南，久违了。"王必成喃喃细语，他此时的心情远比从延安赴皖南军部来得复杂，如果说当年赴皖南是摩拳擦掌，跃跃欲试的话，那么此时是壮志雄心，挥戈南指。如果说当年赴皖南是一个陌生的环境，进行一场陌生的征程，那么此时是到一个曾经战斗了三年非常熟悉的环境中进行十分熟悉而又非常残酷的系列战斗。

王必成长长地吁了口气，当年离开苏南是出于新四军发展的需要，毛泽东同志非常英明，新四军的作战方针便是"向东作战，向南巩固，向北发展"，陈老总非常果断，1940年六七月份，率领指挥部北上苏中，这不仅避免了皖南事变的消极后果对苏南造成的危局，也使新四军在苏中打开局面，为黄桥决战、白驹会师、重建军部打下了基础。新四军不仅没有被日、伪、顽消灭，而且不断发展壮大，已经有效地掌控了自己的命运，七支雄师奋战在华中，硕果累累，黑夜即将过去，黎明即将到来。

王必成解开了上衣最上面的两粒纽扣，继而捏紧拳头，面向着遥远的黑夜中沉沉的南方。

这次军部决定二旅南下，也是斗争的需要，由于新四军在苏北、苏中的迅猛发展，引起了日伪的恐慌和蒋介石的嫉恨，日伪决定在苏北、苏中重兵扫荡，并进行清乡，顽固派则纷纷投降日寇，合法地向新四军进击。军部准备从阜宁停翅港移到淮南，二旅直属军部，是保卫军部，本拟西行或留在苏北，但苏北、淮南的新四军迅猛发展，由于地盘太小，已出现塘小鱼多的现象，留下和移居淮南都不合适，刚好苏南的十六旅多次向军部请示请求援兵南下，加之二旅主力四团前身便是赫赫有名的一支队二团，派二旅南下便是最佳的选择。

　　"南下，南下。"王必成翘首南望，虽然黑夜遮住了一切，即便大白天目力也无法触及苏南，但王必成还是深情地望着苏南方向，他太熟悉苏南，那儿的一山一水、一草一木都留下了他的足迹，留下了他手中钢枪发出的枪声，留下了他少见的舒心的微笑，留下了他与苏南百姓的深厚情谊，留下了他朝夕相处永远长眠于苏南大地的战友……

　　苏南的战斗画图一幕幕在王必成眼前显现，伏击竹子岗，夜袭新丰车站，攻打句容城，火烧东湾，激战陈巷桥，奋战上下会，鏖战贺甲村……

　　王必成不由自主地哼唱起那首反映他在苏南战绩彪炳的《反扫荡歌》："反扫荡，反扫荡，延陵大捷，血战繁昌，英勇牺牲的革命战士，壮烈牺牲的吴副团长……粉碎敌人分击合击，夺取敌人精锐武装，这是伟大的胜利。"

　　血液在奔涌，心儿在狂跳，王必成所率领的二团随陈、粟进入苏中后，如鱼得水，不断发展壮大，东进黄桥，夺让姜堰，决战黄桥，讨伐李长江，攻打裕华镇。老二团、新六团发展为二旅，如今兵强马壮，远非昔日可比，王必成恨不得飞身上马，扑向苏南，横扫日寇。

　　……

　　王必成本有虎气，如今又充满了霸气，他一声令下，第二旅第四团教导队、特务营及兴化、盐城独立团各一部共 2000 余人于 12 月 31 日从台北县出发，向南挺进。

　　为了保密，二旅南下只使用当地独立团的代号，刚开始还好，苏中、苏北新四军经营多年，是老根据地了，容易保密。二旅顺利渡过了串场河，进入兴化水乡，到达位于东北的老圩地区。当地政府和百姓早已准备好船只，恭候多时。

　　二旅开始了水上行军，一路南下，不久进入了兴化北部的大纵湖。

　　时值寒冬，大纵湖寒风阵阵，北风凛冽，连船橹上都结有冰凌，战士们穿着单薄的棉衣，但个个意气风发，毫不畏惧，在呼啸的北风裹拥下，向南疾驰。

　　旅长王必成、政委刘培善同乘一条船，他们两人是老搭档，一支队成立，他们俩便在二团工作，当时王必成为参谋长，刘培善为副团长。张正坤调到军部后，王必成升任为团长，两人并肩作战，率领二团打出了军威，"老虎团"的威名威震苏南。后二人随陈、粟北上，在二纵二旅并肩作战，为苏中的军队建设、根据地的发展，做出了杰出的贡献，现在他们领衔受命奔赴苏南，去支援苏南十六旅的抗战。

　　在黑夜中，王必成听到机要科机要员金山在小声地说话，便把他叫到身边："小金，你过来一下，靠我这边坐。"金山连忙挨着王必成的身边坐了下来。王必成深情地望着他缓缓地说道："小金呀，我们又回江南了，江南是个好地方，我记得你的家乡在江阴地区，是不是呀？这次可以回到你的家乡了。"

　　"对呀，王司令，你不是到过我的家乡吗？那年我和徐团长从挺进纵队到二团，是从扬中返回的，听他说 1938 年 9 月，为了给部队创造东进条件，陈司令派你率一个营经丹北向东，进虞澄锡地区，帮助江阴的梅光迪、朱松寿两支游击队到茅山整编。"

　　"唔，对对对。"王必成一边说一边不由自主地摸了摸身边的一件毛毯："徐团长，过长江到家了……"蓦地，王必成抓住了金山的手，声音十分低沉："1940 年 7 月初，我和徐团长渡江北上，今天我们渡江南下又回来了，可徐团长不在了，一想起徐团长，我有许多心里话。我和徐团长都是四方面军的，我俩一起到延安，一起到云岭，一起到茅山。每到一个地方，我俩几乎不约而同地说：'到家了，回到母亲的怀抱了。'四方面军的同志都有这样的情怀，我们虽没过河西，但三过草地，千辛万苦才到达延安，回到党中央，回到毛主席身边，我和徐团长的这种爱党情怀特别强烈呀……小金山呀，你还小，我讲的这些你还不完全理解，以后你会懂。小金山，你要记住，军队为家，党是母亲，有了军队，有了党，我们民族的恨，阶级的仇才能报！"说着，他又深情地抚摸着身边的毛毯。

小金山的眼睛湿润了，他记住了王旅长的话，他看到了王旅长一直抚摸着那件毛毯，便完全体会了王旅长和徐团长的深厚情谊。那条毛毯原是徐绪奎的，1940 年 9 月 6 日在营溪战斗中，徐绪奎发现一处有敌人的电台天线和重机枪火力点，便断定是敌人指挥部，就立即带领七连去消灭这股敌人，徐团长冲在前面，一边打枪，一边扔手榴弹，终于带领部队摧毁了敌人的指挥部，但不幸的是在最后围歼敌人时，徐团长中弹牺牲。小金山把徐绪奎的毛毯交给了纵队司令王必成，王必成接过遗物眼眶都红了，沉思一会儿对他说："你要记住徐团长，要为徐团长报仇！"现在小金山一提到徐团长，王必成怎能不感伤无比呢？

小金山擦了一下泪水，蓦地见王必成站立起来，沉稳地走向船头，手指南方，朗声地叫道："同志们加油，苏南人民在等着我们呢！"

船儿一溜窜的，犹如长龙在大纵湖上飞速前进。

在中间的一条船上，一个黑色的身影如礁石一般，挺立着，纹丝不动，凭那挺立的轮廓便可判断出这是一位不同寻常的人物，能够品味出其坚定、沉着、勇敢和不向困难屈服、具有钢铁意志的特质。

四团二营营长黄祖煌，此时和同船的其他干部、其他战士一样，有一种别样的心情，别样的心境。

黄祖煌是二团的老资格的军人了，他伴随着二团在抗日的烽火中磨炼成长，刚下山时，由于他担任过抗日义勇军五连班长，所以他分在二团二营，顺理成章地担任五连排副，后到皖南教导营一连学习，旋即担任二团三营八连排长、副连长、三营九连连长，参加了著名的贺甲战斗，身负重伤，后又担任二营六连连长，在战斗中负伤，伤愈后担任二团二营四连连长，皖变后担任四团二营副营长，四团团部作战参谋。1942 年 7 月担任四团二营营长，1942 年年底，二旅在苏中二分区东台以北地区整训后进行整编，六团大部分改编为兴化独立团，团部特务连和六连由徐超带到四团，五团整编为四个连，一个营部，其中一个营部和三个连由徐文华带来，编进四团二营。整编后，黄祖煌即担任这个营的营长，另一个连编入一营。

苏南抗战，新四军力量弱小，战斗规模不大，大部分战斗都是以连为单位进行，连长的作用可想而知，凭黄祖煌在赫赫有名的二团担任连长一职多年，可想黄祖煌在一支队、在江南指挥部时的分量。

是呀，黄祖煌想起了苏南，想起了苏南的战斗，身为红军干部的他，带着为国家、为民族抛弃前嫌，袭杀倭寇的雄心，驰骋于茅山地区。上下会战斗中，他机智断后，完成阻击，在上级主力部队失去联系的情况下，隐蔽于河塘芦苇处，后摆脱日军的纠缠胜利回归；贺甲战斗中，作为连长的他率部在贺甲祠堂前操场上与日寇展开白刃战，手刃数人，身负重伤，依旧指挥战斗，奋战不已。

……

天气虽然寒冷，但黄祖煌不觉得有丝毫的寒意，反而觉得十分地燥热，他站立船头，解开上衣的纽扣，目视南方。

天气冷，只要船老大稍微歇一歇，橹上的水马上结成薄薄的冰片，但战士们穿上新做的棉衣，并不畏惧，还小声地说笑着，豪情四溢。

二团的战士有许多是苏南人，一听说要回老家，特别兴奋，他们向苏北籍的战士介绍苏南的山水风情。苏北的战士生活在平原上，从没见过山，他们询问着山是何样，还深情地说着，山上有那么多石头，可以搬回到家乡来造房。苏南籍战士一阵哄笑："山上有的是石头，只要你搬得动。""等打完日本鬼子，可以用船、汽车，把苏南的石头运到苏北。"

黄祖煌笑了，苏北人没见过产石头的山，其实苏南人也没见过产石头的大山，茅山地区的山虽然称山，但和家乡江西的山相比，是小小巫见大大巫了，但战士们的质朴情感还是深深地感染了他。他爱这些战士，爱手下的这些兵，他和他们的情感血浓于水，深厚无比。虽然自己是二营营长，但从年龄上看，他和战士们差不多，不过是一个 26 岁的年轻军官。

突然湖岸上传来一阵机枪声，枪声破空而来，在水面上激荡，打破了沉寂，寒冷的空气一下子燥热起来。

战士们马上操起枪，做好战斗准备。黄祖煌拔出手枪，连忙叫道："别紧张，别紧张，船离湖岸远着呢。这大概是中堡的鬼子开的枪，他们晚上不敢出来。"他沉稳无比，凛然的胆气使战士们镇静下来。战士们知道和黄营长打仗放心，他不仅胆大，而且心细。胆大，是说他冲锋陷阵，冒险搏击，屡创佳绩；心细，是指每当他在战前或战斗中处于险境，都能迅速判断敌情，即刻作出最佳选择，把风险降到最低。

眼下，湖面上又出险情，黄祖煌清楚岸上的日军不可能在夜中贸然突击，但不能不防水上的日军。

虽然从情报侦查处得知，大纵湖上没有日军的汽艇，但兵法云"多算者胜"，谁能保证不会出现意外情况呢？倘若突然出现一两艘汽艇，后果是极其严重的。

他急命战士们保持警惕，做好战斗准备。他心中有数，在台北休整时，战士们已经经过水上作战训练，学会了游泳，学会了水上射击，即使打起来也有底。

但兵不立险地，尽可能避免战斗发生，他小声地命船老大急速摇橹，加速前进，要防止鬼子的汽艇出现。

果然湖岸上的日军胡乱地打了一阵枪，根本没有胆量露头，不久，枪声消失，湖面又归于沉寂，只有轻柔的橹声在摇荡，许久不见日军的汽艇出现。

战士们放下枪，发出了轻蔑的笑声，欢快的话语声在水面上又飘荡起来。

"鬼子来了，叫他吃王八。"

"他妈的，小鬼子怕我们寂寞，放着炮仗为我们送行。"

"小鬼子也盼过年了，他们提前放爆竹，准备过大年。"

"小鬼子等着吧，我们会回来收拾你们的。"

……

听着战士们的谈话，黄祖煌露出了会心的微笑。

二旅由大纵湖向南抵达高宝地区十八旅驻地，受到刘先胜旅长和韦一平政委的欢迎，王必成利用仅有的一天休息时间，召开了连以上干部会议，会上刘先胜介绍了当地的敌情和地形，入夜，部队继续乘船向南前进。

经过几夜的水上行军，到达江都真武庙，旋即进行陆上行军，部队很快到达长江北岸的嘶马、大桥、吴家桥一带，这里是苏中一分区，有许多挺纵的战士，他们原和老二团战士相识。老战友重逢，格外亲热，真是感慨万分。仅仅三年时间，苏中已发生了很大的变化，从孤军奋战起，经郭村战斗、黄桥决战，已从一二千人的队伍，发展到数十个主力和地方兵团，是毛泽东同志宣称的游击战争胜利的典范。

夜渡长江开始了，战船驶向对岸，二团战士挥手向苏中父老乡亲告别。当夜顺风，船速甚快，此时的渡船多为大船，远非那河中行驶的船只可比，最小的也能坐一个排，战士们目睹滔滔东流的长江，雄阔的气势和战斗的豪情交融一起，又说又笑起来，有的伫立船头做着挥刀拼杀的动作。

江都籍的船老大李小三兴奋地说着："安徽也有新四军，经常在长江里来回，我就接送过好几回。"他用力地摇着橹，兴奋之情溢于言表："到处是我们的战士，小鬼子横行的日子不会久了。"

战士们告诉船老大："南京、上海、杭州这些大城市均在新四军的包围之中，大江南北现在都是新四军的天下了。"

李小三高兴极了："好呀，安徽的新四军也不少，不过比这儿少多了。"

谈笑间，船入江心，便看到南岸的信号灯，不久，船到南岸边，停在镇江东面的50里处，战士们便纷纷下船，上岸登山。

一上岸，苏中籍的战士们便惊奇万分，他们面对着江边山丘惊叫道："哪来的这么多石头？哪来的这么高的高山？"他们想登上，但部队有命令，军情紧急，要全力迅速通过敌占区，抓紧通过封锁线。许多战士怀着极其遗憾的心情依依不舍地离开大山，临行前许多战士捡起有花纹的小石块，放入兜中，然后迈开大步向南挺进。

王必成上了岸，他一言不发，弯下身子在地上抓了一把泥土，然后用双掌揉搓着，轻轻地说着："我们又回来了。"然后缓缓地抖落掌中的泥土粉末，抬头南望，手一挥，"继续前进"。

过丹北地区，越沪宁铁路，这于苏中籍战士又是一个惊喜。

"什么叫铁路？"

"是用铁做的吗？哪来的这么多铁？"

"火车跑得快吗？是不是像条龙？"

部队首长迅速做出了简短的政治动员："不准在铁路上停留，不准掉队，以最快的速度通过铁路。"

"是！"战士们朗声答道。

途经辛丰处，便要穿越铁路了，地方党早已和伪军打过招呼，这些两面派装聋作哑，只当什么都不知。地方党又派人用门板撑住上面的电网线，又用门板平压住下面的电网线，战士们弯腰迅速而过，根本没有理会横躺的铁路，自然也不能满足一览火车的欲望。

部队到达延陵九里一线时，已天光大亮，这儿是茅山抗战的中心区，1942年的年底开始，日军在此的统治力大为下降，也就是说这是一个安全地带，十六旅四十七团就经常在这一带活动。

王必成停下来，没有一句话，他深情地望着南面不远处的贺甲村。

他神色凝重，双眼散发着思念之光，寒风吹拂着他那并不高大的身躯，他纹丝不动，犹如礁石迎着海浪，任凭其扫掠。他的沉着、坚定、勇敢的特质，顿时展现在苏南的旷野中，他陷入了深深的沉思中，数年前的鏖战似乎又在眼前浮现。

1939年11月8日，王必成在宝堰以南、西旸东北之王家村、罗所一带驻扎，中午接到新六团团长段焕竟的信件，称新六团与丹阳独立支队在丹阳九里北贺甲村与敌激战，日军凶悍，新六团、丹阳独立支队均有伤亡，望二团速来增援。

王必成见信，觉得日军不多，便带一营进行支援，留二营在罗所，午后1点到达贺甲村西北与段焕竟会合。王必成统一指挥二团、新六团及丹阳独立支队，经过10小时的奋战，歼敌日军武村大队以下168人，生俘3人，开创江南敌后战场、村落进攻战斗歼敌新记录，打出了新四军的威风，激发了人民的斗志，受到延安军部和新四军军部的通电表扬。上海进步报纸以"伟大胜利在江南"为标题加以报道，从此苏南群众称第二团为"老虎团"，称王必成为王老虎。但此战，我军也伤亡甚大，共伤亡200余人，新六团政治处主任刘震英、三营营长刘玉林英勇殉难。

贺甲之战，可以说是他的典范之作，但此时的王必成想到的是那些长眠于地下的战友，他们鲜活的面容依次在其眼前浮现，因此平昔寡言、神色平淡的他显得愈加凝重。

四团许多战士、干部是老二团的，他们参加过贺甲战斗，黄祖煌当时任三营九连连长，在白刃战时负伤，此时他也不由自主地摸了一下右臂，神色凝重地朝贺甲村眺望。不知谁唱起了《反"扫荡"》的战歌："反'扫荡'，反'扫荡'，延陵大捷血战繁昌……"

旋即许多战士跟着唱了起来："英勇牺牲的革命战士，殉国的吴副团长……"

王必成、黄祖煌等将领也放开嗓子唱了起来："同志们，踏着先烈的血迹前进！反'扫荡'，反'扫荡'。"

众战士的歌声，声震于天，在丹阳原野、茅山山间，回荡，回荡，回荡。

二旅在延陵地区停留了一个星期，再过茅山，经东湾、袁巷进入溧水地区，1943年1月13日在溧水白马桥附近与十六旅会师。

一月的溧水，纷纷扬扬地下了好几场大雪，这大雪给溧水多山丘的特殊地形平添了许多神韵，虽然是银灰一片，但地形起伏有序，所以原野的轮廓显得特别柔和，加之多山多松，大雪无法盖及之处或呈灰色或呈青色，给这平静单一的白色调的世界增添了些许变化，增加了蓬勃的活力，也使孤单飞翔的鸟儿有了几分依托。

不久，热浪袭来，人流涌动，身着蓝色衣服的人群在原野上涌动起来，他们紧紧地拥抱起来。

十六旅的战士们在江渭清、钟国楚的率领下迎了上来，二旅的战士在王必成、刘培善的率领下张开了双臂。江渭清、钟国楚紧紧地握住了王必成、刘培善的手："欢迎呀，欢迎二旅的同志们到苏南来。"

"我们又回苏南来了！"王必成深情地对着江、钟及十六旅的战士呼叫道，声浪在雪野上回荡着。

这一句话，大大地感染了江渭清，因为江渭清和王必成的经历类似，他曾在一支队一团奋战在苏南，后调入皖南军部，皖变后突围至苏南，担任了十八旅旅长，奋战在澄虞锡、苏常太，后"清乡"受挫，只得渡江北上，塘马战斗后被刘少奇点将入苏南工作。1942年他再次踏入苏南时，说了一句和王必成类似的话，如今又勾起了他对往昔的那幕情景的回忆，同时他再次体会到王必成那种和自己完全相同的思念情愫，当然这种情愫是一种战斗情结，是刚性的、雄健的、勃发的。

两军相拥，欢笑声一片，声浪、热浪在原野交融涌动，然后雄壮的《新四军军歌》从战士们的喉咙中喷涌而出，在原有的气浪中回旋、升腾。

松冠上的大雪在声浪中纷纷坠落，粉状的雪花飞扬起来，在艳阳下发出耀眼的光彩来，二旅暂时据扎在里佳山一带，王必成和刘培善等旅部干部居住在村中李姓地主家。四团则住在离里佳山不远的一个村庄上。

黄祖煌他们安顿好队伍，便和一营副营长谭忠、团卫生队长吴功戬闲聊起来，三人都喜抽烟，但能分配到的烟太少，无烟的时候，总觉得不自在，手脚不知放在何处好。

谭忠一想，便建议去找王旅长要烟抽，其他两人连连点头，他们赶到旅部，只见王必成站在地图前，正在看地图，三人连忙喊"报告"。

王必成一愣，忙问何事，三人均说无事，只是来看看首长。谭忠则用眼睛在室内扫视着，似乎在寻找什么东西。

王必成一见谭忠的举动，便知醉翁之意不在酒，而在乎烟也，便微微一笑："我很好，你们好吗？你们大概是想抽烟了吧？"一面转身到后面打开一铁皮箱，拿出一包烟放到桌上，"拿去抽吧！"

黄祖煌拿起了烟，可谭忠并不理会他，反而假装看挂在墙上的地图，然后悄悄地转到铁皮箱前，开箱也拿了几包烟，还装着若无其事的样子："旅长，你的烟也不多了。"

王必成这一次是哈哈大笑："好呀，谭忠，你要抽烟尽管说，但不能偷，拿就拿去吧，但不能独吞呀。"说得大家"噗嗤"笑起来。

……

陈瑛也来到了里佳山了，当王必成在山脚下迎接时，在陈瑛怀抱中的女儿苏炎张开双臂，呼唤着含混不清的语音："爸爸，爸爸。"

王必成一下把女儿从陈瑛手中接过，紧紧地亲吻着小苏炎的两腮："想爸爸吗？"

亲吻一阵后，他才转身对妻子陈瑛说："怎么样，一路上有没有遇到危险？"

陈瑛喘着气："还好，有惊无险，多亏地方党的支持和小林的帮助。"她指了指手旁一位穿着破棉衣的青年农民说道。

王必成上前紧紧地握着小林的手道谢："谢谢你，小林同志，你辛苦了！"

寒风中，陈瑛朝四周看了看，但见群山环抱，丘陵起伏，农舍掩映于杂树竹林之中。虽然时值初春，但天气仍是那样的寒冷，狂风呼啸，声音尖厉，树梢竹叶发出"呼呼"之声，近处山洼间、田野里还不见一点绿意。麦苗在严冬的摧残下蛰伏于土壤里，还不能气昂昂露出自己的身子。但自己所处的里佳山村却人流涌动，个个意气风发，散发着青春的气息和战斗的豪情，尤其是那刷在墙上的战斗标语格外醒目，似乎放射着光芒和热量，冲淡了这深深的寒意，给人注入了暖暖的热流，陈瑛的热血似乎一下子沸腾起来。

看到这景象，第一次踏上溧水的她已经爱上了这一片战斗的土地，她深情地望着王必成："必成，这儿的气象真好。"

王必成深情地点着头："是呀，今非昔比，虽然眼下抗战处于困难时期，但曙光已现，我们二旅和十六旅已经合并，仍为十六旅，现在兵强马壮，正待大展宏图了。"

王必成一边说一边又亲了亲小女儿，真可谓舐犊情深，王必成只觉亲情流通全身，天伦之乐丝丝地浸润着身心，战斗的豪情顿时化为绵绵的柔情："小乖乖，想爸爸了没有？"小苏炎眨着明亮的眼睛深情地望着他，脸上绽开了灿烂的笑容。

王必成又亲了亲她，说起小苏炎，在二旅南下时，王必成本决定让其回陈瑛的老家南通县，由家人抚养，可临行时，陈瑛看到不满周岁的孩子被放入箩筐中，准备被地方政府派遣的工作人员挑走，眼泪奔涌而出，小苏炎也"哇哇"哭叫起来。旅部的机关人员见状便劝道："王旅长，带上小孩也无妨，到了溧水可寄养在老乡家，这是军中的老办法。"没等王必成答应，几个干部把小苏炎从箩筐中抱出，塞到了陈瑛的怀中。王必成鼻子一酸，虽想阻拦，但机关干部不由分说，拥着陈瑛把小苏炎带入军中。

到了江边，王必成无论如何也不能让她们母女俩和战士们一道渡江，因为万一小孩哭叫，在江面上会招致敌人的到来。

后来惠裕宇让母女俩打扮成农家母女，再派了一个极其可靠的地方工作人员，从扬州乘轮船到镇江。

陈瑛一踏上苏南的土地，便感觉到了与苏中不一样的气氛。除了见到高山大江迥异于苏中外，主要是社会气氛和苏中极不相同，苏南重镇是日伪把守的军事要点，伪化程度高，日伪军极其猖狂，视人民为草芥，老百姓生活在法西斯的铁蹄下，痛苦呻吟，这更激起了她抗敌杀敌的斗志，在镇江没有久留，在地下党的安排下，她顺利地来到了丹阳。

然后地下党又安排了一个农夫推一辆独轮车送她们去磨盘山。但让陈瑛没有料到的是，丹阳这地方的民风特奇，平昔的生活，有着迥异于苏南其他地方的特色，一个大男人，经常是上午皮包水（喝茶），下午是水包皮（洗澡），上街时男人坐在独轮车上，由女人推着行走。

送行的农夫自然是身强力壮，推小车又稳又快，但男推车不合常理，怕引起注意，只得让陈瑛学着推车。遇到人多时，装模作样推了两下，无人时，他来推。好在陈瑛从小在农村长大，又在地方工作过，在军中也锻炼了两年，一学就会。当农夫与小苏炎坐在车上时，她便"吱吱嘎嘎"地推着车，像模像样地赶起路来。一路上，乐得她笑个不停，丹阳的百姓直夸这个媳妇好，又善良又贤惠。

到了磨盘山，已是山区丘陵，抱小孩行走十分吃力，小苏炎全赖那个农夫和另一个地方工作人员轮流背负，几天后终于安全到达了溧水里佳山。

王必成听到"推车"一事，一向不苟言笑、严肃无比的他，脸上也露出了笑意。

安顿好二旅的指战员后，十六旅领导向军部请示下一步的行动。

军部考虑再三，决定两旅合编，为了不暴露实力，引起日、伪夹击，合编的旅仍为十六旅。

1942年10月26日，中央军委决定，新四军第六师机关与第一师机关合并，所以新合编的十六旅归一师指挥，不过六师的番号没有取消，所以十六旅的建制仍属六师，正式称呼仍为六师十六旅。

合编时，钟国楚、江渭清告诫原十六旅的领导干部要采取谦让的原则，干部们愉快地接受了这一建议。军部反复酝酿，很快回电，任命新的十六旅领导。1943年1月29日，中共中央军委批复新四军，第二旅与第十六旅合并成六师十六旅，但归一师指挥。二旅四团编为十六旅四十八团，十八旅五十一团变为十六旅五十一团，原十六旅各团番号不变。

具体领导为旅长王必成、政委江渭清，正副参谋长为张开荆、陈铁君，正副主任为魏天禄、张鏖，原二旅政委刘培善和十六旅旅长钟国楚调延安学习。

合编后十六旅共有5000余人，各部队负责人情况是：四十六团团长黄玉庭，政委丁麟章，副团长刘一鸿，参谋长傅狂波，政治处主任陈绍海；四十七团团长熊兆仁，政委王直，参谋长刘群；四十八团团长刘别生，政委吴嘉民，参谋长饶惠谭，政治处主任童炎生。五十一团团长胡品三，政委李彬山，政治处主任江如枝；独立二团团长杨洪才，参谋长王香雄，政治处主任林胜国；教导大队大队长樊道余，政委许彧青；特务营营长廖坚持，指导员陈力。合编后的十六旅雄心勃勃，决心在苏南掀起新一轮抗战高潮。

就在江渭清、王必成紧锣密鼓地准备在里佳山祠堂召开合编后第一次全旅排以上干部大会时，一师师部转来一份电报，抗大九分校已准备南下了，江、王两人一阵欣喜，这无疑又大大增强了苏南的抗日力量。

第十四章

九分校北来

　　抗大亦即中国人民抗日军政大学，它创建于抗日战争的前夕，毛泽东同志为抗大制订了"坚定不移的政治方向，艰苦奋斗的工作作风，灵活机动的战略战术"的教育方针，抗大的办学形式和教学方式有其显著的特色。首先，它服务于革命战争形势发展的需要，把集中于延安后方的抗大，组成许多分校挺进到敌人的心脏和战争的前沿阵地，就地办学，培养干部，这对于抗大和巩固人民军队及根据地，具有战略意义，也是历史的创举。

　　1942年，军部得到情报，日寇将增强三个师团"扫荡"我苏北、苏中根据地，因此在安排军部转移至淮南和二旅南下后，也准备让九分校南下。

　　抗大九分校是抗日军政大学的十二个分校之一。其前身为1941年10月成立的抗大华中大队，1942年5月，华中大队奉命改编为抗大九分校，校址在江苏南通县。为准备反"扫荡"，苏中党政军机关和部队精兵简政，新四军一师一旅、三旅各抽调部分班、排、连骨干成立教导大队，集中到抗大九分校学习，党政军机关也抽调部分县、团级干部到苏中党校学习。同时决定，抗大九分校与苏中党校一同渡江南下，转到苏南地区办学。不久决定派刘季平担任抗大九分校副校长，苏中党校校长，同九分校教育长杜屏、政治部主任张崇文一起率领两校南渡。行前，新四军一师师长兼苏中区党委书记粟裕找刘季平谈了话，粟裕传达了华中局和新四军军部关于当前形势和任务的指示，大意是：分校到苏南后，一方面要进行军政训练，一方面可配合十六旅搞好两溧地区的部分工作，军事上归十六旅指挥。

　　农历腊月三十，即1943年2月4日，抗大九分校准备在江都县大桥东南及嘶马一带渡江，全校分为三个梯队：原九分校、苏中党校、一师服务团以及一师师部机关的同志为第一梯队，原一旅教导大队为第二梯队，三旅教导大队为第三梯队。

　　当天晚上，在溧水里佳山，十六旅的机关干部正在布置会场，准备迎接明天全旅的干部大会。

除夕之夜，雪花飞舞，北风呼啸，江天一色，白茫茫一片，在鞭炮声中抗大九分校全体成员来到江边。

学员们满身泥泞，有的泥污过膝，他们身上背着简陋的武器、背包、干粮袋，开始登船。事先，组织者按船只大小编组，人马分乘，一字排开，战士们成一路队形，逐次登乘，烂泥路上垫有苇柴稻草，跳板上捆有草绳，部队在人墙中鱼贯而上，黑暗中，看不清对方的面容，谁也不说话，照例是点点头。

第一梯队登上木船后，先过夹江，上岸后急速行军，一个接一个，不敢拉开距离，过了夹江又上木船过大江。

大船在江中划行着，骤然见到江面驶来一条大轮船，船上有明亮的蓝色和红色照灯，分外醒目。学员们估计是鬼子的巡逻船，分外紧张，拿起武器准备战斗，渐近时，判断出是一条商船，紧张的心顿时松弛下来，手中的枪又一次放了下来，各自航行平安无事。

木船终于停靠在江南黑黑的龟山下，学员们纷纷上岸，此时天已亮。大年初一，大家不去惊动居民，挨个蹲在家家户户的门外缩成一团，直到大门洞开，才进去道贺。

苏南的百姓又惊又喜："亲人来了，新四军来了，江南的百姓日夜盼望你们到来！"

迎进屋，喝上热气腾腾的茶水，品味甜甜的糖果。

第二梯队先到新老州，然后准备从那儿乘船到南岸，但他们的船必须北返运送第三梯队，而他们则必须等待第一梯队的空船，再运送到长江南岸。

第二梯队的战士左等右等不见第一梯队的空船回来，在新老州上宿营非常危险，因为此地是伪化区，有许多伪军部队，一旦发生战斗，后果十分可怕。但就是不见空船到来，无奈只得做好另一手的准备，严密监视伪军岗哨，任务由排哨完成，便衣侦察则来回奔走，随时传递信息。

天亮了，江面上白雾弥漫，丝毫不见船帆的踪影。

第二梯队的领导迅速决定在新老州的一个村庄上居住下来，村外布置便衣岗哨，封锁村庄，外来人员只准进，不准出。

战士们踩着厚厚的积雪，敲开了百姓的门，老百姓惊呆了，因为1940年以后，新四军于此渡江的次数大为减少，敌伪在这儿统治了几年，大年初一，天降神兵，他们有点手足无措，且疑心重重。战士们一边进屋一边做好宣传，然后抓紧整理绑带鞋子，随即取柴烤火。

2月5日就在抗大九分校的第一梯队刚刚到达苏南，在百姓家休整，第二梯队在新老州百姓家严阵以待时，苏南溧水的里佳山却出现了另一番景象，十六旅干部代表穿着干净整洁的衣服在新春祝福声中召开第一次全旅干部代表大会。

大会在李家祠堂召开，在宽大的祠堂大厅里张挂着毛泽东、朱德的画像。横幅标语"十六旅干部大会"悬挂在门檐上，格外醒目。天井的石板积雪被清除，且打扫一新，由于祠堂依山而建，南低北高，所以洒落在青石板上的细雨汇成细流缓缓流淌，反射着清幽的光芒。瓦垅上积雪甚厚，犹如厚厚的棉絮，给人一种深深的寒意。但风儿吹来，已有一丝暖意，身在其中的人已经感到"冬已尽，春将来了"。

是的，春将来了，尽管大雪覆盖，但风儿拂面，已夹有丝丝暖意；尽管冰凌悬挂，但厅里人声喧沸，热浪阵阵。干部们已端坐在长凳上，相互交谈，准备迎接新的任务。

江渭清、王必成、邓仲铭等人端坐在主席台上。

正值新春佳节，江渭清精神饱满，神采飞扬，他先宣布了军部的命令：任命王必成为旅长，江渭清为政治委员，随即做了政治形势、军事形势的报告。

他的声音在大厅里回荡："同志们，我已宣读完军部的命令，现在我再介绍一下政治方面和军事方面的形势……1937年，日军进犯京沪，国民党逃之夭夭，弃之不顾，苏南大好河山落入敌手。1938年春夏以后，苏南军民在我们共产党、新四军领导下，收复失地，创建了苏南敌后抗日根据地，我们取得了很大的成绩，我们以后会取得更辉煌的成绩……但是敌人妄图消灭我们，在我们脚下的这片土地上，有日军的'中国派遣军'总部，有汪伪的'中央政府'，还有国民党顽固派的第三战区，他们时刻想驱逐我们消灭我们……然而抗战五年来，我们坚持战斗，在日伪的心脏地带，敌人始终奈何我不得……我们的努力，对于全国战局，甚至国际反法西斯战争都将产生影响，说明我们的抗战一定能坚持到最后胜利，现在我们的力量加强了，我们要进一步巩固中心区，扩大游击区，缩小敌战区，把苏南根据地建成对日反攻作战的前进基地……战友们，同志们，我坚信十六旅在党中央毛泽东同志的领导下一定能取得对敌斗争的胜利，一定能担当对日反攻作战的前卫军。"

江渭清的报告赢来了一片热烈的掌声，特别是二旅的一些干部，第一次听到他如此精彩的报告，内心敬意倍增，不禁小声议论道："江政委名不虚传，政治工作如此出色。""他不仅会做政治工作，也能带兵打仗，是我们新四军中屈指可数的军政合一的领导。"

接着王必成旅长作军事报告，王必成是军中有名的虎将，平昔言语不多，身材不高，面颊清瘦，双眼深邃，目光敏锐，他用浓重的鄂东乡音做着报告。他话语简短，但铿锵有力，掷地有声，洋溢着睿智、果敢、英武的特质，这给原十六旅的指战员留下了深刻的印象。

王必成简述了当前的军事形势，又谈了以后对日作战的任务，最后他提高了嗓门，顿时厅里回荡起其有力的声音："同志们，两支部队合编后，要立即攥成一个强有力的铁拳，团结一心，共同战斗，为坚持和发展苏南抗战而努力奋斗。"

……

这一天的时间真漫长呀，左等右等不见天黑，毛毛细雨已经停止，江面上的一切清晰地呈现在眼前，挂着日本旗的商船、军舰和汪伪的小汽艇在离沙洲百米远的地方飞速而过，战士们的心收缩得一阵紧似一阵。

终于盼来了南岸的船只，那是黄昏时分，原来第一梯队的空船早已返回，但一时疏忽，领导没有派战士押送，船夫因是春节便齐齐划船于中途走了……

不管如何，船只终于驶来了，第二梯队的队员疾速而上，向着南岸挺进，挺进，虽然在江面上曾与日军的船相遇，但从容不迫的他们还是平安无事地到达南岸。

第三梯队年初一才到达江都的十里长庄，便在那儿过了年，还休息了几天，因为那里是根据地。师部文工团进行了春节演出，他们自编了《伏子掉队》的节目，伏子是胡子的谐音，同行的苏中党校校长刘季平留着大胡子，此剧的意思是他来迟了。

刘季平在台下听了，哈哈一笑，冲着台上大声说道："胡子在这儿，胡子在这儿，胡子没有掉队。"他这一喊赢来了一片笑声，现场的气氛更活跃，观看的百姓也笑成了一团。

这刘季平原在苏中行政公署工作，刚调任为抗大九分校副校长、苏中党校校长，此君虽非新四军中常见的能征惯战的猛将，但却来历不凡，非同寻常。

看相貌，此人特征明显，最显眼处是那一脸的大胡子，这在南方人中极为少见，当许久不刮胡子时，那蓬勃生长的胡子却有一股欣欣向荣极其茂盛的狂姿，所以许多人戏称其为军中的"马克思"，除了他那极富特征的大胡子外，此君身高一米八有余，骨骼奇伟，脸型硕大、方正，天庭饱满，如果不是他鼻子上架了一副宽大的眼镜，脸上洋溢着一股浓重的书卷气；如果不是他平昔的话语不时吐出一些知识用语，你很难把他和书生、知识分子联系起来。据史料载，孔子身高近二米，属于那种孔武有力的猛男子，但他和知识联系起来，成为一种迥异于后代文弱书生的模样，那么这一点刘季平有类似处，他身上的气质文而不弱，威而不猛，平和适中，凭这些特点足够令人寻味了。但翻开刘季平的人生履历，他的形象则变得更为饱满、更为丰富、更有传奇色彩。

1943年年初，他从如东到如西，在如泰地区赶上了九分校的队伍，部队在如西会合后，经过靖江，于同年春节前到达泰兴，然后到达江都南面，因其是半路上参加抗大九分校的，所以他殿后随第三梯队渡江。

由于几天急行军，部队极其疲劳，他便决定在江边休整几天，利用休整的日子，搞一些文艺汇报演出，既增添了节日的气氛，融洽了军民关系，又对部队情绪的调节、疲劳的消除，起了积极的作用。

休整几天后，年初五时，学员们从嘶马、大桥南面过江。这也是南下的常规线路，因为第三梯队有许多马匹，不能用船运载，只好把它们用缰绳系在船尾，游过江去。到达南岸，弃舟上岸。上岸后，在山上的庙中与杜屏带领的九分校校部会合，然后沿二旅南下的线路向茅山进发，途经新丰车站，同样得到了伪军的"优待"，他们也如法炮制，用门板架起上面的电网线，再用另一块门板压住下面一块门板，顺利地到达磨盘山。到达溧水里佳山，休息几天后，校部移驻溧水甘戴村，其余各部在附近的上芝山、下芝山、施家塘、店郎头村庄休整。

为适应苏南斗争的环境，十六旅教导大队划归九分校建制，为了保密，学校对内称九分校，对外改称特务团，并按一个团编组，归十六旅统一指挥，学员编为三个营和一个特务连。一旅教导大队编为一营，十六旅教导大队编为二营，三旅教导大队编为三营，苏中党校编为特务连。不久进行整编，整编为特务团，团长杜屏，政委刘季平，参谋长廖昌金，政治部主任张崇文。下设三营，也称三大队。一营营长汤万益，教导员唐昆元，副营长文有武；二营营长樊道余，教导员许彧青，副营长杨绍良；三营营长朱传保，教导员孙志仁，副营长王大田；特务连连长戴平万，指导员陈野萍。

江渭清政委为抗大九分校的同志做了一次苏南斗争形势的报告，使大家明白了苏南的对敌斗争极其尖锐复杂，旅部驻地的北面，日伪军的据点林立；南面，国民党反动派集结了重兵。日、伪、顽时刻觊觎着这支为民族解放坚决打击敌寇的新四军，形势很是严峻。

一师服务团的几位同志和在苏南坚持斗争的许多同志，过去都曾在一起并肩作战过，这次相会又正逢春节，异常高兴。在乐时鸣的热情鼓动和指导下，旅文工团的同志和原一师服务团的10个人联合举行了一次晚会，演出十分成功。

十六旅宣教科的郑山尊早在抗日战争前，就活跃在上海话剧界，是位能力强、非常真诚、平易近人的文艺工作者。他见到演出如此成功，大江南北的文艺工作者又合作得如此默契，于是便带着曹禺的《蜕变》来找他们，要求他们和旅文工团的同志联合演出这出大戏，他把上演《蜕变》的意义说得十分重要。

一师二旅和抗大九分校刚到苏南，适逢春节，很需要开一次大型联欢会以表示庆祝，联欢会上演《蜕变》，能帮助指战员更具体地了解蒋管区情况，这对反顽斗争也是很有好处的。曹禺写的剧本大家也都很喜欢，但是一师服务团南下的10个人内，真正专于表演艺术的实在没有几个。五位女同志中一位已经病倒，一位是唱歌的，常竹铭、张如、李明三位还好，算是演员。五位男同志中，沈西蒙原是编写股的负责人，沈亚威是负责音乐股的，王啸平是导演，任干是个编剧。不过要参加演出这样一台大戏，困难确实不少。

田芜笑了笑，把去年春日在经巷演出《红星》的事说了一遍："那时我们的困难更大，不是照样获得成功吗？"

在郑山尊的再三说服下，在田芜等同志的热忱鼓励下，在乐时鸣一再关照下，最后征得张崇文的同意，他们便鼓起勇气投入了演出《蜕变》的准备工作。

整个工作是由郑山尊亲自主持的，旅文工团的任务也特别繁重，田芜是忙前忙后。《蜕变》由王啸平导演，几位女同志都登台了，"伪组织"是由李明饰演的，几个男的也都分了角色，西蒙饰梁公仰，天然饰孔秋萍，任干饰马登科，连专门从事音乐工作的沈亚威也扮演了听差范兴奎。根据当时的环境和条件，排演中将剧本中的第三幕略去了。大家合作和谐，工作勤奋，演出的各项准备工作都很顺利。

经巷这个小山村又沸腾了，十天后，《蜕变》便在经巷村的大祠堂内上演了，王必成旅长、江渭清政委、九分校的负责同志和驻在附近的部队指战员都观看了演出。祠堂内的观众坐得密密层层，坐在后排的人膝盖顶住了前排人的腰背，坐在最前排的人，紧挨着用方桌和门板搭起的舞台边沿。

演出的准备是仓促的，条件是简陋的，演出的水平也不能算很好，显然演出气氛和效果也无法预料。一师服务团的几位同志心里没底，但郑山尊和田芜却充满了信心。

大幕升起了，随着剧情的进展，观众时而发出阵阵的嘲讽，时而发出快意的哄笑，时而为人物的遭遇发出声声叹息。

不久，意外出现了，观众席里出现了骚动，连隔着一层幕布在后台的人都感觉到了。从幕布的缝隙中朝下望去，有两个全副武装的指挥员，正挤入人群，艰难地朝着旅首长们的坐处走去，此时正在注视关心着剧中人命运的观众，受到这意外的干扰，忍不住低声抱怨。但见来人俯身和旅首长们谈了一阵，便匆匆离去。钟、王二人神色自然，演出继续进行，观众们的情绪又高涨了起来。

然而进出祠堂的人却多了，次数也愈加频繁了。幕后人清楚地预感到，在舞台之外，肯定在发生着什么事情。可是外面的消息，一点也传不到后台来。

全剧结束了，一阵短促热烈的掌声之后，祠堂内好几处同时响起急促威严的口令声，顷刻间，观众们全部跑步离开了祠堂。这时，郑山尊领着一位军事干部来到台上，他们简要地向演员说明正当演出时，出现了敌情，南面的国民党反动军队突然出动，向这一带合围。正在观看《蜕变》的旅首长们，没有让演出中途停止，他们在剧场里下达命令，调动了部队，部署了计划，准备迎敌。此刻敌人正被阻挡在十多里路之外，领导命令大家立刻转移。大家明白了这一场《蜕变》是在顽敌当前，部队即将投入一场恶战的情况下顺利完成演出的，十分感动，这是指战员们对《蜕变》演出所给予的最高的赞赏。

演员们没有时间和战友们告别，立即随九分校转移，又迅速占领了一座山头，他们几个被编入了学员队，跟随队伍进入指定阵地，准备迎战来犯之敌。

第十五章

南康二雄喜相逢

二旅南下后，十六旅兵力骤增，渐见锋芒，虽然在苏南日、顽、我三角斗争中，我方仍处劣势，但比1942年处在低谷时期的十六旅而言，气势自然是增强了许多，特别是二旅南下的那些指战员，个个是摩拳擦掌，雄心勃勃，恨不得马上上战场和日寇比一个高下。

作为苏南党政军首脑的江渭清欣喜万分，心中的那份希望自然更多，底气也充足了许多，但江毕竟是军政双全的优秀干部，他对时局的判断远比一般人深刻，他深知这1943年是抗战的黑暗期，也是毛泽东所说的抗战相持期，现在抗战基本格局未变，敌我力量的对比没有根本的变化，德国在苏德战场十分猖獗，世界法西斯力量十分强大，十六旅丝毫马虎不得，现在苏南的抗战方针仍然是坚持。

他决心召开一次苏南区党委扩大会议，研究二旅南下后苏南形势可能发生的变化，拟订《二、三、四3个月精兵与武装建设计划》和《二、三、四3个月党与群众工作计划》。

二月下旬，中共苏皖区委在溧水地区召开扩大会议，会议开得十分成功，扩大会议提出在党的发展方向上"江、句应向东、西、南三方向发展，与茅山、横山、溧水组织取得联系，横山应向西北矿山方向发展，溧水应向天王寺方向发展，积极开展石臼湖边工作"。

有一位重要人物参加了这次会议，他就是苏南区党委委员兼教育委员会主任和苏南党校党委书记黄祖炎。

与会的一些同志对黄祖炎并不熟悉，但江渭清可是清清楚楚，他可不是一般的人物，虽然他在新四军中声名并不显赫，这是由他在军中的工作性质决定，要讲来历、资历、能力和发展前途，恐怕还没有几人能超越他。

黄祖炎，江西省南康县人，1926年参加革命，1927年加入中国共产党，1929年担任中共信（丰）、（南）康、（南）雄中心县委书记兼游击大队政委，1930年任工农红军二十八纵队政委、纵委书记，1933年调到中华苏维埃共和国临时中央人民政府工作，任秘书科长。

当时，正是王明"左"倾冒险主义对全党的统治时期，由于黄祖炎拥护以毛泽东为代表的正确主张，反对"左"倾冒险主义的错误路线，遭到"残酷斗争，无情打击"，就在黄祖炎政治上蒙受不白之冤之际，时任中华苏维埃共和国中央执行委员会主席的毛泽东毅然决定调黄祖炎担任自己的秘书，毛泽东的这一决定，不仅是对黄祖炎政治能力上的莫大信任，而且也在实际上保护了黄祖炎。

黄祖炎在担任毛泽东的秘书期间，没有因"左"倾冒险主义者在政治上的非难和工作上设置障碍而退缩、动摇，他以做秘书的特殊身份，协助毛泽东做了大量的工作，以自己的实际行动支持以毛泽东为代表的党中央正确主张。

黄祖炎还在生活上无微不至照顾毛泽东。1934年秋，毛泽东来到于都指导赣南省的扩红工作，因操劳过度病倒了。躺在木板床上的毛泽东颧骨突起，两眼凹陷，脸烧得通红，嘴唇干裂，黄祖炎看着心里非常难受。他对警卫员吴吉清说："赶快向中央政府汇报，请立即派个医生来。"

正在瑞金梅坑的中央人民委员会主席张闻天接到电话后，当即派中央红色医院院长傅连暲赶往于都给毛泽东治病，黄祖炎听到这个消息后，非常高兴。可瑞金至于都有180里，路途遥远，交通不便，不知傅连暲何时才能到达，想到这，黄祖炎又是坐立不安，焦虑万分。

直到毛泽东患病后的第三天傍晚，傅连暲骑着骡子风尘仆仆赶来时，黄祖炎才转忧为喜，连忙将傅连暲引到毛泽东的卧室，给毛泽东做全面检查。黄祖炎还向傅连暲详细介绍了毛主席的病情。

在毛泽东身边的日子里，黄祖炎学到了很多东西，当时，毛主席受到"左"倾冒险主义者的排挤和打击，心情极其沉重，但他没有因此而消沉，仍是以党和人民的利益为重，全身心地投入根据地的经济建设和中央政府的日常工作中，毛泽东这种伟大的无产阶级革命家的广阔胸怀，给黄祖炎留下了深刻的印象，在毛泽东的亲切教诲下，黄祖炎的文化知识、马列主义理论水平和工作能力都得到了较大提高。

他在长征时先后任中央组织部秘书科长、总务处长、中直机关总支副书记。抗日战争时期，任中共中央长江局党内高干训练班主任，淮南路东党训班主任，新四军第六师干部大队主任兼教委书记。

他在六师干部大队时主要活动在东路，与六师师长谭震林、十八旅旅长江渭清十分熟悉，后来和谢飞指导江南社工作。江南区党委成立后，他主要从事区党委的党训工作，任区党委下的党校书记，后江南区党委改为苏南区党委（常称苏皖区党委）后，与校长李坚真一起从事党员培养工作，为造就苏南大批的党政干部呕心沥血。

江渭清会议休息时忙向黄祖炎打招呼："老黄，近来身体可好？"

"还好。"黄祖炎爽朗地回答道，但他的脸色微黄且有倦意。

江渭清知道黄祖炎患有肺病，工作起来又没完没了，是一个典型的拼命三郎。

"老黄呀，工作是工作，身体是身体，可不能不顾身体呀！"江渭清用十分爱惜的眼光看着他，突然他眼睛一亮："老黄，我告诉你一件事，二旅南下后，四八团有一位营长是二营的，也是你们江西的，也姓黄，名字和你相差一个字，你认识不认识？"

黄祖炎也眼睛一亮："也姓黄，叫什么名字？"

"叫黄祖煌，和你相差一个字。"

"啊，是祖煌，那是我的四弟呀！"黄祖炎惊喜地叫了起来，当他听到四十八团姓黄的营长，又是江西的，他就有了一种推测。只是这几年兄弟二人在长江南北，各自奋战，音信不通，没料到四弟已担任了十六旅主力团四十八团的营长了。

"是你弟弟呀。"江渭清也一阵欣喜，"我当时就猜想，可能与你有些关系，没料到是亲兄弟，他现在在里佳山整训部队，你抽空去看看吧，你们俩是新四军中的兄弟二杰呀。"

第二日，黄祖炎步行至里佳山，里佳山离李巷不远，全是丘陵小道。黄祖炎走在路上，心情格外开朗，这将是参加抗日后的第二次兄弟见面，上一次还是刚下山在皖南军部时，他见花名册里有胞弟的名字，胞弟祖煌已是陈毅麾下一支队二团的一个排长了……他恨不得一下子赶到四弟跟前，看一看四弟的形貌到底变了多少。

二月的下旬，苏南的气候还是乍暖还寒的时候。丘陵处的树木仍是枯黄一片，叶子早已凋谢而光，大面积的桑树在山坡上挺立着，并不高的丫枝向四面叉开，齐齐地蔓延在山谷间，不过终究严寒已过，冰雪融化，偶见稻秆根上翘着融化得如纸薄般且有洞孔的薄冰，融化的水汇在一起在山沟间淙淙流淌，田间的麦苗泛出了幽幽的绿意。

看到微微露出的春意，被寒风拂面的黄祖炎心里还是暖洋洋，眼前似乎山花烂漫，春光明媚，温和一片。

黄祖炎的步伐加快了，警卫员似乎有些跟不上了。

黄祖炎自己也感到奇怪，为什么见四弟的心情如此迫切，他自己细究起来，觉得每一次和四弟的相见都有一种特别感觉，每一次相见在心灵的深处都漾起巨大的波浪。

黄祖炎的思绪随着轻快的脚步，在山谷间弥漫开来。

兄弟相逢，在通常的环境里是不会有特别的意味的，那是人间最寻常的事了，但他们两人的关系在那个特殊的年代，就有着特别的含义。他长四弟九岁，从小做陶工，平昔见面就少，自1929年担任信康中心县委书记兼游击大队长后，就难得见到四弟了，所以每次见面都觉得弥足珍贵，都会深深地印在脑海中，在戎马倥偬的间歇里时时浮现出来。

屈指算来，难忘的见面已有两次了。1934年夏，中央苏区危在旦夕，第五次"反围剿"失利，以军事战略大转移为借口的逃跑主义已悄悄进行。一天晚上，黄祖炎正在办公，哨兵来报，有个小孩求见。

小孩？这么晚了，有小孩求见，是不是哪个老表的孩子有急事相求，赶快看看是谁？

他一出门，漆黑一片，昏黄的灯光下隐约见一小孩，衣服褴褛破旧不堪，仅有的一只鞋子破得几乎没有鞋跟底了，他眯着眼看了黄祖炎一会儿，突然叫一声"大哥"。

凭这叫声黄祖炎就知道谁来了，这声音他太熟悉，但不敢相信的，倒不是弟弟眼前的这副模样，他不相信的是四弟怎么可能出现在苏区的首都瑞金？后来一切都明白了，四弟和父母都在中央所组织的难民团里，难民团难以维持了，准备遣送回家乡。四弟带着疑问，带着父母的嘱托，走了 100 多里的山路来看望他，想问问他以后该怎么办？乡亲们面对形势十分困惑，不知该如何好。

黄祖炎紧紧地把四弟搂在怀里，是呀，谁不困惑呢？出路何在呢？但这些该怎么说呢？父母和四弟该怎样生存呢？眼看要大转移了，红军已准备撤离中央苏区了，部队的行动是保密的，对外宣传是开辟新区，口号叫得很响："扩充百万铁的红军，打倒国民党反动派。"

黄祖炎连忙倒水让其洗脚，一边让人备饭。

四弟一直在哭诉，也难怪，他只有 17 岁，脸上还挂着孩子气，不过与在家时见到的弟弟不一样，好歹他在儿童团锻炼过，坚强、坚韧、吃苦耐劳，已充分地显示出来，而且在他的身上已体现出艰苦环境中磨炼出来的些许成熟。

"红军真的要走吗？要到哪里去？会很远吗？白狗子杀回来怎么办？靠谁呢？"四弟还在一连串地问。

他怎么回答呢？只能沉默。"你吃，你吃，吃饱了洗过澡我再给你找一双鞋。"

不回答不行呀，四弟来就是为了这个，回答吧，现在战略转移对外保密，另外，四弟还小，如果告诉他，父老乡亲不明原委，会有担心恐慌失落的感觉，唯一的办法只能对弟弟和亲人们讲，增加对红军的信任，增加对革命必胜的信念。

四弟在他眼里还是个小孩，他为他烧水洗澡，换了他穿不起来的大衣服。反复跟他说要照顾好父母，虽然他有免当红军的证明，但考虑到红军一走，红军家属的生存环境极其险恶，必要时可以去参加红军。

四弟点头了，黄祖炎让他上床睡觉，可自己怎么也睡不着，家乡，父老乡亲呀，叔叔呀，二弟，三弟呀，红军呀，出路何在……

一夜未眠。

……

毕庄头村的几个农户在村头晒着太阳，他们见到黄祖炎和警卫员走来，热情地打着招呼，自从十六旅机关移至溧水后，新四军苏皖区党委对根据地建设的政策已深入人心，百姓们打心眼里热爱新四军，拥护新四军。他们热情邀请黄祖炎到家里小坐，黄祖炎让警卫员取了些热水，便匆匆告辞。

通往里佳山的小路更小了，但并不陡峭，这一带都是低矮丘陵。且黄祖炎是江西人，家乡有的是高山，走的全是陡峭的山路，说句实话，他走平坦路还有一种不过瘾的感觉，此中小道正好能够舒展筋骨。

约走了半小时，警卫员说前面那座山峰下的村庄便是里佳山村了。

黄祖炎抬头一望，但见此地的山峰要比李巷的毕家山要高些，也有一些山脉的意味，且四周都有山，山峰呈环抱之势，村庄很少，偶见一二处，零星点缀其间。初春的季节，仍是一片灰黄。说风景，此时不是最佳季节，倘若严冬雪压松枝，自然会呈现红装素裹之景，倘在春日，百花齐放，青绿、金黄、鲜红交集分布，鸟语花香，山风齐涌，加之蓝天白云，定是一番奇景，更不用说那淙淙山泉的神韵了。

"好地方、好地方。"黄祖炎脱口而出。忽然从山坡上的一个小村的谷沟上传来阵阵呐喊声，黄祖炎侧身一听，便知是部队训练时发出的响声。

这一叫喊，使整个灰黄的山区骚动起来，突然间有一阵回旋升腾之势。黄祖炎觉得有一股热浪扑来，这热浪里包含着生命的气息、战斗的豪情和冲天的斗志。

他笑了，笑得开怀舒心。

他来到了里佳山村边的那个小村上，觉得热浪还在村前屋后盘旋。警卫员向村上的新四军干部做了介绍，一位干部忙说营长和副营长在另一个村上，他们在连队基层检查工作。

他们忙请黄祖炎屋中就座。

黄祖煌正在另一个村上和副营长谭忠在作春季训练，这次南下，黄祖煌觉得底气足多了。初入江南，和日军交战，除了战斗意志外，新四军全面处于下风，但经过六年抗战，英勇的新四军在军政素质方面有了长足的进步，无论是投弹、射击、格斗、技战术的应用方面都已接近日军，在有些方面还有超越日军之势。就拿白刃战来说，黄祖煌初入江南，在茅山脚下和日军交过手。那时候，别看日军个子矮，但身体粗壮，骨骼宽大，由于他们营养好，肌肉发达，臂力过人。一交手，手臂发麻、四肢发酸，有时三四个战士竟拼不过一个日军，在火烧新丰时，日军小头目见到新四军时竟摆着老鹰捉小鸡的姿态，要活捉新四军。而今我十六旅战士和日军白刃战已不落下风，这是锻炼所致，经验所致，如果不是眼下武器和日军存在代差，新四军完全可以攻城拔寨，正面消灭日军。

南下后扩充了新兵，这新兵和老兵比还有差距，只有抓紧整训才能缩短距离，以满足战时之需。他和谭忠副营长一商量，根据实战需要，模拟实战训练，以老带新进行射击、投弹、爬行、登山训练。一小时训练直累得满头大汗，正坐在草堆旁吸烟。

"报告营长，营部来了一位首长正在等你。"通信员来报。

"好，我们正准备回营呢，请问是什么首长？"

"他说是党校的，是你大哥。"

"大哥？"黄祖煌"唰"一下站了起来，"他怎么会来到这儿？"他的脸上现出极其欣喜的神色，眼中放出一道光芒，他把烟头一丢，忙叫上警卫员，匆匆赶往营部。

自从在皖南军部分手后，由于战事频繁，战斗不断，通信困难，两人音讯全无，完全不知对方的情况，这次大哥从哪儿来？来干什么呢？会不会弄错呢？

黄祖炎听到门外的脚步声，便知谁来到屋外，他对四弟最了解不过的了，他走出屋外迎了出来，刚好来者脚步匆匆，和他几乎撞了个满怀。

四眼一对视，黄祖煌的惊愕惊喜之色混杂在一起，顿时泪花涌出，颤抖着叫了一声："大哥！"

"啊，四弟。"黄祖炎鼻子一酸，泪珠在眼眶中打转，他紧紧地抓住了黄祖煌的手。

就在那一刹那，黄祖炎明显地感受到了黄祖煌的变化，个子高了，已一米七几了，皮肤更黑了，这是战争硝烟的熏染所致；神色更加沉稳、刚毅、坚定，这是战争烁炼的结果；嗓音粗了，胡子冒出来了，这是男人成熟的标志。四弟已远不是在瑞金见面时的满脸稚气、军衣过膝盖、初出茅庐的孩童了。令人感受强烈的是四弟已有一种威势，从后面跟着的警卫、旁边营干部的眼神看，明确地显示出他是一个中层军事主管了，这一级别的干部需要有成熟的智慧、经验、决断来支撑。

黄祖煌也有同样的感觉，六年一别，大哥还是那样具有长者之风、亲切之态，血肉同胞之情溢于言表，军帽下是一张秀气而又儒雅的脸，有一种淡淡的书卷味，加之平缓沉稳的语言，不用思索，便能判断出这是一个从事文化领域的人杰，但他的儒雅中也渗透了军人的威严、刚毅、热血、决断，和吟风弄月的人有着质的区别，这是一个能把知识理念糅合于生活中的人，而不是纯主观臆想的人。再从他挺拔的身姿、硬朗的腰板和整洁的衣着中，便能体味他在军事领域中也是军政双全的一位非凡之士，这样的糅合，只有战争才能使之有机统一出来。黄祖煌同样发现大哥对自己的眼光除了兄弟之情，兄长关爱小弟的情分外，还有更多的作为抗日队伍中、新四军大家庭中战友间的那种集体式的关切，这同样是具有共产主义信仰才能汇成的眼光。

副营长谭忠、教导员徐文华忙命人烧饭、烧菜、摆酒。

黄祖煌这几年从排长一直升到营长，威信极高，说话自然不一样，但在大哥面前，话语中还带着丝丝拘谨的痕迹，而徐文华、谭忠等人平昔听黄祖煌说他大哥曾是毛主席的秘书，参加过长征，早已有了仰慕之心，今日能同席畅饮，更觉高兴。但黄祖炎的酒量远不及黄祖煌，加之他身患肺病没有痊愈，就感觉不胜酒量。但今日不同，自然该开怀痛饮。不过黄祖煌知道他的病情，并不一味劝酒，只是频繁夹菜。

黄祖炎吃着、喝着，问起了黄祖煌："这几年，部队生活怎么样啊？"六年前黄祖煌见到他，恨不得把一肚子话全倒出来，但这次只是猛喝了一口酒，淡淡地说："能怎么样？反'清乡'、反'扫荡'吧，打鬼子打伪军，还要反'摩擦'、反'蚕食'，打国民党打顽固派呗！最可恨的是国民党不断搞摩擦。人，安然无恙，仗打了不少倒是真的。"

一旁的副营长谭忠脸红红，酒已下肚不少了，他接过话对黄祖炎说："黄主任，你这位老弟可是智勇双全啊！1938年夏天，为了消灭盘踞在句容城的日本鬼子，我们一支队二团参谋长王必成带领战士抵近句容城下侦察，祖煌和王春萱、黄光裕等九位同志化装后入城侦察。其中一个炊事员，因身材较胖，一脸富态，装扮成在苏皖一带很有势力的青帮头子陆金昆，祖煌扮作他的保镖，大家抬着轿子，背着盒子枪，大摇大摆进了城。维持会长真以为是陆大老爷路过此地，又是点烟，又是上茶，好饭好菜招待不说，饭后又恭恭敬敬把他们送出城。他们把敌情侦察清楚了，当晚夜袭了句容城，毙伤日伪军40多人，还摧毁了伪维持会。到年底，大家选祖煌当代表，出席了新四军第一次党代表大会，那可是和陈毅司令坐在一起的啊！"

……

黄祖炎点着头、端起酒，看着已成熟了的四弟，自豪之情从心底升起，他深情地对着黄祖煌，远不是当年大哥关怀小弟的那种口气说："不错，不错，老哥敬你一碗。"

黄祖煌一饮而尽，抹了一把嘴笑着说："当着你的面，他们尽说'过五关斩六将'了，也有'走麦城'的时候啊。"

黄祖炎饶有兴趣地说："噢，那你就讲一段'走麦城'给我听听。"

接着，黄祖煌便讲起1941年保卫盐城战斗差点丢了性命的事。

1941年，日伪军集中兵力向我苏中地区进行报复性"扫荡"，矛头直指新四军军部驻地盐城。当时黄祖煌所在的二旅是保卫军部的，盐城失守后，部队转移到盐东坚持。那时，日伪的"扫荡"十分频繁，在伍佑的一次反"扫荡"战斗中，黄祖煌左臂被子弹贯通，由于流血过多，昏迷了两天，被紧急送到师医院抢救。当时医院条件很差，药品极为匮乏，医生技术水平也不高，为保住他的生命，医生要对他进行截肢手术，把他的左臂锯掉，并报请了王必成旅长批准。

黄祖煌知道此事后，大发雷霆，说什么也不同意，并冲着医生大吼："你们就知道截肢！锯了胳膊我怎么上前线，怎么带兵打鬼子？都听好了，我就是死，也是在战场上，但绝不能没胳膊！"他甚至命令看护他的警卫员："谁敢锯我的胳膊，你就给我毙了谁！"

医生见他执意不肯手术，只得冒险进行保守治疗。由于失血太多，他几度昏迷，加上药物、营养跟不上，生命处于垂危之中。幸亏有个从上海来的进步青年、随部队行动的江淮银行女会计郑强（原名郑瑞英），及时将自己的津贴和从上海带出来的"细软"变换成现钱，不断给黄祖煌买点鸡鸭鱼肉等补养身体，他的伤才一点一点地奇迹般地好了起来！

七个月后，黄祖煌痊愈归队。尽管左手还有些残疾，不能提重物，但生活完全可以自理，毕竟能重返战场、继续参加指挥战斗了。

"七个月啊！"黄祖煌说，"从当红军到现在快十年了，多次负伤，可哪次都没有这次重，小命差点叫日本鬼子要了去！"

谭忠副营长说："你负伤的时候，我就知道你死不了。想想1940年在黄桥与韩德勤（国民党江苏省主席）决战那会儿，那仗打得真叫血肉横飞、残酷激烈，你不也没事嘛！"

黄祖炎心疼地看了看黄祖煌的左臂，并说："这不算'走麦城'，你作战勇敢，又战胜了伤病，是好样的。"稍顿了一会儿，作为"过来"的人，黄祖炎又"关切"道："那位女会计呢？你可要好好谢谢人家，现在还有联系吗？"

黄祖煌摇了摇头，也笑了："我拿什么谢人家？只能是多打胜仗，多消灭鬼子汉奸和顽固派呗！出院后天各一方，谁也不知道对方在哪里，再也没有联系了。"

黄祖炎为弟弟"犯傻"惋惜，也对那女会计起敬："这位女同志与你非亲非故，舍得拿出仅有的钱财来救你，这就是革命觉悟，这就是战友的革命情谊啊！来，为这位女会计和大家对我老弟的照顾，敬同志们一杯！"

那晚的相聚，大家高兴又尽兴，直至酒喝完了、菜吃光了才散去。

黄祖煌对黄祖炎说："六年前我去看你，睡在你的床上，今天我这里没多余的床，还想和大哥多说几句话，咱俩就睡地铺吧！"兄弟俩躺在地铺上，仍兴奋得不能入睡。六年了，想说的话实在是太多太多，两个人一直畅谈到天色发白。

第二天，黄祖炎要返回部队了。黄祖煌知道哥哥的肺病未痊愈，体质弱，就把自己的一件新大衣给了哥哥，并一直陪送着他，走了好长的一段路。

黄祖炎边走边嘱咐：日军由于发动了太平洋战争，战线拉长，兵力不足，不得不改变战略，进一步拉拢蒋介石，并把侵华的主要兵力用来进攻八路军和新四军。对目前的苏南，一方面日伪军加紧了"清乡"和"扫荡"，另一方面国民党顽固派也开始对我根据地"进剿"，妄图制造第二个皖南事变。形势逼人，环境险恶啊，我们必须在思想上高度警觉，行动上做好充分准备。

千里相送，总有一别。黄祖炎千叮咛万嘱咐，"唠叨"了一路，黄祖煌也是万般不舍，送了一程又一程。最后分手时，黄祖炎又说："根据斗争的需要，再过一段时间，我们党校的干部都要返回战斗部队了，我也可能离开苏南。"

黄祖煌怔了一下，问："知道要去哪里吗？"

"很可能是到淮南地区带作战部队去。"

"那我们下次又不知什么时候才能再见面了。"

下次什么时候见面，这一提问猛地一下触动了黄祖炎的心弦。

是呀，下次什么时候见面呢？一阵山风吹来，黄祖炎感到一丝寒意，酒意也消了一半，这个问题在黄祖炎脑海中还没有形成答案，在他的深深的意识里冒出了另一个话题：自己和四弟的三次相遇，颇有些意外，说机缘巧合并不为过。

在中央苏区，四弟赶一百多里路的山路，在苏区首都瑞金相见，如迟一步，中央红军将西行。1938年在皖南军部，如果没姑父提醒，在花名册中搜寻，就不可能见到近在咫尺的四弟。这次即将赴淮南工作，如果不是江渭清的一句问话，也必将失去在苏南抗日中心之地溧水山村的相遇。芸芸众生，交臂而过，父子兄弟共处战争队伍中的不少，能几次相遇的不多，这不是机缘吗？这不是上苍的绝妙安排吗？

更为巧合的是，似乎每一次见面，都标志着某一个时期的分野，第一次和四弟相见正值革命处于低潮、处于极其危险之中，红军将要踏上漫漫征程，父老乡亲将要面临反动派的屠刀，血雨腥风将要扑面而来，谁能料到何时何地再相会。

第二次见面是1938年，国共再度合作，共赴国难，自己经历长征，南下加入新四军，四弟则经历了残酷的三年游击战争，下山后成为新四军一支队二团的排长，各自经历了极其严酷的血与火的洗礼，尤其是四弟已成熟许多，言谈举止间已告别了孩童时代那份单一、稚嫩。

第三次见面是抗战处在最艰难的时刻，是黎明前的黑暗，也是黎明来临之际，战斗将更激烈，自己也将前赴淮南，同样谁也不能保证在抗日的征途中安然无恙，自己早已做好为国家为民族随时牺牲的准备。

这第三次分手后，第四次见面会不会有？如果有，何时何地才能再相会？

面对抗战，个人命运谁也无法预料，谁能保证在中国历史经历的最严酷的对外战争中安然无恙呢？下次见面，是一个无解的方程。

黄祖炎的心掠过一丝疑虑，但随即疑虑一扫而光，心中是一片光明，与眼前溧水的远山、近村、山川、田野在明媚春光下显现的勃勃生机，相互映衬，相互融合。

他扬起头，脸上顿显庄严之色，似对着黄祖煌，又似对着溧水的山川说道："不会远的，黑暗快要过去了，曙光在前头……"

旋即他又凝视着黄祖煌，关切地对他说："你在战斗部队的一线，又多次负伤，老实说，枪子儿不长眼，我是有点不放心你呀！"

长兄如父，黄祖煌深有体会，不过，现在的他早已成熟，已是一营之长了，他反过来开始安慰起了黄祖炎："放心吧，大哥！这么多年都过来了，从战士、排长、连长到营长，大仗小仗也经过了不少，我会注意的。不放心的倒是你的身体，肺不好，千万不要过于劳累啊！"

黄祖炎点了点头，没有说话。溧水里佳山下，南康二杰，炎、煌兄弟就这么近近地站着，两双手紧紧地握着……大雁在长空鸣叫，在空中呈人字形，向南飞行……春天来了。

第十六章

光明与黑暗

　　1943 年 3 月，江渭清担任苏南行政公署主任，标志苏南抗日根据地真正实行了党的一元化的领导。另外，作为战略依托的民主政权建设也真正实现。

　　1942 年 1 月 20 日和 3 月 5 日，江渭清代表六师参加了华中局第一次扩大会议，后刘少奇要江渭清去苏南，并关照他这次去苏南，首先要强化一元化领导，实现党政军统一领导。做到统一思想，统一指挥，统一行动。但苏南抗战处于低潮，还没有真正实行一元化领导。江渭清考虑过，他先采取减租减息政策，以求获得更为广泛的群众支持，在此基础上建立民主政权，以获得战略依托的组织保证，在此基础上再实行党的一元化领导。现在，一切水到渠成了。

　　1942 年 9 月 1 日，中共中央颁布了《关于统一抗日根据地党的领导及调整各组织间关系的决定》。华中局为此于 1943 年 1 月 28 日向华中各根据地党政军领导机关颁布了《关于坚持敌后艰苦斗争的指示》，提出"加强全党团结，贯彻党的领导一元化"，要求每一军区、每一分区必须根据中央指示，承认一个比较优秀一点的同志为领导中心，并且把党的领导一元化，从各区党委贯彻到各地委，以至各县、各区。

　　因此，江渭清主持苏皖区党委扩大会议，研究了加强苏南抗日民主政权建设问题，认为第二旅南来后，有必要成立苏南区行政公署，统一政权工作的领导。

　　1942 年 5 月撤销苏皖特委时，曾保留苏南行政督察专员公署名称，但不设办事机构，专员朱春苑被调往华中局党校学习。去年秋收减租运动期间曾以苏南行政督察专员公署名义在茅山地区召开苏南各界人士代表座谈会，总感到有些名不顺。现在苏南地区已恢复到皖南事变以前的状况，环境渐趋稳定，活动范围扩大，第二旅又渡江南来，武装力量加强，也具备了成立苏南区行政公署的条件。区党委在讨论苏南行政区政权建设时，还遇到一个问题，就是要不要成立参议会。因为党中央早在1940年3月就明确规定，各抗日根据地最高权力机关是参议会，这是以民主选举方式产生的统一战线性质的政权。共产党员、左派进步分子和中间派各占三分之一，简称"三三制"政权。华中大多数抗日根据地在华中局第一次扩大会议以后，都相继选举产生了各级参议会。苏南根据地由于处于同敌伪顽激烈的三角斗争之中，暂时还不具备民选参议员的条件。我们借鉴苏中抗日根据地政权建设的成功经验，采取灵活的办法，第一步先成立参政会，作为临时民意机关，行使参议会的职权；等条件具备时，再成立民选的参议会。

在邓仲铭授意下，欧阳惠林以苏皖区党委的名义起草一份电报给华中局，陈述了成立苏南区行政公署的必要性和已具备了的成立条件与理由。鉴于苏南基本上是一个游击区，今后对敌伪顽的斗争仍很紧张，中央又提出精兵简政政策，因此，在给华中局的电报中建议苏南区行政公署成立，不另设办事机构，而采取与苏皖区党委机构合一的办法，即一套班子，两块招牌，由苏皖区党委正、副书记兼任苏南区行政公署正、副主任。苏南区行政公署秘书长和各处处长亦由苏皖区党委各部委和第十六旅有关部门负责人兼任。此电发出后，得到华中局的同意。苏皖区党委又责成他起草《苏南施政纲领（草案）》和《苏南区行政公署组织法（草案）》两个文件。最后决定召开苏南各县县长联席会议，在这个会议上宣布成立苏南区行政公署。

江渭清深知这一天来之不易，在此次会议以前，苏南抗日民主政权建设，大体可以分为三个时期：

1938年6月到1940年3月为第一时期。

在苏南敌后各地成立了统一战线性质的各界抗日自卫委员会，在皖南敌后的宣城、当涂、芜湖各地区则遵循国民党政府颁布的法令建立县、区抗战动员委员会。但我们没有立即建立党领导下的县、区抗日民主政府。

1940年4月到1941年1月为第二个时期。

只是把区、乡、保三级行政机构的领导转移到共产党员或民主进步人士的手中，替代了旧的区、乡、保长。至于县以上的政权，我们采取过渡形式，将原有的统一战线性质的各界抗敌自卫委员会改组扩大或者合并成立三个县或几个县联合的抗敌自卫总会，作为我们控制下的政权机构，代行县政府一级职务，领导所属地区的区、乡政府。群众看待这种抗敌自卫总会认为还是不"正规"，不能算是正式的政府，只是一种临时性的组织。

1941年2月到1943年3月为第三个时期。

1941年2月，苏南新四军武装奉命整编为新四军第六师，同时普遍地自上而下建立我党领导下县以上的各级抗日民主政府，完成了苏南敌后抗日民主政权的新体制。江南抗日救国军东路指挥部，早在1941年1月22日就以政治部名义发布命令，首先在京沪铁路以北的东路地区，分别成立了苏南第一、二、三、四4个行政督察专员公署及其所属各县县政府，委派出我们的专员、县长。同年4月1日，召开了江南行政委员会筹备委员会会议，推选何克希为主任，负责筹建工作。同年5月，谭震林师长抵达京沪铁路以南的地区，于6

月 15 日分别成立了苏南第五、六两个行政督察专员公署及其所属的各县县政府。7 月 1 日，汪伪国民政府宣布在东路地区开始进行"清乡"，情况变化，随后第六师师部率第十八旅转移到苏中地区，原京沪铁路以北的苏南第一、二、三、四行政督察专员公署划归苏中行政区管辖，江南行政委员会的筹建工作亦因此而停顿。10 月，为适应形势需要，苏皖区党委决定将京沪铁路以南的苏南第五、六两个行政督察专员公署合并成立苏南行政督察专员公署，由苏皖特委领导。1942 年 5 月，苏皖特委被撤销，而苏南行政督察专员公署仍保留名称，对外发布政令，但不设立办事机构，其行政工作的权力由苏皖区党委代为行使。

现在是实行真正民主政权的时期了。

1943 年 3 月 18 日，溧水地区小蒋家小学呈现一派欢乐和谐的景象，工作人员出出进进忙个不停，红色横幅高悬于屋中大厅，桌椅一排排，茶水烧得热热的，冒着热气。冬日已尽，春日来临，阳光明媚，翠竹的叶片泛着绿光，河塘中的鱼儿自由地摇曳，墙角的几朵梅花怒放着，似乎也要在春日中喧闹一番……一些干部模样的人陆续走进了学校，外面荷枪实弹的战士环列四周，不时地注视着四周的情景。

这儿正在召开苏南各县县长联席会议。不过出席会议的实际上只有京沪铁路以南苏皖地区的各县县长，其中有溧水曹明亮（县长）、溧阳陈练升（县长）、镇句洪天寿（县长）、句容凌康（县长）、镇丹包建华（县长）、丹阳马玉亭（县长）、茅东徐公鲁（县长）蒋铁如（副县长）、金坛薛斌（副县长）、武进陈成（副县长）、江宁陆纲（县委书记代）、江当溧三县行政委员会童超（副主任）和苏南党政军有关各部门、各地委的负责人吴仲超、魏天禄、李坚真、欧阳惠林、李建模、陈立平、樊玉琳、樊绪经。苏皖区党委书记江渭清出席了会议，副书记邓仲铭主持会议并在开幕时讲了话。因专员朱春苑在华中局党校学习，由地方干部曾任苏南保安司令兼镇江县县长樊玉琳代表向会议做了题为《苏南敌后抗日民主政权建设》的报告，总结了过去民主建政工作的经历及其经验教训，提出了今后民主政建工作的意见，请求审议。

会议最后推选出江渭清、邓仲铭、王必成、吴仲超、魏天禄、李坚真（女）、朱春苑、樊玉琳、李建模、张之宜、诸葛慎、蒋铁如和欧阳惠林 13 人为行政委员，江渭清为主任，邓仲铭为副主任组成苏南区行政委员会，直接领导各县县政府的工作，撤销原苏南行政督察专员公署。苏南区行政委员会举行会议，审议通过了《苏南区行政公署暂行组组法》，于1943 年 5 月 1 日正式公布实施。产生了苏南区行政公署，任命欧阳惠林为秘书长兼文教处长，朱春苑任民政处长，李建模任财经处长，张雍耿任公安局长，法院院长暂缺。除朱春苑是专职外，其余诸人均系由苏皖区党委与第十六旅各部门负责人兼任。

苏南行政公署成立，江渭清集党、政、军权于一身，按照原先的设想展开工作，那就是减租减息的基础上，进行民主政权建设，有了民主政权，就有了真正的根据地，就有了抗战战略依托的组织保障，苏南抗战的新局面必将到来。

为了建设民主政权，会上按照"三三制"原则，确定了各级参政的名额和分配比例，民众团体及学校、部队推选名额占30%，民选占30%，政府选聘占40%。同时规定在组成成分比例上，工农占三分之一，文化教育医务界及部队占三分之一，地主士绅及名流学者占三分之一。

会后，江渭清和苏南行政公署领导呕心沥血，进行了艰苦卓绝的建政工作，建政工作的进展看似平常，实则来之不易。当时，苏南根据地四周和各个小块根据地之间，共有日伪据点332个，对付我军的13军有17000多人、伪军23000多人，经常向我"扫荡"。国民党顽固派也不断对我造谣诬蔑，威胁地方人士，不少业主士绅、地方人士对参加我政权抱着观望态度。我们耐心细致地做好宣传解释工作，并在党内反复进行抗日民族统一战线教育，提出只要赞成民主、赞成抗日和不反共的，都在团结争取之列，要求各级领导亲自去做团结争取工作。经过各方努力，才把参政会一个一个建立起来。县、区参政会的议长，都由党外人士担任。为使参政会真正成为代表民意的参政议政机关，规定各级政府在决定重大问题时，都必须经过参政会讨论，充分听取参政员的意见。苏南行政区一级的参政会，因为频繁的战斗，没有来得及成立，但行署在作出重要决定前，还是尽可能考虑到党外人士的建议和意见。而以办学这件事情来说，苏南素称人文荟萃之地，历来教育事业比较发达。抗战爆发以后，学校遭到破坏，教员大量流失。在新四军控制地区内的小学校只剩225所，中学仅有2所，许多小学毕业生要读中学就得到敌占区去，各界人士普遍希望抗日民主政府多办一些中学，但当时办学的财力物力有限，力不从心。于是，就通过各地参政会，请各界人士共同出主意，想办法，确定了中学以民办私立为主，政府积极扶持、适当补助的办学方针，后来在1944年2月制订和颁布了《苏南行政区私立中学校整理及设立实施办法》，使私立中学在组织、经费、教职员薪俸和学生学费等方面均有章可循，从而调动了运用社会力量办中学的积极性。到1944年底，苏南根据地的中学由原来的2所发展到34所，教员234人，在校学生4449人。虽然还未恢复到战前水平，但恢复的速度是相当快的。

在根据地的政权建设中，江渭清他们还抓了改造保甲制、民选乡保长的工作。他们从实际出发，区别不同情况，采取不同做法：在新解放区，为稳定局面，凡乡、保两级旧政权未被日伪破坏的，原来的乡、保长继续留任，然后逐步调整；如旧政权已被日伪破坏或已自行瓦解的，则以委派和民选相结合的办法，建立新的抗日民主政权。在老解放区，只有在具备了牢固的群众工作基础，封建势力已受到不同程度的打击，并有一批得到群众拥护的，堪任乡、村长的党员或积极分子这样三个条件的中心区，才采用民主选举的办法，改选基层政权，废除保甲制。具体做法是，结合划小区、乡范围的工作，分批分期召开乡、村选民大会或代表大会，直接选出乡、村的行政委员会和乡、村长。新当选的乡、村长大多是党员或农救会骨干。条件尚不具备的地方，即使是中心区，虽废除保甲制，但不搞民选，仍用委派的办法任命乡、村长。基层政权经过这样一番改造，苏南根据地的巩固又前进了一步。

江渭清读过罗、廖在塘马战斗前给军部的报告，他对罗、廖对根据地建设中的生产运动和财经工作的做法十分赞赏，可惜罗、廖牺牲，没有完全实现。

为此苏南行署立即作出部署，号召各地紧密结合减租减息，开展大生产运动，并派干部到基层，帮助总结丰产经验，研究互助合作办法，运用典型，示范指导，把根据地的大生产运动搞得有声有色，仅句容县就组织了603个互助组、换工队，有些地方还办起了手工业、供销和信贷合作社。广大农民既从减租减息斗争中得到了经济好处，又实际体会到组织起来的力量，纷纷要求参加与各自职业有关的群众团体。群众的生产积极性大为高涨，促进了大生产运动的开展，当年光是溧水县就组织农民修塘筑坝、挖开河沟，扩大水浇地10万余亩；第三行政分区共出动23000人修水利，开荒6000余亩。

抗战期间苏南主要靠征收田赋公粮和货物营业税两大类，此外还有一些公产、学款和其他零星收入，那很有限。征公粮，收税款，中心区好办，问题是在边缘区、游击区，敌伪顽垂涎三尺，争夺非常激烈。每当夏收、秋收，敌伪总要出来"扫荡"、抢粮，新四军就实行武装保卫夏收、秋收。然后征收田赋公粮，又是一番激烈争夺。苏南行政公署的办法，一是责成两面派乡、保长代收公粮，有些乡、保要"两面负担"，甚至"三面负担"，就要他们能拖则拖，如敌伪或顽方实在逼得太紧，允许他们多少交一点敷衍，至于我方的公粮，两面派乡、保长一般都不敢马虎，说是"新四军的公粮总是要交的"。二是派工作组、农会骨干直接做群众的工作，日伪一般每亩年收田赋二三十斤大米，我们只收四五斤，多至十来斤大米，负担要轻得多，而且群众知道给新四军公粮是为抗日，所以交"抗日粮""救国粮"是光荣的，积极性很高，有些群众白天不敢交，晚上也要偷偷交给新四军。

江南行署的努力使"三三制"政权为新四军对日作战构成了全民抗议的后方堡垒，参政会、政府和法院的政权构成明晰了各级机构在抗战中的使命职能，乡、区的政权改造为新四军对日作战赢得了最基层人民的支持，为以后反顽、抗敌提供了战略支撑点，也使苏南溧水成为真正意义上的根据地和苏南抗战的战略指挥中心。

为了加强抗日民主政府的地方工作，江渭清决定从军队中抽调一些干部去充实地方工作。

3月份16旅供给部根据工作的需要，抽调了十个同志（三女七男）学习财务工作，让他们去充实地方工作。文工团抽调了四个同志，一男三女；三个女同志中有两个来自原来罗、廖时的十六旅，一个是潘吟秋，一个是吴坚；男同志叫火华，因为参军前在银行工作过，故让他担任讲课老师，第一课的内容是"斤求两"（16进制转换为10进制）。

学习一天后，十分疲劳，晚上吴坚、潘吟秋和徐米躺在床上背口诀。

夜深了，吴坚和潘吟秋还悄悄地讲着话，她们两个谈着谈着，就谈到了塘马，谈到了罗、廖，潘吟秋说着说着，流下了眼泪，吴坚听着听着，也跟着流了泪。

吴坚没有参加塘马战斗，她在1941年11月7日的晚上，随罗、廖从溧阳戴巷转移至溧水，后来16旅旅部和战士们返回塘马的时候，她和文工团的一些同志留在了46团，帮助他们做民运工作。11 月 28 日的上午，旅部方向传来猛烈的枪炮声，她便和 46 团政治处主任陈绍海爬上了里家山的山顶，他们为首长的安全担心，凭枪炮声他们确定那儿发生了激烈的战斗。

果然，旅部发生了战斗，罗、廖光荣殉国，他们陷入深深的悲痛之中，吴坚后来见到从塘马战斗中撤出的同志，都要询问战斗的情况，现在她和老战友潘吟秋在一起自然又谈起了在塘马的往事。

新的旅部在溧水成立后她一直在旅部文工团工作。她见证了十六旅 1942 年的艰难历程，现在十六旅得到了充实，部队的力量大大加强，又要开展抗日民主政权建设，她内心感到多么的兴奋和激动，在党的领导下，黑暗一定会过去。

今晚不知为何怎么也睡不着，往事不断在眼前显现。她原名叫吴爱莲，1923 年 5 月 14 日出生于安徽泾县茂林村，9 岁就读于茂林私立福群小学，15 岁入私立广益中学茂林分校上学。1934 年 12 月，方志敏率领抗日先遣队北上，一部在太平县谭家桥与国民党军激战，后撤至茂林，当时红军的哨兵就站在她家的门口。哨兵曾和蔼地对她说：“你们家是好人。”这在她的记忆中留下了最早的红军的印记。

淞沪会战时，芜湖也遭到日军的空袭。不少学校搬到了茂林。12 月在芜湖芜关女中读书的姐姐吴友廉为躲避战乱，携同学黄明英(凌奔)一家回到茂林老家。她从她们的口中听到了日寇的残暴，从难民的身上看到了无家可归的凄惨，也有机会接触到了更多的抗日进步书籍。

新四军和民运工作队在茂林的行动深深地感染了广大民众，老百姓们奔走相告，说真正的“仁义之师”来了，皖南老百姓的“菩萨兵”来了。

在姐姐的影响下，她由汪奇介绍秘密参加了中华民族解放先锋队。1939 年 5 月，在民运工作队的马慧芳、林质夫介绍下她加入了中国共产党。1940 年年底调至军部，不久，编入军直属后方机关人员撤离皖南的队伍。皖南事变后她遇到了在皖南茂林做过民运队员现任宜兴县委书记的陈廷玉，随她去了宜兴县委工作，后因听不懂又不会说当地语言，工作无法开展，经陈廷玉介绍去了 1940 年 11 月合编的太滆地区的二支队独立二团工作，被分配到政治处任统计干事，同年 9 月调到十六旅文工团任团员……

这些经历犹如昨日，是那样的鲜活、那样的醒目……现在抗战处在最难的时刻，唯有战斗、再战斗，才能拯救民族，告慰烈士的忠魂。

火华只讲了一节课就因形势紧张，学习班解散。新四军军部根据中共中央的指示作出决定，精简机关，要紧急实行精兵简政。十六旅执行军部命令，疏散了一部分上海新参军的女同志回上海，同时将在旅部学习的女同志迅速分配到地方工作。3 月份她被调至溧水县政府任会计，一个月后又调至横山县政府，先后在军事科、财政科任会计，后又调县政府任科员，主要任务是到下属各区查粮食账，不久又调县政府任会计。

二旅抗大九分校迅速南下，等到日军、国民党反应过来，他们早已安营扎寨，养精蓄锐，操练多时了。

苏南日军压力骤增，但由于太平洋战争不顺，无法使用重兵扫荡，只得继续玩弄"清乡"的把戏。在茅山、太滆地区广筑篱笆，妄图用东路清乡的办法来对付茅山地区的新四军。

按理说新四军二旅南下壮大了苏南的抗日力量，是民族解放、独立的大好事，也有利于反"清乡"斗争，但国民党却不这么认为，本来按蒋介石的意图，皖南一役，高奏凯歌，宣布新四军为叛军，大可永绝其患，不料毛泽东重建军部，完全抛开了国民党，一下子冒出七个师，而且发展是愈来愈快。这真把蒋介石气坏了，他时时想把新四军一举歼灭。为了大造声势，他请人代笔抛出了臭名昭著的《中国之命运》，极尽污蔑八路军、新四军之能事，为新一轮的反共高潮制造舆论，一时间中国大地乌云密布，大有山雨欲来风满楼之势。

这一来又乐坏了顾祝同、上官云湘，两人拿了文稿读了好几遍，旋即又聚在一起密谋起来。

"顾长官，委员长又出高招，此书释放了一个信号，又该是向共军动刀的时候了。"上官云湘是满脸笑意。

"是呀。"顾祝同坐在沙发上，身子直往后仰，用右手手指梳理着油光发亮的头发，"副司令，我党与共产党打了多年的交道，军事上虽略有挫折，但你我与共军交战尚无败绩，皖南一役，大壮我辈声威，虽然他们在两淮、苏北、苏中横冲直撞，苦了那位韩副司令，但于我辈却丝毫无损，可惜我们鞭长莫及呀，要不也不会对韩副总司令的窘境坐视不管。不过苏南这地盘，我顾某人不会允许他们横行霸道。"

"是呀，苏南可不是苏中、苏北、两淮，皖南大捷时，我们错过了消灭罗、廖部的机会，但好在冷将军与日军配合，让罗、廖在塘马栽了跟头，十六旅也元气大伤，他们安静了一年，可不料苏中的二旅又窜至苏南，两兵会合，架势不小，顾长官，这可不能小觑呀。"上官云湘欣喜之色骤消，一下子面露忧虑。

"嗯……据报二旅王必成部南下后，与原钟国楚、江渭清部合编，人数增加了一倍多，近来，他们的抗大九分校也南下了，这倒不得不虑。不过副司令放心，我们在皖南大捷后，没有一下子肃清苏南新四军力量，乃政治气候所致。现在委员长已释放此信号，我们何不乘此东风，痛击叛军，来一场苏南大捷呢？"

"好，我就等着顾长官的话，我们要发扬皖南大捷的精神，在苏南一举歼灭他们。"上官云湘双眼一下子放射出两道寒光，"此事还需顾长官早日定夺。"

顾祝同微微一笑："我有了安排，恭请陶广来替韩副司令报仇，你共军在两淮动手，我就在苏南动手，这叫一报还一报……你要关照陶副司令认真部署。"

"好。"上官云湘的脸上一下子绽开了冷冷的笑容。

顾祝同精心策划，与日军达成默契，命令撤销苏南、皖南、浙西对日防务，调集五十二师、一九二师、挺进军、忠救军、保安队等12个团15000余兵力，委任第二十三团集团军副总司令陶广为总指挥、五十二师师长刘秉招为左纵队司令、挺进军第二纵长司令顾心衡为右纵司令，分兵两路向驻于溧水地区的苏南新四军主力部队大举进攻。

陶广手握重兵，踌躇满志，洋洋自得，他仰天哈哈大笑："美差！肥差！谢谢顾长官给我立身扬名的机会。"

陶广怎能不高兴，面对日军，他丧师失地，作为军人是奇耻大辱，现在拿弱小的新四军开刀，藉皖南大捷的气势，可一举而胜，这样一个可以增加勋章的机会，谁不眼红羡慕呢，陶广好几次从梦中笑醒了："谁说功难建，业难立呀？"

不过作为一名职业军人，陶广倒是个老狐狸，笑归笑，但打仗还是挺认真的，他反复考虑，仔细推敲，决心采取迂回包围的战术，首先绕到十六旅部队背后，东西夹击，消耗十六旅的有生力量，然后缩小十六旅的防御阵地，造成口袋式围歼阵势。若能围除十六旅，逼其在方山与之作战，到时以 15000 人之众，定能以泰山压顶之势，一举全歼苏南叛军。

对于日军，五十二师是又避又躲，现在与英、美、苏结盟，想坐等盟军来收拾日本人。他们不肯做亏本的买卖，但是对于新四军，则眼皮一翻，不容其发展。他们认为皖变时，击垮新四军军部，没有乘机消灭在苏南的二支队和东部的抗日救国军已为大大的便宜，让其留极小的部队在缓冲地带活动已是万分的客气，现在倒做起发展的美梦，绝不可能！国军觉得唯一的办法是北进，冒着与日军交火的危险去消灭羽翼尚未丰满的新四军。

于是，五十二师一马当先，来到李巷的西北观山，他们在山顶上设置了一个观察所，派一班人马驻扎，时刻监督新四军的活动。

这个哨所对十六旅构成了极大的隐患，若不清除，实为眼障，但也不能兴师动众，大动干戈，怎么办？

最后这一任务，竟落到了一个年轻的女区委书记身上，她，就是曾经参加过塘马战斗的梅章同志。

梅章是典型的苏南姑娘，个子中等，身材适中，头发乌黑，唇红齿白，长相甜美，说一口吴侬软语，但这些不过是普通的评判。若细论梅章，仅凭她那脸上的神情，便知是一个有良好文化教养的知识分子，这种神韵是知识分子身上的共同特质。至于那目光，明亮、沉稳、坚定，一看便知她是一个有着崇高信仰和坚定信念的人。再看她那谈吐举止，绝不是那种轻慢浮躁之人，有着一种与年龄不相符的成熟，显然这是特殊生活、特殊斗争、特殊经历的淬炼所成。

是的，没错，梅章的经历可以印证这一点。她生于 1923 年，江苏宜兴张渚人。宜兴乃江苏富裕之乡，又是崇尚文化的礼仪之区，梅章从小就到学校读书，小学成绩十分出色。可惜任是宜兴这样一个崇尚文化的地方，对于女子，仍然没有跳出"无才便是德"的思想篱笆。小学毕业后家人便不允其读书，还为她定了一门亲事。极有志向的她瞒着家人远赴县城去报考中学，一举中的，而且在县报上也登载出来，可家人就是不同意。后来在亲戚的干预下，才勉强允其前往县城读书。

但战火烧到了宜兴，张渚镇被炸，她躲在树下侥幸逃离。从那时起，张渚镇出现许许多多的抗日救亡团体，梅章的思想受到抗战思潮的极大影响。1940年，她初中毕业进江苏省第五省立高中读书。在初三时她就加入了共产党，一进入高中，便建立地下党组织和支部，暑期回家就在家乡进行地下工作，发展党员，做宣传工作，后来组织上派她到新四军所在地区学习。

1941年初到达溧阳，暑期在溧阳县委书记储非白的率领下，梅章参加青训班的学习，任支部委员。在青训班学习期间，一切按军事化要求展开，她学会了站岗、放哨、操练、射击等军事技术，两个月后到溧阳县委报到，被派到西岗、唐王地区工作，任区委委员。她在区委书记赵轶群率领下做群众工作，三个月后，调到旅部所在地做群众工作。当时旅部所在地在塘马一带没有基层的党组织，苏皖区党委和溧阳县委决定成立一个工作组，组织一个党组织，在塘马一带发展党员。

她在新任县委书记储非白带领下担任工作组组长，平时化装成农民做群众工作，发展党员，吃住均在农民家里。先在黄金山活动，后到后周一带活动，有几天她在塘马村东谭石桥一带活动，1941年11月27日晚上，她还在找几个青年农民谈心，鼓励他们积极向党组织靠拢，更好地参加抗日斗争。

塘马战斗后，她在王家庄见到了后周区区长陶阜甸，便一起打扫战场。

伤亡的战士很多，村庄、田野里到处散落着，乡亲们和化了装的战士们把他们抬到了大祠堂里，不久来了医务人员，便发药、包扎。梅章和他们一道奋战了好几个小时，有时还跑到附近的田野中进行包扎。

1942年夏，她奉调到区党委党校学习，随区党委机关和旅部在溧水行动的苏皖区党委展开了轰轰烈烈的减租减息的工作，党校学员也参加了这一运动，她被派到新桥区笠帽乡搞减租减息工作。由于工作出色，在1943年1月被分配到溧水新桥区担任区委书记，别看她年纪不大，但她经受过塘马战斗这样的战斗的洗礼，加之在减租减息过程中积累了丰富的战斗经验，所以，遇到危难，她都能临危不惧、从容应对。

怎样来拔掉这个哨所，梅章沉吟片刻，在李巷南头村李承才家召开紧急会议，会后她找来毕家山人观峰乡农救会主任、共产党员傅孝坤，耳语一番后，傅孝坤领命而去。

一日晚上，傅孝坤买了一包烟，怀揣传单来到观山山顶。

"什么人？"顽军哨兵班长用浓重的川音吼叫道。

"向导队的。"傅孝坤不慌不忙。

"向导队的？"哨兵班长疑疑惑惑地上下打量了一番，傅孝坤趁机上前，掏出烟，递了上去。

春天的晚上，观峰山上寒意阵阵，加之十分空寂，顽军哨兵班长还是有几分怯意，见有人递烟，忙伸出枯瘦的长手接了过来。火光一闪，他抽了一口顿觉胸腔肺部一阵畅快，又吐了一口烟，口气缓和多了。他挪了一下枪，拉了一下帽檐，东拉西扯起来。

哨兵班长要傅孝坤说出山下各村的方位地名，傅孝坤便信口述说起来，还佯指着各村的方位，显得十分殷勤。他和顽军班长在山上转悠着，趁机掏出传单撒到脚下。

走了半个山头，传单也撒光了，刚巧顽军排长来查哨，突然发现了丢下的传单，惊得他大叫起来，傅孝坤也装着十分吃惊的样子。顽军排长见其个子矮小，又十分镇定，消除了对他的怀疑，便问山下有多少新四军。

傅孝坤便趁机吓唬他们："老总，这新四军白天一个不见，晚上到处都是，这儿村寨到了晚上都有新四军出现，谁也说不准他们出现在什么地方。"

顽军排长一阵心寒："妈的，传单上了山，肯定内中有奸细。"他四下里看了看，一阵寒风吹来，树木发出阵阵"刷刷"之声，他不由得毛骨悚然起来，嗓音都变调了，话语已成颤抖之音。他急忙要求傅孝坤带路，急向榆树岭撤退，这样顽军五十二师观察哨所便悄然消失了。

事后梅章表扬了傅孝坤："好一个傅主任，一把传单吓走了顽军一个班。"

傅孝坤则谦虚地说："还是梅书记的主意好，要不然他们还在山上伸长了脖子看我们呢！"

梅章作为一个女性工作者，在溧水山区笠帽乡搞减租息工作，认真调查，通过农救会和顽固地主进行有理有节的斗争，为贫苦大众争取利益，声名鹊起，深得群众爱戴，一提起她，人们便会想起一个风风火火、健步如飞，但工作细致十分温和的女干部来，"她，新四军的好干部。"农民们望着她的背影会深情地说。

岗上村有一个农妇叫李秀英，因其娘家是云鹤乡芝山村人，被俗语称为"芝山佬"，她因家境贫困，斗争精神十分强烈。梅章经常和她在一起，鼓励她参加农村的社会活动。

梅章刚任新桥区委书记，对岗上村一带的情况不大熟悉，所以她常常住在"芝山佬"家，顺便开展工作。一日，她和"芝山佬"在菜地里割韭菜，一边讨论如何加强被服厂的工作，加快生产军衣军裤，不料一队日伪军从溧阳上沛埠扫荡到此，情形十分危险。

不过"芝山佬"出奇的镇静，她已是二十五六岁的农村妇女，属于胆大心细、敢作敢为的那类女性。早在 1942 年 12 月 28，日伪军对溧水大"扫荡"时，她就遇到过类似的情况，从容救护过原新桥区委书记张真和组织科长钟英。

那天，张真和钟英在李秀英家，两人正在研究被服厂和兵工厂的工作，突然枪声响起，李秀英从容地拿起农村妇女常穿的服装叫她俩换上，然后挎上菜篮，悄悄出村，她带着两人专走山路、小路……一直护送到大李巷安全地带，才返回岗上村。

日军问她看到新四军没有，她连连摆手，日军十分恼怒，把她推到水塘中，又用木棍子捅她，她差点淹死，后被群众救起，但她的公公却被日军活活抛起摔死，自此后，"芝山佬"更痛恨鬼子，以更高的热情投入抗日的洪流之中。

如今险情又起，她无暇思索，带着梅章向西南急奔，四个伪军追了上来，还不时放着冷枪，"芝山佬"关照梅章向南急奔方山，方山树高草密，只要上了山，日军是无法找到人的，到方山后，再到芝山。

她把梅章一推，自己向西急奔，引敌西去，她一口气跑到毕山里，见一户人家刚好死了人，她连忙脱掉外衣，来到棺材前，要了一块白布，往头上一扎，便嚎啕大哭起来。

伪军追到村上，搜查起来，见李秀英有板有眼地哭着，看不出破绽，便垂头丧气地离开了，敌人一走，她便向救护群众一鞠躬，急向芝山走去，寻找梅章。自岗上村遇险后，似乎风险女神一直眷顾着她，但幸运女神也一直陪伴着她，每每化险为夷。

……

整编后的抗大九分校共有三个大队（亦即三个营）十个中队，加上校部和党训队，全校共1200人，一大队下辖三个中队：第一中队为军事队，主要由一旅营、连军事干部组成，二中队原为校部队知识青年队；三中队为政文队，主要由一旅营、连政工干部和部分文化干部组成。二大队下辖四个中队，四中队为排级干部队，五中队为连级干部队，六中队为政文队，此外还有一个机炮中队，培训机枪手和迫击炮射手。三大队下辖三个中队，七中队为连级干部队，八中队为排级干部队，九中队为班级干部队。党训队以苏中党校学员为主，加上师部机关抽调的一些干部和其他一些营以上干部组成，党训队直属校部。

整编后的三月上旬，抗大九分校在溧水甘戴村举行开学典礼。会上，江渭清代表十六旅致贺词，刘季平作了开学工作报告，杜屏作了行军和渡江的总结报告。

开学后，一大队、三大队在上、下芝山，二大队在云鹤山，以山野为课堂，开展教育训练。

吴健站立在上芝山的村头眺望着北面的方山，这方山于溧水而言，算是高山了，此山为何称方山，他不清楚，但他觉得有意思。前几日在岗上村时，还见方山主峰挺立，余脉虽不绵长，但总有一些意味，但现在站在上芝山村北，所见之方山仅为一圆柱形山峰，这山峰平地拔起，不见余脉，海拔并不高的主峰，却给人一种巍峨之感。

已是四月初的时令，春光明媚，大地早已生了绿意，春风拂面，温馨和煦，全身有一种说不出的舒畅。百花齐放，欣欣向荣，本可以吟诵很多诗句，来应和自己心中的律动，但此时似乎没有这种冲动。什么花呀、芽呀、蛙呀、蝶呀，这些吟诗的好题材虽然不时在眼前浮现，但终究激发不起平静生活时的诗意，倒是方山的青松，呈现绿的色泽，给人以愉悦之感，那挺立的身姿、叉开的树冠给人以蓬勃的鼓舞。风吹起，"哗哗哗"的响声远远传来，给人一种庄严的情怀。

是的，吴健握紧了拳头，他明白无误地确知自己处在一个什么样的环境中。

刚满20岁的他，是抗大分校一大队的学员，眼下是另一种称呼，特务团一营三连的战士，是新四军大家庭中的一员。

他是浙江湖州南浔人，生于1923年，遗腹子，在母亲身边长大，先在南浔丝业小学上了四年初小，后在南浔中学附小上了二年高小。抗战初期，日军占领南浔，烧掉半个镇，吴健的家也未能幸免于难。国恨家仇，吴健在当时已是上海地下党员的大哥吴宝康的带动下，在斯诺的《西行漫记》中"红小鬼"的形象吸引下，于1939年8月10日来到上海，经上海汇丰银行的地下党安排到无锡参军。入伍后，就在"无锡抗日联合会"下的战地服务团做宣传工作。

工作了半年，转到梅村，但乡下情况紧急，只好又转移，在城里西门外于洋荡开了一个杂货店，负责联络工作，城里有什么事就告诉下面，向乡下负责人传递情报，后来县委书记又把他带到乡下。

1940 年他到东路，在江南社电讯科工作，任务是收录延安新华社新闻广播。1941 年 3 月 8 日在蔡修本的介绍下加入了共产党后，江南社撤退苏中，他和骆风等同志在苏中三地委的江潮报社工作，担任油印员。1943 年 1 月到 11 月，他到抗大九分校政工队学习。

如今，他渡江南下，站在苏南溧水的土地上，向着方山眺望。

"吴健，发什么呆呀？"一个洪亮的声音在耳边响起。

他抬头一看，只见一个身材瘦小、十分精干的干部模样的人朝他走来。他连忙叫道："方指导员。"

那位唤作方指导员的年轻干部忙关切地问道："怎么啦，是不是想家？"

"我觉得眼下非常平静，这么好的阳光，这么好的青山，这么好的田野，似乎战争的硝烟永远离我们而去了。"

方指导员，亦即方征，瘦削的脸庞洋溢着蓬勃的青春气息，他朝四周看了看，双眼露出了惬意的光芒："是呀，溧水的山川真美，我们南下就是因为苏中可能有大的战事，到这儿来相对安全些，不过，你不要忘了，这儿离日伪统治的中心并不遥远，我觉得战斗随时会到来。"

吴健点点头："对，我只是觉得这环境很美，似乎远离了战争，不过指导员，我的心一直绷得紧紧的，从没有一刻松懈过，只要日寇没有消灭，战争永远不会消失。"

抗大九分校三大队八队住在下芝山村南面的史家，这是九分校驻地最南面的一个村庄，指导员马肃一大早便起来检查纪律。

马肃步出门外，晨曦已出，眼前顿显一片春景，南面芝山犹如巨龙东西横亘，山色青青，柔嫩可爱，薄薄的晨雾犹如给它包上了一层轻柔的面纱，格外的富有神韵。山脚下是一片油菜地，虽然不是群葩当令之时，但有些花朵为了赶早时，已经悄悄开放。万绿丛中点缀着朵朵金黄色，一条悠长的田埂从芝山脚下延伸，直至村的南端，在茂密的竹林处消失。目视竹林，但见竹叶湿漉漉，竹笋欢快又努力地上扬着，鸟儿哪甘寂寞，叽叽喳喳叫个不停，声音嘈杂而又清亮。没有狗吠声，狗儿早已被清除，偶尔有几只公鸡的报晓声传来，间隙处便能感到格外的静谧，微小的风儿更能强化这种感受。

稍顷，便有人声，那是战士们起床后的声音，除话语声外，还有欢笑声。

在融融的春风中，一切显得是那样的祥和静谧。

马肃沿月牙形的塘沿向村西走去，自二大队八队入住史家村后，便开始了一种新的生活，八队除了整风学习外，还担负了民运工作，这对他们而言并不难，但由于此地以前没有住过新四军，又离国民党军队的驻地较近，老百姓多少与军队有些隔阂。那么第一步照例做宣传工作，当然这种宣传已经和抗战初期不一样，初期主要是抗日宣传，眼下主要是针对皖变后的国民党造谣诽谤作相应的宣传。第二步是严格尊重当地群众习俗，认真执行三大纪律八项注意。第三步，用实际行动来感化群众，帮群众挑水、劈柴，主动送些饭菜，教小孩唱抗日歌曲。有时邀请地方绅士和群众开座谈会，偶尔用节省下来的钱举行会餐，请史家村的群众代表参加，每桌三个冷盆，四个大菜，一份汤，半斤酒，一共摆了近20桌。会餐前队长讲了话，村长讲了话。

鱼水之情渐渐形成，群众终于了解真相，认识到国民党恶意宣传的险恶用心。

马肃刚走到池塘的西边第一所住户，只见战士们已把地铺的稻草捆好，正在上门板，有几个战士拎着菜篮子，准备上芝山去捡地衣。马肃点点头，检查了一番，交谈了几句，正欲到另一住室去检查。只听见门外一阵阵吹打声，他一愣，这一大早哪来的吹打声，什么喜事上门了？

马肃一抬脚跨出门外，只见史家村几个百姓抬着一头已杀好的大肥猪，吹吹打打地走来，一见马肃，吹打即停。一个60岁的老者上前躬身叫道："马指导，早呀，我们给你们送一头猪，以表谢意。"

"送给我们？"马肃眼睛一亮，只见大肥猪的脖子上、肚皮上还贴着大红纸儿。

"这为什么？"马肃不知如何是好。

"马指导员呀，你们一来不扰民，反而给我们做事，老百姓过意不去，各家各户出了点钱，买了一头猪送给你们，也算是一点心意。"老头花白的胡子抖动着，一脸的诚恳之色。

"不行不行，你们生活这么艰苦，我们哪能收此重礼。"马肃连忙回绝道。

"马指导员呀，你们住在我们这个村子里，给我们帮助太大了，你们来了我们安心睡觉，你们打鬼子太辛苦了，慰劳这点东西用不了什么钱，是我们老百姓的一点心意，不收看不起我们。"

"老大爷，部队有纪律，我们不能收。"马肃一边谢绝，一边叫战士把村长、保长请来。村长、保长来了后，马肃反复表示，不能收此重礼。

保长、村长让了步，但他们坚持道："你们不肯收一头猪，无论如何要收下半头猪。"

马肃请示了大队部后，只得同意收下。

猪收下，但老百姓生活很苦，战士们过意不去，便决定在不影响整训与战备的情况下全面开展爱民活动，组织一次军民联欢大会。

按计划上课、出操、执勤，余暇排练节目，战士们的热情充溢于山村田野间，可惜天公不作美，连续下雨无法在室外演出，最后选择在通开的六间房内演出。

晚上，室内的汽油灯发出耀眼的光芒，照亮了战士们坚毅的脸庞和百姓们漆黑的笑脸，许许多多人挤在一起，由于这六间房的二楼木板没有铺上，好多人便坐在横梁上观看。

演出开始了，有秧歌，有舞蹈，有京戏清唱，有话剧《红鼻子》《送郎去当兵》，还有简单的魔术、红缨枪舞，一直演了两个多小时，小小的山村迸发出阵阵的热浪。

……

四十八团刚刚安顿下来，团长刘别生、政委吴嘉民命等待工作的某教导员，带领三个战士到高淳去买子弹，被顽军苏保一纵队第一团发觉，采取偷袭手段，将教导员等三人逮捕，另一战士脱险逃回团部，告险。团部即派人去保安团交涉，要他们放人。顽保安团非但不理，还蛮横杀我地方干部，抓我抗日烈军属，用挑衅的态度对待我十六旅战士。刘别生大怒，毅然组织反击，以武力营救被捕的战士和同志，营长曾担生急率一营夜袭荆山口顽军保安团，经过激战解决了顽军保安团团部，救出了被俘的同志。

四十六团住在了溧水南端的沈家山，他们原在横山地区和大官圩一带活动，在官圩，他们夜袭了亭头镇伪军据点。

在横山南北，他们多次打退了下乡骚扰的日军，二旅南下和十六旅合并后出于战斗的需要，他们被调回，聚集于溧水县的最南端。

这沈家山的南端便是三战区国民党军控制的区域，旅部为慎重起见，要求部队挖好野战工事，因为那边"友军"调动频繁，不那么安心了。

对于这一点，四十六团的干部战士是清楚得很，这三战区的部队历来和新四军过不去，1940年6月的西塔山战斗，1941年5月的黄金山战斗，1942年7月的里佳山战斗，都是由他们挑起的。

现在他们频繁调动，安的什么心呢？

3月28日，傍晚时分，部队刚吃过晚饭，正在集合，准备移营。

一切都很正常，山村十分寂静，晚霞特别灿烂，耕牛在农夫的牵引下慢悠悠地回归牛棚。那牛粪的味儿和泥土的味儿、麦苗的清香味儿、油菜花的味儿混合一起，绝没有半点的硝烟味。

黄玉庭、丁麟章正准备命令队伍开拔，突然两个侦查员跑来向他们报告：有敌情，保安团在驻地南边向我们进攻了。

原来是四十六团的副官朱立人带着各连副职干部去沈家山南面的一个村子去号房子，碰到了国民党保安团一个排，他们是来打前站搞侦察的，顽军便主动进攻，当时一营在柳甲，三营在沈家山西北石臼湖边。

"噢。"黄玉庭皱了一下眉，要说这保安团，战斗力特差，和正规的新四军交战，应该是自取其辱，为什么三战区的国民党军向我进攻用最弱的部队，会不会有诈？

这是战斗，容不得丝毫的马虎，他翻身下马，命令两个营的战士即刻进入野战工事，就地阻击。

两军刚一接触，保安团放了一阵枪，扭头就跑。奇怪，保安团如此之弱，何以进攻，既进攻，刚一接触，为什么迅速南逃？

黄玉庭没有细想，反正这溧水的根据地是不能丢失，敌既退，我们进行追击。担任追击任务的是一营二连，由连长姜恩义率领。姜恩义一声吼，战士们猛扑过去，一阵枪击，顽军一个排长腿部受伤被俘，还有五六个顽军束手就擒，其他顽军则向南撤退。这保安团跑得飞快，而且并不惊慌，四十六团战士猛追猛打，始终赶不上他们，除了刚才抓到几个顽军、缴获几只丢弃的步枪、轻机枪、枪榴弹筒外，一无所获。追了一阵，黄玉庭下令停止追击，前面是国民党实际控制的区域，况且保安团丝毫不乱，后面肯定会有部队接应、设伏，不可大意。

保安团一溃退，苏保一纵队指挥官对着逃回的残兵败将是哈哈哈一阵大笑："英雄们，你们凯旋了！"

保安团营长的脸是一阵青一阵红，他不解地望着单栋和一团团长杨绍荣："长官，我们不理解，为什么命令我们非败不可，上次四十八团偷袭我们，这次正是报仇的时候。"

杨绍荣冷笑着说："这是陶长官的命令，只许败不许胜，个中奥妙以后你会知道。"

"是是是，长官。"保安团营长似懂非懂地点着头："只可惜丢了些武器，还有三个兄弟，而且助长了新四军的气焰。"

单栋眼皮一翻："没什么，陶长官会加倍补偿给我们的，至于新四军嘛？哼，我们不会让他们恣意妄为的。"保安团"溃败"的消息传到陶广的耳朵里，陶广是一阵狞笑："好，好的，按计划进行。"

……

第二天，在里佳山旅部，江渭清、王必成收到了来自三战区苏保一纵队的抗议书。大意是苏保一纵队要到日军据点附近游击日军，结果遭到了共军四十六团的袭击，希望贵部合作抗日，严惩凶手。

江渭清、王必成早就听到四十六团的战情汇报，正在琢磨下一步的对策，不料国民党军却是恶人先告状，反诬起新四军来。对于这一点，他们清楚，这是国民党惯用的伎俩，为防意外，命令十六旅各部队严阵以待，加强警备，痛击一切来犯之敌。

没几天，陶广便令顽军向溧阳竹簀桥五十一团驻地发动进攻，并迅速占领了上兴埠，且抓捕我抗日干部，枪击我炊事人员和部队战士，气焰十分嚣张。

忍无可忍，王必成桌子一拍："不给点颜色他们看看，他们还不知天高地厚！"他和江渭清商量后，决心给予一些惩治，压一压顽军的气焰。

4月1日旅部决定，四十六团旅部特务连攻打上兴埠，四十八部攻打上沛部。刘别生、吴嘉民作出如下部署：二营和团部特务连出击上沛埠，三营占领上沛埠以南的老虎山，并迅速构筑工事，打击前来增援的部队，一营做预备队。

二营黄祖煌领命而去，他面对上沛埠，心中的一口怒气久久不能消除。

黄祖煌一家可以说与国民党有血海深仇，叔叔在红二十三军长征时牺牲，二哥留在家乡坚持斗争，生死不明，三哥也牺牲在长征路上，弟弟因国民党迫害家属，死于逃难中，大嫂被国民党军抓走，生死不明，二嫂与父亲病故。1937年国共合作，大哥黄祖炎带了儿子回乡探亲，儿子竟被国民党毒死，在如此情形下，兄弟二人共赴国难，响应党的号召，参加新四军与国民党合作，共同抗日，相忍为国，胸怀何等宽广，六年东征西讨，多次负伤。国民党军队在苏南、浙皖边界有十几万兵力，躲在郎广山区张望不战，还多次夹击新四军，无论是忠救军在东路，还是六十三师、四十师、五十二师、挺进队在茅山，专与新四军作对，真是忍无可忍。如此下去还怎么抗日，现在反击不抗日的顽军就是抗日。他果断地下令：四连、五连担任主攻任务，六连为预备队，晚上出发！

二营一个急行军，来到上沛埠的南面，从侦察的情报中得知，镇内驻有顽挺进军一个连，两排人，还有一排驻守在镇东北靠山的一个碉堡内。

黄祖煌命四连连长周德喜、指导员苏俊迈率队攻打镇内顽军，五连连长吴仲亨、指导员黄德诚攻打镇东北碉堡顽军。

半夜时分，周德喜率四连猛扑镇内，一阵手榴弹爆炸声后，传来一阵惨叫声，顽军从梦中惊醒。起初顽军气焰很嚣张，借皖变胜利的余威，没把新四军放在眼里，但一交手就傻了眼，在四连的猛冲猛攻下，渐渐不支。至拂晓，活捉击毙各半，周德喜还有一个意外的收获，在一大院的卧室内，还捉到顽军连长的老婆。

几乎同时，镇东北靠山的碉堡内，五连也包围了碉堡，碉堡周围是一片开阔地，如强攻，在没有重武器的情况下，伤亡是可想而知的。

天已放亮，周德喜送来了那份特殊的"战利品"，团长刘别生一见，忙叫战士押着顽连长的老婆喊话。

那女人哆哆嗦嗦地被战士们推到碉堡前，用哭腔喊着话："你们别打了，快点出来吧，你们被包围了！"

一阵寂静，顽连长在碉堡里叫喊："军务在身，党国为重，投降万万不能。"

接着是一阵咒骂……然后碉堡里的机枪狂扫起来，打得那女人身边的泥土四处溅射起来，那女人吓得瘫倒在地，全身抽搐。

刘别生见状，知顽军连长铁了心，便命战士拖回女人，决定白天停止进攻，到夜晚再打。

黄祖煌和教导员徐文华一商量，由徐文华留下指挥五连，他自己带上四连、六连至上沛埠以北，做好防止顽军反击的准备。

夜晚，徐文华命令五连战士进攻碉堡，吴仲亨带领战士们悄悄地向碉堡挺进，奇怪的是碉堡内寂静无声，一个战士迅速接近碉堡的枪眼，往里塞了一颗手榴弹。一阵轰响，没有预料中的惨叫声。战士们一拥而上，炸开碉堡门，进去一看，里面空无一人。

徐文华十分纳闷："这些龟孙子，哪儿去了呢？"他沉思半晌，周围无任何障碍物，看来是天一黑，敌军乘隙逃走了。"好狡猾的顽军，走，回营部。"

五连回营后，四十八团一、三营退至曹山以南，上兴埠以西，方山以东，上沛埠以北的牛头山附近集结待命，三营仍在老虎山加强守备。

江渭清、王必成考虑到统一战线的需要，有理有节的斗争原则、团结抗日的立场，主动与顽军交涉，明确表示只要对十六旅部队不再进行武装进攻，不捕杀新四军工作人员，不抢劫军用物资，允许新四军到上沛埠采购物品，十六旅愿意让出上沛埠，保一团也可回安兴驻扎，同时吁请地方士绅出面调解，结束"摩擦"，共同对付日伪军的"清乡""扫荡"。

陶广正慢悠悠地喝着茶，忽报新四军十六旅攻占了上沛埠、上兴埠，气得是哇哇直叫，连忙吩咐召开军事会议，加快实施消灭苏南新四军的步伐。

在宽广的大厅里，陶广端坐主席台，两侧分别坐着挺进二纵队司令顾心衡，一九二师师长王埕，苏保四纵队指挥张少华，苏保一纵队指挥单栋，五十二师师长刘秉哲，忠救军第一纵队指挥易德钧以及其他团以上军官。

陶广开口了："诸位，新四军十分猖獗，竟然公开袭击我苏保一纵和挺进二纵队，看来，再不动手，他们要翻天了。"

"陶总指挥，我们不必和他们啰唆什么了，既然蒋委员长、顾长官点头了，还不灭此朝食？"顾心衡一脸急火火的样子。

"对，新四军不自量力，在苏北、苏中、淮南肆无忌惮地攻击我们，在苏南他们休想猖狂。陶总指挥，我们不能再等下去了，诸位，这是苏南，卧榻之侧，岂容他人酣睡。"刘秉哲说些不伦不类的话语，看到众人点头，十分得意地露出笑脸。

陶广摆摆手："诸位，莫急，莫急，这一次非动手不可，现在的形势对我们有利，这不是皖变时的形势。现在苏联和德国打得不可开交，自身难保，从形势看有求于蒋委员长，绝不会再公开支持中共。英、美国家也焦头烂额，自顾不暇，我们中国在国际上抗战的作用大大提高。我们在苏北没有向新四军复仇，不是委员长客气，而是兵锋难至，鞭长莫及。在苏南我们有十几万雄兵，哪能容得他们猖狂，还有一点诸位可能无力，倭寇如今在东南亚用兵，在我们中国的兵力是捉襟见肘，所以和新四军作战应该是无后顾之忧……"

此时，一位军官进来递给了陶广一封信，陶广一看是新四军十六旅的信件，连忙拆开，看完信，把信件往桌上一摔，用不屑一顾的神色冲着信件说："江渭清、王必成求和了。"

"求和？"众酋忙伸头询问。

陶广冷冷地说："江、王求和，说愿意让出上沛埠，条件是允许他们采购物品，里面还附了地方士绅的附议信。"

"不要上他们的当，陶总指挥，以前我们对他们过于手软，才酿成黄桥、半塔、山子头战斗的悲剧。这是缓兵之计，我们不能养痈遗患呀。"易德钧一副义愤填膺的样子。

"对对，这是他们的诡计，我们哪能上他们的当，我们苏南有十几万人马，眼下这儿有15000人之众，还怕他们那点人马？陶总指挥快下令吧。"

"快刀斩乱麻，速战速决。"

"送他们上西天，彻底肃清他们。"

"打死王必成，活捉江渭清！"

"当它是第二次皖南事变，要取得比第一次更大的胜果。"

其他人跟着一起叫道。

"诸位，诸位，别忙，安静些。诸位求战心切，是好事，不过打仗也是做文章，我们要做足，这一仗，我们稳操胜券。我们不仅要胜，而且要胜得漂亮，在政治上我们要动一番脑筋，免得他们再喊冤叫苦。"陶广一副胸有成竹、满腹经纶的样子，脸上的肉原先时不时地抽动几下，现在纹丝不动。

"诸位，别急，让他们猖狂一下子，我就是引诱他们乱蹦乱跳，我已把他们主动进攻国军的消息公布给了新闻界，现在各大报纸都在声讨叛军，舆论在我们这一边，我们在政治上已取得了主动权，另外我还是有点担心，如果一开战，倭寇会不会背后捅一刀，或者说新四军会不会勾结日寇，夹击我们？"

"放心吧，陶总指挥，抗战初，他们背靠我们，面对日军；现在他们确实是背靠日军，面对我们。但只有我们不深入南京城下、京沪线上，日寇不会帮他们的，再者现在还没有发现新四军勾结日寇的历史，估计他们不会去和日寇搭上关系，否则就不会有塘马之战。当然为了万无一失，我们何不效仿冷长官和日军达成默契共同对付新四军之举。"易德钧不愧是戴笠的高徒，所献之计确实毒辣。

张少华连忙插嘴："对，易指挥说得对，我们派人联系，达成协议，共同对付新四军。当然倭寇狡猾未必会和我们结盟，泄露出去在政治上于我们不利。我有一计，叫新四军受困于溧水，我们派人贴出布告，以明示的方式向日本人透露我们作战的对象，这样间接地和他们联络，又不授人以柄。"

"妙极了，可以采纳。好啦，我们已侦查到十六旅的兵力配置，他们的主力集中在东线，西线的兵力十分薄弱，是教导团之类的。当然，也许他们会变，但我们以不变应万变。按既定计划合围他们，下面请赖处长公布一下作战计划，诸位有问题再提出商讨。"

赖处长肥胖得路都走不动了，但其吼叫声丝毫不亚于健壮的屠夫，他满脸杀气地走到军用地图前，用棒子点着地图上的地名。

"诸位，指挥部决定在4月11日，五十二师一五四、一五五团集结于东坝、下坝一线。挺进二纵队三个团集结在上兴埠以南地区。忠救军一支队一、二团深入白马桥以北一线。保安一纵队一、二团及保安四纵队七团进至汤家桥、安兴一线。一九二师五七四团集结社渚，另一个团配置在广德。"赖处长干咳了两声后，眼睛盯着在地图上的小棒，滔滔不绝地尖叫着："西线以五十二师一五四、一五五团和一九二师五七四团的兵力为主攻，由东坝、下坝、社渚出发，分路经安兴、漆桥、孔镇、东流、新桥进占大山、云鹤山、枫香岭、铜山、榆树岭、观山等地，与挺进军会合，协同围剿十六旅部队。保一团、保二团、保七团布防南面，协同主攻部队围歼，一九二师另一部在南面堵截。"

顽军军官全神贯注地听着赖处长的作战部署，眼光也随着他手中小棒的移动而移动。

赖处长尖厉的声音撞击着他们的耳膜："东线以挺进军二纵队三个团兵力担任助攻。该部从施家桥、南渡、七里山出发，经上兴埠进占傅家山、曹山、回峰山，北经巷、南曹、大李巷、毕家山等地，与五十二师、一九二师会合于观山，完成对十六旅的包围。忠救军两个团在十六旅部队北面白马桥、王村、韦家大村、秋湖山一线担负堵截任务，封锁十六旅向北后撤的道路。"

众酋直点头，但有一点不解，既然侦知西线新四军守备力量最弱，是抗大九分校学员，那为何陶总指挥用参加过皖变的五十二师和他自己的嫡系廿八军的一九二师的精兵，这似乎不合常理呀，难道陶总指挥是想保存自己的实力？

这倒不是，这陶广知道抗大九分校也不是好惹的，但鉴于他们是干部团，明摆着这是新四军的核心力量，用重兵击之，以一个师打完，换一个团也是胜利呀，胜利讲究的是实效，不是虚名。

面对如此形势，江渭清、王必成感到了前所未有的压力，他们决定先向代军长陈毅和师长粟裕汇报请示。

十六旅领导为何向粟裕请示，缘由是1942年3月军部便拟决定一师、六师合并，谭震林任一师政委，六师番号不变，十六旅已归粟裕指挥。到1942年10月，又明确规定一师和六师领导机关合并，六师番号对外不变，谭震林调任军政治部主任。

对合并后的十六旅，粟裕在2月1日便发电文称："总之，在目前整个形势以及敌我力量对比下，我在政治上，应采取对抗战的主导地位。而在军事上，在反攻以前，无需主动进行对敌决定胜负的战斗，只有这样才能变敌我矛盾为敌顽矛盾，而使我在这矛盾中求得生存与发展。"

3月21日又向江渭清、王必成发电："在你们南移竹箦桥地带整训时，如友军向你们进攻，则应坚决予以反击，但不宜超出自卫立场，亦不应继续向其进攻，总之以求得自己安全休整为主。在你们整训期中，如敌人向你们驻地进攻则宜避开锋芒选择有利时机予以打击，提高自己的政治影响。但亦不宜刺激敌人，免使敌人对我军加重'扫荡'，造成我军坚持斗争的极大困难。"

粟裕在3月30日曾致十六旅电："……在反摩擦战时，只是将对方击溃将无济于事，必须予以歼灭打击，才能使对方惧怕……你们机关仍很庞大，还应彻底精干，大量疏散。战斗部队除四十八团外，其余各团亦应分布于适当地点，以便随时使用。"

4月1日又致十六旅电：

据报苏南顽军已集结近七个团之众，有向我进攻企图，战争有一触即发之势。闻你们在布置争取第二个黄桥决战的胜利，这种信心是很好的，但你们要掌握反摩擦的斗争方针，除3月30日电外，特再提出如下意见：

（一）苏南顽军与大后方连接，兵员械弹可随时得到接济，决非韩军孤处苏北敌后可比，所以苏南我军与顽方力量的对比处于极大的劣势。在政治上因彼居合法地位，也较我有利。因此我们不宜以作一决战解决苏南问题的打算。

（二）今后苏南局势，如果我们在反摩擦战中失败，将增加更多困难；若我们反摩擦胜利，也同样会增加困难，甚至可能引起顽方更大规模的进攻，而造成比现在环境还要严重的局面。

（三）苏南部队仅四十八团有大兵团作战经验，但与其他各团之协调尚不够密切，很难保证大决战的胜利。过去苏北部队如没有第一次黄桥作战和营溪、姜堰战斗的实际锻炼，则黄桥决战亦无把握，同时苏南政治上的条件亦不如苏北之对我有利。因此你们在本身上亦不应作决战之打算。

（四）在上述情况下，我意见如不得已不能避免摩擦时，仍不应超出自卫原则。即使我取得反摩擦胜利，亦不应过于刺激顽方引起更大的报复行为，否则对我不利。

（五）在作战指导上，根据顽我两方军事、政治力量的对比，并照顾到整个国共关系，应集中打击弱小的土顽，不打击最强的顽军。

上述各点希你们考虑，对实情详加研究，并将结果及情况随时电告我们。

粟裕的电文是领导的指示，固然重要，但将帅还是根据自己掌握的情况作出部署。

江渭清来回踱着步，思索着如何应对眼下的局势。自 1942 年 4 月来到苏南后，他是军政一肩挑，一方面，他是十六旅政委，要和钟国楚一道从事对敌斗争；另一方面他又是苏皖区党委书记，要从事根据地建设工作。

1942 年是极其艰难的一年，也是卓有成效的一年，对敌斗争取得了一系列的胜利。首先钟国楚旅长率领四十六团二营向横山进军。5 月下旬至 6 月上旬，先后两次攻克江、句地区的重要据点郭庄庙和索墅，接着从溧水县城西边南下横山地区，相继拔除博望、小丹阳、桑园铺、横溪、谢村以及石臼湖西的下陇、马桥等十余个日伪据点。7 月 10 日国民党新七师向我方十六旅部驻地里佳山进攻，为我十六旅战士击退。7 月份、9 月份旅参谋长张开荆率四十六团一营到茅山地区，配合四十七团和茅山保安司令部对"忠救军"实施自卫反击，忠救军被击溃，于 9 月 10 日被迫退向溧阳南部山区。尤其值得称道的是 5 月份驻在常州机场的汪伪航空警卫营官兵 280 余人，在上校营长顾济民率领下起义来归。

在根据地建设上，首先制定了《苏南行政区处理土地问题暂行条例》。8 月 6 日，在溧水县小蒋家桥村召开了苏南民运工作会议，实行减租减息，区党委为取得直接经验，以便指导面临的减租减息工作，确定了在溧水进行试点，并制定了《溧水县（民国）三十一年减租减息实施办法》，同时在茅山其他地区秋收的减租减息斗争也蓬勃展开。

1942 年的形势有了好转，军队扩大了，根据地的面积也有所扩展，但军事力量还显薄弱。多次向军部请示增派军事干部和部队南下，但军部、师部均表示无干部、无兵力可以南下。盼呀盼，终于迎来了二旅，连抗大九分校也南下了，苏南的军事力量得到了加强，是大展宏图的时机了，战士们热情高涨，跃跃欲试。师首长告诫要冷静，不可招摇，对，现在还是敌强我弱，不可盲目招敌。至于根据地建设，不久前 3 月 18 日在小蒋家村小学召开了苏南根据地各县县长联席会议，会议共举了三项议题，一是总结苏南抗日民主政权建设的经验，二是选举产生了新一届苏南行政委员会，并确定苏南行政公署的组成人员。苏皖区党委作为根据地的执政党，向会议提交了《苏南行政纲领》和《苏南区行政公署组织法》两个文件，选举产生了十三人组成的行政委员会和苏南行政公署主任、副主任、秘书长、文教处长、民政处长、财经处长、公安局长，自己担任苏南行政公署主任，苏南根据地的民主建设工作进入了一个新的阶段。

苏南行政公署成立，标志苏南抗日根据地真正实行了党的一元化的领导。江渭清担任苏南行政公署主任，集党、政、军权于一身，按照原先的设想展开工作，那就是在减租减息的基础上，进行民主政权建设，有了民主政权，就有了真正的根据地，就有了抗战战略依托的组织保障，苏南抗战的新局面也必将到来。

　　会后，苏南行政公署领导呕心沥血，进行了艰苦卓绝的建政工作，建政工作的进展看似平常，实则来之不易。在根据地的政权建设中，改造保甲制、民选乡保长的工作。他们从实际出发，区别不同情况，采取不同做法。

　　新当选的乡、村长大多是党员或农救会骨干。条件尚不具备的地方，即使是中心区，虽废除保甲制，但不搞民选，仍用委派的办法任命乡、村长。基层政权经过这样一番改造，苏南根据地的巩固又前进了一步。

　　为此苏南行署立即作出部署，号召各地紧密结合减租减息，开展大生产运动，并派干部到基层，帮助总结丰产经验，研究互助合作办法，运用典型，示范指导，把根据地的大生产运动搞得有声有色。

　　江南行署的努力使"三三制"政权为新四军对日作战构成了全民抗战的后方堡垒，参政会、政府和法院的政权构成明晰了各级机构在抗战中的使命职能，乡、区的政权改造为新四军对日作战赢得了最基层人民的支持，也使苏南溧水成为真正意义上的根据地和苏南抗战的战略指挥中心。

　　面对这样一个大好的形势，日寇坐不住了，这倒好理解，可国民党也坐不住了，置抗日大业不顾，又来搞摩擦。是可忍，孰不可忍，他们究竟想干什么？为什么？眼下大兵压境，据侦知有七个团的兵力，绝不可小觑。

　　王必成也有多日睡不着觉了，南下时二旅和十六旅合并，军部、师部的用意很明显，不要外露张扬，以引起敌顽的注意。抗大九分校以特务团的名义出现，目的也是如此。南下后，上下同心，加紧训练，且兼有休整的目的，在苏中、苏北塘小鱼多，加之日寇也大扫荡，南下也有避敌之意。不料二旅南下，日寇没多少反应，倒引起了国民党的嫉恨，又要对苏南用兵，甚至不惜把《中日停战三个月，合力"剿匪"》的布告贴到日军驻点。不顾民族存亡，只图内战，用心何其毒也。

　　对于国民党军的卑劣行为，王必成和江渭清都深有感触。江渭清经历了皖南事变，由于先发在前，历尽千辛万苦才冲出重围，而王必成经过黄桥战役，挫败了韩德勤的气焰。至于红军时期，王必成和江渭清一样和国民党军队经历过多次的血战，江渭清参加了南方三年游击战争，王必成则随四方面军参加了长征。

　　说起和国民党军在红军时期的作战，这位虎将深有感触，这位出生于湖北麻城县乘马岗长岗村大别山下的农家娃，17岁参加红军，在鄂豫皖时，他初当传令兵、交通队长，血染战衣于黄安城，后随部队向川陕转移。继而转战巴山蜀水，参加了反"三路围攻"，激战雷音铺，痛击"双枪兵"血战万源，再战黄猫垭。踏上长征路后，突破嘉陵江，血战百丈，三过草地，可谓与国民党真是"三生有缘"。他对国民党军队的战斗力了如指掌，可以说无论是红军处在高潮低潮，他都没有把国民党军队放在眼里，现在中国共产党领导的军队日益壮大，在和日伪军多次交战磨炼下，已经具备了非凡的战斗力，面对眼前国民党军的挑衅，他恨不得率领十六旅全线出击，在苏南来一个"黄桥大捷"。但是他清楚眼下还是国共合作时期，从大局上讲，要遵循统一战线的原则，以抗日为主，对国民党军要采取有理有节的原则，以自卫为主，这叫相忍为国。另外，苏南的抗战形势非常复杂，是三角斗争，如果一味和国民党用强，必处于两线作战的危险境地，恐为日军所乘。再者现在国共相处，军队总体力量处于弱势，尤其在苏南，国民党军有数万之众。敌我对比，敌方占优，更要命的是苏南地域小，没有纵深，难以展开灵活的游击战和运动战。所以不能轻易出击了，但眼下敌军气焰嚣张，怎么办？

江渭清、王必成相聚在一起，进行商讨，讨论结果是先向军、师首长表明无黄桥决战之心。4月1日，十六旅已向顽军出击，占领了上兴埠、上沛埠一线，应把眼下的行动方针汇报一下。请师部作出决定，于是4月3日，致电军、师首长。

军、师首长：

一日午电悉。我们并未布置第二次黄桥决战之野心与举动，事实上苏南友军在军事力量上比我们有优势，我们决不会有这种标新立异，只是在友军向我进攻万不得已时，而不得不采取自卫原则。这一次的摩擦，开始是溧水保一团主动向我进攻。溧阳顽挺进军曾几次向我五十一团进攻，因此被迫不得不应付战斗。以后我们仍然掌握团结之方针，积极开展政治攻势与统战工作，求得尽量避免武装摩擦与团结抗战御敌。当前苏南所处的形势日益严重与困难，敌伪在茅山、太滆区自"扫荡"后增设据点，因此敌后只能容纳小的武装坚持斗争，大部分主力很难活动，只好将大部分主力撤退至溧武路以南两溧地区行动。加之我两溧地区狭小，如主力集结，万一在敌人"扫荡"时很难应付。如小主力稍为疏忽一下，对南面友军刺激很大。特别在三月间九分校南来后，友党友军积极阻我南进，并逐渐增加兵力。虽然我们积极与友党友军进行统战工作，武装摩擦是很难避免。这两次摩擦战斗就是证明。

在这种形势下，我们的行动方针：

（一）我们在溧武路以北和太滆三游击区横山、大官圩，不管敌人如何残酷"扫荡""清乡"，还是想尽一切办法坚持原地斗争。我们主要是组织精干武装及短枪便衣队打击敌人，积极破坏敌人的封锁（竹篱笆）。镇压特工及"清乡"人员之活动，部分主力求得隐蔽行动；在有利条件下，不放松打击敌人；党政人员大部精简，县、区好的干部掌握武装领导，配合民群斗争，在敌后坚持；积极开展敌伪军工作，边区与敌占区之工作，便利于我们在敌后坚持。

（二）在溧武路以南地区除坚持原有阵地外，积极开展友党友军统战工作，求得尽量避免武装摩擦。事实上由于苏南我们力量增加，主力在敌后又很难转移活动，如南面友军硬要向我进攻时，我们在万不得已时与有利条件下，不得不采取武装自卫。

（三）四十八团主要是整顿，四十六团除抽一部分在三游击区横山、大官圩活动外，大部分亦进行整训。五十一团在溧阳地区坚持斗争与轮流整训，保安司令部之部队、与四十七团仍坚持茅山地区，如情况严重，部分主力可能撤退路南。独立二团仍在太滆分散坚持，以上各项请详细指示。

十六旅

四月三日

很快粟裕回电，作出具体部署，电文内容如下。

二日十时电悉，你们既已占领上兴埠、上沛埠之线，顽军受此打击后，在做更大政治规模之进攻，因此你们应立即作充分之准备。兹再提如下意见：

（一）在政治上开展攻势，指出顽军一再向我进攻之阴谋，尤其当此敌人大举向我敌后地区进行"清剿"之际，不唯不配合打击敌人，反而不断向我进袭，并捕杀我人员，其用意至为显然。这些事实应该使广大人民及各阶层深刻了解，并说明我军自皖变后，既无粮弹，又无援兵，孤处敌后，艰苦坚持抗战之事实，以取得广大人民对我之同情与拥护。

（二）所捉顽方俘虏，应妥为优待，特别对其官长应多加解释，并多给路费，一律予以释放，分头送顽军驻地附近，以更有力动摇其军心，绝不应有所侮辱及虐待。

（三）你们部署不宜驻在上兴埠、上沛埠街上，仍驻乡下为妥，以免增加混乱。但可在上兴埠、上沛埠之线，配备少数警戒部队，并应加强侦察，随时严防顽军进袭。

（四）你们此次作战，似乎建制过于分割，以至不能完全歼灭顽军，因此你们今后应尽量力求得保持各团建制，尤其是四十八团以全部集结使用为妥，其余各团以不分割为宜。但兵力不要拥挤一团，严防敌人向我夹击。

（五）即对此次战斗进行检讨，补救弱点，改进战术，尤其要注意保证各兵团之协同战斗情绪之高涨与兵力的休养。

（六）今后如顽方再向你们大举进攻，在其兵力雄厚时，你们首先以避开其锋芒；转入侧后，集中力量迅速解决其薄弱一路为宜，不可对战，造成持久消耗，至无法解决战斗。

特提以上意见，做你们参考，其余详前电。

粟裕

四月三日

江渭清、王必成认真研究了粟裕的电文，决定采取政治、军事两方面的活动以应对眼前形势。

在4月3日那天，江渭清政委便召了排以上干部会议，作了《制止反共摩擦，求得继续团结抗战》的动员报告，还召开了群众会和乡保长、士绅座谈会。在各阶层群众中进行战备动员，旅政治部的干部到各团协助做政治工作和战勤工作，旅卫生部安排好重伤员、轻伤员、医疗所，旅供给部做好给养的物质准备，溧水县县、区政府做好动员民工，组织担架队等支前战勤服务工作。

王必成则命令四十八团严阵以待，命令四十七团一营、五十一团前来参加，加上抗大九分校人员，参战兵力达 5000 余人。

四十七团一营在团长熊兆仁、参谋长张强生的率领下来到溧水里佳山，旅部组织科长张鏖便匆匆来到三连，看望连长赵匡山。

赵匡山何许人呀？赵匡山又名赵杏林，江阴县周庄人，出身于普通农民家庭。1938 年春，参加朱松寿组建的地方抗日武装，担任朱松寿的警卫员。1939 年 9 月，朱松寿为司令的苏浙人民抗日自卫团被袁亚承的忠救军五支队打败后，赵匡山回到家中。1940 年初，被忠救军王炳珊部抓去，强迫他留在工部效劳，被赵匡山坚决拒绝，后被人保释获得自由。

春夏之交，朱松寿再次组建抗日武装江阴民众抗日自卫队，赵匡山在第一时间参加该部，担任第一大队二排排长。1941 年 1 月 24 日，赵匡山请了婚假，回到周庄赵家弄与许美娣结婚。两天后，他告别新婚的妻子，回到部队。2 月，江阴民抗上升至江抗主力部队，赵匡山和他所在的民抗一大队被编入江抗第二纵队二营五连，仍任二排排长。1941 年 3 月上旬，新四军第六师十八旅成立后，赵匡山调至十八旅五十二团二营六连，担任副连长。8 月，为反击日伪军"清乡"，十八旅五十二团二营奉命从江阴东乡进入苏（州）西、（无）锡南地区，向苏州近郊和太湖沿岸汪伪统治区进攻。有一次，赵匡山所在的六连，在太湖与优势日军相遇，遭受重大损失，连长英勇牺牲，赵匡山升任六连连长。五十二团二营改编为十六旅四十八团，并西移溧阳塘马地区，11 月 28 日发生塘马战斗，赵匡山亲历此战。

一见面，两双手紧紧地握在了一起，自塘马分手后已有一年多没见面了，如今在溧水见面真是感慨万分。

"传闻你在塘马战斗中牺牲了，到溧水旅部后方知你还活着。"张鏖眼圈红了。

"是呀，张主任，许多人以为我牺牲了……战斗惨烈，连罗、廖首长都牺牲了……雷连长、陈连长都牺牲了。"赵匡山的眼中噙满了泪花。

……

张鏖和赵匡山关系非同一般，他们也算是老战友了，最早他们共同在十八旅奋战，那时张鏖任五十二团的政治处主任，赵匡山是五十二团二营六连的副连长。

1941 年 7 月，日、伪军在苏南东路的苏州、常熟、太仓地区疯狂的清乡扫荡，为了牵制敌人，五十二团二营在团参谋长胡品三、政治主任张鏖、营长黄兰弟的率领下，越过沪宁铁路，到无锡南苏州西一带，与顾福兴的太湖游击支队共同配合，开展游击活动。

8 月间打击了南方泉据点下乡抢劫骚扰的百余伪军，引起了日伪军的密切重视，同月，六连奉命由无线南山乡东渡太湖到苏州的东、西洞庭山一带去开辟根据地。

那天夜里，六连三个排分乘三只大帆船，向洞庭山方向开进，由于暴露了目标，敌人的汽艇突然向我前卫船猛烈射击，连长郑阿惠率第一排与敌人奋战，由于火力比不上敌人，船身被打坏，连长和绝大部分战士壮烈牺牲。

这个时候，副连长赵匡山率三排在后面的船上，听到广阔湖面上传来激战的枪声，他依然十分冷静，沉着地指挥，要求大家不要惊慌。

他对吓坏了的船夫说："你们怕有什么用呢？快把船头掉过来，向湖面上开。"由于赵昆山同志在遭到敌人的袭击、连长牺牲的危急情况下挺身而出，稳住了局面，因而六连三排未受到损失，这一点深为张鏖赏识。

在塘马战斗前张鏖被调至十八旅，在途中听说发生了塘马战斗，他很想知道他朝夕相处的四十八团二营战士的情况，但只知道战士们大都牺牲，却不知详情。来到溧水后他才知道赵匡山、顾肇基、陈文熙等人在四十七团，且赵由三连副连长升为连长了。

两人寒暄一番，赵匡山便问起张鏖离开塘马后的情况。张鏖是感慨万分，原来张鏖回到十八旅后不久便于1942年3月到华中党校学习。华中党校集中一批旅、团、营、连干部进行教育，在苏北阜宁县汪朱集开学的是第三期党校。这是学员最多的一期，共有三个队学员，400余人。一队为连级干部队，多数是女生；二队为营、团干部队；三队为旅团级干部队。学员都住在老百姓家，课堂是搭起的一个大草棚子，条件艰苦。汪朱集距军部驻地挺翅港很近，西临华中抗日军政大学，便于华中局领导，便于交流学习经验。

校部把他编在三队一组（后来改为二组）。三队里的四组和六组均为旅级干部组。在四组的有陶勇、张藩、邓少东等同志。在六组的则有王必成、何克希、饶子健等同志。由于同在一个队以及后来他参加了支部工作，所以张鏖对三队包括王必成同志在内的全体学员都很熟悉。他们学习的课程有：宋亮（孙冶方）主讲社会主义—共产主义理论，冯定主讲唯物论辩证法，薛暮桥主讲政治经济学。陈毅军长常来讲形势和战略战术问题，课外他们又学习了刘少奇同志在二期党校讲的《抗日民族统一战线》《辩证法唯物论》《反对官僚主义》《中国革命的战略问题》《组织纪律修养》等。

1942年末，日伪军准备对我苏中、苏北地区进行大扫荡，军部将转移到淮南。因此军首长早已有派二旅增强江南力量的意图。在军部向淮南转移前不久，三期党校提前结业，学员们大部分配回原部队工作。王必成同志提前回到二旅，接受了准备渡江南下苏南的任务。

一天晚饭后，陈毅军长和政治部主任谭震林同志找他去谈话。军长说，"苏南这块地方是我军在长江南岸的一个桥头堡，是我军南进的跳板，地位很重要"，"你不要到浙东去，你到十六旅去"。就这样华中局组织部把廖昌金、魏天禄、张鏖三个人介绍到王必成那里。紧接着他们就和二旅一起出发南下，时间是1942年12月30日。

张鏖以前曾要求过到浙东去工作，这次被分到苏南，他愉快地接受了。

又见苏南啦，又见茅山啦！张鏖深情地看着苏南的一草一木，他朝塘马的方向望去，他想起了牺牲的罗、廖首长和战友们……对于茅山，他并不陌生。1939年12月，繁昌战斗后，为补充兵员，他就从皖南出发到过溧阳的水西村，后随苏北支队过江，扩招了一些新兵，本拟带回，不料苏北支队不放人，请示军部准备回皖南。后刘飞由上海养伤回来，便随刘飞回到茅山，等待谭震林的到来，后又被谭震林招致东路开辟根据地。由于茅山中心县委书记陈洪的请求，被借至茅山工作达两月左右。1941 年 11 月四十八团从锡南来到塘马，他在罗、廖首长的带领下，在茅山脚下整训，时间虽短，但战斗生活丰富而又紧张，所以张鏖对茅山有一种特殊的感情。

现在苏南仍然处在日军的铁蹄下，回到苏南只有不断地努力，不断地奋斗，抗击日本帝国主义，才能告慰历史的忠魂……他捏紧了拳头。

1943 年 1 月 12 日在里佳山两支部队合编，番号仍称十六旅，张鏖任政治部副主任，后一师苏南巡视团来到溧水，蓝荣玉任政治部副主任，张鏖改任组织科科长。

……

"张主任，国民党还嫌不够吗？塘马战斗时故意放弃防地，现在我们正在反清乡，他却来搞摩擦，这究竟是哪门子的事呀？"

"这是由他们的本质决定，他们弃民族大义于不顾，我们不必客气，反顽就是为了抗日。"

"对，针锋相对，打垮他们，我们才能更好地抗日。"

……

参加过塘马战斗的原四十八团战士，后来都归入四十七团，有的分在一连，一听说张鏖老领导来了，便纷纷涌来。

他们围着张鏖问候道："张主任好，张主任好！"

张鏖握着他们的手，问着这些老部下、幸存者有关塘马战斗的情况，最后他满怀深情地说："罗、廖首长为保护苏南党、政、军机关人员壮烈殉国，作为幸存者，我们要继承他们的遗志，早日把侵略者赶出家园。"

刘季平也坐不住了，他找来了油印股长兼训练处书记徐充："小徐，我口述，你记录，写封信给五十二师师长刘秉哲，呼吁团结抗战，维护国共合作的抗战局面。"

"他会听吗？"徐充有些犹豫，这五十二师的部队反共立场是极其坚定的。

"不管怎样试试，也算我们仁至义尽。"刘季平沉思着，然后缓缓地说道："张师长钧鉴：本部正在整训，以加强与提高对敌斗争力量，据报，近期贵部不断向本部驻地逼近包围，未知用心何在？谅贵官深明大义理当遵循抗日统一战线方针，共同对敌。请饬令所部立即停止推进，节制行动以免发生亲痛仇快之事件，则国家幸甚民族幸甚。忠言奉告，谨请良思。"

乌云密布，大战在即，作为地方党组织干部的曹明梁忧心忡忡：国民党不顾抗日大义，挑起事端，实属可恨。现在敌强我弱，危险万千，哪容得丝毫马虎，眼下敌情不明，我能做些什么呢？

他忽然想起一人，眼睛一亮，妹夫刘德福。刘德福何许人呀？国民党挺近纵队二纵队六团二营的副营长，现在国民党进攻十六旅的部队序列中就有挺进纵队，何不利用刘德福这层关系走动走动，倘能获取有价值的情报，那样就可以充分地了解敌情。

　　刘德福原为湖南醴陵人，在挺进纵队时曾和新四军在攻打句容日军据点时协同作战过，后挺进纵队踞扎于溧水曹家桥，他便娶曹明梁之妹曹桂英为妻。刘德福虽为曹明梁之妹夫，但曹明梁深知刘德福毕竟是国民党军人，和新四军不是一个队伍，除了保持距离提高警惕外，还不断对其施以影响，用共产党的理论思想、新四军的抗战原则去点化他、影响他。这刘德福原为醴陵农民，参加挺进纵队也是为了抗战，在和新四军一道作战后，有了一定的认识，颇有好感，加之曹明梁对其不断地灌输新思想，他的立场渐渐地转向共产党的军队。

　　曹明梁觉得这是一个很好的机会，虽然刘德福不是共产党，但凭现在的关系，从他口中打听一下情况，应该是没问题的。但苦于其在部队，一时无法联系，再者自己出面会引起敌人的怀疑，只有回家叫妹妹出面去部队探视，才不会引起敌人的注意。

　　他马上往老家赶，刚到村口，遇见前来的刘德福。

　　"咦？你怎么来啦？我正想找你，赶快到家里坐坐。"

　　"不了，人多不便，我有情况相告，找个清静的地方吧。"

　　"对。"曹明梁忙把他拉到家中的竹园里。

　　"国民党下了血本，这次挺进军协同国民党五十二师、一九二师、忠救军等兵力包围你们，你们不可轻敌呀。"刘德福气喘吁吁地讲述道，但他还不知道有更多的兵力。

　　"啊，敌人来势如此之猛，我得赶快向江政委汇报。"曹明梁吃了一惊，等二人沟通完便转身奔向十六旅旅部。

　　旅部某位年轻工作人员听完汇报，有点怀疑："我们十六旅兵力有限，敌人会出动如此多的兵力？"

　　曹明梁为了核实情报的准确性，马上又返回老家，刚好刘德福在家里吃饭，他再次询问情况是否属实。刘德福做了肯定的回答，说这是上峰的命令，不会错。曹又连忙赶回旅部，郑重地做了汇报。曹提供的情报，却没有引起旅部那位年轻工作人员的重视，致使战前忽略了这一重要情报。

　　江渭清、王必成、张开荆、王桂馥和一些参谋长在作战室里反复研究起来。

　　王桂馥首先开口："能不能让敌人深入我们的根据地，完成了对我军的合围以后，我们再进行反击呢？"他对着铺在桌上的地图说道，"不能，因为我们是处在日顽夹击的总的态势下，'两溧'中心区从南到北，不过20公里呀……"

　　张开荆点点头："按粟师长的意见，是先集中主力歼灭它一路，迫使顽敌后撤。"

　　江渭清沉思许久，才慢慢道："这一仗一定要打好，打得好，我们才能保住辛辛苦苦建立的根据地，打得好，才能在苏南坚守下去，否则后果难料。国民党的军队非常毒辣呀，我们反顽是为了抗战，为了抗战必须反顽，把他们打得越疼越好，但必须建立在自卫的原则上。"

　　他沉吟片刻，又道："凭我们四二年在溧水作战的经验看，溧水的东线地形开阔，利于分割穿插，可以机动用兵，南面有芝山、方山，西线有观山、铜山呈环状，利于坚守，敌军要合击我们，必然要从东西两线进攻，北线他们要迂回，没有那么多兵，南线也有山，他们攻击的力度不会大，他们大军聚在南方，只要堵住就行……"

王必成始终一言不发，这不奇怪，他不经过深思熟虑是不会发言的，当大家把眼光投向他时，他才缓缓开口："江政委说得对，从战略态势上看必然如此，敌人肯定是东西夹击，逼我北移，如果我们歼其一路，他们的计谋就不能得逞。现在敌军有七个团，约八千之众，兵力配置也有限，我们完全有机会歼其一路。但我们必须集中兵力在局部形成优势，这是我们游击战常用的战术。现在我们四十六团、四十八团已控制上兴上沛一线，且那儿机动用兵的区域很大，利于我们作战，我们应该把主力放在东线。南线西线地形有利，易守难攻，只要坚持住，我们就可以在东线取得胜利后迅速西移，迎敌，逼其后退。"

张开荆直点头："对，至于北面，我们用少量的兵力监视即可，他们的目的还是逼我北移，北移至溧武路以北，借日军之手消灭我们。"

"那么日军会不会在北线夹击我们呢？"江渭清有点担忧，"另外西线、南线的部队派谁呢？现在只剩四十七团和五十一团少量部队了。"

一参谋道："北线，据情报部门侦知，暂无动静，日军看来是坐山观虎斗，倒不用担忧，只是南线、西线派兵困难。"

另一参谋一拍大腿："不是有抗大九分校在吗？他们虽然是学员，也是领兵打过仗的干部，组织起来，以山为依托，守一两天应该没问题。"

江渭清点点头："守西线、南线，任务不轻，若真要派他们去，必须给他们派置一些武器，当然他们的政治素质、战斗素质绝对没问题。"他又沉思了一下，"还是觉得力量太弱，还要有部队支撑他们，我看把四十七团一营调过去，这样才有把握。"

王必成想了想："对，兵力不能过于分散，否则打击力量不够，我们既然布重兵于东线，那么除四十六团、四十八团外，还应把旅部特务营和五十一团配置在东线，确保东线取得胜利。"

……

日军南京总部大本营得到了国民党军准备聚歼十六旅的消息后，研究了半天，决定静观其变，原因是兵力不够。现在大部分部队已抽兵南下，战争处于胶着状态，若合围消灭了新四军，则要面对数量众多的国民党部队，因此按兵不动，乘其双方杀得筋疲力尽之时，再选择对象出击，坐收渔翁之利。

通知下达后，溧水日军面对国民党说客要求联合作战的请求后，笑吟吟地连连摆手："我们大日本帝国不插手此事，不和你们计较，你们想怎么样就怎么样。"

消息返回到陶广的司令部，陶广冷冷地笑了一下："好一个狡猾的倭寇，1941年对付罗、廖十六旅，我们的冷长官鼎力相助，撤出防区，现在我们有求于他们，他们摘得一干二净。好一个倭寇，你以为我们没有你们就不行了吗？哼哼！"

情报官急送来一封密信，陶广拆开信，阅后一看是哈哈大笑："江渭清、王必成竟然在西线、南线布置的是抗大九分校的学员，这就别怪我陶某人柿子捡软的捏，命令我五十二师精锐之师，做好准备，一举打开两线缺口。"

特务团一大队的防守阵地在铜山，铜山左前方有云鹤山，右前方有观山，铜山阵地左翼有一中队防守，右翼有三中队防守。铜山阵地自然形势非常有利于打歼灭战，它像一个簸箕形状，铜山是簸箕的把手，前面是一片广阔的缓坡开阔地，两边全是高低山丘，隐蔽主力部队十分理想，三面居高临下，天然地形，易守难攻。如果从地形的角度看，守住铜山，主力及时从两翼侧猛打猛冲，轰然出击，歼灭一两个顽军团队应该有把握。

王必成亲自到阵前观察，看了看这块战场，他又朝四周的地形扫视了一番，非常满意，但考虑到九分校火力太弱，便遵粟裕嘱托，从十六旅调一门迫击炮、一挺重机枪和一部分子弹加以补充。

一大队的战线约有一公里，一中队的阵前地形较为复杂，有农舍、松树林、河流，山下有大死角能容纳两个连的兵力。三中队战壕从山上延伸到缓坡开阔地，连上几个散兵坑和战壕最北端一个小山包。

特务团在旅部下达命令后，便积极准备构筑工事，团长杜屏、政委刘季平、政治处主任张崇文，参谋长廖昌金深入阵地上视察、动员，要求死守阵地，吸引进攻之敌，判断敌人可能午后三四点钟进攻。我方主力可从阵地两翼战斗出击，歼灭来犯之敌，迫使其后撤，取得反摩擦战最后胜利。

动员的口号也格外严明："像保卫斯大林格勒一样保卫铜山！"并下达了军令状："阵地丢失者，杀！"

这个动员给全体干部极大的震慑和鼓舞，全体干部学员齐声呐喊，愿为此战光荣献身。

4月11日，江渭清、王必成再次发电军师首长。

军、师首长：

（一）情况：五十二师由该师副师长率领两个团北来，一个团已进至安兴以南、新化寺一线；挺进军五、六两团，现住南渡、小金山、七里、施家桥、前马、周城一线；据报"忠救"一部到河心里，并一致呼声进攻我军，指定乡、保长准备夫子，根据以上情况，战斗可能在两三天内爆发。

（二）我们决心与部署：

（1）决心准备集中优势兵力，坚决打垮一路，并消灭其一部，求得坚持苏南斗争。

（2）部署。特务团负责控制铜山、观山一线做钳制，其余主力四十六、四十八团全部和四十七、五十一团各一部，共三个足团兵力，集急在上沛埠西北和上兴埠以西一线，首先准备打垮东面，再转向西南突击。其余详情后报，请示。

十六旅

四月十一日

电文发完后，迅速做出上述部署。

一大队三中队是政文干部队，队长张茂发，政治指导员为方征，支部书记为纪涌，学员约有90名，有从连队调上来的政治指导员、支部书记、文化教员，有战斗的英雄模范，有机关精兵简政保存的干部，有从上海来的知识青年，也有归国的年轻华侨，如日本归侨江有生、新加坡归侨王啸平、马来西亚归侨兰芝冰，文化教员、学员中有编辑、导演、画家、铁笔大王，可谓人才济济。那时有规定，伍龄不足三个月的退回连队当兵，其中有三名上海来的青年，离三个月相差几天，方征认为他们为信仰而来，不要太机械遵守规则，便全留了下来。

三中队虽然人才济济，但装备极差。

武器只有两挺轻机枪，一挺捷克式只有200发子弹，一挺三八式只有90发子弹，步枪种类很多，有湖北条子、中正式、老套调，每枪子弹约五六发，多的几十发，手榴弹每人一个、两个的，也有几名徒手，这样的装备，在游击区游击骚扰有余，正面作战则实在勉为其难。

但学员们热情很高，首先投入了军事战备，挖战壕。

16岁的苏州籍战士王传洪操起了铁锹向半山腰走去，自来到溧水后，他便投入紧张的学习中。军政训练开始后，他在军事课上学到了很多东西，如战斗条令、步兵操典，还有实地演练，但他觉得战斗还远离眼下这片土地。文化教员司徒延平想在墙报上开辟一个专栏，和他商量起一个什么名字，王传洪开玩笑说"纸上谈兵"，司徒延平生气了："你还开玩笑，不用多久，就要真刀真枪干了。"

果然，没过几天，王传洪便闻到了浓烈的火药味，野外，他看到了王必成、刘季平、杜屏等人在察看地形，一下子感到空气紧张起来。及至队里命令学员到铜山上挖建壕沟时，他明确地知道这不是课内实习，而是实实在在地将要发生战斗。

王传洪来到铜山的北坡，用锹挖土，一锹下去，震得他两臂发麻，虎口生疼。他低头一看，这山上土层很薄，满山是大小石头和赭红色的沙砾，哪里挖得动，咬着牙挖了几锹，由于用锹不当，右手受了点伤。沈宜保走了过来，这位党支部委员来校前是战斗连队的政治指导员，现为学员班长，他关切地问着他，并找了点纱布来帮他包扎。

"小王，你当心些，要用巧力，不要用蛮力。"他俯下身子关切地问道，"听雷雨说，你哥哥在皖南事变中牺牲了。"

"是。"王传洪一听，心情沉重起来，"但没有确切的消息。"

沈宜保沉默许久后，才缓缓地说："我们都听过动员报告了，国民党顽固派叫嚣着要制造第二个皖南事变，不过小王，我们已接受了项英的教训，不会再上他们的当。"

沈宜保挖了几锹土，见难以撼动下面的石块，便拿起十字镐，用力地凿了下去。一镐下去，细石块四溅，火星直冒。

沈宜保歇了歇，继续说道："你知道吗？冲我们来的还有国民党军的五十二师，是皖南开来的，是围攻我军部的刽子手。他们现在还叫嚷什么'九分校的是戴眼镜的多，挎皮包的多，女人多'，他们要来捡便宜，他们放着鬼子不打，还把传单撒到了鬼子的据点里。说'中日停战三月，合力剿共'，这不是和鬼子密约吗？看来他们要发动第二个皖南事变，我们不能有一丝一毫的侥幸思想。"

沈宜保朝手心吐了一口唾液，便又拿起十字镐凿了下去："他们反共有瘾，反共得赏，凶恶成性，要他们不反共是不可能的……他们是你哥哥的仇人，也是你和我的仇人，是我们新四军的仇人。"

作为十六岁的小战士，自然对眼下形势知之不多，沈宜保的一席话，深深地感染着他。他站立铜山山腰，朝西南方向望去，双眉横竖，满脸愤怒之色："好一个五十二师，你若来攻铜山，我们就来收拾你们，为皖南死难的同志报仇！"

他从沈宜保手中抢过十字镐，用力往下凿，碰到坚硬的石块，火星四溅，石屑飞溅，不久，一条虽不算深但已过膝的浅壕出现在王传洪的脚下，向右延伸，延伸……

在油菜花香气四溢、麦苗泛绿的季节，一支部队悄然转移，他们至上兴埠以西地区迅速构筑工事掩体，枪口齐齐向着南方，一看那架势，似乎闻到了战火的硝烟味，似在彰示着，一场血腥战斗即将来临。

这支部队是新四军十六旅五十一团，团长胡品三，政委李彬山，政治部主任江如枝。

五十一团虽为团的建制，但没有多少人马，他原属十八旅，只有两个营，后来二营被四十六团团长带到两溧地区活动，虽然番号没变，但由四十六团代管。

1942年10月，五十一团拨归十六旅建制，团部率领一营过沪宁铁路，在溧阳、溧水一带活动。1943年精兵简政，二营全部充实到四十六团，一营营部撤销，一、二、三连由团部直接指挥。该营人数不多，战斗力有限，但三个领导却是能征惯战之人，所以在战役中也是重要的组成部分。他们被派往七里山阻敌便是一个很好的佐证。

第十七章

两溧血战

　　1943年4月12日凌晨，顾心衡一声吼叫，挺进二纵队四、五、六三个团从施家桥、南渡、七里山出发，向溧水挺进，一个团则向溧阳上兴埠猛扑过来。他们临近上兴埠时，便用重炮猛烈轰击，霎时万炮齐鸣，声震于天，空气在颤抖，气浪在滚涌，老百姓的砖房上瓦片发出嘎嘎之声。

　　王必成在杨树山下一听这声音，便知顽军的攻势不小，不可怠慢。他命五十一团迅速后撤出曹笪里，命四十六团全团和四十八团一、二营伺机反击。

　　挺进二纵的顽军炮击一阵后，见新四军没有动静，便大着胆子怪叫着，气势汹汹地向上兴埠扑来。

　　集结在曹山以东、上兴、上沛以西地区的四十六团，在黄玉庭团长的指挥下，像一把尖刀狠狠地向顽军插去。

　　挺进二纵队的顽军平昔见到日军，个个胆小如鼠，畏头缩尾，一触即溃。但遇到新四军，个个横眉怒目，十分凶悍，尤其他们受到了"皖南大捷"的鼓舞，士气高昂得很，两军一接触，他们就气势汹汹地拼杀着。

　　但他们没料到迎接他们的是十六旅主力四十六团，他们没料到这支新四军部队不是在皖南受到项英影响犹豫不决的部队，他们也没料到这支铁军在毛泽东同志英明指导下，在以陈毅为首的新军部打造下，在与日寇交战的打磨下，已日渐成熟，战斗力非同一般了。

　　刚开始呈胶着状态，随着时间的推移，顽军的劣势尽显，战术呆板，缺乏打运动战的能力，加之遇上气势更为高昂的新四军指导员，他们的凶悍气势渐消，几次进攻均被击退。

　　通讯班战士徐进随四十六团作战参谋陈进太来到前线。徐进面向东站着，不知何故，突然身上一阵奇痒，他刚一转身，几颗流弹飞速而过，如果当时不转动一下身子，那么这几颗流弹便要穿胸而过了。

他旋即镇定下来，和陈进太一道观察着顽军的动态。

特务团二大队主要扼守观山、榆树岭、云鹤山一线，二大队队长为樊道余、政委为许彧青，副大队长为杨绍良，他们原先奉命在溧水的方山、尤家边构筑工事。他们在那儿坚守了几天，4月11日，顽军五十二师忽然后撤至高淳东坝。原来这是刘秉哲的一个阴谋，当陶广把西线的任务交给刘秉哲后，他高兴得连眼泪都要流下来，原先他以为自己五十二师是精锐之师，肯定要啃四十六团、四十八团这两根硬骨头。刘秉哲头脑还算清醒，虽然在皖南时，他与新四军交过手，按行话讲他斩获颇多，但他心知肚明，如果不是项英犹豫不决，举措失当，战局远不会如此，如今与已经成熟的新四军交手，能占多少便宜? 弄不好自己的势力会被削弱。当陶广命其在西线进攻时，他着实兴奋了一阵子，因为西线守备的是抗大九分校的校员，装备太差，任凭他们的军事素质有多高，肯定抵挡不了五十二师的攻击。这家伙高兴之余讨了巧还卖乖，在11日那天故意后撤以迷惑对手，他小心翼翼，不是那种"牛刀杀鸡"的粗鲁之辈。

二大队见五十二师后撤，亦撤出方山、尤家边阵地，转移到云鹤山复课教学。12日凌晨4时许，东线四十六团反击挺进二纵队，旅部通信员送来命令，二大队迅速进入西线观山、榆树岭构筑工事，坚守阵地，并急召樊道余到旅部接受任务。

樊道余匆匆作了部署:四中队进入观山前沿榆树岭阵地，五中队向塔山方向游击，控制孔镇、漆桥方向牵制来犯顽军，二中队为预备队，守卫观山主峰阵地，由许彧青政委率领。樊道余离开后，整个部队由副大队长杨绍良指挥。

不久樊道余从旅部领命而回，急忙召集各中队领导开会，传达上级指示和战场纪律，进行政治动员。

"同志们，顽军已向我五十一团阵地发起进攻，我四十六团战友奋起还击，已多次击退他们的进攻，现在西线暂无动静，旅首长要我们加强战备，高度警惕，防止顽军从西线进攻，现在大家要弄清各中队的防守任务，尤其要掌握好反冲锋的动作，便衣侦察向各个主要方向加强警戒，学员和教职员们先将背包藏在老乡家里，轻装上阵，加紧构筑野战工事。"

樊道余急促的话语撞击着干部们的耳膜，虽然观山、榆树岭静悄悄，朝阳已出，一片鸟语花香的春景，但人都知道空气中已弥漫着大战的硝烟味了。

十六旅教导大队奉命改编为九分校二大队时有4个中队，四中队培训排级军事干部，五中队培训连级军事干部，六中队培训连队政治文化干部，机炮中队培训机枪手和炮手。

中午，四中队派出一个排前往塔山掩护五中队撤回，准备加强观山、榆树岭一线的防务。还未到塔山，那儿已是枪声一片，原来刘秉哲率队后撤东坝后，在11日深夜强行军突然扑向塔山，在占领塔山后，继续向北推进，与行进途中的五中队相遇，便乒乒乓乓地打了起来。

五中队战士都有着丰富的作战经验，猛冲猛打，一口气将敌击溃，并控制了云鹤山的有利地形，阻止住了顽军先头部队的攻势，四中队战士一到，便合兵一起，但见顽军漫山遍野而来，个个杀气腾腾，一副不可一世的模样。

四中队排长忙向五中队领导告知，全线后撤出现观山、榆树岭一线，旋即五中队后撤，留四中队一个排阻击掩护。这个排的排长姓杨，战斗经验十分丰富，面对汹涌而至的顽军，率领全排灵活作战，歼敌一个班，缴枪八支，俘敌一名，自己无一伤亡。午后时分，五中队和四中队一个排撤回到了榆树岭阵地。

刘秉哲率五十二师一五四团、一五五团，一九二师五七四团乘机占领了云鹤山、东流村、枫香岭。下午2时许，他命令顽军向榆树岭阵地发起进攻。

二大队在樊道余的指挥下，死守阵地。刘秉哲见西线的新四军守备人员的火力不足，确知守这儿的是九分校的队员，胆气一下子冒了上来，他下令三个团全线出击。

他把重兵投放到铜山，准备血洗铜山。守铜山的是一大队大队部以及一中队和三中队。他们的阵地正面很宽，所谓阵地就是一条堑壕、一条壕沟和一个个射击工事。由于铜山的土层很薄，壕沟大多很浅，只是个别地方较深一些。

下午，班长杨加林把王传洪领到一个特定的战斗位置，王传洪一看这是一个射击工事，立式，胸墙较厚，知道这是班长为了照顾他，杨加林匆匆地对他做了交代："你左边是大队指挥所，汤大队长、唐政委、文副大队长都在那边，我们在你右边。山地起伏，堑壕弯曲，你左右看不到人，你喊一声我们是能听见的，有事你就喊我吧。"

王传洪站在射击工事旁伸头一看，由于堑壕挖在半山腰，弯弯曲曲，确实看不到任何人，他这儿应该比较安全，如朝山下看，只看到缓缓的山坡，上面杂草丛生，怪石林立。山沟下是起伏的小丘陵，如果敌人攻上来，可居高临下进行射击。不过要完成射击投弹的动作，是需要探出半个身子的。这对于毫无作战经验的他来说，也不是轻而易举、灵活自如地能够完成的。

下午2时许，一大队一中队中队长王详，指挥一中队学员在阵前演练。他正喊"目标正前方……"，正巧在视力所及处，顽军真的出现了，王祥赶快把队伍带上山，跃入战壕，迅速散开。

张茂发、方征忙指挥三中队迅速进入堑壕，方征忙从战壕里把王啸平和另一个文化战士拉出来送到山后隐蔽起来。因为他俩是纯粹的文化人，一时是无法适应战斗的。

这五十二师的顽军既气焰嚣张，又十分狡猾，他们有一定的作战经验，山地作战也有一套办法，他们在田间阡陌上先作蛇形游动，然后从山沟的树林里冒出，继而慢慢爬行。1000米、500米、300米……渐渐接近一大队阵地。在300米处，他们突然停下，他们知道再往前推进，便要进入新四军的射击圈内。然后他们用重机枪、轻机枪、迫击炮开始轰击，进行火力侦察。

"轰轰轰""哒哒哒哒哒"，阵阵炮响枪响一齐发出，炮弹呼啸而出，空气中骤然气浪翻滚，山坡上顿时泥块飞溅，黑烟翻滚，随即枪口齐齐冒出青烟，在阳光下仍然能见到红红的火舌，子弹在空中交织前行，飞落到石块上溅起层层石屑。

顽军团长在枪击炮击一阵后，见山上毫无动静，便知新四军反击能力不足，无强大火力回击，无重要火力点，便开始分两个箭头攻击。一个向一中队阵地，用两个连的兵力做前锋，跳跃奔进，强行向一中队山下的一个大死角集结。又用两个连的兵力，向三中队阵地攻击，至百米处，先头部队由散兵行变成散兵群弯腰快速前跃。至二三十米处，匍匐爬进，一排长李洪汉忙率一个班利用散兵坑阻敌，顽军开始冲锋，炮火先行，随即步兵跟进。

听到阵阵枪声后，王传洪忙探出身子一看，五十二师的顽军像蚂蚁一样往上爬。他连忙操枪，由于慌乱，没有仔细瞄准，便开了一枪，他这一枪不知打向了何处。一阵慌乱后，他镇定了情绪，准备好好地开第二枪，一拉机柄，糟了，吸壳。他记住了杨加林的话，连忙叫道："班长，通条。"他没有喊来班长，却听到接二连三地传来同样的声音"通条"，王传洪知道，战友们的枪实在太差啦，这些枪都是套筒枪，而且每人只有五发子弹，常常吸壳，只能靠"通条"解决，而"通条"只有两根，所以第一枪后，大家抢着喊叫"通条"。

王传洪叫了好几下，不见有人递来通条，眼见顽军爬上山来，他急得直跺脚，头上汗直冒，他一转身，看见一人手拿通条，十分沉稳地走来："小同志，别紧张，通条来了。"

王传洪细细一看，只见此人身材中等，骨骼却十分粗壮，线条挺拔，给人一种特有的刚性和张力。其人脸庞方圆，面颊骨略高，脸膛漆黑，眉毛粗浓。神色坚定、沉着、刚毅，有万难不屈的斗志，从他的神情中你能读出他丰富的精神内涵和不凡的人生经历，仿佛任何英雄传奇的故事和英雄的非凡意志都可以从那儿找到源头，更为神奇的是此人一只眼睛已坏，一看便知后天所致，能看到不规则的损失面貌，从军人的角度看肯定为枪击所致。这往往是军人功勋的佐证，另一眼则炯炯有神，散发着奇异之光。

王传洪一见其步姿、神情，一听其口音便推知此人就是大名鼎鼎的大队长汤万益，一只眼睛为战斗所伤的"汤瞎子"。

王传洪猜对了，只有汤万益具有上述特征，出现在他面前的正是大名鼎鼎的九分校一大队大队长汤万益。

汤万益，1915年出生于福建省周宁县玛坑乡玛坑村，少年时代因家境贫困，十七岁时，他为生活所迫，只身一人到远离家乡的咸村给资本家当店员。

1933年，咸村、玛坑一带来了叶飞率领的红军游击队，汤万益毅然投奔了革命队伍。在红军游击队里，他勇敢作战，积极工作，进步很快，不久就担任了班长，后又任闽东游击队第五支队支队长，1937年，他光荣地加入了中国共产党。

"七七卢沟桥事变"后，汤万益所在的闽东红军游击队改编为新四军三支队六团，他被任命为六团一营二连一排排长。

六团在江南抗战的一年多时间里，所向披靡，威名远扬。在攻打浒野火车站、夜袭虹桥机场等一次又一次的著名战斗中，都留下了汤万益的战斗足迹，随着显赫的战功，他升任为营长。

1939年11月，叶飞的"江抗"和管文蔚的"挺纵"在扬中合编为新四军挺进纵队，挥师苏北，实施向北发展的计划，汤万益也编在挺进纵队内。在苏北，他和他所带领的部队参加了东进序曲的郭村战斗和一决雌雄的黄桥决战等著名的战斗，由于他在战斗中显示出了卓越的军事指挥才能，1941年7月，他调任如西独立团团长。

1942年冬，日伪军对苏中抗日根据地大举"扫荡"，为了保存干部力量，上级决定抽调一部分体弱的老同志到抗大九分校学习，后南下办学，那时汤万益在一次战斗中失去了一只眼睛，还因多年的战斗生涯多次负伤，身体已渐趋虚弱，就被调至九分校一大队任大队长。

……

汤万益拿着通条排除了故障，沉着地对王传洪说："我一只眼，你四只眼，眼力都不行，现在敌人还远，我们先不打，节约子弹，等敌人近了再打……"

话没说完，此时右翼一中队的阵地上响起了炒豆般的枪声，汤万益一听，立即跳出堑壕，向一中队奔去。

汤万益奔向一中队阵地，留下教导员唐昆远和副大队长文有武在三中队的阵地上。

下午，一大队发现顽军五十二师从铜山西北孔镇方向扑来，因山下有一片树林，利于隐蔽，顽军便像蚂蚁那样集于树林中，这样三中队便处于前沿阵地。

一大队共有三个中队，只有一中队是军事队，他们多数是坚持闽东三年游击战争的老红军。一排由连长和部分营级干部编成，二排由副连长和部分排长编成，三中队是政文队，第一排由老的指挥员和部分教导员编成，二排由副指导员和部分指导员编成，三排是上海来的知青，培养当连队支书和文化教员。二中队原是新四军一师一旅教导大队技术队，学习炮击和重机枪射击，后来主力地方化，留在苏中了。一旅教导大队编入抗大九分校一大队后，校部重新编进了一个二中队，现在二中队作为预备队，留在山后。

一大队一中队的队长是王详，王详一看这架势便为三中队担心，向汤万益提议，是不是把一中队和三中队调换一下。

汤万益摇摇头："现在调换恐怕来不及了。"

唐昆远说："政治干部和军事干部一样，都有实战经验，不用换防，临阵换防，恐怕生变。"

三中队中队长张茂发连忙说："老王，我们政工干部都是好样的，你放心吧！"

由于汤万益不放心，三个大队干部都来到三中队的阵地上指挥，但不料刚打了一会儿，一中队的阵地上响起了密集的枪声，他连忙关照唐、文两人留在三中队，自己直奔一中队。

原来狡猾的五十二师采取两翼进攻的策略，当时一中队在铜山左翼，三中队在铜山右翼，中间隔了一个山头。敌军一方面利用向三中队进攻之际转移一中队的视线，旋即利用一中队山下的死角，秘密集结部队，待三中队打响后，便猛扑上去，一场鏖战开始了。

王详一看，一下子冒出了这么多顽军，便喊道："打！"排枪齐放，硝烟弥漫，顽军惨叫着滚下山坡，但后面的顽军在军官督促下，又蜂拥而至。战士们虽然作战经验丰富，战斗意志高昂，无奈弹药太少，对于蜂拥而至的顽军，一时显得无可奈何。

顽军完全弄清了一大队的战斗力，他们几乎不怕战士们放枪，零星的子弹在山体怪石、矮小树丛的遮蔽下威胁不大，他们倒是怕战士们推下山上的石块，石块翻滚而下，在山坡上有时很难躲避。

汤万益一到一中队阵地上，便大吃一惊，他看见顽军人数太多，一中队火力有限，疯狂的顽军已冲到阵前，大有突破阵地之势。他叫王详继续率队阻击，自己带一个排来一个反冲锋，把敌人压下山腰去。

汤万益是有名的猛将，在担任一团六连连长时，曾驰援半塔，他在和翁达独立六团作战时，面对强敌，一个连追得对方一个团弃甲丢盔。一只眼睛就在那时被顽军所伤，他在闽东三年游击战争中屡次冲锋陷阵，素有拼命三郎之称，而且数次在战斗面临危险之际，就是靠这种勇气化险为夷。

面对五十二师的嚣张气焰，汤万益真可谓怒火万丈，你好端端地放着日军不打，或者交手时缩头缩脑，畏敌如虎，丢尽了中国军人的脸面，战绩如此低下，面对同胞却如狼似虎！皖南一役，残杀我新四军手段何其残暴，现在抗战处于艰难时期，还要同室操戈……新仇旧恨不由得一起涌上心头。

"龟孙子，我叫你们全上西天。"汤万益端起枪，先扫倒了一排顽军，然后高喊一声："同志们，跟我冲。"接着他手一挥，向山下冲去。

一排战士呐喊着，齐齐跃出，端着枪居高临下，扑向敌群。

顽军完全没有料到对方阵地快要被突破时，新四军还敢反冲锋，凶悍的气焰一下子被压了下去，手忙脚乱之际，被汤万益和战士们一阵暴打，如雪崩时的积雪一样溃塌下去，一下子滚下了山坡，但残余之敌凭借皖南事变积累的凶狠气势躲在石后，凭借压倒性优势的武器，向冲下山坡的战士们疯狂地扫射。

汤万益正在追赶顽军时，被躲在石后的顽军密集的子弹击中，他摇晃着身体，一只眼怒睁着，枪支从手中缓缓滑落，口中还大喊着："冲呀，杀呀……"许久那沉重的身躯才倒下。

王详一见，忙带着一个班的战士冲下山去，抱着倒在血泊中的汤万益返回到原先的阵地。汤万益怒睁着仅有的一只眼，嘴角犹蠕动着，身上被打成了马蜂窝，鲜血不时外溢，渐渐气息消失，脸色灰白起来。

他，永远的斗士、闽东的好儿女、六团的英雄、一师的榜样、九分校的楷模，永远地长眠于铜山之巅，他没有死于日军之手，却被害于国民党军队之手。他的妻子张玉书已有身孕，他未来得及给腹中的孩子留下只言片语，就匆匆地走上了战场，连一张照片也没有留下，永远地离开了她们，由于种种原因，张玉书在1975年快去世时，才告诉女儿康新，其生父为汤万益。

顽军一见汤万益阵亡，鸣号猛攻，战况空前激烈，本来一中队在铜山西侧火力交叉控制了正西面战场，由于伤亡过大，此时顽军除分兵继续猛攻一中队外，又用重兵攻击了三中对阵地和铜山正西山坡，他们想采取中央突破占领山头，然后居高临下，向两翼进攻的战术。

此时三中队阵地一片火海，弹如飞蝗，在空中发出瑟瑟之声，炮弹发出尖啸之声，破空而来。山上的碎石被炸得四处飞溅，许多战士被碎石击伤，失去了战斗力，但他们屹立在山腰，绝不后退一步。子弹打完了，用手榴弹，手榴弹用完了，用石块，他们用血肉之躯在坚守着这神圣的阵地。

教导员唐昆远、副大队长文有武在工事内指挥战斗，顽军见此，便集中突击手射击，两人先后中弹牺牲。三中队长张茂发发现唐昆远、文有武两位大队领导先后阵亡，气愤至极，他们高呼着为两位首长报仇的口号，指挥学员们猛冲猛打，无奈顽军的火力太强，他也不幸中弹牺牲。

顽军蜂拥而至，近距离的搏击已展开，班长沈宜保头部中弹，他用手捂着，鲜血流淌不止。方征忙叫他去找医生张毅包扎，又命战士们就近肉搏，顽军被三中队战士顽强的战斗精神吓倒，溃退了下去。

稍顷，五十二师顽军调整战术，他们停止正面攻击，不再进行中央突破，他们的前锋部队向左侧翼运动，准备迂回包围铜山，试图把一大队的阵地一口吃掉。

此时他们又在一中队的阵地上强行攻击，集结在一中队山下死角的顽军，齐齐伸出头来，向山腰后面运动，企图从右侧翼抢先包围铜山。一中队指导员吴光中，速领一个班迎头阻击。而绕过阵地到达北端的顽军企图从左侧翼包围铜山，与三中队三排激战，三排长冯耀祥光荣负伤，顽军一时不能得逞。

刘秉哲眼睛瞪得红红的，本来他以为以自己的精锐之师拿下由学员们守卫的山头，可以不费吹灰之力，没想到损兵折将，打了几个小时还没有拿下山头，便下死命令，又从正面进攻，再次玩起了中央突破的老花样。

与此同时，榆树岭一带也发生了极其惨烈的战斗，下午4时许，顽军由新桥方向迂回到观山后面，从毕家山西北一个小山口插了过来，企图包围二大队，通往观山的道路已被打开，顽军黑压压一大片，与二大队阵地不足1000米，此时旅部参谋长陈铁君派通讯员来通知樊道余去接受任务，部队仍由副大队长杨绍良指挥，并指定四中队长叶藻为代理人。

樊道余赶到指挥部，陈铁君对他说："我军东线主力正在与顽挺进军激战，在南渡方向被顽军牵制住，铜山和观山是我侧翼阵地，对保证东线主力全歼顽军起到重要作用，因此你部必须坚守到4月13日上午8时，以待我主力赶到，消灭来犯顽军。"

樊道余接受任务后，便返回榆树岭。途中，撤下的伤员告诉樊道余："樊大队长，五中队长陈吉冲牺牲，副大队长杨绍良、机炮中队长黄方桂受伤，顽军正向我发起新的冲锋。"

樊道余大惊，急命通讯员跑步上山传令，命四中队坚守阵地，坚决击退向我冲锋之顽军，同时向旅部急报，请求支援。

江渭清、王必成接到求援信，急命四十七团一营支援，张强生、林少克即命三连连长赵匡山前去增援。

赵匡山领命率三连急奔榆树岭，赵匡山参加过血战塘马，为四十八团六连连长。在血战塘马一战中，他和指导员厕肇基突围而出，后来四十八团番号取消，他们这些幸存的七八十名干部、战士合并到四十七团，先是任三连副连长，后任三连连长，他是久战沙场的战将了。

赵匡山经历过多次恶战，四十七团战士在茅山脚下多次与日伪军作战，有极强的战斗力，四十七团一参战，形势大大地缓解了，双方交战又呈胶着状态。

　　时间在流淌，铜山、观山、榆树岭到处是炮声、枪声、喊杀声。时近傍晚，铜山阵地交战已处白热化，顽军机关枪在三中队的堑壕上方左一遍右一遍地扫射着，敌五十二师的士兵嘴里不干不净地嚷着，一窝蜂地朝上冲。王传洪从来没有投过真手榴弹，只在战前临时学投了几次，慌急中投出一颗，在胸墙外面的近处爆炸了，显然手榴弹没有炸到敌人。敌人越来越近，喊叫的声音越来越怪厉，他不见班长杨加林、副班长何琪来招呼他，又不敢离开自己位置去找他们，他哪里知道杨加林和何琪都负了伤。少顷，他听到右边较远的地方，似乎传来一排张家绥同志的喊叫声："你们不打鬼子，专打新四军，无耻！""中国人不打中国人！"但叫喊声只是赢来了顽军的谩骂和回敬的枪炮声。狡猾的顽军突击手向张家绥连连开枪，身旁的一位战友发现他身子一抖动，马上头上冒血，就用手去堵，哪里堵得住，他摸到一个大洞，看到鲜血流入了张家绥的气管，他当即阵亡。张家绥，浙江余姚人，曾是一旅供给处被服厂的指导员，工作热情，政治觉悟高，经常以讲故事的方式来解说抗战道理，他说话幽默风趣，不料惨死国民党顽军手中。

　　王传洪连连叹息，眼下的情形，最需要机关枪和手榴弹，但全中队没有一挺机关枪，手榴弹也很少很少。

　　王传洪只听到敌人冲锋的枪弹声一阵阵地在堑壕上方扫过，左边右边都有敌人冲上来，但马上又被一中队和三中队的战士打下去。他只是凭听到的声音猜测，他脑海里一片空白，心脏狂跳不止，气息异常急促，紧张地用手指贴在枪的扳机上，单等着敌人跳下来，旋即给他一枪，别的什么都不知道。说实在的，他什么也顾不上了。

　　此时，方征与其他指战员和顽军展开了殊死的搏斗，子弹打光了，用手榴弹轰击、用石头、用枪托、用刺刀和顽军拼杀，几名优秀学员许六根、顾生炳、何洪、朱愉、汤伦等先后倒下，萧笙、历杰、夏晋、顾一飞、邓鹏、张毅等十余名同志负伤。

　　此刻阵地上一片混乱，二排长孙尔玺、通信员王桂华也中弹倒下，方征一转身肩膀也中弹，疼得他东倒西歪，难以站立。一学员背包被顽军抓住，他回头一个手榴弹打去才得以脱身。

　　不多久，顽军从正面占领中间山头，用重机枪向两翼猛烈扫射。

　　而战士们的子弹几乎打光，手榴弹也基本投尽，铜山失守已成定局。

　　时近黄昏，仍然不见己方的部队从两翼出击，大家不知道这样的情形下该如何做，撤退的命令还不到，如果再坚持下去，必然是全军覆没。

　　方征和王详在三中队阵地和一中队阵地上同时考虑这个问题，按军事律例，丢失阵地者杀，显然在没有接到上级撤退命令前不能擅自西撤，但在特殊情况下应该对上级命令灵活地加以掌握，方征和王详都是有着丰富斗争经验的优秀基层指挥员。

　　方征，1922年生，江苏南通人，上小学时因参加红色少年活动被小学开除，后于南通商业中学毕业，党组织让他用灰色名义团结同学，结拜兄弟9人，其中7人加入共产党。1938年5月参加中共江北特委领导的抗日游击队，后来编入新四军挺进纵队，从事宣传、民运跑敌伪据点工作，后在一旅敌工科工作，随陈超寰科长从事敌工工作，屡建奇功，在教育改造日本战俘、策反日本特务方面颇有建树，在对敌军事斗争中，无论是长江边对日作战，还是在对顽军的黄桥战役中，都体现出了一定的组织才能和斗争艺术。现在处在如此危险的境地中，若再固守，无异于送死，战争的原则是"消灭敌人，保存自己"。现在正是"保存自己"的时候，如果擅自撤退，有什么后果的话，那就由自己承担吧，他命令余下队员迅速下撤。

王详在下撤时，本拟想和三中队会合，但因顽军占据了铜山山头，只得在山腰间向东撤退，几个重伤员未及抢救下来，唐昆远、文有武、张茂发的遗体也只能丢弃在阵地上了。

王传洪一直躲在射击工事里，突然听到有人在大声喊叫："小王快撤！"他抬头一看，只见一个血人在招呼他，半晌他才看清原来是沈宜保。沈宜保急促地叫道："队长牺牲了，大队长也牺牲了，方指导命令我们撤，十六旅四十八团就要反击了，牵制任务已经完成，你们五班的班长、副班长已经负伤下去，现在你听我指挥。"

王传洪一听，心怦怦直跳，但还是按照战斗条令检点了自己几样东西，背起背包，持枪跟着沈宜保走进堑壕的较深处。

铜山由于土层薄、龟石多，战壕大多齐膝，由于没有掩体，新四军特务团伤亡极大，唯独只有王传洪这一段堑壕较深，由于堑壕壁上没有踏脚孔，沈宜保便跪下一条腿让王传洪踩着他的膝盖跳出堑壕，王传洪上了地面，想拉沈宜保上来，他摇了摇手，又指了指山后的小松林。"看到那里的小旗子了吗？去到那边集合，你报告队里，还有几个同志没撤下来，雷雨眼睛瞎了，刘柳明耳朵聋了，他们都没有撤出来，我去接他们……"话没说完，他便沿着堑壕向枪声最激烈的地方冲去。

王传洪独自一人东撤到山下的小树林里。

吴健搀扶着副班长往下撤，他和刘柳明、王传洪等人因受照顾都在掩体内单独作战，他们事先在挖堑壕时放了许多石块，在战斗时因子弹、手榴弹实在太少，在枪弹用完后便开始推石块。

国民党顽军不怕火力怕石块，特务团的火力有限，顽军肆无忌惮往前冲，但看到石块滚下时由于山坡人多拥挤，石头翻滚而下，他们躲避不及被砸伤、砸死许多人，因此他们一看到翻滚着的石头便叫喊着四处躲避。

吴健个子高，打完了几颗子弹，甩完了几颗手榴弹后便用石块。子弹有没有击中顽军，手榴弹有没有炸死顽军，他也不知道，倒是他力气大，看到顽军成群地往上冲时，便推石块，石块翻滚而下。他亲眼看到顽军数人叫喊着滚下山坡，他如法炮制，在堑壕里来回奔跑，推着石块，竟然使相当大的坡面上的顽军不敢上前，只是躲在石块滚动的范围外放着枪。由于这一段堑壕深，顽军枪弹无法击中他。

他突然看到沈宜保在阵前奔走呼叫着"雷雨"的名字，便不时地用双眼搜寻着战友。突然空中传来呼啸声，一颗炮弹划空而来，落在山坡上"轰"的一声响，随即泥沙石块如礼花般绽开四溅，只见沈宜保倒在血泊中，副班长也被炸翻，他连忙跃出堑壕，但见沈宜保被飞来的弹片割破喉管，已不能动弹。他连忙扶起副班长，滑入堑壕中，然后沿堑壕随方征等人撤退。他个子高走在后面，他发现本班的战士已牺牲大半。堑壕在半山腰，尽头已在铜山北面，他们连忙从北面的堑壕尽头往山顶上爬去。

此时北面山脚下的顽军，拼命用重机枪扫射，吴健扶着班长极速上山，只听子弹在耳边不时地呼啸而过。到了山顶，已看到顽军在西面也到达了山顶，他们连忙从山顶向东坡奔去，一路奔跑，终于来到了东面山脚下的一座树林里。刚巧，校部一位同志带着警卫连传来撤出战斗的命令，一大队脱险战士先撤，警卫连不久也撤了回去。

支部书记赵之一最后撤退，顽军在督战队驳壳枪的威迫下，已冲上山头，他急中生智，滚下山来，匪兵虽举枪射击，因刚上山气喘未定，目标又在滚动，均未命中。营部书记冷敏负责组织民工担架队及输送弹药，刚好在铜山脚下，赶紧接过他卸下枪栓的枪（木柄已在山上砸断），扶着他一起撤。赵之一刚经过激战，情绪很激动，不由得哼起苏联革命歌曲《三个坦克手》来。

一营三队队员晓星被敌人的机枪和迫击炮击中，倒卧在血泊中，手中步枪被打成两截。

敌人从他身边吼叫而过，尖厉的冲锋号在耳边嘶鸣，敌人以为他已战死，只顾向前，没有在他身上戳上一刀。

太阳已经落山，天渐渐黑了下来，他咬着牙，用胳膊支撑着地面，十分艰难地一挪又一挪爬下山去，好不容易爬到山下稻田，一头扎进水里，张口吸饮泥水，由于没有急救包扎，流血过多，在路边昏迷过去。深夜，前来增援的主力部队发现并唤醒了他，问明他所属部队代号，用担架把他抬到野战医院。他身中4枪，伤口一直在流血。

撤退后，方征点名，有部分战士因没有接到撤退令或其他原因失踪，后来查明被俘；何琪、雷雨屈死于集中营；黄哲、郑挺、刘柳明、张雪樵、曹清泉于1946年"双十谈判"后被释放。

陈宗根母子抬水进入工事后本想下山，汤万益深切地关照他们不能下去，很危险，等到仗打完了再下去，他把母子俩安置到安全的地方，母子俩等到天黑战斗完全结束，才悄悄地溜下山，回到家里。

铜山战斗后，敌我双方力量悬殊太大，我九分校一大队伤亡60人左右，大队长汤万益壮烈牺牲。战斗结束的第二天上午，陈宗根和同村的赵子根、杨长根、张彦南、赵子禄等人在转运伤员中，得知汤万益牺牲的消息后，母子俩万分悲痛，泣不成声。陈宗根和村上农民连夜在赭山头山坳里挖了一排4个坑，将牺牲烈士的遗体安葬好。

这一仗我一大队一、三中队与顽军激战3小时，大队领导汤万益、唐昆远、文有武三位团级干部壮烈牺牲，此外还牺牲营级学员6人，连级学员20余人，全大队伤亡达60人左右，战斗之夜因伤亡过大我方退出了战斗。

三中队在铜山战斗及以后牺牲的战友有张茂发、孙尔玺、沈宜保、许六根、顾生炳、张家绥、何洪、朱榆、何琪、雷雨、宋春生、翟副班长、张昭平、历杰、石炳元、严兴、张庆云、郭震、杨珈林、程青萍、赵树荣、徐邦庭、李国钧等。

不知去向的有邱庭坚、蔡果希、邓鹏、赵树荣、陈祖培、李政科、孙彬、曹清泉、王六生、杨志忠、毛文、印克、王建华、张雪樵、张超、吴国路、李洪汉、徐小海、骆勋、小寥、小张、蔡致中、姚兆铭。

当夜一大队突围人员转移至方山。

顽军占领了铜山主峰，便全力向二大队和四十七团一营三连发起进攻。

赵匡山率三连飞速来到榆树岭去接四中队的防务，四中队即刻撤至观山，这样二大队原先守备的西线阵地形势大为改观。

赵匡山在榆树岭阵地上利用战斗的间隙赶紧修筑工事，这位曾参加过太湖激战、塘马血战的连长一看工事就傻了眼，这样的工事如此之简陋，尤其是堑壕如此之浅，在武器装备和人员明显处在劣势的情况下，如何作战？看来只有依靠勇气和灵活的战斗方式与敌人周旋了，但这儿是阵地战、阻击战，又怎能产生灵活性，怎能发挥作用？

他对大家作了简短的动员："同志们，马上顽军就会涌来，他们的气焰很嚣张。现在是有我无敌，有敌无我，我们要血战到底，直到一兵一卒，大家要誓与阵地共存亡！"

他的话刚说完，顽军的排炮便向榆树岭攻击了，这一次顽军的炮弹特别密集，几乎是倾泻而下。由于山上掩体少，许多战士在炮火中挂彩了，有的当场就牺牲了。

炮火一停，顽军便成群结队地号叫着冲向榆树岭。

有几个新战士一见这架势有几分恐惧，赵匡山十分冷静，他见得多了，在塘马战斗中，看到了三千之众的日军，真是黑压压一大片，而且日军的战斗力远在顽军之上，这五十二师虽然精悍，气焰十分嚣张，但没什么了不起。

"同志们，等敌人靠近啦，给我狠狠地打。"他掏出手枪指着山下的五十二师和一二九师的顽军。

1000米，500米，100米，50米……顽军渐渐逼近，还发出奇怪的叫声。

"打！"赵匡山首先发枪，其他战士是排枪齐放，这一阵弹雨犹如巨浪把顽军的人墙推开，顽军纷纷滚下山坡。

但顽军如蚂蚁群一般源源不断，轮番地发起冲击，可叹的是没有好的掩体，战士们完全暴露在敌人的枪口下。在顽军疯狂的枪弹扫射下，战士们的伤亡不断增加，时间一久，战士们的枪弹渐尽，火力渐渐减弱下去。

狡猾的顽军几番交手后，发觉新四军的战斗力颇强，火力也不弱，便知是遇到了抗大九分校以外的部队了。这样战斗下去，他们也耗不起，他们采取了老办法，在一波攻击停止后便使用重炮轰击。他们也清楚，山上没有什么掩体，全是裸露的山石，只有浅浅的堑壕，正是大炮发挥作用的极佳时机。

刘秉哲一咬牙，把所有的重炮调来猛轰榆树岭，顿时整个榆树岭都笼罩在黑烟中，朵朵黑烟从四面冒起，然后弥漫开来，整个天空是一片黑雾，黑雾中火光闪闪，炮声隆隆，连他们自己在远处躲着的士兵都被炮弹爆炸激起的泥土石块击中。

整个山头完全被石块、泥块组成的雨幕所遮蔽。

赵匡山倒在血泊中，他的双腿被炸断，兀自坐着，挥着枪指挥着："躲避，快躲避，凭炮弹在空中飞动的声音躲避，躲……"

疼痛使他双眼模糊，眼前之景渐渐看不清楚了，而且均呈血红之色。炮声停了，警卫员上来扶住他，想把他背到安全处，他摆了摆手："叫战士们赶快做好战斗准备，顽军马上会涌上山来。"

果然，顽军冲了上来，战士们放枪的放枪，投弹的投弹，甩石块的甩石块，战成一团。黑烟散尽，尘埃消失，血红的夕阳照在榆树岭这濯濯童山上，山上是滚动的人群，热浪、气浪混合，人声、枪声混合，鲜血与汗水交融，在草丛尖石块间，回旋，回旋，整个山头仿佛处在摇荡之中。

一个小战士和一个顽军扭打着，滚到赵匡山的脚下，他用尽力气拿着手枪砸向对方的脑壳，对方的脑壳破裂，脑浆迸出。

几个顽军同时扑上来，恶狠狠的模样在他的眼中骤然放大，个个张开血盆大口，喷出浓烈的血腥气。他热血一阵奔涌，发现身旁还有一颗手榴弹，便毫不犹豫地拉响了手榴弹，几个扑上来的顽军见冒着烟的手榴弹，想收脚，但他们立功心切，那被驱动了的双脚接近英雄的躯体抽也抽不回，除了恐怖地号叫、掩住双眼外无其他办法。火光一闪，轰一声响，血肉飞溅，英雄与顽军同时化作肉泥。

天色渐黑，三连和顽军为了榆树岭阵地，肉搏三四次，全连60多人伤亡大半，只剩下20多人，顽军久攻不下，天色已黑，只得鸣金收兵。

……

江渭清、王必成不断听到西线不利的消息，他们两人感到有些意外，本来根据师部建议应该没什么问题，自从上午东线打响战斗，西线也跟着发生战事起，一切还算顺利。中午粟裕师长来电，两人急忙阅读起来，粟裕的电文讲得很具体。

王、江：

十一日十时、十一时两电均悉。

（一）苏南我军地处敌顽之间，地区狭窄，不便做更大规模之决战，依据我顽双方的力量和情势，以及受同日伪斗争的牵制，顽方固不能以一个战役驱逐我军，我亦不能以一个战役完全停止顽军向我进犯。因此今后苏南局面可能是延续的摩擦与反摩擦斗争的局面。

（二）依据上述估计，你们的作战方针，应是在自卫原则下，求得在一个战役中迅速、有利[力]地解决一个战斗，即适可而止，以便休养兵力，准备应付可能继续到来之顽军的第二个战役进攻。这样才能保证以后作战的连续胜利和建立我军的声威；才能保证我军在该地区站稳脚跟，对今后形势才会有利。

（三）我们同意来电首先集中全力迅速歼灭东面的一路，然后主力可向西南转移占领优势阵地，威胁西南的一路，迫其后退，不必作连续的进攻。否则恐难于解决第二次战斗，形成对峙对我反为不利；因为目前你们部队尚缺乏兵团作战经验和连续作战的战斗能力。此点希你们特别考虑。

……

（六）特务团学员虽有战斗经验，但该校无指挥干部，望派人加强之，并补充适当子弹。

（七）各兵团密切协同，为兵团战斗胜利决定条件之一，当特别注意，其余希参照以前三次电报机断进行，并将情形随时电告。

粟裕
四月十二日午

王、江二人看到电文第三条，即同意首先集中全力迅速歼灭东面一路，然后主力可向西南转移，占领优势阵地，威胁西南的一路，迫其后退，从上午的形势看，一切照战斗的预想进行，怎料党挺进纵队一直和四十六团纠缠，未露败相，四十八团还不能马上反击，否则效果不大，更为奇怪的是西线的地形如此有利，抗大九分校的干群素质也甚高，后来把四十七团二营一连也拉了上去，怎么伤亡如此之大？

一大队死伤惨重，团级干部全部阵亡，牺牲营级学员 6 人，连级学员 20 余人，全大队伤亡达 60 多人，驰援二大队的四十七团竟伤亡大半，只剩 20 多人，连长英勇殉难，二大队也有伤亡，现在西线阵线大有洞破之势。

难道顽军的主力在西线？不对呀，若在西线，那么这次顽军的兵力远不是六七个团呀。光从西线的情况看，顽军投入的兵力已不下四五个团。

怎么办？原先的解决东路后再从西线突击的计划不可能实现了，现在连东线的情况都难以明确，但从战况看，东线顽军的实力并不强，现在还是按原计划让四十八团出击，迅速击溃东路之敌，然后再考虑西线之事。

王必成急命通信员至四十八团团部，命令刘别生、吴嘉民率众合击挺进纵队。

刘别生命令一下，曾旦生、黄祖煌分别率四十八团一、二营分头出击。

谁知和四十六团纠缠了近一天的挺进纵队稍有接触便沿京杭国道向南逃窜，黄祖煌率众猛追，一直追到溧阳七里山地区。这七里山说是山，其实就是一个几十米高的小土墩。山上有座庙，叫岫云禅寺，俗语叫八里庙。俗语云，山不在高，有仙则灵，有庙就有佛、就有香火，自然就有信徒，加之七里山地区多次出现菩萨"显灵"的传说，所以这一座小山、这一座小庙渐渐声名鹊起，远近闻名。但不知为何，溧阳百姓平昔骂人时常常出现"去你的，七里山，八里庙"，可见其影响力虽大，但有点奇异。

在抗战风云的岁月中，神灵也要遭殃，庙破信徒散，苦风凄雨中除了几个老和尚外，再也不见善男信女的踪迹，加之日寇的疯狂扫掠，连老和尚也待不下去了。

这顽军在进攻上兴埠时，便在庙中做了安排，留下一个营驻守，现在挺进二纵有序撤退，这个营便就地阻击追赶的四十八团二营。

黄祖煌在12日这一天感觉憋屈得慌，他和国民党军队算是老朋友了，红军时期就不说了，光这几年抗战就在黄桥、曹甸和国民党军队掰过手腕，现在顽军欺负到了门口了，他一肚子的火无法发，上午急得他走来走去，恨不得马上率众扑向敌群和四十六团狠揍这些龟孙子。但团部有令，没有命令不得出击，只得在东线待机而发。临近傍晚，团部终于下了出击的命令。他大喝一声，二营战士犹如猛虎下山，猛扑敌群。不料这龟孙子一碰就跑，跑得比谁都快，他真遗憾，眼看着顽军将要逃走。没想到，好家伙，在七里山这个小地方还有一群龟孙子胆大包天，竟敢阻击。

黄祖煌下令围住小庙实行强攻，一定要全歼顽军。这些顽军远不知四十八团的厉害，他们沉醉在国民党宣传的皖南大捷的喜悦中，一交手，发现不对，想逃又无处逃，只得拼死抵抗，无奈军心涣散，抵抗无效，不到一小时便被歼灭。

黄祖煌高兴极了，但见天色已黑，不便贸然再去追赶南逃之敌，正待收兵回营，只见六连一个战士送来一份战利品，说是从一个被击毙的顽军营长那里搜来的，里面有作战命令和一份地图。

黄祖煌是个军事行家，作战命令和军事地图对于军队的作用，他是最清楚不过了，他忙命人点火一看，不由得大吃一惊，原来这次参战的顽军远远不止原先估计的六七个团。在东线这部分顽军属顾心衡的挺进二纵队，他们欲引我军于南渡方向牵制我主力，以便另一部分挺进军乘机抄我后路，攻占回峰山、北经巷，顽忠救军则迂回到我后面占领白马桥、秋湖山一线。顽五十二师、一九二师在西线发起进攻，然后与挺进军合围，再收缩包围圈，发起总攻，在苏南搞一个第二次皖南事变。

黄祖煌见此，忙命人迅速把文件和地图交到团部，刘别生一看，命令部队停止追击，原地待命。

夜晚，顽军作战命令地图交到了江渭清、王必成手里，两人是暗暗吃惊呀。

江、王去找参谋长及作战科人员商议军机，此时已是午夜时分。

经过详细分析，最后做出决定，四十八团撤到曹山西南、方山以北的杨树山下负责对南警戒，特务团一大队连夜撤出，三大队在和尚山、芝山坚守，由四十七团一、二连接防，必须坚守，不能放弃铜山，特务团二大队继续坚守观山。

做出这样的部署的缘由是敌人的计划已明了，但根据地不能丢，先坚守，战况会有变化。十六旅的生力军无损，只要守住西线，东线仍会有大的战机。因此，四十六团、四十八团还是待机而出。

命令下达后，各部依照执行，当四十八团到达杨树山下时，已近13日的拂晓了。

西线必须固守，二大队领导樊道余、许或青下达了命令。13日凌晨，旅政治部、供给部送来了慰问信和一部分子弹，群众也送来了饭和水。许或青读完了慰问信也向大家讲述了他亲自参加的塘马战斗，讲述了罗、廖在王家村英勇阻敌、小鬼班死守戴家桥的故事，指战员们受到了极大的鼓舞。

上午 8 时，艳阳高照，本该是天朗气清、翠绿青黄一片、溪水潺潺的观山却被尘埃笼罩，空气中弥漫着还没散尽的硝烟味，山坡上枯焦的树根还冒着黑烟，有的还冒着零星的火花。使人一下子被拉入战争环境的氛围中，尤其是那些横七竖八、缺胳膊、少腿、少脑袋的尸体，让人感觉自己处于一个极其特殊的时空中，感到生活的血腥、恐怖和残酷，心中自然会涌起对和平的渴望。不过，总有人会对此画面感到莫大的刺激、愉快，因为这些会增添其光辉的业绩和军功的勋章，所以刘秉哲一大早，瞪着红红的双眼杀气腾腾来到铜山，指挥五十二师玩命地向铜山北面的驮背山、观山及铜山东面的山岗发起攻击。

二大队早有准备，顽军虽然发起集团冲锋，奈何我二大队指战员众志成城，坚守不退，加之通过昨日的战斗，已积累了经验，打得灵活机动，致顽军伤亡累累，没有前进一步。

10 时左右，樊道余、许彧得到了侦察员的报告："顽挺进军于 13 日拂晓占领了回峰山，我军后方医院遭受损失，退路被切。回峰山是我军东线的主要阵地，是旅部驻地溧水中心区的北大门，被顽军占据，于我军极为不利。"

樊道余据此急命五中队和机炮中队也转移至观山主峰，做殊死一搏，此时在观山稍南的驮背山阵地已发生激烈的战斗，守卫驮背山的是四十七团一营一连。

昨日，张强生、林绍克率二营出击，由三连支援二大队，在榆树岭与敌激战数小时，一连战士奋力拼杀，呐喊声震动天地，连长赵匡山英勇牺牲。

无奈五十二师的顽军人数过于庞大，火力也过于凶猛，一连伤亡惨重，全连只剩下 20 余人，只好撤出战斗。当晚旅部又命令四十七团一连出击，坚守驮背山和铜山东面的山岗，务必保证西线安全，一连于 12 日晚上便进入阵地。

赵匡山牺牲了，张鏖悲痛异常，面对铜山，他恸哭不已，赵匡山是塘马战斗的幸存者，没有牺牲在抗日战场上，却牺牲在国民党的屠刀下，如果他没有牺牲，在抗日战场上，会发挥更大的作用。骨肉相残，这不是我们民族的悲哀吗？

黄兰弟走了，陈必利走了，雷来速走了，张光辉走了，现在赵匡山又走了……五十二团的战友呀，四十八团的战友呀！

张鏖悲痛中夹杂愤怒，面对苍天，他抹干眼泪，投入紧张的反顽战斗中。

守卫驮背山的是一连指导员顾肇基，顾肇基昨晚就得到了赵匡山牺牲的消息，他和赵匡山是老战友了，原来都在东路十八旅五十二团作战，后顾肇基被调入太湖支队，不久太湖支队和五十二团二营都被编入四十八团。顾肇基和赵匡山被编入六连，顾为指导员，赵为连长。塘马战斗时，六连一部阻击，一部随机关转移，连长与指导员幸免于难。四十八团二营剩余战士被编入四十七团。但两人分开了，一个在一连，一个在三连，不过能时常见面，这次反顽，被旅部调入西线作战。不料，昨日赵英雄遇难，顾肇基是垂泪不已。

顾肇基昨晚察看了地形，发现驮背山的西面、西南面、北面都是山，群山环抱，只有北面的观山比驮背山稍高一点。

　　驮背山向北是一条长坡，直通山下的大路，山的东南有条下坡，直通东边的山岗，山顶与山岗的距离不过四五百米。顾肇基当即决定一排一班驻山顶，带一挺机枪，一排长率二、三两个班驻守东面的山岗，用以掩护一班，防止顽军向驮背山侧后迂回。

　　顽第一五六团团长朱丰用望远镜对着驮背山看了半天，觉得这驮背山虽然不高，但它横亘在铜山、观山间，是突击李巷的必经要道，要想在西线完全突破防线，必须拿下驮背山，而驮背山只有北面的坡较平缓，且有一长道，于是他命令士兵从北坡实施强攻。上午9时，顽军不知虚实，发动第一次进攻，黑压压的人群直往上压。顾肇基伸头一看，黑压压一大片，和在塘马战斗中看到的日伪军差不多，一点也不亚于疯狂的日军，唯一不同的是日军的冲击队形保持良好，士兵间保持三到五米，有时作扇形攻击，加之枪法奇准，确实有战斗力。反观顽军拥挤在一起，队形混乱，有一种乱哄哄的感觉。顾肇基判断五十二师虽为国民党精锐之师，其实并不可怕，只要把他们的气焰打下去，他们就会作鸟兽散，他们的那股气势完全是皖南事变中养成的。

　　他见到有的小战士神色慌张，忙做了解释，又关照战士们要发挥近战的特长，必要时就用手榴弹。多用手榴弹，使用枪弹要注意节约，仅有的一挺机枪只有200发子弹，一支步枪也只有二三十发子弹。

　　顽军鼓噪着冲向驮背山北坡，沿北坡长长的山道挺进。刚开始他们直着腰大摇大摆，有的老兵油子还骂骂咧咧的，到了山脚下，这些兵油子很有经验，马上弓着腰放慢脚步，一边放着枪，一边小心地观察。昨日他们和四十七团三连一交手就感到害怕，因为部队的战斗和抗大九分校学员的战斗力还是有区别，据他们估计九分校的学员已被击溃，不会再踞守。今天踞守的部队是哪一支部队，他们吃不准，反正不会是弱兵，所以显得格外小心。放一枪，忙趴下，半天才敢抬头。有的紧挨在重机枪旁，这样有一种安全感。他们以缓慢的速度推进了一段，见山上没有任何动静，愣住了，是不是十六旅弃守了，再听一听观山密集的枪炮声，细一想，这不可能，观山高且要踞守，那驮背山是绝不可能弃守的。

　　就这样，他们边爬边想边放着枪，在距离山顶不远处时，听到一声大喊"打"！只见近身处火光闪闪，枪声阵阵，他们猛觉天旋地转，栽倒在山坡下，滚叫起来。后面的士兵见前面倒了一大片，哪敢再爬，有的躺在死角，胡乱放枪，有的急速往后退，撞上后面往上涌的士兵，顿时乱作一团。

　　朱丰大怒，接连枪杀了两名溃退的顽军。但他没有再命令强攻，而是命令在里佳山村架上炮，拼命地往驼背山打炮。瞬间只见炮声隆隆，驼背山北坡黑烟弥漫，火球翻滚，炮弹发出的尖啸破空之声和观山的枪击声混合在一起，大地在微微颤抖。

　　就在顽军的一发炮弹飞来时，顾肇基急命士兵迅速后撤到南坡山坳处，任凭顽军发起疯狂的炮击，此时除了闻到刺鼻的硝烟味、看到飘浮的黑烟、偶尔承受着散落的泥块外，他们毫发无损，有的战士还嘲笑顽军，有本事让炮弹飞过山顶，再拐过弯轰击南坡。

　　炮击声一停，顾肇基跳了起来："同志们，顽军马上要上来，大家赶快上山顶去。"

　　一排一班战士忙随顾肇基上了山顶，他们一到山顶，连忙架好枪，此时硝烟未尽，待硝烟散尽时，顽军又成排地冲了上来。

顾肇基放了第一枪后，战士们的枪筒几乎同时吐出火舌，顽军又倒下一片。

顾肇基他们占据了山顶高地，又有巨石做挡护，一枪一个，打得顽军死伤累累，后面涌上来的见状纷纷趴在山脚下，不敢上来，这样顽军第二波进攻被击退。

阵地上一片沉寂。顾肇基连忙作起战时动员来："同志们，驼背山虽小，关系重大，它挡在观山、铜山的咽喉要道上，如果驼背山失守，西线直通旅部的大门将被打开，这于全局极为不利。我们无论如何要坚守到天黑，坚守到天黑就是胜利。"

战士们听了顾指导员的动员，纷纷表示：红军三发子弹能打胜仗，现在我们每人有二三十发，也一定能打胜仗，我们誓死保卫阵地。

一排长沈嘉良是上海纱厂的工人，是共产党员，对党忠诚，作战勇敢，也有文化，他利用战斗间隙，抓紧时间带领战士们修起工事。

就在同时，观山阵地上却是血雨腥风，激战正酣。

上午10时左右，顽军后续部队赶来增援，他们向二大队阵地两侧运动，并迂回到观山，企图与东线顽军会合。此时二大队的战士轻伤不下火线，重伤奋力参战，子弹打光了，手榴弹用完了，就拼刺刀，刺刀拼断了，就用枪托砸，枪托砸坏了，就用漫山遍野的石头为武器打击顽军。用石头对付顽军是战士们从战斗中刚学到的经验，12日铜山战斗中，一大队战士用此法屡破顽军。樊道余、许彧青学得此法，在山上集中了许多石块，当顽军以密集的队形向山上冲时，他们用力一推石头，石头滚动而下，越滚越快，奔腾而下，顽军见此躲避不及，伤亡甚重，吓得他们只得四处散开。这样下来，他们的火力大为减弱，在同一坡面上能往上攻的顽军数量大为减少。此时二大队战士乘顽军慌乱之际扑了上去，夺过顽军的武器向其冲去，一时间刀光剑影，血肉横飞，顽军的几路进攻均被击退。

溧水、溧阳交界处有座山叫曹山，其山主峰不到200米，但平地拔起，在旷野中和方山一样显得格外雄壮。田野小麦野草茂盛，翠绿金黄的色带环绕其间，使曹山轻柔的身姿显得更为娇美，但日寇的入侵，使它减少了显露风姿的机会，顽军的炮火仿佛使它小心地罩上了面纱，12日，观山、榆树岭、铜山炮声隆隆，顽挺进纵队怎能放过它，因为它是东线防守的要冲，地位和驼背山一样重要，国民党军挺进军突击营几乎在和西线开战的同时，把魔掌伸向了秀美的曹山。

为了攻击的便利，他们首先使用火炮猛轰曹山，借此想摧毁新四军的简陋工事，为进攻扫清障碍，当然他们更想利用炮火的威力来恐吓武器装备落后的新四军，这是他们在攻坚战、阵地战中采用的老办法，既笨拙又呆板。

硝烟在曹山升起，火柱不时冒起，碎石泥块如雨点般从空中散落下来，小草、杂树免不了被烈火炙烤，然后燃烧起来。曹山痉挛着、扭动着，显露出惨烈的痛苦的神色，在炮火的蹂躏下，挺进军突击营士兵心里的石头落了地，凭这样的密集的炮火，在如此长的时间的轰击下，还有什么样的工事不能摧毁？还有什么样的生灵能够逃脱呢？即便深藏于山洞间的野鼠也早已被炸飞到空中了，人还能在炮火中生存？剩下的只是象征性地演示一下攻击，以及如何庆祝占领山峰的大捷了。

他们几乎是唱着胜利的歌，怀着极其轻快而放纵的心情攻占曹山的，他们争先恐后，唯恐头功被别人抢了去，使自己的勋章少了几分成色。当他们爬上山坡，双腿由于战争环境的特殊而感到微微颤抖时，眼前的一切使他们自己咒骂起了自己的双腿："胆小鬼，共军早跑了。"然后双腿绷直，完全放松自如地迈开，欢蹦乱跳地踩着山石泥土往前奔进。

挺进纵队突击营错了，他们面对的是新四军，也许他们认为苏南的新四军与皖南的新四军没有什么区别，皖南的新四军不是被消灭了吗？对，是没有什么本质区别，但皖南的新四军是由于犯有严重错误的领导使战局陷入僵局，但他们现在碰到的是由毛泽东、新军部领导的铁的新四军，在正确路线指引下，其战斗力和战斗意志远不是他们所能想象的。

昨日战斗一天，江渭清、王必成已预感到势态严重，从缴获的公文包的作战计划中已知晓顽军的进攻步骤，而且从侦察员汇来的情报中得知，国民党忠义救国军两个团化装成日伪军，通过敌人的据点和交通线，突然占领了我后方阵地白马桥、秋湖山一线，后五十二师和挺进军又占领了我里佳山、枫香岭、回峰山、北经巷一线，敌顽已在我方背后形成两层包围。

现在东西两头要冲驼背山和曹山还在我方手中，江、王两人急命驻守观山的二大队、驼背山的四十七团一营、驻守曹山的旅部特务营务必死守，绝不能让顽军突过我方这东西两头的山口。

守卫曹山的十六旅特务营二连连指导员李挥和连长宋玉琳、副连长戎克勤认识到战局危急，责任重大，连忙一大早在阵地上召开党员会议，说明战斗形势，传达"死守曹山"的命令，研究作战方案。最后决定隐蔽于山中，等顽军上山后近距离攻击，必要时实施反击，集中使用手榴弹。居高临下，手榴弹威力就能发挥出来，不是有首《手榴弹之歌》吗？就像歌里唱的那句："手榴弹，威力大，鬼子、黄狗都害怕……"

因此，挺进军突击营轰炸时，战士们躲在安全处，任凭敌人的炮火玩命地攻击，待炮击一结束，他们便进入被炮火炸毁的预设阵地，隐蔽好，沉住气，枪口对准山下急躁前进的顽军。手榴弹拧开盖，拉出弦，放在掩体旁，只待顽军上来，便往人堆中扔。

挺进军没有像五十二师在铜山、观山、榆树岭领教过新四军的本领，所以一味地往上冲，在坡面并不宽敞的斜坡上几乎人挤人地往上涌。

一排长晃了一下短枪，在敌军距离他们只有 30 米左右时，他突然朝空中开了一枪，战士们早已把拿在手上的手榴弹扔向敌群。

顽军猛听一声枪响，条件反射使他们想跃下散开，但拥挤在一起，哪里有这样的空间，眼见头顶手榴弹如雨点般落下，惊得丢下枪支，两手在空中乱舞，"天呀""不要，不要"的惊叫声一片，旋即手榴弹落地开花，炸得他们血肉横飞，身首异处。

战士们居高临下，集中投弹，既省力，又准狠，顽军这一股人浪被炸得血花四溅，如潮水一般迅速地溃退下去。

顽军营长后悔自己大意吃了亏，他也接到了死命令，务必拿下曹山，否则军法从事，所以他临时组建了督战队压阵，这样才止住了溃退的人流，然后又玩命地炮击。在炮击还没有完全停止时，强令士兵往上冲，谁怠慢便就地正法。

李挥一看一愣："好家伙，怎么第二拨人来得这么快？"

宋玉琳点点头："今天他们也玩命了，这批龟孙子怎么和日军交战就没这股子劲呢？注意，这次反击后，要出击一下，把他们赶远一点。"原来他发现，顽军被手榴弹一炸，虽然乱了阵脚，但自己没有追击，所以一到山麓又稳住阵脚往上冲了。

二排排长任凤岐一马当先，要求担此重任。任凤岐学生出身，江苏常熟人，打起仗有股虎劲，战士们都很佩服他，李挥和连长商量后决定由副连长带二排出击，但估计顽军二次用兵会有变化，且他们人数多，部队出击时不能离阵地过远，以防顽军连续冲击，万一我出击部队招架不住，反而陷于被动。

顽军营长有一定的作战经验，他一面用督战队严令士兵只准前进，不准后退，另外，在战术上玩了一些花样，比如，加大了攻击宽度，士兵间保持一定的距离，避免被手榴弹集体杀伤，进攻分梯次，一波又一波，使新四军将士得不到喘息的机会，当阵地上防线出现松动时，一拥而上，利用人数上的优势压垮新四军。

所以这一次攻击大大出乎一连战士的预料，来得太快，炮击一结束，战士们刚进入阵地，敌人就到了眼前，而且是散散落落，很有组织性。

"打"！一声喊后，照例是手榴弹轰击，但是这一次敌人被杀伤的人数有限，而且一批倒下后，另一批马上跟进猛扑过来。本来战士们准备二排在第一批打击后迅速出击，但现在顽军丝毫不乱，马上第二批跟进出击，所以二排无法反击，由于二连的子弹手榴弹不多，攻击宽度火力不够，而顽军不顾死活拼命往上冲，这一来整个顽军压了上来，双方都无法施展枪战的火力，只能面对面进行白刃战、肉搏战。

东西两线的山头都见证了这肉搏战、白刃战，很难想象这一腔热血、这冲天的怒吼在民族危机空前恶化的情况下，竟然没有用在对外的征战中。问题在于国民党军队不顾民族大义，自相残杀，而新四军相忍为国，一再退让；如再退让，苏南的新四军将无法生存，这抗日的大旗谁来扛起？击顽、反顽就是为了抗战，战士们一腔热血，用强烈的仇恨击杀顽军，为的是生存发展，更好地打击日寇。

至于国民党顽军军官在个人利益的驱使、个人欲望的膨胀下，已完全丧失了基本道义和基本立场，更多的顽军是在被蒙蔽、欺骗下进行着莫名其妙的残杀。

曹山痉挛着，心儿早已碎裂，硝烟、火柱、枪炮声、鲜血、碎肉、残骨在她的胸膛上散开，她为同饮一江水的生灵而哀哭。

顽军并不知晓，英勇的新四军在六年抗战中战力早已提升，远非昔日可比，在与日寇的血雨腥风的争斗中，他们的射击、刺杀、投弹等能力有了长足的进步，尤其是他们的战斗作风、战斗意志、战斗纪律，在继承北伐时期国民革命第四军、井冈山红军第四军的基础上有了新的升华，他们有着无坚不摧的气势，在双眼圆睁中，在双手搏击中，在脚跳嘴咬中，在阵阵呐喊声中，有着压倒一切的气概。顽军恐惧了，害怕了，也胆怯了，他们渐渐不支，在激烈的厮杀中，在几乎是纯兵器的交锋中败下阵来，滚落到山脚下，其狼狈相用世上最精妙的语言也无法描述出来。

连长宋玉琳躺下了，他负重伤倒在血泊中，卫生员柯坤元用急救包为其包扎，他睁开双眼，只觉天旋地转，强烈的疼痛使其心脏有一种被撕裂的感觉，渐渐地他的头脑呈现空蒙的状态，他在理智清醒时，艰难地用语言对着抢救他的战友说："我已经不行啦，不要再浪费急救包了，快去抢救别的同志吧。"

他留下的最后语言是断断续续的："打退……敌人，守住曹山。"

此时已近11时，在观山主峰阵地上，顽军一部分从孔镇经新桥迂回到观山东面，妄图截断我退路，九分校二大队的四中队、六中队奋勇抗击，一次次把攻上来的顽军打下去，顽军已攻上观山主峰，集中火力向我扫射。

中午时分，顽军攻下观山的主峰，第二道封锁线已形成，这一消息传到旅部，江渭清、王必成两人感到事态极其严重了，原先他们没有料到顽军来了那么多人，以为凭自己的新十六旅有能力对付国民党的部队，后来从文件中得知，顽军来了12个团，他们还认为是摩擦战斗，只要把顽军击退了，也许事态会很快平息。

"现在看来……"江渭清陷入沉思中，他在皖南已和五十二师交过手，当时他担任第一纵队副政委，和司令员傅秋涛在1月7日攻占裘岭，本来是汇同其他纵队合攻星潭，不料6日军部命令各纵队往回撤，改道走太平，转入黄山，再待机东进，遂陷入重围。当时纵队有两千多人，若合力东进，也能杀开一条血路，不料被内奸赵凌波所误，又往回打，8日被封锁于椰桥河地区。他们与五十二师打了一整天，到了9日下午3时突围，他带一连兵力先杀出一条血路，是依靠新一团拼死掩护才冲过椰桥附近的公路，突围到苏南。那五十二师的狠劲和战术他清楚得很。如今这态势和皖南事变时的态势没有什么两样，这不是明摆着要围歼十六旅吗，看来认为国民党碍于国际舆论和我党的抗议，不至于再来一次"皖南事变"的想法是极其危险的，他急忙找到王必成，把这一想法告诉了他。

王必成点点头，他与国民党在苏北交过手，也没见到如此态势，任其发展下去极其危险，敌人不会对新四军有丝毫的仁慈之心，他连忙说："快，快，请示一下粟师长。"

粟裕连忙回电："如无绝对胜利把握时，主力应即分散向敌后转移。"

汪、江两人急忙商议，现在不能有任何侥幸心理，敌强我弱，只能突围，突围的方向只可能向北。南面虽然顽军没有设兵，但显然是个口袋，若钻进去，后果不堪设想，现在顽军东西合击，向东向西都不能转移，北面虽有两道封锁线，但不会太严密，如果打开缺口向北突围，北面有日军，于我方有危险，于顽军也有危险，顽军不敢过于深入追击。但眼下观山已失，驼背山、曹山还在我方手中，有两座山峰在，我们还有狭小的回旋余地。只有命令他们死守，待到天黑，必须攻下北面缺口，伺机突围。

两人商量好，给特务营下了死命令，不管损失有多大，曹山阵地绝不能丢，同时电令在南线的特务团三营和四十七团一营，坚守芝山、和尚山阵地到14日下午，掩护部队向北突围，然后他们两人来到杨树山下的四十八团驻地。

命令传到驼背山，顾肇基准备殊死一搏，他反复强调，顽军的战术会随时调整，要继续发扬连续作战的作风，一定要坚持到天黑，要用一切手段阻止顽军的进攻。

也许顽军攻累了，也许顽军攻占了观山主峰，认为驼背山的战斗地位已经下降，攻势已远不如上午，推进速度较为缓慢，怕死的迹象已初显，远不像上午那种拼命的样子。

他们攻攻停停，推进速度很慢，一般先用重机枪开道，如果重机枪的火力延伸不到，他们就不前进。

原来陶广见合围之势已成，在总攻之前不愿再过多地消耗兵力，只要围住就行，不必过于相逼，那样反而逼其反击，所以他没有像上午那样下死命令必须拿下什么主峰、阵地来。下面的军官士兵也乐于如此，所以气一松，攻势大为减弱。但顽军也不会放弃扩大胜果的机会，他们有一个营绕到驼背山的西南侧后，向山顶阵地靠拢，顾肇基一看，大叫不好，山上只有那么一点兵力，难以应付敌人的多路围攻，他立即带领机枪组两个战士向侧后扫射。

下午4时左右，北面的顽军终于在强大火力的掩护下冲上山顶，班长沈嘉良一声喊，便带领全班同志与顽军拼刺刀，战士们刺击技术虽高，什么突刺、劈刺都用上了，无奈顽军太多，而且不屑同伴的躯体，用枪扫射，全班战士全都战死。

另一边的顾肇基命机枪手和通讯员迅速向东面山岗撤退，因为机枪手已没有机枪子弹了，只能撤，顾肇基和通讯员及机枪手为敌所追，跳下山崖，幸而山崖不高，但就这样跳下去，也站立不起来，幸而一排长已带人来接应了。

顽军陆陆续续赶到，向东面山岗冲来，一排长是苏北人很有经验，他命令两个班的战士交替放着排枪回击顽军，又命射击技术精良的战士专挑军官射击。

这一来吓住了敌人，顽军见东面山峰也不低，况且新四军放着排枪，火力凶猛，杀伤力较大，如果再行强攻，讨不得便宜，况且上面也没有命令非要今日拿下不可，他们便打了一阵枪，拖着军官的尸体沿着山坡的棱线向西退去。

顾肇基他们害怕顽军玩花样，亦百倍地警惕坚守东面山岗，直至天黑。

曹山那面的情形大致相同，因为上午没有攻下曹山，气得顾心衡派人把特务营营长李天佑的脑袋砍了下来，命令部队再行攻击，必须拿下曹山。

不过杀了李天佑，也没能鼓起顽军的斗志，反而寒了顽军的心，顽军们后来的攻击是雷声大雨点小，谁也不愿卖命，加之特务营战士众志成城，岿然不动，只打得顽军鬼哭狼嚎，胆战心惊。

经过几次战斗，本来为数不多的子弹已经不多，机枪子弹每挺仅存数十发，步枪每人已不到数十发，手榴弹几近投完，只有炊事班还保留一些，不过也只有数十枚，看来要粉碎顽军的进攻也只能用刺刀、枪托和石头，李挥命令把所剩弹药集中到伤员手里，部队向山腰集结，准备插入攻击部队中间，拦腰一刀，趁其立足未稳，把他们打下山。

当顾心衡正想命令再行攻击时，传令兵急报四十六团、四十八团已到了曹山、杨树山阵地。他吃了一惊，昨天就是和四十六团打了一天，疲惫之际为四十八团所乘机，一夹击，只能溃退下去，自己一个营也在七里山被歼；如今曹山久攻不下，若四十六团、四十八团再行夹击，弄不好自己也要被他们围住。

顾心衡倒吸一口气，况且陶副总司令来电，战役目的已基本达到，只待明日进行总攻击。于是他抽出大部分兵力处于防守状态，密切注视四十六团、四十八团动态，只抽出一部分兵力象征性地进攻曹山，到4点钟，便草草收兵，准备明日东北西三面合击，即便不把十六旅消灭掉，也要把十六旅赶到南面的口袋里。

下午4时许，江渭清、王必成、张开荆、王桂馥等人紧急磋商，最后决定攻下回峰山、北经巷，然后强行北突，击溃敌军在北面设置的防线，再命一部守住南线，以防止顽军追击，这样才能确保部队突围。他们研究决定，晚上由四十八团一、二营强攻回峰山，三营作预备队，四十六团一、二营夺取北经巷，明天四十七团一营和九分校三大队守住芝山和尚山一线，确保南线安全。

计划一定，马上便开动员会议，会上江渭清神色凝重，王必成表情严肃，一见两人如此神色，众将领便知事态已非同一般。江渭清这种凝重的神色少有，只有在南方三年游击战争的危难时刻和皖南事变中的危险时分出现过，他一字一句，每一个音节撞击着众将的心扉，话语虽轻但绝不亚于雷霆万钧之势："完不成任务以军法从事。"

众将凛然，只见王必成猛地站起，满脸杀气，他这副表情只有在炮火连天、弹如飞蝗、白热化的战斗中才出现过，他猛虎般的威严尽在双目的寒光中显现。四十八团的将士都是他的部下，都知道首长的威严和虎气平时不发，一发就惊天动地，他带的团是"老虎团"，他本人被誉为"王老虎"，"虎"是精髓、核心，"虎"在关头，"虎"得及时。

他做了一个砍头的动作，话语极其洪亮："江政委太客气了，说白了，拿不下回峰山、北经巷，提头来见。"

众将早就按捺不住，两日没有好好打仗，手心直痒，又闻九分校、四十七团一营、旅部特务营牺牲特大，早就怒火万丈，今见两位首长如此严厉，委以重任，哪有退缩二字，恨不得领命直接猛扑北经巷、回峰山！

只见黄玉庭、丁麟章、刘一鸿、傅狂波、陈绍海、熊兆仁、张强生、刘别生、吴嘉民、饶惠潭满脸激奋，摩拳擦掌，热血沸腾，朗声回答："坚决完成任务！"

个个领命而去后，忽报钟国楚旅长到。

江、王两人忙起身相迎。

"钟旅长，你怎么赶来了？"江渭清握着钟国楚的手关切地问道。

王必成也上前问道："病好了吗？你要安心养病。"

"啊，我哪有心再养病，听说这儿战事紧急，我实在放心不下，回来参战，尽一分力。"钟国楚拍了拍胸脯，"没事啦！好啦！"

江渭清心里有数，这病很重，哪能一下子就好？他实在是挂念部队，挂念军情呀。

"这儿的情况你知道了吧？"

"还不完全清楚，便急急赶来，开战两天了，我有些着急。"钟国楚急切地问道。

"我和江政委没有告诉你，目的是让你安心养病，你应该以身体为重，不过既来了，就请你督阵。"王必成简要谈了形势和作战部署。

钟国楚一听，不顾病体未愈，便强烈请战："江政委、王旅长，我的身体没有问题，这溧水我太熟悉了，抗战六年，我在溧水的时间最长，我看这北经巷的战斗由我来负责吧！"

江渭清笑着点点头："这四十六团是你的老部队，你最熟悉，你若去，我和王旅长更放心，就是担心你的身体。"

"没问题，没问题。"钟国楚连忙摆手。

其实钟国楚的病情还是很严重的。

钟国楚是原十六旅的第三任旅长，第一任是罗忠毅，第二任是谭震林，第三任就是他，二旅南下后合并，王必成任旅长，他和刘培善被调至延安开会学习。他们在二旅十六旅合并后便离开苏南，离开时他和刘培善一起走的，同行的还有二旅五团团长池义标、六团团长刘史明。他们四人走到丹阳延陵，当地民众前来欢送，便喝了一些酒，不知何故，钟国楚几杯酒下肚就胃痛，当初不以为然，以为是感冒，便当感冒来治。乡下民间的土方法，便是喝生姜汤，谁料越喝越痛，便打了一针通必灵，谁料当时医疗条件差，消毒不严，不但胃病没治好，连手膀也痛了起来，痛得十分厉害，连发高烧。高烧达一星期，竟致钟国楚一星期不省人事。那是反"清乡"斗争十分严峻的时期，战友们连忙把他转移到金坛社头西南的黄金山一带治疗，病情稍有好转，便转移至溧水芝山的某山村中疗养。

在村中，钟国楚听到西线、东线都发生了战斗，而且战斗激烈，尤其两线部队损失很大，他哪里还坐得下来，他现在已离开了十六旅，但他的心永远和十六旅在一起，他便强拖着病体赶到十六旅旅部请求战斗。

江、王两人见钟国楚如此坚决，自然是欣喜万分，便急急委托钟国楚前去前线指挥。

钟国楚在杨树山下，约见了四十六团团长黄玉庭和四十八团参谋长饶惠潭，谈了自己的想法，交代了一下具体的打法。

"攻回峰山要坚决果断，兵力不能分散，选择一点，实行强攻，东西二点合击，顽军便难以照应，预备队要随时做好战斗准备。"钟国楚用手点着回峰山对饶惠潭说道，饶惠潭连连点头。

"攻北经巷千万要注意，不要从西面攻，那儿好房子多，估计顽军居住得多。若顽军利用房屋，一时难以攻破，可以从南、东两个方向进攻，得手后必须扑向西面。对西面可用火攻，那边的房都是木板楼。"钟国楚面对北经巷，面露忧色。

不料黄玉庭全无忧色，且脸露欣喜之色："钟旅长，好消息来了，挺进纵队的某营营长刘德福，是曹明梁的妹夫，他送来了一份好礼，他把今晚顽军的口令告诉了我们，'红豆'、'辣椒'就是他们的口令。"

"啊？"钟国楚一愣，旋即也脸露欣喜之色，"这太重要了，可靠吗？"

"可靠，上次也传来一份情报，说顽军有12个团进攻我们，可惜曹明梁送来时旅部的某位干部不以为然，所以政委和旅长没有及时掌握这一情报。"黄玉庭欣喜之中露出几分遗憾。

"政委和旅长知道了吗？"

"正往上报。"

"好，既然有了口令，那么就要改变计划，先从西面攻，顽军肯定集中在西面，有了口令，你们会很快扑到他们面前，趁他们不备猛地来他两下子。指挥所一乱，就好办了，改变计划从西面攻。"钟国楚按了一下额头："我原来担心北经巷的战斗，现在看来解决北经巷之敌要容易得多了，同志们，加油！"

"是，钟旅长放心，我们四十六团定要拿下北经巷！"黄玉庭用右拳猛在左掌上。

钟国楚交代完毕后，才和黄玉庭一道回到团部尤赘休息。

旅部得知了北经巷挺进纵队四团的口令，考虑到统一行动，决定晚上10点钟左右同时进攻。又虑及回峰山山高坡陡，若惊动了敌人，必将增加进攻的难度。决定四十八团略早于四十六团进攻，四十六团听到回峰山枪响后，随即攻打北经巷。

刘别生、吴嘉民是立了生死状的，战前十分谨慎小心，为保险起见，又把三营教导员郑大方临时调入二营，参与指挥作战，因郑大方作战十分勇猛，喜冲锋陷阵、拼死作战，由他担任突击班的领导是最合适不过的了。黄祖煌见郑大方到来，高兴得连连抓住他的手，"大方，你组织突击班，我就放心了。"

吴嘉民到阵前来做动员了，吴嘉民是老红军，斗志、意志和政治立场十分鲜明，国共合作，他是绝不会放弃独立自主的原则，三年游击战争的生活，他对国民党有了本质的认识，他的头脑是毫不含糊的。

此时，他看了看战员们个个精神饱满、斗志昂扬，十分欣慰，但是回峰山山上敌情不明，这严峻的任务，容不得他有丝毫的松懈。

夕阳西下，暝色将合，田野是翠绿、殷红、灰白混合一片，山风阵阵，松涛声声，有几匹战马在用马蹄刨着土儿，鼻腔里喷出阵阵热气。战士们的钢枪放着冷冷的寒光，狂风吹乱了他们的黑发，他们清瘦的脸上，显得刚毅沉稳和万难不屈的斗志。

吴嘉民的话语不多，但句句铿锵有力，冲击着战士们的耳膜："同志们，任务已经交代了，这一次非同寻常，攻打回峰山，绝不允许退下来，就是剩下一个人也要往上攻。我吴嘉民和你们一样，只有进，不能退，要躺就要躺在阵地上……攻下后要守，防止敌人反扑，一定要守住。同样，要死就要死在阵地上，这一仗关系到苏南我新四军的生死存亡。"

……

天一黑，曾旦生带着一营、黄祖煌带着二营、徐超带着三营猛扑回峰山，刘别生和吴嘉民随三营移动。

天黑后，风特别大，一切的声响都淹没在狂风中。出发前，黄祖煌对二营作了布置，由四连作前卫连，担负主攻，五连从回峰山东面山峰和西面山峰的山凹间插上去担任追击任务，六连在四连的东面，从回峰山的东头插上去。

黄祖煌从军后，什么样的恶仗没见过，三年游击战争和白军斗，生死存亡、血雨腥风之战打得多了。六年抗战，在二团，东征西讨，打出虎威，全靠他们这些基层干部做表率。在上下会战斗、贺甲战斗以及裕华镇战斗中那险恶的情景见得多了，他无所畏惧，勇往直前，至于黄桥战役，他带领的部队势如奔马，左冲右突打得顽军心惊胆寒。但那些战斗事前谁也没立军令状，从心理层面上讲还从没有把它抬到如此高的层面，这一次他和曾旦生、徐超是立了军令状，若攻不下回峰山，也就躺在那儿不回头了。

这样的严峻，他和一营、二营的营干部都扛得住，自投身革命的那一天起，他就把一切交给了党、交给了人民，牺牲是随时随刻的事。但问题不是牺牲了就一了百了了，而是要完成任务，要想办法克服一切困难去完成任务，完成任务才是第一位的。

任务重，但他心里有底，一来国民党的战斗力他是知道的，这些人大都是乌合之众，如果一上来就把他们压住了就好办，另外在三年游击战争中他积累了丰富的山地作战经验。

因为四十八团经常在上兴、上沛间活动，平昔他便注意这些山地，就回峰山而言，有几个山峰，有几条山沟，坡度有多大，山上有何草木掩体，他都一清二楚，只要前卫连迅速登顶，强行攻击得手，五连、六连像两把尖刀插上去，三面强攻，敌人一般是扛不住的。绝不能一窝蜂地从一个方向进攻，否则敌居高领下，绝对拿不下坡度如此之高的山峰。他向五连、六连连长反复交代，不管四连攻击如何，必须插，动作要快、要猛，插到半山腰，若遇敌人阻击，不顾一切沿既定路线往上攻，不要改变攻击目标，不要改变攻击线路，不要考虑其他连队的攻击情况。

交代完毕，他和郑大方来到四连，四连连长周德喜和战士们已整装待发。

黄祖煌看了看战士们，十分满意，他对着战士们用极其庄严的口吻说道："战友们，你们跟随我多年，知道我的脾气，今天我已向团首长立了军令状。我也得向你们宣布纪律，你们是突击连，是有敌无我，有我无敌。我们是从老二团过来的，今天就看大家了，大家往上冲，谁退下来，我崩了谁，要死就死在山上，要活也活在山上。"

周德喜和战士们齐声表示："黄营长放心，有进无退，定要拿下回峰山！"

黄祖煌见时间快到，用手猛地向回峰山一劈："出发！"

一声令下，周德喜一马当先，四连百余名战士齐齐地向回峰山扑去，即刻消失在夜幕中。

这里黄祖煌磨刀霍霍，蓄势待发，那边曾旦生也没闲着，曾旦生的一营是主力营，而他本人显然不会是等闲之辈，他来到苏南后早对一营做了有序的打造。

在里佳山，曾旦生每天站在操场上看着部队进行刺杀训练，进行投弹、射击训练。他全副武装，背着一支20响的快慢机，身穿整洁的灰色旧军装，两眼炯炯有神。他注视着每个连队的训练，每天操练完毕后，全营由值日连长发口令，请他做指示。他站在队前，显得格外地高大，用洪亮的嗓门，评点早操的优缺点。

有一天，紧急集合号吹响，全营都立即从稻草铺上爬起，打上背包。哨音一吹，部队很快集合连纵队，除了各连长报告人数外，全队鸦雀无声，在朦胧的月光下，看着站在高坡上的他。

"同志们，敌人昨晚占领了山头，我命令一连从正面向上攻，二连从左边向上攻，三连由右边向上攻，目标——山顶上的一棵小松树。现在各连带到出发位置，听到我发的信号，立即发起冲锋。"各连迅速到了指定的出发位置，散开成战斗队形，等待营长的进攻命令。

进攻号声吹响了，部队开始匍匐前进，当爬到半山腰，营长的冲锋号令发出，部队像猛虎一样扑向山头，一连首先登上，左右的二、三连也迅速跟上，部队反复冲锋，汗流浃背。

这时，东方已露出曙光，营长曾旦生站在山巅的岩石上，开始训话，他总结了这次强攻山头演习的优点，也指出了缺点，不注意利用地形。

他大声问道："打仗时，敌人子弹会不会打死人？"大家齐声叫道："会！""那么为什么不利用树木、石头、坟包呢？下次一定要注意，平时多流汗战时少流血。"

13 日一天，四十八团无战事，部队移到杨树山下，方知战况已十分危险，十六旅有被围歼的可能，旅部决定突围，攻打回峰山的任务交给了四十八团，一营攻打回峰山西面的山峰。

临行前，王必成特意关照他，一营在攻打前要做好两方面的部署，一面要攻打回峰山，另一面要防止四十六团战事不利，离回峰山只有 500 米的北经巷之敌有可能增援回峰山之敌，如果不做准备，倘挺进军六团两面夹击，那么四十八团的攻击部队就危险了，所以必须分兵阻击北经巷之敌，但兵不能分得太多，兵力主要用在攻打回峰山上。

曾旦生率队猛扑回峰山的西面，临近山脚时，他们隐蔽在山下河南人居住的棚子里。

回峰山山不高，相对高度只有 200 余米，山上只有荒草，少树，在黑夜中，能看到山上灯火点点，那显然是顽军点燃的。现在敌情不明，谁也弄不清山上有多少敌人，守卫的部署如何，只有仗打响后才能知晓。但不管山上守备力量如何强大，对于曾旦生而言，只有一个选择：必须拿下，不计代价。他表情严肃地宣布作战命令："除一连留一个排监视北经巷方向，三个连不留预备队，全部进攻，我本人在前卫连三连参加主攻。"说完，他两眼冒出一道寒光。原来曾旦生采取了轮番进攻方式，他和黄祖煌不一样，黄祖煌是采用多点进攻的方式，这是根据地形的特质所采取的不同作战方法。他们两人都有丰富的山地作战经验，回峰山东山头的地形是坡陡，山道狭窄，攻击面窄，而回峰山西面山峰是坡缓且宽，攻击面宽，曾旦生用望远镜看了半天，才决定采取这种战法。此种战法是连续进攻，没有一点间隙时间，如果不连续强攻，顽军缓过气来，利用宽大的攻击面，再充分利用强大的火力武器，后果不堪设想。

教导员江淦衡、副营长程金福不时地看着表，等候晚上 9 点 30 分攻击时间的到来。

曾旦生之所以自己亲入前卫连，那是他一贯的战斗作风所致，他的战斗作风便是勇猛顽强，身先士卒。

三年游击战争时期，门塘村战斗消灭贺长发的铲共队，他的右臂被敌人打成重伤。洲湖战斗，他率先搭人梯爬上围墙，带领前卫班第一个冲进国民党区公所，活捉反动县长朱孟玲和保安队长欧阳根，予以镇压；水新潞江战斗，冲在前面，又一次负伤，称得上是武功山上一名响当当的红色健儿。

抗日战争时期，东进苏南茅山敌后和渡江北上到苏中，历经大小数十次战斗，他表现十分突出。例如，丹北季家桥伏击战，奉命率三连迂回攻击，断敌水路，协同一、二连击毙日寇80名，击沉运兵船一艘；丹南贺甲战斗，在团营首长指挥下，带领三连参加围歼固守贺家祠堂之敌，与窜到打谷场上来的日本鬼子拼刺刀，往院墙内猛掷手榴弹，挖开墙洞射击，击毙日军大尉武村中队长，生俘小队长一名，缴获武器若干；泰州姜埝攻坚战，按团长命令，指挥一营勇敢队，斩断通电的铁丝网，炸开镇东北和镇内桥头碉堡，直捣顽保安九旅旅长张少华的指挥所，再由里向外打，协同友邻攻克姜埝；黄桥决战中，在苏北指挥部二纵队二团，他率一营穿插迂回，猛打猛冲，俘敌韩顽八十九军三十三师旅长以下600余人；东台裕华镇、大中集战斗，指挥一营打敌增援，毙日寇100余名，又和五团一营配合，一举攻克大中集，歼灭伪军一个大队；盐（城）西秦南仓战斗，率一营主攻，在二、三营协同下，歼灭伪军一个团；营溪保卫战、海安东台追击战、曹甸战役、泰州讨李战役、兴（化）北安丰战斗、盐（城）南反扫荡战斗等，不仅骁勇异常，而且机动灵活，完成任务都很出色。因此，倍受旅长王必成、大个子政委刘培善的赏识，曾得到团、旅首长的多次表扬。

老二团之所以被誉为"老虎团"，固然与当时的团长王必成分不开，但是如果没有像黄祖煌、曾旦生、彭寿生等这样一批舍生忘死、奋勇拼搏的"小老虎"，老二团同样不能被称为"老虎团"。

那边黄玉庭、丁麟章率领四十六团一、二营悄悄地从尤赘向北挺进，临行前黄玉庭根据钟国楚的意见再加上已得到的顽军口令，决定采取东西夹击之术。

四十六团有两个营，一营营长为陈伯元。一营有三个连，三连留在团部，可用兵力只有两个连，从两面进攻。二营本有四、五、六3个连，但四连由何永绵率领，前几日在禄口一战，消灭伪军两个连，火烧碉堡数座，现在刚到回峰山北面，奉命配合四十八团作战。余下两个连由代理营长、团部作战参谋陈进太负责，从东面进攻，必要时再迂回到北面强攻。

为了防止夜晚作战误伤，每人手臂上扎一条白毛巾，以示区别。

团部通讯班通讯员徐进的左臂上也扎了一条白毛巾，他也参加了战斗，随二营作战，他是在联络任务时被作战参谋陈进太叫去的，因为陈临时代理二营营长负责东面进攻。

徐进今天的精神特别旺盛，四十六团在上兴埠转移方山时，他碰到了团部的司务长，司务长一见他便叫道："小干部，我这儿有点菜，有点饭，你快拿去吃。"徐进一看是一瓷缸红烧肉，几碗冷饭，口水直滴，在如此艰难的条件下，能吃到红烧肉实属不易呀，但徐进怎能独吞，便把饭菜分给了另一位战士。这一顿美餐真使人难忘，吃得徐进是咂咂有声，许久许久嘴里还是美滋滋的，现在他紧随陈进太直扑北经巷的西面小墩。

驻守北经巷和回峰山的是挺进二纵队的六团，团部与一、三营在北经巷，二营驻守回峰山。这一天挺进二纵队在曹山战斗了近一天，没料到曹山始终攻不下来，团长程树槐十分恼怒，枪决了突击营营长李天佑，也停止了对曹山的进攻，但毕竟顺利占领了回峰山，北经巷口子已扎紧，任务已完成，受到了顾心衡的表扬，只待明日发起攻击，稳当当地升官发财。

程树槐也是一个见过风浪的人，他估计十六旅已失去反击能力，完全可以高枕无忧，但军人的职业敏感，使他作出决定，晚上要加派岗哨，修好工事，防止十六旅偷袭。

程树槐在北经巷，见西面房屋十分坚固，便把团部设在西面。为稳妥起见，他加派了岗哨，更换了口令，这样一来他觉得万事大吉，加之他本人和手下士兵十分疲劳，便早早入睡，准备明天一大早合击十六旅。

但他的指令到了回峰山二营，执行的力度大打了折扣，顽军二营战了一天，已十分疲劳，要连夜构筑工事，个个是叫苦连天，这溧水的山土层很薄，哪里容易构筑工事，顽军营长命令士兵挖了浅浅一条壕，便下令收兵向上汇报工事已筑，任务完成。他心里明白，只是哄哄上面的，其实团部的指令是多余的，十六旅也战了一天，哪有反击能力？这么高的山，在夜晚谁敢攻？十六旅想要突围，也只会选择南面，南面无战事，国军根本就没派军队进攻。放心，放心，一万个放心，今晚也该美美地睡一觉。他除了派几个哨兵、点了几把火外，也没做任何防范措施，也早早地入睡，玩命地打起鼾声来。

9点30分到了，黄祖煌下令"上"。

9点30分到了，曾旦生下令"上"。

9点30分到了，陈伯元下令"上"。

9点30分到了，陈进太下令"上"。

黄祖煌下令后，四连、五连迅速扑向山头，四连连长周德喜一马当先，其他战士迅速跟上。全连一字长蛇城迅速上山，他带二排在中间，左边是一排，右边是三排。

回峰山几乎没有树，但杂草很高，人一上山，半人高的茅草被弄得"哗哗"作响，所喜夜晚风大，二营战士上山拨弄茅草的响声完全被大风淹没，但周德喜十分谨慎，告诉战士们迅速跟进，万一遇到伏击不要慌乱，往山顶冲，目标是山顶。战士们小心翼翼，一路上没有发现敌人，临近山顶，战士们紧张的心怦怦直跳，手心里都冒出汗，他们清楚随时随地会出现一声喊，雨点般的子弹会向他们射来，无情的手榴弹会在他们头顶出现，但他们顾不了这么多，他们只有一个信念，攻上山头，攻上山头。

山头到了，山头到了，已经看到哨兵了，已经看到篝火了，三排副班长闵德贵直扑顽军哨兵了……

同一时刻，曾旦生亲自带三连上山，回峰山东面的山坡较为平坦。杂树少，茅草也低矮，200米的山不高，按常理登上山并不需要多少时间，但曾旦生指出，山坡平缓并非好事，倘若敌人设伏，敌人视野开阔，攻击面宽，反而不利于进攻。为了使突袭达到出其不意的效果，他要求全体轻装，不带背包，动作迅速，手榴弹打开盖子，枪膛装上子弹，刺刀统统装上枪尖。

上山、弯腰、队形成散型，冲，迅速地冲上去，不惜一切代价先占领山头。

刷刷刷，部队上山了，风很大，值得庆幸，战士们上山拨弄出的声音被大风掩盖，临近山头已看到堆堆篝火，少量的顽军在游荡，这一段坡面较宽，又对着北经巷，敌人再马虎也不至于不设防。

曾旦生急命士兵散开趴下，慢慢爬行，待接近目标时，便齐齐开枪一拥而上。

同一时间，陈伯元率一营一、二连战士从西南逼近北经巷，又迅速迂回到村西向村子逼近，他们在灯光下清楚地看到顽军左手臂上扎着白袖套子。

陈进太率二营五、六连从东南挺进，敌哨兵已清晰可见了，忽地一哨兵一怔，黑黑的身影晃动了一下，端起枪喝叫道：

"什么人？"

"二营的。"

"口令。"

"红豆。"

"噢，辣椒，你们这么晚不待在山上，到这儿来干什么？"

"有事向团部汇报。"

哨兵上前，想看个究竟，三五个战士齐齐把刀插入了他的胸膛，另外几个哨兵也是用同样的办法解决了，队伍一下子涌入村东。

陈伯元那儿也一样，哨兵因听到了正确的口令，同样吃了冷冷的刀子，战士们也一下子涌到了顽军的营房。

回峰山东面山峰，三排八班副班长闵德贵一跃而起，直扑顽军哨兵，哨兵根本料不到新四军会当夜攻上山来，还以为是自己人闹着玩，忙问道"哪一个"？当闵德贵扑上来时，他胡乱地放起了枪，扭头便跑。有几个值哨顽军一看，便觉不妙，想操机枪，闵德贵敏捷地夺过机枪，对着顽军猛烈扫射起来，其他战士也纷纷甩起手榴弹，刹那间，火光片片，枪声阵阵。

三排打响后，一排、二排迅速迂回过去，用机枪、手榴弹对着顽军的帐篷是一阵猛打。

顽军一个排在睡觉，没有抵抗便爬出来，磕头求饶做了俘虏，其他两个排还没睡觉，慌乱中不做任何抵抗，连滚带爬滚下北坡，向北经巷方向逃窜。

东面枪声一响，曾旦生不能再等什么了，他喊一声"打"！战士们齐齐呐喊，一跃而起，开枪的开枪，扔手榴弹的扔手榴弹。

这儿敌军设以重兵，一听到枪声，忙操枪还击，刹那间，枪声、手榴弹声一片，双方都想用火力压制对方。

顽军一边打，一边有序地往山顶退，好在曾旦生预先有了准备，三个连队轮番进攻，不容顽军有喘一口气的机会，这一来，顽军慌了，退到山顶，因没有修筑工事，没有依托，队伍开始混乱起来。一营战士爬上山顶乒乒乓乓一阵开火，打得顽军晕头转向，四处奔跑，山顶没有掩体，便短兵相接。两者相遇，勇者胜，战士们一个个如猛虎下山，猛冲猛打，顽军的气焰被压制，面露怯意，一阵慌乱后，作鸟兽散，四处奔逸，向山下逃窜……

在北经巷，黄玉庭听到了回峰山的枪声，他命令围住营房的战士立即进攻。刹那间，战士们向敌人的房屋扔起了手榴弹，顽军在睡梦中被炸醒，忙操枪还击，但他们没有丝毫的准备，也搞不清新四军何以一下子降临到村内，他们虽然人数不少，武器精良，也有房屋作依托，但哪里经得起候在外面的新四军的手榴弹的轰炸和机枪扫射，乱作一团，作起无序的抵抗来……

回峰山的战斗出奇的顺利，曾旦生一阵欣喜，他急命号兵吹号与二营联系，但许久不见回音，只看到东面山头火光闪闪，枪声密集，他才想起东面山坡陡，二营可能战事不利，他忙命一个排据守山头，其他战士向东猛攻。

但他没料到，二营也很顺利。几乎同时，山顶上的顽军被驱逐光，但由于风大，联络的号声听不到，这曾旦生由西往东一攻，二营的五连战士正在追击逃敌，一听枪声，以为西边的山头战事不利，敌人来增援，便乒乒乓乓地在黑夜中打了起来。

这一打，双方都玩命地对攻起来，谁都清楚，拿下回峰山，这是死命令，双方都只拿下一个山头，都以为对方是顽军，哪敢怠慢，黑夜中又看不清目标。

这一阵对攻，曾旦生觉得奇怪，顽军作战不可能如此顽强且有章法，还不间断实施主动攻击，不像驻守作战，会不会黑夜中发生误会？在三年游击战争中，他所在的部队曾发生过这样的事，他忙找教导员江淦衡商量，江淦衡也听得不对劲，可能发生误会，按照常理，顽军防守不会主动突击、穿插。

他决定冒着枪弹爬过去看看，爬到五连阵地，他找到五连连长吴元廖，方知是一场误会，连忙停止了战斗。

两营会合，按预订计划，二营驻守，一营向北突击。一营刚下山，北经巷那儿还在交战。

挺进六团的团长程树槐觉得这次战事总算顺利了，国军的强大在皖南事变中得到印证，在苏南也得到了明证，只是在苏北，这韩德勤太窝囊，连战皆败，只能靠吾辈为他出气，所以他早早地躺在床上，做出明日围歼的美梦。

这回峰山的枪声，让他吓了一跳，他还没起身，便听到村内响起惊天的爆炸声和枪声，他马上明白新四军已攻过来了，对此他深感意外，更意外的是新四军一下子就能进入村内，这哨兵干什么去了呢？

不容他多想，他起身后发现部队全乱了，这北经巷村不大，当初两个营的士兵涌进来，几乎把村里的房屋全占了，村里全住满了人。经此一偷袭，全乱了套，将找不到兵，兵找不到将，想要组织有序进攻是不可能了，眼看村中到处是穿插分割的新四军战士，再这样拖延下去弄不好自己的命也要搭上，三十六计，走为上。

他忙命卫队护着他，向北突击，幸在四十六团兵力有限，北面的口子还没有围住。这程树槐一出村子，便消失在荒野中，其他的士兵在屋中不是被炸死便是被枪弹打死，余下的夺门而出，哪里顾得上抵抗，一个劲地往村外冲，一下子两个营跑散了一大半。

陈进太和徐进在村东和战士们一道往西面攻，看到有两个人在奔走，便喝问道："什么人？"

陈进太是福建人，话语很少有人听懂，对方一听忙问道："我是三营的长官，你们是？"

陈进太自己讲的话别人听不懂，但对方的话听得格外分明，四十六团眼下没有三营，这三营的长官肯定是顽军，便扬手一枪，把对方撂倒。

旁边的一人还想抵抗，被徐进用枪顶住，连忙跪下求饶："长官饶命，长官饶命，我是传令兵，我是传令兵。"

战士小李追击顽军到村外的一个小土墩，只见几个人探出头来问道："哪一部分的？"

小李忙回答："一营的。"

对方一听一营的，忙站起来："我们也是一营的，快过来。"

小李一上前，发现对方的手臂上戴着白袖套，连忙缩回去，掏出手榴弹扔了过去。"轰"一声响，三人立刻毙命，他拿着机枪送到了陈进太的手里。

北经巷的战斗不到一小时结束，还缴获了一部电台。陈进太命徐进保管，天亮后交到团部。

从回峰山上撤下的顽二营在四十八团一营的追击下向白马桥方向奔跑，遇上何永棉的四十六团二营四连，遭到迎头痛击，全部被歼，四连缴获机枪一挺，十多支步枪，俘虏10多人。

……

回峰山、北经巷战斗的胜利结束，江渭清、王必成如释重负，欣喜之余，他们在考虑下一步的计划。

拂晓，江渭清、王必成电报飞至一师师部，粟裕迅速回电。

（一）根据江南顽我力量对比，反摩擦战斗实难获得全胜，你们战斗既已进行三天之久，而力量悬殊无法解决战斗，望即照今辰电报，立即分散向敌后转移，不宜纠缠恋战，更不应犹豫迟疑。

（二）抗大第一步可至溧武路以北分散行动，并积极布置由金、镇间渡江转二师地区。

（三）十六旅部队可以营为单位，分散转入大官圩、小丹阳、金丹武及太滆地区和湖熟地区，同时在溧武路以南，仍应留下几个精干分遣队（由两个连到三个连组成）分布坚持，利用敌人空隙转入顽军侧翼（不是侧后），进行游击活动，并以游击战术，作勇猛果敢之手段，打击顽军摧毁我地方工作之小部队。此外，更应扩大政治宣传，揭发该顽以数万之众，向坚持苏南抗战之我军进攻，其用心不言既知，号召各阶层人民主持公道。

（四）溧武路以南之地方工作，应暂时转入秘密状态，免遭顽方摧残。同时应派有力干部，加强溧武路以南领导以利坚持。

（五）你们转入敌后部队，目前应特别提高警惕，严防敌人"扫荡"，因此应特别注意侦察警戒，作随时变动余地，为了便于你们在敌后之坚持，你们应以绝大精神和力量，开展敌伪军工作，必须调派大批干部，打入敌伪据点及其部队而从组织上来制服伪军伪组织。以便利用其掩护我军，否则更难坚持。

（六）此次反顽战斗未能全胜，你们除做战斗检讨外，在部队中应作妥当之政治解释，保持部队之政治情绪。

粟裕

四月十四日

此时传来消息，四十六团在秋湖山击溃了忠救军第一纵队一部，四十八团在白马桥击溃了忠救军第一纵队，西北大门洞开，十六旅可以安全转移了。

但大敌压境，不能不防止顽军追击，江渭清、王必成考虑再三，决定四十七团一营和抗大九分校第三大队守住南线，确保其他部队顺利转移。

其实抗大九分校昨晚就作了战斗部署，考虑到已作战两天，无论四十六团、四十八团能不能打开北面缺口，顽军都要在南面动手了，芝山并不高，南面是一片开阔地带，若把主力布置在这小山上，危险很大，敌人一发动炮击，伤亡可想而知。

为此，团长杜屏召集三大队朱传保等人商议，把主力撤至北面的方山，以少量兵力在芝山牵制敌人。

三大队的干部大都是各部队的班、排干部，战斗经验丰富，他们料到国民党惯用火炮攻击、步兵跟进的呆板战术，为了迷惑敌人，他们故意在山上扎了许多草人迷惑敌人，用以消耗敌人的弹药，延缓敌人的进攻。

四十七团一营由于两日的战斗，伤亡太大，兵力不足，所以协助防守时，归三大队朱传保指挥。

拂晓，顽军果然进攻，昨晚陶广在高淳，听说防守北面的忠救军已被击溃，北面的防线已垮，极为震怒，他严令顽军全力进攻，必须推进到溧水南部的中心地区，所以一大早顽军挺进到芝山脚下，准备实施攻击。

顽军军官料定新四军在南线，会有守卫部队，他可不愿白白地消耗自己的兵力，他清楚挺进纵队六团已损失殆尽，五十二师也遭重创，这都是赔本的买卖，他可不愿这么干。因此他早早地举起望远镜进行观察，这一看他着实吃了一惊，这山上到处是人，如果贸然出去，哪能讨得便宜，好在自己有炮，那就让新四军尝尝炮弹的滋味吧！他调来所有的重炮向着山头猛烈轰击。

顷刻顽军的炮弹雨点般地落到山上，山上火光冲天，狼烟滚滚，顽军军官是一阵狂喜，他咬牙切齿地叫道："看是我的炮弹厉害，还是你的血肉之躯坚强！"

炮击一完，顽军鼓噪而进，但势头远不及前几天五十二师的顽军，他们心有余悸，挺进纵队、忠救军的败绩始终笼罩在他们的心头。

三大队的干部本就作战经验丰富，加之他们吸取了前两天一大队、二大队守山的教训，用灵活机动的战术对付他们，敌人一露头，他们就开枪射击，旋即换一个地方继续射击，顽军的几次进攻均被击退，顽军军官用望远镜一照，发现山头影影绰绰，似有人在不断移动，好生纳闷，这新四军哪来这么多人，看来他们的主力全部南移了，因为北面有日军，料他们不敢北移，剩下的只有南面这一方向。他不敢大意，命令炮兵进行长时间的轰击，这样一来进攻的时间大大延长，然后他们又小心翼翼按梯队前进，进行轮番进攻，但进攻的力度不大，犹犹豫豫，慢慢吞吞，而三大队战士东一枪西一枪，他们也实在搞不清有多少人。

此时校部已转移到和尚山山下的庙里，清理文件，减轻行装，整顿队伍，做好撤出战斗的准备。

中午时分，杜屏带领校直属队，刚转移到芝山，芝山由于顽军连续轰击，多路压上，终于失守。顽军见山上许多草人、泥人，连呼上当，便向芝山延伸下去的和尚山进攻，这一次顽军终于疯狂起来，他们见到草人和泥人后，便知晓这儿不会有新四军的主力部队。

顽军猛攻，和尚山失守。

林绍克急命一营战士去夺山头，由于三连在榆树岭观山战斗中损失殆尽，一连在驼背山战斗中消耗极大，能投入战斗的人员实在太少，攻了几次未能攻下，于是朱传保急命三大队九中队发起进攻，这九中队有一个连的兵力，都是班级干部队，能征惯战，一下子攻上了山头，形势又呈胶着状态。

这样你来我去，一直打到下午5点，九分校三大队和四十七团一营才最后撤至方山。

芝山那一带是刀光剑影，方山也不平静，原来12日一大队弹尽粮绝，大队干部全部阵亡，失去指挥，坚持到下午5时，当敌又发起全面进攻，不得不分散撤离铜山阵地，后到甘戴村校部稍做休整。当夜，撤至方山固守。方山虽高，但树木甚少，是一座荒山，山顶石头很多。一大队爬上山顶露天宿营后，发现该山下有座小山，山下还有座庙宇，那里成为全体人员唯一赖以生存的可以做饭和饮水之地。至12日下午2时左右，小山及庙宇失守，敌又以重兵将一大队剩余队员团团包围在这座荒山顶上，队员们已处弹尽粮绝之地。

一大队下辖三个中队：第一中队为军事队，主要由一旅营、连军事干部组成；二中队原为校部队知识青年队；三中队为政文队，主要由一旅营、连政工干部和部分文化干部组成。

现在一中队和三中队伤亡殆尽，二中队为知识青年队，战斗力明显弱于一、三中队，且无多少武器，而顽敌又至，形势陡然紧张起来。

此时稍有懈怠，顽军有可能趁机攻上山来，那么劫后余生的一大队队员又将面临灭顶之灾。就在众人紧张之际，一青年学员站在一块石头上高声地叫道："同志们不用怕，没有子弹，没有枪炮，我们还有石头，大家把石头搬到要道上，就可以封锁道路，我们一定能够打败国民党顽固派！"说完便搬起一块大石头奔向山顶一条通向山下的小道。

众人视之，原是二中队青年学员陈震。大家知道，陈震年纪不大，但危难之际，他率先站了出来。

其他战士受其鼓舞，斗志倍增，齐搬石块，封锁凡能够上山的山口要路，旋即同声高唱革命歌曲以壮志气。可以说没有一个怕死动摇的人，13日整夜，敌人竟未敢进攻。

幸好他们校部还有一部电台，可与粟裕师长及十六旅保持联系。粟师长来电指示，要他们把武器破坏，全体人员化装突围。校首长回电报告，我校已被敌人层层包围，分散突围无望。14日一整天敌人从四面八方向山上进攻，均被他们用石头给砸了下去。

枪声不断地从方山、芝山、和尚山飘来，住在高芝塘村的女村民刘来意出门一看，吓得连忙又缩回家里，那一幕太恐怖了，乱飞的子弹飞溅到她家的墙面上，破空而来的发出尖锐之声的弹头接触到墙面，墙面泥土四溅，碎屑阵阵，墙面上那大块的泥土也都被震落下来。

她关上门叫两个孩子躲在一起，没多久听到的一阵急促的敲门声，怀着极其恐惧的心理推门一看，她着实吓了一跳，一个满脸血雾的人站在她面前。

"你好，我是新四军战士，想到你们家里躲一躲。"一男子吃力地恳求道。

惊魂未定的她，见这个新四军战士满身是血，一条腿已经被打折了，几乎是拖在地面上行走来的，他身后有长长的血痕。

沉思片刻，她看了看屋子，摇了摇头："家里的地方太小，没地方躲……这样吧，你赶快穿上我儿子的衣服，到竹林里面躲一躲。"

她把她大儿子的衣服拿来给新四军战士穿上，又把他领到竹林里面，让他斜躺着，又把竹林边的松材全部覆盖在他的身上，当松毛、松枝全部遮蔽了他的身子看不出什么破绽时，她才悄悄回到家中，又忙把屋前泥地上的血迹打扫干净。

不一会儿几个顽军端着枪冲了进来，他们用刺刀在刘来意面前晃了晃，又疯狂地吼叫道："你家有没有新四军来过？"刘来意开始有些惊慌，忙说没有。但她一想，若这样有可能被看出破绽，于是便故意地和他们争吵起来："你看我家的前墙都给你们打坏了，还没叫你们赔，你进去看看吧，这么小的房子能藏新四军吗？"

家徒四壁，空间狭小，哪有可能藏有他人？几个顽军东看看西看看，见没有什么，就悄悄地走了。

天黑的时候刘来意把那位新四军叫出来，让他吃了一顿晚饭，指点了一条向方山走去的道路。

下午5时，校部、四十七团、三大队来到方山。在芝山、和尚山战斗中，抗大九分校三大队伤亡二三十人，中队以上干部无一牺牲，四十七团3天战斗中，伤亡失散一个多连。

晚十六旅主力在被困的方山后面山头打开缺口，消灭顽军两个保安团，直捣方山北面山脚下。14日夜10时左右，旅部也来到方山。

……

15日凌晨3时，四十六团团长黄玉庭、政委丁麟章率领全团与抗大九分校二大队北撤，行至秋湖山下，天光大亮，天黑后继续前进，往西北方向的横山山南地区转移。五十一团二营则向溧阳地区东部转移。

两溧反顽战役打响时，梅章和女干部沈芸住在中心区的一个农妇家里。4月12日，传来零星的枪声，但上级对她们没有发出任何通知，她们也就在原地坚持到4月13日。后来枪炮声愈来愈响，有震天动地之感，她们仍没有接到任何通知，也只好待在农户的棚子里，向乡民打听情况。只知道西面在打仗，不知详情，但凭密集的枪炮声判断，战斗规模大，且十分激烈。

梅章有经验，1941年年底，她在溧阳县委书记储非白的带领下担任过工作组组长，平时化装成农民工，做群众工作。11月28日清晨她就听到过密集的枪声和炮声，后来打扫战场时，看到了战斗后极其惨烈的场面。

14日早晨，西面的枪炮声又起，而且愈来愈近，茅棚前的几棵树上的麻雀在枪炮声的震撼下，桀桀而飞。沈芸瞪大了眼，她明显地感到了空气的卷动和大地的颤抖。

"怎么办，梅书记？"沈芸问道。

"走，找区党委。"梅章做出了决定，她们不能坐等于此，从枪炮愈传愈近的态势看，敌人会很快到达这儿。

她们两人急急地向李巷的东南方向奔去，穿田野，越丘陵，淌水沟，钻树林。她们还是有些害怕，因为这一带不是她们的工作范围，平时很少来，和这儿的基层组织和基层群众均不熟悉，也不敢随便询问，只是凭经验朝一个方向疾进，一路上没有碰到什么人，也没碰到任何一支部队。

走了很长时间，眼前突兀而现的是一个小山头，山上树木甚少，石头裸露，只有丛丛枯草在石头间摇曳，除此，没有任何东西显现，静静地，似乎能听到空气的烘烘响声和心脏跳动的声音。

两人的鞋破了，草尖和石子磨破了脚跟，路上全然不知，现在疼痛让她们发现脚跟被磨破了，鲜血已渗透出表皮。两人撩了一下头发，发梢上汗水滴滴落下，脸面上汗水也在流淌，在灰尘的浸润下已绘成了道道痕迹，犹如弯弯的河道。

她们睁了睁眼睛，疲劳已使她们无力前行，目标的不确定已使她们失去了前进的方向，两人迷茫起来。

突然山头上冒出刺刀尖，她们一惊，刚想躲藏，那刺刀尖变成了一个端着刺刀的士兵，沈芸眼睛尖利，一看便惊叫道："梅书记，那是我们的人。"

梅章确定了是自己的人后，手一挥，不顾脚疼力乏，两人呼喊着跌跌撞撞地向山上爬去。

哨兵弄清了她们的身份后，把她俩送到旅部、区党委，在那里，她们见到了欧阳惠林、李坚真。李坚真叫她俩不要去其他地方，跟区党委一道走。

两人从李坚真那儿知道了两溧反顽的大体情况，也知道了昨晚北经巷、回峰山被攻占的情形。

她俩随区党委向北前进，路上要急行军，一个一个往后传话，她俩不顾疲劳，随队疾进，过了北经巷，一片静谧。往北是白马区，那儿有区大队、区委书记，他们在征兵。区党委、溧水县委连忙开会，布置下一阶段任务。根据当前局势，新桥区和甘戴已被国民党占领，主力部队和区党委、县委领导机关都往北撤，到江宁打游击，要留一部分原地坚持，经决定由梅章留下在原地坚持斗争。岗上、李巷一带不能去了，到韩胡区任区党委书记，韩胡区和白马区隔开了一条公路，和新桥区连在一起。梅章愉快地答应了，负责韩胡区和新桥区的党的工作，区长便是大名鼎鼎的邹毅。

十六旅各部安置好伤员，清理完文件后集结于方山。午夜12时左右，抗大九分校分两个梯队撤出，教育长杜屏率校部及一大队、党训队为第一梯队，先后经回峰山下，北经巷村边撤往溧武路北句容地区活动。四十七团一营回茅山地区，四十八团团长刘别生率该团二营和特务营仍在溧武路南溧水边地区活动，四十八团三营断后，15日集结于回峰山以北地区，十六日由团政委吴嘉民率领，越过溧武公路，进入江、句地区活动。

15日拂晓，顽军从东、西、南三路追来，由于十六旅撤出了溧水中心地区，顽军扑了个空。

苏南反顽战役经过连续三昼夜六次激战，顽挺进军六团大部被歼，四团、五团受重创，忠救军被击溃，五十二师受到严重杀伤，顽军伤亡失散在2000人以上，十六旅缴获顽军机枪15挺，步枪400余支，子弹数万发，电台一部。十六旅也付出了沉重的代价，伤亡达358人，其中干部52人。此役沉重地打击了来犯顽军，保存了主力，粉碎了顽军企图消灭苏南新四军的阴谋，取得了反顽战役的胜利。

当我抗大九分校突出顽军的包围，进到京杭公路以北时，日军即组织相当兵力向我跟踪"扫荡"，但我方在突围前即已预料到可能发生这一情况，首先对部队进行动员，这个地区是老游击区，有较好的群众基础，我们熟悉各方面情况，学校进到天王寺、茅山以北地区后，采取白天隐蔽，黄昏后快速转移的方法。

此时陈毅等对抗大九分校做了安排，同意一师将其分批转至苏北的建议。

> 一师：
> 一、同意你对十六旅十四日辰电所处理意见。
> 二、苏南至淮南二师地区敌人封锁甚严，交通转移困难。同时二师地区狭小，机关太多，再难容更多的部队。因此，九分校如在苏南不便，可分批回到苏北，至车桥、曹甸、淮安等地区分散活动与教育为适当。
>
> 陈、饶、张、赖
> 四月十五日

九分校一面与日军周旋，一面整顿部队进行北渡长江的准备。

九分校又与军部电台取得联系，军部指示：一是分散隐藏，待机北来；二是出敌不意，突然渡江。九分校领导经过认真研究，认为苏南敌后据点林立，回旋余地太小，且已与敌周旋了一个星期，部队非常疲乏，若分散或持续与敌周旋下去，于我方很不利，决心执行军部第二条指示。

当时，日伪对长江沿岸、沪宁铁路两侧实行了全面封锁。长达620公里的竹篱笆、铁丝网，大小道路各道口设立了检问所，长江上快船、汽艇不时巡逻，夜间时常用探照灯扫视江面，渡口非常困难。抗大九分校1000多人渡江需要大量船只，怎么办？

时任茅山地委书记汪大铭想来想去，反复考虑，没有好的办法，于是他召来了负责长江沿岸情报联络的孙晓梅、杨小鲁两同志。

"晓梅，小鲁，今有艰巨任务，目前苏南形势越来越严峻，组织上决定抗大九分校近千名师生渡江北去。但日伪封锁相当严密，任务艰巨，环境恶劣，你们有无办法去完成此次护送渡江任务？"

孙晓梅低头想了想，眉毛紧锁，稍顷头一扬，坚定地说道："汪书记，我是负责这片区域的交通员，这任务最艰巨，理应由我前往。我想近千多人的渡江想取得成功，就目前情况，我建议走句北西渡线：石墨—螺丝宕—官墰—凌港（过铁路）—陈家店—营防口—官沙圩—新圩渡口—仪征大河口。具体从哪里上船，待联络后再确定！"孙晓梅说完自己的想法，用眼神征求杨小鲁、汪大铭的意见。

杨小鲁听后，觉得孙晓梅的分析与建议在理，接着晓梅的话说道："我们尽快联络孔云亭、戴庆元、孙福友、王承璞、葛道成、殷民仪、魏津民等交通员，分段落实接洽人员，还有渡船问题，近千人，即便能坐20人的船，还需要50条呀。"

"小鲁、晓梅，基于渡江人员多、时间紧的实际情况，如果船只能落实最好，如果落实不了，可以分批走，可以考虑从七摆渡、唐驾庄、朱家庄等路线分散渡江，小船少坐几个，大船多坐几个，见机行事！行不行？"

"行！"

"好，尽快准备，等你回音！"

孙晓梅、杨小鲁从汪大铭处出来，便分头散开。

孙晓梅换了装束，背起买卖雪花膏的箱子，一副十足地以跑单帮的女商人的行头上路了。

她来到江宁县宜昌乡，与地下联络员"表弟"张昌鸿（孔云亭）接头，他们之间以表姐表弟相称。

孙晓梅与张昌鸿交换了抗大九分校急渡长江的路线，经过几天的奔波联络，4月20日，孙晓梅带着一份完成任务的喜悦，回到驻地。

不料汪大铭书记召集会议时说王景云已经叛变，便吩咐晓梅、小鲁迅速通知九分校转移今晚宿营地。孙晓梅顾不上休息，又马不停蹄地赶往抗大九分校驻地，通知其立即转移。

"刘季平同志、杜屏同志，情况紧急，立即组织转移。"孙晓梅急匆匆地说道……当夜，孙晓梅随同抗大九分校的师生，至半夜到达东荆塘。

校部命令全体师生拆掉棉被、棉衣中的棉絮，扔掉多余的物品，每人发一支步枪，一条米袋，轻装行动。

第二天晚上他们又转移至贺庄、大芦塘、小芦塘一线。4月21日上午，汪大铭到东荆塘与九分校刘季平、杜平会面，刘满面长髯，讲述了南边反顽战斗情况，抗大九分校参加了战斗，打得很艰苦。

4月22日为保证九分校安全北渡，汪大铭忙着让他们掌握情况，安排迎送工作，中午请九分校干部会餐，下午5点送他们出发。

学员们集合在村前的空地上，完全是一支随时可以投入战斗的部队，刘季平同志做出发前的讲话。随后，汪大铭说："祝同志们一路平安，胜利渡江，同志们，时间紧迫，我就不多讲了。"

抗大九分校的战士利用那里起伏的丘陵、树林和民房隐蔽前进，这个晚上的行军特别严格与紧张，为了通过敌人封锁线，要求紧紧跟上队伍，不准掉队，不准拉档子，一步紧跟一步。就这样，他们越过公路，来到龙潭车站旁的铁路边。过铁路时，九分校教育长杜屏同志镇静地坐在铁轨上，指挥并督促大家赶快通过。

经过60华里的急行军，在龙潭、下蜀之间通过京沪铁路，再经20余华里到达江边，于次日拂晓前全部渡过长江，抵达仪征西北胥浦区。

区长左涛带领精干的武工队，动员船工、夫妻、父子齐上阵，有的挂帆，有的掌航，船只准备就绪，等待启航。这时东南支队司令员魏然带了一个主力连，扼守仪征到河篙子必经之路上的制高点——窑墩，向东警戒，并派一个机枪班来江边，一切行动都在黑夜里悄悄地进行。

第二天拂晓，部队在连续急行军18个小时，行程90余里，冲过铁路、长江封锁线，经过句容、江宁、仪征、六合4个县区之后，进入了六合八百桥我军控制地区。此时，部队已极度疲惫，三三两两，不成建制。战友们相互帮助，给体弱有病和女生班的战友扛枪、背包、背米袋，一步一步向目的地行进。

过江后在马集附近休息，在一个竹林里开了铜山战斗的追悼会。当时下了雨，战士们坐在地上，追悼会开了很长时间，党训队队员吴镇写了一首歌词，沈亚威谱了曲，这首悲壮的歌曲迅速传扬开来。

"4月12日的暴风夜，溪水同森林在哀嚎，是狐狸似的抗战害虫偷偷地设下了罗网，要围歼人民的军队，我们的枪口气愤地发火，我们用石块代替着榴弹，勇士们据守在每寸山地，光亮的眼睛，使魔鬼胆寒。子弹飞来，要它让开，谁敢上山，叫他完蛋。三昼夜的血战，遍山点滴着血花斑斑，害虫们的咆哮，决非愉快。瞧！恶毒的魔手，已被折断，梦想的阴谋，终归破碎。别气疯啊，同志！啊！正义的英雄们没有死，他们含笑矗立在铜山巅。让抗战的害虫们永远地摇头伤叹，让人民向真理的英雄们举手高喊。"

后来这首歌渐渐地传唱开来，成为新四军的抗战名曲。

吴镇看到国民党不顾民族大义的暴行，看到了战友们英勇献身的壮烈情景，转移路上酝酿着写首歌，抒写描述铜山战斗的情景。在他看来，这首歌不是他个人写的，是战士唱的，曲也不是沈亚威谱的，是战士用枪弹发出来的声音，是一首壮烈的挽歌、是英雄主义的赞歌。

席地坐在竹林里的战士，没有一个人流泪，在他们身旁的黑土地上，一枝枝雨后春笋破土而出，笋尖挺拔，直指上空。生命不止，战斗不息！

同志们以为晓星已经牺牲，把他也当作死难烈士，写上了伤亡登记簿的名册，取出他战前留下的听课笔记和未发出的家信等手迹，作为烈士遗物在追悼会上陈列。三个月后，当他伤愈归队，同志们见他活着回来，都很惊讶，见面第一句话就说："你还活着？这么说来，你是在铜山战斗中没有死去，但却是被我们开过追悼会、唱过追悼歌的一个生还者。"

晓星告诉他们，他受伤后被抬至野战医院，但野战医院并无固定院址，经常转移，开始在溧水县境，后来转移到靠近句容日寇据点的浮山。倘有敌情，就把伤员安放在门板上，抬起就走。有时情况紧急，火速转移，倘遇上大雨时，一不小心，连门板带伤员，都掉进稻田里，无奈湿淋淋地爬起来，继续前进。

一次，日寇进村搜索，轻伤员早已转移，他是重伤员，和十多名其他重伤员一起不能动弹，群众只好把他们安置在后屋右侧的一间不太为人注意的狭窄的仓房里。

入口处没有门，用土坯垒起了一堵墙，为了掩蔽，墙上挂满了簸箩、篓筐、锄头、钉耙等各种农具。可惜其中一人伤势严重，伤口已溃疡，浑身滚烫，呻吟声不断，劝阻无济于事。为了不暴露其他伤员，无奈何，只好用棉被蒙住他的头部，不让声音传到外面。

旋即，鬼子进屋了，伤员们屏息凝神，直至皮鞋声渐渐远去，才敢松下一口气，就这样，在漆黑的仓房里熬了一个昼夜。

黎明时，医务人员和老乡们回村揭开土坯，发现那位伤口恶化的重伤员已经停止了呼吸。大家含着悲愤的泪，痛苦地向他告别。

老乡端来一桶热腾腾的大米粥和腌雪里红，一昼夜粒米未进的晓星和伤员们都感动得哭了，他们深切地体会到老百姓与新四军生死与共的鱼水之情，要是没有群众的掩护和救助，这十几条年轻的生命，早就结束在日寇的刺刀下了。

第十八章

南岗战斗

突围，突围，四十六团攻下北经巷后迅速向西北方向挺进，沿途击溃了挺进队和忠救军的拦截，在天明前到达秋湖山大小傅家边一线。

部队已疲惫至极，黄玉庭对丁麟章说道："丁政委，我建议原地休息，我们已跳出顽军的包围圈，现在只会有零星的侦察队。告诉部队注意隐蔽，不予还击。如果他们要发动全面进攻，必须重新部署，这需要时间。"

"对，"丁麟章完全赞同，"要避免两线作战。迄今为止，日寇没有动静，这是坐山观虎斗，如果我们和国民党零星部队纠缠，难保敌人不会趁我疲惫之际进行拦截和扫荡。"

"据可靠情报，敌人已在溧水城、洪蓝埠、官塘等据点增兵，意图已十分明确，我们必须马上决定下一个方案。"黄玉庭摸了一下额头。

战士们原地休息，几乎都是倒头就睡，四十六团几位首长聚集在一起围着地图商讨起来。

天光已亮，朝霞映红了他们的脸，疲惫而又憔悴的神色显现在每个人的脸上。黄玉庭、丁麟章、刘一鸿、傅狂波等人边看地图边议论着。

刘一鸿皱着眉头，镜片后透出其焦虑的眼神："现在白马、新桥一线已为国民党顽军所占，我们的战略空间已被大大压缩。眼下，溧水北部去不得，那儿地盘小，又是四十八团活动的空间，我们只得向西，而西面同样是摆不开，好在有丘陵、湖泊，地形远非塘马地区可比，另外，横山、石臼湖可以利用。"

傅狂波点点头："从地形上讲，也只能如此，横山南北、石臼湖东西都可以活动，只是这儿的群众基础差了些。"

丁麟章沉思了一会儿，半晌才缓缓地说："这儿的斗争环境是复杂，除了敌、顽、伪外，还有大刀会。虽然大刀会的成员是群众，虽然这个地方被钟政委他们整顿过，但如果我们的政治工作做不好，大刀会的不稳定势力似会掀起沉渣。眼下，我们必须进入这些地区，所以政治工作显得尤为重要。"

"还是先从军事方面着手部署一下吧。"黄玉庭开口了。

傅狂波对着地图分析起来："看来还是要进入横山地区，并且把山作为依托。按以往的规律，我们挺近横山有两条线。一是先进入山北地区，那么我们必须过天生桥，到达曹村以北，在谢村、横溪桥、乌山等日伪据点之间活动，然后再分兵到山南的一些地区以及云台山地区开展游击活动。二是直接进入横山以南地区，即经蒲塘、青圩到达石场、南岗地区，在山南地区先立住脚，再分兵到山北地区和云台山地区。"

刘一鸿凝视着地图，补充道："横山这个地方我熟悉，石臼湖、大官圩我也清楚。横山南北这两个地区都很狭小，且敌伪据点林立，地形条件是好，但群众基础弱。进入横山以南地区路程较近，也易于分散机动。石臼湖水草丛生，对敌汽艇通行不利，但对我军活动也不利，光渡船就够你找的了。"

丁麟章眯着眼，对着地图看了半天："对对对，我看先进入山南地区，到时再留一部分兵力进入大官圩，其余部队从山南挺进山北，较为稳妥。"

几个人又讨论了一会儿，最后黄玉庭决定："先进山南，伺机分兵。"

接着几位首长决定，为了使部队机动灵活作战，将部队进行整编，团直机枪连分到一、二营，团机关精简下来的干部分到连队任职。

丁麟章最后说："同志们，横山地区的斗争既艰巨又复杂，这对我们是很好的考验，但几年抗战证明，江南是人民的，我们是人民的军队，我们一定能在那儿立足，什么样的艰难困苦都难不倒我们。"

部署停当，休息一天，15日晚部队强行通过敌伪封锁线，进入石臼湖畔的石场，南岗一线，隐蔽地进入宿营地。

团部和一营驻于石场周围，二营和抗大九分校二大队驻于南岗村内。

夜晚，死一般的寂静，战士们早早进入梦乡。

早晨，黄玉庭早早起身，这是他的老习惯。残酷的三年游击战争使他养成了早起的习惯，也养成了高度警觉的心理。他知道日军作战时最喜欢利用清晨这段时光，充分利用白天的时间进行作战，所以他们通常不会在其他时间进行战斗。

石场紧邻石臼湖，村子离东面湖滩不到20米。黄玉庭步出村东，举目南望，但见烟波浩渺，白蒙蒙一片，水波激荡、浑天一色、鸥鸟飞翔、渔帆点点。湖岸上的小麦、油菜花相杂其间，犹如给动态的蓝色画面镶上了金色、绿色的花边。

黄玉庭自然见过大面积的麦田和油菜田，绿色的麦苗和金黄色的油菜花相杂其间的画面也见过，尤其是山坡上的黄绿相间的画面，他在闽西南见过不少，在苏南也见过不少，但水波激荡、水天一色的湖面和麦苗、油菜花组合的画面还是第一次见到。

黄玉庭不是诗人，但他和诗人一样也有一颗审美的心。残酷的战争画面和美丽富饶的山河图景常常交替出现，给人一种说不出的感觉，但这种很不统一的感觉往往转化成祖国的大好河山不容他人践踏的激愤。

这种激愤使他的心理很快恢复到战争这一特殊的常态下，他在驻地四周查看了地形。石场，南边是石臼湖，北边是博望、明觉寺、桑园铺、洪蓝埠等敌伪据点，态势对我不利，若不控制要点，一旦发生战斗，后果不堪设想。

一个成熟的布防计划在他的脑海中产生，未及部署，便传来了"叭唝，叭唝"两声枪响。

这两声枪响，使他的心一下子收缩起来，美丽的画景所带来的舒适感一下子又转化为硝烟四起、血腥恐怖的快节奏心境。

他掏出手枪，警卫员紧随其后，来到村西。因为枪声是从村西发出的，接着石场北面响起了机枪声和掷弹筒爆炸声。黄玉庭从枪声中判断，是明觉寺、桑园铺的日伪军开始攻击我南岗二营驻地。

"哼哼，消息真灵，来得真快，日军和顽固派配合得真好呀。"黄玉庭冷笑了一声，急命傅狂波去二营，加强那里的指挥。要求何营长坚守阵地，没有命令，不能后撤，必要时要支援驻在南岗东面的抗大九分校二大队。

石场村暂时没有敌情，但黄玉庭判断，日军敢于进攻四十六团，不会只有一路进攻，他们认为四十六团背靠石臼湖，地形不利，会充分利用这一条件，多路合围，把我部队聚歼于石臼湖北。

果然，其他方向也听到了枪声。他急命一连到华村圩、前堡桥一带，以湖港为屏障，阻击溧水、洪蓝来敌；二连到茅村、小芮家一带，据山岗为阵地，阻击江宁、石湫方向来敌；三连到周塔村、西花溪巷一带，阻击长流、云竹寺来敌。

团部和一营刚一出村，即发现一股敌人正向二营的左侧迂回，黄玉庭急命身边的轻重机枪一齐开火，命令一、二连暂时停止执行刚才的部署，先行攻击眼前之敌。日军突遭打击，不得不步步后撤，龟缩到附近几个村子里，以民房做依托，用火力封锁周围的开阔地，固守待援。

……

枪声是从南岗的黄塔高地传来的，驻在南岗的二营营长林少克跳了起来，指挥战士立即投入战斗。

原来狡猾的鬼子半夜出发，他们早早占据了黄塔至南岗高地，上午9时许，他们搜索前进，接近二营四连步哨时，便开枪进攻。

"奶奶的，果然熬不住了。"林少克什么样的恶战没见过，对于偷袭，他一点都不感到奇怪，马占寺一役，便是日军偷袭的典型例子，现在敌人故伎重演，没什么可怕。

他胸有成竹，沉着冷静地带领四连战士扑向村西。

四连是主力连，有三挺机关枪：一挺苏式、两挺日式，战士们有丰富的作战经验，加之日军数量不多，在战士们的呐喊声中，很快把敌人的火力压了下去。但日军居高临下，利用强大的压力，疯狂扫射，四连一时也奈何不了他们。

林少克急命六连参战，五连做预备队，以接应或支援东面的二大队和西面的四、六连。

两个连的战士协同作战，火力交叉，齐齐射向日军，终于夺取了高地。敌人见势不妙，没有奔大塘冲去，而是急急左转向东，扑向南岗村，想占据房屋，负隅顽抗，准备固守待援。

六连指导员邱巍高带着战士直扑南岗村，战士们奋不顾身追杀敌人。

南岗村边有个菜园子，敌人利用园埂做掩护，架着机枪疯狂向战士们扫射。一位战士着急了，"刷刷刷"爬上高树向敌人射击，他射杀了两名日军后，敌人还击，他身中数弹坠落而下。

邱巍高大怒，带着几个战士悄悄从侧面翻过园埂，绕到敌人背后，乘敌人只注意对面战士时，在其背后猛甩了几颗手榴弹，几声惨叫响起，日军全被炸死。

战士们一拥而上，一把抓起丢在一旁的机枪。其余的敌人极速向村内退去。

邱巍高杀红了眼，命令战士们利用战斗间隙，上好刺刀，准备巷战。

邱巍高本是一书生，但战火的淬炼已使他成长为一个钢铁战士。他出生于江阴西石桥，家境一般，兄妹三人，他排行老大，由于父母对他寄予厚望，所以供他读了十年书。但日军入侵，打破了他读书谋生的理想之路，只得在家乡查沟村小学半教半学，在教员张福赓、胡锡炳等人影响下组织了十几个人的读书会，后来他又加入了"中华民族解放先锋队"组织，加入了抗日的洪流，又参加地方工作，担任中共澄西区委宣教科科长、区委书记、澄西县委军事部长。

1941年邱巍高进入十八旅教导大队学习，后任五十一团组织干事、西路分区山南警卫营政治指导员，后随黄玉庭来到四十六团，任六连政治指导员，可以说他是一个典型的知识分子，但现在是刺刀见红的时候，容不得半点怯懦。

战争的磨炼使他胆气十足、热血喷涌，他大声地向几个排干部喊道："战士们，敌人软的欺，硬的怕。他们退到村里去了，我们若不趁机消灭他们，他们还会继续屠杀中国人民，现在我命令你们下去整顿，马上组织巷战，上好刺刀，我们来个刺刀见红。"

"是！"众排长齐声应道。

六连一排长史荣达招呼站士们来到园埂下动员起来。

此时，黄玉庭正拿着望远镜观察战况，他见几路敌人已被压了下去，判断日军兵力有限，要把我们赶下湖是不可能的，如果有增援，估计也有限。应该趁此机会，迅速歼灭残敌，但他又突然发现围攻南岗村的战士纷纷后撤；他大惑不解："怎么回事，在这样好的情况下，怎么能后撤呢？"他招呼团部通信员徐进急速赶去，命令他们不能后撤，立即进攻。

徐进领命，他把背包交给参谋，手拿小马枪，急赴南岗村。子弹从身边唰唰而过，他时而匍匐、时而翻滚、时而跳跃，迅速来到园埂下。

徐进是通信员，经常向连队传达命令，许多人认识他，加之他年轻，长得眉清目秀，十分可爱，所以战士们常称他为"小干部"。

史荣达一见徐进，便叫道："小干部，你赶来有什么吩咐？"

徐进一见史荣达，才知是六连的部队，他急急地说："黄团长见你们后撤，急命我传达命令，不准后撤，全力进攻。"

史荣达哈哈大笑："小干部，你们弄错了，哪里是后撤，我们是退下来整顿准备巷战的。这不，你看，战士们正在上刺刀呢。"

徐进一看，果然，战士们挎好手榴弹，上好刺刀，准备出发。他心中一喜："好样的，这回叫小鬼子尝尝刺刀的滋味。"

他摸了一下战士的刺刀，空气中仿佛散发着阵阵的血腥味，四周似乎飘来日军尖厉的惨叫声。

他旋即抬头："排长，带上我，我也要杀鬼子。"

"你，"史荣达看了看徐进，稍做思考，便点头同意，"好，你跟在后面，千万要当心。"随后他对整装待发的战士们叫道："同志们，跟我上。"

战士们齐声喊着，跟着史荣达扑向村内，徐进哪敢落后，挺着小马枪跑在了前面。

鬼子小队长三木也是个久经沙场的人，他和新四军一交手就后悔了，他觉得上司判断有误，以为到达石臼湖畔的新四军是溃散之敌，且数量有限，自己来是收拾残敌，坐收渔翁之利的，没想到新四军人数众多，火力凶猛，看来是成建制的队伍。从枪声判断估计有1000人之众，这样一来，自己的部队火力再猛，队员再精干，也要被围歼。唯一的办法是占领制高点，固守待援，所以他一进村马上躲进房屋，在墙上打好枪眼，不时地放着枪弹。

邱巍高和史荣达扑入村子，本想进行短兵相接的巷战，不料一进村，不见一名日军，只看到从房屋里时不时地射来梭梭冷枪，他急命战士们不要贸然直进，利用房屋掩体，逐渐接近日军盘踞的房屋，依次展开进攻。

此时，四连也进入村内，封锁住村北，把准备逃窜的日军逼入一祠堂内。

黄玉庭用一、二连堵住西面迂回包抄的日军后，突然听到二大队方向传来激烈的枪声，知道二大队和敌人遭遇了，那是洪蓝埠过来的日军，看来势头不小，因为枪声非常密集。

他知道二大队刚刚参加了西线战斗，损失不小，虽然队内军事人员不少，但武器极差，战斗下去定要吃亏，况且队中的学员大都是连排干部，是抗日的宝贵财富，不容有失。因此他命副团长刘一鸿去二营并和二大队领导保持联系，随时予以增援。

樊道余和许彧青率领二大队将士奋勇抵敌。

樊道余真可谓感慨万分，苏南艰苦卓绝的战斗他算是真正领会到了，这不，与顽军的战斗刚结束，又和日军交上了火。

4月13上午11时，旅部命令二大队退出战斗，向方山靠拢，樊道余和许彧青一道率队到达旅部所在地方山后，江渭清对他俩说："从缴获的文件中得知，这次国民党二战区集中了主力五十二师、一九二师，还有忠义救国军、挺进军、保安团等十多个团包围了我军，企图迫使我军在方山以南与之决战。为了避免不必要的损失，待四十六团、四十八团今晚攻克回峰山、北经巷以后，你部转移至横山地区，旅部再调拨一些武器给你们。"

4月14日凌晨，突围命令下达，二大队从方山出发，向西偏北的方向转移。到南曹北端时，先头部队抓到挺进军六团团部一个姓张的副官，据他供认，山上有一个班的顽军担任警戒，他的任务是负责与团部联络。

樊道余灵机一动，派侦察员押着他向山上的顽军喊话："团长来了，你们快下来，跟团部一起走。"

顽军排长急急地带一个班下山，很快进入二大队包围圈。樊道余、许彧青一枪未发，俘虏顽军一个班，武器装备又得到了改善。

当他们走到秋湖山下，天光大亮，他们便在敌、顽、我三种力量并存的地方宿营，夜幕降临后继续前进。

部队宿营时，为谨慎起见，樊道余派四中队一个排控制秋湖山制高点，不料他们刚到半山腰即发现敌情。

原来对面山头有顽军，排长急命全排战士飞快上山，抢占制高点，与顽军对峙，后抓来一名顽军，方知对面山上是忠救军的一个营，任务是警戒。

上午8点，哨兵报告，距营地约一公里的村子里发现顽军，有两个顽军士兵来投诚，村子里是被我军主力击溃的挺进军六团两个连，由副团长带领，并配有两挺重机枪。

由于敌情对我不利，二大队没有打，只派一个班对其监视，在老百姓的掩护下休息到天黑，天黑以后继续往西偏北方向转移，4月16日晚到达石臼湖。

刘一鸿一到南岗，发现二大队的情况比预计的要好，由于旅部调拨了一些武器，加之他们在途中俘虏了敌人的一个班，其战斗力和反顽前相比有了很大的提高，所以他们在南岗东北方向，利用轻重机枪组织火力网，封锁前面的开阔地带，打得日军抬不起头。日军几次冲击均未成功，在战斗间隙，二大队战士跃出掩体，捡起日军尸体旁的武器，又重新组织战斗，一时间战斗呈胶着状态，日军的力量无法突破二大队的防线。

刘一鸿见状便折回四十六团二营指挥战斗。

黄玉庭、丁麟章根据各方面汇总来的报告分析着。

现在敌人先后在北、西、东几个方向，向我发起进攻。由于各个据点距离石场、南岗地区远近不一，所以敌人到达该地区的时间也不一致。他们分几路前进，但没有能同时到达合击点，我们的部队可以分头抗击，各个击破。现在北线和西线犬牙交错地对峙着，东线经过二大队的奋力阻击，日军也停止了进攻，看来日军占据村落是想等待援军的到来。从一般的情况看，敌人兵力有限，援军还不能及时到达，那么战斗部署要做调整。对于所围之敌，能歼则坚决歼灭，不能歼灭的则缩小包围圈，把他们分割开来。为防止意外，黄玉庭、丁麟章急命二营原负责支援第二大队的五连急速到达南岗西南面的石臼湖边周塔村、西花溪港一带，和三连一道对西南方向的长流、云竹寺和石臼湖面警戒，并要二营四连、六连歼灭南岗之敌后，与二大队一起抗击洪蓝埠之敌。

二营四、六连在南岗与日军展开了殊死的搏斗。

六连在邱巍高的带领下，把敌人逼到一个茅屋内，敌人利用墙体疯狂扫射，战士们无法接近。邱巍高一想，敌人火力猛，若猛攻，伤亡太大；不攻，敌人的增援部队有可能随时到达。看来只能用火攻了，他急命战士找来稻草，点上火后往茅房上抛。

徐进也从村民房前草堆上扯了一捆稻草，点上火后往茅房房顶上扔，战士们如法炮制，一起把火把往茅房上扔。

火一点，整个茅草房浓烟滚滚，火光一片，只听到茅房里传来阵阵的惨叫声和疯狂的机枪扫射声。

随着"噼噼啪啪"的竹木烧裂爆炸声，阵阵热浪向四周漫溢，一会儿，茅屋内悄无声息，敌人的枪声也消失得无影无踪。火光一熄，战士们破门而入，只见十几名日军躺在墙角，全被烧死，三木躺着，手中还紧握着钢刀。

此时村北还响着枪声，刘一鸿、林少克指挥四连一个排的战士迂回到敌人背后猛攻日军，日军无法突围，在村内乱窜，最后只好退守到祠堂内，利用坚固的墙体负隅顽抗，战士们一时奈何不了他们。很快六连战士赶到，把他们团团围住，但无法攻入屋中。战士们利用死角甩手榴弹，不久手榴弹甩完了，但敌人们依然负隅顽抗。看来也只能用火攻，但祠堂不是茅房，用一般的草把一时还烧不了屋，战士们找来汽油，点上火把往屋上扔，往屋前的大门口扔。一时间火光冲天，火苗借着风势，疯狂地乱舔起祠堂的砖木来。

日军最怕火烧，这火一烧，即使不被烧死，也要被火光耗尽氧气后窒息而死，他们刚才进入屋内也是无奈之举，现在一见火光，便嚎叫起来。

30多名日军，被烟呛得到处乱窜，有几个日军试着从大门或窗户中突围，脚刚一着地便被打成马蜂窝，余者只得缩回去，从窗口胡乱地向外打枪，摔手榴弹。

须臾，火苗狂舔房屋，使整个祠堂笼罩在火光烟雾之中，砖瓦的炸裂声掩盖了一切声息。大火熄灭后，待战士们冲进屋内，只见尸体横陈，其状极惨。战士们捡起武器，退出屋梁上还冒着火焰的祠堂。

下午3时左右，东面的战斗又激烈起来，原来是从洪蓝埠据点赶来了一批增援的日军。二大队毕竟武器装备差，打了半天，已经消耗不少，黄玉庭急命二营全部赶去增援，这一来形势逆转，日军被二营和二大队的火力压制住，难以前进。

夜幕降临，枪声逐渐稀疏下来，从洪蓝埠赶来增援的日军已退走，一营将部分日军围困在村落中，但日军占据宽大的房屋，并不时在阵前燃起熊熊大火，把民房周围的开阔地照得十分明亮，这样新四军战士无法近前，而日军又占据了许多民房，相互支援，近战是不可能了。

黄玉庭、丁麟章、刘一鸿、傅狂波、陈绍海等人围坐在一起，详加分析起来。现在日军被围，但无法聚歼，因为我们没有炮，无法强攻。如果久拖不决，那么明天南京、芜湖的援军一定会到达，那时在这狭小的地域作战，将于我极为不利，眼下之计，不可恋战，转移为上。

于是，大家决定留下一营的一、三连在山南和大官圩地区活动，团部和其余连队当夜向山北地区转移。

但走哪条线呢？有三条线可选择，西侧的一条和中间的一条路程较近，但必须经过几道封锁线，且敌情不明，似不可取。至于东面的一条线呢？路程虽远，但空隙较大，相对安全。

最后大家一致决定，到山北去，选择东线，经小茅山东南的天生桥，穿过溧水、洪蓝埠公路，到五王山以东的韩胡村地区，然后再入横山以北，进行游击战斗。

晚9时许，部队撤离战场，撤离时还有一个重要的部署，就是在反顽战斗和南岗地区的战斗中，有四五十名伤病员，如果和部队一道转移至横山以北，会非常危险，因为部队要经过敌人的封锁线，随时随地要发生战斗。无奈只得把他们留下，在石臼湖一带隐蔽养伤，待形势好转，再想办法把他们转移出去。

晚9时许，部队首长和战士含泪向伤员告别。由于极度疲劳，在丘陵山区急行军时，战士们边走边打盹，有的战士脑门撞在前面战士的枪头上，才猛然惊醒。

第二天凌晨，村民杨学忠老人从家里出来，看到后园埂旁边有一具尸体。他走近一看，是新四军战士，刚好有两位战士也来打扫战场，杨学忠老人就找来杨学品、杨学恕、杨学恩、邓家源和两位战士一起，将烈士的遗体抬到彰家山北坡的小山边，那里已有三具遗体。他们从家里拿来钉耙、铁锹挖了一个深坑，将四具烈士的遗体放在坑里，堆上黄土。几天以后，还是这五位老人，又重新培上黄土，修筑成一座彰家山烈士墓。

四十六团经过七小时的急行军，17日凌晨才到达五王山、正山一线，这块地域离溧水县城的日军据点只有几公里。

老百姓见到新四军是又惊又喜，他们向黄玉庭报告，此地不可久留，日军已在山头上待了好几天，昨晚还把桌子板凳搬上山去修工事。团领导一想也对，赶快转移，趁晨雾未退，急向韩胡村东北的东芦山转移。

打了一夜，走了一夜，就是铁打的人也吃不消了，大家行军的速度明显放慢，队伍也渐渐拉长了。

在离东芦山只有一公里时，雾散天晴，突然遇上了官塘据点的日军和中山庵据点的伪军。黄玉庭大惊，急令担任前卫的二营抢占东芦山。

何永棉接到命令，振作精神，带领着疲惫之师迅速占领东芦山一线高地，架起轻重机枪一阵猛扫，激烈的战斗使战士们暂时忘却了疲劳，他们玩命地射击、射击、再射击。

日军突遭袭击，见新四军人数众多，且占有高地，知道讨不得便宜，便纷纷退回据点。

徐进来回传达命令，在一次传令时，他发现有一名日军不知何故独自逃窜于荒野，如果他开枪射击日军必然丧命，但他的任务是传达命令，他也搞不清有没有其他日军，因此匆匆而过。但可惜的是在这次遭遇中，团供给处主任和一位挑夫为敌所掳，后下落不明。

四十六团战士在东芦山一面监视敌人，一面休息，当晚一部分进入横山以北地区，一部分留在溧水根据地北部密切注视着国民党军队的行动。

十六旅跳出重围，已没有任何的根据地了，但北面是日军，所以国民党军不敢贸然再行推进，因为他们深知日军的战斗力。而日军大量部队早已抽兵南下，如果不进行广泛集结，他们也无力向南进击。所以他们主要龟缩在据点内，这样就在溧水中部形成了一个真空地带。这倒有点像皖南事变后的塘马，那时在溧阳北部地区也形成了类似的缓冲地带。

但溧水的缓冲地带和塘马的缓冲地带不一样，塘马地区的缓冲地带，看似安全，地盘也稍大些，但远比溧水中部的缓冲地带凶险，这主要是由地形地貌所决定的。溧阳塘马地区东、西、北面为低矮丘陵，南面是一马平川，日军在溧武路派重兵把守。国民党重兵守住别桥、竹箦一线，把塘马的大门封闭了，所以一旦日军南下和顽军北上，新四军将全暴露于野外，几乎无任何战略依托。

而溧水这块缓冲地带则不一样，一方面，双方，尤其是日军，没有推进之意；另一方面，当然是主要的，这儿小山众多，树木茂盛，不是低矮丘陵，也不是濯濯童山，四周是山，中间是盆地，易隐蔽，易穿插，战斗时地形有依托，可居高，利于阻击，阻击下利于转移，只是战略地位稍逊于塘马。

所以江渭清、王必成命令四十八团一部就在里面穿插，不能走，要像钉子一样钉在那儿。

邱巍高所在的六连就在那个狭长的地带穿插，那地带东西长约30公里，南北宽不到9公里。按规定，东不能过白马桥，西不能进横山以南。

此时国民党军队在南山、观山、回峰山等地构筑了向北的防御工事，在一些要点筑了地堡、挖了交通沟，他们以这些阵地为依，向北搜索，捕杀新四军和地方工作人员，一时间乌烟瘴气，狼烟滚滚。而北面日军则在溧水城南的乌龟山、金山、中山庵、官塘再到青龙山、瓦屋山等地筑起堡垒线。

如果新四军的将士不是大都来自艰苦卓绝的三年游击战争，如果新四军不是在敌人梅花桩般的据点中常年作战，这样的战斗环境要从事抗战几乎是难以想象的。

邱巍高虽然没有参加过艰苦卓绝的三年游击战争，但在十八旅五十一团、山南警卫营战斗时，早已受到了老红军的言传身教，培养了游击战争的意志，领会掌握了游击战争的战斗技巧，在老红军的言传身教下，在烽火连天的抗击日寇的斗争中，早已适应了残酷的游击战的斗争环境，成长为一个合格的连级干部。

现在他带领六连来到漱湖山下的一个村子里，这里离日军的官塘据点不远，离国民党的驻军也只有四五公里，但村子相对来说较为隐蔽。

战士们倒头就睡，人已困乏到了极点，连续行军半月有余，身上的衣服湿了又干、干了又湿，又臭又脏，再不漂洗，实在是不能再穿了。

有几个老兵借老百姓的脚盆，又倒了灶膛里扒来的草木灰，"哗哗哗"地搓洗起来，洗完后，到池塘里一漂，然后找几根草绳往两棵树间一拉，再把衣服搭上去，只待风干再穿。

老兵如此，新兵仿效，不一会儿房屋后都晒满了衣服。许多战士把内裤都脱下洗了，只待晒干后，舒舒服服地穿上，美美地睡上一整天。

邱巍高头枕在枪上睡着了，战士们的一举一动他都不知道，待醒来后赶快制止，责怪战士们洗得太多，万一打起仗来，"仓促应战"可不轻松。

小战士小高来到长满青青茭白的塘边，在破瓮做成的台阶上，漂洗那又干又硬的上衣，只见一些红色的小鲤鱼在自由地游弋，他扯了一根芭根草，用草根拨动着水，戏耍着鱼儿。

突然，西南角的秋湖山上响起了猛烈的轻重机枪声，邱巍高跳了起来，一听便知是五十二师的部队，因为他们装备了苏式重机枪，那机枪射程远，口径大，声音和别的枪发出的声音不一样。

战士们一阵慌乱，纷纷跳起来，但衣服晒了不久，根本没干，有的战士几乎光着身子，必须穿上，有的战士虽然还有内衣，但若不穿上，那么将在很长时间内没有衣服穿，同样不能连续作战。

有的干部埋怨战士们为何洗那么多，而战士们则咒骂起国民党军队来。邱巍高连忙关照班排干部不要埋怨，又关照士兵不要慌乱，穿上衣服，迅速战斗。

战士们穿起又冷又湿的衣服，操枪战斗，此时子弹雨点般从空中飞来，战士们的动作迟缓了许多。

集结完毕后，必须做出战斗部署。邱巍高一想，还是转移为好，如果原地抗击，那么现在距天黑还有很长时间，而敌人的火力如此之猛，久战不决，伤亡必大，此策不可取。如果转移，西北是溧水县城，那儿布满碉堡，向西则是溧水到洪蓝埠的公路，日寇绝对不会让部队通过，看来唯一的方向只有东面了，但东面也有官塘据点。

他一咬牙急速下达命令，全连迅速向东转移，他清楚官塘据点的日军不多，那儿是较为薄弱的环节，也是唯一的"通途"。

战士们弯着腰出村，眼前便是一片开阔地，好家伙，这伙国民党龟孙子，见到日寇跑得比谁都快，但见到新四军却格外凶狠，机关枪打得像刮风下雨，子弹像水龙头中的水一样喷洒而来。

还好，冲在前面的两个排以疏散的队形迅速通过了开阔地带，但炊事班通过时，只见子弹乱飞，纷纷击中箩筐，两位战士一紧张，丢下箩筐便跑。

"啊！"邱巍高一声惊叫，因为这箩筐中有一桶猪油，这猪油在战争年代太宝贵了，战士们用餐时在极度缺油的情况下，全靠它下饭呢。

战士们埋怨他们太慌张，有的叫他们去抢回来，两人你看我、我看你，不知如何是好。

忽见村头出现两个人影，他们一会儿奔跑，一会儿匍匐前进，滚到担子前，挑起就走，顽军见此，疯狂开枪，但这两个人如有神助，行走如飞，子弹只是落在身后激起尘灰，跟不上两个人的脚步，眨眼工夫，两人来到众人面前。

邱巍高一看原来是副连长和另一名老战士，邱巍高眼睛一热，连连赞扬起两人的机智和勇敢。

国民党军一见新四军向东退却，更加狂妄起来，呐喊着尾随追击而来。邱巍高命人一面还击，一面加快脚步东撤。

当撤到陈巷大山时，只见日军在官塘据点伸头看着，并不时做着鬼脸，发着狞笑。

如果日军在东面一堵，那么部队将非常危险，但是日军很狡猾，一来他们兵少，二来如果拼死一搏，自己肯定有伤亡，接下来还要和国民党军队正面交锋，不划算，所以他们只是站在据点上放枪。

邱巍高一挥手，半个连迅速越过了离日军最近的山头，此时日军才疯狂开火，他们原本想乘新四军行军过半时袭击，但没想到新四军转移甚快，眨眼间已冲出了他们火力控制的范围。此时尾随的顽军已赶到，只见日军疯狂扫射，顽军早已吓破了胆，纷纷后撤，缩回了老巢。

邱巍高清点了一下人员，还好只有几名战士负了轻伤，问题不大，完全可以随队行动。

部队来到马占山下，住在了一个小村里。

马占山呀，马占寺呀，六连战士没有参加过马占寺战斗，因为他们是由五十一团二营五、六连合并而成，只有几个班排干部参加过这次战斗，他们向其他战士述说这场激烈的战斗。

邱巍高在1942年年底前一直活动在澄西地区，他随黄玉庭团长到达溧水后听说过关于马占寺的战斗，但他从没亲临过现场，这次来到马占山下，他带了几个战士信步上山。但见北、中、南三山南北一线，山竹、青松、翠柏郁郁葱葱，山谷出奇地幽静，但见泉水淙淙、鸟儿和鸣，如果脑海中不去描摹马占寺战斗的情景，你不可能会把这幽静之地和血腥的战场联系起来。

当然，马占寺的断墙残壁和被烧毁的屋梁会告诉你，这儿确实发生过战斗，它的残破即日军为泄愤所致。

邱巍高没有被这幽静所惑，让自己的神经放松下来，他宁愿让马占寺的灰黑来刺激自己，让自己的神经变得更敏感，他不会去听鸟声、听涧音、听涛声，不会去看青松、看翠竹、看山花，他只是想从地形地貌中悟出战斗的类型和特色来，除此之外什么也没有。

肚子饿了，好在那桶猪油被"抢"了回来，现在炊事员已烙好饼，战士们狼吞虎咽地吃起来，邱巍高也不例外，美美地吃了一顿。

他丝毫不敢放松，马占山虽然在溧水也算是个高山，但山体不大，居住于此，离国民党军太近，不是一个安全地方。他一吃完饭，马上命令部队转移至湫湖山以西的一个叫毛家山的小村庄。

这个小村，从地形上看较安全，因为四周有山，且村子又小，如果日寇和顽军得不到确切情报，是断不会踏入此村的。

但安全是相对的，一个地方肯定不能久居，当然一日三战，天天移营也不是个好事。下一步到底该怎么办，还得先查明情况为好。

邱巍高派小高和其他富有经验的班排干部出去侦察。

侦察员回来汇报，溧水的日军从溧水城出发，已到达韩胡村。驻新桥的顽军也出发了，离韩胡村不过七八公里。

邱巍高想看一看日军和顽军到底如何表演。

结果，下午四五点钟，侦察员回来报告，日寇止步于韩胡村，国民党军出新桥不远也已返回。

邱巍高心里有谱，看来日军、顽军都在玩鬼把戏，他们并不想起冲突，他们的目标仍然是新四军。

现在从态势上看，日军取守势，国民党取攻势，但他们只攻新四军，那么秋湖山离国民党军太近，非常危险。而日军取守势，一般不会轻易出动，那么进入敌后则相对安全，于是邱巍高和连队干部决定当晚跳出这个日、顽两军对峙地带，钻到据点林立的敌后去。

战士们有意见了，他们不怕战斗，也不怕转移，只觉得这样避战，实在受不了。

战士甲刚从哨位上下来，就叫开了："一有情况就转移，弄得军不军，民不民，我们又不是没枪，就干他一场，怕什么。"

他一开口，其他战士也叫起来了："操他奶奶的，顽固派没本事打日本人，专门找我们的碴，去他奶奶，不如下去和他们拼，省得这样不死不活，跑来跑去的。"

有几个战士索性到连部来请示，好好地跟顽固派干一场，死活来个痛快。

邱巍高耐心地劝导着，要他们心平气和，要注意斗争策略，不能盲目蛮干。

这几个战士听了邱的劝告，渐渐安静下来，回到了连队，但邱巍高那平静的心却骚动起来，他清楚有这种情绪的人不止这几个战士，几乎是绝大多数人都有"拼命"的情绪，这对部队的建设和今后的作战有着难以想象的负面影响。

邱巍高步出村外，双眉紧锁，他爬上高地，但见东南面青龙山上日军碉堡林立，黑洞洞的窗口像张张虎口向四周张开着，做出随时吞噬行人的架势，阴森恐怖之风直扑着脸面。

他戴着军帽，虽然是四月下旬，但气温没有像往常那样回暖，空气中泛着阵阵寒意。邱巍高南望曹山、回峰山、毕家山、观山，都清晰可见，似乎伸手可触。这些青山山色柔和、脉线分明，风儿一吹，似乎能看到那翻动的绿色波浪。他很想飞过去，融化在其中。因为那儿是我们自己的根据地，那儿有旅部、有区党委、有行政公署、有可爱的乡民，那儿已是严格意义上的根据地，你能感受到新生活的气氛、抗战的新气象，能展望抗战的未来。

然而——邱巍高的心一阵一阵收缩起来，那儿的河山正遭人践踏。如果说祖国的河山遭日寇践踏，人民遭日寇奴役，他心底的愤怒会像火山一样喷发，但河山、人民遭国民党践踏，他心中除了愤怒外，还有一种悲凉与沉痛……在民族生死存亡的关键时刻，堂堂的国民党军不顾民族生存竟做出如此下作的举动，自己还能再说什么？这也就难怪指战员们怒火万丈，恨不得拼个你死我活。

但问题是对国民党的斗争，不像对日寇那样单一，对他们还必须有理有节。这需要政治工作者迅速地做好部队的政治工作，眼下便是这样。

说到做政治工作，邱巍高倒是胸有成竹，一方面他有文化，另一方面他有类似的政治经验。说到文化，邱巍高读了近十年的书，虽然抗战爆发，他无法正常上学，但他在西石桥查沟村小学半教半学，从未让学业中断。1938年冬，在上海地下党李亚夫、华企哲的影响下，他与张馥赓、胡锡炳及肖家垫一个姓肖的教师，联络了一些学生组成一个读书会，在那时他读了《西行漫记》《论持久战》和列宁的一些书籍，这样古老的文化和现代的革命理论有机结合，使他具备了丰厚的文化思想宝库，为后面的政治宣传工作夯实了文化基础。后来他加入了"中华民族解放先锋队"组织，有了一定的实践经验，入党后，在澄西地区第一个支部成立后，就开展了抗日救亡工作。从1939年年底至1940年年初，建立了许多支部，这种鼓动宣传的活动大大提高了他的实践能力，在担任澄西区委宣传委员后，为发展地方武装，进行扩军工作，他的政治宣传能力有了长足的进步。后来在利港北边，在黄丹到芦卜港的沿江圩里搞轰轰烈烈的"二五"减租行动，使他的组织能力、宣传能力得到了空前的提升。进入新四军部队后，他在政治宣传工作方面成绩优异，在五十一团二营五、六连合并编为四十六团二营六连时，他顺理成章地成了指导员，政治工作还没遇到过什么大难题。

但现在……看来必须认真对待，还是用最有效的办法——开一个临时的民主生活会。

一想到此，邱巍高即刻下山，随即召集连队干部和部分激进的战士代表开会。

连级干部分别参加班、排讨论会，讨论的题目是：现在应不应该和敌人拼？

意见汇总上来有两种，一种认为，顽固派集中那么多正规军和地方部队，装备好，弹药充足，又有后方作依托，却不打鬼子，专找我们打，太可恶了，不如干脆和他们拼了。

另一部分同志的意见是，他们不打鬼子，我们打，以后顽固派和鬼子夹击我们，我们就找鬼子打，看顽固派怎么办，他们那块抗日的招牌还能挂得住吗？

邱巍高循循善诱地开导起来，面对着怒气未消的战士，他像在小学里给学生上课一样，当然这儿不可能是明窗净几，这儿是茅棚、土墙；这儿不可能有桌椅，这儿是稻草、土坯；端坐是不可能，只能席地而坐；他面对的也不是莘莘学子，而是经过战火淬炼的钢铁战士。邱巍高必须用最通俗的话来讲述这个大道理。

"同志们，对顽固派，我们要执行毛主席'有理、有利、有节'的方针，他们不打鬼子，却向我们开枪，我们进行反击是有理的。但他们力量强，兵力是我们的几倍，如果盲目反击是不利的。保存自己，消灭敌人，是我们最大的原则，我们必须保存有生力量，保存抗日的火种，才能取得最后的胜利。我们和谁拼，另外一方都会高兴，我们不能上当，我们应该在有战机的情况下去打鬼子，但不能过多地消耗自己。对国民党消极抗战、积极反共的面目，我们要进一步揭露，这样我们就胜利了。现在国民党和日寇对峙，我们抓住时机出击，他们消灭不了我们，我们就是胜利。"

邱巍高通俗易懂的分析渐渐地打通了战士们的思想，大家慢慢都认识到"有理、有利、有节"原则的重要性，自此部队思想统一，他们时而钻进敌顽对峙线，时而跳到敌后，纵横自如，对抗战胜利充满了信心。

第十九章

鱼水情深

　　战斗的硝烟刚刚落下，空气中还散发着血腥的气味，渔歌乡山凹村的乡民恐惧于惨烈的战斗还躲在家里，他们想享受一下宁静的生活。山凹村山峦绵延起伏，山连山、树连树，是一个世外桃源，按理说这倒是一个理想的休憩场所，完全可以和外面的世界相隔开来。

　　不过，在 4 月中旬，这短暂的宁静被打破了。一天夜晚，陈培英一家人刚躺下睡觉不久，突然听到有人敲门："老乡，请开门，我们是新四军，不要怕。"话语声温柔而又急迫，陈培英的婆婆连忙开门，一看有 20 多人，其中有几个伤员，还有一名女兵。陈培英听到来了这么多人，要找睡觉的地方，连忙爬起来把全家人都喊醒，一起动手帮忙。

　　有 24 名新四军，陈培英家里连女兵在内共住了 17 人，她让女兵和婆婆睡一张床，其他人都睡地铺。还有 7 人实在住不下，陈培英就带他们一户一户敲门另做安排。

　　陈培英家有弟兄 6 个，共 17 人，有草房 12 间。老大赵忠福统管家务，妯娌 6 人，和睦相处，二妯娌陈培英能干贤惠，乐于助人。

　　第二天，陈培英起得很早，她帮炊事员烧饭，脱下自己常穿的衣服给女战士，让她打扮成老百姓的样子，又把六个兄弟的衣服给男战士们穿上，让他们打扮成农民，看不出有不一样的地方。

　　那位女兵神采奕奕的，嘴也特别甜，左一声大妈右一声大婶喊得很亲热。陈培英问了她才知道她是医生，24 岁，叫春英。

　　山村所处的环境虽然比较隐蔽，但是在战争年代没有特别安全的地方，顽军随时可能进入山村搜索。

　　这么多新四军要隐蔽起来是有困难的，赵忠福与弟弟们商量，将战士们的枪分散藏起来，白天让他们带着战士们下田劳动。陈培英觉得这个方法不妥当，还必须有更好的办法，她给战士们找来了铲刀、渔网、鱼篓、锄头、竹耙子等，使战士们可以根据不同情况，或拿网提桶到坝里捉鱼摸虾，或扛起锄头去锄草，或背草篓去歇柴扒柴，春英则拎篮子到野外去挑菜。

这样一来，山村虽然涌进了很多人，但是由于他们身份不一，看起来并没有什么可疑的地方。

白天，有几个伤员躲藏在陈培英家，陈培英和婆婆自然成了春英的好助手，帮助她为伤员洗伤口、递药棉，烧水端茶。战士们来的时候带了点粮，但几天后粮食就紧张了，一天三餐只能吃粥，伤员们也只能如此，身体得不到补养。陈培英和婆婆很心疼，就拿出自家的米和杂粮，让他们能够吃饱。

一个星期以后，国民党顽军五十二师"清剿"的风声越来越大，战士们奉命要渡石臼湖转移到横山地区了。一天晚上，24名战士还是穿着老百姓的衣服，春英还特地换了一件陈培英四妯娌的衣服，活像一个农村大姑娘。临别前，24名战士与乡亲们一一道别，春英与陈培英6个妯娌拉着手，热泪盈眶，难舍难分。

铜山战斗后不几天，有两名失散的抗大九分校战士悄悄到了上庄村，在村祠堂屏风后面躲藏落脚。一名是20岁左右的女战士，身上长了不少脓疮，一名是十七八岁的男战士，神色憔悴。村里百姓发现后，热情地给他们送饭、送水，安排住宿。几天后，男战士要上战场，在群众的指点和掩护下找部队去了，女战士由于身上的疮已化脓，无法同行。

此时，正好村民傅于海从上海回家休息，傅于海是渔歌乡上庄村人，1895年出生于富裕农民家庭，解放前曾在上海开过老虎灶。他心地善良，把女战士接到自己家中精心照料。

傅于海的老母亲十分热情，给这位女战士换衣服、擦脓疮、烧饭菜，晚上，让其和自己及傅于海五六岁的儿子傅小平睡在一床，不久老母亲和傅的儿子也被感染上了脓疮。

女战士过意不去，傅于海安慰女战士不要着急，并请医买药为三人治疗脓疮。约20天左右，三人的脓疮才好。此时国民党顽军搜捕的风声越来越紧，傅于海听女战士说，她家住在上海四牌楼，他四下奔走，通过关系，搞了一张"良民证"。后于某天凌晨，带着女战士步行到溧水，一同乘车到了上海，路途中他们以父女相称。

当傅于海将这位女战士送到家后不久，这位女战士通过多方联络也回到了部队。

1943年4月中旬，溧水县抗日民主政府民政科长张一平在石臼湖东岸陈家村、卞家村一带坚持地下斗争，为主力部队转移准备船只，掩护伤员，护送失散的干部战士。一天晚上，张一平和沙岗村地下党员张友本带了一名失散的女战士来到卞英佑家，对卞英佑说："这位女战士暂住在你家，要严守秘密，保证安全。"卞英佑对张一平的交代一一应承。

六七天后的一天中午，顽军第五十二师来塘埂村搜查，他们拿着一大沓法币满村叫喊："窝藏新四军的立即交出来，可以奖赏。"他们见村人没有反应，便晃动着刺刀，恶狠狠地吼道："如果搜查出来，同罪同刑。"

卞英佑开始将这位女战士藏在两个山墙夹缝里，又怕挨家挨户会搜查出来，她急得直跳脚，无意间她摸到自己头上的长发鬏巴头，猛地一怔，再看看这位女战士是短发，她想了想，就拿起剪刀将自己的长发剪下一半，然后安在女战士头上，给这位女战士绕了一个鬏巴头。

鬏巴头是苏南乡村妇女标志的发型，有了它，新的身份便确定了。

她们各自手提一只菜篮，菜篮里放了一把小铲刀，神情自然地一同到石臼湖边挑野菜去了。

农历三月中旬，春光明媚，到处是绿油油的麦苗、金黄色的油菜花，她们巧遇地下党员卞之万等三人，他们躲藏在油菜田里。卞之万看到卞英佑，怕人多容易暴露目标，叫她们再走远一点。敌人在村上横行一阵，什么也没有搜查到，便快快地撤走了。卞英佑和这位女战士躲到傍晚才回家。

4月14日天刚黑，新四军一支担架队抬了八名伤员，准备送往设在东屏湾河的医疗所治疗，随行的还有三名医护人员，路过郑巷村颜金和家门口时，停下来休息。

颜金和、颜其林父子见了，连忙对一位领导模样的人说："就把伤员抬到我家吧，我们家偏僻，比较安全。"那位同志看了看他们家周围的情况后，点头同意了。于是父子俩立即把伤员安顿在较为隐蔽的草房里，为了应付紧急情况，还特地为他们开了一个后门。

从此，父子俩整日整夜地忙碌起来了：为伤员站岗放哨，保证安全；当向导，引着那位领导同志去东屏旅卫生部汇报情况；为伤员倒水拿药，协助护理；尽力改善伤员的伙食。伤员治愈一名送走一名，前后长达三个多月。最后一名伤员还未痊愈，白虎山据点的伪军下乡"扫荡"了，在相隔几里路的石滩头响起了枪声。颜家父子俩听到枪声，要把这位伤员抬到牛皇庙隐蔽起来，这位伤员说："把我抬到水沟里去吧，不能再连累你们了。"父子俩说："为了你，豁出性命也值得。"后来，这位伤员的伤治好后，父子俩让他骑上毛驴赶回部队。

4月底的一天傍晚，临时隐蔽在塘埂村的新四军抗大九分校一名女战士姚炳中写了一张纸条叠好，叫卞英佑立即送到沙岗村寨上棚子卞天玉家，卞天玉夫妇本是卞家村人，因租种张宝钧的田，迁居沙岗村，夫妻俩在村边寨上搭了两小间房子，群众称"寨上棚子"，地下党员经常在他家活动。

卞英佑随即把纸条藏进鬏巴头发里，用夹子夹好，急匆匆走出塘埂村，途经马家庙，在枣树巷摆渡上陡门圩埂，再摆渡到沙岗村，直奔寨上棚子。

天色已晚，月光很亮，棚子的大门紧闭着，卞英佑赶到后，急促地压低嗓音叫门，卞天玉夫妇一听声音很熟悉，忙开了门。卞英佑一进门，见到张一平、张友本等十几人正在开会。卞英佑从发鬏里取出纸条，递给张一平。张一平看罢纸条，立即宣布休会，让大家分散从高田埂爬出去躲藏。时隔半小时左右，国民党顽固派五十二师一部包围了棚子，顽军踢开卞天玉家门，把这草棚里里外外搜查了一通，什么踪迹也没有发现，就离开了。

谷雨前后的一天下午，谭成发和内弟刘家德在地里种棉花，一个耕田，一个用锄头碎土整地。他们正干在兴头上，忽然，听到从东边上塘湫方向传来了枪声，两人停下手中的活向东张望，只见一男子翻过一个山岗，向他们飞奔而来。这个男子身穿农民衣服，头戴草帽，腰间却挂了一个手榴弹，跑到他们面前时已是上气不接下气，他对谭成发说："老乡，借把锄头给我用一下。"

谭成发见状已知对方为新四军，连忙把他的草帽和手榴弹埋在土里，把自己的斗笠戴到他头上，又递了把锄头给他，让他与刘家德一道碎土整地，谭成发继续扶犁耕地。

不一会儿，国民党顽军五十二师的一个排约30余人也越过山岗，追了过来。一个头目问谭成发："有没有看到一个新四军跑过来？"

谭成发镇定自若，用手朝西指了指："刚才看到有一个人从山岗上向西往港口方向跑去了。"这个头目信以为真，一声口哨，顽军一窝蜂向村西方向追去。等到追兵翻过山岗后，这位新四军战士取出草帽和手榴弹，连连感谢谭成发后，向东朝傅家边方向匆忙走去。

4月的一天，一个新四军战士跌跌撞撞地倒在严家村边树林里，正在挖猪草的13岁少女严玉珍吃了一惊。这位战士在痛苦挣扎，她想了想，便拿出吃奶的力气将他搀回了家。

一进门，严玉珍的母亲先吃了一惊，不知所措。经女儿说明情况后，就毫不犹豫地帮这位战士换了衣，藏了枪，让他躺在床上休息。当天晚上，严玉珍母女与这位战士聊天，才知道这位战士姓叶，在云鹤乡榆树岭反顽战斗中被顽军冲散，遭敌人追击，一路跑到这里。由于过度疲劳，加上一天未进米水，头昏脚软，想到树林里躲一躲，不料一头栽倒在地。

严玉珍母亲安慰他不要着急，先在她家歇几天再说。

严玉珍母女俩把叶当作亲人，一天三餐，端饭送水，忙个不停，看他身体虚弱，脸色苍白，每天早上还为他煮两个鸡蛋。

那时候除了顽军还有伪军，经常到村上搜查，一不小心便遭危险。为此，白天，严玉珍母亲下田劳动，观察动静，严玉珍则带着小弟弟在门外玩耍，注意来往行人，小叶则被锁在家中养病。

三天后，小叶渐渐恢复了体力，急着要找部队去。严玉珍母亲也怕敌人搜捕，同意让他回部队，并为他做了准备：把军衣包扎成行李，用破凉席把枪裹得紧紧的，还找了一套严玉珍父亲的旧衣裤让他穿上，打扮成外出帮工的模样。临走时，小叶拿着严玉珍母亲烙的几块饼，含泪说："你们放心吧，我一定会找到部队的。"

趁着夜色掩护，母女俩打开后门，让小叶翻过后院，沿着村后的一条山路走了。

4月中旬，十六旅卫生部以陈石士为队长、华骏为指导员的20多人的医疗队，带领50多名重伤员隐蔽到浮山村一带治疗。当时浮山村周围敌人据点林立，北有天王寺据点，西有方边据点，东有袁巷、蔡巷、青龙山据点，南边还有顽军驻扎"清剿"，环境非常险恶。但是浮山村人民群众甘愿承担风险，热情地接待医疗队。旅卫生部部长张贤、医疗队队长陈石士等住在崔家顺家，汤禧承副部长和华骏、周久彬、朱礼娴、林莎等同志住在张家良家，张家齐、余培庆家都住有医务人员，其他如张家龙、范方贵、范世友、王大牛、王二牛、王大麻子等农户家都住有伤病员。特别是龙山村李显良，紧靠赵谷山，有一片大竹园，他把三间草房全让给了十几名伤病员，自家人全住在偏房里。

浮山人热情好客，卫生部、医疗队的干部在张家良家烧饭，张家良为他们拾柴、挑水，张母为他们舀水、洗菜、煮饭。张家良还负责为医疗队藏了50把雨伞，逢雨天分发，雨过天晴，再一把把收藏起来。张家良的哥哥张家龙家住的伤员较多，他们把床都让出来给重伤员睡了，嫂嫂整天忙着帮助医护人员护理伤员。余培关家的土基夹墙比较好，医疗队的药品和医疗器械都藏在他家夹墙里。

为了安全，浮山村妇女还帮医护人员乔装打扮，让她们手提竹篮（篮里藏着药棉、纱布和药品，上面盖着青草或野菜），拿把铲子或镰刀，完全和打猪草、挑野菜的农家妇女一模一样，走家串户为伤员换药、包扎和查"病房"。为了克服药品、医疗器械不足的困难，她们还协助医护人员拆开棉衣、棉被，把棉絮、被里布用蒸笼蒸、大锅煮进行消毒，来代替药棉、纱布；用豆油在锅内煎熬消毒，冷却后装入瓶中，来代替凡士林油膏；把竹片削薄，在油灯上熏弯，来代替镊子……这些土办法，为医疗队解决了不少实际困难。

浮山人像爱护自己的生命一样保护着每一位伤员，他们的自卫队主动为医疗队站岗放哨、封锁消息、监视敌情，向医疗队提供情报。一天下午，部队警卫在山梁上放哨，发现蔡巷至天王寺公路上有20多人往浮山村方向走来，就及时向医疗队报告。为了防止敌人可能的袭击，医疗队一面派人去东边山梁上观察，一边通知住有伤员的各户老乡。老乡们背着、抬着伤员，纷纷往山坡上转移，准备藏在麦地或草丛中。后来经警卫人员靠近侦察，判明不是敌人，而是赶集回家的老乡。敌情解除了，老乡们又将伤员一个个背回家。正是在群众的保护下，医疗队在浮山村驻扎了一个多月，安然无恙。

5月，又有10多名新四军来到塘埂村，分别住在老百姓家中。他们白天外出活动，深更半夜回来睡觉。不料几天后，五十二师一部突然扑来，住在各家的男战士都安全转移了，唯独住在赵孝琛家的一名20多岁的女战士没有走脱。顽军进村后，挨家挨户搜查。把女战士藏在哪里呢？全家人非常焦急，突然，赵孝琛急中生智，把女战士带进自家的牛棚，在拴牛的地方，用钉耙刨了一个坑，垫上乱草，让她趴在里面，然后再盖上稻草，稻草上再放一些牛粪。顽军在村上搜了好一阵，未见新四军人影，气得将生病睡在床上的一位农民拖起来，毒打了一顿。顽军走后，赵孝琛才让躲在牛棚里的女战士出来。

第二十章

深入敌后

　　十六旅冲出回峰山、北经巷后，该如何应对新的局面，还没容江渭清、王必成作出部署，粟裕便在 14 日发来电文，要求他们立即向敌后分散。

　　江、王二人看了电文，连连点头，细细研究，粟师长虽未在苏南，但对苏南的情况判断十分清楚，作出的部署也较为确切，不过部队要转移至太滆和金丹武地区，并不是一件容易的事，但不管如何，部队应先向北转移至敌后。

　　转移至敌后，转向哪些地区，并不能完全按照上级的建议来部署。江渭清、王必成分析了半天，觉得形势十分严峻，可以说是苏南抗战以来最为严峻的时候。

　　现在溧水南部地区已经被顽军占领，他们是步步逼近、广筑碉堡、设以重兵，捕杀我抗日干部群众，这个区域不但难以进入，而且顽军随时可以出击，军事压力之重是可以想象的。而敌后镇江一带"清乡"区也不适宜大部队活动，敌人的"清乡"十分残酷，"清乡"区根本没有回旋的余地。新四军的作战方式就是游击，但没有空间可供"游动"，不但"击"不了敌军，反而随时有可能被日军清灭，这一点虽说王必成没有亲身感受，但江渭清却有切肤之痛，1941 年十八旅在东路就是吃了日伪军"清乡"的亏，那么现在唯一可供活动的区域便是日伪眼皮底下的南京周围地区。

　　在南京周围地区活动，按常人判断这岂不是自踏死地吗？可江渭清、王必成在苏南摸爬滚打多年，已经积累了足够的对付日军的斗争经验。

　　南京是日军侵华的大本营，又是汪伪统治的中心，敌人自然以重兵把守。但是太平洋战争爆发后，日军的兵力大量被抽调南下，南京已远不是 1938 年、1939 年时的兵力配置。另外，日军的兵力集中于都市、集镇，在农村，他们的兵力甚少，有部队活动的空间。再者，南京近郊有山脉、丘陵，利于部队穿插活动，有"游"的空间，只要部队能游动，就不怕你日军来清剿。

江、王两人分析形势后，迅速作出部署，横山和江当溧为四十六团行动地区，江句、句容和溧武公路两侧为四十八团行动地区，五十一团在溧阳坚持，四十七团仍回茅山坚持，旅部率特务营和四十八团二营在溧武公路两侧穿插。

部署完毕，各部即按上述指令开向预定区域，江、王二人来到溧水北部入住一小山村。入夜，江渭清翻来覆去睡不着觉，他想到十八旅"清乡"受挫，又想到十六旅塘马血战，心里十分难受，如果国共和睦，十八旅、十六旅完全可以跳出日军的"清乡"区、合围区，部队完全可以进行内线、外线作战，就不会有这么大的损失。苏南虽狭小，但它和浙东、浙西、皖南相连，都是中国的土地，竟然被自己人为地划开了。国民党如此卑劣，不仅仅是当初借刀杀人，而是公开地和日军配合南北夹击，能不令人痛心吗？

眼下部队转入敌后，虽有活动空间，但在日军梅花桩般的据点中，安全系数极低，随时都有可能遭受灭顶之灾，所以无论如何，部队要贯彻分散活动的原则，虽不是完全意义上的化整为零，但绝不允许部队集中一处……

想到此，他连忙起身，找到还没入睡的王必成，把刚才的想法告诉了他，巧得很，王必成也在为此担忧："江政委，我也在考虑这个问题，现在的形势远不是一二支队和江南指挥部时期，那时候作战休整都很从容，现在敌人就在眼前呀，另外这苏南远非苏中、苏北开阔，几乎没有回旋的余地，应该严令在任何情况下，都不允许部队集中一处。"

"对，应该给各团写信，命令严守作战原则、作战策略，我这就去写信。"江渭清匆匆告别王必成，回到室内点上煤油灯，书写给各团领导的指示信，信中反复强调不允许部队集合一处，给敌以可乘之机。

南岗战斗的消息传到旅部后，江、王两人立刻做出判断，日军不再是"坐山观虎斗"了，他们很可能要增设据点，加强兵力"扫荡"我军，他们的目的是想把我们赶走，把我们赶回溧武路以南地区，再坐观国共相残。

"不能走，一定要在原地坚持。"王必成猛地拍了一下桌子，此时机要员进来，送来一份军部的电文，江、王两人连忙接过电文，细读起来。

十六旅、一师：

十三日申电悉。

一、苏南主要发展方向，应向敌后，而不应当向国民党后方。你们如果继续向顽后发展或打算在敌占区以外打击顽军，这不但可能造成我政治上不良的倾向，而且即使争取到几次战役大胜利，也不能最后解决问题。

二、你们应将主力转入敌后区域，分散活动，把主要注意力放到敌后反"扫荡"、反"清乡"上面。根据华中局反"清乡"指示，加强各地准备工作。如果顽军越过敌占区向我进攻，则当根据自卫原则，给予坚决打击，同时善于掌握和利用敌顽矛盾，以阻顽军北进。

三、设法侦察大官圩、峨桥、三山以北及太湖东南与浙江敌后疏散活动。

四、必须用大力建立从苏南到苏中与淮南部队可以秘密转移的交通路线，并常常检查此项工作的进行与其秘密的保持。

陈、饶、张、赖

4月19日

江、王两人看完电文，出现了短暂的沉默，是呀，电文说得对，眼下不得不对国民党顽军进行反击，这是无法避免的两线作战，但两线作战是有别的，不应是军事上的，军事上切忌两线作战。军部的电文说得对，如果此时对顽用兵，乃是方向之大错误，一方面军事上未必取得胜果，即便获胜，也无法改变眼下苏南抗战的格局；另一方面国民党顽固派利用舆论宣传欺骗民众，如果不进行针锋相对的斗争，十六旅将失去政治上的优势，受蒙蔽的群众将倒向国民党，现在对敌采取游击坚持的军事行动，对顽则采取政治攻势，那么顽军在政治舆论上失败后，其军事行动将会受到全国人民的反对，这样才能真正避免军事上的两线作战，也可让人民认清顽固派反共反抗战的本质。

江、王两人沉默片刻后，进行了短暂的交流，决定在政治上予顽军一击，打开坚守敌后的局面。

商量完毕，江、王两人急拟公告和抗议书，四处张贴，国民党官兵和苏南百姓对两溧战争的真相开始有了真正的了解和认识，国民党欺骗民众的阴谋被彻底揭穿，人们同情援助新四军，咒骂国民党顽固派。

他们首先张贴《为呼吁团结抗战、公布友军"清剿"真相告江南同胞及友军官兵书》。

......

他们丢开日本鬼子不打，却来打抗日的新四军。这次友军集中十几个团的兵力打击抗日的新四军，这些军队究竟是从什么地方调来的？

......

为什么友军要这样干？目的就是想消灭抗日军队——新四军。

......

他们还要诬陷老百姓是新四军、是"土匪"、是"汉奸"，随便打死杀死。

......

为了民族国家，为了顾全大局，我们再退让一步！

虽然我们是胜利了，可是我们不愿意要这样的胜利。这样的胜利只是同室操戈，只是消耗抗日力量，对中华民族是没有丝毫利益的，反之，对敌人才是有利的。这样做只有敌人欢喜、汉奸汪精卫欢喜、投降派民族败类欢喜。

......

希望全江南的抗日军民一起主持公道，希望友军悬崖勒马，放弃反共。

> ……
>
> 　　抗日的友军长官弟兄们，你们应团结起来，拒绝执行"清剿"新四军的反动命令，要求撤回原防，与新四军携起手来，共同合作抗战，以争取最后胜利。
>
> 新四军第六师第十六旅
> 1943 年 4 月 20 日

　　江、王二人于 4 月 28 日又递交了《为反对进攻新四军、残害江南人民、破坏团结抗战，向友军提出的严重抗议书》。

　　新四军的抗议书有充分的事实依据，两溧反顽战役后，国民党疯狂搜捕迫害地方干部。

　　曹明梁首当其冲，曹的父母、兄嫂、妻儿、子侄被迫离家，分散躲避，家具、稻谷、衣被、父亲的寿棺全部被劫走，连年初新盖的十间草房也被焚烧。

　　家人出逃、田地荒芜、草木丛生，曹家的生活一下子陷入困境之中。

　　一面是断墙残壁，一面是田地荒芜，个人利益受到了空前的侵害。在此情形下，许多人动摇了革命信念，曹因自己给家中带来的不幸感到深深的愧疚，但眼下只能顾国家而不能顾小家啊。他托人安慰父兄："没有国家，有了小家，也只能当亡国奴，现在我只能以天下为己任，望父兄理解和支持。"在困境中，父兄和母亲一样，表示了坚决的支持。

　　反顽战役后，新四军十六旅主力部队撤离了新桥中心区。转移前十六旅修枪所将一批军用物资留在西宋村，交给抗日民主政府韩胡区琴音乡乡长陈序昭、区农救会主任陈序洪等人收藏。5 月，国民党顽军五十二师占领溧水抗日根据地中心区，对根据地人民实行"政治清查"和"武装清剿"，搜捕新四军和抗日基层干部。宋开林勾结本村劣绅陈乾（任国民党顽军五十二师情报员）和国民党新桥乡乡长彭根祺，策划密报国民党顽军五十二师，并向其一五六团提供了西宋村抗日基层干部、农救会骨干名单及其面貌特征。

　　6 月 15 日（农历五月十三日）晚上，顽军一五六团派一个连的兵力包围了西宋村，穷凶极恶的顽军把全村的男子驱赶到西宋村西的稻场上，他们发出阴森森的笑声，用手电筒光柱在每个人的脸部扫来扫去，想根据宋开林提供的面貌特征，找出他们想要找的人。

　　陈序洪当即被认出，但他绝不供出他人，顽军便恫吓、拷打群众认人。顽军用枪托捣陈令铨，逼他说出谁是陈序昭，陈令铨被砸得眼冒金星，头晕目眩，但他咬紧牙关忍着疼痛，绝不招供。顽军叫喊着又把站在陈序昭旁边的陈令智拖出来拷打，陈令智也宁死不吭声。

　　顽军气得哇哇暴叫，挺起刺刀，准备刺杀群众，这时，只听一声猛吼如炸雷一般响起："不要打了！我就是陈序昭。"

　　众人扭头一看，只见一个高大的汉子，从群众中忿然而出，用手点着顽军叫道："不要打了，陈序昭就是我，有种的打我，不要欺负乡亲。"

　　顽军又惊又喜，他们一拥而上，把陈序昭绑了起来，把他捆绑在一棵大树上，严刑拷打，逼他招供新四军军需物资的下落。不管敌人如何毒打，他只有一句话："不知道。"

顽军捕走了陈序昭、陈序洪和西宋村抗日游击组组长陈序明等83人，当夜押解至驻新桥马村营部酷刑审讯。第二天进行复查，顽军营长要宋开林暗中指认，哪个是基层干部，哪个是农救会骨干。指认后，留下陈序昭、陈序洪、陈序明、陈令智（保农救会主任）、陈令礼（保农救会主任）等13人（均是公开出面向宋开林借粮的基层干部和农救会骨干），其余释放回家。下午，除区农救会主任陈序洪外，将其余12人押解至驻东流村顽军一五六团团部。刑讯后，又将12人分开监禁。陈序昭被押解到驻杭村顽军五十二师师部；陈令智、陈令礼、陈序明3人被押解到溧阳三丫桥国民党江南行署政训所；陈序礼、吕仲贤、朱友成等8人，交给驻邰村国民党溧水县政府关押，继续受审受刑。

陈序昭在东流村顽军团部受刑后被押解到杭村顽军师部，敌人要他交出新四军埋藏在西宋村的枪械和手榴弹，他仍严词拒绝。顽军头目叫道："共产党给了你什么好处？我就不信撬不开你的嘴。"便对陈序昭施电刑、坐老虎凳、倒吊灌水等重刑。陈序昭多次昏迷过去，但他坚贞不屈、大义凛然："抗日无罪，你们只能搞垮我的身体，却不能动摇我的意志。"

6月29日，顽军在新桥镇召开群众大会，杀害了陈序昭。

严克全在西宋稻场上遭到毒打后，又被抓到马村关押。第三天，顽军4个打手，把严克全反背捆绑，吊在屋梁上，用棍棒劈头盖脸一阵乱打，逼他说出为新四军干了些什么，村上哪些人是新四军。严克全被吊得浑身的骨头似散了架，但他宁死不讲。顽军对他施以重刑，用70多斤重的两箱子弹压在他的背上往下坠，严克全被吊着的两个胳膊"喀嚓"一声，顿时昏迷过去。顽军不死心把他放下来后，用冷水浇，见他嘴里直吐鲜血，躺在地上已不能动弹了，才被释放。

陈序洪在马村顽军营部受审时，谎称新四军有银圆埋在桥头石板下，后机智逃脱。

由于陈序明是陈序昭的胞弟，所以，在东流村顽军一五六团团部受到敌人更多的虐待和迫害，被打得遍体鳞伤，血迹斑斑，衣服沾在身上不能脱下，几天下来就被折磨得不成人样，但血气方刚的陈序明宁折不弯，不求饶不招供。不久，他又被押解到国民党第三战区安徽歙县洪坑"皖南收容所"审查。在收容所期间，他受尽折磨，食不饱腹，有病不给治，白天撑着病体劳动，晚上还要受审，饥饿难忍时，只能趁外出劳动瞒着看守在野外吃红花草充饥。由于长期受摧残，年纪甚轻的陈序明终于一病不起，后于同年11月含恨离开了人间。

一天，五十二师一五五团顽军由张承泉带路到仓口搜捕，路经卞家村，再次抓捕卞明，又扑了空。

卞明是卞天治的二儿子，任溧水县抗日民主政府的税务员，他经常在晶桥、渔歌、孔镇、洪蓝一带活动，顽军到处抓卞明，卞明则在群众掩护下东躲西藏。

张承泉就将卞明的父亲卞天治押到孔镇区公所，严刑拷打、坐老虎凳，逼其供出儿子的行踪，卞天治死也不开口。敌人用子弹头在卞天治身上刮肉，刮得鲜血淋漓，疼得他直叫喊，可一问到卞明的下落，他就咬紧牙关不露一个字。打手们见卞天治不说话，就威胁说，要割掉他的舌头，让他永远讲不了话，卞天治仍不搭理。丧尽天良的张承泉果真唆使打手们割掉了卞天治的舌头，卞天治当场晕倒在地。这位53岁的老人被关了三天后，就悲壮地死在国民党的区公所里。

　　江渭清既是十六旅的政委，又是苏皖区党委书记，除了作军事部署外，还要对政府的工作作出部署。鉴于溧水南部为顽军所占，且残酷迫害我抗日干部，部队已转入敌后工作，地方党政工作配合更加重要，他通过区党委给苏南根据地的各级党组织发出指示信，号召苏南全党同志下定决心，咬紧牙关，克服一切困难，斗争到底。

　　为了适应敌后分散游击的斗争环境，江渭清、王必成果断做出决定，精简苏南党政军机关人员，将大批干部分散到各地，加强基层工作。

　　区党委机关人员留下秘书长欧阳惠林及一个会计，其他同志分散到溧水、溧阳和江宁等地工作，区党委组织部长朱辉到溧阳中心县委任书记，旅民运科长黄吉民到横山县政府任公安局局长，敌工科长张华南到溧水负责白马桥敌工站工作，苏南行署财经处与旅供给部合并办公，李建模任供给部长兼财经处处长，孔峭凡任供给部政委兼财经处副处长，行署公安局和旅政治部锄奸科合并办公，张雍耿任公安局局长兼锄奸科科长。

　　钟国楚13日攻打回峰山和北经巷前，曾在杨树下带病同四十八团团长黄玉庭和四十八团参谋长饶惠谭交代过具体战法。

　　14日突围后，他随旅部行动，此时他身体十分虚弱，难以随部队行动，而且他当时化了装，穿着长袍，行动十分不便。当部队撤到韩胡村、胡家边一带时，他对江渭清、王必成说身体太弱，已不能随部队行动，江、王点头同意，建议他找一个地方养伤，等身体好了，再做打算。

　　随后，钟国楚找到曹明梁："曹县长，我已不能随部队行动，我要留下养伤，你看在哪里好？"

　　曹明梁深思片刻，用低沉的声音说道："子臣那儿好，他是中山庵自卫团团长。"他见钟国楚一愣，连忙上前解释："这刘子臣你是知道的，白皮红心，没问题，另外，你在自卫队眼皮底下养伤，日军是做梦也想不到的。"

　　钟国楚点头笑了笑："好，蒋铁如也要养伤，我俩可以一道去。"

　　"对，一道去。"曹明梁连忙去布置。

　　晚上，钟国楚带领两个警卫员，蒋铁如也带了一个挑夫和一个警卫员，随曹明梁来到东庐山西麓的刘家边刘子臣家。

　　此时刘子臣正在家与几个团丁吆五喝六地打牌。这刘子臣打牌有个绝活，别人是两只手抓四张牌，然后垒牌，他却一只手抓四张牌，垒牌、打牌，而另一只手拔烟、点烟，动作十分娴熟。此时他正用那只手指甲早已发黄的右手抓着牌，用那只纤细的左手点着烟，猛地火光一闪，白烟飘出，那口黄牙清晰地在口中显现，在场的人谁也没注意，只是被烟呛得连连咳嗽，一旁看牌的老婆叫了两下："你少抽些了。"

　　一个团丁进来，说有人拜访。"不见。"刘子臣打牌正在兴头上，刚才牌臭，一把没"和"，现在"和"了几个"满贯"，牌运正好，哪有歇手的道理。

一会儿，团丁又进来："团长，来的是贵客，非见不可。"

"他妈的，真扫兴，谁来搅局。"他有点不耐烦了。

还是他老婆机灵："你别太大意，要真是贵客，可怠慢不得。"

刘子臣烟眼红红的，手始终离不开麻将牌，那牌如同粘在他手上一般："你去看看，到底是谁？"

他老婆算是个明白人，扭着屁股走出门去……

刘子臣刚用一只手抓了四张牌，只见老婆匆匆进来，在其耳边耳语了几声，他脸色煞白，连忙起身："你们打，我的位置让老婆顶着，我去接待一下客人。"

这刘子臣一听说是曹明梁，连忙起身相迎，他和曹明梁有一层特殊关系。

1942年初夏，白马区小西阳庄，曹明梁摆了一桌丰盛的酒菜，与他同饮的是坐立不安的敌官塘白虎山山顶据点的伪自卫团团长刘子臣。

酒过三巡，曹明梁发话了："刘团长，酒菜如何？"

刘子臣躬身弯腰："好好，甚好。"

"好是好，还得有福气长久享受呀。"

刘子臣一听话中有话，冷汗直冒。

"刘团长，你想过没有，投靠日军会有好下场吗？"

"这……"刘子臣一脸的苦相，"鄙人已走上这条路，覆水难收了，想回也回不了，谁肯原谅我？唉，我走上这条路也是无奈，敌人把我一家老小都抓去了。"

"有回头路，而且是一条光明的路，就看你走不走。"曹明梁双眼正视着刘子臣。

刘子臣一愣："还请曹县长明示。"

"我们共产党历来倡导抗战不分先后，只要你走到抗战这条路上来，我们热忱欢迎。"

"家中老小尽在日军掌控之中，我若投诚，家人可全完蛋啦。"

"不用怕，我们不会为难你和你的家属。我们不要你公开反正过来，你可做我们的内线、内应，这就走上了抗战之路。今后人民会给你记上一笔的，你可身在曹营心在汉，在你那儿，我们设立一个情报站，你负责提供情报，购买子弹、手榴弹，有时还要掩护一下我们的部队官兵。这也是抗日，你的家人，我们会全力保护。"

刘子臣在曹明梁的劝说下，被争取了过来，为新四军做了许多有益的工作。

现在曹明梁找上门来，这刘子臣哪敢怠慢。

其他三人只管打牌，哪管门外什么人，"噼噼啪啪"地又鏖战起来，只有刘子臣的老婆心神不宁，不断打错牌。

刘子臣跌跌撞撞走出门外，黑暗中被曹明梁一把抓住。

"曹县长，刚才有点急事，不知各位大驾光临，未能远迎，恕罪恕罪，不知深夜来此，有何贵干？"刘子臣一头是汗，但话语还是十分利索。

"家里有什么人？"

"有几个兄弟在打牌。"

"噢，"曹明梁朝里屋望了望，只听见里面麻将声一片。

"我有一事相托，我有几个伤员需要在你这儿疗养一阵，你看怎么样？"曹明梁压低了声音，但一字一句说得格外分明。

"这……一般人可以，不知是谁要在这儿疗养？"刘子臣有点不情愿。

曹明梁知道刘子臣认识钟国楚，所以也不隐瞒："是我们领导，十六旅钟旅长。"

一听说是钟旅长，刘子臣的两腿直打颤，话语也哆嗦起来："曹县长，你这不是开玩笑吗？我这儿是虎狼之地，万一走漏消息，我可担当不起。"

"正因为是虎狼之地，我们才找你。"

刘子臣说什么也不肯，他怕担不了这个责任。

曹明梁火了："刘子臣，你可不要糊涂，收得收，不收也得收，否则我曹明梁不会找你这个自卫团团长。"

刘子臣想了半天，才冒着冷汗答应下来，他倒不是没有爱国心，主要怕担不了这个责任。

他忙叫老婆、手下散伙，回去休息，又连忙把钟国楚、曹明梁等人引进密室。

钟国楚和他握了握手，刘子臣则把全家叫来，商量决定，由他和儿子负责安全，日夜轮流为来客值班放哨。妻子和媳妇负责生活，端茶、送饭，设法为来客增加营养。一切安排妥当，曹明梁才告辞，钟国楚、蒋铁如等人则在刘子臣家养病。

共住了七天，这七天，刘子臣可谓尽心尽力，日夜为钟国楚等人操劳。

不料，四十六团在日顽夹击下在横山地区站不住脚，从天生桥一带来到东庐，这样一来，日伪军纷纷出动，这刘子臣家是无法再待下去了，无奈钟国楚只好和蒋铁如等人随群众奔走，正巧他们从东庐山下转到后塘后面，碰到四十八团一营，便跟随他们行动。

四十八团一营到安兴，和顽军打了一仗，他们就在芝山、安兴一带穿来穿去。后来形势转变，江渭清提出要钟国楚留下，不要去延安，因为十六旅的他和王必成虽然在苏南战斗过，但对溧水比较生疏，另外其他几个领导如张开荆、陈铁君、魏天禄对溧水也很生疏，不如钟国楚留下来担任十六旅副旅长，到延安学习的任务派张开荆去。

钟国楚觉得这儿确实需要他，为了抗战大业，他爽快地答应了，经军部批准，钟国楚改任十六旅副旅长兼参谋长，张开荆则赴延安学习。

……

4月23日，曾旦生率领一营主力转移到宁杭路东侧的溧阳竹箦桥镇东北的桃园里。

这桃园里为丘陵地带，土坡林立，树高林密，修篁遍地，在罗、廖时期曾辟为十六旅的一个临时疗养所，十六旅的重伤员除了送磨盘山外，便送桃园里，这儿的村庄不多，多为棚户，群众个个是苦大仇深，抗日情绪高涨。

曾旦生一看这地形，多少有点类似于三年游击战争时的一些地形，且他在一支队二团时曾在这儿活动过，所以他放心地把部队安顿于此。这儿离日军的据点较远，即使塘马战斗后，敌人增设了土山、玉华山据点，但这些据点包括原先的瓦屋山、蚂蚁墩日伪据点都离桃园里有一定的距离，应该说比较安全。

但料不到的是离日军远，离国民党可不远。两溧反顽战役后，国民党占领溧水南部地区和溧阳的大部地区，兵峰已达溧阳北部地区，他们不仅在上兴、上沛驻有重兵，而且在竹箦桥、后周一线布有重兵。当他们得知四十八团一部驻扎在桃园里，便集重兵猛攻，曾旦生见顽军太多，若不撤离，便有被合围的危险，忙率队北上，到达溧阳北部的陶庄一带。

也不知是顽军事先就和日军有了勾结，还是日军侦察到了四十八团的活动情况，4月24日，日军从薛埠及临近日伪据点出重兵，从黄金山迁回到陆笪、刘庄猛攻一营。

曾旦生觉得奇怪，日军为何要在南面进攻我军呢？这不是明摆着逼我们再向北吗？

部队该向何处去？有人建议向西再返回到宁杭路的西面溧水地区，曾旦生摇了摇头："江政委、王旅长有令，部队不允许向内线收缩，况且越宁杭公路有可能遭到日军的袭击。"

有人建议向北越过大山口，进入磨盘山区，那儿山高林深，日军不敢轻易进入。

曾旦生沉思片刻，也否定了："同志们，这大山口是一个要地，在二团时，我们曾多次穿插过，这条路不过二三公里长，进入磨盘山区很容易，但我之要点，即敌之主要点，万一日军设伏，我们进了大山口，将全军覆没，车不立险地，兵也不立险地。"

"那往哪去呢？"

曾旦生用望远镜照了照四周的地形，最后指向了东北的横山岗："就那儿了。"

众人皆惊："去那儿？那可是日军的大据点薛埠方向，这不是送死吗？"

"不，那儿离薛埠还远，况且那儿还有青龙山，是真正的山区，我们就在那儿与他们周旋，我料日军在山区不敢用重兵贸然进攻，有地形作依托，他们奈何不了我们。"

曾旦生把一营一、二、三连分开，以连为单位，保持一定距离向横山岗出发。

这横山岗是瓦屋山、丫髻山山系的余脉，但此山十分奇怪，原来东西走向的瓦屋山、丫髻山突然改向，此山虽然不高，但十分陡峭，山上松树又高又密，一般来说，再多的队伍到这儿便消失得无影无踪。

曾旦生率队进入横山岗，日军傻了眼，他们知道那儿地形复杂，哪敢轻易进入，怕挨冷枪冷弹。更为要命的是他们曾与国民党军队有过一仗，那一仗打得十分奇特，至今想起都心有余悸。原来1938年冬，日军毛姆联队与国民党军激战于横山岗，日军从西面猛攻不下，便使用毒气弹，不料大冬天，刮得好好的西北风突然变成了东北风，而且刮得又猛又烈，他们连发数枚毒气弹后，当场被毒死毒晕数百人，国民党军一个冲锋，原本趾高气扬的日军死伤众多，狼狈而逃。

日军大多迷信，都视此地为不祥之地，绝少涉足，如今日军见新四军将士消失于横山岗中，气得哇哇直叫，但他们并不甘心，便尾随二营战士来到横山岗山下，用炮弹猛烈轰击，但不敢进入山中。

曾旦生没有抱着侥幸心理，而是让部队在横山岗与青龙山之间来回穿梭，以防不测。日军虽然数量众多，但找不到明确的目标，只是在山沟的开阔处猛烈轰击后，做了试探性的搜索，不敢深入。

　　坚持了一天，日军见夜幕降临便龟缩到据点里去，曾旦生则在黑夜中率队回到溧阳、溧水交界处的东王一带活动。

　　事后，曾旦生派人去调查，果然 4 月 24 日，日军一个中队埋伏于大山口，若一营沿此道转移，必将全军覆没，后曾旦生生病转入江宁地区治疗养伤。

第二十一章

石臼湖的歌声

石臼湖呀，石臼湖，是谁称你为石臼湖？难道你形似石臼吗？

美丽的传说告诉人们，原来这是一个城市，叫石臼城。倘若这是真的，那么可以肯定，它是一个圆形城市，且处于盆地之中。据说这个低洼城市是个世外桃源，不知为何天兵天将要将它挖去，把这里变成几百平方公里的古丹阳湖，而今又成为196平方公里的石臼湖。

是谁揭开了它美丽的面纱？李白肯定不是第一个，但李白确实掀起了面纱的一角。"湖与元气运，烟波浩难止。龟游莲叶上，鱼戏芦花里。少妇棹轻舟，歌声逐流水。"至今听来，仍觉奇美无比，不过对于普通人而言，鱼虾、水禽不说，光是芡实、茨菰就足以令人神往，因此人们才给它"日出斗金""日落斗银"的美誉。

然而，战争的硝烟无法让它躲避摧残，这一日的境况，还和1939年在阳澄湖畔发生的那一幕惊人地相似。

石场、南岗战斗十分激烈，新四军一有伤亡，伤员与烈士就被抬到湖边，由于无法预计战斗的结果，烈士的遗体只能草草掩埋于湖畔，而负伤的战士则被扶上一条条小船，由轻伤员负责照看着，向湖心飘去，到20公里外西南岸的湖阳陈村附近隐蔽，在芦苇中等待团卫生队派人去收容。

战斗结束时又增加了四五十个伤病员，这四五十个伤病员怎么处理？

带上他们和部队一道转移，那将会万分危险，转移要经过好几道封锁线，随时会发生战斗，而留下，似乎也没有特别的好地方。

伤员们也理解，现在战斗胜利了，值得庆贺，但部队不能久居此地，必须转移。如果随军行动，这将是部队一个沉重的包袱，所以只能留下，但留在哪儿呢？

政委丁麟章来了，他告诉伤员们分乘一条大船和一条小船，就隐蔽在石臼湖的芦苇荡中，在石臼湖上流动治疗，由团卫生队派两个卫生员和一个通信员照料。实在坚持不下去，就到湖阳去，和那里的伤员汇合，但不要轻易去，那儿很危险。

最后丁麟章握着伤员的手，十分关切地说："同志们，好好养伤，部队一落脚，就派人来接你们，你们放心在芦荡中养伤，芦荡中很安全，日军去不了。而且新四军在芦荡中养伤有个成功的先例，以前江抗战士在刘飞、夏光的领导下，几十个伤病员疗伤成功，后来都归了队。"

伤员们依依不舍地告别了即将转移的战士和首长，然后忍着伤痛，在别人的搀扶下，登上小船，向湖心进发，然后再驶入芦苇深处进行疗伤。

金坛籍战士朱小林向同乡徐进告别，两人难舍难分，如今朱小林随着小船驶向白茫茫的水面，又缓缓地滑入青青的绿浪之中。

他受了重伤，大腿上的伤口不轻，绷布裹得厚厚的，鲜血已把它染得红红的了，腿一挪动，一阵撕心裂肺的疼痛袭来，使他难以自制。但更令人心痛的是同伴丁裁缝在攻打祠堂时被敌人的冷枪击中当场倒下。

他亲眼看到丁裁缝倒下，当时他还呻吟着，身上还冒着热气，但战斗结束后，遗体变得硬邦邦，面色青白。如今他被埋入石臼湖畔，永远地离开了这喧嚣的人世，再也不能歌、不能唱、不能说、不能笑，也不能再和自己吃一桌饭，睡一张铺了……

他倒在船舱里，心脏急速地跳动着，因为大腿疼痛剧烈，那是为机枪枪弹所伤，肉被子弹击飞一大块，也伤着了骨头。他当时晕了过去，一阵麻木后，疼痛也恢复了常态，在此情形下，除了呻吟，除了用手乱抓船舷，除了眼望白茫茫的天空，除了聆听汩汩水声和婉转的鸟声外，实在也没有其他的办法，自己疼痛的心和摇摇晃晃的船一起在交汇弥合、弥合交汇。

最初几天，日军开着汽艇在湖中到处搜索。因此伤员和医务人员，只能隐蔽在芦苇荡中，这样不易被日军发现，即便被发现了日军也无法追击，因为日军的汽艇根本进不了芦苇荡。

那么新四军伤病员们是不是到了一个真正的天堂？答案是否定的。因为开船前情况紧急，船工们没有带锅灶，自然也不会有柴油盐，也没有粮食，只有伤员在战斗前带在身上的几斤大米算是唯一真正的食物。在如此情形下，不要说伤员，即便正常人也忍受不住。

当天晚上，许多人实在忍受不住了，便抓了把生米放入嘴中生嚼，再用双手伸入水中捧上水倒入口中，以此充饥，要不再掰一些芦苇嫩芽塞入嘴中，当作下饭的菜，但芦苇嫩芽有一股特殊的气味儿，实在难以下咽。

朱小林和其他伤员一样，只能忍受战争给人带来的这种特殊待遇。

对朱小林这样的重伤员来说，最要命的还不是食物，因为这偌大的石臼湖总有充饥的东西，致命的是没有药品和盐，如果有盐至少在处理伤口时也会有一些办法。由于战事太紧张，战斗太匆忙，或者应该说转移时有所疏忽，忘掉带上对人来说至关重要的盐。

由于伤口无法清洗，朱小林在疼痛中进入昏迷状态。第二日清晨，人们发现他受伤的大腿，比另一只正常的腿几乎要粗两倍。绷带几乎散落，纱布上的颜色由瘀血晒干的发黑转变为淡黄，且散发着令人作呕的臭味，成群的苍蝇在其大腿间来回叮咬，挥之不去。

卫生员伸手摸他的头，犹如火炭一般，只好用毛巾在水中漂洗几下，再拧干，摊开后放在他的额头降温。卫生员似乎觉得毛巾好像放在烧得发红的铁锅上，冒出丝丝热气。

一点办法也没有，没有火柴，其实有了也没用，否则纱布也可以用最原始的办法煮一煮消毒，而现在除了在水中洗一洗，实在找不到其他办法。在撕下纱布的一刹那，朱小林大腿上的腐肉被拉下一片，浓血像破了壳的汁汩汩而出，他除了惨叫、扭动外，不能再有什么办法。

卫生员哭了、通信员哭了、其他伤员也哭了。他的脸色通红、嘴唇干裂、唇皮翘起，嘴中已发出含混不清的音节，两眼只能发出无力的黯淡的光来。

一个伤员用茶缸舀了水，轻轻地倒入那蠕动的口中，那嘴唇蠕动着，蠕动着，朱小林的脸上出现从没有过的淡淡微笑。

一个伤病员嚼碎了生米，再吐到手心里，然后用另一只手的手指搓了一点儿，伸入朱小林的嘴中，他的嘴蠕动了一下，再也没有合上的力量了……只见他喉结抖动了一下，身体扭动了一下，便再没有了声息。

他和丁裁缝一样永远地留在了石臼湖，他的遗体被伤病员们抬着放入湖中，慢慢地沉入水底。几天过去了，伤病员本已虚弱的身体更加虚弱了，由于无法清洗伤口，各人的伤口都不同程度地化脓了。

伤员中的党员聚在一起开会，决定派通讯员和一个卫生员冒死划船去湖面，向渔民索要铁锅和盐，特别是盐，要不惜一切代价搞到盐。

通讯员小狄和卫生员小方，终于在湖面上的一只船中搞到了一点儿盐，但铁锅没有搞到，因为那船上根本没有铁锅。他们正想到遥远的渔船上去搞，但日军的汽艇开来了，他们只好返回。

不管如何弄回了救命的盐，许多伤员用手指掠着盐屑，放入嘴中，有滋有味地舔起来。

卫生员小方和女卫生员小闵紧张地对伤员的伤口进行清洗，虽然带来一阵阵呻吟声，但不管如何，伤口的恶化得到了有效的控制，还有什么比这更重要。

不过饥饿仍是伤病员们的敌人，光靠吃生米不行，他们也只能沿用江抗战士的老办法，见什么吃什么。

鱼，湖中有的是，小闵曾在中午把脚伸入水中，那鱼儿曾用嘴儿来啃她的皮肤，小闵当时觉得痒痒的，有一种莫名的快感，当然快感还是抵御不住饥饿给人带来的痛楚。

"抓鱼，抓鱼吃。"她尖叫道，声音划过了芦苇的苇叶儿，飘向芦荡深处。

自然，大家都赞成，其实早就有人想到，只不过大家都是伤员，无法实施而已。现在终于有人提议，用别针弯成鱼钩，用小虫做诱饵，进行垂钓。显然大鱼钓不到，不是大鱼不上钩，而是上了钩后，别针做的钩无法把它拉上来，小鱼有的是，一会儿就能钓一大堆。

但无锅烧，这怎么吃呢？有人建议去鳞破肚，清洗干净再生吃。但鱼太腥无法下咽，有一人捏着鼻子，张嘴吞吃了起来。但效仿者大都不能吞下，只有区区数人勉强吞下，看来此法不能解决问题。

后来有人想了一法，在鱼身上擦盐，再晾干，此法甚好，腌过的鱼比较容易下肚。但盐不多，要用在清洗伤口上，所以只能象征性地涂抹两下，好在生鱼多吃了几次后，渐渐适应了，饥饿暂时得到了缓解。

米没了，盐没了，怎么办？伤病员们大都不能动弹，能活动的只有卫生员和通讯员及几个艄公。但按常规，小船在芦苇深处是决不能出去的，万一被日寇发现，后果不堪设想，而且伤病员如果一直这样挨饿，再无盐清洗伤口，等于自行灭亡，显然这样的危局是无论如何也要打破的。

现在唯一可行之法是趁黑夜划船离开芦苇荡，然后再上岸搞米、搞锅、搞盐，这样才能在芦苇荡中生存。

谁去呢？按理也只能是小狄、小方，小闵是女的，显然不在考虑之中。

但是，双手叉腰的小闵站在船头，列举了许多上岸的理由："我是党员，又是本地人，地形熟悉又能搞到东西，谁还具备我这样的条件？"

"你……你是女的，况且伤员需要照顾，还是让我去。"小方连忙阻拦。

但小闵坚持要去："你不是本地人，上岸后恐难完成任务，万一空手而归，那怎么办？"

众人默然，最后只好同意由小狄、小闵和一艄公趁夜黑冒死上岸，无论如何要搞到米、盐、柴火，否则他们无法在芦荡深处坚持。这儿可不是阳澄湖畔江抗所处的环境，这儿的环境要险恶得多，几乎与外界完全隔开了。

伤员们在上船时，丁麟章曾给了他们一些短枪和手榴弹，因为在水面上长枪不易使，且易暴露目标。

小狄与小闵各带了一支手枪，又每人怀揣两颗手榴弹，然后随艄公经老大一齐向石臼湖北岸驶去。

小闵是天生桥人，17岁，父母被日军枪杀，她随兄嫂生活，尝尽了人间的辛苦。日寇的暴行激起了她冲天的怒火。1941年10月，钟国楚、黄玉庭西进溧水时，只有15岁的她毅然来到白马桥投奔新四军，要报仇杀敌，四十六团接纳了她，把她分到卫生队学习，随后成为四十六团的卫生队员。在以后的战斗中，特别是反顽战役及刚刚发生的南岗战斗中，她都冒死抢救伤员，并精心护理，多次受到领导的嘉奖。这次她主动要求留下，随伤病员飘到湖上，接受严峻的斗争考验。这几天她一直忙于给伤病员洗纱布、换药，由于缺盐，伤病员们的伤口都化了脓，其味甚臭、恶心异常，但她咬牙坚持，不怕脏、不怕累。在给伤员们撕纱布时，由于纱布和腐肉粘在一起，许多伤员疼得直叫，个别伤员甚至出现了动手打人的事，但她动作轻柔，撕纱布有方法，且不时唱些歌儿，缓解伤员的情绪，转移伤员的注意力，使伤员们能够换上洗涤过的纱布。

由于缺粮，许多伤员饿得头昏眼花。她从不吃那仅存的少量的生米，而是生吃芦笋，生吃小鱼，有几次胃剧烈翻滚，吐了一大摊，她也毫不畏惧，顽强坚持。现在情势危急，虽然搞了些盐，但无米、无柴，这样的日子不能再继续下去，否则伤员们有可能全部牺牲，所以她主动提出上岸找粮，以解燃眉之急。但她知道这项差事极其危险，因为湖面上有日军，湖岸上也有日军，稍不小心便要献出自己的生命。但一想到伤病员有可能继续恶化的伤口，一想到伤病员蜡黄的脸色、干裂的嘴唇，她便横下心，义无反顾。

他们三人一船，悄悄划出芦苇荡，向北岸行驶。湖面出奇的平静，没有一丝风，月亮上来了，没有一片乌云，天宇是如此澄澈，深邃无比。而湖面银灰一片，湖水微漾，跃着波光，水汽弥漫，有一丝淡淡的朦胧。鸟儿振翅飞翔，偶尔发出"啾啾"之声，格外地清脆。船桨划动的声音呈"哗哗"之声，也比平时响亮许多，在水面上回荡着。

这样的画面很美，小闵生在山区，没有见识过，年少的她，自然喜欢这样的景致。不过在战争条件下，这种明亮寂静的环境，却大大地增加了危险的成分，湖面上的目标会清晰地呈现在人们的视野中。

还好，到达岸边了，此前都没有遇到日寇的汽艇，一路顺风。也许是日寇今晚休息，也许是经老大划船水平高超，虽然在晚上，划桨之声格外响亮，但经老大划得又轻又柔，节奏非常缓慢，虽然船在湖面上漂浮的时间长了些，但几乎没有传出特别大的声响，他们平安地到达了北面湖岸。

他们三人上了岸，走路格外小心，因为今晚的月亮特别亮，可以说皎洁无比，天空中几乎看不到乌云，大地上是银灰一片。他们深知，南岗战斗过去没几天，战士们撤走了，难保岸上没有日军，因为从湖面上出动的日军的动向看，日军已做出了此地有伤病员的判断。既如此，湖面上有日军，湖岸上也会有，所以要格外小心，不可大意。他们途经周塔村时经老大很想回村取粮，但小闵制止了他："这儿刚打过仗，难保没有日军，我看还是继续往北，找一个大一点的村庄，搞一些粮食。"

经老大一想也对，这周塔村是个小村，老百姓很穷，也拿不出什么东西，不如到大一点的村子找找，况且这周塔村离湖面太近，难保没有日军居住。

他们继续往北，来到离明觉寺不远的大谢塔村，那儿有一个地下交通站，小闵认识那儿的交通员。

三人找到了交通员，交通员便领着三人深夜去敲老百姓的门。大谢塔村的老百姓一听是为伤员筹粮，他们不顾家庭贫困，拿出了粮食，献上了铁锅、碗筷，送来了柴火。还有一位老大娘把春节没有舍得吃、准备插秧雇工时再吃的一条咸肉送了来。交通员又把家中珍藏的盐、卤泡鸭蛋和甲鱼蛋送来，还炒了些生姜末让三人带上。

小狄含着泪对老大娘说："谢谢你老大娘，溧水的老百姓对我们太好了。可是我们现在分文没有，等我们伤好后，汇报团部，让团部来酬谢你们。"

老大娘连忙摇手："新四军是我们的救命恩人，我们拿点东西是应当的，应当的。"

交通员问他们是否住一夜到第二天晚上再返回湖中。

小闵连忙摇手："不，伤员们危在旦夕，他们忍饥挨饿，随时都有生命危险。回去送粮，刻不容缓，要知道前几日我们一位姓朱的战士就牺牲在船上了。"她的睫毛上沾满了泪花，猛地头一扬，"马上出发。"

"好，"交通员扛上一袋米，"我也去，多送些米，四五十人呀，一天要吃好多米。"

村上有好几个年轻人也提出主动送米，有两个近 60 岁的老者也提出主动运送。

小闵、小狄连忙道谢："谢谢父老乡亲，事不宜迟，赶快出发。"

小闵 3 人加上交通员和 6 个村民都扛上米袋，急急向湖边进发。因为是夜行，加上怕被日军发现，所以没有挑担而是肩扛。约走了一小时，才来到石臼湖边。

他们把 9 袋米和咸肉、铁锅、柴火放入船中，经老大解绳，朝湖面看了看，竟然没什么动静，便准备出发。

3 人挥手，向湖岸上的 7 位同志告别，湖岸上的 7 人目送着他们，直到小船完全消失在视野中，才怀着一颗不安的心折回大谢塔村。

3 人兴奋极了，有这么多米，吃饭不成问题了，盐也有了，也有油了，这样钓上一些鱼，烧一烧，伤病员的营养问题也可解决一部分，有这样的粮食储备，在湖中再坚持一段时间应该没问题。

经老大这一次划船又快又稳，他兴奋极了，几乎要唱几句渔歌来。这船儿虽沉重，吃水也深，但行驶起来犹如一叶芦苇，贴在水皮上，轻快无比。

已是下半夜了，月亮西沉了。

湖面上变得灰暗起来，小船在湖面上划行，如果没有声响，凭肉眼是不大容易看到的。鸟儿见湖面变得灰黑，纷纷地栖息于芦苇丛中，叽叽喳喳的叫声也消失得无影无踪，四周寂静得出奇，能听到湖里鱼儿觅食的唧唧声。

经老大是有名的老艄公，在这漆黑的湖面上要找到原先的芦苇荡，全凭经验，如果没有练成一种特殊的方向感，是无法找到目标的。

小闵、小狄则坐在船舱中，由于极度的疲乏，处在半睡眠的状态中。他们无法判断出自己处在湖面的哪一个位置，只知道自己处在水的包围中，天上是水，湖上是水，除了水以外，什么也看不见，什么也摸不着。他们在晃晃悠悠的摇荡中，耳听着木桨划水之声，渐渐进入了梦乡。

突然，一阵马达声贴着水面传来，虽然极其微弱，但它丝毫躲不过听觉特别灵敏的石臼渔民，尤其像经老大这样常年在湖面上打鱼的艄公，水面上只要有一丝儿声响，他们都会听得一清二楚。

经老大一惊，马上停下手中划动的桨儿，平心静气，谛听着不可测度的湖面上传来的特殊响声。

稍顷，他瞪大了眼，冲着进入梦乡的两位年轻人叫道："不好，马达声，准是日本人的汽艇！"

从睡梦中惊醒的两位年轻人揉了揉眼睛，静静地听了一会儿，什么也没听到。

"我听到了，那是日本人汽艇的马达声。"经老大惶恐地朝湖面看了看，"糟糕，这儿离芦苇荡还有一段路，不用多久，日本人的汽艇就会赶到，现在上岸不得，下芦苇荡不得，怎么办？"

小闵听了一会儿，虽然没有听到马达声，但她知道经老大的判断不会有误。"经老伯，我们拼命往有芦苇的地方划，这是唯一的办法，实在不行，我们还有枪、手榴弹，拼他个你死我活。"

小狄拔出枪："对，人亡粮也要在，不能落入敌手，你往芦苇荡方向划。"

经老大点点头，往手心里吐了一口唾沫，然后双手操桨，玩命似的向有芦苇的方向划去。

果然，马达声清晰地传来了，而且越来越响，没多久，便能看到湖面上有一束白色光柱来回扫描。

"快，快快快！"小闵也掏出了枪，一边叫着，一边注视着那来回照射着的白色光柱。

经老大额上、脖子上、膀子上汗珠直冒，气儿直喘，两人似乎能听到他"砰砰砰"的心跳声。

光柱距小船越来越近，不用多久便会照射到它，但芦苇荡呢？芦苇荡呢？

小闵和小狄，急得直跺脚，虽然敌汽艇开得并不快，探照灯也是漫无目标地照射，但如果一旦发现目标，汽艇会毫不留情地加速，光柱会毫不留情地在他们身上来回扫射。

"经大伯，芦苇荡还有多远？"两人着急地问道。

经老大抹了一下汗，朝两边扫视了一下，干咳了一声，稍顷，他兴奋地叫喊起来："不远了，不远了。"他用手朝西一指，"看，那黑压压的一片便是。"

但他的话音刚落，突然马达声轰鸣起来，日军的汽艇猛地加速朝他们驶来，探照灯来回扫视。不用多久，小船便会落在光柱扫视的半径内，凭目测，在小船划入芦苇荡前，日军的汽艇一定会赶上小船。

日军汽艇的马达声又突突地轰响起来，汽艇飞速前进激起的水浪使小船剧烈地摇荡起来。

经老大拼了老命，双臂飞速挥动，双桨飞速划动，小船贴着水面飞速向西，离芦苇荡越来越近，眼看着就要进入芦苇丛中。但此时日军的汽艇飞速而来，那刮起的风扫荡着湖面，整个船身倾压过来，眼看来回扫视的光柱就要扫掠到这飞速滑动的小船上。

小闵、小狄头上也直冒汗，他们的耳朵一阵轰响，直觉告诉他们，他们已进入了日军攻击的范围，现在唯一可以做的是掏出手榴弹扔向日军，自己壮烈殉难于这美丽的湖上。自己死不足惜，但伤员们怎么办？他们盼着救命的柴米呢！

就在小狄、小闵打开手榴弹的后盖，准备把弦拉出时，经老大做出了一个骇人听闻的动作，他一把拉住会划桨的小闵："快，你向芦苇荡划，我去引开他们。"

还未等小闵反应过来，他已轻轻下船，飞快地向小船行驶的相反方向游去，待游到一定距离后，便在湖面上大叫大喊起来。

此时，日军的探照灯光柱刚要扫射到小船，突然湖面上传来叫喊声，光柱迅速改变角度向叫喊声处扫视。小闵完全明白是怎么一回事，操起双桨向西猛划。

小狄朝日军汽艇一看，只见几个日军站在船头，当光柱照射到经老大处时，日军拉动了枪栓，随即一片叫喊声："你的，什么的干活？"

经老大不答应，向东游去，由于他熟悉水性，游速飞快，日军的汽艇不得不改变角度，向他驶去。

小闵拼命划拼命划，那黑压压的芦苇丛就在眼前了，眼看着触手可及了。

"什么的干活，快快上来，再不上来，皇军开枪了。"日军拼命地叫喊。

经老大拼命地游，日军玩命地喊，小闵飞快地划，当小闵的船头探入芦苇丛中时，两人听到经老大特别洪亮的叫喊声："小日本，狗日的，你们活不长了！"

旋即两人听到密集的枪声，持久的枪声。

整个船体进入芦苇丛中的一刹那，小闵倒在船头，她一只手伸向空中高叫了一声"经大伯"便昏厥了过去……

当小闵睁开双眼时，只觉明亮一片，天仍是那样湛蓝，风仍是那样温和，空气仍是那样清醒，身子下面的载体仍是那样摇荡摇荡。

模糊的思维渐渐变得清晰，当思维恢复常态时，她马上想起了一件事、一个人，"经大伯，经大伯呢？"她拼命地挣扎着、叫喊着，她的脑海中又现出她曾经历的那一幕：探照灯来回扫视，经大伯奋力划臂，游向东方，枪声响起，火光闪闪，硝烟阵阵……

船上的人围过来了，吊着手臂的、头上扎着绷带的、腿上裹着纱布的，他们的脸色是那样凝重。战士廖章泉在另一只船上抹着泪说："小闵，你们的事我们都知道了。"

小狄上来，手上拿着那块老大娘送的咸肉："为了粮食，经大伯引开敌船被敌人枪杀了。"说着呜呜地哭泣起来。

小闵一听，鼻子一酸、眼眶一热，"哇"的一声哭了起来

廖章泉忙靠近过来抓住小闵的手："小闵，别难过，这个仇我们一定要报。你别难过，还没吃饭吧，快，给她端些饭来。"

卫生员吴志芳把刚做好的饭端来，又端来一碗汤，上面还飘着两块咸肉片。

小闵确实饿了，自来到湖上后就没有吃过一顿饭。昨晚到了大谢塔村，由于时间匆促，只吃了两个熟山芋。那两个熟山芋，早已被消化得无影无踪，至于油，不知道有多少天没沾过嘴边，一看到那飘着油花、飘着肉片的汤，饥饿驱使她几乎一口吞下去了。

但她马上想到了伤员，她迟疑了。"吃吧，小闵，这是第一碗，应该让你先吃。"廖章泉深情地说道。

"对，你先吃，这米、这菜是你们冒死弄来的，是经大伯的鲜血换来的，小闵，你吃吧。"众伤员聚集在船头深情地望着她，但个个脸上都显现着强烈地克制饥饿的神色。

小闵朝四周看了看，当她的眼光逐一地从战士们的脸上扫视后，她放下了碗："不，伤员们先吃，我昨晚和小狄已经吃了，我不饿。"

她端着汤，来到廖章泉跟前："廖大哥，你是机枪手，先喝点汤，养好身子，多打鬼子。"

廖章泉怎么也不肯吃，他让给其他伤员吃，其他伤员谁也不肯先吃，最后又转到小闵手中，小闵泪水直流："好，同志们，既然如此，我先喝。但我有要求，我喝后，大家一定要喝。喝完后，我们再想办法怎样坚持下去。"大家点头称是，伤员们实在饿得发慌了，在

小闵喝第一口后，纷纷地喝起来。

吴志芳在烧菜时特别强调要节约盐、节约油、节约米。那块咸肉虽有七八斤重，但对于四五十个伤员来说，实在是不算什么。他规定每次只能切薄薄的一片，每人一片，喝汤为主，因为汤里有油。他十分伤感地说："如果有了盐，有了柴、米，朱小林是不会牺牲的。"

有了盐、米和少量的油，战士们的日子好过多了，这样钓上来的鱼可以用盐煮一煮，再滴上几滴油。伤员们感到幸福无比，几天后脸色明显有了好转，那几个情绪特别暴躁的伤员也变得温顺起来。

不过，原先没有注意的问题冒了出来，那就是蚊虫的叮咬。

由于前几日处在极度的饥饿之中，处在生死存亡的边缘，现在这些问题大致被解决后，蚊虫叮咬这一问题凸显了出来。

有蚊子并不奇怪，时值四五月份，这些蚊子大多是花脚蚊子，细脚长腿，比寻常蚊子要大几倍。由于它们平昔见不到人，所以一闻到人散发的味儿，便会蜂拥而至，叮得人又疼又痒，被叮的地方瞬间就起了肿块。

起初，蚊虫叮人不多，后来时间一长，也许它们尝到了人血的鲜味，便玩命地向人攻击，弄得伤员们无可奈何，只得"啪啪"地拍打，但遇到蚊子叮咬伤口，那就无法了，有一个战士下意识地拍了一下，随即伤口破裂，疼得晕倒在船头。

而今蚊虫比前几日还要厉害，不知它们是怎样传播信息的，蚊子是越来越多，越聚越密，连在湖上打了几十年鱼的渔民都没见过这么多蚊子。

对于蚊虫的叮咬，普通渔民也有一些土办法，一是把船停在水面上，远离芦苇，蚊虫就少多了，况且湖面上常常有风，蚊子停不住，这样被叮咬的情况就少多了。二是带上一些韭菜、大葱，然后捣成汁，涂抹在身上，这样蚊虫闻到味儿便远遁而去。再不然他们带上蚊帐，支在船上，以避蚊子。

但眼下，这些办法都无法用上，一是无法远离芦苇荡，芦苇荡毕竟是安全的地方，由于芦苇的遮挡，生火烧饭不易被日军发现。即便退一万步讲，万一被日军发现，日军的汽艇也无法进入芦苇荡，所以伤员断不可能到湖面上去，否则停留在湖上养伤便没有意义。二是韭菜这类东西一时无法弄到，即使弄到，对伤员而言，许多地方也无法涂抹。至于蚊帐，肯定没有，即使有了，这么多人也难以支开，怎么办？

唯一的办法只有把篷布撑起，但篷布撑起后，舱内又闷又热，伤员们被闷得几乎要背过气去，只好不时地把头伸出来吸口气。

对于那些小的船，伤员们只好用被子把全身裹住，热是热、闷是闷，总比被蚊子叮咬要好受些。

这样下去，总不是办法，现在船上有四五十个伤员，如果不加强统一管理，共同解决面临的困难，那么能不能坚持住芦荡斗争也实在难以断定。

在整个队伍中，有五位党员，他们成立了一个临时支部，推举老尹为书记，小闵为副书记，由他俩统一指挥芦苇荡斗争。

就在小闵、小狄、经老大三人运粮后的第三天，突然狂风大作，暴雨倾盆而下，篷布被狂风撕破，暴雨洒满了船舱。伤员在老尹、小闵的指挥下，顽强奋战，拉篷布的拉篷布、舀水的舀水、护粮的护粮，奋战了一昼夜，个个被淋得落汤鸡一般，伤员们的绷带、纱布全被打湿。但他们有党的领导、有集体相互支持所给予的温暖，他们没一点儿灰心，也无一丝丧气。天一亮，把湿衣服、纱布、绷带晾在芦苇上晾晒，尤其是卫生员吴志芳为了让重伤员盖上被子，自己钻进湿透了的被子，用体温烘热那湿漉漉的被絮，重伤员钻进了暖暖的被窝时，小吴直冷得双唇发紫、浑身发抖。好在当时大谢塔村的那位交通员心细，给他们带上了一些生姜末，大家熬了一些姜汤，小吴不愿先吃，在别人吃剩后，呷了几口，又投入战斗。

一日，小吴找到小闵："闵书记，葡萄糖不多了，怎么办？"

"有没有其他办法？"

"轻伤员可以停一停，重伤员可不行，像廖章泉，他被五发子弹击中，子弹穿过了肋骨，还有一块弹片嵌进肺部，无法取出，已呈半昏迷状态，只能靠注射葡萄糖维持生命。"

"那只能让重伤员先用，其他轻伤员停一停。"

小吴脸露难色："这个工作我不大好做呀。"

"是呀，都是伤员。"小闵皱起了眉，一时找不到解决的方案。

他们说话的声音并不大，不知轻伤员们从哪儿得知了这一情况，便纷纷提出不用葡萄糖，让重伤员们用，他们可以多吃些米汤、米饭、生鱼、熟鱼，完全可以坚持。

面对轻伤员们的请求，小闵、小吴感动万分，处在半昏迷状态的廖章泉眼泪奔涌。本来他不想再打了，他觉得用那么多的葡萄糖救活自己一条命，还不如让更多的轻伤员早日康复，早上战场，多杀日寇。而现在其他伤员甘愿省下葡萄糖供自己用，这种战斗情谊到哪儿去找。一句话，只有共产党的军队才会出现这种伟大的情谊。

在以老尹、小闵为正副书记的党支部领导下，四五十个伤病员顽强地与艰难、险恶的生存环境进行了不懈的抗争，克服了难以想象的困难，顽强地在芦荡深处扎下根来，在芦荡深处谱写了一支胜利凯歌。

但是芦荡的生活除了必要的物质保障和药品保障外，还必须有节奏的变化。芦荡深处的生活，一是静，二是单一。战士们习惯于冲锋陷阵，打打杀杀，在没有硝烟的战斗间隙，也喜欢动态的生活。而此处，除了水，便是芦苇，除了鸟，便是鱼，活动空间除了船还是船，十分单一、枯燥，往往容易使人心烦意乱。天天看到太阳升上天空、悬挂空中，再坠落西方，周而复始，人被憋得慌乱异常，有几个伤病员狂躁起来，有时甚至出现精神恍惚的现象。一日，一个轻伤员突然高叫"冲啊"，便跳了起来，一下子冲入湖中，全身都湿透了。他被战友们拉上船后，呜咽道："同志们，我实在受不了了，我不想待在这个地方，不死不活。送我上岸吧，我还有两颗手榴弹，我和鬼子拼一下，杀一个够本、杀两个赚一个。"众人劝说着，半晌才平息下来。众人嘴上虽然劝说，但心里也赞同，这生活实在单调。

老尹站了出来，他叫几条船靠拢在一起，用平静的语气劝说着众伤员："同志们，你们觉得难受，我理解。但你们想过没有，我们共产党的军队经历过比这更艰苦、更险恶的生活，这点困难能算什么呢？"

老尹来自福建闽西，经历了极其艰难的三年游击战争，他曾在罗忠毅、方方的率领下转战于上杭、永定、龙岩，在龙岩战斗的日子里，什么苦没吃过。有一次他与队伍失去联系，一个人在邹家庄一带的深山密林中顽强地坚持了一个多月，饿了靠山泉、野果充饥，冷了靠茅草裹身。当他找到部队时，由于头发蓬乱、身子奇瘦，战士们竟认不出来他，他完全是凭着信念生存下来，坚持下来。

"同志们，我们为什么要在这儿受苦，目的是为了消灭日本帝国主义，争取民族解放，建设富强的中国。我们是苦是累，但你们要知道四十六团的战友们现在正浴血奋战，流血牺牲。他们经历的苦难不比我们少，我们要有信心，要想办法克服困难。其实这一周下来，我们已经克服了许多困难，小闵、小狄、小芳他们都表现得非常好，只要大家想办法，天大的困难我们一定能克服。"老尹一边说一边嚼着芦笋，因为老尹有个习惯，喜欢一边抽烟一边讲故事，但此处无烟，他便把芦笋做替代品。

战士们默默地听着，狂躁的心渐渐安定下来，然后老尹又讲起了罗忠毅、方方率领他们打白军的故事。"有一次，我们在永定陈东坑打国民党的民团，民团很狡猾，仗着很坚固的土楼与我们对峙，还不时让一些妇女光着上身在楼顶又蹦又跳，说着脏话。有几个战士气不过，站直了身子对骂，不料暴露了目标，被民团射杀。战士们发誓报仇，挖坑道进攻，不料挖到了民团的粪坑，淹死了几个战士。后来我们炸开了土楼，杀了民团，又抓到了那几个叫喊的妇女，战士们当场砍杀了几个，后来被首长制止了。"

"为什么？"一个伤病员问道。

"唉，她们也是被抓来的，被逼的，不能错杀，尽管她们有罪。当时，我们饿得前胸贴着后背，很想饱餐一顿，但考虑到白军随时会来，便带着战利品，迅速回到根据地。回去一看，全傻了，留在山上的战士全饿死了，他们有好几天滴水未进呀，只能吃树皮、吃草根呀。我们把米、肉放在饿死的战士遗体前放声大哭，如果我们早一点带回战利品，他们就不会死。当然，如果他们一味求生，也很容易，只要下山投降白军就行，但他们宁愿饿死，也不愿下山投敌。我们那时被白军围在山上，什么也没有，也不能乱走，只能躲在隐蔽处，生活比这儿还要单调。至于吃的，比这儿还要少，这儿有水、有鱼、有芦笋，我们在山上只有石头、茅草、树木，但我们凭着一颗红心坚持到胜利到来……"

老尹的一番话使战士们的心完全平静下来。

此时，小吴叫开了："开饭啰，同志们开饭啰。"

伤员们端上了饭碗，发现菜里多出了两道佳肴："螃蟹"和"螺螺"。原来，战士田桂生是溧阳长荡湖畔人，平昔抓鱼、摸虾、掏螃蟹、捞田螺很有一套。他把柴草放入芦苇的根部，一晚后，上面爬满了螺螺，有时也拉上几只螃蟹。他三下五除二地抓了几只蟹钳毛茸茸的石臼湖湖蟹，又把螺螺从稻草把上抖入舱中，这样战士们的菜单中又多了两道佳肴。因无剪刀，只好用别针挑螺肉吃，好在湖中的螺螺又肥又大，挑起来并不麻烦，战士们则相互传递别针，吃得是有滋有味、咂咂有声。

老尹提出向湖中要粮、向湖中要菜的口号，这以后伤员们钓鱼的钓鱼、捕虾的捕虾、捉蟹的捉蟹，捞螺螺的捞螺螺，小狄又用盐把芦笋腌一腌，晾干再吃，味道鲜美，成为战士们最佳的绿色食品，生机渐渐充溢在芦荡深处。

老尹发现战士们大多爱听故事，便鼓动大家每日一人讲一个故事，这样一来，故事便源源不断地从战士们口中飘出，有的故事诙谐生动，常常逗得战士们笑得前仰后合，伤员们的精神面貌真可谓焕然一新。

一日早晨，船头忽地传来一阵胡琴声，原来是战士廖章泉拉起了二胡。前几天他一直处于半昏迷状态，经过小闵、小吴等同志精心护理，他已完全清醒，而且能够挪动身子了。

只要能挪动身子，他就要寻找他那把心爱的二胡，那是他的宝贝，他的生活中除了钢枪，便是二胡，两样宝贝始终放在身边。这几日，他的身体得到了营养，渐渐地能活动了。

今日一早，他来到船头，拉开了弓，虽然由于伤病，动作并不熟练流畅，指法也不灵活，但那美妙的乐音还是缓缓地从二胡的琴筒中飘出，回荡在芦荡的上空。

这乐音一飘出，好几个战士惊叫起来："石臼渔歌！石臼渔歌！"有几个战士不由自主地哼唱起来："天苍苍，水茫茫……"

小闵睡在船的另一头，她清楚地听到了琴声、歌声。她在战斗前并不认识廖章泉，也不知道他有拉二胡的本领。由于生活繁忙，她也没空在船上唱歌抒情，尽管她很爱唱歌，在天生桥一带她是有名的金嗓子，她也差点儿被刀会的一个首领卖到戏班子去。

这几日，她总觉得似乎缺少了什么，但一时想不出，现在乐音一飘，她才想起生活中久已缺少歌声。

她站立船头，痴痴地聆听着，她很喜欢这首歌，因为这首歌是吟唱她家乡的歌，又和战斗生活联系在一起，且音乐美丽动听，她怎能不爱呢？

她知道这首歌的来历，那是孙海云创作的。1943年2月，以蓝荣玉、吴肃同志为正副团长的新四军一师一行六七人去苏南十六旅部队了解工作，孙海云是巡视团的团员。三月中旬，他来到了石臼湖，见到了美丽的石臼湖后，他激动不已、诗兴大发，竟顺手捡起湖边的贝壳，在沙滩上一气写下了这首《石臼渔歌》的歌词。一天后，由涂克谱了曲，自此，这《石臼渔歌》便在溧水传唱开了。

她第一次听到这首歌是在四十六团召开的一次干部会议上，与会同志强烈要求孙海云和涂克合唱这歌。她第一次听到这样美丽的乐音、歌词，这首歌写出了石臼湖的美丽，写出了人民热爱湖泊、热爱生活的情感。

她学会了，她唱起来了，由于她嗓子甜美，又唱得特别动情，几乎是文艺晚会的保留节目，她的歌声传遍了卫生队，传遍了卫生队所在的乡村。

由于反顽战斗的紧张繁忙，她在短暂的时间里，忘却了它的存在，只是心里有一种淡淡的印痕，现在胡琴声使这淡淡的印痕得以强化、凸显，也燃起了她的激情，她要歌唱这美丽的家乡之湖——石臼湖。

朝阳升起，火红的霞光洒落在雾蒙蒙的水面上，抖落在迎风摇曳的芦叶上，涂抹在女战士清秀而略显疲惫的脸庞上。

小闵站起来，昂首迎着霞光，她的脸庞明暗分明，瓜子型的脸上散落着几缕黑黑的秀发，睫毛飞扬，传动着女性特有的灵性，双睛发亮，透露着女性特有的智慧，那溢出的眼波是一个女战士经过血与火的洗礼后，透着理性又柔和着母性的特有的光波，额上的光亮蕴含着崇高的理想之光，粗黑的辫子一前一后搭于前胸和后背。她坚挺的胸、略显丰满的双乳，她那挺削的身躯和细长的小腿，使她犹如海之女神，挺立于船头。

她似乎是对天空、对朝霞，又似乎是对飞鸟、对自己一展歌喉。

"天苍苍，水茫茫，石臼湖上是家乡。"此调一出，唤醒了睡在船头、舱中、船尾的众战士，他们伸长了脖子竖起耳朵听着久违了的、许久没有体味的那首熟悉的歌儿。

"野鸭满天飞呀，渔帆列成行，年年辛苦、年年饥，捉条鱼儿饱肚肠。"

歌声在芦苇荡中激荡、回旋，那舒缓的旋律扫掠着战士们的心头、催化着他们的美好记忆。

他们情不自禁地和小闵一道齐唱起来。

"划哟划哟，划哟划哟，日出一斗金哟，胜过万担粮啊。"

唱的人更多了，虽然声音的强弱不同、音质不一，其中还夹杂着嘶哑之声和哽咽之声，虽然大家的神色各异，或憔悴、或疲惫、或伤感、或忧愁，但在歌声的感召下，声音渐渐变得高亢起来，音质统一起来，神色齐齐地转化为庄严崇高的感觉。

"日出一斗金哟，胜过万担粮啊，我们生活在湖上，我们战斗在湖上。"

小闵转过身，朝着伤员们，她激情四溢，双臂展开，对着苍天做出了一个拥抱的动作。

"天苍苍，水茫茫，石臼湖上是家乡。"

小狄站起来了、小芳站起来了、老尹也站起来了，他们也一展歌喉："湖边草，青又青，湖中水，黄又黄，湖草青青好牧羊，黄黄湖水溉田庄。"

廖泉章顽强地由战士搀扶着，站立着拉着二胡，应和着战士们的歌声。"划哟划哟，划哟划哟，水里有自由哟，水里有幸福啊。"

众战士齐齐站立，在二胡的伴奏下，在小闵美妙歌喉的引领下，依偎在一起，面对朝霞，发出了最强音："我们战斗在湖上，我们歌唱在湖上。"

歌声在回旋、升腾，应和着风儿、波浪，激荡、激荡……

"天苍苍，水茫茫，石臼湖上是家乡。家乡处处起歌声，唱到东方现朝阳。"

……

上级通过其他渔民传来指示，要伤员们相继进入湖阳疗伤。

伤员们是又忧又喜，喜的是湖面上汽艇减少了，甚至有好几天不见踪影，这样可以上岸疗伤，条件将大为改善，可以早日痊愈上战场。忧的是只能去湖阳，那湖阳可不是一个好住处呀。

湖阳，地名，属安徽省。它是夹在石臼湖和丹阳湖间的一个半岛，此半岛南北狭长，约有10公里，而东西特窄，只有一公里左右。两条大堤，紧护着半岛，围着一大片低洼的水，沿大堤建有十八个村庄，俗称湖阳十八村。

湖阳不是一个用兵的地方，岛内沟渠纵横，岛外又有大片淤泥草滩。所以日军从没有于此安上据点，也很少涉足于此。

既如此，众伤员又为何忧心忡忡呢？原来这湖阳岛上的民众大都为大刀会会员，这些人虽然是普通民众，但大多为国民党控制，愚昧且迷信无比，和横山南北的刀会一样，在抗战的某个时期乌烟瘴气，极其混乱。皖南事变后，新四军退出溧水，其头目极其猖獗，虽没有像横山事变时的刀会会徒那样丧心病狂地攻击新四军，但由于他们属于同一类型组织的成员，其危险性可想而知，那儿不是日本人控制的地方，但也绝不是新四军的乐园。

老尹听过横山事变时刀会叛乱的故事，后来也亲眼见过湖阳的刀会徒众，三月初他在四连随刘一鸿副团长进大官圩时，曾在湖阳短暂停留过。

那是3月下旬的一个下午，他们四连和六连到达溧水骆山村，然后西渡石臼湖，深夜到达湖阳，便住了下来。第二日，他们西进大官圩，在进入湖阳岛上的一个村子后，受到了会众的"夹道欢迎"。

他们个个手执明晃晃的大刀，绷着脸，组成一条狭窄的通道，让你通过，那是需要胆量的。

新四军战士虽有枪有手榴弹，但在近距离几乎没有作用，只要大刀会会徒举刀乱砍，后果难以想象。

但刘一鸿镇定自若，带领战士们背着枪从容而过。待他们住下后，这些人纠集一些会众，进行集会。但新四军不能开枪，一开枪，他们便会做文章，短时间内能聚集上万人，实在可怕。唯一的办法是不集合、不出屋，用哨兵监视他们的行动。

湖阳就是那样的情形，最麻烦的是那些会众，因为他们是群众，打也不是，不打也不是。争取他们确实重要，但极其艰难。四连、六连全副武装尚且如此，这些伤病员上岛，如果处理不好，后果难测，这无异于羊落虎口呀。

可上级明确指示西入湖阳，一是因为石臼湖北岸敌情未除，不宜于此上岸，另外，湖阳虽然有诸多不利因素，但只要努力争取群众，还是有办法克服困难的。

老尹和其他党员商量后决定坚决执行上级指令，况且米、柴、盐告罄，不靠岸也得靠岸了。

他们在深夜悄悄划行，凌晨到达湖阳边，但没有急于上岸，仍隐蔽于芦荡中，派通讯员小狄和一位船老大划一条小船上岸探个究竟。

两人领命而去，不一会儿又返回芦荡中，老尹正在纳闷，只见小狄倒提一只鸭子，站立船头，鸭子挣扎着发出"嘎嘎嘎"的叫声。

"怎么回事？"伤员们昂起头观望起来。

"同志们，我们刚出芦苇荡，便遇上了一只鸭子，你们看被我捉上来了。"小狄兴奋地叫道。

"啊，好个野鸭，煮了吃，补补身子。"一伤员叫道。

老尹觉得奇怪，觉得这鸭过于肥大，野鸭哪有这么大？况且野鸭的毛色大多为绿色，而这只鸭是灰色的，倒像家鸭。

老尹接过鸭一摸，不像野鸭，再往屁股后面一看，毛被剪掉，上面还涂上了红色，显然这是家鸭。鸭屁股上的毛被剪平，又涂上红色，显然是做了记号和其他的鸭区别开。

"这是家鸭，不能吃，据我看它的主人就在岛上，如果盲目吃了，会引起很不好的后果。"他抖了一下鸭子，"相反，我们利用它，找到它的主人，便以此为突破口，做好群众的工作，有利于我们在湖阳生根开花。"

小狄和船老大点点头，他们带着这个特殊的"礼品"上了湖阳岛，一连问了好几家，才找到"礼品"的主人。主人是一个刀会会员，找鸭子已经找了好几天，因为这是一个善于下蛋的鸭，必须要找到。

鸭子的主人向他们道谢，小狄连忙说不用谢，然后悄悄地向他表明了身份，请求在他们家烧些饭菜送到船上，船上的战士绝不下来相扰。

这刀会会员是一个普通民众，见小狄如此诚恳，也知道新四军是打日本人的。虽然国民党对他们进行了长时间的反动宣传，虽然刀会头目告诫他们不要轻易和新四军往来，但他还是同意了小狄的请求。

这样一来，伤员们的伙食完全得到解决，能吃到热饭、热菜、熟鱼，有时也能吃上一些肉，身体康复的速度大大加快。后来老尹、小闵经常带着轻伤员上岸为村民们割麦、干活。

这深深地感染了村民们，大家再也不敌视他们，反而欢迎他们上岸住宿，主动为他们放哨、传递情报，为他们到街市购买一些日用品、绷带、敷料，伤病员的绷带消毒问题得到了圆满的解决。

一个多月后，除少数重伤者外，伤员们陆续回到部队，这批没有武装掩护的伤员在湖阳没有受到一点损失，全赖群众的爱护。

这以后，四十六团索性把休养所设在湖阳，他们争取了地方势力和大刀会，也尽量为他们治病，这样一来，湖阳这块并不安全的地方，成为四十六团真正的后方。

第二十二章

田螺姑娘

梅章担任韩胡区委书记后，工作是秘密的，不像邹毅和区大队那些人，身份是公开的，这是为了隐蔽，有利于宣传工作。

她在大胡家边一带坚持工作，住在村民周月英家。周月英爱国，平时表现积极，丈夫是一名地下党员，组织上把照顾和掩护梅章的任务交给了她。

她真是一位好女子，对梅章的照顾可以说是无微不至，尤其是晚上，梅章常常很晚才回到家中，周月英就备好晚餐、烧好开水，坐等她回来。有时站岗放哨，注视着来往的人，一有可疑情况便及时告知梅章。

日伪军十分狡猾，他们常常采取突然扫荡的办法，而且收获颇多。一日，他们又像突然从地上冒出来似的来到秋湖村，梅章已来不及转移，她有的是办法，顺手拿起连枷来到门前的打麦场，有板有眼地打起麦来，嘴里还哼着刚学会不久的溧水打麦歌。

周月英看到后，还是十分担心，因为梅章不大会讲本地话，还是一口的宜兴话。她拿了一件上衣，叫梅章换上，又给她带上了一顶被乡下人称之为"篓箍头"的草帽。

梅章从容地打着连枷，又穿着农妇的服装，还哼着劳动的曲子，日伪军盯了半天，看不出破绽，怏怏而去。

梅章出色的工作赢得了群众深深的爱戴，老百姓时时地关心爱护着这位女性区委书记。

她有时住在秋湖潘家村潘家正家，潘家正的妻子李先英是一个童养媳，见梅章日夜奔波，晚上同党员接头，了解顽军和地方顽固派的情况，白天还要协助医务人员给四位轻伤员和一位重伤员清洗伤口、换药，真可谓辛苦异常呀！

一日，六七个日伪军又从天而降，突然来到潘家村。他们的速度如此之快，真是匪夷所思，比上一次在大胡家边还要突然。梅章自知如果待在家里，一旦被敌人发现，一盘问，自己的口音会暴露一切，便匆匆地走向有人的地方。门口的打麦场上有人，李先英正在那儿打麦。

李先英见梅章匆匆而来，而且神色十分着急，又听到日伪军在不远处哇哇的叫声，便明白了一切。她立即把树荫下的 4 岁儿子抱起，一把送到她怀里，要她逗孩子玩，她自己则十分沉着地打起麦来。梅章哼着民歌逗弄着小孩，小孩听着民歌，咧着小嘴巴呵呵地笑着。

日伪军来了，看到麦场，闻到了麦秆的香味，四下细细扫视，劳动的妇女、逗小孩玩乐的姑娘，其情其景完全和别的地方一致，没有丝毫的迹象能够表明这儿有什么不寻常的或危险的因素。他们要寻找的，这儿没有，永远没有。

那还要在这儿浪费时间干吗？也许目标在下一个未知的地点里，他们眨眨眼睛，翻动了一下眼皮，手一挥"开路的开路"，便匆匆离去，向前开拔。

敌人一离开，惊魂未定的李先英回过头来对梅章说："梅同志，赶快向东跑吧。"

梅章遇险多次，更为奇特的还在后面，这样的遇险经历在若干年后成为一段历史佳话。

1943 年 5 月，梅章和蒋克两人从新桥区西宋村来到韩胡村附近桃园旁边的一个群众家里。

蒋克，溧水县白马桥区委书记，是一个地道的巾帼英雄。1942 年后，在溧水的土地上涌现出许多女英雄，她是其中之一。

她也是宜兴人，家住芳桥。蒋克出生在贫困之家，其父体质甚差，其母生了十一个孩子，只活了大哥、二哥和女儿蒋克。蒋克出生后无吃、无穿、无片瓦，她的大伯母家没有子女，于是施舍了一间小屋供她居住。

小时候，蒋克曾大病一场，死神已向她召唤，母亲和大伯母哭得死去活来，隔壁远房二伯母劝她母亲说："孩子病成这样没救了，我家煮了一锅羊肉，让她吃碗羊肉汤走吧。"为了死后免得做饿死鬼，母亲只好同意了，就把羊肉汤灌给她。半夜，死神退却了，蒋克嚷着要水喝，身体渐渐复原了。

蒋克八岁那年，其母一病不起，她九岁时，母亲撒手人寰。由于家里贫穷，其母的遗体在床上躺了五天才入土。

蒋克无法上学，堂兄知道她求学心切，就在农闲时教其识字，她 10 岁到 13 岁时，已识 1000 多字，这是蒋克聪明勤奋的结果。

她 14 岁时考进无锡丝厂，就是因为识了 1000 多字，因为该厂要求工人要有小学文化程度。

1937 年 5 月，厂方宣布因为丝价大跌，厂里无法维持，工人解散回家。

1938 年 3 月，她又去了由上海的英国怡和洋行老板和中国老板朱静安合开的国民党的丝厂。在此期间，她和女工汪燕每天去成都路小学学文化，也学英语。老师讲了许多苏联的革命故事，这对蒋克的影响很大。

老师后来还带她们到上海某地下室看苏联电影《集体农场》和《女壮士》。

蒋克和汪燕受到了革命的启蒙教育，思想有了质的变化，对社会、人生的认识，由感性上升到了理性。1939 年 5 月，她和汪燕由童静娟介绍，同一天在怡和丝厂入党。

1939 年，怡和丝厂倒闭，蒋克去了美昌丝厂，几个月后美昌丝厂因没有麻料被迫停产，蒋克和一些女工只好回到家乡。

1939 年秋，蒋克在家乡遇上了新四军，便由王平和与田淑凡两位同志带到了独立二团所在地宜兴闸口，后被分配到宜兴扶风区委任组织委员，跟张真和徐敏两位同志学做地方党的工作。皖南事变后被调到部队的战地服务队工作，任务是唱歌、跳舞、表演、演讲。

1941 年冬，蒋克被调到溧水县工作，因生病，发高烧，无法西行，组织安排她住在溧水黄金山村的老百姓家里，适逢塘马战斗，第二天，她与廖海涛的妻子李英听到罗、廖牺牲，放声大哭，悲痛万分。

塘马战斗后，蒋克于 1942 年 2 月，被调到溧水县担任白马区区委书记。

反顽战斗后，她有时和韩胡区委书记梅章共同调研，总结工作经验。

这不，她俩刚从新桥区西宋村来到韩胡村附近桃园旁边的一个群众家里，想先找群众了解一下日伪军的动态，然后再做行动。两人的屁股刚一着凳，笔刚掏出，日记本还没打开，受访群众脸上虔诚的笑容还没收起，双手还在揉搓着，蒋克突然发现门外不远处已有十几个日伪军走来了。

危险，于她俩而言是常有的事，就像常人言"军人的脑袋是挂在腰带上的"，在那样的环境中，性命随时都可能消失。

但危险的到来有多种方式，如枪声一响、炮声一震，还有气喘吁吁疾奔而来的通信者，这些都有先兆，最可怕的是悄无声息、毫无征兆的危险突然降临，那样即使经验极为丰富、心理素质超常的人也会感到措手不及。

蒋克一声喊："有敌情，赶快跑！"梅章立即站起来，她虽然不清楚敌情的具体情形，但危险的本质是相同的，应对的方法也大同小异，不久前，她和蒋克就遇到过一次。

她们四下一扫视，连忙抓起两只旧菜篮，收起工作包，利用群众门前的照壁遮挡，从另一个巷子出来，向另一个村子跑去。

这是她们惯用的方式，溧水山多、丘陵多，有回旋的余地，所以日军多次出动兵力扫荡，新四军都能跳出包围圈，全赖地形优势。若是溧阳、武进的平原水乡就不好办了，没有地形依托，常见的办法是躲在家里，或装病、或坐在灶下烧火、或做其他农活，极少有外逃的。

但这次她们所依赖的地形与村庄都有一定的距离，她们跑了一段，日伪军已跟了上来，再跑必然要引起他们的注意。

蒋克有工作包，内有记事本及毛泽东同志的著作《论持久战》，梅章身上也有钢笔和工作笔记本，万一敌人赶上来，这些东西足够证明她们的身份。

思维急速地运转，电光火石间，两人便决定把这些东西用油纸包好，放到不远处的池塘里。

不料，这些东西太轻，浮在水面上漂移，日伪军一到必然捞起，蒋克抓了把泥巴裹在上面，油纸包冒着泡儿沉了下去。

她俩抬头一看，日伪军已临近了，碰面是不可避免的了，怎么办？她们两人相视一笑，脑海里即刻浮现出一幅画面：不久前，梅章与蒋克因工作从北边丘坡上的王家塘村一家老百姓家里走出来，刚下坡走上田埂，忽见日伪军向她们走来，当时的情况应该说是危险异常，她们当时实在想不出掩饰自己身份的办法，突然在田埂边的两个 10 岁左右的小男孩把手中抄田螺的工具和篮子塞到她们手里，要她俩佯装抄田螺。这对她们来说并不难，乡间农田中有的是田螺，捡也好，用工具抄也好，是常见的农事。她俩熟练的动作和镇静的态度使日军不再注视她们。其实，无论是梅章还是蒋克，遇险时用劳动来掩饰已不是一次了，只不过没有这样的情调和诗意，这次遇险后，这两位既是同乡又分别担任区委书记的女同志被称作田螺姑娘，因蒋克年龄大于梅章，便被唤作田螺姐，梅章便成为小巧的田螺妹了。

不过今日没有稻田，自然也没有田螺，这田螺姑娘是做不成了。周边也不存在任何劳动的工具和场所，这情形，两人孤立在外、无所事事，狡猾的日伪军怎能放过她们。

但她们已有了办法，所以相视一笑。天无绝人之路，她们的脚边便是一个清清的水塘，塘中春草已枯，纷披于塘埂，水面上泛着菱叶，花儿开得正艳，能闻到一股幽幽的香味，自然少不了蜻蜓，它们或用尾部点水，或栖息于浮在水面的菱叶上，水中的鱼儿自由自在地游弋着，因为战火还没烧到它们身上，这一点它们比人类幸运多了，它们在梅章、蒋克倒映在水中的脸上面游来游去，好不自在。

刹那间，梅章、蒋克的脑海里浮现出苏南民间采菱的往事：长木盆、圆木盆在水中飘荡，池水的波浪轻吻着塘埂，农妇们穿着绣花衣，唱着采莲歌，在用纤纤的玉手采着又嫩又脆的长角菱，当然也少不了光着身子的顽童在捕鱼、摸虾、捞蛳螺。

塘中的螺螺叫蛳螺，需要捕捞，乡间的农妇常常卷着裤脚管、撸起袖子摸蛳螺，这蛳螺便是乡间的家常菜。

如今有竹篮子，有池塘，最合适的劳作便是摸蛳螺了。

两人眼神一交汇，各自已心领神会，急急脱下鞋、卷起裤脚管、捋起袖子，跨入塘中，摸起蛳螺来，而两只篮子则静静地放在塘埂上，不时接纳着抛来的蛳螺。

塘水清清的、凉凉的，她们刚一下水还觉得有一些寒意，不管脸上如何镇静，内心还是有着丝丝恐惧，谁也不能保证不会发生意外。

日伪军沉重的脚步声传来了，叽里呱啦的说话声传来了，空气中似乎也飘来了一阵怪味，这怪味中夹杂着一股血腥味儿，令人恶心。

她们两人弯着腰，低着头，摸着蛳螺。日伪军临近时，她们的手在水中并没有挪动，而是紧紧地抓着泥巴，似乎泥巴也是一种武器，必要时也能做殊死一搏的武器。

十几个日伪军枪上挂着从百姓家里抢来的东西，从十几米远的田埂上走来了，他们没有过来，也许他们压根儿没有看到在塘中弯着腰，几乎贴于水面的两位姑娘，因为塘埂有一定的高度，也许他们绝不可能想到这儿还有抗日的斗士在眼皮底下。两个竹篮子放在塘埂上，他们明白无误地看见了，但是他们没有过来，又说又唱地走远了。

幸运之神再一次光顾了梅章，也再一次光顾了蒋克，自此两人由"田螺姐妹"变成了"蛳螺姐妹"。

第二十三章

马村炮响

　　四十六团连续转战，团部于 5 月份到达蒲塘常乐乡马村休整。

　　马村离新桥不远，四周是低山丘陵，虽然离国民党盘踞的据点工事不远，但终究有一点回旋的空间，比横山、云台山地区安全些，在几乎没有充裕战略空间的情况下，也只能如此。新四军在敌顽似梅花桩一般的据点中穿越是常有的事，马村是一个点，但不会是一个固定点，离日寇也好、顽军也好，远近都是正常的事。

　　刘一鸿的身心舒展开了，连日作战，实在是太疲劳了，部队必须休整。现在住在马村，在战斗的间隙，能拥有这样宁静的空间，身心确实有一种说不出的愉悦，放松放松也是应该的。

　　当然，无论是作为副团长的他，还是团长黄玉庭、政委丁麟章，都不会放松警惕。松懈乃兵家之大忌，放松不等于松懈，所以在休整时期，他们密切注视敌顽动向，不敢有丝毫的松懈。

　　传来了好消息，修械所自制了迫击炮，明天要试射，这无疑是新四军的福音。新四军作战之所以如此困难，没有重武器是死穴，没有重武器无法摧毁敌工事。有时，七八个日军就能守一个据点，因为他们有碉堡。有时打阻击战，碰到日军骑兵就一筹莫展，塘马战斗阻击如此惨烈，与新四军缺少重武器也有关系。如果我们自己有了重武器，加上灵活的游击战术和高昂的精神面貌，战场上的形势将大为改观。即使没有制空权，战争形势也会发生很大的变化。

　　迫击炮是个好东西，虽然比不上步兵炮，但对苏南新四军而言，已是天大的美事了。纵观新四军苏南五年抗战，鲜有用炮的战斗，因为我们没有炮，即便有炮也没有炮弹。赤山之战，廖海涛首缴步兵炮，但因没有炮弹，无法发挥作用，只好掩埋，后又被日寇搜去，后来几年作战，弄来弄去，就是没有炮。六师不像三师、一师，多少还有些炮，没有炮，作战威力自然减小，有了炮，步兵的机动作战、实施强攻就有了一定的保障，就会让日军固守待援成为泡影。

刘一鸿有些兴奋，他准备选一个场地试炮，一方面要注意安全，另一方面还要注意隐蔽，不能给四周造成很大的影响，最好在四周有屏障的地方试射。

他记得马村的北面有一高地，那儿可以试射，周边有山，声浪不会传得太远，不会惊扰顽军和日寇。

他匆匆地洗了脸，便往高地走，到了高地，举目一望，才猛地发觉自己忘了戴眼镜。

他是近视眼，且度数不低，在十六旅，只有他和乐时鸣戴眼镜，也是两人有缘，他们在高干九队学习时相识，乐时鸣在四班，刘一鸿在九班，乐文弱、个子矮小，刘腰圆膀粗、个子高大，但两人都是书生。因两人都高度近视，脸上离不开眼镜，故众人戏称他俩"同病相怜"。前两天乐时鸣从旅部来到团部，旧友相聚，痛饮了好几杯。

戴眼镜的人一般在生活中不会忘记戴上眼镜，但一遇突发情况，也会出现意外，这次刘一鸿由于过度兴奋，匆匆地赶到预想的目的地想察看一下地形，便忘了戴眼镜。

他走上村北高地，朝东北面一看，但见新桥方向群山环绕，翠绿一片，犹如玉带一般。近前则丘陵起伏，犹如宽大的巨浪，涌动翻滚。由于战事的残酷，田地早已荒芜，其间除了杂树，便是杂草，没有一点儿庄稼。虽然是春意未尽的 5 月，但空气中还是透着丝丝寒气，不见绿油油的麦苗和金黄色的油菜花。从远处延伸到脚下的除了杂树杂草外，只有一些零星的野花，野花的香味在习习的山风下，若有若无。

他揉了揉眼睛，四周的景色还是若隐若现、朦朦胧胧，似有一种飘移的感觉。他转向了西北方，放眼望去一片灰白，在灰白的尽头仍是影影绰绰的群山，虽不高大，却绵延远长。

他的眼睛有些湿润了，那是他的家乡所在的地方，安徽当涂坝头村，一想到家乡，往事如一幕幕画面在眼前闪现。

刘一鸿祖籍原在徐州一带，明朝迁到江西，后一支入安徽当涂，一支入湖北沔阳。其父后入湖北沔阳谋生，他于 1906 年出生在沔阳县湖边，其母出生于中医世家，姓夏，在刘一鸿 3 岁时病故，后其父刘向焜带着他返回安徽当涂坝头村。刘向焜饱读诗书，考过秀才，有地 30 多亩，后来又做塾师，家境殷实。

刘一鸿自幼随父饱读四书五经，7 岁时被送到芜湖一家小学读书，1920 年 14 岁时考入上海"徐汇法国教会公学"，开始接触西方文明，他经常唱那时候难以忘怀的校歌："徐汇公学，满堂济济皆群英；此日少年，他时中国主人，任重道远，何以仰答昇平？"

刘一鸿在这所学校里接受了较为全面的体育、智育、德育教育，他要比一般的国人甚至比一般的知识分子更早、更全面地看清了中国社会所处的现实处境。

他学习用功，智力超常，法文、英文及作文考试皆名列前茅，后来他又结识了中国上海南洋公学的一些进步学生，受到了"左"的进步思想的影响。

由于他学习成绩优异，公学教主非常喜欢他，想把他送到法国神学院深造，其父坚决不同意，教主便把他送到武汉汉阳兵工厂工作，为什么去那儿？因为那个厂是美、英所办，去的人必须懂英文。后来由于种种原因，他离开了兵工厂，教主又把他送到安徽省邮政学校（在安庆市）学习。

两年后毕业，他被分配到屯溪邮政局当捡信生，后加入了国民党，由于其工作出色，于1934年升任采石矶邮政支局局长。

"刘副团长，你忘了戴眼镜。"警卫员来了，手上拿着一副厚重的眼镜。刘一鸿回过神来，微微一笑，带上眼镜，天地一下子明朗起来。

太阳照在他的脸上，他的面容显得格外刚毅沉着，他的圆形镜片后面散发的是坚定沉着的智慧之光。

他额面宽广，给人以明朗之感；头发上竖，给人以凌云壮志直冲霄汉的威压；厚重的嘴唇下，留着一大茬胡子，根根挺拔。总而言之，他的形象是威武的，但威武显现的不是粗俗、鲁莽，而是儒雅、高雅，这样的神情，往往能令人品读出优秀特质有机糅合的神韵。

他摆摆手："你们先吃饭吧，我随后来。"然后他朝家乡的方向又走了几步，看那情形，好像家乡是一条船，紧靠岸边，而他就在岸上，只要飞跃一步，就能跨到那条"船"上。

家乡啊家乡，刘一鸿的神思还是朝着家乡的那块神奇土地飞跃……

"七七事变"拉开了全民族抗战的序幕，"八一三"淞沪会战，把抗战推向了高潮，南京保卫战一役极其惨烈，大屠杀的血腥味至今仍漫延在石头城。日寇铁蹄下到处是饥民、流民、饿死之人，国民党军一溃千里，完全不能担负抗战大业。百姓在翘首，百姓在企盼，救星在哪里，在哪里呀！

没办法，只能揭竿而起。天下兴亡，匹夫有责。我是受过良好教育的人，我是有一定基础的人，我不站起来，谁站起来？如果没有国家，我这个小家有什么用？我这个小小的邮局支局长还有什么生存价值？我舍弃月薪优厚的局长"宝座"，回坝头家乡，准备变卖家产，筹款筹粮，拉起一支抗日武装，既然政府不行了，我们就靠民间，靠自己。

父亲不愧是饱读诗书明大理的人，他常说"家事、国事、天下事，事事关心"。现在他十分爽快地说："一鸿儿呀，你做得对，老爹支持你，豁上我这条老命也行，日本人来了，要田要地干什么？"

于是，刘一鸿将养家糊口几十年的几十亩庄稼地变卖，居住多年的部分房产变卖，凑齐了2000块银圆，购买了一挺机关枪、30支步枪和一批子弹，"里十八外十八抗日自卫队"应时而生，他这个大队长高高举起了抗日大旗。

招了兵买了马，还需有人教，大家都是外行人，在现有条件下，总不能像农民起义军那样以冷兵器的军事原理作战吧。还好，有一部分国民党的散兵游勇可用，虽然大部分是流落民间的散兵游勇，缺乏纪律、危害一方，自封的司令多如牛毛，但毕竟还有少量严守纪律、勇于抗日的官兵，胡品三就是其中之一。

国民党川军有一个团在上海被日军几乎打光了，胡品三正是那个团的上校团长，如今他慕名而来，要求加入，真乃求之不得也，刘一鸿正缺少教官，缺少有正义感的教官。

胡品三彻底改变了抗日自卫队的军事素养，自卫队很快成了一个有极强战斗力的队伍。

在濮塘、徐山、北峰、罗兴一带威风八面，打击日寇，保护百姓。一次在濮塘东南茶园，抗日自卫队被500余名日军团团围住，凭借对地形的熟悉，凭借百姓的支持，自卫队突出了重围，此后，日军冠以他"山猫"之名，一时传遍四方。

打日寇是天职，除恶霸是义务。有一个土匪叫"海带"，其真名叫刘学庆，是徐山方圆近50公里有名的土匪头子，此人横行乡里、欺压百姓、无恶不作。一次他要霸占一名19岁的本姓女子刘氏，此女誓死不从，竟被海带指使的两名土匪扒光衣服，吊在树上活活打死。

刘一鸿怒不可遏，率自卫队在凌晨1点多钟，将其大院围个水泄不通，活捉了"海带"。当刘一鸿在徐山村南的打麦场上召开审判大会时，涌来了成千上万的人，人们奔走相告，喜气洋洋。他一声令下，"砰"的一声，罪大恶极的土匪头子应声倒下。这以后，自卫队又先后解决了不听劝告、不愿改邪归正的土匪头子张三和李铭学，受到了百姓的拥护和爱戴，人们称他为"刘司令"，声望一度达到了顶峰。

山坡下传来了嘹亮的军歌声，那是四十六团战士在出操，听到"我们是铁的新四军"时，刘一鸿的眼眶湿润了，他看了一下自己"N4A"（新四军臂章）的臂章，神思又飞扬起来……

自己的声望虽高，力量虽强，也不过在家乡一带，于全局而言，这点力量可谓微不足道，自己还没有真正汇入抗日的洪流中，是共产党，是新四军让他跨上了新的台阶。

1938年5月，粟裕司令率先遣支队进入江南敌后进行战略侦察，宣传抗日主张。13日一到当涂的徐山，他就和政治处主任拜见了刘一鸿，并向其宣传了共产党的抗日主张。听了粟裕司令的话，他才完全了解了共产党，了解了新四军，而以前只知道有新四军有共产党而已。他的心已向共产党、新四军靠拢。

先遣支队在韦岗战斗后，一支队一团奉命进入横山地区，支队副司令傅秋涛派政治秘书毛英奇送来一封信，希望和他一起联合抗日。

其实，他早有此意，国民党是靠不住的，新四军是咱穷人的队伍，新四军不怕日本人，我们前面只有一条路，投奔共产党，投奔新四军。

刘一鸿没有看完信，便一口答应："拥护中国共产党抗日救国的主张，愿意同新四军共同抗日，一切听从傅副司令调遣指挥，江南大好河山，岂容日寇铁蹄践踏，一鸿誓当报效祖国。"

最可恨那盘踞在小丹阳地区的自称为"江南游击队"的司令朱永祥，此人胡作非为、欺压人民，老百姓把他的部队叫做"小东洋"，把他叫作"狗腿子"。新四军多方教育、耐心争取，竟毫无结果，他暗地里派其参谋长林楚财与日军秘密联系，准备投敌。

事不宜迟，新四军一团准备歼灭朱逆，一团要求刘一鸿部配合。7月2日，他配合新四军作战，全歼朱部，生擒朱永祥及其副官韩吉昌。新四军政治部出版的《抗敌报》特刊用醒目标题报道了"民间武装紧密协同作战""民众武装亦缴获逆部枪百余支"，道出了自卫大队的真正作用。

自此刘一鸿正式加入新四军这个大家庭。

自卫队被正式命名为"苏皖边区抗日自卫大队"，刘一鸿被任命为大队长，后一团奉调军部，四团来到江溧句地区，苏皖边区抗日自卫大队除一部分编为四团一营三连外，其余被编为第四团独立营，刘一鸿被任命为独立营营长，在四团统一指挥下，坚持敌后抗日战争。

警卫员又跑上来："首长，是不是该回去了？"刘一鸿收回了思绪，家乡的那些烟云往事刹那间在眼前消失了，他马上想起试炮的事，到底在哪里试射好呢？

他摆了摆手："别急，我得再看一下地形。"他把眼镜框往鼻梁上推了一下，一切景色是那样清晰地呈现在眼前。

他觉得把炮安在自己脚下的这个位置就行，因为这儿是一个小高地，北面较远有一个山坡，这样炮弹落在对面，若能打到山坡更好，若不能，可以很好地测试其射击的距离和落点，便于改进。若真的能制造出良好的迫击炮，那么四十六团作战将会产生一个新的局面。

他看了一会儿，即刻随警卫员返回，然后和参谋长傅狂波商量了一下，决定按他所选的地方试炮。

炮已经运来了，乍一看外形，倒和日军制造的六零炮、掷弹筒相似，仔细一看，刘一鸿微微皱了一下眉头，因为这炮杆的质量确实不能和日军的迫击炮炮杆相比，一是口径小，二是钢管的厚度薄，不过这对新四军来说殊属不易，是供给处的同志们冒着生命危险在上海采购到的，这是日伪严格禁行的物资，为了弄到这批钢管，许多同志付出了生命，为了制造炮弹、炮架、炮身，许多同志也是冒着生命危险才仿制成功，能有这样的作品已属万分不易了。

傅狂波异常兴奋，为了试制这迫击炮，他花了不少心血。说起参谋长傅狂波，其人的经历确有传奇色彩，完全可以写成一本厚厚的书。

傅狂波是四川人，年少时在永安乡小学读书，19岁考入成都师范大学，接触马克思主义，积极参加学生运动，1929年便加入中国共产党，是一个老资格的党员。后参加"广汉起义"，失败后去南京从事地下工作，所以他的活动能力特别强，也学到了许多手艺，比方说他拉过黄包车，拉的比专业人员还好，后身份暴露，赴浙南参加红军游击队。他先后参加过粟裕领导的北上抗日先遣队，后又参加了平阳根据地的建设，抗战时加入了二支队，任三营七连连长，后任新四军二支队侦察参谋，新三团参谋长，经历了著名的横山事变，皖南事变后任四十六团团参谋长……可以说履历十分丰富。

刘一鸿看了一下炮弹，觉得外观有些粗糙，他是行家，曾在汉阳兵工厂工作过，"参谋长，这炮弹似乎有些粗糙。"

"仿造的，就这样，威力就像自制的手榴弹，远比日寇的小，但它毕竟是炮弹，威力也是吓人的。"傅狂波猛抽了一根烟。

"明天哪些人去试？"刘一鸿关切地问道。

"我带几个人，主要是我试。"傅狂波满不在乎地说。

"参谋长呀，要当心，要注意安全，这迫击炮有个大问题，不留神会连续装弹，那样很危险呀。"刘一鸿顿显忧虑之色。

"我有办法，我们只试三炮，这样不会有问题。至于作战嘛，我们本来也没几颗炮弹，再叫上记性好的战士在一旁监督，这样万无一失。"傅狂波早已做好了准备。

"好吧，那就好，试炮、试枪都有危险，要当心。"刘一鸿慢慢地走到自制的迫击炮前，用手抚摸着炮杆，用右手拍了拍："好家伙，要争气，以后的攻战仗全靠你了，小鬼子，我要你尝尝我们自制的迫击炮炮弹的滋味。"

入夜，战士们早早吃了晚饭睡觉了，刘一鸿在油灯下看了一会儿书，觉得有些困，也上床睡觉。

5月下旬的天气中午热、早晚凉，加之马村地势高，房屋又破旧，风一吹，还是有几分寒意。

刘一鸿和战士们一样，一年四季除夏季外都背着小被絮，那被絮十分单薄，不过在这个季节，晚上盖上刚好。

刘一鸿睡在床上，觉得新换的麦草十分松软，有一种说不出的舒畅感，且新麦草有一股清香味，平昔整日和庄稼打交道，并不觉得麦秸秆有香味，今日的夜晚，觉得特别香，刘一鸿倒有点奇怪，不由得猛嗅了几下："香，好香。"

马村的夜晚是宁静的，犹如进入太古，但风特别大，"呼呼呼"的扫掠之声特别响，而在风扫掠的间隙，却出奇的宁静。风浪一阵紧似一阵，刘一鸿觉得自己的身子在下沉、下沉，有一种说不出的愉悦感。

为什么会有这样的舒适感，他觉得有些奇怪，隐隐觉得以前也曾有过这样的感觉，在哪里，他一时想不起来。

他躺在床上，一点睡意也没有，是什么所致，舒适所致？他有点相信，因为这种舒适的时候实在太少太少。1942年以后，四十六团打的仗也实在太多了，也许自己没经历过艰苦的三年游击战争，所以没有感受过密度如此之大的战斗，只是后来渐渐适应了。但他有一个感觉，那就是频繁作战后，突然处在宁静、安全的环境中，会有一种短暂的不适感，几天后又会有一个极度的舒适感，全身发软，难以兴奋，难以紧张，如果突遇战斗，人似乎会一下子失去战斗力，也许今天就是处在这一种状态的边缘。

对，他拍了一下大腿，几乎要叫起来，确实如此。

他清楚地记得今年3月份便率队抵达湖阳，到大官圩，奋战不已，后返回溧水中心区又参加规模巨大的反顽战斗，反顽后刚渡石臼湖至石场，又爆发了石场、南岗战斗，战斗一结束部队北上天生桥，分兵横山山北及云台山地区，现在又折回新桥的西面，在国民党堡垒区的近旁休整，来回穿插、马不停蹄、一日三战、多次移营，现在是人困马乏，一旦休息下来，身体会发软呀。

看来，还是得刻意锻炼，以应付不测，一旦神经松弛下来，再紧张起来就困难了。

他在床上翻个身，麦草松松软软，有一股反弹力，似乎托起了他的身子，在半空中晃悠，很像睡在船板上，这一联想使刘一鸿产生了幻觉，像睡在船上，在茫茫的水面上晃荡起来。恍惚中，那记忆中的画面——在脑海中浮现。

3月下旬的一个下午，太阳西坠。刘一鸿带着四连和六连到达骆山村附近的石臼湖边，部队要渡湖西进，进入大官圩，展开抗日活动。

许多战士第一次看到如此开阔的湖面，那可真是水天一色呀。芦苇丛如片片绿洲，鸟儿在水面上飞翔，渔帆点点，在摇荡的世界中颠覆，看不到对岸的世界，一进入湖面，除了水，还是水。六连前卫班班长有些犹豫："这咋办，这湖水和长江有什么区别，无风也有三尺浪呀。"

一个新兵头一缩，一吐舌头："这些小船能顶住这样的风浪吗？"

"能。"刘一鸿斩钉截铁地说，他把地图摊在膝盖上，和基层指挥员商讨方案，他用手指着湖面、沼泽地、沟渠说："按建制班登船，一班一船。"

不过各班人数不一，无法按建制登船。刘一鸿吩咐两个连长打乱建制，人多的往人少的船上挤，上岸后重归建制。

登船完毕，向对面湖阳进发，几十只大小不一的船只一齐开动，随着波浪，一起一伏向前驶去。

刘一鸿生活在江南水乡，并不怯水，小时候在船上玩耍能玩出很多花样，但船中有许多"旱鸭子"十分害怕，他们紧紧依偎在一起，有的紧紧抓住船舷，以保持身体平衡。

不久，风浪骤然翻滚起来，寒风劲吹，船身剧烈晃动起来，整个船身似乎被一张巨大的口吞噬下去，除了星星外，一片漆黑，看不清任何方向和距离，有几个战士十分紧张，发出了慌乱之声。

刘一鸿从容站起，这颠簸的船儿于他而言，倒像是一种按摩，在消除着战斗中积累的疲劳，这种晃悠于他有一种说不出的愉悦感。

他对战士们说："不用怕，你们看，我们的船老大怕不怕。"

船老大见有的战士惊慌失措的样子，乐得哈哈大笑，眼下见刘一鸿提及，便索性摆出一副悠然自得的样子。

刘一鸿趁机安抚着大家："不用怕，这是习惯问题，同志们，你们看，石臼湖美不美？"

"美！"战士们齐声欢呼。

"好，这样吧，我们齐唱《石臼渔歌》，歌唱石臼湖之美好不好？"

"好！"战士们齐声欢呼。

"天苍苍，水茫茫；石臼湖上是家乡……"歌声应和着风浪的节奏，在水面上飘荡，飘荡，刘一鸿的心儿也随着歌声飘荡，飘荡……

战士们渐渐地适应了湖面上的风浪，紧紧地挨着，慢慢进入了梦乡，刘一鸿的心早已平静，也坐着打盹，渐渐进入半睡眠状态，他只觉得身子晃悠悠、晃悠悠的，有一种奇特的愉悦感。

一声猫叫，把刘一鸿从回忆中拉了回来，刘一鸿眼前飘浮着的石臼湖画面完全消失，代之而起的是一片漆黑的虚空，只有船儿晃悠悠的感觉还保留着，刘一鸿觉得自己身下的床，就是那石臼湖上的大船，那床的摇动就是那大船的晃荡。

他接连打了几个哈欠，觉得有了几分睡意，果然，没多久，他便呼呼地进入梦乡，睡了一场从来没有过的好觉。

5月21日，刘一鸿早早地起身，用完早餐，出完早操后，他随傅狂波等人上山试炮。

修械所的工人抬着炮上了山，有三个战士各扛着一颗炮弹紧随其后，刘一鸿则和傅狂波在后面跟着，缓缓地向山坡走去。

刘一鸿真感到奇怪，今天的天气竟如此明朗，几乎是从没见过的，天空碧蓝碧蓝，没有一丝云彩，抬头一望，似乎整个身心全部融入蓝色的天宇中，五脏六腑被荡涤得干干净净，纯净得没有一丝杂质。太阳出奇地殷红，犹如一个大火球，那光波似乎滴着血，把一切都染红了，远山、近树、村郭、田野，甚至脚下的土地也是一片殷红。常言道，残阳如血、血色黄昏，但哪有朝阳似血，他总觉得这太阳有些奇特，那殷红似乎只有1941年11月28日塘马战斗时的朝阳可比，难道还会有……他抬起头望望天，碧蓝碧蓝，再望望大地，仍是殷红殷红。

"奇怪。"他嘀咕着，把眼镜取下来，再看一看，仍是如此，他把这感觉告诉傅狂波，傅狂波却说今天天气晴朗，但没有觉得天特别蓝，地特别红。

9点许，试炮开始，战士们的心情既紧张又激动，他们很想看看自制的炮弹是如何轰响，如何命中目标的。

刘一鸿与其他战士离试炮点有百米之远，傅狂波上前亲自操刀，他要过过瘾，亲自打响"第一炮"。

他问了一下设置攻击目标的战士："是不是对面山坡上的那棵大树？"战士点点头，傅狂波朝手心吐了口唾沫，两手一搓，准备试炮。他调节支架，测好角度，炮口对准了目标，然后把炮弹塞入炮管中，炮弹沿管口滑落而下，然后他弯下腰释放顶针，倒退了两步。

只听"呼"一声响，炮弹穿膛而出，直奔目标，"轰"一声响，对面的那棵大树被炸成两截，浓烟和灰尘在大树处冲天而起。

"好！"随着一阵阵呼喊，战士们跃身而出，纷纷向目标望去，每个人的脸上都洋溢着欣喜的神色，尤其是傅狂波，乐得脸都变了形，作为一个军事干部，哪一个不爱重武器呢？有了重武器，部队就如虎添翼呀。

刘一鸿当然也高兴，但他还是比较冷静，他冲到试炮处，闻到一股强烈的火药味。

傅狂波见刘一鸿上来，忙问道："要不要再试一发？"未等刘一鸿开口，他马上说道："我想再试一发，看看质量是否真正过关，如果质量没问题，以后打仗时，小鬼子投掷弹筒，我们就回击迫击炮。"

刘一鸿一想也对，反正还有两发，应该试一试，如果是战场上哑火，那就麻烦了。

傅狂波如法炮制，弯下腰释放顶针，然后倒退两步，他在等待炮弹穿膛而出，有的战士害怕炮弹的响声，竟然捂起耳朵。

然而炮弹没有穿膛而出，众人又等了好几秒钟，迫击炮仍静静地斜立着，炮口死死地对着对面山上那棵被炸成两节的大树。

傅狂波看了看其他人，其他人则朝他看了看，他蹑手蹑脚上前，但不知如何是好。

刘一鸿叫了起来："慢着，危险，哑炮有危险。"他招呼众人赶快散开，自己径直跑了过来："有危险，我来看看，我在汉阳兵工厂学过排除哑炮的知识。"

傅狂波有些不放心，心有余悸地说："刘团长，要当心呀……"

"快，你们快离开。"刘一鸿也知道这东西危险，不是内行的人千万碰不得，一般来说炮弹在膛内，如果不再装一个的话应该是没有什么问题，但要防止意外，以防不测。

众人退下，他上前查看，他朝炮弹筒口一看，见炮弹安静地待在膛内一动不动，再看试炮点，还有一枚炮弹，刚才他也看得清清楚楚，傅参谋长只装了一枚炮弹，应该说膛内只有一枚炮弹。此时，他完全放心下来，下面只要把炮弹取出即可，看来是炸药有问题，顶针释放后，尾部没有点燃，现在只要把炮弹取出，故障就排除了。

他按照排除哑炮的动作要领，右腿跪地，扶起炮筒，准备退出炮弹。

炮身刚一挪动，炮管刚一倾斜，刘一鸿便觉巨响、气浪、铁块猛地扑来，脑袋嗡地一下，两眼一黑，什么也不知道了……

在场的战士只听到一声巨响，随即看到火光一闪，气浪翻滚，刘一鸿身子被抛起，又沉沉地落下。

战士们呼叫着扑向试炮处，扶起了倒在血泊中的刘一鸿。

黄玉庭、丁麟章闻讯急忙赶来，昏迷中的刘一鸿渐渐清醒过来，他睁开眼看了看众人，马上意识到自己的处境，他从怀中掏出一块银圆交给了丁麟章，十分吃力地、断断续续地说道："政委，看来我不行了，这是我最后的党费。"

丁麟章顿时泪水滚涌而出："刘副团长，你放心，我们将会全力抢救，我已派人通知旅部卫生队了，我们马上把你送到毕家山。"

说罢，他一挥手："快，担架。"然后，他和黄玉庭一道把刘一鸿抬上了担架，四十六团医务人员护送着担架，飞快地朝毕家山旅部医院跑去。

此时，旅部卫生部副部长汤禧承组织了一个技术精良的手术组等候在毕家山的旅部医院里，手术前的准备工作早已做好。刘一鸿左腿被炸断，疼痛可想而知，又因失血过多，常常处于半昏迷状态。

旅部医务人员想尽一切办法，也无可奈何。医疗条件差，药又少，这就是旅部卫生队的情况，部长张贤急得团团转。

刘一鸿沉沉地睡去，一切归于沉寂，有时一阵疼痛又把他从漆黑一团的沉寂中拉到光明的世界里。也许是因为近视，也许是因为双眼无力，他看到房屋的屋顶、土墙、窗棂均是朦朦胧胧的，只有床前输液的木架子和上面吊着的玻璃瓶，可以看得一清二楚，当他竭力想睁开眼看清时，又什么也看不见了，此时他会听到医务人员的惊喜声："醒来了，醒来了。"

醒来了，醒来了，是醒来了吗？为什么要说醒来了，难道我在休息吗？难道我不在战斗吗……

刘一鸿已处于半昏迷状态，心脏的跳动时快时慢，慢时处在深睡状态，快时处在思维特别活跃的状态，而思维间歇性处在若有若无的状态。

当他听到别人讲"醒来了"时，他的心跳骤然加快，思维一下子活跃起来，醒来意味着先前未醒，未醒即为睡觉，为什么无故睡觉？我们一直在战斗、战斗……他的思维切换到原先的战斗状态中……

战斗，战斗，我站在船头，望着茫茫的石臼湖，我们已经横渡了很长时间，战士们已经适应了这湖上的航行方式。

看来，湖阳不远了。

啊，这3月的天呀，还是有几分寒意呀。黑暗中传来四连连长刘成富的声音："喂，三排长，你们的八班、九班都掉队了，船上的联络哨干什么去了？"

"也真是，这怎么办，部队走散了，要出大事。"不远处传来了三排长焦虑的声音。

"放心吧。"老渔民悠悠地摇着橹。

"有我们这些老船手，你们一千个放心，只要知道对岸的地点，就不会错，那儿的村子、那儿的渔民，我们都很熟悉，你们放心吧！"

我一看，心里还是有点虚，湖面上只见到附近几条船，其余的船全跟丢了，万一不能在预定地点集合，那可是麻烦事呀。不过眼下也只能如此，一切都听船老大的了。在湖面上我们无法联络呀，船有的快有的慢，加之风大，方向不易把握，确实难以聚在一起。

远方出现了长长的黑带，星星渔火出现了，还听到零星的声音，先行出发的侦察班战士来接应了。"同志们，做好准备，上岸！"我在黑暗中有力地挥着手。

……

"报数！"

"一、二、三、四……"

真好，战士们全部归到了原来的建制，一个不少，湖阳就在脚下了。

"同志们，向北徐村进发，注意湖阳刀会猖獗，我们不可久留，速进大官圩。"

第二天下午，队伍提前吃晚饭，由北徐村出发，越过丹阳湖沼泽地，巧渡运粮河，宿于大龙口附近的大官圩村。

啊，大官圩，你真是一个神奇的地方。你，也算是我的故乡，离坝头村也不过几十里路。说你神奇，那是因为你周围的大堤，相当于南京城的城墙，南京有13座城门，你有13座闸门。在大堤里面，村舍相望，良田、美池、桑竹相连，确为鱼米之乡。1938年我们新四军部队从皖南向东进发，便在这里驻扎，还消灭了几股土匪。彭冲同志就在这儿战斗过，朱昌鲁、费明龙在这儿生活过。1942年冬天，钟国楚西进横山，打入大龙口据点，再次进入你的怀抱，如今我刘一鸿为了抗战，又踏上你这块神奇的土地。

因为我们来过多次，因为我熟悉这个地方，所以分房就很容易，负责分房子的副连长宣布各排住原来的房子，各班按部就班、熟门熟路找自己的房东。

我急命司务长要按时做好早饭，要做好战斗准备。道理很简单，这么多人横渡石臼湖，又走过了毫无隐蔽物的丹阳湖沼泽地，又是在白天，这样的情况很容易被日军安排在乡间的汉奸看到，如果不做好战斗准备，若遭偷袭，后果不堪设想。

命令传达下去了，炊事班长不以为然："有这么紧张的？这样觉也睡不成了。"司务长提醒他："不行，不可大意，等打走日本鬼子，你可以放心地睡三天三夜。"

我太困乏，倒头就睡。天一放亮，我早早起身，只见天朗气清、风和日丽，如果没有战事，就好好休整一下，战士们可以洗洗衣服，还可以到大龙口买一些东西。

大家刚吃完饭，村子里骚动起来，乡民们到处乱奔，还叫喊着："护驾墩的鬼子来了。"

刘一鸿急命大家紧急集合。

但日军有多少人？分几路呢？攻击点呢？敌情不明，只能暂时避开。

"四连长，你派一个排就地阻击，其余全部转移，阻击战士就地阻击后迅速归队。"

四连一排在大堤上迅速展开，占领有利地形，排长命令一、二班班长："靠近些再打，来他一下子。"

刘一鸿率领其余部队，沿着纵横交错的河堤继续前行，向西、向西，来到了纪村。

部队刚一停下，就有农民向刘成富连长汇报："不好呀，不好，天还没亮，前村就来了部队。"

"穿什么颜色？"刘成富急切地问道。

"不清楚，天很黑，看不清。"

刘一鸿一怔，不用说是敌军，这儿不可能再有我们的部队，我是副团长，如果还有军事部署，我不可能不知道。

我急命部队："前卫连快速向西，不可停留。"

啊，好险，刚出村口，敌人的轻重机枪竟一齐开火，要命的是这儿是一片开阔地，长满了绿油油的麦苗，无险可守，也无隐蔽的地方。而北边呢，有一条宽广的河，船渡、架桥均来不及，也就是说，只能向西转移，但那里刚好是日军发挥各种火器的最有利地段。

"冲！"我手一挥，"疏开队形，冲！"由于大官圩内村庄密集，纪村的西面就有一个小村，两村之间的距离并不长，所以战士们呈散兵状，迅速地进入对面的村子，并没有受到多大损失。

这个村子的东面、南面的地形可以利用，我命令战士们布置好火力对付日军。

这儿可以和日军相持，还可以和日军搏杀，到天黑后再行转移。

但问题是，战士们长期作战，十分疲劳，而且是凌晨吃的早饭，早已饥肠辘辘了。若久战不决，绝非良策，不如再退一步，渡过村西那条河，利用小河阻击，在那边烧饭、烧菜，填饱肚子再打。

可一时到哪儿弄那么多船呢？

我搓着双手，十分焦虑，一时没了办法。忽然河面上冒出了许多小船，许多渔民划着小船向我们招手。啊，原来对岸的百姓知道我们要渡河，迅速集结，把船划来了。

我长吁了一口气，是呀，毛主席说得对，战争是人民的战争，没有群众的支持，我们真是寸步难行呀。

"上船！"我高叫道。

分批渡河，小船往来穿梭，没多久，战士们全部西渡到了对面村子。

渔民们没有吃饭，有的吃了一半丢下饭碗来参与摆渡，我十分激动，但又不安："老乡，如果日军来找你们的麻烦怎么办？"

"没关系，我们把船拖到岸上藏起来，他们找不到。"

一个老大爷感慨地说："鬼子是兔子的尾巴长不了啦。"

大家一下子被逗笑了，脸上充满了胜利的欣喜之色。

果然，两路日军合围我军的目的没有达到，空放了一阵枪炮，溜回了据点。

……

赶快吃饭，三顿饭并两顿饭，老兵们有经验，吃完饭简单擦拭一下武器，便找个地方靠着背包，打起瞌睡来。而新兵呢？没有这样的经验，他们不像老兵那样会分析，晚上要走几十里路才会宿营，明天是不是也和今天一样很难说。

各连干部赶快对新兵做了交代。

经过短暂休息，战士们的兴致又上来了，年轻人永远是朝气蓬勃，不管战斗如何频繁、如何残酷，他们都充满了乐观、充满了生机、充满了对美好生活的向往，他们会迅速忘记苦和累带来的不适。

唱歌、讲笑话，这是活跃气氛的方式。拉歌开始了，村民们涌来了，文化教员和文书最引人瞩目，他们成了聚会中最出色的明星。

"出发！"晚上9时，我发出了命令，准备折回北徐村，鉴于在陆路易遭伏击，我准备走水路，规定不准说话、不准吸烟，船头和船尾各致一个联络哨，保持距离，不准掉队。

这大官圩，正像过迷宫，数不清的河渠、数不清的港汊。如果是生人，绝对辨不清方向，当地渔民不存在这个问题，不会迷航。但我们还是要慎重，因为航行过程中也可能遇到战斗，要做好战斗准备，这就要求船与船保持一定距离，既不能太远，也不能太近，这就要协调好船工与船工之间的关系。

我急下令吩咐船工必须在天亮前上岸。

幸好，天亮前，部队上岸了，然后迅速通过沼泽地、运粮河，湖阳岛清晰可辨，北徐村近在眼前。

还未来得及高兴，侦察员跑来报告，北徐村来了日军。

"完了。"许多人泄了气。

我略一思索，看来敌人已摸到我们的规律了，早早就在那里设伏等候我们，怎么办？看来必须南移。

但南移的困难很大，谁都知道大官圩地区地势低洼，田里原为大片沼泽，现在虽辟为良田但还有许多沼泽地。这片土地挖了无数条由东向西的排水沟，宽近两米，深七八十厘米，通过这些小沟，只能赤脚，上岸时再穿草鞋，这会耽误时间。如果穿草鞋前行，那鞋会陷在淤泥中，若赤脚走路，芦根会毫不留情直刺脚底心。

我们可爱的战士以无所畏惧的决心前行，什么样的困难也难不倒他们。鞋掉了，拔脚就走，脚刺破了，满不在乎，咬牙前行，泥水溅了身子，那就让衣服解解渴吧。

肚子饿了，司务长悄声说道："有几个冷饭团，可惜在行军时，被泥水泡了，上面还有泥。"

"可以吃，可以吃。"战士们的手全是泥，哪还顾得上饭团上的泥，狼吞虎咽后，直叫好吃，"那泥土不过是'胡椒面'，是调味品。"

终于走出了沼泽地，看到了对面的村庄，也看到了三三两两的村民。

"有老百姓就好办。"我急命战士们洗好脚，穿上草鞋，快速进村。

队伍在村中的场子中央集合好，百姓们送来了饭菜，但我们不能随便吃老百姓的东西，我们谢绝了，我们已经开锅做饭了。

一个乡民找来，问要不要买些鱼干，司务长开心极了："要，要呀，今日正要呀。"

这儿安全了，可以美美地吃饭睡觉了。日落西山了，战士们吃了两顿饱饭，又在软软的稻草上睡了几个小时，被泥水浸湿了的衣服也晒干了。歌声便飘荡起来："黎明前面有黑暗，敌后的斗争更艰苦，只要军民齐心协力，最后的胜利呀，有保证……"

对，军民齐心协力，胜利才有保证，但胜利必须通过战斗来取得。

"战斗，战斗……"

刘一鸿在半昏迷中低呼"战斗"，汤禧承副部长忙上前，只见刘一鸿呼吸紧促，干裂的嘴唇蠕动着，嘴里不时地呼出"战斗"之词。他的眼睛忽然睁开，放出一道光芒，旋即又合上了眼皮。处在半昏迷状态中的刘一鸿，思维又切换到无理性的回忆中。

塘马呀，血色殷红的塘马，我们不得不向你告别。日寇疯狂而至，我们全力还击，罗、廖首长亲临一线阻击，我们便先行转移，我们在阻击时就有了伤亡，且伤亡不小。敌人攻势不一，规模如此之大，四年抗战，初次遇到，看来今天的战斗将会极其惨烈。

罗、廖首长亲临一线阻击，我们实在不忍，但这是首长的决定，党政军机关转移为上，这也是命令。但于此阻击，万分危险，万一有个闪失，怎样向党交代？但我们只能执行命令，这肯定是迫不得已，罗、廖才做出如此非凡之举。

我率领教导大队撤退，还要保护好教导大队的一挺机枪，这挺机枪由于架子散落，后来修械所进行了维修，虽然是土制的，但这机枪可是命根子呀，我们得全力保护。

路过王家庄时，听见特务连阵地上喊杀声震天，我真想上去打他一阵子，但是我的任务是转移，因为教导大队的学员都是部队里选拔出来的干部，是革命的宝贵财富，保护他们的生命是罗、廖首长交给我的任务，也是我的神圣职责。

一路上走走停停，总算没有遇上什么敌人，在西阳短暂停留后，我们来到了戴家桥。

脱离了主战场，总算转移到了安全地带，但还没喘口气，敌人便接踵而至，危险即刻降临，如果敌人越过戴家桥，那么后果不堪设想。

唯一的办法是拼死抵抗，我把机枪交给了六连排长周德利，他们在守桥头，正缺重武器呢。

"好！好样的！"周德利使着我们的重机枪在怒吼了，"好，好，打得好，打死这些狗强盗！"

看你们还敢在我们的土地上横行霸道，打死他们，狗强盗，我看到你们纷纷倒下了，倒下了。

……

刘一鸿嘴唇一张一合，在吃力地叫喊着，虽然声音微弱，但听得格外分明，汤禧承连忙用勺子舀了些水，缓缓地往他的嘴里倒去。

呼噜噜，呼噜噜，刘一鸿喉结一阵抖动，停止了呼喊，气息也渐渐地平复了下去。

此时朱潮与刘一鸿的儿子刘蔚楚赶来了，原来四十七团一个营在李巷一带活动，当传来刘一鸿试炮受伤的消息时，他们便匆匆地赶来了。

朱潮见刘一鸿嘴唇还在蠕动，又命人端来温开水往刘一鸿的嘴里倒，又用冷毛巾贴在刘一鸿的额上降温。

而刘蔚楚则站在一旁一直流泪，自塘马战斗转移至溧水分手后，他们有近两年没见面了。刘一鸿由旅部教导队调至四十六团担任副团长，和四十六团奋战在溧水地区，而刘蔚楚则到了四十七团卫生队奋战在茅山脚下。

说来有趣，这刘蔚楚就是不愿和父亲在一起，一是其十分调皮，无拘无束，而刘一鸿管教孩子特别严厉。另一方面刘蔚楚1930年出生，年纪虽小，却在1938年经粟裕特批参加了新四军，是老资格的新四军战士了。他在新三团卫生队时和战友们结下了极为深厚的友谊，皖南事变后，新三团转换为四十七团，于是他就在四十七团努力作战，不愿离开和他一起战斗的战友们，所以父子两人很少见面。刘一鸿在战斗的间隙一直想念家乡的亲人，当然也时时想起在茅山脚下，在四十七团奋战的儿子，不时打听一下情况，有时也捎一些口信给他。刘蔚楚呢，毕竟人小，虽然也想念父母、亲人，但他不善于表达，加之贪玩，所以也很少来探望父亲。这次随四十七团一个营来到李巷附近，听到父亲受伤，便匆匆赶来。

一看父亲躺在床上，下半身全裹上了白被单，他眼泪簌簌滚了下来，他觉得自己欠父亲的太多，平昔没有探望过他，加之他有时和父亲闹别扭，心里总有一种愧疚。

这还得从1940年下半年高庄战斗后说起，当时刘一鸿父子随廖海涛在茅山征战。

一日，刘蔚楚出早操迟了，被刘一鸿打了两个耳光，刘蔚楚哭着向廖海涛告状，廖海涛笑了笑："刘一鸿是你爸，打了就打了。"但他不服："新四军不准打人，我爸是新四军，他就不能打人。"

廖海涛见此，只好笑着安慰道："你这个小调皮鬼，和你爸也较真起来。"

这刘蔚楚也真有意思，还真的和其父较真起来。

塘马战斗前，他有一次从邵笪里到塘马领药，返回时路过训练场，见父亲在练枪，教导队副队长胡德功看到他过来，喊道："快，快过来，你爸在试枪，快来看你爸爸。"

但刘蔚楚气还没消，竟然给胡德功敬了一个军礼："胡叔叔，再见！"便朝邵笪里走去。

后来刘一鸿曾多次主动要搂抱他，但刘蔚楚总赌气，躲着他。

这次他看到父亲躺在床上，面色苍白，神色憔悴，虽然医生没有明说伤势有多重，但他觉得不会太轻，否则凭父亲坚强的意志，他是不会静静地躺在医院里的。

几口水喝下去，刘一鸿脑中的那些画面全部隐退，随之脑中一片混沌，须臾又明朗起来，所有的感觉又迅速恢复到常态。他首先听到的声音似乎有些熟悉，渐渐地他看见了光亮，一丝丝，然后他清楚地意识到自己受伤了，此时此刻正躺在医院的病床上。

外面起风了，风吹竹梢哗哗直响，晚开的油菜花散发着浓浓的香味，似乎还能听到蜜蜂飞翔的声音，似乎又传来徐汇公学的校歌声。

他吃力地睁开眼，看清了一切，他看到了汤禧承，又看到了朱潮，他吃力地点点头："朱主任呀，你怎么也来了？"

朱潮俯下身子："刘副团长，四十七团一个营刚好转战于此，我们卫生队也跟来了，你看，谁来了？"

朱潮把刘蔚楚推到刘一鸿跟前，只见刘蔚楚眼泪簌簌而下，呜咽起来。

一看到刘蔚楚，刘一鸿眼眶也湿润了，脸上顿时显出一种满足感，他太想念亲人了："孩子，你不是说我们都是新四军，新四军要坚强！"

刘蔚楚一听哭得更响了，他什么也说不出，只是哽咽地叫了一声"爸爸"，就泣不成声了。

刘一鸿紧紧地抓住了刘蔚楚，吃力地、深情地说："孩子，你要好好学习……有空去看看妈妈，爷爷不在了，妈妈需要你们照顾。"说完双眼又微微闭上，睫毛上明显地挂上了晶莹的泪花。

提到爷爷，刘蔚楚眼泪又滚滚而下。原来，去年5月13号，日伪军3000余人对溧水中心区李巷进行了为期三天的"大扫荡"后，四十六团随旅部及时转移到外线打击敌人，刘一鸿、丁麟章奉命率领四十六团向敌后进军，连克博望、小丹阳、云台山、桑园铺、谢村等日伪据点10余处，收复了江宁、横山地区，后又连克上党旗、王庄、大陇口等日伪据点，收复了上党地区和大官圩地区。日军恼羞成怒，便到坝头村去抓刘一鸿的父亲刘向焜进行报复，刘向焜向村外急奔，那八九个日本宪兵紧追不放，刘向焜跑到水塘边，毫不犹豫地纵身跳了下去，日本宪兵胡乱朝水塘中射击，刘老太爷被日寇活活打死。

现在一提及爷爷，父子两人均极为伤感。刘一鸿此刻头脑出奇地清醒，他对自己的伤势十分清楚，他知道这短暂的清醒后会遇到极大的痛苦，他要对孩子关照些什么，但在孩子面前一时又不好说什么，只是重复了原先的一句话"好好学习"，便饱含深情地望着朱潮，什么话也说不出来。

朱潮会意地点点头："刘副团长，你放心吧，我会帮助他学习的。"

刘一鸿听他如此说，嘴角露出了微弱的喜悦之色。

为了保证刘一鸿安静地接受手术和治疗，在护士的一再劝说下，刘蔚楚和朱潮等人不得不离开抢救室。朱潮安慰着刘蔚楚："小黑皮，不要担心，你爸马上会好的。"

尽管朱潮一再安慰，刘蔚楚的脸上还是不断滚涌着泪水。

令人悲痛的是，刘一鸿终因失血过多，壮烈殉国。他从一个邮政局长成长为一个游击队司令，他从一个国民党党员成长为一个无产阶级先锋队战士，一个伟大的抗日英雄。他永远地合上了双眼，长眠于祖国的土地上。

战友乐时鸣闻之，十分悲伤，含泪写下一诗，以示哀悼。诗云："山河破碎起群雄，树帜芜南数一鸿。壮志凌云胸有甲，豪情似火气如虹。连年进取都凭党，浴血坚持不计功。正是匪顽军势逼，变生意外失精忠。"

第二十四章

云水激荡

　　四十六团的重伤员在湖阳坚持一月后，形势有了变化，他们只好又回到石臼湖上，在水光一色的湖面上生活。生活又变得动荡起来。

　　小方、小闵被调走，新来了两个卫生员，一男一女，女的叫缪清，她满脸稚气，个子又小，形似一个小娃娃，无论是稚嫩的话语，还是举手投足，都实足地显示着孩童的气息，如果不是那身军装和战争磨炼出的那份特有的成熟，她就是一个普通的少年儿童。

　　这也难怪，其实她年龄确实不大，只有 16 岁，加之她生就白嫩，乍一看还真像个小孩，但穿上军装却给人一种飒爽英姿的威压感。

　　这一次伤病员的护理条件稍好于上次，不过仍然不能轻易生火，因为生火便有被日军发现的可能，柴米又不多，条件仍然艰苦。为了节约粮食，不能保证吃三顿饭，多数情况下只能吃两顿饭，而且常常是稀饭，几乎吃不到菜，除了有可能搞到鱼外，其他东西，尤其蔬菜是很难搞到的。

　　鱼在大多数情况下要生吃，那些重伤员有过以往的经历，鼻子一捏就咽下去了，但他们在湖阳过了一段"幸福"的日子后，再吃二遍苦，多少有些艰难，但也只能咬牙坚持。

　　对于缪清，这儿的生活是全新的，一切都是用全新的姿态去适应，这对于瘦小年少的她，确实是一个不小的考验。

　　缪清，原名叫缪兰英，江苏江阴利港缪家村人，1927 年 11 月出生，1941 年 7 月入伍，曾任江抗五十一团休养所勤务员，由所长缪谊改名为缪清，后随十八旅北撤江高宝地区。1942 年底南下苏南，在十六旅卫生部工作，现出于战斗需要，被抽调至四十六团，护理伤病员。

　　缪清虽然在战斗岁月中吃过许多苦，但像现在这样特殊的生活还是第一次遭遇，不过强烈的救国意识和坚定的信念，使她毫无畏惧地面对一切，并很快适应了这样艰苦的生活。

　　不过，缪清遇到了从没遇到过的情况，那就是作为唯一的女性，生活上有诸多不便。

　　南岗战斗后，当时有几条船，有重伤员、轻伤员，当小闵遇到大小便之类的事，轻伤员可以上大船，空出小船让其到芦苇荡深处，难题轻易解决。而今都是重伤员，躺在船上，无法挪动，当时缪清的船上有七八个重伤员，而两条船平常都是分开的，即使合在一起，伤员们也无法挪动，在如此情形下，一个女性的不便更加明显了。

　　缪清起初还需要忍受，船上特设有一个形似马桶一样的木桶，这个特制品，不知是细心的人所为，还是某种随意的巧合，这是她唯一的依赖。

　　重伤员们早就心领神会，残酷的战争改变了生活的逻辑和日常的伦理，当缪清需要方便时，伤病员自然侧头闭目，当然伤病员们方便时，缪清也是扭头闭目，渐渐谁也不会感到别扭、奇怪。在石臼湖的湖面上，为了民族的生存，人们无私地奉献牺牲着自己，害羞、别扭、杂念被荡涤一空。作为卫生员，缪清每天都要给伤员清洗伤口、更换药物，还要消毒器械、浣洗纱布。即便是在船上，条件极其简陋，缪清也都是严格按照护理要求一丝不苟地认真操作。换下的纱布，用过的器械，先用湖水清洗干净，然后放到锅上蒸煮。有时候，鬼子伪军下湖扫荡，为防止被敌人发现，只有等到晚上，敌人走了，缪清才能抓紧时间，连夜一锅锅地进行消毒处理。每次换药，为了减轻伤员的痛苦，缪清总是一边用语言安慰和鼓励这些战友，一边小心翼翼地打开纱布，用盐水或酒精给伤口消毒，涂抹消炎药品，更换新的纱布。在缪清的精心护理下，在那么恶劣的环境和条件下，没有任何一位伤员出现伤情恶化的情况。

　　粮食很快吃完了，自然要有人上岸买粮，这样的重任就落在了缪清的身上，因为缪清人小不会引起敌人的注意，其实除了俩卫生员，其余都是伤病员，也实在没有其他合适的人选，缪清义无反顾地上岸了。

　　起初，她有些害怕，虽然她小，不易引起别人的注意，但毕竟这差事风险极大，况且她也不会说溧水话，好在岸上有党组织，加之溧水的百姓觉悟高，缪清几次买粮，都是有惊无险，百姓们渐渐地和她熟悉起来，也都暗暗地佩服她这位人小胆大的卫生员。

　　可是药品也很快告罄，这对伤员是致命的威胁，而上面又迟迟没有送药品来。

　　缪清心急如焚，自告奋勇要求去溧水城买药，众人都替她捏了把汗。如果说买粮有风险的话，毕竟还有回旋的空间，农村地广人稀，敌人也不常见，况且买粮也是常见的事，但到城里去买药，那可是深入虎穴，城里到处都是日军、伪军和密探，加之药品是禁运品，即使买到也不易运出。

　　但没有药，重伤员的康复将成为痴人说梦，而船上没有其他人代替，况且即使有腿脚方便的人也不知买什么药。

　　"放心吧，战友们，我一定会把药买回来。"缪清用稚嫩的嗓音说出清脆而又坚定的话语，她微微一笑，弃舟登岸，迈着坚定的步伐，向溧水县城走去。

　　缪清走了几天才到溧水县城，她即刻去药店买药，由于买得特别多，引起了老板的注意，她一看老板露出疑虑的神色，便马上离开了，回到客栈，她的心仍兀自跳个不停。但这点药是不够的，她想了想，便打听好溧水城所有的药店，再到这几个店中分批买药，买完一批后，隔一天再去买。

因为她人小，又是买相同的药，老板自然认出了她，便问她为何两次买相同的药，缪清十分机灵："我家在砌房子，不时有人受伤……"虽然搪塞了过去，但老板疑虑的神色始终没有消失。

买好了药，她找了几个挑夫，把药放在篮子的底部，上面堆满了菜，以送菜下乡贩卖为名，混出城外。

出了城，便马不停蹄，避开日伪岗哨，匆匆地赶到石臼湖畔，当伤员看到缪清平安回来，又带回了他们渴望已久的药，热泪滚涌而出。

石臼湖风儿劲吹，水面层层波浪卷起，战士们喜悦的欢笑声在水面上飘荡，在芦苇荡中回旋。

两溧反顽战役后，十六旅与地方抗日民主政府的处境十分艰难，有的被迫转入地下工作，江、当、溧县政府的工作人员也被迫转入地下，斗争得十分艰苦，时常有生命危险。

6月1日，在横山县政府担任会计的吴坚，义无反顾地上路了，她要到古龙区和区长王波查对账目。

吴坚原名叫吴爱莲，1923年5月14日出生于安徽泾县茂林村，在姐姐的影响下，她由汪奇介绍秘密参加了中华民族解放先锋队，1939年5月，在民运工作队马慧芳、林质夫的介绍下，她加入了中国共产党。

1940年年底她调至军部，不久，编入军直属后方机关人员撤离皖南的队伍。皖南事变后她遇到了在皖南茂林做过民运队员、现任宜兴县委书记的陈廷玉，随她去了宜兴县委工作，后因听不懂又不会说当地语言，工作无法开展，经陈廷玉介绍去了1940年11月合编的太滆地区的二支队独立二团工作，被分配到政治处任统计干事，同年9月调到十六旅文工团任团员。1943年3月份她被调至溧水县政府任会计，一个月后又被调至横山县政府，先后在军事科、财政科任会计，后又调县政府任科员，主要任务是到下属各区查粮食账，不久又调回县政府任会计。

麦子已收，随即税也征收了，税款也拿到了，必须迅速上交县政府。现在部队的供给十分困难，战士们在敌人的包围圈中来回穿插，经常忍饥挨饿，必须用现金来解决困难。

为了安全，他们选择了古龙区石臼湖边的周塔村碰头，4月份那里发生过南岗战斗，可以说硝烟刚刚散尽，原本是个危险的地方，但往往越是危险的地方，也就越是安全的地方。

果然一切顺利，在周塔村，吴坚与王波核好了账目，王波又把一大笔税款交给了吴坚，吴坚用预先备好的油纸包好，再捆成两包，把它和账本、手枪合在一起放在两只小小的麻袋中，然后用小扁担一挑，扮作乡下农妇赶路的样子，向明觉方向奔去，她要把东西交给那边的交通站。

两人在周塔村分手，吴坚独自向明觉走去。

吴坚挑起担子，轻快自如地向前行走。吴坚昔日在茂林村没干过什么农活，爬山越岭时，背负东西更少，但在抗战的队伍中摸爬滚打多年，她已成长为一个坚强的女战士。她对投弹射击十分内行，至于担负重物之类的能力虽不及乡间农妇，但也远胜于以前，加之钞票重量有限，扁担一着肩，反弹两下，晃晃悠悠，有一种莫名的快感，连吴坚自己也感到奇怪。

随着双脚的移动，肩膀被扁担有节奏地磨压着，应和着步伐的节奏，呈现一种少有的韵律，如果不是工作转入地下，吴坚真想哼唱几首抗战歌曲。

为什么心情如此畅快呢？吴坚仔细一想，税款可解决战士们的燃眉之急，这也许是心情畅快的原因吧。

走着走着，担子晃悠起来，这一晃悠，吴坚想起了 1941 年 11 月 7 日从戴巷向溧水的那次转移。她当时是十六旅的文工团团员，那天，她正准备参加演出，但是廖海涛政委通报有敌情，让部队迅速转移。由于情况紧急，她未来得及卸妆，便匆匆前行。她那天也挑了个小担子，理应不重，和这次差不多，但她觉得所担的东西特别沉重，肩头也感到生痛，加之部队是搜索前进，随时会和日军发生遭遇战，所以更觉得步伐格外的沉重。

尽管那天的月光特别好，空气也特别清凉，乡间格外宁静，山川也格外优美，但紧张的心情始终使人难以轻快起来，只觉得步伐艰难，心境沉重，担子的晃悠和步伐达不成一种和谐的韵律。

今天，就在她轻松自如地走到村外时，迎面跑来一女子，神色慌张地告诉她，前面来了一队鬼子。吴坚大吃一惊，伸头一望，只见日军枪尖上的太阳旗在明艳艳的阳光下猎猎作响，日军一路纵队，约有 20 余人，由北向南朝周塔村扑来。

吴坚连忙转身，往村中跑去，扁担在她肩头上疯狂地跳动起来，她的心和那根扁担一样，也疯狂地跳动起来。

怎么办？日军显然还没有发现她，但距离甚近，很快就会赶上。如果不迅速处理好钱物，那么这些东西万一落入日寇之手，自己的生命是小事，钱款不能交到政府手里才是大事！为了这些钱款，有的同志献出了生命，还有那些账本，有许多机密，万一落入敌人之手，不知多少人要遭遇飞来横祸。

怎么办？把它们放入百姓手中也不保险呀，敌人一搜查，难保不被搜出，而且敌人很快就要进村，百姓大多已闻风关门，再敲门安置，恐怕也来不及。

怎么办？时间容不得她思考，她漫无目的地朝村中奔去，她觉得日军似乎就在后面，且传来了"嚓嚓"的脚步声，就在她慌不择路时，原先的那位农妇一把拉住了她："别怕，随我来。"

她一把抢过吴坚手中的担子，向湖边指了指，吴坚下意识地随农妇向湖边奔去，一下大堤，踏上沙土，便见芦苇荡边泊有一船。

农妇放下担子，解开绳索，把麻袋放在船上，又拉着她跳上船，然后操起竹篙，轻轻一点，船离岸边，向芦苇荡漂去。

刚入芦苇荡，便听到岸边传来了一片嘈杂声，一群鬼子已到了岸边，面对白茫茫的水面和翠绿的芦苇荡叽里呱啦地说着什么，透过芦苇，吴坚看到鬼子刀光闪闪，手臂在空中乱舞。好险，吴坚手一摸额头，才发觉额头上已渗出许多汗水。

没多久日寇离去，也许他们刚才在观赏美景，也许他们面对湖泊在总结着南岗战斗失败的缘由，此时吴坚才想起该感谢眼前这位农妇。

农妇深情地望着她："你是新四军吧？"

"对，你怎么知道？"

"我们这里没有外地人，除了新四军，便是鬼子，一看你挑担的样子，便知道你是扛枪打仗的。"

"挑担也看得出？"吴坚一愣。

"对，你挑担晃晃悠悠，虽没有我们熟练，但步伐特别有力，腰板特别硬朗，眼神也特别沉稳，我就猜想你是新四军，才回过头来找你，把你送到芦苇荡内。"

吴坚一听紧紧地握住了对方的手："你是周塔人吗？"

"对，我娘家在明觉，刚想回娘家看看，出村不久，远远地看到了鬼子。"

"噢。"

两人东聊西聊，时间不知不觉地过去了，吴坚不放心麻袋中的东西，想上岸，女子连忙制止了她："不行，上岸有危险，鬼子可能没有走，也有可能杀回马枪。"

吴坚一愣，一想也对，鬼子十分狡猾，不得不防。

"我看还是在这住一晚上，绝不能轻易上岸。"农妇神色凝重，说得有板有眼。

吴坚一想也对，如果独自一人，没有东西，晚上上岸，容易脱险，但是挑着东西，那就不便了，如果遇到鬼子，自己牺牲事小，税款遭受损失事就大了。

"好吧。"吴坚决定待在船上，好在天气已十分炎热，待在船上不用担心着凉，船上也有一些衣物，更可喜的是船上还有一些麦饼，那是船夫们放在船上以备不时之需的，麦饼虽然又干又硬，但是新做的，和着清清的湖水，慢慢吞咽，味道不差，也能充饥。

夕阳西下，太阳渐渐收住了射出的光芒，被抹上玫瑰红的叶子渐渐泛青，恢复了它本真的面目。风儿一起，空气中少了白天的闷热，有一种少见的凉意，偶尔水面上蹦出几条鱼儿，扑通一声，水波激荡，菱叶摇晃，似乎要把天地摇碎。

想到要在船上渡过一晚，吴坚倒有几份欢喜，没想到战斗之余，还能观赏这湖光水色。自己从小长在山区，少见大面积的水面，到了宜兴独立二团一营，她曾偷着到闸口乡村的池塘中游泳，差点儿淹死，亏得夏希平相救，从此她对水有了几分畏惧，不过今日的湖水特别美，有一种特别的诱惑，她几乎想跳进水中沐浴一番。

就在她遐想之际，猛觉肩膀一阵奇痒，扭头一看，不知何时，臂膀上已叮满了好几只花脚蚊子，它们玩命地用针一般的嘴尖穿刺着她的肌肤，吮吸着她的鲜血。

吴坚一掌拍去，打死了几只蚊子，那花脚蚊子的脚又细又长，形体硕大，吴坚虽然见过皖南村中的大蚊子，但与石臼湖中的蚊子相比，却是小巫见大巫。

"你不能打！"农妇连忙制止。

"为什么？"吴坚不解，疑惑地看着她。

"这蚊子闻到血味，叮起人来更加起劲。"

"难道任其叮咬不成？"

"糟了，我们忘记带上大葱或韭菜，在湖上过夜，把大葱或韭菜揉碎，再涂在身上，蚊子就不来叮咬了。"

"是吗？"吴坚半信半疑，再一看臂膀上已起了好几个肿块，这肿块又疼又痒，十分难受。

果然，天色变黑后，蚊子便肆虐起来，叮得两人无处藏身，尤其是吴坚，蚊子几乎成团成团地向她涌来，叮得她在船上是又蹦又跳，恨不得钻入水中，永不冒头！女子想起船上有一被子，便不顾闷热，两人齐齐钻入被窝中。但被子小，总不能遮住全身，况且不管如何遮掩，头总要露在外面，两人无法，顾不了许多，便把衣服盖在头上，一时间挡住了蚊虫的进攻。但不久，顽强的蚊虫还是用嘴尖捅开布衣穿刺进来，吴坚只觉脸上奇痒难挨，只得用手掌打脸，更可恨的是蚊虫发出"嗡嗡"之声，一直在耳边回响，使人无法入睡。

后半夜，突然狂风大作，闪电撕裂黑黑的夜空，血管状的闪光中，黑黑的湖水滚涌起来，随即是吓人的雷声撞击着耳膜，使人头晕目眩，两人从半睡半醒中爬了起来，一看这架势便知不妙。

雷雨即将来临，船上没有篷盖，人将无处躲藏，尤其是吴坚，她的身边还有两只麻袋。

她一把抓住麻袋惊叫道："这东西不能受潮，怎么办？只能用被窝裹住。"

农妇点点头："好。"

她们两人解开麻袋，把账本、税款和手枪用被子裹好，放在船头。被子刚放好，豆大的雨点随着风儿狂掠过来，不一会儿，两人便被雨水浇得如落汤鸡一般，船舱里也积满了水，为了防止雨水打湿被子里的东西，两人轮流趴在被子上，以减少雨水的侵袭。

雷雨过后已是后半夜，因天气炎热，雨水并不寒冷，于身体无碍，但蚊虫又开始登场了，而且雨后的蚊虫更加疯狂，它们成团成团地、肆无忌惮地向两人进攻，她们则用手掌击打着，身体被蚊虫叮咬的部位肿块垒起，两人的手掌使用频率之高超人想象。后半夜蚊虫叮咬几乎没有停歇的时候，两人的精力和体力消耗殆尽。第二日太阳升得很高很高的时候，蚊虫才完全消失。

吴坚把头伸向水面，只见肿块布满了脸，那脸似乎比平昔大了一倍。

吴坚再次要求上岸，农妇还是不放心，最后，农妇建议吴坚先躲在芦荡深处的浅水区，她划船先上岸探视一下，没危险再回头接她。

吴坚点头同意，为保险起见，她把麻袋架在芦苇上，自己则站在浅滩等候。

须臾，农妇返回，说日寇昨日傍晚住在周塔，一大早往孔镇方向去了。吴坚想迅速赶到明觉去，农妇急急地把船划上岸，但又担心碰到鬼子，就建议白天暂住家中，把麻袋里的东西藏好，到了晚上，不用肩挑，一人夹一麻袋，徒步送去。

　　吴坚一想，此计甚好，白天太危险，晚上鬼子一般不会出来，如果先把东西藏好，再有农妇掩护，住在村中，料也无事，便点了点头。

　　东西放在哪里呢？这是最最重要的事，放在百姓家中可不安全，她忽然想起村前有一牛棚，东西放在那里，不易为人觉察。

　　为安全起见，她独自一人拎着麻袋来到牛棚，牛棚中有一大堆干牛粪，吴坚见一旁有一钉耙，便用钉耙扒开牛粪堆，把东西放入其中，再覆盖上牛粪，又盖上麦草，才一步三回头地离开了牛棚。

　　真险，白天日军果然又折回周塔村，还四下游荡。吴坚早换上了农家女子的衣服，和那位农妇在家中干起农活来，日军看不出破绽，便匆匆离去。

　　入夜，吴坚和农妇一人夹一麻袋，有时拎，有时扛，赶了十几里路，终于把东西送到了目的地。

　　事后县长李钊表扬了吴坚，她和那位农妇机智、大胆、勇敢的事迹在江、当、溧地区四处传扬开了。

第二十五章

血洒浮山

　　坚持原地斗争，这是上级的指示，县长曹明梁带领县政府和县警卫连由新桥转移到溧武公路南侧的浮山、解家油坊一带。

　　这个地区的地理位置十分重要，是联络苏皖区党委的交通要道，也是联系新四军部队的必经之路，唯其如此，这里的伪化程度也特别高。该地区靠近方边、徐溪桥、天王寺等敌伪据点，易遭受日军攻击，又有王德修、解铁群、徐老六等四个伪自卫团分地割据。敌伪可以南北夹击，形势十分险恶，但溧水抗日民主政府无论遇到什么困难，也必须坚持斗争，坚持、坚持、再坚持，要像一颗钉子一样紧紧地钉在那里。

　　那时，为了适应战斗环境，县委、县政府的机构精简了许多，但是对敌斗争的环境十分艰苦，天天要转移、要行动，有时一夜要转移两三个地方。

　　曹明梁采取了果断措施，他一面组织短枪班扰乱敌人，一面收集敌伪、顽军的情报，并和转移到江宁地区的区党委和十六旅旅部保持联系。

　　"曹县长啊，饶命呀！饶命呀！我们再也不敢了，你大人不计小人过呀！"国民党南阳乡乡长、地主曹有锟，不停地磕头求饶。

　　"你罪大恶极，难以饶恕。"曹明梁义正词严，掏出手枪，双眼圆睁。

　　这曹有锟，平时敲诈勒索，欺压人民，民愤极大。在 1943 年 5 月，新四军主力转移后不久，他便明目张胆地伙同他的女婿、国民党连长王清泉搜查新四军埋藏的物资，收集我方军事情报。

　　曹明梁设计抓住二人，经县政府讨论，将两犯同时枪决。

　　枪声响罢，曹明梁又布置了新的任务："许科长，你带领警卫连速赴白马岗上村，逮捕张光云父子，就地正法。"

　　"是！"县军事科长许治和警卫连副连长芮瑾连夜带队赶往岗上村。恶霸地主张光云和儿子张孝谱闻风而逃，逃到溧阳上沛埠伪军据点里躲了起来。

曹明梁的这一系列举动有力地打击了敌伪的嚣张气焰。

但曹明梁并不是一味地用强硬手段对付敌人，除对个别坚持与新四军为敌的敌对分子坚决予以惩处外，还采取灵活的统一战线政策。

他争取了开明士绅解坤甫和伪自卫团长的同情和支持，要他们成为"白皮红心"的人物，为新四军工作。他还在新四军十六旅敌工科配合下，争取了方边据点伪军连长的反正，使之为新四军提供情报。他说："日军是兔子的尾巴，长不了，日本人不用多久就要滚回老家，你要珍惜党和人民给你的机会，戴罪立功，人民会原谅你，否则……"

……

6月13日，溧水县政府刚转移到解家油坊，便得到情报，天王寺、袁巷等据点的日伪军要来解家油坊一带"扫荡"。

曹明梁做出决定："老周，你带县警卫连到浮山东北角去隐蔽，我到解家油坊西南面的仕庄住宿，要小心。"

老周即周志远，溧水抗日民主政府副县长。这6月14日上午，倒是一个好天气，面色蜡黄、身体虚弱、因有肺病常咳嗽不已的他感到十分疲劳，急需休息。

他带着县大队一部进入浮山慈恩寺，因昨夜一夜没有合眼，现在十分疲劳，必须休整一下。

他安顿好战士，喝了一点水，觉得肚子有些饿，想吃一点东西，但不知为何，虽然觉得十分饥饿，就是吃不下。其实吃的东西就是那些面粉烤饼，用大麦粉做的，由于麦磨得不够精细，所以显得十分粗糙，加之他常常带队作战，挨饿是常有的事，所以胃一直不好。这不，虽然饿得很，但就是吃不下东西，他将就着背靠大柱，微闭双眼……

两溧反顽战役后，新四军部队只得北移，苏皖区党委机关和十六旅精简机构深入敌后，进行艰苦卓绝的斗争。

战后十六旅撤出溧水新桥中心区，周志远随同县政府机关人员撤到溧武公路南侧白马区浮山一带坚持，负责保护十六旅后方医院伤病员的安全。他和曹明梁带领县武装一部会同白马区大队出没在袁巷、天王寺、方边敌伪据点旁的村庄，监视敌情，保护后方医院和县政府机关的安全。6月13日，十六旅特务营两个连队到白马区行动，夜宿张巷村。周志远为了保护主力部队宿营安全，与白马区区长带几名战士到白马桥一带监视顽军行动，后按曹明梁的建议带县大队一部深入浮山山里慈恩寺宿营，防范天王寺敌伪军偷袭。他同指战员四处侦察，一夜未曾合眼。

6月份的天气已十分炎热，十六旅部队的装备供给差，县大队就更不用说，就像这样的夏日，战士们却几乎穿着冬日的服装。实在太热，就把棉衣中的棉絮抽掉，这是没有办法的办法。

上午，太阳东升，火热的阳光炙烤着大地，阳光收尽了大地的湿气、冷气，它翻动着阵阵热浪，曝晒着一切生灵，一切生灵只得四下躲避，以寻求那难得一见的阴凉。还好庙宇属于难以寻觅的阴凉处，它房屋高，人少，穿堂风吹来，格外凉快。

周志远打了一个哈欠，活动了一下筋骨，但胃里极不舒服，有一种极度的饥饿感。他拿出大麦饼，狠狠地咬了一口，大麦饼虽粗糙难以下咽，但味道却十分清香，那是用刚收割完的麦子做的。

几口麦饼咽下后，胃里舒服了些，他一阵颤抖，咽了几口凉水，头脑有点模糊，他便合上双眼，但怎么也睡不着，不知为何往昔的生活如闪电一般不时在眼前闪现……

周志远原名叶家洪，出来参加革命后，曾用过周荣生、许荣生、周家良等化名。1915年出生，是安徽省一个官僚家庭的子女，但他没有在家享受，而是为追求真理，离家北上，来到学生爱国运动的发祥地——北平。

1935年秋，他考入北平私立民国大学读书。是年冬，在中国共产党领导下，北平爱国学生掀起了"一二·九"抗日救亡运动。在学生救亡运动中，他与学生们深入街头巷尾，发传单、做演讲，宣传抗日救亡，反对华北自治。因表现突出，经黄尔义介绍，加入了共青团江苏省委北平特别支部，任团小组长。

1937年春周志远被调往上海，抵达上海后，团组织派他到沪东扬州路宁波小学办劳工夜校，任教学工作。

"七七事变"后，周志远不仅对在夜校读书的工人宣传抗日救国道理，还经常深入工人家庭与工人交心，唱《五月的鲜花》《松花江上》，唱到"流浪，逃亡，逃亡，流浪，什么时候才能回到我那可爱的故乡"时常常是声泪俱下。

"八·一三"淞沪抗战爆发后，周志远到《译报》做编辑工作，报道抗日救亡消息，后到难民收容所做救亡工作，讲解《西行漫记》。经地下党的考察和党员李文运的介绍，周志远于1937年秋光荣地加入了共产党。

1938年2月至3月周志远到沪东开展工运工作，介绍夜校学员孟培英、陈志馨、叶敏入党。1939年元旦，周志远组建了中共同兴纱厂支部，同年春，又组建了三个党支部。不久又参与组建沪东日本纱厂委员会和沪西中国纱厂委员会的工作，是这两个组织的领导人之一。

庙门外忽地传来一阵脚步声，周志远和其他战士迅速爬起，一看是一哨兵返回，他忙问有没有情况。

"没有，我回来取些水，外面太热。"

周志远有点不放心，叮嘱他说："小心，注意敌情。"

小战士走了，周志远也觉得有些渴，便咕咚咕咚地喝了几口水，又将双眼闭了起来。

但这一次怎么也睡不着，一个女性的身影不时在他眼前浮现，他轻唤着一个人的名字："孟培云"。

孟培云是谁？孟培云是一个女战士，她和周志远相识是在1937年春，那时周志远在上海创办工人夜校，孟成了他的学生。刚进夜校的她，犹如一棵枯萎的小树，急需阳光雨露的滋润；也如同一块木料，需要工匠雕琢成器。经过周志远和其他老师的栽培，她从一个一无所知、年轻幼稚的女工，初步懂得了一些国家民族的大事，懂得了工农群众受压迫的原因，懂得了一个公民对国家民族应尽的责任。

后在难民收容所，孟又遇见了他，当时周志远也在难民收容所工作，兼《译报》编辑。此后，他经常把夜校部分学生召集到一起，给他们讲述革命道理，如抗战形势、中国革命的出路等，他还以《西行漫记》为内容，用讲革命故事的形式，让小孟他们了解中国共产党和工农红军。他讲得有声有色，小孟他们听得非常激动，常常入迷而不愿离去。后来，他又介绍小孟加入了中国共产党。

入党前，他把屠格涅夫的散文诗《门槛》讲给孟培云听。诗的大意是讲俄国十月革命前，一位女青年明知在革命道路上会遇到许多艰难险阻甚至会牺牲生命，可她还是坚定地跨进了革命的门槛。孟培云知道他讲此散文诗的用意是想告诉她革命道路不是平坦的，前进道路上有毒蛇猛兽，也有狂风恶浪，教育她要有这种思想准备，经得起各种考验。当时周志远还问孟培云愿不愿跨进这样的门槛，孟培云毫不犹豫地回答："我愿意。"周志远听了她的回答非常高兴，因为他看到经自己教育培养的学生已经成长起来了。

两人相识仅两年，就因革命需要分手了。周志远调离上海后，他们虽有书信往来，可处在秘密工作的环境下，信上又能谈些什么呢？ 1941年春，孟培云为了今后工作去向问题，特地去无锡和他商量。为了革命事业，他们又一次放弃了在一起工作的机会。周志远当时工作很忙，孟培云不便久留，她匆匆而去又匆匆而回，一晃两年过去了。

周志远常常想起孟培云，但抗战使他们分头作战，音讯全无，只有思念，思念……

蓦地，他站起来，用手反复摩擦额头，似乎想把一切从脑海中抹去，他拍了拍挂在腰间的枪，小声说道："一切以抗战为重。"声音虽小，却格外坚定。

是的，一切以抗战为重，周志远的生涯完全可以证明这一点。

1939年，周志远来到无锡地区，先在梅村一带发动群众抗日，继而到无锡城南清明桥和济磨坊以做生意为掩护，任中共无锡城区区委书记，不久任中共无锡县委委员兼组织部部长。1941年2月，他又任中共太湖县委组织部部长和新四军江南抗日义勇军锡南办事处主任，领导锡南新安、开化、扬名三乡的党政军工作。

1942年初，他被分配到溧水工作，先任中共溧水县委组织部部长，后任溧水县抗日民主政府副县长。他任组织部长期间，深入新桥、白马、韩胡等区联系党员，做思想政治工作，教育党员为抗日出力。1942年春，他在方家边村举办党员骨干训练班，亲自给党员讲国际、国内形势和党员义务，启发党员的政治觉悟。党训班上，他还教唱自己作词谱曲的歌。

他任副县长后，一度兼管新桥区的行政工作，处理民事纠纷，为受压迫妇女撑腰。开会时，他教育党员、干部和群众，不得歧视妇女、虐待童养媳。妇救会员说，周副县长是替我们妇女讲话的。

他到白马区协助指导做上层人士的统战工作，摸清上层人士对我党我军的抗日政治态度后，团结坚定的，教育争取中间的，即使顽固的也决不放松，使其保持中立。他说这对抗日有利。开明士绅张宗亨，春节缺钱用，粮食又不能任意到敌占区出售，周志远知道后到县财经科，取来购军粮的粮款20担米钱，亲自送到张家，解决了张的困难，使其进一步向我党靠拢，支持我党抗日。

他关心同志，切实帮助他们解决困难。县财经科干部周凯声去白马区催征秋季公粮，要到伪化区去催征，因人地生疏颇感为难。周志远得知后，亲自陪他到该地，将其安排在前巷村倾向于我党的尹乡长家中食宿。周志远一面对其鼓励，一面要求尹乡长协助催征并保护其安全，自己还常到前巷村看望他、指导他，与他同睡一床，使周凯声在该地较好地完成了征粮任务。

他踱着步，摸了摸枪，觉得有些奇怪，今天腰间所挂的手枪似乎总想冒出来，他按了好几次，才把它压了下去，难道今天真的要用枪，真的要发生战斗？

他又下意识地摸枪，刚一碰枪套，外面便传来急促的叫声："不好啦，不好啦，鬼子来了！"

抬眼一望，刚才回来喝水的那个放哨的战士慌慌张张地跑进庙来，那急促的气息、慌乱的神色显得格外醒目。

"不要慌。"周志远拔出手枪对着哨兵和纷纷从地上爬起来的战士叫道。

"怎么回事？"他拍了一下哨兵的肩膀，"别怕，你说一说，看到了什么？"

哨兵上气不接下气，由于慌乱，他穿在草鞋中的左脚脚趾头也跌破了。"鬼子从西面上来了，有好多，有好多！"

战士们一下子操起了枪。

"西面山沟上来的？"

"对。"

"好狡猾的日军，又采取迂回包抄的战术。"县大队长李琪紧皱着眉。

"对，日军很狡猾，他们从天王寺出来不走东面，而是从西面上来，可见其招数毒辣，看来他们是想偷袭呀。"周志远点点头，他沉思片刻，马上做出决定，"敌人是想找特务营呀，想把我们围起来，看来日军还没有发现我们。我们只能从东面突围，现在敌人来得快，必须留下一部人阻击，其他人即刻转移。"

"李大队长、许科长，你们先带人向东转移，留十几个人下来，跟我阻击。"周志远作出了战斗部署。

"还是让我留下吧，你身体不好。"李琪要求留下阻敌，他知道周志远一直身体不好，留下阻敌，会增加转移的难度。

军事科长也要求留下阻敌。

周志远急了，忙把李琪、许治推到门外："快，赶快转移，敌人马上就会来到，快执行命令。"

李琪、许治也知道，这浮山不高，一眨眼的工夫，日军就会冲进慈恩寺，他们只好怀着惜别的深情和副县长告别，向东转移。

李琪、许治刚走，敌人便挨近慈恩寺了，周志远带领十几个战士来到慈恩寺西面的半山腰埋伏下来，待敌人挨近时，他奋力发出一声喊："打！"子弹飞出，手榴弹抛出，一下子把冲在前面的日军打了下去。

日军一阵慌乱，马上组织士兵进行反扑，这一股日军是从天王寺来的，这日军小队长感到纳闷，昨夜得到情报，说十六旅特务营在慈恩寺休息，他便通知了青龙山的日军，从西面迂回包抄，想神不知鬼不觉地建一奇功。

没想到新四军有了防备，竟在半山腰设伏，看来是走漏了消息。

但他仗着武器精良、士兵彪悍，便凶狠地展开山地进攻来。

攻了一阵，他觉得奇怪，听这枪声稀落，也没什么重武器，不像是设伏，倒像是阻击，而且这不像是正规部队的作战态势，莫非遇上了什么地方部队？

还没等他反应过来，青龙山的鬼子也到了，他们一商量，不再炮击，而是玩命地向山头冲锋。

果然，日军几乎没有遇到什么抵抗，这半山腰已没有了人影，鬼子伸头一看，只见稀稀落落的人已越过慈恩寺，向东面的山头退去。

鬼子猛扑过来，他们并没有在慈恩寺停留，而是尾随周志远他们向东攻击。

周志远知道日军厉害，不敢与之正面交锋，他们的目的是延缓日军的推进速度，好让李琪、许治他们安全转移。他们十几人来到东面的半山腰，选择好有利地形，只等鬼子上山。

日军越过慈恩寺，来到东面山脚下，日军小队长一看山并不高，便命令士兵轻装上阵，快速登山攻击。

日军一声喊，向山上冲来，但山毕竟是山，即便小，要快速攀登，也绝非易事。这日军窜了10米左右，已是上气不接下气，周志远见其立足未稳，喊一声"打"！战士们排枪齐放，一阵弹雨后，日军惨叫着，滚下去好几个。但日军知道山上人不多，只要强攻，便会很快拿下山头，于是他们不顾一切，一波又一波实施强攻。

周志远他们所在的地形有利，有山石做掩体，不时放着排枪，抛着手榴弹，由于山道狭窄，一时间，日军还真的没有什么办法。

日军小队长吼叫着，停止了进攻，他们搬来重武器，对着周志远他们阻击的位置，开始炮击。

这一切，被山上的周志远他们看得清清楚楚，周志远忙命战友赶快撤离，向山顶退去。

好险，日军炮击的速度真快，着弹点也奇准，他们刚一撤出，炮弹便雨点般落在他们原先阻击的地方，只见山石乱飞、泥土四溅、烟雾一片、火光四现。

周志远一看，李琪、许治他们翻过山峰，撤远了，自己也应该撤退了。

他命令其他战友迅速登顶，翻过山峰，向东转移，自己殿后进行阻击，战士们不肯，但周志远强行命令快撤，自己则停留在一块大石后面，静待敌人的到来。

身边的战士撤光了，周志远还没喘口气，烟雾中冒出许多日军，向他们追击而来，他拿出手榴弹，向日军扔去，一声响，日军惨叫起来，旋即子弹便向他射来，直射得碎石飞溅、火光闪烁。

他乘弹雨骤息的短暂时机，迅速变换位置，又掏出一颗手榴弹向在烟雾处闪现的日军扔去，同样一声响，一阵惨叫，迎来一阵弹雨。

他回头一看，战士们已全部登顶，一眨眼，全部消失，现在该轮到自己撤离了。

他带着仅剩的一颗手榴弹和几十发子弹，提着手枪向山顶爬去。他听到子弹在身后瑟瑟作响，还不时传来日军的叫喊声。

他满身大汗，心儿怦怦作响，狂跳不已，双膝发酸，沉重无比，双腿难以挪动，那几米高的山顶，犹如万丈绝壁，不知为何，自己就是无法翻越而过。

他稍做休息，直喘着气，他清楚，就在这短短的几秒钟，身后子弹已离自己更近了，子弹已落在脚后跟了，日军的喊叫声也更近了，似乎能听到他们粗重的呼吸声。

他一咬牙，一声叫喊，两腿一提，玩命地往山顶冲。还好，自己的双足终于踩上山巅，四周尽收眼底，已看到山东面的村庄、田野和河流，只要翻过山头，日军就奈何不了自己。

就在眼睛刚一接触山东面的景物、脑袋稍做形势判断时，他突觉腰部震动，一股热流奔涌而出，顿时天旋地转，眼前一片漆黑，一切沉向深渊。

……

晃荡、晃荡，一切都在晃荡，似乎在船上，只有船在水面上漂浮时才有这样的感觉呀。噢，是无锡，无锡的太湖上有这样的船，我在这些船上睡过、漂浮过，躺在船上，仰看白云，身心似乎融入那深邃无比的天宇中，或者如飞人一般，穿过云朵，深入太空，去看那星星，看那星星的背后是什么，背后的背后又是什么……

身子底下，船在漂浮，你能感到水的柔软，柔软，什么叫身心荡漾，这时候才有这种荡漾的感觉，小时候在家乡安徽的罱泥船上，我躺在船头有过这种感觉。

突然，疼痛阵阵袭来，心跳骤快，一切似乎紊乱起来……小船呢？湖水呢？星星呢？……

一首歌传来了。啊，好像是从湖面上传来的，疼痛消失了，现在是痛楚停歇后的轻松。是歌声，是歌声，我清楚地听到了那歌声，那歌声于我是太熟悉了……

"同志们！向前进，向太湖，
向着革命的路。
它不怕狂风骇浪，波涛万顷，
挡不住我们革命斗争的雄心。
我们是英雄的太湖支队，
是苏南抗日的尖兵。"

啊，这不是《太湖支队进行曲》吗？对！那是我创作的，是我在锡南办事处当主任时为太湖支队谱写的歌。久违了，太湖支队；久违了，四十八团二营战士；久违了，在塘马战斗中英勇作战的二营原太湖支队的战士。

对，我要高唱，我要高唱！

"从西北，到东南；从延安，到上海，
我们要把革命的根据地向南发展。
打进天目山，
驱逐亲日派。
讨还皖南事变的血债！
我们是英雄的太湖支队，
是狂风中的英雄，
我们要渡过惊涛恶浪，
争取八百里太湖的解放！
解放！……解放！……"
……

"醒了，醒了，吆西吆西。"日军命令两个民夫用门板抬着在山顶被打伤已处于昏迷状态的周志远，径直向袁巷走去。他们知道这次受伤的是新四军的大人物，大人物一定要策反他、利用他。

周志远昏迷中所吟唱的歌声惊动了日军，也惊醒了自己。

他的大脑渐渐清醒过来，慢慢睁眼一看，看到自己躺在门板上，看着周围行进的日军，再联想起浮山的战斗，他明白了一切，他被俘虏了。

他咬着牙，挣扎了两下，他只要还有一口气，便要战斗，他宁愿战死在沙场，决不成为俘虏。

他见眼前出现了白茫茫的一片水域，便做了最后的努力，他一翻身，只听见一个胖翻译问抬门板的民夫此地是何处。

民夫说："这是窦家港。"

周志远当然清楚这是什么地方，他猛地从门板上爬起，纵身一跃，跳入水中，准备葬身于水塘中，决不做俘虏。

日军一阵慌乱，忙命令会游泳的民夫下塘把周志远捞上来，周志远挣扎了一阵，已奄奄一息。

两个民夫七手八脚地把周志远抬到岸上，又放在门板上，在日军的威吓下继续往袁巷走去。

周志远受了重伤，加之在水中体力消耗过大，失血过多，被抬到门板上时，已脸色苍白，又昏迷过去。

日军叫民夫把他抬到袁巷北面的斗门的公路上，又将他抬上汽车，驶向青龙山敌据点。但周志远终因流血过多，壮烈殉国，时年 28 岁。

第二十六章

喋血老虎庄

1943年7月9日，韩胡区区长邹毅带领郑华、丁海山、严家村等短枪班战士到姚家一带顽军占领区散发新四军第十六旅《告国民党官兵书》后，回转到韩胡以西的墙匡伪乡长殷万辂处，准备10日同蒲塘区区长任重在老虎庄村顾民成家的棚子里开碰头会，研究锄奸和两区联合起来去蒲塘区水晶一带袭击顽军等问题。

此时，邹毅已处于极度的危险之中，但为了打开反顽战役后的抗敌局面，他还是毅然决然地踏上征程。

危险的阴云向他飘来。

反顽战役后，白马桥、韦家大村、水晶一线以南地区被顽军占领，溧水县县区党政机关和地方武装奉命在原地坚持斗争。韩胡区区长邹毅和蒲塘区区长任重带领近10人的短枪班，在秋湖山以北的狭小范围内坚持，南有顽军"清剿"，北有官塘、中山庵、洪蓝、县城据点日伪军"扫荡"，南北夹击，环境极其险恶。

6月初，国民党江苏省第一行政督察专员公署颁布了《江苏省第一区清乡实施计划》，对抗日军民实行军事"清剿"和"政治清查"，并与日伪军相互勾结，对革命者举起屠刀。顿时，溧水上空乌云翻滚，秋湖山笼罩在阴云之中，抗日民主政府的基层干部和共产党员被捕被杀事件接踵而来。

顽军五十二师占领溧水地区后，在我中心区实施"清乡计划"，在地方上秘密发展情报员，探听情报。此时那些伪装抗日、佯装倾向于我的国民党地方顽固势力公然撕掉伪装，由秘密到公开，积极参与国民党顽军对我党政干部的清查和搜捕。原国民党梅九乡乡长丁道修，早在1942年3月，由国民党溧水县第一区区长陶彪陪同潜往三丫桥，投靠国民党江苏省第一行政督察区专员兼溧水县县长汪国栋，拜其为师。汪委丁为溧水县第一区秘密特务大队副大队长。

1943年5月下旬，丁道修在新桥第一区区公所召开乡保长会议，部署"清乡"，他大喊道："清算新四军的日子到了，乡保长在'清乡'中要努力，若探听到新四军及地方机关的确切住址，要立即送情报到五十二师或区公所，以便'清剿'。"

他们妄想置我韩胡、蒲塘两区长于死地而后快，为此不惜勾结日伪，阴谋欲以杀害。6月上旬，伪平安乡乡长殷万辂，伪自卫团团长张大仁和顽挺进队情报员、平安乡乡长丁长泰在石巷村召开旨在杀害邹区长的第一次秘密会议，还派丁长泰前往东流村与顽军五十二师一五六团联系。

6月中旬，以顽第一区区长陶彪为首，在里佳山某某家召开有顽中山乡乡长王孝荣、保长王孝华、特务大队副丁道修、陈某某等参加的第二次秘密会议，策划如何活捉邹、任两区长。7月初，顽中山乡乡长王孝荣、平安乡乡长丁长泰、伪平安乡乡长殷万辂、伪自卫团团长张大仁、士绅靳某菜、五十二师情报员陈贤英、顽挺进总队情报员周某某等在新桥下堡陈贤英家召开第三次秘密策划会议，密谋商定杀害两区长的行动计划。会上，陈贤英指派殷万辂、张大仁专门监视邹区长的行动，并设法拖住邹区长，另要殷万辂、张大仁进城联络日军溧水警备队便衣特务唐正金、张兴荣。第二天，唐、张在戴家桥小店打麻将，殷、张特地赶去，将唐、张叫出来说："最近五六天内不要到别处去，五十二师要过来与新四军开火。你们的任务就是在城里注意鬼子的动静，如果鬼子下乡扫荡，要及时送情报到五十二师。你们帮助国民党做事，将来国民党过来，对你们有好处，定会取消你们的汉奸罪名。"唐、张两个特务听后受宠若惊，认为立功的机会到了，喜形于色地说："只要能取消我们的汉奸罪名，保证完成任务。"

……

邹毅走在路上，感到有些压抑，天气太热了。

邹毅，又名邹善厚，1918年出生于江西省横峰县城的一个比较富裕的家庭。他的父亲邹秀峰是追随方志敏闹革命的早期共产党员，邹毅从七八岁起就跟父亲生活在革命部队，曾进入根据地创办的"列宁小学""列宁师范学校"学习，从小受到先进的革命思想的熏陶。1931年被党组织分配到省苏维埃政府的裁判部做记录工作。

1938年，经战友黄知真介绍，邹毅光荣地加入了中国共产党，同年夏天，邹毅调东南局青年部任干事，在青年部部长陈丕显的带领下，于1939年离开皖南到苏南地区工作，1942年春，邹毅奉命来溧水开辟韩胡区抗日根据地，担任韩胡区区长。

邹毅在韩胡区的工作是卓有成效的。

韩胡区抗日民主政府成立后，邹毅就积极筹备建立区大队武装，清水塘村有一个青年农民被土匪和反动刀会压迫得无法生活下去，邹毅得知后，几次上门动员他参加区大队。

开始时，区大队人数少，枪支弹药也缺乏，邹毅带着几个战士四处侦查，了解到清水塘村有一个大刀会首领叫吴长松，他家里有武器。群众反映他白天为恶霸地主保家园，夜间则为土匪抢群众的财产。邹毅根据群众的反映，当即叫小袁潜回清水塘村侦察动静，吴长松正躺在椅子上闭目养神，邹毅等人乘其不备，将他捆绑起来押至区政府予以镇压。

有一次，一个汉奸和十多个伪警到韩胡村活动，邹毅事先得到情报，率领区大队打了他个措手不及，敌人全部缴械。邹毅挥着短枪愤怒地对汉奸说："你这个民族败类，为虎作伥、无恶不作、破坏抗战、危害民族，我代表人民和抗日民主政府判处你的死刑。"汉奸被当场打死。那帮警察磕头如捣蒜，表示只要能活命，愿倒向新四军，为抗战出力，为人民做事。最后，邹区长宣布释放他们。

邹毅不仅勇敢，而且善于谋划。

1942年是敌、顽、我三角斗争十分尖锐、复杂、激烈的一年。新四军第十六旅第四十六团由于斗争需要，急需一批"良民证"，这个任务由上级政府布置邹毅去完成。

邹毅开会研究，分析了敌情，提出由自己装扮成国民党的乡长，利用敌伪关系深入溧水宪兵队智取"良民证"，大家不由得为他捏着一把汗。

一天，邹毅身穿长衫，头戴礼帽，把短枪揣在腰间，带上化装成乡丁的小袁出发了，他俩来到城外警察所，离门口三四步远的地方，有个警察在站岗。

邹毅若无其事地朝他走了过去，哨兵大声喝问："有什么事？"邹毅客气地说："有劳老总通报一下，我要找马巡官。"

不一会儿，哨兵让他俩进了门，来到巡官的办公室。邹毅向马巡官说明了来意，马巡官神色紧张地说："发放良民证，鬼子卡得很紧，还必须到宪兵队才能搞到。进宪兵队非常危险，弄不好要掉脑袋的。"

邹毅对他说："个人安危是小事，完不成上级布置的任务，就要受损失。"并鼓励他说，"你也是一个中国人，要为抗战出力，为新四军做事，人民是不会忘记你的。"

他铿锵有力的话语稳定了马巡官的情绪，但马巡官要求邹毅二人把短枪留下，随他到城里宪兵队去。战士小袁见要把武器留下，执意不肯，生怕吃亏。邹毅十分镇静，微微一笑："我们在城里的生命安全，马巡官是会负责的，你不必担心。"

马巡官无可奈何地点了点头。

他俩随马巡官来到宪兵队，马巡官找到了自己熟识的日军翻译，说邹毅是国民党的乡长，要领良民证发给老百姓，维持地方治安，为大日本皇军效劳。

翻译向鬼子说明后，鬼子信以为真，对邹毅很满意："你的大大的好，我们的朋友。"

他们巧妙地领取了一包良民证，用纸包好后，迅速走出县城。过了溧水城大东门外的湾字口，他俩才放慢脚步。小袁惴惴不安地问区长怕不怕，邹毅笑着说："革命者若能做到赤胆忠心，便也就无所畏惧了。"

正因为他不畏风险，所以邹毅多次遇到危险，并化险为夷。1942年初，日、伪军在官塘白虎山设立据点，扩大敌占区，加强伪化统治，据点敌人经常下乡"扫荡"。春夏间，新四军第四十六团也来到敌后，开辟东庐山西麓一带，建立抗日游击根据地，与日伪军开展针锋相对的斗争。

邹毅与女民运队员沈芸、警卫员小清在东庐山附近张公塘村开展工作，吃住在徐世功家，徐世功家就成了新四军的秘密落脚点。

1943 年 4 月，在回峰山反顽战役后，日、伪、顽达成默契，加紧对抗日根据地进行"扫荡""清剿"，企图南北夹击新四军。一次，驻官塘白虎山据点的日伪军包抄张公塘村。邹毅、沈芸、小清正在徐世功家研究工作，情况很危急，但徐世功临危不慌，给他们戴上笠帽，把他们装扮成普通农民，趁敌人还没有发现，打开后门，带着他们二人沿着村后的田冲安全转移到邵王村，让敌人扑了个空。

……

10 日凌晨，伪自卫团副团长袁仲春将邹区长"护送"到老虎庄，袁仲春原是我党发展的地下党员，这时已被殷万辂拉过去了，短枪班长郑华留在墙匿接应任区长。殷万辂即派顽乡长丁长泰、乡丁赵忠兴星夜赶到东流村向顽区长陶彪、五十二师一五六团团部密报。

上午 8 时许，任区长来到老虎庄顾民成家。

两位区长的手紧紧地握在一起。

邹毅与任重感情极深，任重长期患疟疾，身体极度虚弱，曾住在韩胡区境内的一所医院里，邹毅知道后赶去看望，把自己仅剩的一点津贴全部拿出，要通讯员买来红枣和杏子，送给任区长补养身体。两人多次配合，打击日伪军。

顾家住在老虎庄小山顶上，乃一户孤独的棚子，门前东侧是一片桃园，任重还没有吃早饭，便吃起刚在路上买来的一些桃子。

任重饿了，一口气连吃了几个桃子，他刚与韩胡区委书记梅章在老虎庄南的一个村庄分了手。梅章本来也要赶赴老虎庄，但突然接到一个任务，便匆匆告别。李政，任重的女友则赶到了老虎庄。

任重又名任鸿儒，江苏省宜兴县人，1918 年出生于宜城镇一个贫寒的家庭。父亲任毕昌，是前清时代的一个秀才，因贫穷而无力供养儿子上学，任重依靠哥哥发行报纸的微薄收入勉强读完宜兴农校附设的初中，踏上社会后，在一个测量队工作。

抗战爆发后，日寇的铁蹄踏进宜城，任重于 1938 年在他的学友、地下党员任伯达推荐下，参加了"青年抗日救亡工作团"，参加文艺演出、张贴标语、散发传单，宣传抗日救国的道理。1940 年 11 月，经任伯达的介绍，加入了中国共产党。

1941 年四五月间，地下党组织决定将"青年抗日救亡工作团"的同志撤出张渚，任重告别双亲，奔赴茅山抗日根据地，投入了抗日的洪流。

1942 年，党派任重到丹（阳）金（坛）武（进）的张埝区担任区长，为贯彻党中央的统一战线政策，团结一切可以团结的力量，任重带着区大队的战士们全副武装进入国民党控制区，亲自做国民党区长张宝钧的工作，争取他参加抗日。

任重诚恳而又深刻地对张宝钧说："新四军转战敌后，一贯团结抗战、杀敌不懈，你不但不积极抗日，还诽谤新四军征夫索粮、残害人民，你们这种助纣为虐的行为必将遭到人民的唾弃。你们若和新四军搞摩擦，日军则取渔人之利，覆巢之下，岂有完卵？"

在任重的教促下，惯于见风使舵的张宝钧勉强同意双方联合召开群众大会，在会上，双方动员老百姓支持抗日民主政府的工作。晚上，任重带领同志们深入到乡村农户，挨门逐户宣传抗日救国的道理以及抗日民主政府的"二五"减租政策。

1943年4月15日夜，苏南两溧地区第一次反顽战役结束，新四军第十六旅与抗大九分校二大队奉命撤离阵地，渡过石臼湖向西转移，需要大量的船只。抗日民主政府蒲塘区区长任重亲自到卞家村找到地下党员卞之万和收税员卞中来，要他们在石臼湖边的陈家村动员渔民协助提供渔船。卞之万和卞中来立即随同任区长赶往陈家村，深入到有船的渔民家，动员他们借船渡送新四军过湖。渔民们很快就组织到16只渔船和30多名船工。当晚，部队从新桥抗日根据地中心区经水晶山窑村过马路到郭塘村等待上船。

两溧反顽战役后，新四军驻溧水部队和党政机关全部转移敌后，上级决定留下少数地方武装力量坚持斗争。当时环境非常险恶，斗争异常艰苦，任重带领区大队的战士们白天钻茅棚、夜宿清洪山。个别同志一度出现一些思想摇摆，而任重毫不动摇，他勉励战士们要与群众同生死、共患难，并及时地教育战士们说："我们的党组织是坚强的，大多数同志是坚定的，广大人民群众是和我们站在一起的，我们要克服一切困难度过这黎明前的黑暗。"

任重和邹毅在险恶的环境中多次遇险，1942年间，抗日民主政府蒲塘区公所设在韩家圩村，任重等领导吃住在曹兰英家。因曹兰英的丈夫姓葛，任区长他们都亲切地喊她"葛妈妈"。

1943年6月的一天，10多个国民党顽军突然来到韩家圩村搜查，当时任重等几位领导正在葛妈妈家草房里开会。顽军刚进村，就被曹兰英发现，她急忙跑回家中报信。她眼尖手快，看到家门口有几副挑草的扁担和绳子，就立即让任重他们换上破衣、戴上旧笠帽，赤脚穿草鞋，到田里去挑稻草。任重等人刚走出家门不远，顽军就闯进曹兰英家，气势汹汹地问："家里来了些什么人？"曹兰英一边倒茶招待他们，一边沉着地搭腔："老总，你们看我家里会有什么人来？今天请了几个帮工，到田里挑草去了。"因为顽军这次"清剿"并无什么目标，东望望西看看就走了。

任重等人安全脱险。

……

任重吃完最后一个桃子时，有人说他的女朋友李政马上要过来，他若有所思地朝对方看了看。

任重原有妻子，姓余，她日夜思念任重，精神过度疲劳，晚上睡到半夜时把刚生下三天的男婴压死了，非常伤心。蒋克他们劝任重回去看看，他说："现在是非常时期，我的工作很忙，为了党的革命事业、为了国家的危亡，过段时间再说吧。"

10时许，顾民成的妻子夹着烧箕、拿着菜篮向池塘走去，她准备淘米洗菜烧中饭，到了池塘边，她弯下身子，刚想洗菜，忽然听到一阵"唰唰"声，她抬头一看，只见很多穿黄衣服的士兵从树丛中悄悄地向她家走来。

顾妻知道那不是日本兵，也不是伪军，当然更不是新四军，她放下篮子，丢下烧箕，急冲冲、气喘吁吁地跑回家，连忙喊道："不好啦！不好啦！有情况！有情况！"

她把看到的一幕告诉了邹毅，邹毅跳出门一看，只见有两个班的国民党士兵，已埋伏在桃园里，随时有出击的可能。

原来顽军分东西两路，包围了老虎庄，一路由殷万辂带路从墙匡经吊马墩插向老虎庄的西面，一路由张大仁引路从吊马墩经邹家边插向老虎庄的东面，东西两路夹击老虎庄。

邹毅返身回屋，对任重说道："任区长，有险情，国民党军不知从哪儿得到的消息，已经把我们包围了。"

"这些王八蛋，不打日军，专门与我们作对。"

"情况危急，只有往门外冲。"

"对，"任重伸头朝门外看了看，连忙说："我俩一个从前门冲，一个从后门冲，然后向西再汇合。"

"好！"

"我从前门冲。"任重掏出了枪，邹毅一把拉住他："前门危险，我去。"

任重还要坚持，邹毅急了："任区长，没时间了，就这样吧！"未等任重应答，他掏出枪，从前门跳出往外冲，任重见状只好从后门往外冲。

邹毅率领丁海山、郑华从前门冲出，刚出门，桃林中没有动静，跑出近100米时，埋伏在桃园里的顽军突然冒出，用机枪疯狂地扫射起来，邹毅冲在前面，已接近顽军，被倾泻而出的机枪子弹击中，缓缓地倒了下去。郑华连忙开枪还击，打出一梭子子弹后，准备挟走邹毅，但见邹毅双目紧闭，已停止了呼吸。

郑华强忍悲痛连忙扔出一颗手榴弹，想趁爆炸之机突出重围，但敌人离得太近了，又特别多，他旋即被顽军的子弹射中，背部受伤倒地，昏迷中被顽军抓住。

任重刚想抬脚冲出门外，便听到前门响起了密集的枪声，他情知不妙，连忙向门外扔了一颗手榴弹。

他有丰富的作战经验，因为手榴弹一方面可以炸伤敌人，另外升起的烟雾可以遮挡对方视线，掩护自己突围而出。

果然手榴弹一响，吓得顽军伏地不动，任重等数人乘机冲出后门向西突击。可惜他们向西突击到西坝边时，一条大河横亘于前，无法前行。为河所阻，敌人又蜂拥而至，若下河泅渡必为枪弹所伤。

面对如此情形，任重心里涌起誓死不做俘虏的信念，他掏出手枪，把枪口对准了自己的脑袋，面向蜂拥而至的顽军，脸上露出了极其轻蔑的微笑，然后毫不犹豫地扣动扳机，实现了"把最后一颗子弹射向自己"的誓言，这位宜兴籍的好区长和邹毅一道倒在了溧水的大地上。

战士严家春突围不成，在牛舍里被捕。

枪声响前，民运工作队员李政和蒲塘区区委书记吴云标先后从蒲塘区来到墙匡村北的江家棚子，他俩听到老虎庄方向有枪声，便收住了脚。李政叫伪自卫团副团长袁仲春派人去老虎庄方向了解情况，但已争取来的这位伪自卫团副团长敷衍着说："已派人去了解。"稍后，殷万辂派顽军情报员、伪自卫团员徐某某持枪和伪保长李某某前来抓李、吴二人。

　　李政看到持枪的人，便匆忙走进群众家佯装洗碗，徐、李两个家伙到了江家棚子将吴云标用绳索捆起来，再进屋去抓捕李政时，吴云标挣脱绳索快步逃跑，持枪的人连发两枪未中，吴云标终于脱险。

　　李政本已脱险，后为人告发，也被抓走。

　　顽乡长丁长泰和伪乡长殷万辂等为向国民党邀功请赏，随即派人抬着邹、任两区长的遗体，带着被捕的郑华、李政、严家春到了新桥顽溧水县第一区区署和东流村五十二师一五六团团部。郑华、李政等作为政治犯被押解到屯溪国民党江南行署歙县洪坑"皖南收容所"，后又转押福建崇安。他们饱尝了监牢里的苦难，经受了饥饿和病痛的折磨，度过了长达两年的铁窗生活，直到1945年10月，国共重庆谈判释放政治犯，才获释得到自由。

　　流血事件发生后两天，殷万辂、张大仁对日军警备队便衣特务唐正金、张兴荣说："这次打死两个区长，鬼子未出动，有你们的功劳，你们的汉奸头衔可以摘掉啦。"不久，丁长泰、周某某、殷万辂、张大仁四人受到顽军五十二师一五六团团部的书面嘉奖。

第二十七章

虬山风云

百里村，句容虬山脚下的一个小村庄，7月21日，江渭清率领一个警卫班的战士，在此处进行休整。

自反顽战役后，四十六团、四十八团一直来回穿梭，在敌后坚持，部队基本上以营为单位，在狭小的地带和敌人梅花桩一般的据点间，利用战斗的空隙隐蔽休整。

旅部原先率特务营和四十八团二营在溧武路两侧穿插，后转入江宁地区，刚巧三营在江宁地区活动，这样一来过于拥挤，旋即旅部随三营转移至句容境内的赤山地区，又从赤山地区转移至虬山脚下。

战士们十分疲劳。时值盛夏，天气十分炎热，太阳如火球一般挂于空中，早已使大地上的草木萎蔫。知了在鼓噪，河里的水温急剧上升，升腾的热气夹杂着死鱼的腐臭直扑口鼻。蒸腾的水汽使任何一个角落都充满了闷热。大地早已被烤干，地面发烫，赤脚行走其上，脚板火辣辣地疼。

中国人有睡午觉的习惯，百姓们睡午觉了，战士们照例也在睡午觉。

江渭清没有睡，他坐在一农夫家中休息，喝着凉凉的大麦茶。并非他不感到疲劳，而是艰苦的斗争、复杂的环境使他睡意全无。

怎么办？下一步该如何走？

其实这样的情形在他的革命生涯中出现得并不少，湘鄂赣三年游击时期，发生了六七月事件，由于"左"的错误，党的战略指挥造成严重失败，使他提前两三个月进入艰苦的游击战争，此时他腿部第七次负伤，也第一次遇到革命生涯的大难题。

抗日战争时，他随一支队开辟茅山根据地，后随一团调回军部，以后遇到皖南事变，他和傅秋涛拼死突围后，在泾县、宁国、旌德山区又遇到前所未有的考验。

十八旅成立后，遭遇日军"清乡"，由于经验不足，十八旅损失较大，在今后发展斗争的方向上同样遇到了这些生死攸关的大问题。如今十六旅与二旅合并后，苏南的抗日力量得到加强，反"清乡"斗争取得了重大胜利。但不料国民党不顾民族大义，骨肉相残，还想在苏南制造第二个"皖南事变"……现在已不是简单意义上的三角斗争、两线作战，而是被日伪和顽军逼得几乎没有立足之地、藏身之处，即便化整为零还是险情迭起。军部有指示，师部也有指示，一切还得咬牙坚持，黑暗过去便是光明。

他觉得有点渴，便又用葫芦瓢到水桶里舀了一瓢大麦茶。这大麦茶味道好，可惜麦子炒过了头，焦味太浓了，但麦子是新收割的，味道并不差，有一股清香味，且茶很凉，喝下去，感到丝丝凉爽，全身有一种畅快感。

他喝了瓢茶，正准备再舀时，突然听到门外传来一阵脚步声。

他伸头一望，放哨的便衣正拼命往回跑："鬼子来了，鬼子来了！"在他的后面不远处，几个日本鬼子端着刺刀在后面紧跟着，刺刀在阳光下闪闪发光，日军已近在眼前了。

这个战士，不应该乱跑呀，应该鸣枪示警，这一跑反而把日军引来了。

"同志们，快起来，鬼子来了！"江渭清一边喊着，一边拿起枪。

战士们翻身而起，操枪阻击，幸亏警卫班有两挺机枪，这机枪声一响，鬼子应声而倒，江渭清等人趁机冲出门外……

枪声惊动了不远处的三营，三营营长徐超连忙操枪奔出农屋，观察敌情。

徐超，何许人也？在反顽战役中，三营作预备队，由于回峰山战斗过于顺利，所以他几乎没有露脸，缺少了大显身手的机会。他原名徐德兆，1919年2月出生于江苏省江阴县璜土镇一个贫农家庭。1938年2月，19岁的他就参加了当地的梅光迪、周培大的抗日武装。

1938年10月，徐超担任江南抗日义勇军第三路军（简称江抗三路）三连一班班长，次年2月加入了中国共产党。1939年底，部队在扬中进行整编。"江抗"三路改称"江抗"二团，徐超被任命为一营三连副指导员。1940年7月，"江抗"二团改称九团，1941年1月，皖南事变后，九团编为一师二旅六团，徐超由教导队长调一营任副营长。1942年，二旅五团合并给四团，又从六团、盐城独立团各抽两个连加强四团，组成机动兵团，他被任命为四团三营营长。

在1943年，能当上四十八团的营长，无论从哪个角度看，此等人物都绝非等闲之辈。

两溧反顽战役后，徐超率三营进入江宁地区，他是经历过各种场面的，在苏南也参加过许多战斗，但在如此狭小的区域转移隐蔽还是第一次。比方说有次汤山的日军进行炮击打靶，竟打到三营营地，炸死了几个战士，日伪军组织军事演习，竟然也冲到了三营营地。

敌人据点碉堡成群、耳目众多，一进入该地区，汉奸、特务伪村长便向日军报告，常常天一亮日伪军便从四面八方涌过来，几乎每天晚上都要变换宿营地，有时要变换几次。

但艰苦的环境培养了他高度的警惕性和敏锐的判断力，前一天晚上，三营随旅部撤至虬山脚下，白天休息时，他做了精心的预防：八连布置在西北，对着郭庄庙方向；七连在西南，朝天王东方向，这两个方向都有日军，若不设防，日军随时有偷袭的可能。

枪声一响，徐超提枪跃起，他拿着望远镜朝西北方向一看，郭庄庙方向的日军正极速狂奔，向虬山靠拢，已与八连的前哨交上火，他又向西南方向一看，天王寺的日军听到枪声后，用炮轰击七连的阵地，此时江渭清正带领警卫班的战士在百里村激战。

徐超迅速作出部署：八连抢占虬山西北方向的小山头，阻击郭庄庙之敌，因为两路日军已有一部分接近了百里庄，并与警卫班交上火，但人数不多，不能再让后面的日军接近旅部。他命令七连占领旅部百里庄西南的一个小山头阻击天王寺之敌，打破日军的南北夹击。

此时旅长王必成和政委江渭清已决定旅部突围，徐超和教导员郑大方决定，由郑率九连负责掩护旅部向东南突围。但徐超一见到江渭清，吓了一跳，此时江渭清已躺在门板上，处于昏迷状态。

原来江渭清在百里庄率领警卫班与日军激战，击退日军后随旅部转移，突觉右臂一震，随即疼痛袭来，他一抬手，只见鲜血从手腕上部的伤口喷涌而出。但险情未除，他用左手捂住伤口，继续指挥战斗，增援部队一到，他才放下心来。当时只觉得天旋地转，扑倒在地。

原来，在旅部撤退时，躲在路东一草丛中的伪军朝他放黑枪，一颗子弹射向他的腰部，由于江平时喜欢抽烟，腰间刚好放着金属烟盒，子弹打在金属盒上，又反弹穿过他的右小臂，打断了静脉血管，所以血流不止，因失血过多，他暂时昏迷了过去，王必成命战士们用门板抬着，向西南方向撤退。徐超见状，为了首长的安全，命七连抽调两个排，随旅部突围，确保旅部首长的安全，自己则带领警卫员来到八连，进行阻击。

徐超来到八连阵地，大吃一惊，好家伙，郭庄庙的日军来了不少，气焰特别嚣张，由于得到了确切的情报，日军想一举消灭十六旅旅部。他们像猛兽一般，猛攻猛冲，但他们没有料到几年抗战下来，新四军的战斗素质大为提高，如果不是武器存在代差，早已和他们发生正面交锋了，日军一波又一波的攻击，得到了一波又一派的反击，日军始终没有冲破防线。八连四班长左手负伤，卫生员给他简单包扎后，劝其下山，但他咬着牙，端着机枪，对快要登顶的日军又是一阵扫射，日军惨叫着，以各种姿势倒在山坡上。

但日军的攻击丝毫没有停歇的迹象，子弹用光了，用手榴弹，手榴弹用光了，部分日军趁隙爬上山顶，他们端着刺刀吼叫着，向八连战士扑来。

徐超一声喊，战士们也上好刺刀，吼叫着迎了上去，一交锋，日军心就凉了。

徐超虽为苏南人，但战斗作风极其顽强坚韧。江阴和苏南其他地方不一样，此地不光文风盛，而且武风也一点不弱，尚武精神尤为强烈，民间习武之人颇多。抗战前，江阴的暴动特别多，武装部队也较其他地方多，江苏的红十四军，其中就有江阴人。徐超从小耳濡目染，故性格刚烈，他绝不是白面书生，虽然他的文化在当时并不低。

这几年，新四军战士没少在白刃战上下功夫，什么突刺、劈刺，这类技术已用得十分娴熟，日军本来想用白刃战来吓唬我新四军，不料一交手丝毫占不得便宜，时间一久，便惊慌起来，虚汗直冒。

新四军是声声呐喊不断，勇气倍增，日军接二连三被刺倒，其余的日军见状，再也不敢上前。徐超接连刺倒几个日军后，腿部被日军刺中，受伤倒地，这时刚好有几个战士送来一批手榴弹，战士们一阵猛投，日军被炸倒一片，其余的滚到山脚下。

在七连阵地上，鬼子发起的冲锋被击退，七连乘势组织反击，敌人没有防备，伤亡很大，不得不返回到原先的阵地。日军不甘失败，又组织进攻，七连副连长十分神勇，提着驳壳枪猛冲猛打，终于把敌人的气焰压了下去。

徐超见九连已突围出时，便决定撤出战斗，退至虬山。

八连撤出战斗后，徐超发现饶惠潭副团长率领二营一连正向三营靠拢，并遭日军火力封锁阻击。徐超立即命令八连重新占领阵地，接应二营的同志。八连战士奋不顾身冲上山头与敌激战，掩护二营一连顺利通过。原来二营一连在副团长饶惠谭率领下也在虬山附近宿营，听到这边枪声激烈，知道有部队与敌人作战，便过来支援，这才知道是三营和旅部遭敌包围。在九连护送旅部和江政委安全转移后，徐超忍住腿部伤痛，又率七连、八连向日军发起反冲锋，随即向后转移。直到他们走出三里多地之后，鬼子才向虬山再次发起冲锋。

此役三营共伤亡30余人，其中八连伤亡18人。

虬山战斗后徐超和其他30多名伤员被分散到溧水以东，红土山脚下的几个村庄养伤。红土山山上建有鬼子据点，驻扎日军30余人，距离我军伤员驻地约4公里，鬼子在据点用望远镜可以清楚地观测到他们的活动。3天后，徐超站在门口看了一会儿，对通讯员说："不行！这里太危险！我们回部队！"他便一瘸一拐地和通讯员回到了部队。大约半个月后，刘别生团长告诉徐超：分散在红土山脚下的那30多名伤员都被鬼子杀害了，其中还有连排干部和战斗英雄。

8月3日后半夜，邓仲铭从冯潭村起身，西行数百米，来到秦淮河畔，秦淮河自东向西汩汩流淌着，横亘在他的面前。

夜空星光黯淡，大地隐约可见，虽然秦淮河河水早已吐尽了白日吸纳的热量，但余热仍使水面升起一层薄薄的青雾，这薄雾四处散开，河堤略显模糊之状，有一种清淡的朦胧感。

寂静，出奇的寂静，一点儿声息都没有，河水汩汩流动的声音入耳后仿佛荡漾着人的心海，远处偶尔传来一两声狗吠。

四十六团的战士们大部分过了河，少部分不会游泳的，和他一道等候渡船的到来。

渡船还没找到，游到对岸的战士们放下枪，坐在河堤上，等待邓过去，这边等待渡船的战士也把枪放在堤上，一屁股坐下，耐心地等待着。

邓仲铭没有坐下，他的警卫员紧随着他，也静静地站立在河边。

邓仲铭微微皱了皱眉头，黑暗中，他目眺东方，他要乘后半夜的夜色过河，与河东面的四十六团政委丁麟章汇合，有要事与他相商。

他的身份现在有了变化。7月20日在虹山，江渭清负伤后一直随着旅部活动，由于身体十分虚弱，和部队活动有困难，但他身居要职不能随便离开，经请示军部，江渭清暂去江宁龙都养伤，其职务暂由苏皖区党副书记邓仲铭担任。

邓仲铭是一个党性原则极强、胸怀极其宽广的干部，只要是党需要，他是不计较个人得失的。

对于苏南的地方工作，他是老资格的领导人，在军部，他担任皖南特委书记，进入苏南后一直担任苏皖区党委书记，后又担任江南地区党委副书记。塘马战斗后，江渭清被华中局派遣到苏南，考虑到苏南领导人既要懂政治又要懂军事，便决定由江渭清主政苏南，本拟调邓仲铭回苏中，后因种种原因，邓与钟国楚一样没有走成，被留下担任苏皖区党委副书记，他毫无怨言，愉快地接受了这一工作。现在江渭清有伤，他便暂代江渭清主持苏南的工作，上任没几天，便四下转战。眼下四十六团有重要的任务布置，他必须过河与团政委协商作战计划。

他向东面望去，那是茅山所在的方向。1940年3月，他受东南局派遣，到茅山担任苏皖地区党委书记，屈指算来已有三年半时间了。

茅山呀茅山，烽火连天；曲折的建昌圩，你散发着苏南抗日政权的精神之光；静静的观咀村，响起了吊桥战斗的枪声，枪声在漏湖边回荡回荡；经巷呀经巷，尤村呀尤村，为什么收不到军部的电台信号，二支队该向何处去？黄金山呀黄金山，你终于露出了金子般的笑脸，三战三捷，使我军战士精神倍增；平静的塘马，你为什么变成了血腥的战场？

罗、廖两同志同日殉国，何其壮烈。减租减息，成效非凡，我们盼望的根据地终于有了严格意义上的建设，可恨顽军呀，骨肉相残……

"邓书记，船来了。"警卫员轻声地叫了他一声，邓仲铭一怔，中断了正在飞速旋转的思绪，他循着警卫员的手指方向一看，只见一条小船正沿着河堤慢慢划来。邓仲铭是江西兴国人，兴国也有大河，潋水、濊水纵横其间，邓仲铭虽然不会游泳，但河道见得也不少。他曾参加过二万五千里长征，千山万水都征服过，自然船也见得不少，但眼前划来的这条船着实使他惊讶，船体如此之小，若不是两头尖尖，你会以为是乡下女子采菱的长脚盆，这样的船除了船夫外至多只能容纳一人，哪能做部队渡河之用。其船两头尖尖，略向上翘，形似弯月，倒像是公园里孩子们玩耍用的器具。

邓仲铭不知，此船是苏南乡间的小划船，是专供渔夫养鸭或放丝网捕鱼所用，平昔除船夫外，不能容纳他物，这样，船体才能在港湾河池之中灵活自如地划行。

这后半夜到哪儿弄船，战士们好不容易在一个养鸭的棚子里找到这只船，虽不能渡许多人，但总能渡一些，聊胜于无吧。

邓仲铭见状，和其他几个战士一商量，准备自己先过去，由于船老大反复强调，一次只能带一人，邓仲铭便告知警卫，自己先行过河。

由于船体太小，邓仲铭一踏上小船，身体便摇晃起来，差点儿跌倒，但这一切船老大毫不知觉，他坐在前面，准备划船。

警卫员见邓仲铭站不稳，便叫喊起来，他忘掉了船老大的关照，也踏上了船，扶住了摇摆不定的邓仲铭。

邓的警卫员是一个极细心的战士，他原先是欧阳惠林的警卫，1942年年初邓仲铭参加完在阜宁单家港举行的中局扩大会议后，便动身南下，原先的警卫没有跟来，到了苏南后，欧阳惠林把自己的贴身警卫给了他，自此这个警卫一直伴随着邓仲铭。

船老大只顾划船，船刚一划动他便觉不对，尾部下沉，船头翘起，这可很危险，他顾不了许多，拼命划。

船到水流中心，船头翘起，被水流一冲，船体打起转来，他听到船上有两人说话，便觉不妙，强扭身体回头一看，见两人站在船尾，不由得大惊失色："谁叫你们上了两人，谁叫你们……"

话还没说完，船就倾覆，三人落于河中，两岸战士发出一片尖叫。

一营二连连长姜恩义坐在东岸，他早就和会游泳的战士游过了河，只等邓仲铭坐船过来。

等船时，他抽了好几根烟，见船儿一到，不禁倒吸一口凉气，这船能渡人吗，靠它渡人，不知要渡到猴年马月。他见邓仲铭先行上船，便连连点头，只要邓书记先过河，便可以先行开拔。邓仲铭上船后，他见警卫员跟了上来，便连声叫苦，他清楚这船从不渡人，一人都够呛，何况两人呢？

他悬着心，站了起来，提心吊胆地看着小船，但见小船左晃右晃，他的手心都冒汗了，果然，等到了河中心，船头一翘，船便倾覆。

他连衣服都没脱，便跳入河中，其他会游泳的战士也纷纷跳入河中。

由于是黑夜，众人下河后，只见河水激荡，四下捞不着人，那落水的船夫会游泳，已游到岸上，那船儿已被水冲得远远地，但落水处什么也没有。

众人四处捕捞，但河水太深，水流太急，几十人围着，拉网式的捕捞，奇怪的是水中空无一物。

什么也没有，三捞两捞，捞不着。众人慌了，大家都清楚，人落水后存活的时间极其短暂，若再捞不着，邓书记和警卫便有性命之虞。

姜恩义招呼众人往下游捞，扩大捕捞范围，几十个战士如姜所示，在落水的下游处又做了拦网式的捕捞，捕了许久，一无所获。

捕捞的战士只得上岸，稍做休息后，又下水捕捞，结果仍一无所获，其他战士则沿着下游去搜寻，但天色已黑，什么也看不见。

战士们全慌了，已捞了一小时，结果是什么，大家已清楚。

姜恩义命人一面向团部汇报，一面向旅部汇报，一面派人到百姓家借捕鱼的撒网，准备天一亮就打捞。

天一亮，几个渔夫带着撒网在秦滩河中撒起网来，撒了半天，一无所获，后来借来滚钩，在两岸一齐拉动。终于在落水处下游的两百米处拉到了邓仲铭与警卫，他们紧紧地拥抱在一起，早已停止呼吸，但两人紧紧地拥抱着，分也分不开。

有经验的渔夫判断，不会游泳的人落水后，身体是竖直的，当众人下水捕捞时，水波激荡，捕捞人不易碰着他们，后经水流一冲，已至下游，再也接触不到。

秦淮河的河水缓缓流淌着，色泽乌黑乌黑，似乎发出呜咽之声。

"什么，邓书记出事了？"在龙都某大地主的地下室里，江渭清瞪大了眼，半天都没缓过神来，须臾，眼泪滚滚而下。

听完旅部王必成派来的战士的汇报，休息不到一周的江渭清决定带伤回队。

8月4日，江渭清、王必成来到了出事地点不远的冯潭村，江渭清叫乐时鸣处理后事，乐时鸣匆匆而出，刚出门碰到了邓仲铭的妻子李坚真，便和李坚真打了一句招呼。他没说什么，他知道此时的李坚真还不知道邓仲铭遇难的消息。

当江渭清把邓仲铭遇难的消息告诉李坚真后，李坚真当场晕倒在地。

邓仲铭牺牲后几天，在江宁县周岗墟绿杨村举行了追悼会。由于敌情严重，原计划开的追悼会规模较小，但各界代表还是纷纷前往吊唁直至深夜。党政军民及地方开明人士都给他送了挽词，缅怀他的业绩，其中有一副挽联是这样写的：昔奔革命，今奔革命，中国共产党，功绩伟大；生为大众，死为大众，苏南邓主任，精神不死。这充分反映了苏南人民对邓仲铭的衷心爱戴和深切怀念。随后，邓仲铭的遗体就安葬在江宁龙都乡，冬天迁葬于江宁周岗猴山。

1981 年，李坚真在邓仲铭牺牲 38 周年时曾写了一首山歌，以做深挚的怀念。

秦淮河水急又深，面上无桥不留情。
三十八年如一日，波涛翻滚永奔腾。
秦淮河畔景色新，桥面通车喜人心。
冬去春暖明灯亮，四化建设日月兴。

第二十九章

优美的《山乡曲》

　　1943 年 3 月，经巷的夜晚是那样的静谧，表演《蜕变》的热闹气氛消失得无影无踪，回峰山悄无声息，马占山静默不语，方山也如温柔的姑娘低着头，一副羞涩的模样。春日将尽，晚上的空气还有几分寒意，尤其是丘陵山区空气中的寒意要比平原浓厚得多，但毕竟寒意中已夹杂着些许温柔的意味。天气转暖，虫儿到了夜间，便异常活跃，或飞或跳或鸣，组成了混杂的合唱，给这宁静的夜晚增添了许多声响，这反而更使人觉得山乡特别的幽静。

　　村西一角，有茅房一座，紧贴池塘，岸边一柳树垂立，树枝纷拨，在昏黄的灯光映照下，树的黑影投在清清的塘面上，水面犹如画了一幅水墨画，偶然鱼儿一跳，水波荡漾，揉碎了这幅优雅的画作。旋即，宁静复归，人的心房完全舒展开来。此时，茅房里突然传来一阵口琴吹奏声，声响时断时续地从室内飞泻而出。是谁呢？怎么这么晚了还在吹口琴？听声音，吹奏者技术十分熟练，但所吹之曲却断断续续，并不完整，显然不是表演，也不是自娱，因为这种似断似续的音乐很难说是一首完整的成熟的乐曲。

　　答案有了，有人在作曲，他用口琴做定音器，边吹、边想、边用笔记录，有时还会轻声地哼唱几句，显然他在进行音乐创作，他是谁呢？

　　这位主人公不是别人，他就是十六旅政治部宣教科干事田芜。

　　十六旅旅部移至溧水后，旅政治部有一个战地服务队，也叫文工队，队长叫华骏，队里有十几个人，归宣教科田芜领导。现在看这架势，田芜是在为他们制作音乐作品。不错，田芜是十六旅的作曲家，歌曲由他来谱是顺理成章之事。《十六旅成立歌》便是他和许或青的杰作，那以后十六旅的音乐制作都少不了他。去年 11 月 28 日，塘马战斗一周年之际，田芜随队到塘马，重返故地，他泪流满面。来之前，他就谱好了曲，作好了词，战士们开完悼念罗、廖的追悼会后是唱着他制作的《血战塘马》这首歌离开塘马的。"敌人的步骑、炮兵纷纷向着塘马进攻，我们顽强战斗，英勇地冲锋，不怕骑兵冲，不怕炮兵轰，死守戴家桥，血战王家庄，发扬了坚决顽强的勇猛精神，壮烈的战斗，粉碎了敌人的进攻！"

来到十六旅后的田芜用音乐作为武器，奋战在苏南的战场上，他渐渐成为十六旅文工队的灵魂，加上袁文德、夏希平等人的鼎力相助，和其他文工队员的积极配合，现在十六旅文工队搞得风生水起、有声有色，有力地配合了十六旅的政治宣传工作。

不过这一次和往昔不一样，以前谱曲他也是用口琴做定音器，也是边哼、边唱、边记下乐谱，不过时间一般不长，一两天即可，但这一次，田芜到了晚上便待在茅房里独自地唱、练、写，有时还自言自语，已经连干了七八天，显然这不是简单的音乐制作了，况且谱曲不会有旁白的。

他在从事什么创作呢？

只见田芜在昏黄的灯光下来回走动，映照在墙壁上的身影则不规则地抖动着，他哼唱了一段后，又用口琴吹奏刚才所哼之乐，再用笔做好记录，旋即开始表演各种各样的动作，并发出一系列的自言自语声，有时呈男声，有时呈女声，有时呈成年人之声，有时又呈少年儿童之声，门外的战士不时听到"大宝""金银花"等称呼，起初战士们还有些惊讶，时间一长，也就习惯了，他们面带微笑，悄悄地说着："田干事入戏了，以后我们就有好戏看了。"

是的，田芜入戏了、着魔了，他是在进行着前所未有的创作，他在创作着一部大型的歌剧，所以，他以前所未有的姿态投入到了这场火热的战斗中。

1942年五六月份，江渭清、邓仲铭在苏南溧水掀起了减租减息运动。由于人手不够，抽调宣传科的几位同志帮忙，田芜等人随吴宝康下乡调研，后又随县农救会宣传减租减息运动。田芜出生于浙江宁海桥头湖，虽然幼时在上海上了三年学，但不久便返乡读完后三年的书，其后又务农两年。他熟知农业生产活动，也参加过繁重的农业劳动，农村什么样的生活他都见过，但像减租减息这样触动农民、地主的心灵，产生如此震撼力量的活动他从来没有经历过。他第一次感受到了它的伟力，他觉得这次行动虽不像大革命时期农民运动那样彻底触动了解构农村社会的政治经济结构，但它对苏南几千年来从没有动摇过的农村社会结构产生了极大的冲击。受抗战时期统一战线政策的限制，其冲击力度有所控制，农民的热情虽没有像火山熔岩一样喷发而出，但其内心的热情已被激起，心中蕴藏的力量已被唤醒，呈蓄势待发之势，民众的潜在力量已经充分地显示出来了。

"火热、火热的生活！"他曾拿着镰刀，面对滚滚的麦浪呼叫过；"沸腾、沸腾的生活！"他曾担着秧苗担子，面对青青的秧田感慨过……他内心涌起了一股春潮，久久不能平静。他和农民生活在一起，同吃同住，从他们质朴的语言、黑黝黝的皮肤、粗壮干裂的手脚、吃苦耐劳的精神、充满纯真的愿望中看到了新的希望。抗日的伟力蕴藏于民众中，苏南抗日的兵源蕴藏于百姓中，有了这股力量，在党的指导下，必将产生更大的、无坚不摧的力量。

兵源不足，乡村扩军难，一直是缠绕在六师指挥员心中挥之不去的阴影。谭震林在东路扩军主要是靠上海的产业工人，除此也别无他法，这是苏南地区的现实。不过如今在溧水出现了许多可喜的景象，如教育的兴起、农救会的建立、乡村基层政权的设置，农民以极大的热情投入其中，但这些都比不上父送子、妻送夫的参军举动，兵源不足问题，大有破解之势。田芫有一种冲动，这冲动早已蛰伏于心中，虽然还处在朦胧的、非自觉的状态中。

一日，江渭清政委在李巷对十六旅文工队做了一次报告，宣传了一下刚刚从电讯中传来的毛泽东在文艺座谈会上讲话的内容，尤其强调了文艺为工农兵服务这一宗旨。田芫眼睛一亮，会后他主动向江渭清政委要了电文稿，回到居所反复地研读起来。

一个计划在他心中酝酿而成，那因火热的生活而涌起的激情终于找到了宣泄口，他要写一个剧本，反映溧水地区减租减息后的火热生活，亦即反映农民生活。

作曲是田芫的强项，编剧、演戏也是他的拿手好戏，在十六旅，他是一个全才型的战士，第一次在经巷演出的《红星》剧本就是他创作的，前不久一师文工团在经巷演出曹禺的《蜕变》时，他也提出过许多宝贵的意见。

其实田芫所受的教育程度并不高，充其量只有小学毕业，但他天赋高，学习十分勤奋。在上海霓虹灯厂工作时，他接受了大上海海派文化的熏陶，受其影响，他什么都学、什么都做，美工、音乐、编剧等创作，都有过较长时间的习作训练，积累了丰富的经验，打下了深厚的功底。

抗战爆发后他受党的委派，先在国民党政工队工作，自己所学的一些东西和形成的特长有了用武之地，后到了新四军军部，受到赖少其等人的影响，艺术创作水平有了长足的进步。皖南事变前，他随领导先行进入苏南，后留在了二支队，其文艺才华得以充分地展示。十六旅成立时，作曲任务便由其担当，那是水到渠成之事。

丰富的战斗生活也为他提供了丰富的创作素材，火热的减租减息运动使他的生活积淀更为丰富，他在白马桥、新桥、笠帽一带参加减租减息运动和民主政权建设，使他对农民的感情有了切身的体验，现在需要的是对素材进行提炼，将主题进行升华。

没几天剧本出来了，大意是妇女金银花与丈夫大宝在减租减息运动后因为提高了雇工工资，生活有了明显的改善，思想觉悟也有了明显的提高，妻子积极鼓励丈夫参军，家中供养父母的事由她和放牛娃承担，最后在大宝的模范带领下，全村的青年都积极参军抗击日寇。

有了内容，还需有恰当的表现形式。初拟剧本时，田芫想写成话剧，但他又觉得话剧不对老百姓的胃口，因为老百姓受传统戏曲的影响较深，喜欢吹吹打打。

既然文艺为工农兵服务，那就应该创作老百姓喜闻乐见的作品，他决定改为歌剧，剧中人物的旁白他在腹中打了好几稿，然后和袁文德、夏希平、华骏等人反复试练，效果不错。剩下的难度最大的就是作曲了，田芫对浙江、江苏的戏曲民歌有所了解，但并不十分熟悉，况且这些曲调要表现火热的抗战生活，似乎不大协调，因为曲调风格偏软，节奏偏慢。他想起了在大上海时所熟知的流行通俗乐曲的调子，他知道这些调子通俗易懂，易为大众接受，况且乐曲旋律优美动听，可以很好地表现眼下生活，抗战中许多抗日曲子并没有采用传统曲调也是明证。

于是，他便根据原拟的歌词，采用大上海流行音乐的旋律，再加上在生活中所积累的音乐元素创作起来，这一次他使用了浑身解数，不像往昔那样，哼唱记谱较为单一，乐谱直奔主题便可，这次他是在模拟演出的情景下，独居一室，不断变换角色，调动各种元素，使其与内容糅合在一起，做着既感性又理性、既挥洒自如又严守创作规律的独白、演唱。

有时他为曲调过于平淡，缺乏美感，但一时又找不到合适的调子而苦恼，有时为自己瞬间获得美妙的音符而惊喜，甚至要夺门而出、引吭高歌，就这样时断时续，曲调创作在艰难中前行。

一次他觉得自己为《金银花》谱的曲，抒情味不足，没有酣畅淋漓之感，为此他苦恼了好几天。

一日他梦见自己来到了一个丘陵山村，见一对男女如董永、七仙女般在树下对唱，那旋律之美令他赞叹不已。他跟着哼唱并加入其中对唱起来，由于过于兴奋，边唱边舞中摔了一个跟头。这一跟头把他摔醒了，醒来后，乐曲还在耳边环绕，他连忙翻身，在黑暗中摸起口琴，不点灯便吹奏起来。他生怕漏掉其中一个细小的音符，直到演练得十分熟练后，才点上灯用笔把乐谱迅速地记录下来，他还怕乐谱丢失，连抄了几份压在席子下。

第二日，他用口琴把曲子一吹，惊煞了袁文德等人，他们连连叫绝，不多久，此曲便在文工队中传唱开来。

他给剧本取名为《山乡曲》，排练几日后，剧中歌曲便在旅部周围的战士们中间传唱开来，没多久，周围的百姓也纷纷吟唱起来。

经过几番排练后，文工队在旅部驻地李巷试演了一次，大获成功，江渭清、王必成大加赞扬，还鼓励其到各团去表演推广。

反顽战斗后，新四军十六旅深入敌后，战斗频繁，直到1943年秋，田芜才带着剧本来到四十七团，去推广演出《山乡曲》。

田芜来到茅山脚下四十七团驻地，王直热情地接待了他，他们是老战友，在二支队、老十六旅共同战斗过，一同参加了塘马战斗。王直接到了江渭清的电报，一见田芜忙说："好呀，来得好，我们正需要文艺作品来鼓舞战士们的斗志！四十七团人手太少，我准备把这一任务交给供给处。你先休息，明天我陪你一道去！"

第二日，田芜与王直一道向句容阴山桥出发。

沈云康拖着疲乏的身子来到阴山桥西边的村庄。

西边一条小河缓缓地由北向南蜿蜒而下，丘陵山区地势起伏不平、土墩土包林立、沟壑纵横、茅草遍地、枯树一片，整个景致呈灰色状，没有一点鲜亮的色调。

到了秋季，这条小河几乎成为一条枯河，河中积水不多，卵石遍布。只有到雨水连绵的季节，山洪猛发，挟着草木，呼啸而下，小河才涨满了水，水若猛龙奔腾而下。而今这无雨的季节，只有干涸的河床，与其说是河，不如说是一条长长的深沟。

深沟中，有许多大小不一的积水潭，为山洪挟带山石冲击而成。有的水潭很深，其水呈碧蓝色，水中有鱼，自由地游弋，丝毫没受战争硝烟的影响。

沈云康很喜欢其中的一个大水潭，它有两间屋大，潭水碧蓝，倒映着蓝天白云，潭底似乎深不可测，一些小鱼儿在游弋，松动着他紧张的神经，撩拨着他翻滚的心海，尤其微风吹来，涟漪阵阵，他的神思清明起来，身心似乎融入无边的天宇之中。

潭边有一滚落的巨石，巨石旁有一棵巨大但枯萎了的杨树，曲折的杨树躯干、坑坑洼洼的树身、开裂剥落的树皮和周边的衰草、绿水构成了一幅特殊的景致，这景致美不胜收，即使最沉重的心境也会因之而变得柔和。

沈云康从衣兜里掏出了一把木柄小口琴，凝视许久，才缓缓地用手掌托住，双唇抿住发黄了的小巧口琴，缓缓地吹奏起来。这是他在战斗间隙养成的特殊习惯，说是放松也行，说是述怀也行，说是享受生命的一种方式也行，因为他酷爱音乐。1936年，在上海中华第七职业学校读夜校的他曾做过明星梦，但梦没有圆成，喜爱在音乐的海洋中徜徉的他花了积攒多日的零钱买了一把小口琴，在别人精心的教授下，他吹得一口漂亮的口琴曲。他通过吹奏来抒发自己的艺术情怀，即使在战火纷飞的年代也从未间断。渐渐地，他又把口琴的吹奏和战时的宣传结合在一起。只要他一拿起口琴，战士们便会聚集而来，倾听他吹奏出的激扬的乐音，心底自然凝聚成坚强的战斗意志。沈云康自己也在这众人倾听，甚至齐唱的氛围中激荡起心中那澎湃的情怀。

有时，他喜欢悄悄一人，独自找一个僻静的所在，比方说小河边、树林下、山岗上，自由自在地吹奏一些小曲。在追忆、展望、遐想中，吹气、吸气，振动簧片，发出美妙的声音，传达出幽幽的情怀。

这一阵子，四十七团在阴山头一带活动。这小村的西面山坡下有一道干涸的河，河床中有美丽的青石和绿绿的水潭，加之造型各异的枯树，显示出一种特别的静谧与明朗。硝烟不再，鼓角不闻，很适合闲暇时的活动。

不知为何，他拿起口琴，一曲没有吹完，内心便已失去了前几日的宁静，眼前所见之景似乎也使他的内心如冬眠已醒的动物般躁动起来。

他对自己的心理变化感到意外，便把口琴在掌中拍了两下，又抓住甩了甩。他猛地想起刚才不由自主地吹奏了一首流行在武进地区的民间小曲，也许是这小曲引起了自己的心理变化，他试着哼唱起这段小调，果然，内心又翻滚起来，久已封存的思乡之情喷涌而出，往事电光火石般地在眼前闪过，他不由自主地向东眺望起并不遥远的家乡来。

武进横山桥，他的家乡，位于常州东十公里许，北有横山横亘东西，南有大远河滔滔东流。1920年，沈云康呱呱落地，开始在生命的舞台上感知这多彩的世界。虽家贫，父母仍咬牙供自己上学，但三年一过，再无力供养，于是他便投到上海四哥处，学艺打工。

那时沈云康12岁，虽年龄小，但残酷的生活气息已经扑面而来，他早早地感知了不应该在这个年龄感知的酸甜苦辣。一个来自南通的在中华书局做门房的沈伯伯，见他聪明伶俐、吃苦耐劳，意欲收其为义子。由于生活艰辛，他被过继给了这位沈老伯，改名换姓，张有成的名字瞬间转变为沈云康。"有成"变为"云康"，沈老伯待他如同亲子，使他能在残酷的世界中感受到丝丝可贵的温情。他在书局里做事，贴标签是常事，有时帮着抄抄写写，书局的工人见他有文化，却在小小年纪辍学，甚觉可惜。知晓是贫困之因后，毅然捐款几十元，供沈云康在上海继续求学，同仁路小学便是他亲爱的母校。

三年倏忽而过，沈云康小学毕业后无法继续上学，只得到处打工。磨玻璃便是他的主要职业，天寒地冻，手掌开裂，依然咬牙苦干。继父心疼，但也无奈，至于伙食，只能吃书局里员工包饭时吃剩下准备倒掉的饭菜。那年头能活下去便不错了，但不管如何，还能平静度日。

在灯红酒绿的世界中，沈云康做起了当明星的梦。他喜欢文学、喜欢表演艺术、喜欢写、喜欢唱，想担任各种表演角色来展现自己的表演才能，让这些角色展现人世间的百态。可惜他落选了，他拖着疲乏的身躯走过幽长的小巷，穿过沉重的石库门。

但他没有消沉，奋斗是穷人的必由之路，静安寺的钟声在鼓励着他。

为了今后舒适的生活，他决定继续上学，追寻着并不远大的理想。直到迈进了中华第七职业技术学校的大门，他终于接受到了真正的现代文明教育。他一头扎进了知识的海洋，恣意地徜徉、翻滚，完全忘却了自己所处的苦难世界，但枪炮声震破了沈云康的理想。"八一三"淞沪会战开始后，上海一片混乱，四哥做包饭生意，战乱使人四散奔走，生意自然没了着落。既如此，不如回乡下老家，那里应该是一个较好的安身之处。

8月28日，一个永生难忘的日子，他与四哥匆匆赶到南站。但见人山人海，人头攒动，哪有一点儿空隙？各种气味扑来，熏得人七荤八素，连气都喘不过来，几乎窒息。那叫声、喊声以及莫名的喧闹声充塞于耳，人仿佛处在漩涡之中，东西莫辨，看来顺利回到乡下是不大可能了。

"到西边避一避。"四哥被声浪、气浪冲得快要跌倒了。

他们拖着破旧的行李，匆匆来到西边仓库间的夹道里，还好，这里人少，能吸到新鲜的空气了，被压缩了的心脏一下子舒展开来。声浪渐小，耳朵也清醒了许多，小声地交谈已无障碍，用不着扯着嗓子叫喊了。他一屁股坐下，用破毛巾擦了擦黏糊糊的汗水。

突然，轰鸣声骤起，那似乎是飞机的引擎声。难道日机来了？不会，这是南站，不是北站。北站早已隔离，南站远离军事区，是难民聚集的地方，日机能轰炸外滩、虞洽卿路、南京路与浙江路，断不至于来轰炸南站。

他的思绪旋即被头顶上骤然出现的四架飞机打断，还没等反应过来，刚才的人流汇集处顿时轰炸声一片，巨大的气浪把四哥等人掀翻，随即硝烟四起，火药味阵阵，惨叫声一片。

他爬了起来，飞机的尖啸声掠过耳际，旋即又是阵阵的轰炸声，他们紧紧地拥在一起，缩在墙边，无奈地、听天由命地等待不可知的命运。

浓烟滚滚，已不见夹道中的一切，烟味呛得人咳嗽不已，伴随着断了线般的泪珠，人们只能依偎在一起，用力拥抱着彼此。

片刻后，浓烟消散，混乱奔走的人们怀着极其惊恐的神色叫喊着，不一会儿夹道里就挤满了人。

为了防止意外，他们只得冲出夹道，离开这危险的区域，一离开夹道，沈云康几乎跌倒。

什么叫血流成河？什么叫死伤枕藉？什么叫惨不忍睹？眼前的一切对此做了最好的

注释。

几个妇女抱着残缺不全的婴儿尸体，一个被吓得哭叫着的小孩端坐地上，望着肠子四散的母亲的遗体，四周还有很多面露惊恐的人诉说着月台上的惨状，他脚一滑手一撑，碰到了一只被炸焦了的手臂，从那纤纤玉指看，那是一只年轻女性的手……

"啪"的一下，口琴滑落下来，掉在河床的卵石上，簧片发出了清脆之声，沈云康的思绪一下子收了回来，但眼前还残留着漂浮着的尸体的影子，那滑落下来的口琴仿佛和那纤纤玉指叠印在一起。

沈云康拾起口琴，抹去粘附在上面的灰白的细沙粒，口琴两端的木柄上清晰地显现出用刀镌刻的两排小字："抗敌"和"报国"。

他的心海又翻滚起来，脑中的思绪又和被打断的思绪慢慢地对接弥合起来。

南站被轰炸，沈云康幸免于难，改道乘船回到家乡横山桥，但没几天，淞沪会战结束，国民党军队溃不成军，日军的先锋部队很快抵达常州，家乡时不时地窜来日军。一日下午，日军突然进村，见人便杀，"叭唥叭唥"的枪声伴随着乡民的惨叫声不绝于耳。日军枪法奇准，把逃路的乡民当作活靶子，一枪一个，同族的兄弟被枪杀了好几个，自己与四哥逃入稻田中趴伏，才幸免于难。

两次劫难，给他刻下了永恒的印记，日军的暴行激起了他心中的怒火。山河破碎，树木凋零，何处是归宿？乡间也不能住了。无奈之下，1938年年初，他再回上海，重操旧业，继续入读中华第七职业技术学校，学英语、学数学，还是希望将来谋个好职业。

但夜校已不再宁静，沈云康与其他学生一道，汇入了抗日的洪流中，贴标语、喊口号，不久便加入难民救助中，努力勤奋地工作。难民救助所的负责人安排他担任上海慈善难民收容所三十区、三十一区的区长，于是他全身心地投入到对难民的救助工作中。

时间过去了一年有余，沈云康猛觉身边一道工作的人接二连三地"失踪"，干得好好的，怎么接二连三地消失呢？正在他纳闷之际，负责人找上门来，他把这个疑问抛了出来，对方笑了笑，缓缓地说："现在是抗战时期，他们去抗战了。"

"对，抗战！"一提抗战，上海南站和乡间横山桥的日军暴行顿时浮现在眼前："我不想再待在这儿了，我也要到前方去抗战。"

对方又笑了："好，我正为此事而来，你既有此愿，我安排你去常熟东塘，那儿有一支伟大的抗日队伍，是我们老百姓自己的抗日队伍。"

"好，就这么定了。"热血涌上心头，沈云康早已按捺不住，想立即投入这滚滚的抗日洪流中。

临行时，他什么也没带，只带上了那只心爱的口琴，为了勉励自己，便在口琴两端的木柄上镌刻上两排小字"抗敌""报国"。

……

"砰"一声响，一个小石块滑入潭中，小潭激起层层涟漪，沈云康目视小潭，一股豪情涌起，他把口琴递到唇边，《满江红》的曲调从小小的口琴中飞扬而出，他的心潮也随之起伏，起伏。

他很想一边吹一边唱，事实上这根本做不到，但在脑海中，他是应和着所吹之曲，高声吟唱："怒发冲冠，凭栏处，潇潇雨歇……"

"沈处长，沈处长。"远处柳树下小战士小巫叫喊着。

沈云康猛地一怔，往事又如烟云般消失，远山、近树、河床又再次映入眼帘之中。

小巫跑了下来："沈处长，王直政委和田芜干事来了。"

"啊，他们来了。"沈云康一脸喜色，忙爬上河堤，急急向阴山头小村走去。

沈云康一进屋，王直、田芜迎了上来。

"欢迎呀！欢迎呀！王政委、田干事，什么风把你们吹来的？我刚好出去走走，未能远迎，恕罪，恕罪。"沈云康一面说着，一面叫人赶快上茶，其实上茶也就是倒上一碗白开水，小战士们忙说："正在烧呢。"

王直一摆手："别忙，别忙。"他关切问道："这一阵子忙吧？你这个供给处长够辛苦的了，这茅山子弟兵的吃喝拉撒全要你管呀。"

田芜与沈云康是老朋友，也是无话不说："沈处长是大管家，也是大忙人，刚才忙里偷闲，出去逛悠，是不是考虑今年冬天的棉衣啦？"

"棉衣是要考虑，快入冬了，棉布棉絮还没完全解决，这棉被、棉衣、棉背心，还有子弹袋、手榴弹带、炮衣、枪套都要解决。至于军火、医疗器械……"沈云康的神情特别凝重。

"艰苦的日子不会长久，抗战已进入相持阶段，现在是最为艰苦的阶段，这是黎明前的黑暗。沈处长，这正是考验我们的时候。"白开水已倒入碗中，热气升腾，晕化了王直刚毅而又消瘦的脸。

"对，请首长放心，我们供给处会加倍努力，出色地完成任务。"沈云康朝门外看了看，见暮色四合，天渐渐地黑了下来："王政委急急赶来，田干事远道造访，是不是有什么任务？"

王直与田芜相视一笑："我们这也叫无事不登三宝殿，但这次不是为供给而来，而是另有任务。"

"另有任务？"

"对，"王直点点头，"是宣传任务。"

"宣传任务？"沈云康摸了一下头："王政委，我这儿可是供给处呀，这宣传的事……"

王直打断了沈的话头："这次田干事是带了旅部江政委的指令，现在苏南抗战的局面有了很大的改观，尤其在溧水，在苏皖区党委、苏南行政公署的领导下，根据地建设有了翻天覆地的变化，减租减息，春耕秋收，武装发展出现了前所未有的新面貌。为了宣传苏南人民，尤其是溧水人民抗战的业绩，鼓舞十六旅全体指战员的抗日斗志，区党委和旅部决定在部队进行广泛的文艺宣传。"他回转身拍了一下田芜的肩膀，"现在有我们的大作曲家田芜创作的《山乡曲》在四十六团、四十八团开演，盛况空前，我们四十七团哪能落后？所以我把田干事请来，由他来指导我们四十七团的战士，加强排练，准备演出，事不宜迟呀。"

"对,事不宜迟,可……"沈云康觉得这和供给处没多少关系呀。

"沈处长,这些事本来应由宣教科来管,但我们四十七团和兄弟团不一样,我们的宣教科没有什么人,部队又分散活动,加之又在茅山脚下,想来想去,我只好把这个任务交给你。你们有人,且又在这茅山的西面,群众基础好,是个有利条件。"

"这……"沈云康确实没有思想准备,他一直搞供给工作,而今担任茅山保安司令部供给处主任,这一行他是熟手,但文艺工作他可从没有涉足过,虽然他喜欢文艺,经常看书、吹口琴,也曾做过演员明星梦,但是……

他想了想,还是义无反顾地接受了这一任务:"好吧,我全力做好此事。"

他的这一承诺,其实是有着极其深刻的渊源,他在中华第七职业技术学校读书时,便接受了共产主义的思想,在难民所,他以实际行动,践行了为共产主义献身的精神,参军后不到一个月便入了党,这便是最好的明证!为了党,为了民族,他将奉献一切,无条件地执行党的指示,完成党交给的任务。

田芜留了下来,指导供给处的同志排练《山乡曲》这个节目。

首先要物色演员,主要演员有三人:大宝、金银花和放牛娃。供给处就那么几个人,有的还要执行任务,一时还真的找不到合适的人选。

沈云康想来想去,准备亲自出马,一方面没有合适的人选,另一方面自己也有过当明星的梦,虽然这梦想在抗战的硝烟中暂时被遮蔽了,但只要有合适的时机,那留存心底的梦还会时不时地重温起来。现在正好有这样一个机会,况且现在的演出比当年在上海滩自己所向往的演出有更高的思想内涵和现实意义,这也是实现梦想、体现自己艺术追求的一个机会。

那么金银花由谁来扮演呢?他掰着手指头想了想,总觉得不满意。

不过,想到放牛娃这个角色,他脑海里即刻浮现出一个人来。

那是一个只有 13 岁的小孩,穿着肥大的军衣,下摆过膝,帽子压住了眉毛,面容刚毅而又坚强,尤其那眼睛,时时散发出灼灼的光芒。当然,这并不是这位小战士最突出的特征,他最大的特征是皮肤极其黝黑,虽不能说黑得发亮,但离发亮也不远了,若把他比作非洲黑人兄弟,几乎所有人都会含笑称是。

沈云康微微一笑:"对,小黑皮,就是他,让他来演放牛娃。"

因为四十七团卫生处活动的范围和供给处活动的范围都在茅山周围,近来都在阴山头、夏庄一带活动,找人比较容易。

沈云康急命一战士去夏庄请小黑皮,没多久,小黑皮进来了。

田芜一看,果然名不虚传,小黑皮的形象和沈云康描述得差不多,只是田芜觉得这小孩最奇特的是淘气又机灵,充满了灵性而又不乏成熟的睿智,这两种元素汇合于一个 13 岁的小孩身上,他也从没见过。

小黑皮与沈云康是老相识,加之小黑皮本是一顽童,所以一进门便无拘无束,大叫大嚷:"沈处长,叫我干什么?是不是有什么好吃的战利品?"

"规矩些，不要一进门就叫，我来给你介绍一位同志。"他指了指田芜，"他是旅部的宣传干事田芜同志，这次来我们团指导文艺演出。"

小黑皮看了看，点点头，顽皮地挤了一下眼，没说什么。随即沈云康把演出《山乡曲》一事简述了一下，并要求小黑皮演放牛娃。

小黑皮叫刘蔚楚，是四十六团副团长刘一鸿之子。

刘蔚楚连连摆手："我不演我不演，我不会演。"

"不会演？"沈云康脸一沉："不会演也得演，这是任务。"

"我不会演，你偏要我演，哪有这样的事？"刘蔚楚脸上顿显一股犟劲。

沈云康知道这小黑皮脾气挺犟，一旦弄毛了，还真不好办。他微微一笑："小黑皮呀小黑皮，亏你还在抗日小学学习过，还会吹吹打打，平时还逞强，怎么关键时刻就退缩了？"

"我不会演呀，我从来没演过戏。"

田芜开口了："什么事都是从不会到会，总有个开头吧，我看你挺合适。"田芜从一见面到一交谈，便喜欢上了这个小孩，这小孩在舞台上演放牛娃是最合适不过的了。

这小黑皮嘴上还是不答应，但口气不似先前那么坚决了。

这一点没有躲过沈云康的眼睛，沈云康觉得小孩天性如此，还需哄一哄："小黑皮，你不是喜欢吹口琴吗？你若答应演出，我这口琴就给你使用，怎么样？"沈云康知道小黑皮喜欢吹口琴，但自己平日轻易不借，他已嚷了好几次了。

这小黑皮脸上的神情立刻起了变化，翘起的小嘴即刻下垂，脸上漾起欣喜之色："真的？"

"真的。"

小黑皮还假装思考了一阵子，其实对于演放牛娃一事，他内心并非不能接受，只是现阶段心情过于压抑，对什么事也不感兴趣，所以一听此事，便不加思索地加以拒绝。不过几句话一交谈，他马上想通了，这是为了宣传、为了抗战，又听到口琴可以给他使用，他几乎想一口答应下来，但他一想，这样似乎过于唐突，便似真似假地思考起来。

半晌，他终于答应了："那就试试吧，演不好不要怪我呀。"

"不怪你，不怪你。"沈云康见小黑皮答应，一颗心终于放了下来。

"你一定会演好。"田芜抚摸了一下刘蔚楚的头，"孩子，你完全能演好。"

金银花的人选还没定下，沈云康正在合计着，只听门外传来一个女人清脆的声音："沈处长在吗？"

刘蔚楚一听声音，便知道谁来了，昏黄的灯光下，一名女战士轻快地走了进来。

她个子不高，却着装利索，身子挺直，显现出战士特有的英武之气。

刘蔚楚迎了上去，叫了一声："姑姑。"

沈云康站了起来："啊，吟秋同志，是你呀。"

田芜一见，也高兴地叫起来："潘吟秋呀，好久没见你了，是不是王政委告诉了你，我来了四十七团？"

潘吟秋点点头：“他来看了我一下。”

“身体好些了没有？”田芜知道残酷的“清乡”损害了她的身体，这一阵子她正在四十七团卫生所养病。

“好了，谢谢。”她转过身朝沈云康看了看，“沈处长，是不是要演《山乡曲》？”

“是呀。”

“演员选好没有？”

“还没有，你看，”沈云康点了点刘蔚楚，“我刚动员到一个，我自己也演一个，只是剧中金银花一角还没人选，我正为这个犯愁呢。”

“如果这个角色还没有合适人选，那么我毛遂自荐，把这一角色交给我吧。”她语气平静而又坚定。

潘吟秋是在王直探望她时得知这一消息的，王直当时就说，敌情紧张，宣教科抽不出人，交给沈云康他们，估计他们有困难，尤其是女同志难找。潘吟秋一听，当即向王直提议由自己来扮演这一角色，王直担心她身体不行，但潘吟秋说没事。

“啊呀，太好了，有你这样有经验的人来扮演，最合适不过了。”田芜满口赞同。

“姑姑，一起演，太好了，我们又可以在一起了。”小黑皮拉着潘吟秋的手叫嚷着。刘蔚楚和潘吟秋关系非同一般，1938年，刘蔚楚所读的抗日小学隶属于女生八队，这些小孩全靠女生八队的战士照顾，当时照顾刘蔚楚他们的班长便是潘吟秋，那时刘蔚楚才八岁，还穿着开裆裤，全靠潘吟秋照顾，所以刘蔚楚亲热地叫她姑姑。

“好是好，吟秋同志，你身体不适啊，是来养病的，演戏费神费力，我怕影响你的身体。”沈云康一脸忧色。

“没问题，没问题，我挺得住。”潘吟秋连忙说，尽管她的脸色很黄，面露疲惫。

沈云康为潘的请战深深感动了，他紧紧抓住潘吟秋、刘蔚楚的手说：“我们三人合力，在田干事的指导下，定能演好这一出戏，预祝我们演出成功。”

排练只能秘密进行，在敌人的眼皮底下，随时要进行战斗，供给处的重要性人所共知，其物资储藏，极易遭敌攻击，而卫生处也如此，如果隐蔽性差，后果同样不堪设想。

但排练总要发出声音，也容易遭人围观，目标易暴露，想来想去，王直决定把他们安排到磨盘山苏家大凹的深山密林处去排练，这样才可万无一失。

沈云康、潘吟秋、刘蔚楚等剧组人员匆匆来到十六旅修械所、卫生所驻地苏家大凹，然后有板有眼地排练起来。

演戏，田芜是行家，抗战前他在上海霓虹灯厂工作过，对于音乐、道具等舞台艺术十分在行，他们首先练习唱歌。

田芜把歌谱拿了出来，先自己哼唱了一遍，沈云康、刘蔚楚都受过音乐教育，也识谱，平时就吹吹打打，自然不消多久便把全剧的歌学会了。潘吟秋也识谱，她担任过文工团团长，她根本不用看谱，听沈云康用口琴吹奏几遍后便唱了起来。

清晨，霞光初露，为丫髻山、老人山、磨盘山抹上了一层浅浅的玫瑰红。

　　山峰绵延起伏，山脊线条弯曲柔和。漫山遍野的松树在秋风下发出呼呼之声，声浪在摇荡整个天地。松树间间或有片片竹林，那竹林的面积也不小，虽远看不能称之为竹海，但走近后发现它们却似绿色的海洋，敞开胸怀接纳着人们，那竹叶发出的瑟瑟之声，犹如天籁之音，撩拨着人们的心田。伫立其间，你真的会忘记这片大地上正发生着血与火的战斗。

　　这小黑皮明明是演放牛娃，但他排练时却偏偏演起大宝的角色，弄得田芜十分光火，倒是沈云康见怪不怪，他理解这个小顽童的脾气。当然关键时刻还要潘吟秋这个"姑姑"来管教，她对这位曾经亲手调教的小孩具有一种天然的"威慑力"。

　　小黑皮倒并非不肯认真演这一角色，其实这个角色他是很喜欢的，他小时候牵过牛、放过牛，他也知道乡间的牧童大多是天真顽皮的，而自己又属于顽皮的这一类，演这放牛娃不用化妆、不用排练，只要把曲唱好就行，因此不肯多花功夫，而客串一下大宝的角色倒是蛮有趣的，所以他在沈云康排练时，便不时地学唱、打岔，这扰乱了沈的排练。

　　田芜真想把他敲打一顿，但一想到刘一鸿，他的心一酸，这可怜的孩子至今都不知道其父早已去世了好几个月，况且他年纪轻轻便为新四军出生入死，屡立功绩，所以他只好叹口气。还是沈云康有办法，他知道小黑皮极爱吹口琴，就叫他吹口琴伴奏，这小黑皮"哈哈哈"一阵笑，抢过口琴背倚毛竹竿便吹奏起来，清脆的音乐在山沟的竹林里飘荡起来。

　　沈云康便用浑厚的嗓音唱起来："阿妹你心放宽，不必细思量，我虽是庄稼汉，放下锄头扛起枪。"一听唱声，田芜点了点头，但看了看沈云康的动作后，却又摇了摇头："沈处长，你的动作过于儒雅，不像庄稼汉，动作还要再粗放些。"田芜说完，模仿着农夫粗犷的动作，示范了一下。

　　潘吟秋点了点头，潘吟秋和沈云康非常熟悉，她第一次看到沈云康便觉得他身上有一股书卷气，加之沈云康是属于典型的南国男子，清秀而有灵性，身高适中、身材匀称又挺拔、骨骼硬朗，是属于那种"帅气"类的男子，尤其是那双眼睛，又大又亮，充满了睿智之光。这样的男性演知识分子最合适不过，若演农夫粗汉这一类，还真得花一番功夫。

　　沈云康也自知自己虽出生于农村，但毕竟在农村待的时间不长，有三年一直读书，后又在上海生活，虽劳动艰苦，但都是在中华书局干细活。参加新四军后主要从事情报工作和供给工作，虽有时扛枪打仗，但毕竟没干过农活，自然缺乏农民生活的基础。不过他毕竟在农村生活过，脑海里有农民劳动的深刻印象，加之田芜一点拨，旋即动作变得粗犷起来，渐渐达到了要求。

　　潘吟秋已在文工团多年，加之她自小生活在上海，耳濡目染，对音乐有先天的兴趣，乐感极强，她对地方戏，尤其是越剧有着一种近乎痴狂的迷恋，平昔在上海的小弄堂里经常和同龄伙伴边唱边舞。后来她到了女生八队，受到了系统的训练，学会了简谱，也学会了常见的乐器演奏。在新四军几年的文工团工作中，成绩优异，为抗战文化的宣传推广做出过很大的贡献，如今《山乡曲》在四十八团、四十六团广为演出，她身在四十七团，怎能不为之争光呢？

　　不过她病体未愈，身体还是有点虚弱，不一会儿身子就觉得有些飘。

346

　　沈云康接过刘蔚楚递来的口琴，富有激情地吹奏起来，潘吟秋则在竹林边扮演金银花这个乡间女子的角色。

　　霞光透过竹林，斜照在战士们的身上。阳光在竹林间折射出一轮轮光圈，鸟儿在吹击乐的伴奏下，扑扑直飞，偶尔栖落于竹梢，发出婉转而又亮丽的鸣叫声。附近的小溪水声潺潺，山中还没有凋谢的野菊花散发着阵阵的香味，一群蜜蜂振动着有力的翅膀，在秋风中嗡嗡作响。有许多伤病员拄着拐杖来到竹林边，看着他们表演。修械所的几个师傅也停下了手中的活儿朝这边走来，黝黑的脸上露出了欣喜的神色。

　　歌声在山水树梢间围绕："金银花心里想，大宝我的郎，替人家做长工，一辈子受苦。倒不如参加新四军，救苦救难保家乡。"潘吟秋边唱边舞，把乡间女子的柔情蜜意和为民族而战的豪情很好地糅合在一起，举手投足之间尽显乡间农妇之形貌，尤其那眼神把一名中国传统女子的贤良、忠贞、勤劳的特色一览无遗地展示了出来。

　　田芜不由自主地鼓起掌来。

　　突然，在口琴的吹奏声中加入了另一种乐器的声音，旋律和口琴的吹奏保持一致，众人一看，原来小黑皮不知从哪里摘了一片宽大的竹叶放在嘴里，用手掌一按，竟吹奏起《金银花》的曲子来。

　　潘吟秋微微一笑，她知道小黑皮不仅会用竹叶，还会用葵花叶、板茅叶，甚至把河蚌壳磨一个洞就能吹奏出许多妙不可言的乐音来。奇妙的音乐和精妙的表演在这片竹林边神奇地演绎着，许多战士完全沉浸于这氛围中，伤痛早已飞到九霄云外去了。

　　轮到小黑皮表演了，由于没有耕牛，只好临时找一头老山羊代替，这倒合小黑皮的胃口，他一上场先是做鬼脸，旋即来了几个猴拳，还翻了一个筋斗，惹得众人哈哈大笑。

　　"小黑皮，严肃点，这是演戏，不是闹着玩。"田芜把脸一沉。

　　小黑皮马上肩头一抖，严肃起来，他牵着"牛"，不，他实际上是牵着羊，唱了起来："大宝哥呀，你放心，你走以后我干活，家里的农活你放心……"

　　这几句唱得有板有眼，动作也很到位，他是按照生活的本来面貌加以模仿的。

　　这一演还真有些逼真，但他童心未泯，在和沈云康的对唱中，忽地尖起嗓音，用女人的声音对唱起来："家里的农活由我干……"

　　这童音本就清脆，加之他尖着声一唱，众人还以为是潘吟秋演的金银花在对唱，但明确无误"金银花"只是站在一旁，并没有张口动手。

　　刘蔚楚还在用尖嗓子乱唱着，惹得伤病员们哈哈哈一阵笑，有一个伤员一时忘了伤痛，猛地起立，旋即惨叫一声，跌倒在地。

　　"小黑皮，你再这样，我要处分你。你知道吗？这是王政委交给我们的任务。"沈云康第一次发火了，"你知道吗？如果在老百姓面前出这样的洋相，是要误大事的，你担当得起吗？"

　　潘吟秋走了过来："蔚楚，你要认真，没有扎实的训练便不会有精彩的表演，俗语云'台上十分钟，台下十年功'，这可不是闹着玩，这表演呀，你看着简单，其实并不简单，好好练。"

不知是潘吟秋的话对他有特殊的威力，还是小黑皮虽表面上散漫，骨子里其实还是十分认真的，他即刻收起笑脸，认认真真地表演起来。

阳光照在他黑乎乎的脸上，发着微微的亮光。

演了一阵，田芜点头称是："小黑皮动作基本到位，但节奏快了些。也许是因为你牵了一只羊，羊乱动使你也多动起来。牛是沉沉地迈步，不多动，到时舞台上用真牛，况且舞台小，你的动作要少些，活动范围要小些。"

"真的把牛牵上去？"刘蔚楚眼睛一亮。

"对。"

"牛会不会触人？"潘吟秋有些担心。

"不会，姑姑，找老牛，老牛是很温顺的。"小黑皮连忙叫道。

"对，四十八团、四十六团都从老百姓那儿借了牛牵上舞台，效果很好，老百姓觉得很新鲜呀。"田芜点了点头。

……

排练完毕，便在苏家大凹试演了一下，效果良好，有的伤员看了好几遍，已经会唱好几段曲子，其中《金银花》那个片段，那优美的旋律激发了他们赶走日寇、过上幸福生活的强烈情感，也坚定了他们早日康复、重上战场的决心。

四十六团战士李春山，在不久前的战斗中身负重伤，来到磨盘山疗伤，由于伤势重，又缺乏营养，他十分消极。他嚷着要吃猪肝，司务长十分为难，说买不到猪肝，部队给养十分困难，他便大叫大喊："我死了不要棺材，用买棺材的钱替我买猪肝。"说完嚎啕大哭。此事传出后，受到首长的严厉批评，但他还是整天干嚎。后来他被修械所的师傅架着来观看《山乡曲》的排练，当他看到苏南农村在新四军十六旅和苏皖区党委领导下，农民过上了幸福日子，金银花送丈夫大宝参军，放牛娃主动帮其干家中的农活时，眼泪滚滚而下。他家在武进寨桥，虽然那边的根据地建设比不上溧水新桥区，但抗日政府还是时时照顾年迈的父母和在家干活的妻子。前不久，妻子托人捎信，说新四军卫生战士在黑夜为老父治病，把老父从死亡线上拽了回来。现在抗战处在最困难的时期，人人咬牙苦战，自己受了点伤，因吃不上猪肝，竟说出那样难听的话，想到这，羞愧之情直袭心头，尤其看到潘吟秋扮演的金银花送夫参军时的殷切关照，他觉得实在有愧于父母、妻子的厚望，便呜呜地哭泣起来……

王直政委也来了，文艺工作的重要性，他是最清楚不过了。自反顽战斗后，国民党步步紧逼，溧水根据地已丢失，四十六、四十八团和旅部基本上都是以连级为单位分散活动，几乎天天在敌人梅花桩般的据点间穿插。四十七团原本如此，现在形势更为紧张，敌人时不时地来偷袭，对敌斗争不敢有丝毫的松懈。现在江渭清政委告诫苏南党政军要团结一致，共渡难关，敌人越猖狂，说明他们离灭亡越近。当务之急是要在备战的同时，抓好文艺宣传工作，利用宣传这一有力武器鼓舞苏南人民的抗日斗志，震慑敌人，夺取胜利。

这位参加过血战塘马的老首长看完表演后表扬了田芜、沈云康、潘吟秋和小黑皮，并命令他们几个人立即返回阴山头、夏庄一带表演节目。

"同志们，我们就在敌人的眼皮底下演戏，表达我们抗战到底的决心。让日寇发抖吧，我们四十七团是摧不垮、打不烂的钢铁部队。"阳光高照，照在他容光焕发的脸上，他的豪情一如在红军宣传队、二支队宣传队时，一如在戴家边、清水渎时。

"白天演出要好一些，晚上演出，风险比较大，要防止敌人偷袭。我已命令地方武装和少量四十七团的连队战士做好警戒，确保你们演出成功。"他朝排练的几个人看了看，"到时看你们的了。"

"是，请首长放心，我们保证完成任务。"刘蔚楚和其他几个人一齐朗声应道。

王直缓缓地走到刘蔚楚前，用手抚摸他那黑黑的头，小黑皮顽皮地一笑。

王直眼眶一热，看到小黑皮渐渐长大了，他高兴，但他一想起小黑皮还不知道父亲刘一鸿已牺牲，心情就感到特别沉重。但旅部有规定，为了保护小黑皮，刘一鸿牺牲的消息能瞒多久就瞒多久，一想到此，他的眼眶湿润了。

"蔚楚呀，天气快要冷了，要多穿些衣服。"

"没什么，我好着呢。"然后他拉着王直的手，"叔叔，我们演戏时能拍上照吗？"

一提到拍照，王直便想起1941年10月份，也是这个季节，在塘马祠堂山墙边，小黑皮与自己和许彧青、钟国楚、黄玉庭、王胜拍照的事，但事过境迁，一晃已近两年。

如今，罗、廖首长牺牲，王胜已调离他处，钟国楚、许彧青则在旅部，黄玉庭在四十六团，自己和熊兆仁一道带领四十七团奋战在茅山脚下，而抗战的形势依然艰巨。

潘吟秋走了过来，王直没有直接回答："吟秋，你要尽可能地照顾好小蔚楚呀。"

"放心吧，我会照顾好的。"潘吟秋当然知道王直的用意。

但刘蔚楚不知就里，以为王直担心他不认真演戏，便一个劲地表白："叔叔放心，我一定会演好的。"

王直决定在10月12日，新四军建军日那天晚上，在句容阴山头演出《山乡曲》。

当日白天，剧组就忙开了，但四十七团根据地实在太艰苦了，演出条件实在简陋，可这难不倒田芜、潘吟秋他们。

两块不大的天蓝色幕布，一只化妆品小箱，装的全是土造的化妆品，比方说用印刷油墨和凡士林调和作为油彩，用柳树枝熏焦后制成眉笔，还放了两三只小镜子。

由于沈云康过于帅气，在涂抹油彩后，田芜觉得与农夫形象不合，他不管三七二十一，往沈的脸上涂抹了一层锅底灰，这一涂有点不伦不类，但这样一来恰似乡间农夫粗糙、黝黑的皮肤。然后，田芜又把沈云康的眉毛加粗加黑，等他穿上破上衣后，又在他腰间束了一圈稻草，沈的形象大为改变，连小黑皮都认不出来他了。

潘吟秋熟门熟路，她自己化了淡妆，又从老乡那里借来围裙和绣花鞋，一穿上恰似农家少妇，贤惠而又妩媚。只是在军队中摸爬滚打，腰板特别硬朗，一看就有军人的影子，田芜嘱其在演出时不要过于挺胸抬头，潘吟秋连连点头。

这小黑皮却死不肯化妆，他说只要穿上破衣服，戴上破篓箍头帽子就行，但一定要有牛，牵羊是不行的，羊到了晚上遇到灯火是肯定会跑的。

因为有合唱，沈云康找了一些战士表演合唱，还准备了许多火把，众人最后要举着火把上台的。

这里正忙着，找道具的战士回来了，一是借不着汽灯，咋办？二是借来一条牛，但是太凶，除了主人，无人敢牵，而主人又不能演戏，一时又找不着其他的牛。

沈云康说第一个问题好办，没有汽灯，到老乡家里借几只大碗盛满豆油或菜油，每个碗里放上十几根灯草，在台口摆开，照样可以演出。至于牛嘛？那可能没办法，牛是牲畜，谁能叫它服服帖帖配合演出呢？

刘蔚楚一听满不在乎："沈处长，让我看看，在家乡坝头村，什么牛都有，最凶的牛我都能驯服，我来试试。"

报信的战士慌了："小黑皮，别胡闹，这牛玩不得，刚才有两个粗壮的战士差点儿被它伤着。它又蹦又跳，双角乱抵乱触，这可不是闹着玩的。"

这小黑皮哪肯罢休，抬脚拉着那位战士就跑，潘吟秋急了，忙去拉小黑皮，但没拉着，由于她穿的是绣花鞋，不大习惯，自己也差点儿摔了跟头。她忙追了上来喊："蔚楚，蔚楚！"

刘蔚楚拉着报信的战士一阵风似的跑到一农户牛棚边。

这牛棚不大，土墙茅草顶，北墙上有一门一窗，牛被拴在桩上，在屋前晒着太阳，脚下刚拉了几堆黑黑的牛屎，还冒着丝丝热气，它两眼放着凶光，耳朵竖着，一副十分警惕的模样。

两人离牛远远地，小战士不敢上前，刘蔚楚一瞧便直叫"好牛"，然后他围着牛转了一转，朝着牛那宽大的臀部看了半天。

小战士不耐烦，朝牛做了一个动作，只见牛突然吼叫一声，头一低俯冲过来，小战士撒腿便跑，好在牛被拴在桩上，还没冲开几步便被绷紧的绳子拉住。只见刘蔚楚从树林里出来，手里拿着一束发黄了的不知名的草，然后用双唇吹着乐音，朝牛走去。说来也怪，这牛一听刘蔚楚发出的乐音，眼中渐渐温和起来，耳朵也耷拉了下来，刚才被激扬起来的牛毛也蛰伏下来贴在牛皮上，还时不时地伸出舌头反舔着牛鼻。

刘蔚楚大胆地走到牛跟前，把草伸到牛嘴边，轻轻地说道："吃呀吃呀，我的牛。"说来也怪，牛真的吃了起来，不一会儿嘴边泛起了浓浓的白沫。

然后刘蔚楚轻轻地拍着牛角、牛头，用手指搔着牛背，又用树枝撩拨着牛屁股、牛尾巴，牛四蹄畅快地踏起步来，尾巴也甩了起来，"哞哞哞"地扬头叫个不停。

潘吟秋刚好赶来，只见小黑皮又折了柳树条驱赶着牛身上的苍蝇，然后转到牛首前说道："老牛老牛，快低头。"

此牛像懂人语，竟低下了头，然后小黑皮双脚踩着牛角，一溜窜地爬上牛背，倒骑着牛"夹居，夹居"地叫唤着。

潘吟秋松了口气，小战士看傻了眼，连连称奇。

一会儿，牛主人来了，他对刘蔚楚深为佩服："啊，了不起的牛倌呀，我这牛呀，被人戏称是秦琼的'虎来豹'，除我以外，无人能近，看来你是世外高人。"

沈云康又着人在阴山头村东搭起舞台，那舞台其实很简单，借来几只摔稻用的屏桶，倒扣于地，再在上面置上船板。幕布和背景用四支竹篙撑住，竹篙再深插于地。至于灯光则是用大碗盛上菜油后，排列于前，由于大碗内置有许多灯芯，单枝灯火虽弱，但千灯齐放，在黑暗的乡村里，也显得十分明亮。

晚上，这小山村聚集了许多乡民，他们穿着褴褛的衣服，套着破旧的布鞋和陈旧的草鞋，小孩们乱叫乱嚷，老妇们踮着小脚，老头则吸着被苏南人称之为"烤棒头"的竹烟棒，身强力壮的年轻男女，或顶着或抱着小孩，挤在一起，乘机调笑，但个个神情专注，伸头看着那明亮的舞台。

田芜一看台下黑压压的一片人，心里感到由衷的喜悦。他原先想，这茅山脚下离日军据点近，在这兵荒马乱的年头，不会有多少乡民来观看，没料到来观看的人远远超过了预先估计的数字。

豪情顿时涌来，话语也激昂起来，他亲自到幕前宣布演出开始。

为了吸引群众，田芜临时从旅部请来一位女战士表演了一段踢踏舞，虽然这种舞蹈早已在新四军下乡时表演过，许多老战士并不觉得有什么新鲜，但对于贫苦的乡下百姓来说，确实是个十分新鲜的东西。他们呼出一片惊奇之声，"来一个来一个"的叫喊声绵绵不绝。

把群众的情绪吊起来以后，田芜又安排了一些猜谜语的节目，这些谜语大都是套用乡下百姓平昔玩的猜谜游戏，多是山川地理之物和日常生活之类，改装后多半是宣传抗战内容，这种借古老形式表达新鲜内容的方式，效果出奇地好。

接着表演口琴独奏，田芜没有让人立即演奏抗战歌曲，而是先演奏苏南名歌名曲，这一下子又吊住了群众的胃口。

在群众的情绪到达了最高点时，沈云康登场独奏了曲子《游击队之歌》《五月的鲜花》。他玩口琴玩了多年，技巧十分纯熟，加上他那富有个性化的独奏，博得了群众的阵阵喝彩声。许多乡民从没见过口琴，自然也从没听到过口琴声。一见这玩意儿能奏出如此动听的音乐，自是喜出望外，刚才演奏的民歌，他们大都能哼几句，现在的音乐虽不熟悉，但经沈云康的演奏，慢慢地浸入心中，旋即便能跟着哼唱起来。有几个小孩用手背当作口琴，在嘴边不时地来回摩擦着。

田芜借来了一些口琴，刘蔚楚挑了一把，迫不及待地和沈云康合奏起来。刘蔚楚曾在军部演出过，当时叶挺军长曾为他们拍过一张珍贵的照片，那张照片上他歪着头吹着口琴。也算是一个吹口琴的老手了，一招一式和沈云康配合得十分得体。他们两人演奏了《锤子镰刀》《钉铃》，小黑皮边演奏边做着顽皮的动作，惹得观众哈哈哈一片笑声。

接下来口琴合奏《新四军之歌》，这雄壮激扬的旋律把会场的气氛又推到了一个新的高潮，战士们听得热血沸腾，恨不得即刻扑入敌据点，和日军激战一番；那些青壮农民听了，热血翻滚，也恨不得抓过钢枪即刻上阵。

田芜手一挥，节奏放慢下来。下一个节目为诗朗诵，集体朗诵陈之谷的《茅山下》，领颂者沈云康。

帷幕拉开，沈云康身着军装，站在台前，后面是一整排身着戎装的战士。

沈云康这几天演大宝，几乎一扫其文雅的形象，现在他又必须恢复常态，以军人的形象出现在舞台上。他沉着刚毅，走向台前，全场静下来听他朗诵。

碗中的火苗在跳动，明暗不一的光亮照在他化妆过的黑漆漆的脸膛上。他的普通话虽然带有浓重的武进口音，但经过训练，大体还过得去。

他那低沉、浑厚的嗓音回荡在苏南山村的上空。

"别回顾你脚边的黑影，请抬头望前面的朝霞。"

后排战士齐声朗诵："谁要自由，谁就要付出血的代价。"此声一出，台边的田芜、潘吟秋、刘蔚楚皆大恸起来，他们不约而同想起了两年前的塘马血战，想起了敬爱的罗、廖首长和牺牲的将士，泪花在眼眶中打起转来。

"茶花开满在山头，枫叶红遍了原野，别嗟叹道路的崎岖……"沈云康的语调低沉而缓慢。

田芜、潘吟秋、刘蔚楚当然知道下一句那激奋人心的著名诗句，他们三人紧握拳头和台上的战士一起高声朗诵："我们战斗在茅山下！"

……

接下来是讲故事，大都是新近发生的抗战故事，除日寇、捉汉奸、杀顽军，乡民们有听书的传统，个个伸头平心静气地听着。

……

最后大戏拉开，表演剧目《山乡曲》。

一阵锣鼓后，又是一阵胡琴声，琴声一过，拉开第一幕，主角是大宝，由沈云康扮演，内容是苏南贫苦农民千辛万苦为地主打工，却食不果腹。

沈云康幼时曾在乡下生活过，对农民的生活十分了解，后在上海打工，倍受艰辛，对饥饿的体会是最深切不过了，加之田芜悉心指点，现在演来得心应手。质朴、真挚、土味极浓，再加上一些俚语土话，一个朴实的农民形象呈现在大家眼前。

第二幕：在苏皖区党委领导下农民减租减息，农民的日子好过了，斗争精神大大加强了。这一幕沈云康把大宝从不敢减租减息到积极参与斗争的心理过程表现得十分突出，而潘吟秋的亮相吸引了台下的观众，她虽然瘦小，但她把金银花那活泼的面部表情充分地表现了出来，尤其是那双含笑的眼睛，满台一扫，就把大家吸引住了，她一面纺线，一面唱着悦耳的民歌。一个俊丽的年轻农妇活跃在舞台上。

第三幕是高潮：金银花送夫参军。

那美妙的旋律随风而飘，那动听的音符纷纷从舞台上飘落下来。

乡民们陶醉了，这倾注了田芜心血的美妙乐章，使他们感受到了从没有感受过的美，他们的心海随着旋律的起伏、音乐的节奏而翻滚奔涌，人们在音乐重复的演奏下，不由自主地哼唱起来。

大宝决心上战场的英姿、金银花动员大宝参军的柔情蜜意，随着音乐的飞扬，一齐在观众眼前浮现。

"阿妹你心放宽，不必细思量，我虽是庄稼汉，放下锄头扛起枪，去当新四军，挺起胸膛干一场。"

"爹娘我来养，有事乡亲们帮，你放心上战场，多打胜仗多缴枪，为国立功劳，我在家乡也荣光。"

"我前方去打仗。"

"后方我来支援。"

大宝与金银花的对唱，你来我往，犹如双推磨一般，在优美的伴奏声中，他们齐齐合唱："你我为抗战，前方后方同心干，打走日本鬼，千家万户喜洋洋。"

"好！"

"棒！"

观众们齐声叫喊，他们有的在前排，有的在中间坐着，有的在后排站着，有的索性爬到土墙上、树杈上观看，叫喊声激起的声浪在乡村上空飞扬、旋转，旋转、飞扬。

刘蔚楚上场了，他的表演更为精妙，他几乎把杂技和插科打诨糅合在了一起。他把牛一牵上舞台，众人一片哗然，他用通俗的俚语方言和牛对话，又从牛角上爬上牛背，在牛背上蹦跳，唱着剧中的歌儿。"大宝哥，你放心，家中的地儿有人耕，你在前方打鬼子，我在后方把田种……"

整个会场顿时如炸开了锅，有人敲着木板、有人敲击着砖块、也有人敲着瓦缸，整个会场处在骚动之中。

最后的时刻到来，田芜手一挥，众战士举火把上台，齐声合唱："千重山、万重山，家乡就在这山中间。东村伙伴去砍柴，西村伙伴去烧炭。家乡儿女千百万，祖宗世代都靠山。南山有虎大家赶，北山有狼大家杀……"

台下的村民疯狂起来，他们把刚收割完的、燃着火的稻草把高高举起，应和着舞台上的歌声。

"要是敌人来抢占，要是敌人来烧杀，你占南山巅，我抢北山冈，四面八方到处打，展开广泛游击战，四面八方到处打，要敌人死在山乡间！"

……

帷幕徐徐闭合，整个会场似乎成了一个狂欢的舞台，人们的情绪在来回的波动中再一次施展张力,激昂的情绪向四周辐射、辐射、再辐射。

山村处在狂欢、骚动之中,当晚便有十几个青年报名参军,第二日又来了几十个青年,同样要求报名参军。

一连几日,演出是盛况空前,无论在山村,还是在部队,甚至是在街市,《山乡曲》的演出几乎是万人空巷,《金银花》的歌曲传遍四方,报名参军的人数急剧增长。

王直高兴极了:"谁说四十七团长不大,这不但长大,还长胖了!"

邓仲铭牺牲后，江渭清、王必成悲痛异常，而此时的斗争极其残酷，十六旅在狭小的地区接连作战、险象环生，部队已十分疲劳，减员严重，而主要领导人员又患重病，怎么办？下一步十六旅该如何作战？

粟裕十分关心苏南的部队，对十六旅在敌后的处境表示了极大的关心，他屡次来电，询问敌情和顽情，并告诉王、江，师部和军部考虑到苏南敌后地区塘小鱼多，部队过于拥挤，活动、给养十分困难，打算将四十八团北调，要十六旅旅部有所准备。

江渭清找到王必成共商对策，王必成先谈了看法："目前北有日伪，南有顽军，我们的大部队夹在中间，确实目标大，给养也不易解决。师部拟将四十八团北调，这是对我们的关心，但是，如果苏南形势一旦发生变化，我们手里没有一定的力量，怎么办？所以，四十八团不过江也行。到底是去是留，由你决定。"

"你的想法和我不谋而合，我们在南京外围地区转战，虽然艰苦，但对敌人威胁极大。按照苏南三角斗争的规律，日伪一定要把我们'送到溧武公路以南去'。我们已经熬过半年，最困难的日子可以说就要过去了，茅山、太滆'清乡'区的形势业已开始好转，我们又有了活动的余地，再困难也困难不到哪里去了。还有一点，敌人分兵南进投入太平洋战场的局面是很可能出现的，这对我们来说，是个极好的发展机会，如果我们力量分散，到时候可能抓不住这个机会。所以，我觉得四十八团目前还是不北调为好，过一段时间再说。"

"好，我同意你的意见。"王必成回答干脆有力。于是，他们两人联名给师部拍了电报，陈述他们的看法。粟师长一向从善如流，立即向军部转报了江、王两人的建议。不久，军部回电："同意必成、渭清同志的意见，第四十八团留在苏南不北调。"

四十八团留下来继续坚持，坚持就是斗争，斗争必将面临艰险、困苦，更大的困难在等待他们，更大的挑战在迎接着他们。

1943年，江南的日伪在十六旅和地方武装的不断打击下，频遭失败，于是从苏北调来南浦旅团替换尾本联队，并将全面"清乡"改为机动"清乡"，企图寻歼我军。

9月14日是阴历八月十五，苏南的百姓家家都在欢度这合家团圆的节日，可日军不甘寂寞，驻扎在丹徒县宝埝的日军南浦旅团冈崎中队及伪军一百余人趁中秋节大家欢娱、疏于防备之机下乡"扫荡"，分两路突袭新四军十六旅旅部驻地——句容县尚村，妄图一举歼灭我首脑机关。

此时旅部与四十八团三营驻在尚村，四十八团一营驻在距旅部不远的几个村庄上。部队连续征战已十分疲劳，值此佳节，也想放松一下。中午，许多连队用平时结余的伙食尾子杀猪买肉进行会餐，战士们美美地饱餐一顿后，便按正常管理要求进行午睡。

敌人采用突袭手段，事先十六旅获得情报，已转移至另一村，但敌人乱碰乱撞，又摸到旅部居住的村庄，我哨兵发现敌人时，敌距我驻地已近在咫尺了，哨兵按惯例，立即鸣枪示警。

王必成听到哨兵鸣枪报警后，命令一营和三营立即组织部队进行阻击。三营教导员郑大方率七连占领有利地形，就地阻击敌人的进攻；三营营长徐超率领九连从侧翼迂回包抄，断敌退路，力争全歼；八连原地机动待命。一营营长曾旦生命令三连配合七连正面阻击，一、二连待命出击。

鬼子指挥官下令向我前沿冲锋，遭我三、七连机枪的猛烈射击，迂回的九连也从敌人侧后向敌人发起进攻。看到三个鬼子端着一挺九二机枪向我前沿射击，九连战士迅速冲上去消灭了这三个鬼子，缴获了这挺机枪。有一个鬼子看到已无希望，正准备拿刺刀自裁，被九连战士一脚踹倒活捉。鬼子发现自己已被包围，企图抢占高地固守待援，这时，一营营长曾旦生看到歼敌时机已经成熟，命令司号员吹冲锋号，一连、二连加入战斗，三营营长徐超命令八连从七连阵地出击，向日军发起冲锋，与敌进行白刃格斗。一时间枪声、手榴弹爆炸声、喊杀声响彻云霄，几十个鬼子被压缩在一片豆田里，战斗仅用一个多小时，全歼日军冈崎中队一个小队30余人和一部伪军，缴获机枪1挺，步枪20余支，掷弹筒2个，俘虏日军3人。

可惜此战我四十八团作战参谋周彬、二连连长林下英勇牺牲。

晚上，旅部首长给日军写了一封义正词严的信，并请当地老百姓将信和日军尸体抬到宝埝日军据点，使敌人受到极大的震撼。

尚村战斗后的当晚，为防止敌人报复，部队决定分散转移。一营向西越过京杭国道转移到江宁地区，三营跟随旅部转移到茅山西面宿营。半夜旅部和三营刚住下，西旸来援的日军一个中队就向我驻地发起进攻，徐超率三营进行阻击，成功地击退了敌人的进攻，随后保护旅部继续向南转移。第二天拂晓，郭庄庙日军一个中队向我进行报复，对我旅部进行攻击，徐超率三营边打边掩护旅部快速通过溧（水）武（进）路，终于转移到安全地带。

此战以后，江渭清、王必成看出日军在苏南已呈强弩之末态势，明白黑暗即将过去，光明即将到来，坚持就是胜利，坚持、坚持、再坚持。

尚村战斗的胜利标志着茅山地区"反清乡"斗争已经进入尾声，另外还带来了一个意外的收获，那就是清除了叛徒孙爱之。

"孙爱之投敌了。"

"王惠珍也投敌了。"

1943年，一条消息传到十六旅旅部和苏皖区党委，领导着实吃了一惊，因为孙爱之是溧水县抗日民主政府的副县长，而王惠珍是溧水县妇女部长，尤其王惠珍，她是民运干部出身，在抗战几年中表现一直十分优异，是一个优秀的干部。

投敌的原因是因为苏皖区党委没有批准他们两人的婚姻，因为当时他们并不符合"二八五团"的结婚条件。

新四军组建不久，对于干部的婚姻有个规定，即"二八五团"。

当初，新四军刚组建时，项英对干部战士的婚姻问题采取"一刀切"的政策，他认为战士的职责就是打仗，消灭敌人，不准谈恋爱，军部曾一度提出"恋爱枪毙"的过激口号。1939年2月，周恩来到新四军视察工作，不赞成项英的做法，提出了一个军中统一的标准即"二八五团"，其规定：年满二十八岁，有五年革命历史的干部，团级以上干部，符合以上条件的，经过组织批准，即可结婚。

这一规定在军中比较严格，几乎所有的干部都能按这一要求去做，但生活是丰富、复杂的，还是有极少部分人违背了这一规定，有的脱离了抗日队伍，有的则走得更远，叛变是属于走得更远的那一类。

孙爱之与王惠珍携枪来到金坛薛埠镇投敌，他们为什么要到金坛来投敌呢？

原来孙爱之是金坛人，他的抗日历史并不短，在抗战队伍中的资历也不浅，他1937年参加金坛西南区抗敌自卫委员会，这一年成立金坛西南区青年服务团时，担任了副团长，同年9月调新四军第一支队司令部整训改编，后新四军二支队四团老三营调到苏北，四团便缺三营，皖南事变后，四团改为四十六团，四十六团也一直缺三营。

1941年10月12日十六旅成立新三营，此三营的部队主要是地方部队改编而成的。

孙爱之的部队就有120多人，三营营长便是孙爱之，副营长为王桂馥，教导员为王美芳。

三营虽为小营，但孙毕竟是营长，所以那时他春风得意，在抗战中表现得比较积极，1941年10月底，他随钟国楚、黄玉庭西去溧水，一直活动在溧阳、溧水的交界地带，倒也顺风顺水。后来九连参加了塘马战斗，但日寇直扑塘马，没有与九连纠缠，所以部队没有损失。

不料塘马战斗后，重建旅部，由于旅部损失较大，三营被撤销，部队大部并入新建的特务营，另一部则并入四十六团其他营，这样一来，他在军中没有了位置，被安置在溧水县政府，担任一个并不重要、并不显赫的副县长。

孙爱之投了敌后，一直长吁短叹，他觉得自己有点冤，抗战多年，为共产党新四军四处奔走，辛辛苦苦撑起的队伍也交给了新四军，没有功劳也有苦劳，到头来，部队合并，自己弄一个副县长干干，多没劲。这副县长要权没权、要钱没钱，在地方上纯属跑腿，而且 1942 年后，溧水的地方工作十分艰苦、危险，处境十分复杂，稍有不慎便要掉脑袋，自己在这个位置奋斗了大半年，可谓尽心尽力、呕心沥血，在生活上稍有点随意，便招来批评、打击，甚至连婚姻都解决不了，这样干下去有什么意思？

三十六计走为上，反正不能再在新四军干了。不在新四军干，到哪儿去干呢？新四军能放过自己吗？投国军吧，这溧水还真找不到国军，唯一的办法是投日军。投日军名声可不好听，但眼下顾不了这么多，活一天算一天，在日军那儿干，还能过几天舒服日子。在皇军这儿的日子是舒服，吃得好、穿得好，也玩得好，但这一切可不是白给的，自己要有"贡献"。

可这"贡献"也不好对付呀，该出卖的已出卖，该告发的已告发，可皇军不满足，还要他继续"贡献"，哪能有那么多的"贡献"呢？唉……

溧水县委、县政府也十分痛心，这副县长、妇女部长叛逃，影响不小，说明干部建设的工作还有问题，特别是孙爱之，之前已表现出他变质的一面。他在白马区活动时，便和某村的地主小老婆勾勾搭搭、不时姘居，在老百姓中造成了很大的影响，当时县委对他虽有批评，也把情况向上级做了汇报，但没有采取果断严厉的措施，以至酿成大患。至于孙爱之和王惠珍结婚一事，区党委一致认为孙、王二人不符合结婚条件，另一原因是孙的影响不好，希望他在工作中有所改正。至于王惠珍，她是一个优秀的女干部，为党、为人民、为抗战做出了一定贡献，但在男女问题上昏了头，没有看清孙的本质，县委、县政府多次劝导她未果，但谁也没想到她竟会背叛自己奉献的事业，走上了投敌之路。

县委、县政府在孙、王二人投敌后，也做了很多努力，希望他们悬崖勒马，抗日政府会宽大处理，至少不要出卖组织、出卖同志，但孙爱之投敌后竟不断出卖灵魂，残害我抗日组织、抗日武装、抗日志士。

为此十六旅决心除掉这个叛徒，但孙爱之在新四军工作过，深知锄奸队的厉害，平昔从不出门，出门时也十分小心，常常是夹在人群中，锄奸队一时找不到下手的机会。

十六旅旅部下决心要清除这颗毒瘤，敌工科科长张华南反复考虑，决心利用反间计，来离间日伪军与孙爱之的关系。

孙爱之自投敌后，惶惶不可终日，他知道新四军不会放过他，便从薛埠搬到金坛城，选择在与伪军大队部仅一墙之隔的地方住下来，那是一个四面有围墙的深宅大院，他闭门不出，整日花天酒地。而王惠珍原先投敌是一半被哄骗，一半被裹挟，现在弄到这般田地，悔恨不已，但也无可奈何。

张华南着人写了一封给孙爱之的书信，投递时故意投错，投到伪军大队部去了，这伪军大队长一向和孙爱之不和，加之孙爱之在皇军面前渐已失宠，便把信悄悄地送到五十一联队部，最后送到了即将卸任的五十一联队长尾本手里。尾本展信一看，只见上面写道："孙副县长，区党委交给你的任务为什么至今没有完成，是否确有困难？若有困难，可选择时机返回区党委，返回后去华中党校学习，宜留苏北工作。你深入虎穴、处境困难、朝夕难安，区党委能体谅你的辛苦与难处。实在不行，宜与王部长早日全身而退，谨盼。苏皖区党委。

民国十二年八月。"

尾本看了暴跳如雷，边上的几个日军情报人员也在一边分析："这孙爱之当上了副县长，为什么还要投奔我们？""也没听说他犯什么罪，这畏罪投奔也难以成立啊。""他提供的情报价值不大，所供出的人大都是小人物，稍大一点的人物还未来得及抓便跑了，这也太奇怪了。"

尾田是个老狐狸，愤怒之后，头脑便冷静下来："你们，慢慢地下结论，弄不好，这可能是新四军的离间计，这信，这么重要的信，按常理不至于错投到大队部，当然也有可能，他们住得紧靠在一起。"

尾田摸着那又浓、又密、又硬的胡子，眯着眼缓缓地说道："这孙爱之确实有些可疑，堂堂的一个副县长，怎么就提供不了他的地下组织的名单？而且整日不出，几乎是颐养天年了，我们可以试他一下，再下决定。"

五十一联队情报机关经过反复研究，制定了一个方案，决心对孙爱之做一次彻底的考察。

尾本在10月份（亦即农历九月份）卸任，在卸任前，即农历八月中旬，他通过汉奸得知十六旅旅部和四十八团一部在尚村活动，准备突袭尚村，消灭十六旅旅部。

但鉴于在溧水多次突袭十六旅未果，尾本起初一直怀疑内部有奸细，查来查去，查不出结果，尾本认为是十六旅利用地形才躲避了皇军的重拳，所以他停止了侦查，现在他决定重启这项计划，在孙爱之身上试一试。

他关照下属告诉孙爱之，叫他中秋节和皇军一道执行攻击旅部的任务，理由是孙熟悉那儿的地形。

孙一听要攻打旅部，连声说好，但一听要让其参与，连忙摇手，推说身体不适，地形不辨，怕误了皇军的大事，恳求皇军体谅他不能随队前行。

孙爱之确实有病，这一点日本人很清楚，对于拒绝参与随队行动，日本人早有心理准备，因为是试探，日本人也就不勉强，对于这样的军事行动，为了保密，除尾本外，只有极少的几个日本军官知晓，现在带上孙爱之，万一孙真的是假投皇军，恐怕要弄巧成拙。

现在把他留在金坛城，派人死盯，看他有什么反应，所以日军便答应孙爱之不随队行动，但在他住宅周围，布满了日军的密探。

9月14日（亦即农历八月十五日），日军在丹徒宝堰的岗崎中队及一百余名伪军突袭尚村，最后惨遭失败，这一下惹恼了尾本，他认为新四军早有防备，肯定是事先得到了情报，但是谁走漏了风声？这是只有几个人知道的军事行动呀，唯一的可能便是孙爱之了，其余知情的人都是尾本手下忠心耿耿的日本军人。

虽然密探们说孙爱之没有异常行动，那几天闭门不出，没有接触任何人，但尾本还是下令抓捕孙爱之，用他来喂大狼狗。

这孙爱之上次听到皇军要攻打旅部，着实高兴了一下，他希望日军消灭十六旅旅部，消灭所有认识他的共产党、新四军，这样才能确保自己的安全，但一听说要他随队行动，他吓坏了，他知道在战场上一露面，新四军肯定饶不了他，他推辞后皇军竟然同意了，这又使他疑惑起来，吓得他连大门也不敢出，只是在家中祷告皇军早日得胜而归。几天后，皇军来了，把他请到了宪兵队，向他宣布了走漏消息通敌的罪状，然后不容分说把其投给了饿了几天的大狼狗，就这样，在惨叫声中，孙爱之成了大狼狗的美餐。

其实无论是日军还是孙爱之都不知道，十六旅旅部是从哪儿得到的情报，虽然四十八团没有变换住所，但旅部调换了一个地方，日军突袭未果，又遭到四十八团痛击，后来再也不敢下乡"扫荡"。

原来这情报是茅山道士李浩岐送来的，这李浩岐是金坛人，是茅山九霄万福宫四房道士，由于日军占领了九霄万福宫，所以正常的宗教活动展开不了，道士们整日无所事事。日子一久，不少道士与鬼子混熟了，一些鬼子还向道士们学习中国话，这李浩岐多长了一个心眼，他不但教鬼子中国话，也偷学了一些日本话，一般的日本会话，他都能听懂，后来他成了新四军的情报员。

9月13日下午，鬼子小头目约李浩岐下象棋，这鬼子小队长叫麦谷一郎，三十多岁，五短三粗、一脸横肉，喜聊天，又喜下象棋。他虽凶残，倒也遵守规则，和李浩岐下棋是屡败屡战。这次下棋，李浩岐因有事，无心恋战，便故意下错一招，鬼子小队长连忙回应，还喜得手舞足蹈："你的，被将死啦。"接着是一阵哈哈大笑，用日语嚎叫道："明天你们新四军十六旅旅部也死啦死啦的。"

说完，奸笑着走了。

他不知道李浩岐能听懂日语，这李浩岐一听吓出一身冷汗，直奔元符宫找到黎遇航，黎遇航把这一情况送到了樊玉琳的情报站。

王必成得到这一消息后，让旅部居住地移动了一下，结果日军扑空并遭到四十八团和旅部特务营的痛击。

第三十一章

休养所的劫难

　　一个月以后，亦即 6 月下旬，缪清回到旅卫生部，来到溧武路南侧的溧水县白马区浮西乡的陈家棚护理伤员，陈家棚是十六旅卫生所设有的修养所之一，它附近有胡家棚、湾河等村庄，这些小村子面朝东芦山、狮子山，背靠无名山。依山傍水、群山合抱、宁静偏僻，一批一批的伤病员在此治疗、康复后重返前线，剩下的伤病员分住在这些村庄。

　　这一时期，伤病员按照伤势轻重级别分为轻伤组和重伤组，缪清被分在由十六旅旅卫生部汤禧承和张贤两位部长领导的重伤组。主要工作一是清洗、消毒伤病员换下的纱布、绷带；二是跟随医生去给伤员换药。当时，伤病员都分散住在不同的村子里，为了安全和便于救治，卫生队将医生、卫生员分组划片，两人一组负责两三个村庄。每天，缪清他们化装成老百姓，提着篮子，篮子下面藏着药品、绷带、医疗器械等，上面用青草或蔬菜覆盖，装作串门、走亲戚，从这个村子到那个村子，来回穿梭，在老百姓的茅草房里给伤员疗伤换药。重伤员中，有的没有了腿，有的没有了胳膊，因为医疗条件有限、药品缺乏，有的伤员伤口化了脓，发出难闻的气味，但是这些都没有难倒缪清。每次换药时，先要用盐水清洗伤口，为减轻伤员的疼痛，缪清就努力轻手轻脚、小心翼翼地操作，同时用言语安慰伤员。遇到给上了夹板的伤员换药时，她更是格外仔细，抬放动作轻而又轻，因此许多伤员都喜欢让缪清给他们换药、打针。有时正在换药，敌人来了，需要马上转移，如果当时来不及让老乡抬，缪清就毫不犹豫地背起伤员走。那时，才十五六岁的缪清，个子不到 1.5 米，瘦瘦小小的像个孩子。但是，不知道哪里来的力气，能一下子背起比她高许多、重许多的伤员，直到跑到安全地带才将伤员放下。她的工作得到了伤员的肯定和好评，多次受到卫生队领导的表扬。

　　11 月中旬，汪伪政治保卫局派驻溧水的特务头子杜乐山接到密报，十六旅休养所隐蔽在县城东部湾河、陈家棚一带。

杜乐山即派一位已叛变的原新四军四十八团姓高的排长前去侦察，"高排长"悄悄地来到陈家棚一带侦察，引起了乡亲们的注意，溧水的百姓没有让其进村，但"高排长"凭借在新四军中的生活经验判断出这一带有伤病员居住。

刚巧，11月20日，休养所通讯员梅某某去溧水县城买鱼，想改善一下伤病员的伙食，不料在途中被捕，他经不住敌人的威胁利诱，供出了新四军十六旅休养所的地址和人员分布情况。

杜乐山乐疯了，即刻纠集便衣队伪县警察大队、日本宪兵队便衣特务和板桥乡姚少卿的伪自卫团共计七八十人，在梅某某、殷四高（原新四军四十七团参谋）、"高排长"等人的引导下于第二天凌晨窜至休养所所在的村庄。

沉沉薄雾笼罩着狮子山、东芦山，山村一片寂静，树木隐约可见，山峰时隐时现，空气格外清冽。风儿一吹，薄雾散尽，脚下便是亮晶晶的池塘，枯草纷披于塘边，衰树在塘边招摇，没有狗吠声，狗早被打光了，只有雄鸡的报晓声，格外雄壮、格外高亢。

重伤组队长许友明，指导员钱一新和炊事员住在天鹅塘姓陈的磨坊里，医生陈联、俞瑾及一部分重伤员住在胡家棚，护理员缪清和四个重伤员住在陈家棚陈友善家。

杜乐山率领敌军在距离陈家棚不远的狮子山兵分两路，一路冲向陈家棚、天鹅塘，一路扑向胡家棚、湾河。

清晨，房东陈友善、薛建华夫妇挑稻到邵王村碾米，缪清与陈联则提着装药品的篮子，在陈家棚为伤员换药。

换完药，两人到池塘边漂洗绷带、纱布，两人的身影映照在河水中，心情格外愉快，眼见重伤员的病情大有好转，无需多日便可上战场痛击鬼子。

陈联脚上有伤，行走疼痛，漂洗几下后，便站直身子下意识地四处瞭望起来，突然，晨雾中露出了鬼子的身影，她发出一声尖叫："快看，鬼子！"

缪清抬头一看，呀，好家伙，果然是鬼子，那刺刀发出阵阵寒光，两人连忙丢掉漂洗的绷带、纱布，向村中跑去，她们要通知伤病员迅速转移。

缪清跑得快，陈联脚有伤，跑不快，跌倒在茅屋南侧的草堆间。她忍着痛，顺势爬进与茅屋的墙平行的深沟，紧贴墙壁。敌人紧追而来，而且押着房东薛建华，原来薛建华有些不放心，米未碾完，便匆匆赶回，想照看一下伤病员，不料在狮子山遇上敌人，被毒打一顿后押回家中。

缪清冲进茅屋，关好门，急叫伤病员从窗口突围，未等伤病员爬起，敌人便撞开门，一把把她推开，日军伸头一看屋中都是重伤员，毫无反抗能力，"吆西吆西"一阵乱叫，然后一阵狞笑，端起枪向重伤员狂扫，三个重伤员惨叫着倒在血泊中，另一个重伤员用被子蒙住头部，虽遭重击，但幸免于难。

敌人抓住缪清喝问时，"高排长"闯了进来，他忙向鬼子说明缪清的身份，鬼子一把揪住她，哈哈哈一阵笑："你的，百姓不是，小小的新四军，"然后把她往门外一推，"带走的，带走。"

"高排长"举起短枪顶住薛建华的头部:"还有一个新四军到哪里去了?"薛建华把头一扭,十分镇定:"我家只有一个女的。"

"他妈的,别给我装傻,我知道你们家有两个,快点说,否则老子崩了你。""高排长"怒吼道,薛建华毫不松口:"家里连我共有两个女的,你不信,就搜吧。"

敌人见薛建华语气坚定,看不出什么破绽,便在屋中翻箱倒柜,乱搜一通,没有发现陈联,便押着缪清扬长而去。

敌人一去,薛建华忙向后沟走来,她急急地叫道:"陈同志,你赶快离开这里,当心汉奸特务还会回来。"

陈联沿着茅屋西南的小路到另一百姓家避难去了。

"砰砰"!住在天鹅塘的队长许友明、指导员钱一新听到了日军的枪声,他们冲出茅屋一看,马上明白了所处环境的危险,他们想引开敌人,便一边开枪狙击,一边向相反的方向撤退,引诱敌人。但敌人十分狡猾,朝既定的目标猛扑,重伤组的伤员哪能跑得动,大部分被枪杀,只有极少的伤员幸免于难。几个炊事员未及撤退,奋起反抗,被日军用机关枪打成了马蜂窝,敌人在获得巨大战果后,扬长而去。

另一路敌人扑到了胡家棚,那里的重伤员也听到了枪声,他们想转移,但没有时间了,敌人已到了眼前。住在吴天北家中的七八个重伤员在屋内乱爬,但茅屋内没有可隐蔽的地方,几个日军见状哈哈一阵大笑。一个日军想开枪,被另一个日军阻止,只见他掏出手榴弹,诡秘地笑了一下,想开枪的日军和另外几个日军马上明白是怎么一回事,他们掏出手榴弹,齐齐地往狭小的屋内一扔,然后关上了门。

"轰轰轰",接连几声爆炸,伴随着阵阵惨叫,日军并没有停止罪恶的举动,他们一把火点燃茅屋,在熊熊大火的映照下,绽开了满脸恐怖的笑容。

医生俞瑾被抓……

湾河,十六旅卫生部驻地,部长汤禧承、副部长张贤和卫生部材料科及休养所内科组的战士住在这里,由医生柳浪、庞露等负责内科组伤员的治疗,枪声响起后,由于受到群众的保护,加之那些伤员是轻伤员,能及时转移,所以损失不大。

杨燕,四十八团副团长饶惠谭的爱人被抓,因为她怀了孩子,行动迟缓。

群众简先荣的妻子见杨燕被抓,想起庞露还在家中,便急急赶回家,她拿起鞋底,叫庞露穿上旧衣服,化装成农民,假装纳鞋底,敌人见之,未加细辨,带着杨燕及少数伤员和少量医药器械,高高兴兴地离开了胡家棚。

中午时分,偷袭陈家棚的日军在狮子山上点燃了一堆火,以火堆为信号,联络另一路敌军回城,敌人前脚一走,百姓后脚便掩埋烈士遗体,将幸免于难的伤员转移他处。

休养所遭袭不久,材料科的朱纬、卫生员吕绍魁竟叛国投敌,偷跑到日军天王寺据点供出了休养所的物品。日军20多人在朱、吕两人的带领下,来到湾河搜去了卫生部材料科藏在抗日积极分子赵明柏家中夹墙里的几十箱药品和一批医疗器械,抢走了赵勇家过春节的一切食品和溧水县抗日民主政府县长曹明梁藏在赵家的一只大皮箱，还捕走了隐蔽在群众家的指导员周文斌和护士姚桂芳。

缪清被捕，但她出奇的镇静，连她自己都感到意外，这倒好像平昔看恐怖片，有些场景令人毛骨悚然，但真的在生活中遇到，似乎并没有想象中的恐怖。

日军威吓她，问她如何参加新四军的，缪清做了应付性的回答，日军要她供出哪些人是共产党员，她说一概不知。

敌人见她年纪轻，人又长得瘦小，又是一个护理员，也就不再深究，把她关入了大牢。

在狱中，她见到了医生俞瑾和饶惠谭的夫人杨燕，她们相互鼓励着，准备随时做出牺牲。

过了几天，日本宪兵到狱中喊叫道："不说出新四军与共产党，死啦死啦的。"

她们默不作声，静静地端坐着。"死啦死啦的"，日本宪兵手一扬，几个彪形大汉架着她们走向西大门外的刑场。

缪清她们从容地走着，她们走到狱外，晒到了久违的阳光，呼吸到了久违的新鲜空气，看到了久违的街市、天空、山川……生活多么美好，她们却不得不与之告别，这是多么不幸，但为了民族的解放，就必须做出这样的牺牲。她们默唱着《新四军军歌》，平静地面对着寒冷肃杀的刑场。

有一个男子和一个女子也被押来，缪清不认识他们，那个男子便是白马区区长戴国光。戴国光，宜兴人，1942 年春奉命调苏皖区党委党训班学习，五六月间分配到溧水县担任白马区区长。

1943 年 11 月 27 日下午，戴国光带着区大队十余人在尹家边侦察敌情后，到了凉棚下，检查粮食禁运和收缴公粮情况。那天下午，县城伪自卫团遣其班长李德带着县城日军警备队便衣队陈天送（兼翻译）和特务"高排长"、赵忠兴等十多人到韩胡村，探知戴国光在凉棚下活动，便衣队即行追捕，戴国光与通讯员小秦一道被捕。

敌人把戴国光和另一个女同志推到刑场中央，随着一声吼叫，缪清只见一道青烟，一阵轰响，一股硝烟味直扑鼻子，两人缓缓地倒在场中央。

敌人把缪清等人推到中央，一声吼，黑洞洞的枪口齐齐地对着她们，粗黑的手指已经搭上扳机。

她们昂首挺胸，眼望天空，十分平静，脸上呈现一股庄严之色。

日军头目举起手，久久没有放下，眼睛死死地盯着她们，想从她们脸上找到胆怯之色，哪怕一点点也好，然而许久许久，他们没有发现其脸上有半点儿胆怯。

日军头目转了转眼珠，然后摆了摆手："回去的回去。"

缪清还没反应过来，便被日军押回到监狱，原来日军是故意吓唬她们，想让假枪毙来起到奇效，但在有着铁一般意志的女新四军面前，他们的奇招失效了。

日军只好把她们转到警察局，医生俞瑾的姐夫当时在大上海是一个颇有名气、颇有地位的人，通过关系将俞瑾救出来，后来又将缪清保释而出。

缪清终于在 1944 年的 4 月脱离了虎口，来到了上海，在俞瑾家里遇到了曾在部队当兵的一位姓王的男子，这个人想返回部队，他是独子，为了照顾年迈的母亲，暂时离队。他给缪清提供了路费，购买了到南京的车票，并亲自送缪清到火车站，帮助缪清离开上海。

离开部队一年多了，缪清一直住在俞瑾家里，因为是保释而出，她也不可能回老家，回到老家，也许父母不会再让其出来。

一年多了，缪清时时想着那些朝夕相处的战友和曾生活在一起的溧水乡亲，尤其在溧水时，由于她年龄小，认了许多干妈干姊妹，不知她们现在到底怎么样？当然，她更想着自己的领导，她渴望见到领导，希望把她再次分到卫生部，把伤员护理好，让他们重上战场杀敌立功。

走啊走，溧水到了；走啊走，狮子山到了；走啊走，陈家棚子到了。

当缪清出现在陈家棚子的乡亲们眼前时，乡亲们惊呆了！旋即那些干妈把她搂在怀里，那些干姊妹们纷纷地围了上来，她们的眼中噙满了泪花。

一位老干妈抹着眼泪，一直盯着缪清那张清瘦的脸，她哽咽道："我的孩子，你从哪里来的？一年啦，你住在哪里？鬼子怎么放过你的？"

缪清见到乡亲们如此热情，含着泪把被捕后的一切述说了一遍。

一位干姐拉住了缪清的手："好妹妹，我们以为你被鬼子害了，全村的人哭了几天，后来……我们为你烧了纸钱……"

一阵热流直袭缪清的心头："好姐姐，你们的心意我早领了！"她抹着眼泪笑了笑，"这钱我早收到了，而且用了一大半了。"

众乡亲皆破涕为笑，一位干妈忙问道："好女儿，还没吃饭吧？"

缪清整整走了两天，现在饿得两眼发黑，连忙点头。

好心的干妈连忙为她炒了一碗蛋炒饭，缪清一口气吃完了。这在当时极其不易，贫困的年代，鸡蛋是商品，是用来交换日用品的，而油对于百姓来说是极其珍贵的调味品，这一碗蛋炒饭凝聚着溧水乡亲对新四军的深情厚意呀！

缪清吃完最后一口饭，眼泪又不知不觉地滚下来。

缪清连忙打听部队的下落，乡亲们说部队南下浙江去了，并关照她先住下来，他们向地方打听，设法让其归队。

很快，地方党组织通知她，区党委有一个干部要到天目山去，让他们一道南下。

缪清连忙动身，找到了区党委的那位干部，便和他一道南下。1945 年 4 月底，缪清到达浙江，回到了十六旅卫生部。

第三十二章

平息刀会叛乱

1944年10月2日，溧水县韩固区区委组织科长王珍和信义乡乡长刘克鸿、骆山乡乡长孔庆铨匆匆向骆山村走去。

王珍内心有些焦虑，本来抗战形势一片大好，自去年10月份新四军十六旅采取"敌进我进"的对敌斗争方针后，苏南抗战的形势有了很大的变化。新四军主力南移，经过溧高战役、长兴战役、周城战役，十六旅的力量空前壮大，根据地的面积大大拓展，新成立的溧高县所辖地区已成为大后方，敌后顽军消失，我民主政权得到了空前的巩固，根据地生产也得到了大发展。

但一个隐藏了多年的问题又浮出水面，那就是刀会问题，这确实是一个令人头疼的大问题，最典型的莫过于1940年8月的"横山事变"。自此以后，刀会的气焰已有所收敛，江溧句、江当芜、两溧地区主要斗争的焦点是敌、顽、我三角斗争，刀会这民间组织基本上是死守一方，如湖阳、东屏地区，虽与新四军有摩擦，但不甚猖獗。谁料就在抗战处在大反攻前，这股暗流又涌动起来。

其实，这股暗流已涌动多时，由于我们有些领导认识不足，有麻痹思想，渐酿成大患，溧高地区大刀会的总堂子设在韩村，曾有情报传来，大刀会喊出了要消灭新四军的口号，但还是没有引起某些地方领导的足够重视。

现在骆山村群众和金塘圩士绅吴孝本向王珍反映，骆山乡大刀会会堂在活动，参加大刀会的可不少，并说其他各村也在准备设大刀会会堂。

好在王珍有足够的警惕性，闻讯后马上去骆山村实地察看，以防不测。

噢，好家伙，果不其然。他们到了山南村，先派骆山乡农救会会长张文福去骆山村打探一下情况，但久等不见张回来，他们十分着急，便亲自去骆山村察看。王珍他们一到骆山村，群众不像昔日那样亲热，而是满脸惶恐之色，有的竟躲躲闪闪，不敢接近他们。

　　王珍走进刀会会堂一看，着实吓了一跳，那刀会会堂原是一座空房子，现在刀架上插满了刀，都刚刚磨过，闪闪发光，会堂中有几个人，满脸横肉，眼露凶光，好一副杀气腾腾的模样。

　　王珍一行人一见形势不妙，连忙退出，来到金塘圩，遇见了吴孝本，只见吴孝本连忙挥手：“王科长，王科长，赶快走、赶快走。”吴的眼神十分紧张。

　　王珍想了想，还是大着胆子向村中的刀会会堂走去，她要过去看个究竟，他们到底要干什么。当他们几人到达刀会会堂时，只见原先的保长正在硕大的砂石上磨大刀，“沙沙”声一片，保长满头大汗，那几杆大刀已被他磨得锃亮锃亮，一看那刀口，便知磨得十分锋利了。那保长也不打招呼，一声不吭，还不时用手指抚摸着刀口，暗示着刀口的锋利和无比的威力。

　　王珍原本想在该村住上一宿，以便继续观察，但刘克鸿坚决不同意：“王科长，你还未嗅出这儿的味道？我们有几个人？万一被包围，往哪儿脱身呀。”

　　王珍一想也对，看那架势倒不得不防，她与刘克鸿随机转移到和凤乡南圩村宿营，住在夏忠和家里，孔庆栓则回乡。

　　王珍虽然感到这儿气氛不对，但她远没想到，形势要比她预料的严峻得多。

　　原来1943年10月中旬后，新四军第十六旅主力从苏南挺进郎、广，苏南党政领导机关由溧水南迁，指导开辟浙西新区。溧水地方顽伪势力趁我军南进后留在苏南的部队不多，便相互勾结，于1944年10月在溧高县韩固区、韩胡区蓄意制造刀会暴乱事件。这次暴乱涉及溧水县境骆山、信义、和风、灵峰、渔歌和高淳县境凤山、集义、龙井、肇倩、双塔等13个乡，是日、伪、顽三者合谋的、有组织、有目的的与我争夺溧高抗日根据地的一场“伪化”与反“伪化”的斗争。顽伪妄图借刀会势力来抢占溧高地区，打击基本群众，杀害抗日基层干部，摧垮抗日民主政权，破坏我根据地建设，阻挠新四军向南推进，达到破坏抗日的目的。

　　1944年10月3日晨，流亡在高淳长芦的国民党溧水县党部书记、溧水县县长李醒华携同溧水县第五区区长张承泉乘船过石白湖至孔镇的邢家登岸，中午12时到达南刘村，隐蔽在伪保长刘某某家。午饭后，即由张承泉用烟盒纸亲笔写了给张宝钧的便条，由刘某某面交伪孔镇区长张宝钧。下午6时，张宝钧带了两个卫士来到刘某某家，与李、张二人在内室秘密共谋。

　　李醒华压低了声音，脸上显出一副极其神秘的神色，看那情形似乎他有着通天的本领，可以左右社会的局势：“我这次来有上峰支持，国军暂时退却，我这个书记、县长暂时赋闲在家，现在有重要任务，要在这边推行一下政治（即渗入国民党势力），但新四军太多，不易推行，我想发动刀会同新四军打一下，这样，我回去就可以向上呈报了。”

　　他眯着眼看了一下张宝均：“张镇长，日本人早晚要走，你可是曲线救国，现在该你救国了，否则以后没人证明你现在的身份是曲线呀。”

　　张宝钧一怔，连忙说道：“李书记，我肯定报效党国，我是奉命‘身在曹营心在汉’，我听你的，我早就有这个心了，可我一人不敢动。你既有此心，发动刀会的事，我负责。"

张承泉不甘落后，但心有余悸，在旁边插嘴说："大刀会是农民自卫组织，他们没有军事常识，若是同新四军打起来，打死刀会会员，你我都是地方人，他们的父母妻子到我们家来要人，怎么办呢？"

李醒华露出一丝鄙视之色："你我都是党国要员，欲办大事，何必考虑细枝末节。"他想了想，眼下只能采取欺骗手段，先承诺条件，至于以后谁还来追究此事。

他干咳了两声："如果打死一个刀会会员，我负责呈报，上面当有抚恤金。"

他又压低声音对张宝钧说："你能策动日本人和保安队出来协助吗？"

张宝钧为了显示自己的本领，把胸脯一拍："可以，我负责，包在我身上。"

李醒华大声叫好，心中乐开了花："好你个新四军，国军把你们赶到北面，我这个官没做几天，你们又趁机回来了。好呀，这次我要让你们看看我的手段，我要把你们的老窝翻个底朝天。"

三人连忙商定，商定完后，即派人去中杨村叫来杨智椿、杨于智。张宝钧随即任命杨智椿、杨于智为溧水县第五区刀会正、副总堂长，并要二杨赶快联络全区各村的刀会堂子准备行动。策划已定，已是半夜时分，张宝钧带着随从回孔镇，李醒华、张承泉星夜乘船回长芦。

过了半月，李醒华见孔镇这边刀会没有动静，便亲自同国民党溧水县政府前方办事处主任魏晋仁来到当涂湖阳张承泉处，派国民党溧水第五区区大队副孙汉民回孔镇催促张宝钧，并派国民党骆山乡乡长俞殿彩到漆桥找高淳第五区伪区长吴章身，要吴联络漆桥日伪军配合刀会。孙、俞两人过湖来到大沟圩村国民党骆山乡区分部书记俞殿懋家，召开由俞殿懋、俞殿彩、孙汉民和强振松四人参加的秘密会议，商定了刀会暴动组织，研究了加快暴乱的行动计划，同时派人到孔镇同张宝钧联络。

日顽勾结是紧锣密鼓。

10月17日（农历九月初二日），他们在大沟圩村祠山庙召开各乡、保、村刀会堂长会议。参加会议的有国民党溧水县第五区区长张承泉、第五区区大队长徐临梓、第五区区大队副孙汉民、杨智椿、国民党骆山乡乡长俞殿彩、国民党骆山乡区分部书记俞殿懋、国民党信义乡乡长强振松、国民党骆山乡中队副赵玉琨、国民党和风乡乡长诸化南、伪乡长杨义柏、国民党溧水第二区石燕乡乡长司徒九忠以及保长、保堂长、村堂长等50多人。

妖魔鬼怪聚集一堂，乌烟瘴气，令人窒息。

第五区区大队副孙汉民主持了会议，一脸横肉的他杀气腾腾地说："李县长（李醒华）说和平军已动员六个师配合鬼子下乡'扫荡'，我们地方原有的自卫队（刀会）要赶紧组织好，准备配合'清剿'。如果你们不将刀会堂子设立起来，你们的生命财产就得不到保障，李县长叫张宝钧先带鬼子下来，你们各保将各保的农救会、游击小组的头头预先抓起来杀掉，要是通信放走或窝藏这些家伙，对不起，我们人头都要落地。"

张承泉叫嚷道："李县长从高淳杀过来，我们五区从这边杀过去，四面包围，杀掉新四军，迎接中央军。限三日，各乡保出席会议的人员要负责组织起大刀会，按规定 18 岁到 45 岁的老百姓都得参加大刀会，如不参加就以私通'共匪'论处。如隐藏不报，满门抄斩。"

孙汉民握着拳头捶了捶桌子："大家不要怕，民国二十九年，横山那次活动，他们几乎把新四军新三团一个连杀得片甲不留，现在我们的力量远远超过横山刀会的力量，而这儿没有新四军正规部队，一兵一卒都没有，胜利就在眼前了。"

俞殿彩一听也来了劲，扯着嗓子叫道："我们这边成功了，湖阳、横山、张锦山那儿肯定会呼应。"

"对！大家一起干！"众暴徒齐声叫喊。

接着，宣布了刀会组织名单：张宝钧为深水地区刀会的总堂长，张承泉为溧水五区刀会总堂长，孙汉民、杨智椿为副总堂长，杨于智、俞殿彩、强振松、诸化南、司徒九忠分别为乡刀会正副总堂长，赵玉琨为行动总指挥部总指挥，俞殿懋为副指挥。同时，还排了准备要杀害的抗日基层干部名单。会后，他们又潜入高淳县境会同高淳刀会负责人、国民党高淳县党部书记王良骥，国民党高淳县党部执行委员姜文辅，以及杨广贵、李代鹏、韩志超等密谋统一暴动的时间、地点、相互配合的办法，并提出了"打到东坝去，迎接中央军"的反动口号。

10 月 21 日清晨，王珍在睡梦中被连续的手榴弹爆炸声惊醒，她吓了一跳，马上明白，这是一个极其危险的信号。

她刚翻身下床，夏忠和气喘吁吁地跑进来向她报告："史家村方向有情况，骆山乡大刀会出动了。"

"哪来的手榴弹爆炸声？"

"是区大队侦察员掷的。"

"噢！"王珍紧锁双眉，她虽然是一个年轻女子，但在战斗中摸爬滚打多年，有极强的判断力。

昨日只见骆山村金塘圩大刀会会堂杀气腾腾，群众和开明绅士神色惊慌，这不像是一般事态的表现，也不是一般的迷信活动，弄不好是一场有预谋的大规模叛乱。

应该向上级汇报。

她知道县委组织部长在该地区检查工作，便连忙带着刘克鸿赶到凤山乡东村，向李代胜做了汇报。

孔庆铨回到骆山乡带着乡中队转移到孔家后发现有情况，23 日早晨，又转移到嘴头村，早饭烧好还没来得及吃，刀会就蜂拥而上包围了乡中队，刘大保等三名战士被抓走，两支长枪也被拿走。孔庆铨因藏在粪坑里才幸免于难。中午，孔庆铨也到了东村，将刀会暴乱的情况、乡中队的遭遇，向区委做了汇报。

这时，高淳漆桥等地大刀会暴乱的情报也送来了。当天晚上（10 月 21 日），在和风乡童村召开了区委会，分析了情况，认为刀会从孔镇、骆山、漆桥三个方向包围我们，妄图摧垮区乡抗日民主政权，但参加大刀会的绝大多数成员是受蒙蔽、受威逼的基本群众。会上李代胜谈了两点意见：一是区大队先不与大刀会直接冲突，避免基本群众伤亡；二是区政府和区大队暂时撤离韩固区，留下少数同志原地坚持，监视刀会的行动。深夜，他们由童村出发经船桥的中堡村，到达安兴区北达乡的穆家庄（靠近杨家庄的小村）。翌日清晨，骆山乡刀会奔袭杨家庄，企图围歼区政府和区大队，结果扑了空。下午，李代胜等到达安兴，向县委汇报了情况，同时，县委也接到韩胡区灵峰乡刀会暴乱的情况报告。县委召开紧急会议，县委书记杨辛、县长周林、组织部部长李代胜、公安局局长邢浩和县总队副总队长毛英奇等根据各方面情况做了分析，认为刀会暴乱是顽伪合谋，互相利用，旨在搞掉溧高县韩固区、韩胡区抗日民主政权，妄图达到扩大伪化区的目的，进而向安兴、新桥中心区推进。敌人利用刀会，但刀会成员绝大多数是基本群众，是受欺骗胁迫而来的。我们打击的主要对象是策划、操纵刀会的首恶分子，对受蒙蔽的刀会会众应开展政治攻势，揭露敌人的阴谋，揭穿其"刀枪不入"的虚假法术，使群众觉悟过来。县委决定：一、对大刀会暴乱坚决予以镇压，县委书记杨辛、县总队副总队长许治率领部队前往韩胡区平息暴乱。县委组织部部长李代胜、县总队副总队长毛英奇率部前往韩固区平息暴乱，韩固区大队、县公安局执法排协同作战；二、要以政治攻势为主，军事反击为辅，对基本群众做好教育争取工作。

此时韩固区的刀会叛乱十分猖獗。

原来经过刀会首领们一场紧锣密鼓的策划后，各村刀会堂坛相继建立，被裹胁的群众达万人。10月19日（农历九月初三日），李醒华委任赵玉琨为溧水县第五区骆山乡抗敌自卫中队副队长。10月20日，骆山乡刀会也组织起来。21日，赵玉琨调动各村刀会3000余人在赵家村总堂集中，布置暴动任务。是日夜，骆山乡大沟圩村刀会在孙汉民、俞殿彩、俞锡亮、孙宗训带领下，首先出发到西瑶村杀害了我农救会会员俞小全，接着其他各村刀会相继出动。22日上午，张宝钧带领日军保安队及3000余刀会会众到赵家村集中示威，后按计划分几路出发，抓捕杀害抗日基层干部。

23日，诸化南、诸长春、诸长华来赵家接洽，赵玉琨带领300多刀会会徒到和风乡湖头诸家，将和风乡的刀会组织起来。当日在湖头诸家杀死诸家村村长诸长先、农救会主任诸化江、民兵队长诸山东，又到甘村杀死韩固区大队战士甘太海，魏家村、张家村的抗日基层干部家被洗劫一空。10月24日，赵玉琨、诸化南、杨义柏带领300多人到高淳境内凤山乡中堡村，正值高淳国民党县党部执行委员姜文辅秉承县党部书记王良骥的指示，同伪乡长、自卫团长韩志超等在韩村、中堡村一带迫害乡村基层干部。姜文辅亲自指挥杀死八人，韩志超亲自指挥杀死五人，区农救会主任魏晋寿被活活砍死。赵玉琨等带领刀会到达后，就配合凤山刀会扒毁了凤山乡乡长吴朝美、副区长魏晋焕家的部分房子。10月25日，赵玉琨、俞殿彩率领500余名刀会会徒到高淳境内北达乡马家驻扎一夜，大肆抢掠，将中共溧高县委组织部部长李代胜家五间瓦房拆毁，耕牛牵走，什物掳掠一空。10月26日（农历九月初十日）黎明，高淳县华丰、凤山、古柏等乡刀会数千人和溧水县第五区刀会数千人会合，共有近万人，集中在北达乡马家、龙墩头、杨家庄一带，准备向中共溧高县委、县政府驻地安兴中心区进犯。

毛英奇正带着部队在安兴的金山口开会，上级命令坚决镇压大刀会，当时溧高总队共有六个连队，许治刚好带着一连、六连，在溧水的大树下、大李巷一带活动，上级命令他就近解决韩胡区刀会的叛乱，毛英奇则带领其余四个连队和总队部在安庆、桠溪一带活动。

毛英奇立即带了沈传清的二连、陈桂凤的三连、蔡兢的四连（五连留在安兴区），同李代胜、孙顺、吴云标等人一道去解决韩胡区的暴乱。

毛英奇对溧水很熟悉，想当年一支队一团进入溧水，他便在那儿浴血奋战，他曾和傅彪一道率领新四军夜袭溧水城，打得敌人闻风丧胆，惶惶不可终日。

对于刀会及刀会会徒，他觉得好像是挥不去的阴云。这刀会会徒人员太多、成分复杂，大部分是受蛊惑的群众，对群众采取镇压的办法不妥，又因其是采取宗教迷信的方式组织的，用教育的方式短时间内难以见效。尤其是日伪、顽军又对刀会充分利用、挑拨离间，这更增加了解决问题的难度。当年彭冲在横山事变时即遇此危局，那次损失多大，情景多么危险。

但这一次毛英奇出奇地镇静，这一次是平暴，不像上一次彭冲在横山突围，这一次人手很多，有三个连，且十六旅现正发动周城战役，离这儿不远，若遇险情，部队随时可以请求增援。

这一次，刀会虽然是有预谋、有组织、有准备的，估计人数也不少，但如今抗战形势已发生了很大变化，茅山地区已在我掌控之中，刀会的风浪威力有限。

当然，毛英奇虽为文人，却也是地道的军人，对于行军打仗，他不可能有丝毫的马虎。

毛英奇在安庆区史家村集合部队，大树底下，他叉着腰做着动员。这几年，他从苏南征战苏北，又从苏北征战回苏南，无论是斗争经验还是宣传能力都非昔日可比。

他形体清瘦，但身姿挺拔，举手投足间无不显示出刚劲、雄健的神韵，他洪亮的嗓音在空中回荡：

"同志们，刀会暴乱是国民党搞的鬼，我们要坚决镇压。"他又把刀会会徒在韩村的暴行述说了一下，队员中有很多人就是韩村的，一听说亲人遭殃，个个义愤填膺，叫嚷着要报仇。

"同志们，要镇压、坚决镇压，手不能软。但是，会徒中绝大多数是受蒙蔽的群众，我们要打击其首领，不能向群众乱开枪，大家要注意，叫开枪就开枪，叫停止射击就停止射击，不能乱来，如果乱杀群众，要执行军纪。"

毛英奇清楚，他曾在苏北镇压过刀会，所谓刀会，倒是名副其实，只有刀，几乎没有枪，会众喝朱砂水，以为自己会"刀枪不入"，昏头昏脑就往前冲，其实这并不可怕，可以采用打骑兵的方法，这是他从实战中总结出来的。前面卧一排、后面跪一排、最后站一排，两边用机枪火力交叉进行射击，刀会会徒再多也不可怕，但必须注意，切不可与之近距离作战。

另外他们不能过河，由于他们迷信，以为一过河，法力就不灵了。所以只要选择一条小河，就能把他们挡住，或者选择一个隔绝地带也行。

10月26日毛英奇集合好队伍，来到史家靠近龙墩头那个地方停下来，那儿有一条河，他带队背河而立，很像古代兵法上的背水一战，大有破釜沉舟之势。其实毛英奇很清楚，万一战事不利，即退到河的另一岸，逼刀会会徒从桥上通过，这样便可以射杀之。

毛英奇这边刚布置好，便见大刀会会徒那边锣鼓喧天，人山人海，这情形犹如古代的两军大会战。

毛英奇直摇头，看对方阵势，有上万人之众，不要说和日军交手，和国民党交手，即便是黄桥战役，他也没见过如此之多的"士兵"。

毛英奇叹了口气，他读过许多书，年少时犹爱读"三国""隋唐"等演义类小说，他觉得奇怪，难道古人打仗真的列阵而战，一开始便是将对将较量？后来读了明史方知那是小说家和曲艺家的演绎，打仗根本不可能这样打，不过受小说影响，他倒愿意看看这样的场面，当然最好是经历这样的战斗场面。但这是他诗人般的想象，一上战场，尤其和日军交战时，他绝不会做书生审美式的想象，在现代战争的条件下，根本不可能出现阵式战斗，所以他以往对战斗的设想早已被封存在脑海深处。但不料，这种不可能出现的战斗竟然神奇地出现在现实中，而且和古代演义小说中的描绘几乎毫无二致。

他真恨不得像古代的将士一样，披挂上阵，直捣敌营。

不过他脑袋很清醒，除了判明刀会的愚昧无知外，不会有丝毫的幼稚念头。

他命令一排战士卧倒、一排战士以跪姿据枪、一排战士站立持枪，两边配好机枪手和特等射手。

当对方刀会暴徒呐喊着向前冲时，他带上几个人迎上前去，不断喊话，叫他们停下来。

这会徒见有人敢于挺身而出，拒挡洪流，倒给镇住了，于是他们停止了叫喊，听毛英奇的喊话。

但他们马上又骚动起来，只见一个头头拿着一面写了"佛"字的尖角黄旗，嘴里发出一阵尖叫，随即其他几个小头目也怪叫起来。旋即他们端着碗喊"法水"，等眼睛一红，便敲锣打鼓，叫喊着冲来。刀会会徒成团成团地涌来，毛英奇若再不退却，瞬间便会被淹没。

只见他退回原处，手一挥，特等射手便开枪射击，有几个头目纷纷倒地，刀会会徒收住了脚，但马上又成团成团地涌来。

毛英奇手一挥，战士们排枪齐放，两边的机枪也怒吼起来，刹那间，那些冲在前面的刀会会徒纷纷倒下，余者一见，扭过屁股往回跑，但后面的刀会会徒还继续往前冲，这样一来，你撞我，我撞你，全乱了套。

此时，毛英奇指挥众人朝天打了一排枪，又乘势扔了几颗手榴弹，这一来把刀会会徒惊醒了，他们不敢再往前冲，没多久，发出一声喊，乱哄哄地往韩村方向跑了。

主要头目赵玉琨、俞殿彩、俞殿懋、孙汉民、徐临梓等逃往孔镇敌据点，当晚潜逃到高淳的长芦和当涂的湖阳，不久张宝钧也畏罪潜逃，到了长芦。

刀会会徒四散逃走了，战场上一片寂静，众战士忙问下一步怎么办，毛英奇想了想说："同志们，现在形势依然严峻，这刀会会徒虽散开了，但根基未除，另外周围有日伪军，我们不能久战，万一日伪军出动突击，那就麻烦了。"

然后他命令吴云标与沈传清带三连赶到南塘附近，警戒高淳之敌，如果鬼子出动，便坚决顶住。他则与李代胜、孙顺带四连乘胜追击，直捣设在韩村的刀会总堂子，以绝后患。

时近黄昏，要速战速决，最好当晚结束战斗，最迟也不能拖到拂晓。现在天快黑了，鬼子不会出动了，如果拖到第二天，溪桥、高淳、孔镇的鬼子一齐攻下来，那就麻烦了。

他们兵分两路，直扑韩村，为了争取时间，他们绕过了沿途的小堂子，只要把总堂子摧毁，小堂子自然全解散。

此时在韩村，刀会总堂子头目在烧香敬关公，今日他们本想一鼓作气，拿下安兴，不料遇到了强敌，只得作罢。但是，他们并不甘心，准备再较量一次，他们烧着香，希望关公保佑明日旗开得胜。他们做梦也没想到，溧高县县大队会尾随而至。

他们的哨兵被县大队干掉了，他们还没反应过来，县大队已冲了进来，有几个想反抗，得到的回应是雨点般的子弹，无奈他们只得向北跑，向骆山方向跑，但县大队穷追不舍，一直追到骆山。

此时天已大亮，他们刚刚爬上停泊在石臼湖中的船，还未来得及挥桨动橹，县大队已追上来了，他们只好下跪投降，有几条船刚开，被尾随的船只追上，在拒不投降的情况下，县大队只好用枪弹把他们击落在水中，只有极少数的刀会头头乘船逃到石臼湖中。

胜利了，韩固区平暴胜利了，毛英奇等人从骆山返回到韩村，一把火烧了总堂子，然后开了一个群众大会。李代胜、毛英奇和孙顺都讲了话，教育群众要相信共产党、相信新四军，千万不要受刀会头目的欺骗。

为了用事实教育群众，毛英奇把一个刀会头子绑在树上，他高声对群众说："他们宣称刀枪不入，今天我叫你们看看，如何个刀枪不入法。"

他命令刀会头子喝下"法水"，片刻朝刀会头子脚上打了一枪，顿时鲜血直流，那刀会头子疼得惨叫声声，哭叫阵阵。

群众一见，那仅有的一点迷信被一扫而光。

第二天，县公安局执法人员对俘获的那些刀会骨干进行突击审讯，摸清底细后，采取区别对待、分化瓦解的政策。首恶分子之一，原国民党和风乡乡长诸长坤躲藏了起来，后被逮捕归案，就地正法，同时，分地区召开群众大会，揭露敌人的阴谋，以血的事实教育群众，讲明政策，消除群众顾虑，号召大家共同对敌。

韩固区刀会暴乱，从 10 月 21 日开始到 10 月 26 日被我军平息止，为期六天，区乡农救会主任、游击小组队员和积极分子等 32 人被杀害，其中，溧水境内有诸家农救会主任诸化江、村长诸长先等 17 人，高淳境内有县委交通员李代香、韩固区农救会主任魏晋寿等 15 人，另有地方干部吴孝本等 20 多人被捕。

韩固区刀会暴乱平息后，高淳韩村又设立了伪军据点，以韩村、姜家为基地的刀会势力又恢复活动。为彻底平息暴乱，新四军第四十七团政委王直派了一个营的主力部队，由县公安局执法排配合镇压。四十七团来时，骆山乡的刀会基本被消灭了，但整个刀会还未平静下来。高淳县的韩村、及以姜家为基地的刀会还未溃灭，气焰还很猖狂、很嚣张。四十七团到县里后，县里派邢浩带执法排去配合行动，邢浩先把韩村、姜家一带的政治形势及刀会情况向四十七团做了介绍。当天晚上去打韩村，到韩村把岗哨一摸，缴下了枪，很快进入韩村，下了刀会的刀枪，就把刀会打散了，刀会头目韩志兆也跑了。韩村打下后，当晚紧接着打姜家，姜家离韩村仅三四里远，部队包围了姜家村，当时姜家刀会有几条枪，部队打了几发子弹，便冲进村去，姜文辅跑到塘里，躲在荷叶下藏身，没被发现。没有抓到姜文辅，部队便一把火把他的窝烧掉了。打下韩村、姜家后，刀会暴乱也就彻底平息了。

此战，共缴获大刀1万多把，毛英奇把二连交给李代胜，孙顺尚在韩村处理善后工作，他便带了三连、四连回安兴，屁股还没有坐热，溧水那边的告急信传来了。

原来溧水韩胡区的情况一点也不比韩固区轻。

张宝钧在韩固区挑起刀会暴乱的同时，还勾结傅家边曾在上海英帝国主义"亚细亚"石油公司当买办的吴兴春、国民党五十二师情报员俞元志、洪蓝据点日伪便衣特务任宏恩等人策划以灵峰乡为中心的韩胡区刀会暴乱。他们南北呼应、紧密配合、各有重点。张宝钧在孔镇地区发难，妄图配合高淳刀会进攻中共溧高县委、县政府驻地安兴中心区，吴、俞等人在傅家边一带发难，企图搞垮区乡抗日民主政权，向新桥中心区进犯。

吴、俞控制着刀会组织，以蒲塘桥、洪蓝据点的日伪军为后盾，对我韩胡区抗日根据地进行围剿。9月底，刀会组织召开了两次秘密策划会议，第一次是吕家边会议（即李家边），主持会议的有吴兴春、俞元志、吴正侨，参加会议的有各保保长等10多人，俞元志煽动说："我们不准新四军向傅家边这边推行工作，现在新四军又要抽壮丁，我们不要买他的账，组织大刀会打倒新四军。"接着研究发动大刀会的计划。

第二次是杨古岱会议，参加会议的有俞元志、吴兴春、任宏恩、吴正侨和各村刀会堂主等几十人，成立了刀会组织，俞元志为刀会自卫团团长，吴兴春、任宏恩、吴功贵（刀会典传师）为副团长，刀会总部设在蒲塘桥。会上还进一步研究发动刀会、围剿新四军、侵犯抗日根据地等计划。

在他们的煽动和威胁下，杨古岱、港口、木桥头、上庄、周庄、李家边、马家、薛家、杨家、后赵等10余村设立了刀会堂子，参加的群众有1000多人。

10月初，刀会1000余人在蒲塘桥聚集示威，刀会头目吴功贵声嘶力竭地叫嚷"打倒共匪军，保卫家乡"，还谎称"打死一个刀会会员，发给20亩田、100担稻""烧了草房盖瓦房，烧了瓦房盖楼房""打死一个刀会会员，老婆孩子由政府养老"，接着眼露凶光，威胁道："如果哪个不参加刀会，就是私通新四军。"

10月21日（农历九月初五日），俞元志、吴兴春、吴功贵带领刀会成员到汤家、马家、薛家等村寻捕韩胡区派在该地区工作的区委委员方长生、区政府财经干部端银和乡村基层干部，在马家村烧毁抗日基层干部和农救会积极分子的房子30多间。

韩胡区政府得知灵峰乡大刀会暴乱，10月22日下午，派区大队副队长张月明带领一个班的战士到灵峰乡进行武装侦察。当区大队到吕家边村前时，俞元志、吴兴春就开始鸣锣，接着马家、汤家、薛家等村鸣锣响应，聚众包围区大队。区大队闻锣声上了馒头山，刀会自卫团副团长吴功贵、吴兴春带领刀会向馒头山猛扑。区大队朝天鸣枪警告后，就主动后撤，从馒头山经双尖子村到王家店。

是时，韩胡区政府和区大队驻扎在王家店，他们向区长倪道成汇报了大刀会尾随追来的情况。倪区长随即写信派专人送县委、县政府汇报请示，并对区大队说："未接到上级指示前，对来犯的刀会可以鸣枪警告，但不能伤害受骗上当的群众。"顷刻，大刀会追过来了，倪区长命令区大队分两路后撤，一路是倪区长带一个班的战士经山东头、韦家大村、西岗到新桥区的曹家桥；一路是张月明带领区大队经清水塘，往韩胡村方向撤。大刀会追了10多里路，直追到臧笪里，才停止追击。当天晚上，区大队按规定的联络地点到曹家桥集中，和区政府会合。

第二天，大刀会在陈山头灵峰寺内召开会议，参加会议的有各村堂长和刀会骨干100多人，刀会头目俞元志、吴兴春进一步部署行动计划。隔了两天，俞元志、吴兴春、吴功贵等率领刀会会徒300余人，对我韩胡区活动中心西宋村进行骚扰，抓捕抗日基层干部。这次刀会行动还集中了当地封建地主、劣绅的枪械30余支，好在西宋村基层干部闻讯早已转移到新桥区的边境，刀会扑了个空。

10月23日（农历九月初七日），韩胡区在于巷村召开区委会，区委会对当前形势做了分析，认为敌人乘新四军主力南下之际，利用刀会扰乱我后方，企图搞垮区乡抗日民主政权，取而代之，扩大伪化区，参加暴动的刀会会众多数是基本群众，他们是受威逼而参加刀会的，必须对他们开展政治攻势，分化瓦解，争取多数，孤立打击少数的反动首领。研究决定：一、做好群众工作，揭露刀会组织的欺骗性，争取群众；二、该地区乡村基层干部暂时转移；三、调集区乡武装力量，做好反击的准备，在未接到县委指示前集合待命，派一些人员到灵峰乡边缘地区监视刀会行动。

在区政府积极组织力量准备反击的同时，刀会头目也在调集人员，密谋组织5000人进行大规模进攻。吴兴春和洪蓝伪警察所长张彦孝带着绥靖队10余人去仓口、陈家、卞家等村调动刀会，所幸群众识破了他们的诡计，都拒绝参加，他们调人未成。

10月27日（农历九月十一）下午，俞元志、吴功贵等带着大刀会600余人，由蒲塘、洪蓝据点日军30多人、绥靖队20多人配合，又包围了西宋村，大肆搜捕和抢掠，使得西宋村十室九空。下午4时，日伪军和刀会带着抢掳的财物离开了西宋村。刀会会徒又袭击区大队，突破阵地，一直追至大树下，有的战士跑累了，竟然吐了血，有的战士跑慢了，就惨遭杀害。在如此严峻的形势下，杨辛急召毛英奇率兵援助。

就在这天中午，中共溧高县委书记杨辛、县总队副队长许治率领县总队两个连的武装来到韩胡区，在王村召开紧急会议，听取韩胡区区委书记王明新、区长倪道成、区农救会主任姚学金等关于刀会暴动的情况汇报。最后，杨辛书记谈了三点意见：一、要采取果断措施，坚决把刀会暴乱镇压下去；二、参加刀会的会员，多数是受骗的基本群众，受坏人利用，不能伤害他们，要孤立打击少数反动头目；三、开展政治攻势，瓦解敌人。

毛英奇收到了告急信，急命三连、四连在铜锣井集合，队伍集合好后，他急率队赶至大树下，与杨辛、许治汇合。

两个连一来，力量增强了，许治手下的县大队队员情绪一下子高涨起来，毛英奇与许治分析着下一步的对策。

"我们主动进攻恐有难度，不妨把他们引诱出来加以消灭。"毛英奇用树杈在地上比画着。"对，在运动中消灭他们是一个好办法，只要消灭一部，其他的就会自行消散。"许治连连点头。

"我们的增援部队迅速到来，他们不会知道，我们先埋伏下来，张好口袋，等他们上钩，然后实施突击，先消灭其中的日伪军和刀会头目，其余就好办了。"

"也好，我派一连的同志引诱他们，然后，我们设伏消灭他们。"

两人谋划停当，便分头布置。

下午5时，一连一个排的战士开始进行追击，刀会会徒见县大队又返回，便起身迎战，全力攻击。一连战士且战且退，那些刀会会徒以为县大队实力不济，心怯退却，便玩命追击，鼓噪而进。

当他们进入伏击圈后，毛英奇喊一声"打"，设伏的一连、三连、四连、六连战士和区大队战士分别从两边杀出，刀会会徒根本想不到这儿有设伏的县大队战士，一下乱了阵脚，到处乱窜起来。

战士们按预设的计划专挑刀会头目射击，没多久，数量不多的刀会头目纷纷倒地，对于其他刀会会徒，除极个别顽固不化的被击毙外，战士们任其逃窜，不予击杀。

刀会会徒虽遭伏击，但韩胡区大部分会徒还在疯狂杀戮中，现在应该一鼓作气，直捣敌人老巢。

部队研究决定，分头出击。韩胡区区大队分头带路：一路由西宋到孙家、陈山头；一路由西宋到刘家山、马家；一路由笪村到朱村、后李家。5点钟左右集体出击。

这时，日伪军正在刘家山村杀鸡烧饭，300多名刀会会徒集结在汤家村东面山头上，集体放哨。

许治带领部队到达刘家山，埋伏在山上准备天黑后出击。大刀会看到新四军部队穿着军服，又有机枪，一边叫喊"新四军正规部队来了"，一边逃跑。

许治命机枪手朝天开枪，日伪军听到枪声，烧好了鸡、煮熟了饭也顾不上吃，就拼命逃跑。县大队随后追击，像赶鸭子似的，一直追到傅家边，捣毁了该村刀会堂子。当晚，区大队、各乡乡中队到了马家、汤家、薛家村烧毁了刀会堂子，刀会首领都逃进蒲塘桥和洪蓝日伪军据点。毛英奇、许治他们抓获了一些刀会骨干，要他们交代错误，揭发首恶，根据"坦白从宽""区别对待"的政策，经教育后释放回家，以灵峰乡为中心的韩胡区刀会暴乱基本平息。

韩胡区刀会暴动从 10 月 21 日刀会到马家、汤家等村寻捕抗日基层干部开始，到 10 月 27 日刀会被平息止，历时 7 天。烧毁基层干部房子 30 多间，捕捉我乡长杨殿有、保农会主任经传忠等 5 人，杨殿有、雍成发两同志被送溧水伪警察局关押，严刑拷打十多天。

溧高县的刀会组织本来分布在三个地区，除韩固区、韩胡区外，还有云鹤地区，由于新桥区委梅章等同志的努力，这场暴乱被消灭于萌芽之中。

甘兆炳，云鹤乡甘戴村人，1902 年出生于贫苦农民家庭，1942 年加入中国共产党。入党后，和同村的甘兆昆两人合伙开了一家杂货店，公开身份是店老板，暗中秘密搜集敌情报，是地下情报员。

甘戴、芝山两村刀会堂长是甘传鑫，1944 年 4 月，他接到国民党溧水县长李醒华和伪孔镇区区长张宝钧关于组织策划刀会暴乱的信件后，就蠢蠢欲动起来，召集了 13 名刀会骨干，成立"更生会"，设堂传法，对外却称"观音会"。

甘传鑫掩人耳目的做法引起地下情报员甘兆炳的怀疑。他以送货为名，暗地潜入甘传鑫家的楼道里，凭着黑洞洞的楼道做掩护进行侦察。

漆黑一团的楼道里，他平心静气，偷听他们的谈话，密室里隐隐约约传来甘传鑫的声音："那边都动了，我们也要赶紧组织配合……杀掉农救会头目……"

甘兆炳连忙将"更生会"的情况，向中共新桥区委书记梅章汇报，引起了区委对芝山、石燕地区刀会活动的高度重视，为平息刀会暴乱的整体部署提供了最早的信息。

中共新桥区委接到甘兆炳的情报后，经梅章等区委领导研究，决定派地下党员李春景深入魔穴侦察敌情。

李春景，云鹤乡南载村人，1920 年出生于贫苦农民家庭，1942 年加入中国共产党，是甘传鑫的亲戚，深入魔穴比较方便。李春景接受了党组织的重托，佯装要拜舅舅为师修道，征得甘传鑫的许可，打入了"更生会"。

李春景多次参加香堂磕拜，把"更生会"内部的人员组织、武器装备、暴乱计划等情况了解得一清二楚。李春景及时将这些内情密告甘兆炳，甘兆炳即向梅章做汇报，并研究对策，这样甘传鑫等一伙的活动处在甘兆炳、李春景等地下党员的严密监视之下。

在甘传鑫紧锣密鼓准备暴乱的同时，盘踞在邰村的劣绅、国民党员司徒藩，芝山国民党县党部秘书倪某某和芝山原刀会总堂主李某某迫不及待地跳出来，东西呼应。1944 年 6 月，芝山、石燕两乡的 24 名劣绅头目在旋峰山村杨秀峰（国民党旅长兼情报处长）家召开秘密会议，成立了芝山、石燕两乡刀会暴乱组织，推选李某某为团长，王某某为总团督办。会议要求各村立即摆设堂子，召集人马。

他们的秘密会议引起了同村地下党员杨在顺的怀疑。杨在顺，云鹤乡仙坛行政村旋峰山村人，1922 年出生于贫苦农民家庭，1942 年加入中国共产党。他忙将情报告知住在邰村的联络员后兴国（苏北人），后兴国急传给抗日民主政府新桥区区长瞿钦民。瞿区长要后兴国联络杨在顺，注视司徒藩等人的行动，要摸清实情，抓到实据。

一个月后的一天，杨在顺探听到刀会骨干分子杨先兴利用县抗日民主政府石燕乡乡长（杨原是国民党乡长，是利用对象）的合法身份发出通知，召集各村劣绅、保甲长晚上在孔家村召开会议。杨在顺急忙飞奔李巷，告诉瞿区长。瞿区长当即带领区大队赶到孔家村祠堂，见杨先兴和一些劣绅正准备开会，密谋暴乱。瞿区长严词责问杨先兴，警告了刀会头目和士绅，耐心教育了到会的保甲长。由于情报递送及时，芝山、石燕两乡刀会头目秘密会议未开成，打乱了刀会策划暴乱的部署。

四五天后，溧高县抗日民主政府周林县长在芝山乡姑塘拐史家村召开了紧急会议，命令抗日民主政府新桥区大队分赴各村抓捕了20多名策划暴乱的刀会头目，押送到溧高县抗日民主政府所在地荆山下村受审。由于新桥区委、区政府的高度重视，在韩固、韩胡地区发生刀会暴乱时，云鹤地区的刀会始终没有呼应。

溧高县韩固区、韩胡区刀会暴乱从10月20日开始，到27日平息（韩固区于26日平息），历时7天，波及溧高县的渔歌、孔镇、和风、信义、骆山、集义、古柏、南漪、灵峰、龙井、肇倩、双塔、华丰等13乡，惨遭杀害的抗日民主政府区、乡及基层干部和积极分子共32人（溧水县境17人，高淳县境15人），被毒打、关押（后花钱交保释放）的近30人，还有一些干部家中房屋被烧、耕牛被牵走、衣物被劫。这是溧高地区顽、伪两股潜在势力合谋制造的一次反边武装暴乱，是蒋、汪之流在溧高地区的露骨表演。溧高县抗日民主政府迅速、及时地镇压、平定了两区刀会暴乱，打击了溧高地区顽、伪反动势力，进一步巩固了溧高抗日根据地，有力地支援了苏南新四军对浙西新区的开辟工作。

刀会暴乱平息后，区乡干部和区大队进驻，加强政治攻势，宣传团结抗日，揭露敌人的阴谋，教育群众。县政府贴出布告，大意是：伪顽勾结制造大刀会暴乱，破坏抗战大业，为国人所不容，望所有受骗上当的群众，在七天内退出刀会组织，交出刀械，一律不究；为首骨干分子准许投案自首，争取宽大处理；对于坚持反动立场，破坏抗日大业，拒不执行本布告者就地正法、决不宽恕。布告张贴后，刀会会员自动交出刀枪，韩胡区灵峰乡五天内就交清了大刀。韩固区骆山、和风、信义、风山等乡也很快交清了大刀。一场矛头直接指向我党我军和抗日民主政府的大刀会暴乱彻底平息。

刀会暴乱平息以后，为了吸取教训，县委决定在溧高县范围内开展锄奸反特斗争。发动群众来搞，搞了三个月，摧垮了敌人的特务情报组织，对有罪行该镇压的进行了镇压。在溧高交界处有个国民党区分部（在路东）是很秘密的，在反特斗争中被溧高县公安局查了出来，缴了他们的枪，也抓到了区分部书记，国民党油印的秘密文件（县党部的部署、计划、行动意见等）、国民党员的名单等也被县公安局查抄到了。在反特斗争中，县公安局局长邢浩代表公安局号召敌人投案自首，坦白交代，实行"坦白从宽，抗拒从严"政策。在此次运动中，共逮捕了十几个人，也镇压了十几个人。1944年11月24日，溧高县抗日民主政府在芝山乡塘南村召开了宣判大会，宣判司徒藩、甘传鑫死刑，押赴刑场执行枪决。

第三十三章

溧高战役

日军为了打通浙赣线，9月28日，集结2万多兵力，从皖南、苏南、浙西三个方向进攻，三天之内推进100多公里，相继占领溧阳、广德、郎溪、宣城四座县城，打通了宣长公路。

令人痛心的是，日军在苏南这个进攻方向只集结了两个联队，只有区区的四五千人，而国民党的中央军有十五个团之多，兵力四倍于敌，平昔见到新四军凶狠无比，一见日军却是不战而溃，把大片土地丢给了敌人。更可恨的是这些民族败类提出所谓"变匪区为沦陷区""宁可让与敌人，不可让与匪军"，顾祝同竟然指使溧阳县长卜镇海、江宁县长颜德贵、高淳县县长蔡秉禄、忠救军支队长王一平、保安团团长沈国钧、国民党江宁县党部书记等大批军政人员投敌。

之前国民党军向新四军进攻时的一些屯兵之地，如东坝、张渚、梅渚、山丫桥、南渡、上沛埠等，都成了日伪军的据点，南京的日伪机关对国民党军三战区又增加了两条防线。

面对如此败局和形势，十六旅领导江渭清、王必成、钟国楚并不会额手相庆，因为这毕竟是日寇对中国军队的军事进攻。但这对十六旅的生存而言，倒是个好消息，新四军取代国民党在苏南的抗战地位是顺理成章的事。

如今压力骤轻，新四军完全可以采取敌进我进的政策，在溧武路以南、苏浙皖边区的广大地区驰骋纵横，战略空间的骤然拓宽，对于采取游击战的新四军而言是生命攸关的大事呀。

江渭清、王必成、钟国楚联名向军部提出建议，在敌人的占领区作战，因为日军不同于国民党军队，他们数量有限，只是占领了几个交通要点，如果新四军南下，广大沦陷区即可掌握在我方手中，机不可失呀。

军部很重视十六旅旅部的意见，即刻与一师联系，粟裕、叶飞认为这确实是个好机会，但苏中地区形势也很严峻，无兵可调，十六旅只能依靠自己的力量，灵活使用兵力，逐步向南发展，到达宣长公路以北。

江渭清、王必成、钟国楚觉得非常遗憾，原来是塘小鱼多，现在是塘大鱼少，只觉得手上无兵可用，所幸四十八团没有北渡，十六旅现有兵力尚可一搏。

此时三人暗自庆幸没有让四十八团北渡，那时的决定虽有冒险之意，但从长远看，非常值得，现在战机出现，稍纵即逝。

"师部不派兵，我们自己干！"三人几乎发出了同样的声音。

"这是我们梦寐以求的机会，当初谭师长、罗参谋长一直有这个梦想，现在机会终于来了。"江渭清对着地图深有感触地说。

"此时不进，更待何时？"王必成话语不多，但掷地有声。

"南进南进，大展宏图！"钟国楚摩拳擦掌，热血沸腾。

三人决定由王必成率四十八团南进郎溪、广德，实施战略侦察，同时伺机打击敌顽势力，准备向南发展，由江渭清和钟国楚率四十六团肃清溧水、高淳一带的伪军据点，完全控制溧高地区。

11月初，王必成亲率四十八团南进。

江渭清、钟国楚挥师溧高，源于溧高地区在反顽战役后，新四军兵力甚少，国民党被赶走后，这里便成了真空地带，所以敌人乘机在新桥、东流等地增设据点，妄图以"蚕食"政策，逐步并吞溧高抗日根据地，达到缩小苏南抗日根据地、扩大伪化区之目的。另外敌人还在溧水至郎溪公路沿线的漆桥、东坝等重镇，择要设防，以保护这条交通干线的畅通，确保侵占郎、广地区日军的供应线。

11月20日，江渭清带领旅部特务营从溧阳赶至溧水东流，决心拔掉这个据点。

东流镇地处溧水杭村西北约5公里、大李巷西南8公里，距离两溧反顽战斗铜山阵地不远，11月中旬，敌人为了"蚕食"我根据地，派了一个连的伪军于此驻扎。

二战形势已发生了变化，现在是黎明前的黑暗，日军兵力严重不足，一些普通的据点全仗伪军据守。

伪军也自感末日不远，所以他们修建据点时，完全以防御为主。他们在镇东侧，利用庙宇构筑工事，修建碉堡，挖掘外壕，在外壕外面用树枝建设了一道鹿砦，构成副防御工事。

江渭清率十六旅特务营赶到时，他们的工程还未竣工，碉堡及外壕仅修了一人高。

江渭清察看了地形，心中有谱，他召特务营营长廖坚持、教导员陈力商量："眼下敌人的工事还未修好，我看不如乘敌立足未稳时，实行强攻。"江渭清用征询的眼光看着营长和教导员。

廖坚持点点头："我们没有重武器，敌人很狡猾，现在修的工事很坚固，攻坚战宜早不宜迟。"

最后江渭清决定一连担任主攻，二连以一个排担任新桥、孔镇方向的警戒，另一个排担任预备队。

深夜，一连突然发起强攻，开始时战局顺利，在火力的支援下，突击排亦突入了敌人外壕，无奈，敌人疯狂地投掷手榴弹，在外壕四角碉堡的内侧交叉使用火力，一下子把突击排的冲击压了下去，一连见状，多次变换战法，但均未奏效，且伤亡不小。

时值拂晓，若天亮前不能拿下，那么天一亮，敌人很有可能前来增援，眼下特务营兵力有限，且有伤亡，为了保存实力，以利再战，江渭清命部队全部撤出战斗，退守里佳山，准备重新调整部署、配置火力，夜间再行攻击。

谁料，伪军吓破了胆，乘特务营撤出战斗之际，便仓皇撤离，逃往孔镇据点去了。

"噢，伪军撤走了。"江渭清双眉紧锁，脸上顿显凝重之色，他用手指敲击桌面盘算起来。

若是抗战初期或反清乡时，拔掉据点，或迫使日伪军自行撤走倒是大好事，但目前抗战形势发生变化，日本法西斯离崩溃的日子不远了，现在最重要的是要消灭日伪军的有生力量，现在伪军很狡猾，一打就撤，撤并到大据点，反倒不利于我军攻击歼灭。

他一拍桌子："必须乘他们未及准备之时，多拔掉些小据点，彻底荡清溧高地区的日伪力量。"他马上召集廖坚持和陈力商讨下一步计划。

"东流村的敌人一反常态，不固守待援，竟冒着在野外被歼的危险逃往大据点，这给我们发出了一个极为重要的信号，就是我根据地中心区内兵力薄弱、工事设施差的伪据点有撤回边缘地区较大据点的可能，我们必须再接再厉，继续发动攻势，不失歼敌良机。"江渭清站在挂在墙上的地图前，讲述着自己的作战意图。

廖、陈二人的想法与江政委不谋而合，他们也奇怪这伪军竟然会自行撤退，也觉得敌人有抱团取暖的可能。

"江政委，我们应该一鼓作气，端下新桥据点，别让他们给跑了。"廖坚持提出了攻打新桥据点的想法。

"对，江政委，这新桥据点离李巷太近，终究对政府是一个威胁，即使他们不跑，我们也要毁掉它。"陈力补充了自己的意见。

"对，一定要打，一是他们立足未稳，人数不多，消灭了他们，就消灭了敌人的有生力量，另外，以后我们十六旅都要南下，拔掉新桥据点，可绝我溧高政府的后患。"江渭清点着头，"我们来看看，如何打，什么时候打。"

"兵贵神速，兵不厌诈，我看今晚就打，新桥的伪军肯定不会想到我们今晚就会打仗。"廖坚持在溧水滚爬摸打多年，对伪军的战斗力、精神状态、心理状态了如指掌。

"对，一鼓作气，对部队作战有利。"陈力表示赞同。

"嗯，"江渭清微微地点了点头，然后他详细地询问了一下新桥镇据点的情况，最后做出决定，"知己知彼，方能百战百胜。打东流据点，我们还是低估了敌人，以致攻克未果，你们的想法很对，但必须做出周密部署。"

江渭清踱着步，沉思片刻后说："新桥我熟悉，当初一支队一团从江当芜地区进溧水时，我去过那儿，日伪军在那儿安据点，其工事一定很坚固，所以这次必须用炮，实施炮击，没有重武器，说来真可怜，我们有时竟连只有七八个日军据守的据点都拿不下来。把迫击炮连调来，不行的话，给我用炮轰，有了炮，不怕他工事坚固，以前我们就是吃了没炮的亏。"

江渭清的话使廖、陈两人眼睛一亮："对，我们有炮，用炮轰，用炮轰。"

说到炮，江渭清和廖坚持、陈力满脸喜色，原来四十八团二营在南下郎广时，在砖桥、北山卡附近，消灭顽军政工队全部，在青松岭，意外地发现了国民党丢弃的皖南总仓库，缴获步枪子弹40余万发，炮弹千余发，这一下四十八团真是吃饱了、喝足了。由于四十六团还在溧水，只是紧急送来一部分枪炮，尤其是那些迫击炮，对于十六旅的战士来说，真是莫大的战利品，这些炮虽不多，但它们的作用可不是一般的武器所能取代的。

江渭清决定急调迫击炮连一个排过来，连长必须亲自前来参加战斗，然后他与廖坚持、陈力商量好具体作战计划，这次攻打新桥据点由二连担任主攻，一连担任官塘、东流镇方向的警戒，他亲自指挥作战。

江渭清这次特别谨慎，他是从无数炮火中钻出来的，无论是红军时期，还是抗战时期，他不知打了多少险仗、恶仗。有些仗打得那么惊险，那是没有办法，但一个指挥员战前不能故意弄险，更不能重复犯第二次错误，大胆可以，但必须心细。

他亲率攻击部队利用地形秘密地向新桥移动，约在下午5时左右，他与特务营营部干部以及迫击炮排的同志们一起秘密来到新桥东南约1公里的无名高地上。

这里既是指挥所，又是迫击炮的发射阵地。

江渭清第一件事便是把迫击炮的连长王国富找来，他严肃地说："炮的重要性，你是知道的，天黑以前，必须完成一切射击准备，向我报告，然后必须原地待命。"

这次担任攻击的是特务营二连，连长是戎克勤，指导员是周谷云，有趣的是这两人都是武进人，两人都有不平凡的战斗经历。

戎克勤，武进县戎家村人，1938年6月，江南新四军第一支队王必成率部东进，来到戎克勤的家乡进行抗日斗争。新四军向广大群众宣传抗日，尤其号召青年参加抗日，他们办了夜校，当时只有18岁的戎克勤和周围村子的年轻人每晚都聚在一起，听新四军讲抗日。

七个晚上后，戎克勤他们明白不当兵就要当亡国奴，为了能够过上好日子，得把日本鬼子赶出中国去。当年7月，49名青年人来到江苏丹阳，参加了丹阳抗日自卫总团；9月，他们又来到茅山一带找到了新四军第一支队二团团部。第三天，团部宣布这49名青年人编在二团特务连三排，戎克勤成了一名抗日战士。

1939年秋，戎克勤所在的三营九连安扎在武进、丹阳交界处的一个村子，侦察员了解到日本鬼子日前从丹阳、常州调了200多人集结在附近的奔牛镇，分乘7辆汽车到西夏墅集中，准备次日天亮前"扫荡"丹阳方仙桥一带的游击队。

连长决定打一场伏击战，地点选在了陈巷桥村，晚上8点，大家隐蔽在村南的坏土墙、田埂、坟墓旁。

不到9点，公路上传来了汽车声，鬼子7辆汽车前后距离不到150米，向伏击圈开来。

机枪响了，伏击正式开始，大家按照作战顺序打完两排子弹，200多个鬼子一下子被打蒙了，一点声音都没有，前后不到20分钟，就结束了战斗。

周谷云，江苏武进县张家村人，1925年4月出生，1941年5月参加新四军，1941年8

月加入中国共产党。抗日战争时期，在家乡沦陷、国难当头之际，他受进步思想的影响，在地方党组织介绍下参加了新四军，成为新四军十六旅战士，在四十六团担任通讯员。1941年马占寺战斗后，钟国楚决定让通讯员周谷云陪受伤的连长张启标到塘马养伤，两人27日到达塘马，住在新店村。刚住了一个晚上就遇上了震惊大江南北的塘马战斗，在戴家桥几乎无兵可用的情况下，他和张启标、陶家坤等人要求留下。作为一个新兵，他表现得十分沉着，射击、投弹，从容沉着，虽然他一个人的战斗力有限，但众战士同仇敌忾，死守木桥，日军的多次进攻都无功而返。

除了战斗外，他还要照顾张启标，待天黑，他背着张启标随转移人员走了一夜，累得双脚几乎失去知觉，虽然途中张启标多次要求把他放下，其他同志也主动上来背扶，但他没有答应，咬着牙，一路将张启标背到黄金山地区。

经过几年的战斗锻炼，他们已成长为十六旅特务营的连级指挥员了，戎克勤、周谷云领重任突击新桥，利用地形做隐蔽，来到了新桥西面，两人按预定方案，做出如下布置：戎克勤率领突击排，爬上屋顶，进行突击，副连长率一个排抢占新桥北侧有利地形，切断伪军的退路，周谷云带一个排，在突击排左翼向东挺进，配合连长进行战斗。

一切布置停当，戎克勤率突击排利用镇上房屋做掩护，秘密接近紧临伪军据点的学校西面老百姓的草屋屋顶，焦急地等待江政委发出的攻击命令。江渭清的命令是炮兵排连发三炮，待第三发炮弹爆炸后，二连开始攻击。

下午5时，天色渐暗，11月底的天气日趋寒冷。这新桥据点有伪军一个连，伪军出于安全考虑，侵占了新桥的一所学校，并进行了改造。他们不同于东流的伪军，在构建据点时，速度特别快，由于学校墙体厚重，加之伪军在四周增添了许多工事，因此十分坚固，其攻击的难度远大于东流伪军的据点。

这些伪军也渐渐感知到日军已是强弩之末，所以士气十分低落，再加上听到刚刚东流据点被袭，吓得龟缩在据点内，做起了缩头乌龟。白天无事，便把前几天抢来的猪、鸡杀了，准备好好美餐一顿。他们忙了一天，刚把猪、鸡杀好，烧好后盛进盆中，放到桌上，热气还未散尽，便抢着下筷，大快朵颐起来。

此时，江渭清右手朝下一劈，对着王国富叫道："放！"

王国富适时地给那些正在进晚餐的伪军加了一道"好菜"。

"呼"一声响，炮弹出膛，划出一道美丽的弧线，精确地落入院中，瞬间火光一闪，一声巨响，院内是泥土四溅，接着雨点般地从空中落下。

那些伪军正在抢夺猪肉，以满足他们的口腹之欲，突然一声巨响，火光一闪，只觉山崩地裂，房屋颤抖，泥土屑扑面而来。有几个不小心碰翻了鸡汤，被烫得嗷嗷直叫。

他们不知发生了什么，乱作一团，一时还不清楚是新四军来攻击，因为他们知道新四军最缺的就是炮。

乱了一阵后，伪连长命令伪军操枪到院子中看个究竟。七八个伪军刚进入院中，猛听得上空一阵尖啸之声，便看到一个圆柱形的东西坠落下来，吓得他们枪一扔，想挪动双腿，未及移步，只听到一声轰响，身体有一种撕裂感，然后什么也不知道了。

七八个伪军被炸得身首异处、四肢残裂、血肉一片。

"打得好，打得好！"江政委和战士们对迫击炮所发挥的高超效率和取得的良好效果，一齐拍手叫好。

"发第三炮！"江渭清下达了攻击命令。

"呼"一声，第三颗炮弹从炮筒中呼啸而出，又精确地击中院落，顿时火光一闪，烟雾弥漫。

这三颗炮弹一炸，整个院落被烟雾笼罩，也为二连偷袭创造了有利条件。

伪军们乱作一团。有的想逃，有的想躲，有的到处乱撞，完全失去了战斗力。

戎克勤听到第三声炮响后，兴奋极了，他和战士们早已迫不及待了，他们马上在草屋顶上跃起，然后由西向东跃过屋脊，顺着屋面的斜坡，像小孩滑滑梯似的滑进小学的院子里。

由于戎克勤歼敌心切，从屋顶向下滑行时，动作过猛，速度太快，致使失控坠地，腰部受伤，一时疼痛无比。

这些伪军弄不清炮弹是从哪儿来的，也不知该如何应付这局面，因为他们只见炮响，却不见人影，现在突然有人从天而降，吓得在院子里直打圈圈。

戎克勤刚好坠落在几个伪军间，他跌倒后，一时难以起立，只觉得眼冒金星，天旋地转，耳朵一阵嗡嗡作响，四肢又酸又沉，一时不听使唤起来。他握着驳壳枪，竭力想站起来，但一瞬间，一切似乎凝固了起来，连思维也凝固了起来，除了感觉到麻木，还是麻木。所幸这几个伪军一时吓破了胆，手足无措、乱叫乱喊，不过也有几个刚刚清醒过来，想操枪射击的，就在这短短的几秒钟，戎克勤的身体已经复苏，他忍痛爬起，连发数枪，击毙了几个伪军，其他战士落地后也是一阵扫射，把那些原本晕头转向的伪军打得四处乱窜。

戎克勤站起来后，忍痛指挥，喝叫着"缴枪不杀，优待俘虏"的口号，这些伪军被打晕了，现在终于明白是遭到新四军的袭击了，许多人放下武器，磕头求饶。

另一些伪军赶快打开后门，奔向新桥，企图夺桥逃命。

"追！"戎克勤命令一部分战士收容俘虏，另一部分尾随追击，他一马当先，奋勇追击。伪军刚一出门，周谷云一声喊"打"！战士们持枪齐发，冲在前头的伪军惨叫着倒了下来，其他人则不顾一切，朝前狂奔。

临近桥头时，他们终于收住了脚，前面黑洞洞的机枪怒吼起来，桥面完全被封锁，冲在前面的已倒下了好几个，他们只好往回跑。

此时，戎克勤和周谷云已合并在一起杀了过来。

南北夹击，伪军没有别的选择，他们能做的便是乖乖缴枪投降。

此战只用了20分钟，特务营无一伤亡，全歼伪军一个连。

江渭清露出了会心的微笑，是啊，指挥员灵活应用战术、出其不意地选择攻击时间、精确的炮火支援，以及二连指战员的勇猛杀敌，无一伤亡，杀敌一连，这难道不值得骄傲、自豪吗？

在里佳山，江渭清与钟国楚的手紧紧地握在了一起。

钟国楚又回到了十六旅，又回到了他呕心沥血创建的四十六团。

钟国楚在 1943 年年初，于二旅南下合并成立新的十六旅时，便由上级决定调至延安学习，后因病滞留在茅山地区，两溧反顽战役时，他着便装接受江渭清委托，指导十六旅进行作战。病愈后，由江渭清挽留，报上级批准，转任十六旅副旅长、参谋长。

对于十六旅，钟国楚自然有一种特别的情怀，十六旅的前身是二支队，他自新四军成立后，一直奋战在二支队，先是担任三团政治处主任，后担任四团政委，皖南事变后，六师成立，他担任十六旅四十六团政委，兼任十六旅政治部副主任。塘马战斗后，他代理政委一职，谭震林南下后，他担任十六旅政委，不久江渭清到来，他改任旅长，江渭清担任政委，两人带领十六旅奋战在金陵城下、茅山山边，苏南抗战的面貌焕然一新。至 1942 年年底，十六旅恢复并发展了皖南事变前的苏南抗日根据地，全区拥有人口 100 余万、11 个县政府和 1 个县级办事处，十六旅所辖四十六团、四十七团、独立二团、茅山保安司令部，已恢复到 2 300 余人，五十一团（共一个营）亦由北向南来，归十六旅建制。钟国楚在塘马战斗后，苏南抗战处于低潮时，与江渭清一道为坚持苏南抗日根据地、发展壮大十六旅做出了不朽的贡献。

特务营和四十六团合并一处，下一步该怎么部署，两人一致认为针对敌人仓促设防、立足未稳的特点，要不失时机地将敌人各个歼灭，从速粉碎敌人的"蚕食"计划。经过详细研究后决定，在攻打了东流镇伪据点，消灭了新桥伪军后，应迅速南下攻击漆桥，并适时改变战术，在组织攻打漆桥的同时，有计划地组织打援，力求迅速消灭更多的敌人。

11 月 22 日，江渭清、钟国楚率队来到高淳，面对漆桥以南的游子山。

游子山为茅山余脉，原称梁山、绵山，据当地碑文记载，孔子周游列国时曾登此山，产生了游子思归的念头，后人便将此山更名为游子山。

江渭清看着山势平缓的游子山，真是感慨万千，高淳呀高淳，这是自己踏入苏南的第一地。1938 年 6 月 3 日部队到达狸头桥，连夜渡过固城湖，便进入高淳，初到高淳，感觉真是耳目一新。此地丘陵不多，是典型的水网地域，与大山连绵、人烟稀少的湘鄂赣边区有着天壤之别。当时麦儿刚刚抽穗，他想起了宋代诗人范成大咏高淳的诗来："路入高淳麦更深，草泥沾润马骎骎。雨归陇首云凝黛，日漏山腰石渗金。老柳不春花自蔓，古祠无壁树空阴。一箪定属前村店，衮衮炊烟起竹林。"

那真是一个美好的季节，转眼间新四军转战苏南已经六年了，而今苏南抗战形势明显好转，但日伪军还在垂死挣扎。游子山啊游子山，请你作证，日伪嚣张的日子不会长久了，美丽的高淳惨遭日寇践踏的日子不会太长了，大好河山一定会回到人民的怀抱中。

江渭清临风而立，紧紧地握紧了拳头。

江渭清和钟国楚经过一番实地考察后，决定采取围点打援的方式。

"江政委，现在敌我力量已发生了变化，我军力量已占优势，应在大胆攻打据点的同时，再采取围点打援的方式歼灭敌人。"钟国楚对着平摊的地图，用手指在上面划动着。

江渭清连连点头："对，我看用四十六团主力攻打漆桥，用其他兵力组织打援，诱敌走出'乌龟壳'，趁敌增援漆桥之机，力求在野战中歼灭更多敌人，"他握紧了拳头，"我们一定要粉碎敌人的'蚕食'计划。"

"我们应立即召开四十六团、溧高地方部队和特务营的领导干部大会，部署攻打漆桥与围点打援的任务。"钟国楚的心情有些迫切。

"好，马上开会。"江渭清即令通信员传令开会。

会议开得十分热烈，干部们的战斗豪情从言谈间、神情中充分地展示出来，气浪在空中回旋，干部们漆黑的脸膛上泛着光亮，双眼散发着明亮的光芒。

会议决定四十六团在炮火支援下，负责主攻和歼灭漆桥之敌，同时派出一个营担任毛公埠（溧水）方向的警戒，歼灭该方向来援之敌（该团决定由政治处主任陈绍海同志负责指挥二营），其余部分在溧高地方武装的配合下，担任高淳及固城方向的警戒和打援任务；旅部特务营占领大、小游山及小茅山一线有利地形，组织设伏，歼灭东坝（郎溪）方向之援敌，旅部指挥所设在小游山北侧无名高地上，同时，要求部队到达预设地点后，立即切断漆桥与外界的电话联系，担任警戒设伏的部队均要秘密进入指定区域，相关工作人员向部队明确了有关协同事项和联络信号。

四十六团黄玉庭、丁麟章领命而去，他们压抑太久了，自南岗战役后，主要是转移、分散、隐蔽，现在终于可以扬眉吐气地好好打他一仗。

晚饭后，立即组织动员，天黑后，组织部队开进指定区域，众战士热情高涨，立即投入了紧张的备战工作。

攻漆桥是刻不容缓，因为十六旅连克伪军两个据点，敌人惊慌了，不仅增加了夜间的巡逻警戒，还尽可能增加鹿砦之类的防御工事，但他们无论如何也来不及调整兵力部署，所以 22 日晚攻打漆桥，并且在大小游山设伏，力争"围点""打援"双双奏效是极有可能的。

不过不利的因素在增加——伪军的装备大大加强，这倒并非日军为伪军着想，日军对伪军一直抱有戒心，重装备一般不会配置给伪军的。但这一次有大批国民党军投敌或成为日军的战俘，所以其装备大大加强了，现驻在漆桥的便是伪三师的加强连，武器是清一色崭新的德国造弯机柄步枪，兵员中也有许多军事技术过硬的老兵。

漆桥是高淳的一个古镇，据点设在镇东北的一座老油坊里，这房屋非常坚固，另外，这油坊三面环水，只有一条堤岸和镇上相通，日伪军居高临下，这样的防御工事在缺少重武器的情况下，虽不说固若金汤，但确实是易守难攻。

黄玉庭、丁麟章把这个任务交给了一营，营长陈伯元把任务交给了二连连长姜恩义。

姜恩义利用短暂的时间对敌据点做了一番观察，想来想去只能用偷袭的方式。他组织突击排，把任务交给排长陆启荣，叮嘱他要利用唯一的通道，出其不意地进行攻击，若不能采取突然措施，一旦敌人有了防备，那就麻烦了。

陆启荣领命而去，他精心挑选了数十名战士，利用夜幕的掩护向敌据点行进，不料敌人在两个据点被拔掉后，便每晚巡逻，刚好碰到陆启荣他们，这些伪军吓破了胆，一面胡乱地放着枪，一面向据点狂奔，并惊呼着"新四军来了"！

这一来，部队已暴露，偷袭不成了，陆启荣一咬牙，命令突击排紧追不舍，一直追到敌据点的鹿砦前，据点里那些惊醒了的伪军，连忙起身，操起武器，在碉堡和工事里，玩命地放起枪来，这样唯一的通道被密集的火力封锁住了。

偷袭不成，只能强攻，姜恩义命令突击排强行攻击，陆启荣带着突击排的战士在火力的掩护下，匍匐前进到敌人的鹿砦工事边，战士们想出了一个办法，用绑腿拴住鹿砦边上的树杈，然后往火力达不到的地方用力拖，一次一次地往返拖，膝盖和臂肘处的衣服和皮肤都磨破了，但他们咬着牙，没有一个喊疼，也没有一个退缩，终于把敌人的鹿砦工事拉出了一个一米多长的口子，突击分队的其他战士，从这个口子冲了进去。

战士们冲进去以后，很快被外壕所阻，看来像这样的工事，靠这样的火力一时是无法攻破的。突击排攻了几次，伤亡不小，但始终无法接近对方的工事。陈伯元火了，命令部队在迫击炮和其他火力支援下，猛攻守敌，但敌人凭借工事顽强抵抗，一营的攻击毫无效果，只能无功而返。

当时四十六团虽有迫击炮，但迫击炮的威力有限，加之夜间看不清，炮兵无法精确决定射击诸元和赋予火炮射击方向，虽连发数十炮，但命中率极低，仅中一发，不能有效地摧毁和压制敌人的火力点。陈伯元急得汗水直冒，一时想不出什么办法。

此时旅部来了命令，晚上不要再进行攻击，这样可以作为诱饵，吸引东坝之敌前来增援，特务营才能实施"打援"的计划，另外，集中部队调进据点对面的营房里，在墙上打枪眼，在圩堤上挖掘工事，把敌人围起来，第二天展开政治攻势，同时积极做好最后的攻击准备，另外命令担任警戒打援的各部队，必须认真做好 23 日白天消灭可能来援之敌的准备。

新桥一役，特务营无一伤亡，全歼伪军一连，士气十分高涨，现在领受新任务，喜气洋洋直扑游山设伏。

东坝至漆桥有两条公路可通，一条为溧（水）郎（溪）公路，由东坝到嘶马村后转向漆桥，途中须经大小游山及小茅山之间的狭窄地段，此处有利于组织伏击，另一条是山间小道，系通往漆桥的捷径，由东坝到叔村后转向高家，再穿过大、小游山之间的凹部后至漆桥。

江渭清、钟国楚根据长期积累的战斗经验，决定设伏兵于此，此地形利于隐蔽，且地段狭窄，不利于敌人展开兵力。

于是特务营一连 22 日夜间秘密进入大小游山南麓一线设伏，二连同时秘密进入公路东侧小茅山的小庙及其东北一带，利用其有利地形进行设伏。

部队一到指定地点，廖坚持立即采取严密封锁消息和伪装等措施，就地待命。

22 日晚上，一阵阵枪声传至东坝，伪军副师长陈炎生翻身起床，他揉了揉双眼，急忙打听何事，一会儿他手下的情报官传来消息，新四军攻打漆桥。他急命侦察员前去侦察，然后把战况向他汇报，因为漆桥通往东坝的电话已被新四军切断。

陈炎生是汪伪江苏省伪省长之子，凭着他老子的关系，弄了一个副师长的军职，这一次日军全面向南推进，他们趁机"蚕食"我根据地。为了鼓舞士气，他借机巡视，并给各地驻军送来钱币，他到了东坝，慰问东坝伪军后，下站便到漆桥，没料到刚到东坝，漆桥竟发生了战事。

"真晦气。"他骂了一句，翻身上床搂了一个下属刚送来的女子便沉沉地睡去，几小时后，他正在梦中咂着嘴，做着好梦，谁知卫兵把他叫醒，无奈他只好起床。派出去的侦察兵回来了，也带来了漆桥的消息，原来新四军攻势虽猛，无奈漆桥镇工事坚固，防守有序，无法突破，而且随着时间的推移，他们的攻势越来越弱。

陈炎生听了狞笑起来："新四军打来打去就那样，偷袭一下，若成就成，若不成必退，白天一到，他们必走无疑，这是他们的游击规律，大家安心睡觉，按原计划行事，明日一大早赶赴漆桥，漆桥的弟兄盼着我们呢！"

吩咐完毕，他完全没有感到事态的变化，又翻身上床，做他该做的事儿去了。

第二日，陈炎生大汗淋漓地起床了，他连打着哈欠，带上一个连的士兵加上大量的钱币，大摇大摆地向漆桥挺进。

要说陈炎生完全是个脓包，倒也不是，他还有几分狡猾，他也知道在军事上不能弄险。到漆桥路途不近，按常理新四军攻漆桥未果，肯定远撤他乡，但也不能排除他们会在半途设伏，虽然这种可能性极小。他决定部队到叔村后，突然转向西北，经高家向大、小游山之间的小道挺进，取捷径，快速进入漆桥。

一切安排妥当，一大早他即带着人马向漆桥挺进，到了高家后，马上展开战斗队形，边搜索边前进。他其实是个愣头青，倒偏显得十分成熟的样子，他这个方法也是向他的主子日本人学的。搜索了一会儿，什么也没有发现，他觉得自己真有点神经过敏，何必这么小心。但是，现在哪怕假戏真做，当作演习，也可以锻炼自己的实战经验。

到了马家以西地区时，他开始对大、小游山进行盲目射击，而不仅仅是搜索了，就这样打打停停，停停打打，边搜索边前进。

而这一切均在江渭清、钟国楚的预料之中。江、钟二人即令预备队做好战斗准备，随时出击，协助特务营围歼敌人，然后他们隐蔽到小茅山附近指挥战斗。

廖坚持和陈力冷冷一笑，你这陈炎生还太嫩了些，这种鬼把戏你玩得再熟，也玩不过日本人，现在日本人也快滚蛋了，你还能怎么样。

他们隐蔽待命，沉着气，不予理睬。伪军弯着腰，小心前进，已进入特务营有效射程内，但他们仍未开枪，直到伪军行进到他们实施反冲锋的地段时，廖坚持才大喊一声："打！"

瞬间手榴弹、机枪、排枪，一起朝伪军轰击。

伪军突遭打击，即刻晕头转向，乱作一团，好在他们只是搜索前进，士兵与士兵间有一定的间距，一连的一阵猛击倒也没有击毙多少伪军，只吓得他们扭转屁股哭叫着向东坝方向溃逃，一连即尾随伪军进行追击。二连埋伏在小茅山，预防伪军从那儿通过，不料狡狯的伪军走了大小游山的凹处，战斗一打响，戎克勤、周谷云即率部队按第二套方案作战，他们沿小茅山向叔村延伸的小山岗的反斜面猛插下去，先于敌人抢占了叔村，切断了敌人向东坝逃窜的退路，并以侧射火力配合，围歼逃敌。

这二连刚打完新桥战斗，士气高昂，犹如猛虎下山，直扑敌阵，吓得伪军向西南张沛桥方向溃逃，他们不再往东坝溃逃，而是想逃到高淳县城去。

此时二连在廖坚持率领下对伪军穷追不舍，一连右翼排已迅速沿陈村向张沛桥猛插，此时伪军已遭一、二连钳形夹击，被迫向正南溃逃。

不过，这陈炎生还真能跑，别看他平昔过着花天酒地的生活，倒也不是养尊处优的那类花花公子，也经常跑步、射击，按一个军人的标准来衡量，倒也算有两下子，此时遇到险情更是拼命地奔跑。

他原先在队尾，这一转屁股，变成了队前，因此他跑在了前面，加之他喜跑步，跑得比一般人快，他的这一特长倒也派上了用场，所以他一路狂奔，只有极少的几个卫兵跟上了他。他猛跑了一阵，发现已把新四军甩下了一大段，脱险已完全没有问题。喘息之余，残部已渐渐聚合，也有四五十人，后面的新四军虽尾随而来，但毕竟有一段距离，他和众伪军暗自庆幸，上苍总算眷顾了他们，这一次真可谓死里逃生。

于是他们马上鼓足力气，又向南奔跑，跑着跑着，陈炎生露出了一丝狞笑，他回头一看，可真是一千个安全，一万个安全。就在他正准备开怀大笑时，突然发现前面出现了一条白色的带子，亮晶晶的，夺人眼目。

陈炎生心里猛地一跳，奔跑的速度放慢了下来，他在奔跑中虽然有些神志不清，但基本的判断还有，那判断隐隐告知他，那白带子可能是一条河。

是的，是河，又奔跑了几十米后，那条带子明白无误地变宽变长了，它变成了一条河，而且是一条宽阔的河。

陈炎生绝望了，几乎是瘫倒在河边，他向河的两端全力搜索，想发现或者希望河上有一座桥，这样，他们这些旱鸭子还有救。但上苍最终没有眷顾他，河上没有桥，求生的欲望使他们哭喊着、咒骂着，向河的两端奔跑，希望河上出现桥，但桥没有出现，他们顿足捶胸，可惜他们离新四军的距离并不远，仅有的一点儿时间是无法让他们找到桥的。

新四军扑了上来，"缴枪不杀"的声音撞击着耳鼓，此时除了投降，还能有什么选择呢？

陈炎生双手举过头顶，而且一直发抖。

一连、二连的勇士从正北、东北、西北三个方向一起冲向敌群，除了士兵外，六车行李和伪币均成为战利品。整个战斗只进行了20多分钟，以特务营无一伤亡全歼敌人而告终。

陈炎生被抓，形势发生逆转，陈是伪南京首都警卫第三师副师长（原伪九师师长），他是日本"九二"式步兵炮士官学校毕业的，又系汪伪江苏省省长陈群之子。陈炎生此战被捕影响甚大，他被带至据点外，向据点内伪军喊话，叫他们投降。由于伪军并不认识陈炎生，不知真假，所以他们犹豫了一阵后，还是拒不投降。

江渭清命陈炎生按要求写一封招降信，派人送进去，让他们投降。

送信风险极大，一时没有合适人选，刚巧姜恩义过来，他自告奋勇，准备带信入据点，招降伪军。

姜恩义生有异相，脸上长有白眉，一脸杀气，一般人见之，顿生畏惧之心。他拿着信，来到伪军据点前高喊："你们听着，你们的师长劝你们投降，你们不信，现在有他书信在此，我带给你们看，让我进来。"

这伪军连长知道陈炎生上午要来巡视，但他并不知道在不久前的张沛桥战斗中陈炎生已被俘，刚才的喊声也不知真假，如有书信，不妨看看，再行定夺，况且新四军只有一人入内，料也无妨。

姜恩义面无惧色，大摇大摆地走进了敌人的据点，伪连长三角眼抖动了一下问："书信何在？"

姜恩义把书信递了过去，伪连长一看，从书信的内容和口气看倒也像是上司的，但谁能保证不是仿造的。如果是真的，看来顽抗不得，如果是假的，只要坚守待援，新四军也奈何不了我们。

姜恩义见对方还在犹豫，便大喊一声："到底投不投降？外面全是我们的部队，你们的师长都成了阶下囚，你们还撑着干什么？"

"这……"伪连长眼珠子滴溜溜直转，他看到手下的那些兵大多无心恋战，看来打下去也不是个办法，但他贼心不死，"这样吧，我和兄弟们商量一下，商量一下。"

"好，给你们一点时间，你们现在已被我们四面包围，是插翅难飞，如果你们放下武器，新四军欢迎你们投入人民的怀抱，如果你们继续为日本人卖命，那么 12 点一到，就坚决把你们消灭掉，你们要珍惜这个机会。"姜恩义白眉一竖，吓得伪连长连连后退："好好好，12点回复，12点回复。"

姜恩义任务完成，镇定自若地返回到连部，众战士都为他捏了一把汗，他微微一笑："没事，我看众伪军已无心恋战，撑不了多时。"

时近12点，伪军没有明显的投降表示，但也没有乱放枪，陈炎生的喊话和书信使下级士兵产生了动摇，姜恩义的警告也起了一定的威慑作用，但伪连长不准投降，他们抱着侥幸心理还在观望。

12时1分，攻击开始，迫击炮再次发射，第一发炮弹虽然偏离目标，有几个人探头探脑想看看虚实，我指战员再次喊话："我们的炮兵开始射击了，你们再不投降只能当炮灰了！"这时，第二发炮弹在敌据点跟前爆炸，伪军一看炮弹准星远高于晚上，再也不敢拖延下去，赶快在屋顶上竖起了白旗。

这年12月9日，延安《解放日报》第一版，刊载了这样一条消息：

（新华社华中5日电）上月22日，我苏南新四军一部，围攻溧水县南漆桥伪军据点，战至23日午，将该据点敌伪全部歼灭。是时，东坝敌伪百余增援，至我伏击圈内，亦为我全部歼灭，是役共缴获长短枪150余支，轻机枪3挺，俘伪第三师副师长陈炎生及以下160余名，毙敌大尉及伪中校参谋以下40余，我仅伤亡30余。

第三十四章

大姊南去了

1944 年 1 月 20 日晚，溧水李巷西北的一个小山村毕庄头，一个女干部在煤油灯下，铺开了本子，缓缓地写着文章。

灯光映照着她那秀气妩媚的脸，那秀脸经风霜吹打，虽不再白嫩，但透出的气质中，你能感受到雍容华贵的韵味，这种气质通常不会产生于民间，战争岁月给这气质融入了许多新的元素，刚毅、坚强、神圣、庄严，滤去了原先柔软的那一面，这通常是战争环境对人淬炼的结果。不过，一个人不管如何变化，年少时形成的特质总会时不时地闪现出来。

她在凝思、皱眉，脸上不时显现出依恋、怀念的神情，似乎在深深地回忆着什么，有无穷的情思需要表达。

她思索良久，在本子上写下了一行清晰、娟秀的文字：大姊，她要南去了。

大姊是谁？她是谁？南去到哪里？

大姊，即李坚真，溧水县委书记，在油灯下写文章的是溧水县新桥区区委书记徐若冰。

自 1943 年 8 月 3 日邓仲铭夜渡秦淮河牺牲后，考虑到照顾李坚真的身体，区党委决定让其离开区党委，到溧水担任县委书记。

李坚真担任县委书记后，手下竟有三个女区委书记，梅章担任韩胡区区委书记，田文担任白马区区委书记，而徐若冰则担任新桥区区委书记，有这么多女同志担任溧水地方的领导，有人戏称溧水是女同志当家。

徐若冰原在十六旅宣教科工作，后来谭震林南下后，乐时鸣由司令部调到政治部宣教科担任科长，徐若冰便调到卫生部工作。1943 年 4 月反顽战役后，部队深入敌后，精简结构，徐若冰主动要求到地方工作，便来到句容四区担任区委副书记，后转为书记。在极其险恶的环境下，她冒着生命危险在乡村做党员宣传工作，有时为了联络同志，获取情报，多次深入日军据点句容城，可谓是惊心动魄。艰苦的斗争锻炼了她，使她成长为一个出色的地方工作者，自李坚真担任县委书记后，她被调到溧水工作，12月份担任新桥区区委书记，但不到两个月，书记李坚真却要南下担任新的工作。

李坚真为何要南下？主要原因是苏南抗战的形势发生了变化，1943年10月，正当十六旅在外围地区顽强坚持时，日军出动2万之众，在苏浙皖边区发动了大规模的战役，其目的不仅要掠夺资源，更重要的是摧毁广德空军基地，以防盟军飞机由此起飞轰炸。三天之内，日军向前推进100多公里，占领溧阳、广德、郎溪和宣城四座县城，打通了宣城至长兴的公路。日军进击时，溧武路以南的国民党军队望风而逃，其五十二师退至安徽宁国，"忠救军"大部分退至浙皖边境的孝丰、广德山区，挺进军溃散于宜溧山区，保安第四纵队张少华部则窜至长漏地区，依靠伪军掩护，与十六旅争夺这一地区。

在此情形下，溧武公路以南至宜长公路以北的广大地区成为新的沦陷区，日伪军在各大市镇增筑据点，委任伪县长、组织伪政权、颁发"良民证"，实行伪化统治。

苏南三角地区斗争形势发生变化，江渭清、王必成长吁了一口气。因为日军兵力有限，新的沦陷区虽然实行伪化统治，但其统治的力度有限，有利于新四军在该地驰骋纵横。根据敌进我进的原则，四十八团尾敌南进。10月上旬十六旅即恢复了春季反顽战役前的地区，区党委和旅部机关返回溧水一带，两溧地区再度成为苏南敌后党政指挥中心。

李坚真刚刚到溧水县委，就接到一项十分紧迫的任务，区党委要求县委组织地方武装和民兵袭击敌人碉堡，以牵制敌人兵力，掩护主力部队迅速转移，情况容不得她有更多的考虑，她便马上同县委和县政府的几位负责人商量。当时，溧水县已建立了抗日民主政权，县长是曹明梁，各区都有少量的地方武装。经过商量，很快做出了掩护主力部队转移作战的部署。为了更有效地牵制、拖住敌人，他们制订了主动出击的方案，区党委和十六旅考虑到他们兵力不足，还特地抽出一个主力连协同作战。这次战斗，由她和县委军事部长指挥，打得十分激烈。战场上，她想的只是如何完成这次作战任务，她一边指挥战斗，一边抄起时刻带在身边的两支手枪轮番地向敌人射击。其中一支枪是邓仲铭生前用的，他牺牲后，江渭清把这支枪给了她。刚刚失去了亲人的悲痛，在战斗中转化为对敌人的仇恨和力量。他们组织了十多次进攻，打退了敌人，掩护了主力部队胜利转移。11月，新四军十六旅挺进该地后，很快解放了溧阳、广德、郎溪等广大新沦陷区。不久，苏皖区党委、苏南行署、十六旅旅部即迁至郎广地区，1944年春，李坚真被调至广德任县委书记。

在对敌斗争中，三个女区委书记积极配合李坚真工作，结下了深厚的情谊。

李坚真生于1907年，比三个女区委书记年龄要大许多。她是一个老资格的革命者，1926年参加革命，次年6月入党，在第二次国内革命战争时期，曾任闽粤赣特委妇委书记、长汀县委书记、福建省委妇女部长、苏区中央局妇女部长。长征时在中央纵队任干部休养连指导员，长征结束到达陕北，任中共中央妇女部长、陕甘宁边区妇联主任。抗日战争爆发后，被分配回江西开展工作，任中共江西省委妇女部长。1938年冬，任中共中央东南局妇女部部长，领导发动了江西安徽等地妇女抗日救亡活动。1940年后任中共苏南区党委党校主任、中共溧水县委书记。有如此年龄和资历，所以她被人们称为新四军中的大姊。

李坚真要走，三个女区委书记很晚才知道，也感到很突然，在毕庄头的晚上，三个女区委书记听到这一消息，个个呆若木鸡，愁容顿起，梅章忍不住哭了起来："大姐，能不能也把我们带上？"

李坚真笑了："梅章呀，这里需要你，溧水成为后方了，许多工作需要你做，"她深情地抚弄了一下梅章的头发，"你的工作很出色，以后的工作任务更重大，还需努力。"

一旁的张毅默不作声，低头无语，心中似有万千的话需要对大姐说。

张毅，原名张招仙，学名张美月。1918年12月出生于余杭县黄湖镇。1939年春，在驻黄湖的浙江省政工队地下党的培养教育下参加革命，同年5月加入中国共产党。她在黄湖组织妇女会，发动儿童、青少年开展抗日救亡活动。

一次，张毅在给国民党县党部、县政府秘密邮寄抗日宣传品时，被国民党当局发觉，派人对其谈话恐吓。党组织为保护她的安全，工委书记叫张毅立即离开黄湖，到吴兴等地以小学教师的身份，深入群众宣传抗日，发展农村党员。

1941年12月，张毅调往苏南新四军游击根据地，成为新四军余杭籍女兵第一人，她先在溧阳县委工作队做群众工作，后任溧阳县后周区委书记。在这期间，日寇不断对根据地进行扫荡，张毅多方辗转、忍饥挨饿，坚持对敌斗争，后调入溧水，担任白马区区委组织科长。

张毅再调入溧水后，曾在区党委的党校中学习过一段时间，当时李坚真任校长，两人的情谊自不必说，李坚真平时对她特别照顾，还关照田文好好与之配合，做好白马区的工作，现在大姊要南下，她确有不一般的失落感。

"小毅啊，"李坚真握着张毅的手，"你们都算老革命了，别难过，这是好事，你看我们南下了，毛主席在抗战时说要确立溧阳、溧水为中心，也强调了向苏浙皖边发展，现在形势一片大好呀，我们进入郎广山区了，要知道这是我们苏南新四军梦寐以求的事啊，昔日谭师长、罗参谋长也曾紧紧盯着这块地方，可惜实力不够呀，如今罗参谋长、仲铭都不在了……"李坚真说到此，眼角也红了。

徐若冰紧紧地抓住李坚真的手，她从不称李坚真为书记，而是称大姐："大姐，你对我们的关心无微不至，大到政治原则、小到生活点滴，所以你突然要离开我们，我们确实难以割舍，我们的工作好像少了主心骨，总有些担忧。"

李坚真笑了笑，笑容十分凝重："没关系，会有新的同志来担任县委书记，相信党，相信自己。"

灯光下，李坚真清瘦的脸庞显得更为刚毅，梅章、徐若冰、张毅的身影更为挺拔。

"你们要培养独立工作的能力，其实你们已经独立地在工作岗位上做出了不凡的成绩，以后还要虚心学习，更上一层楼。"她语重心长地说道，"其实我也舍不得你们，也舍不得离开溧水，溧水是个好地方，溧水人民也好，但感情必须服从理智，现在以抗日为重，哪里需要，我们就到哪里去！"

李坚真的话掷地有声，带着浓重的广东口音，句句撞击着三个女干部的心扉，并给她们留下了终身的不可磨灭的印记。现在徐若冰按捺不住，准备用诗歌表达自己这一情感。

新四军中不乏会吟诗作赋之人，就十六旅而言，在男性中，乐时鸣、毛英奇两个酷爱作诗，且擅长古诗词，女性中也有喜欢舞文弄墨的，徐若冰就是其中之一。她受新文化运动的影响，在上海读书时，便喜欢用新体诗写作，她作于1941年的《一个女儿换了一个女兵》在当时引起了一定的反响。不过，她有时也作古体诗。1943年反顽后，她在句容四区工作，七月初七之夜，她来旅部找到乐时鸣，刚好毛英奇也在，他们边嗑瓜子，边吃酒，相互作诗酬唱。当时毛英奇吟诗一首："夜凉如水月轮高，秋思撩人夜转遥。莫向双星诉离别，牛郎也自黯魂销。"乐时鸣随即应和："凉风拂露晚来高，私语灯前愿夜遥。偷比双星盼七夕，离人小聚最魂销。"徐若冰不甘示弱，也和诗一首："隔窗窥月月牙高，别绪无端恨夜遥。莫怨双星隔银汉，追怀往事自魂销。"

三人一唱一和，雅兴大发，此事一时传为佳话。

此时，夜深人静，寒气逼人，但徐若冰内心热热的，她用手哈着气，几乎是一口气写下了如下诗篇。

大姊她要南去了

不知哪来的消息／使我们呆若木鸡／笑脸顿时变愁容／心中好像有什么东西塞住／说不出的难受，说不出的依恋／梅忍不住呜咽恸哭／毅默然低头无语／这时我说了句：／"大姊对我们的关心无微不至／大至政治原则，小至生活点滴／遽然离别哪舍得？"／／大家都陷入别离的愁绪／就像孩子离开慈母／按住别离愁绪／感情让位于理智／大姊，她要南去了／临别赠言尤珍贵／"培养独立工作能力／到处可工作／虚心求上进／一切感情服从理智"／／我们永远不会忘记这字字珠玑／为革命、为工作尤应倍加努力／大姊，她要南去了／魁伟的身影高大而有力／南国人的风度／还留有广东口音／女同志叫大姊／男同志也叫大姊／老百姓也都知道／我们的大姊／大姊的名字／响遍了江南原野／她的热爱／与每一个同志不可分离／她的坚贞／与革命事业不可分离／

李坚真走后，徐若冰、田文、梅章、张毅等人牢记她的关照，踏踏实实，全身心地投入根据地建设中。

徐若冰任新桥区委书记，区长为瞿钦民，当时区政府、区委都不挂牌，也没有办公地点，区长带工作人员和乡大队到各乡流动，负责民兵训练、统战工作、减租减息、收缴公粮、税收财务、搜集情报。区委书记则负责党务工作，发动群众配合行政工作，并完成全区各项其他工作。

当时，书记的职务不公开，群众只知道经常做工作的是一位女干部，她姓徐，他们便称她为"徐同志"，因为他们先前称梅章为"梅同志"。他们觉得徐的权力很大，区里的决定，非得有她点头才能实施。

徐若冰早已不是娇小姐，经历过塘马战斗的战士，哪一个没有被战争的烈火炙烤过，何况徐若冰在句容四区工作时，早已积累了丰富的工作经验。她以李巷为中心，在里佳山、官塘、毕庄头、李巷、岗上、方山一带活动，足迹几乎踏遍了这里的山山水水。

新年伊始，徐若冰遇到了一件十分头疼的事，农民耕种缺乏耕牛，眼看要错过播种季节。

溧水山多地少，山大多是光秃秃的，地因地层浅薄，大多十分贫瘠。乡民春耕大多依靠耕牛，但鬼子下乡几乎把乡民的牛抢光了，而那些土地又离鬼子的据点不远。一者农民已没有耕牛，二者即便借来耕牛也有被鬼子抢走的危险。况且耕牛全在中农以上的地主手中，他们以耕牛有被抢的危险为借口，死活不肯借出。

徐若冰心急如焚，急忙召开区委党员会议，商量对策。

商量来商量去，只有一个办法，政府把耕牛借来，组织耕牛队，实行抢种。

办法虽好，但实施起来难度不小。徐若冰想到这种困难在减租减息时也遇到过，而那时，我们的工作做得很好，即使顽固的地主也实行了减租减息。如果现在晓之以理，想必那些人有了第一次的经验，也不至于绝对拒绝。

徐若冰带领区干部，分头向地主借牛，并承诺耕种期间有区大队保护，况且突然抢种，鬼子是来不及下乡抢牛的。在徐若冰等人的努力下，在区政府严明的政策下，很快借到了几十头耕牛，组成了一支浩浩荡荡的耕农大军。在区大队的保护下，没几天就把离鬼子不远处的农田全部翻耕了。

乡民们感动极了，他们用沾满泥土的粗糙的双手握着徐若冰的手说："徐同志，真的不知如何感谢你……"说着眼眶湿润起来，有的几乎哽咽了。

徐若冰笑了："乡亲们，你们应该感谢共产党、感谢新四军，只要大家紧跟新四军、共产党，什么样的困难都能克服。"

她以强烈的战斗豪情，面对着这灿烂的、充满生气的、沸腾的战斗生活，写下了一篇充满生机的文章《耕牛又出发了》，此文后刊于1944年6月14日《火线报》。

耕牛又出发了

这是一个早晨，太阳还是像往日一样吐出了闪耀的光芒，射到青苔似的小草尖头上，那亮晶晶的露水显然是异样的新鲜，将近二十条黄牛、水牛喘着气，贪得无厌地咀嚼着。悠然站在田埂上的中年妇人在殷勤叮嘱她的儿子："大根子，放得好一点，让我的牛吃饱了，就要出发了。""哎，犁带了没有？李队长在催了。我们就要走了。"伙伴们来传达队长的命令。捧着烟杆蹲在地上的老头儿用惊奇的眼光看着这一幕，自言自语道："我长到这么大的年纪，从来没有听见，更没有看见过几十条大牛耕田，都是人家的牛，哪里肯拿出来替人家耕田呢？"站在旁边的小伙子抢着说："不肯拿出来也不行，像李某某自己只种二三十亩田，有一条大牛，他嫡亲的弟子问他借用一下，硬是不肯，前两天牵到门口又牵回去了，可是今天他的牛也要到一保去。""新四军真是菩萨，民主政府才是真正爱护老百姓，无论什么事，只有新四军办得通。"那老头儿抽着烟愈说愈起劲的时候，我们的耕牛队整理好了，长角水牛、短角黄牛、黑黄牛……

有的背着犁，有的挑着犁，漫长的一支队伍在前进，再望望东边有比这儿还要长的一条，原来是李巷、朱岗、毕家山耕牛队也出发了。大家都兴奋地有说有笑："牛到一保有被土匪抢去的危险，那儿太靠近上沛埠，鬼子来了怎么办？"偶尔有人在担心，一提到一保是土匪窝，真危险，然而，不约而同夹杂的声音说道："怕什么，警卫连区大队藏在前头，游击小组天还没有亮就派人去侦察，放一百二十个心吧！"在这胆大气壮的说服下，一些胆小自私的家伙再也不敢作声了。

到了石头寨和另一路的耕牛队汇合了，被耕户的人家老早就赶到这儿等待。到了最后的目的地，是那样的热闹、那样的紧张。东家忙着带领两三个人去吃早饭，西家又忙着招呼小孩子来牵牛，一会儿骚乱都赶到田冲里去了，架上了犁开始耕作。

老远就听到"咳吃吃——"赶牛的声音。东头跑来"咳吃吃——"，西头跑去也是"咳吃吃——"。来来往往的喊声震撼了这僻静的山岗，牛也好像特别起劲地向前拖，谁也没有想到，两三年前就绝了牛迹的地方，今天居然有几十条牛，把那只配钉耙垦的板田、荒田和晒得干瘪的泥土翻了一回身。虽则他们大伙儿都是靠近家门口的人，但是因为这儿是多匪的苦地方，所以他们很是生疏，好像另外隔开了一个世界。怪不得有人一提到一保总是摇头说是土匪窝、赌鬼窝，现在挖药草、斫茅柴，买一升吃一升，饿死也是活该的。今天大伙儿不生面了，知道他们为耕牛队要来节省了斗把米等待着，有的把请亲戚的烧酒也拿出来了，还时刻送茶放在田埂旁边。不时传来声音："你们辛苦啦！歇一会儿吧！"他们一下子都不休息，满头大汗地答道："好难得到你们这地来，现在我才晓得你们真是苦啦！替你们多耕一点好一点，大家都是自家人，帮助你们就是帮助自己。你们别忙啦！"他们是清除了隔阂，显得格外的亲热。

忽然传来上沛埠鬼子要出发了，是在前三天就知道有三十六头大牛出发。在曹山顶上守望的区大队、从小村庄拉出来的警卫连趴伏在小山包上，架起了机枪，等于告诉了鬼子：我们是保护耕牛的，你们敢来，一定打得你落花流水。游击小组像穿梭一样来来往往，通知耕牛队要提防。大家都说："有你们的队伍在前面抵挡，我们就安心在后面耕。"被耕户也时时派人去侦察，准备好两个人带领牛向松树林里撤退。他们是照样流着汗，"咳吃吃——"赶着他们的牛。

……

"长毛头子"张光云在减租减息时躲到上沛埠日伪据点去了，虽然减租减息时灭了他的威风，增加了雇工的工资，减了租又减了息，但此人十分凶悍，独霸一方，岗上一带的良田全给他霸占了。平日他利用宗族势力，横行霸道、无恶不作，附近的良家妇女几乎被他糟蹋个遍。如今他的儿子又担任自卫队长，经常下乡抢烧，弄得百姓们个个提心吊胆、害怕万分。

区党委考虑到统一战线政策，还没有对他采取极端措施，加之他一直躲在日伪据点，一时也没有办法，他就是扎在新桥区的一颗"刺"。

春耕解决了，不料却闹起了春荒。因为去年一直干旱，下半年几乎颗粒无收，绝大部分乡民整日挨饿，那哪还谈得上劳动、耕作。

"区委、区政府必须想农民所想、急农民所急。况且现在溧水已成为后方，我们必须打好今年粮食的翻身仗，支援前线建设。"徐若冰在区委会议上明确表示了区委的意见。

解决"春耕"的办法是借牛，那么解决"春荒"该使用什么办法呢？徐若冰两眼放光，话语铿锵有力，她握紧了拳头，瘦弱的身躯显得挺拔有力："同志们，在区党委的领导下，溧水这块根据地的建设有了长足的进步。我们的政权已由三三制过渡到一党制，广大农民在党的政策感召下，特别是反顽战斗后，完全站到了我们这一边。有了这样的基础，我们完全可以放开手脚，加大力度进行斗争，我看这次也像上次'借牛'一样，去'借粮'。"

"借粮？"众人一时没有反应过来，因为昔日减过租减过息，但从没有借过粮，现经徐若冰一提，大家觉得是个好办法，"远水解不了近火"，唯有通过"借粮"才能解决眼前的问题。

"同志们，'借粮'不是我提出的，是区党委的决定。红军时期，我们也这样做过，而且这一次，对一些恶霸地主可以采取强制措施。"徐若冰详细地介绍区委的一些积极的建议和方法，得到了大家一致的赞同。

为了有理有节的斗争，徐若冰带领工作人员先来到岗上村，进行宣传工作。

岗上村有一个支部，支部书记是张光云的远房侄媳，乡中队副队长是张光云的侄子。他们也是赤贫的农民，平日受尽了张光云的欺侮。但岗上村的工作难做，村民都姓张，他们怕新四军走后，张光云回来反攻倒算。尽管有妇抗会、青抗会、农救会，但一般的工作没有效果。

徐若冰要求工作人员分头挨户做工作，这一番宣传工作后，忍饥挨饿的村民再也忍受不住了，他们纷纷表示完全听从区委安排，强行"借粮"。徐若冰见时机成熟，便吩咐工作人员贴出告示，确定日期，在岗上村召开乡民大会，按人口分粮，要把张光云的粮食"借出"，分给乡民们。

那一天到来了。徐若冰日后的诗作《废墟上燃烧的岗上村》描绘了那生动的一幕：人像潮水般涌来，奔向荒山麓下的村庄，数不清的粗壮泥腿，重复踏着倒斜的草棵，粗糙黝黑的脸上，显露出透过气的微笑。突然一阵骚乱、混杂……小孩子欢快的呼喊、姑娘、嫂子猜疑的眼神，老汉们面面相觑的惊讶。忆往昔，一提起恶霸张家"长毛"，哪个不心惊胆战。捆吊、绑打、勒索、敲诈，哪一样不是他的家常便饭。暗杀、活埋、杀人如麻，良田好地统统由他来霸占。年轻妇女哪个能逃脱他的贼眼，几乎全被他奸淫糟蹋。

那天一大早，周围村庄无数的人涌来，集中在村西那棵古老的银杏树下，小孩们玩耍，妇女们脸露笑容，老大爷们蹲在树下，默默沉思，小伙们摩拳擦掌，跃跃欲试。

徐若冰跃上高台，大声地喊道："乡亲们，今天我们接上级的指示，向张光云'借粮'。我们都在挨饿，而他家每年都有陈粮，粮仓是满的，连土坑里都藏着粮食，他的粮食是从哪里来的？全是我们大家的。但今天，我们不讲这些，我们还是'借'，他不借也得借。下面我们按人头分粮，大家听指挥。"然后她手臂一挥喊道："分！"

随着徐若冰的一声"分"，人如海、声如雷，人们在呐喊、在奔跑，积压了多年的怨恨，化作一股不可阻挡的力量。村民们涌到粮仓和土坑，砸开铁锁、敲掉土块，稻子被"请"了出来，"哗哗哗"地堆在门前。

村长、支书在安排，乡民们带着扁担、箩筐领到了分给自己的粮食，分完稻谷，他们把张光云家竹园里的竹子砍了，牛羊也牵走了，连张光云的寿材也抬走了。

"看今朝，岗上村变了天，大恶霸成了臭死蛋，翻身农民尽开颜，分稻谷、牵牛羊、抬寿材、砍毛竹……谁说这是报复？谁说这是抢夺？痛快地欢笑，充满着燃烧的岗上。"

……

1944年4月的一天，新桥区委书记徐若冰在李孝廉家开会，商讨二、五减租等事，一直开到深夜12点。李孝廉坚决抗日，深得干部群众的赞赏，徐若冰知道他家的英勇抗日给他们带来了难以言尽的磨难。

1943年8月20日晚，尤秀英刚刚送完情报，遇到了国民党保长的家丁，她刚一到家，便被国民党观峰乡乡公所请去。

他们厉声喝问尤秀英外出干什么，尤秀英一口咬定是回娘家去了，顽军见尤秀英身旁六岁的孩子吓得直哆嗦，脸上露出一丝奸笑，一把拉过孩子突然朝外连开数枪。

孩子突然受到惊吓，口中直吐白沫，拼命往尤秀英怀里钻，一边发出极其惨厉的惊叫声。

顽军见问不出名堂，也抓不住什么把柄，才把他们放了。自此她那六岁的儿子不再开口，眼光呆滞，整日胡言乱语。

尤秀英四处求医，但无济于事，十天后小孩颤抖不已，告别人世。

尤秀英抹干眼泪，忍住悲伤，又走上抗日的第一线，继续为新四军传送情报。

……

天晚了，李孝廉叫徐若冰住在交通站，因为交通站山墙上有一门，家中有夹道，万一有情况，也可以从容突围。徐若冰想了想，还是谢绝了。她太困了，睡下去，很难醒来，她在部队战斗多年，有这方面的经验。

真险，徐若冰从李孝廉家出来，还不到半小时，白马桥日伪军竟然直扑李巷，把李巷围了个水泄不通。

李孝廉刚睡下，由于敌人来得太快，来不及从小门突围，只好随百姓一起来到广场上。

这几年李孝廉除了秘密担任交通站站长外，还担任观峰乡乡长、县农救会主任，在工作中表现极其出色，早已被日伪军盯上了。日军直扑李巷，把百姓赶到了打谷场上后，没有找到新四军，便叫百姓交出李孝廉，但村中百姓无人应答。

鬼子的翻译站在高处，扯着嗓子叫喊道："李孝廉在哪里？赶快交出来，再不交，皇军の子弾可不认人呀。"

翻译叫喊几遍无人回应，鬼子小队长急了，从高处跳下，猛地抓住一老头，用刀架在他脖子上，睁着血红的双眼吼叫道："李孝廉的交出来。"

老头怒目而视，一声不吭，鬼子小队长吼叫一声，举起了战刀，猛地，人群中传来一声吼叫："住手，我就是李孝廉，别伤害百姓，我跟你们走！"

李孝廉挺身而出，日本鬼子一愣，马上扑了过来，他们把李孝廉五花大绑带回了据点。

李孝廉被抓后，尝遍了日军的毒刑，日军施以灌凉水、辣椒酱、用刺刀撬牙齿等酷刑，要他交出新四军和抗日基层干部名单。李孝廉忍住伤痛、受尽折磨，没有吐露一字，日军无奈，只好把他关在监狱里。

曹明梁和李琪联名写信给倾向抗日的自卫团团长刘士诚，命其出面保释，刘士诚接信后即到溧水日寇警务司令部，称李孝廉为其叔丈人，花了重金把李孝廉保释出来。

李孝廉一身是伤，出狱后他抗日的意志更为坚定了。

莫斯科，莫斯科在哪里？莫斯科，莫斯科不是在苏联吗？那不是全球共产党员向往的圣地吗？对，但我这儿也有一个莫斯科，它在中国，在中国苏南的溧水，在溧水李巷西面的小官塘。

说它是莫斯科，但它不是都市不是市镇，也不是村庄，而是一个地道的茅棚，最普通不过的几间极简陋的茅棚。

它矮而破陋，必须弯腰进门，它的墙是土墙，墙脚堆满被窝，四周是一片竹林，修篁万竿，遮阴蔽日，风一吹刷刷作响，更显出乡间的寂静。

徐若冰在溧水新桥区工作时，终于发现了她心中的"莫斯科"。

这个"莫斯科"便是溧水小官塘村竹林边的几间茅草房。

徐若冰之所以把这几间茅草房视为心中圣地莫斯科，是因为她找到了实现她终生为之奋斗的目标的理想场所官塘村。在这儿，火热的战斗生活深深地感染了她，这儿是她为了实现终极理想而战斗的场所。在这儿她可以为自己的信仰、理想奉献出一切聪明才智，所以她在以后的诗作中称"谁都说这是我的莫斯科"。

徐若冰在这个被称之为"莫斯科"的地方有两位非常要好的农民干部，一个叫王金海，一个叫曾传亮。

王金海是官塘村的互助组组长，他30多岁，个子高大、骨骼硬朗、面容清瘦。这个官塘村只有六七户人家，是典型的棚子村。这儿居住的大多是河南客籍人，在苏南他们常常住在偏僻而又贫瘠的地方。官塘就是这样的一个地方，它处在山坡下，树木遍布，有一细窄河堤，有一面积硕大的水塘。在树木的遮蔽下，看不到棚户，山道极其狭窄，在杂草的淹没下难以辨认，若不是本地人，断难找到这样的村庄。

官塘四周土地贫瘠，这些棚户人家既没有耕牛，也没有肥料，田地里的稻子又瘦又黄，长不了两尺高，一年的收成极低，有时连种子都收不上来。每逢春荒，大人小孩均外出要饭。

平日小孩子上山打柴，大人在家种田，一年到头衣不遮体、食不果腹，所以他们这批人斗争精神极强。

徐若冰选择这些人作为活动的骨干是十分正确的，且彼此间结成了深厚的情谊。

王金海，1911年出生于贫苦农民家庭，1938年加入中国共产党，1942年任观峰乡农教会主任，1943年任新桥区农救会主任、官塘交通站站长。王金海的妻子叫芮玉兰，云鹤乡枫香岭村人，1918年出生于贫苦农民家庭，1942也加入了中国共产党。

1938年新四军进驻溧水，小官塘这一带就成了抗日游击根据地。地下印刷厂、被服厂等的负责人常进出这个小山村。

1942年12月28日早晨，溧水据点的日寇、伪军经孔镇、吴村桥、南经巷到岗口、大李巷一带"扫荡"，待王金海发现时，敌人已到了小官塘村西头。此时，芮玉兰急忙转身将梅章丢下的一个文件纸包以及瓷杯、脸盆等收拾起来，藏到门前的竹园里，用稻草盖好，才放心地躲进小草棚里去。王金海和他的堂弟来不及躲藏，被敌人抓去带路，直到第二天才回来。敌人走后，芮玉兰立即到竹园取回文件纸包和脸盆等物，小心翼翼地藏在家里。

1943年10月，日伪军在孔镇东流村罗山庵建立了据点，为监视敌人行动，中共新桥区委派党员张文斌、张彦明以泥匠身份打进孔镇敌据点，获取情报，并建立了从孔镇到埠泽村、小朱村、马村、小官塘村一条线的地下交通站，由埠泽村的张彦亮，小朱村的傅顺贤、姚学银，马村的张春林，小官塘的王金海、芮玉兰等担任情报员，这些人都是地下党员。

这年冬，小官塘交通站建立后，情报和信件都是由马村的张春林送过来，姚学银也经常联络，沙岗村的赵兰英有时也指派媳妇芮连兰（婆媳俩均是地下党员，芮的娘家就在小官塘邻村曹庄）送情报到小官塘。同年11月20日，洪蓝、孔镇据点的敌人增援东流村敌据点。王金海在19日得到这一情报后，连夜就将这一情报传到新四军四十六团，从而使我军及时增加打援力量，使增援敌人在途中就遭到袭击，被迫抬着几具尸体退了回去，保证了新四军攻克东流村敌据点的胜利。

王金海家"客人"是常来常往，芮玉兰烧水煮饭，热情接待，"客人"谈话、开会，她站岗放哨。芮玉兰还常常巧妙地为交通员乔装打扮，确保其行动安全。

芮玉兰小名叫姜子，儿子叫小黑，她对待徐若冰比亲人还亲，鸡蛋和锅巴是最好的食品，他们舍不得吃，只有徐若冰来了，他们才拿出来，让其美食一顿。过年时，他们有时会上山打野猪、野兔，总会留下野猪腿和野兔腿跟其分享。

另一个人便是曾传亮，此人居住在王金海茅棚西南方向300米处，有些驼背，是为生活的重压所致。他斗争的意志十分坚定，铁了心跟共产党走，跟新四军走。在梅章担任区委书记时，他和王金海一道坚决支持减租减息行动，在揭露地主隐瞒田亩时起了很好的表率作用。

曾传亮，云鹤乡里佳山行政村小官塘村人，1918年出生于贫苦农民家庭，1942年加入中国共产党，曾任抗日游击小组长、保农救会主任。

1944年上半年，新四军十六旅的印刷厂、被服厂先后转移到小官塘村。印刷厂的规模比较大，就设在曾传亮家，有 20 多人，主要是印《火线报》。有时苏南第三行政公署专员朱春苑、苏南三地委副书记李广、中共溧水县委书记李坚真也住在他家里，了解战情、指导工作。为了保护印刷厂和领导干部的安全，曾传亮布置党小组发动群众参加民兵组织，日夜站岗放哨。晚上，党员们轮流睡觉，负责查岗查哨，什么时候有敌情，什么时候就要掩护干部转移，并搬运、收藏物资。

保护被服厂的主要任务是藏布。布是由大李巷党的地下交通总站站长李孝廉派人挑来，曾传亮负责验收，出具收据，并及时安排地下党员藏到东山岗三家人家的牛棚、草堆里。被服厂转移后，由李孝廉派人把多余的布取回去。由于曾传亮的精心组织保护，被服厂在小官塘那一段时间，没有发生过一次意外，也没受过一点损失。

在这"莫斯科"茅棚里，徐若冰在开展工作、发动群众的过程中，曾有个精彩的对话。

小江、小黄在曾传亮的鼓励宣传下，天真地追问："你说苏联用机器种田，我们什么时候能办到？"

曾传亮一时语塞，做了十几年长工的王金海也一时答不上来，倒是王金海的老婆姜子，她平时在徐若冰等人的熏陶下，有所知晓，未等徐若冰开口，姜子毫不拘束地微笑答道："苏联的今天就是我们的明天，机器种田早晚会来到，我们不会再做牛马了……"

徐若冰一听，眼睛一亮，她会心地笑了，连姜子这样大字不识一个的穷苦妇女都能做出这样的回答，说明我们的群众已经被发动起来了，连这样的基层群众都能被发动，何愁倭寇不灭呢？

叼着烟管的老头问道："听说共产后将没有零用钱？"逗得大家不约而同地哄堂大笑。

"老大爷……"徐若冰缓缓地讲着共产主义的美好前景，用通俗的语言和故事向那些对共产党、共产主义有着强烈的向往之情的群众做着宣讲。

通过宣讲，徐若冰看到了那一张张又瘦又黄的脸上渐渐露出庄严之色，两眼发出极其明亮的光芒。

王金海曾在煤矿挖过煤，吃尽了苦头，挖了四年，只得到微薄的收入，他站起来，大声地说道："徐同志，我们跟着你，不怕鬼子烧杀，杀了我一个，还有后来人，鬼子杀人越多，完蛋越快。"

徐若冰的书记之名不是公开的，在其他地方，群众并不知晓她的具体身份。党员大多是雇农、贫下中农，都是地下党员，党小组活动都在夜间秘密展开，而且地点选在偏僻的地方，如土地庙、独户房屋或无香火的破庙。

有一次，在岗上村的支书家里开会，那支书家住在离岗上村一里多路的庙宇里。开完会，已刮起了北风，下起大雨，实在走不了了。徐若冰一看，只有一张大床、一条棉被，除了夫妇俩，还有一个女儿。怎么办？天气还非常寒冷，无奈只好四人横睡，徐若冰度过了一个不眠之夜。

一次，在一土地庙传达文件、布置工作完毕后，外面漆黑一团，徐若冰一人穿着布鞋，行走在山间的小道。山间有野兽，有时也有狼出现，其嚎叫声听了让人毛骨悚然，徐若冰毫不畏惧，掏出手枪继续前行。

徐若冰的无所畏惧的行为自有其特殊意义，她如果是一个具有游击战争经历的女性，那似乎并不奇怪，但她生长在一个富有的家庭，是一个地道的、文弱的知识女性。

徐若冰1917年出生于福州南台的徐家大院，徐家曾号称福州第二富商。辛亥革命前后，福州还没有电灯公司时，徐家就自制发电机照明，有了电话公司，徐家就装上了电话。徐若冰的祖父徐承祺是徐家的当家人，曾任福州商会会长，徐若冰的父亲徐君鼎，毕业于福州武艺军官学校，曾在省政府任职。

徐若冰6岁在家中受私塾启蒙，7岁到福州霞江开智小学上学，10岁时到上海尚公小学上学，小学毕业后在上海务本女子中学读书，后回福州在福建省立第一中学读书，后又回到上海，在上海私立华东女中继续求学。1935年高中毕业，在私立五卅小学和华东中学附小任小学教员。是抗战的召唤，让其加入抗日的洪流中，是抗敌爱国的信仰使她和乐时鸣一道加入了新四军。

一个娇小姐，一个昔日在家有明灯相伴尚且害怕的知识女性，现在却独自一人穿行于野兽出没的山林中进行宣传、战斗……

这就是变化，这就是成长，这就是升华。

因为徐若冰有神圣的信仰，信仰使她成为一个坚强的、一往无前的战士。

第三十五章

机智斗敌
捉放柴

　　1944 年 5 月 29 日，曹明梁的女儿曹益慧进城买布，被坏人告密，为敌所虏，敌人以她为人质，威逼利诱。

　　日寇和伪警察局局长王忠棠强迫曹益慧写信给曹明梁："你的父亲若过来，要钱有钱，要官有官，若为难，枪不来，人来也行。"曹益慧义正词严拒绝，敌人咆哮道："若再迟疑，我就要你父亲吃颗花生米。"

　　曹明梁得知后，冷冷一笑："黔驴技穷，好啊，你们敢这样，我也有办法，这叫以其人之道还治其人之身。"

　　他提笔挥毫，写信正告日军警备队侦缉队特务王孝荣、王孝华、朱祯祥，并转告王忠棠。

　　几天后，王忠棠收到信，一展开信纸，几行有力的字迹映入眼帘："立即放人，否则武力解决，你们敢杀害我女，后果由汝等负责，你们想想，你们的家人在不在我们的根据地内。"

　　为了警告一下敌人，他函告新四军第十六旅四十六团政委丁麟章，丁麟章即派短枪班配合韩胡区大队夜袭溧水城外的警察所，缴获长枪四支，活捉县警察大队副队长赵金福。

　　王忠棠吓得面如土色，又闻县大队准备抓捕其家属，反复考虑，只好乖乖地瞒着日军将曹益慧护送回家，敌人的威逼利诱完全失效了。

　　1944 年 6 月的一天晚上，中共新桥区委干部沈芸到店郎头村江明星家，要他在一星期内摸清东流村据点内的敌人兵力和武器装备等情况。江明星 1913 年出生，1943 年加入中国共产党，参加过抗日游击小组、乡抗日中队，此时任地下情报员。

　　沈芸向他交代："这项任务很重要，一定要完成，你先活动活动，找到带路的再进去。"第二天，江明星找到在敌碉堡内做木匠的表亲曹老伢，曹老伢答应带江明星进去做木工。

　　第三天早上，江明星身背木匠工具和曹老伢一同走向东流村敌碉堡，敌碉堡外面有岗哨，一条恶狗拴在岗哨边。曹老伢在碉堡里做木工时间长了，和伪军熟悉，哨兵没有盘查，狗也没叫，他们顺利地进了敌碉堡。

碉堡里有三个木匠，江明星也假装会做木工，拿起刨子一本正经去刨木料，看到有敌人就刨，敌人走了，就到处看看，同时向三位木匠打听情况。第四天，江明星仍然跟着曹老伢进了碉堡侦察情况。

通过几天的暗中观察，敌碉堡里的情况基本上摸清楚了，傍晚收工后，江明星刚到家，发现沈芸已在他家恭候多时，江明星连忙向沈芸汇报："碉堡里共有敌人13个、12支长枪、1挺轻机枪，围墙且有一丈高，围墙外挖有八尺宽的壕沟，壕沟里灌了水，打有木桩，木桩上都布有铁丝网。"

沈芸问："怎么打为好？"

江满有把握地说："用六床浸过水的棉絮，铺在铁丝网上爬过去，再设法爬上碉堡顶，掀开瓦，向堡内甩手榴弹，这样堡里的敌人一个也活不成。"沈芸听了，连连点头，赞扬江明星有勇有谋。

葛春喜心情难以平静，他在白马桥日伪东营山据点的厨房里走来走去。他手上捏了一个小纸包，手一直在发抖，因为纸包里面有些奇特的东西。那是什么？是毒药，是砒霜，是用来毒杀日伪军的。

他怎么会想起用砒霜来毒杀日军呢？那是因为他接受了一个特殊的任务。

原来1943年秋，日寇在白马桥东营山修起据点，还疯狂地派遣特务潜入我中心区刺探情报，动不动就下乡"扫荡"，抢劫民财，枪杀我抗日基层干部。

1944年8月，中共溧高县委决定拔掉白马桥据点，但敌据点筑在东营山顶，居高临下，四周开阔，县警卫连和白马区大队以强攻拿下据点比较困难，只能采取外攻和内应相结合的办法。白马周家村新四军残疾军人葛兴玉的弟弟葛春喜老实可靠，是地下党事先派进据点给日伪军烧饭的，因而决定以葛存喜为内应力量……

葛春喜从来没有进行过这样有特殊意义的活动，现在既兴奋又感到害怕，所以他不停地走来走去，一时茫然起来。

他清楚地记得抗日民主政府白马区区长程华平在郎头庙里同他见面，面授任务，研究投毒的最佳时间。他沉思了一会儿说："最好是早餐前投毒，这时日伪军在操练，万柏（另一烧饭的）上街买菜，厨房里没有人。"这一建议正中程区长的心意，这样便于新四军部队作战和隐蔽。

程华平将购买来的砒霜交给葛春喜，并再三嘱咐他把毒药投进菜锅后，即晾晒红被面，作为进攻信号。

他朝窗外看了看，看到另一个烧饭的万柏买菜还没有回来，他咬了咬牙，日军的暴行在他脑海中不时显现，他决定用这药把这些该死的侵略者统统送到阎王爷那儿去。

他把砒霜投入到菜锅里，然后就匆匆地离开了厨房，跑到县警卫连去。离开之前，他把红被面晒到窗外，这是一个进攻的信号，如果战士们看到了红被面晒到窗外，就知道他投毒成功，马上会发起进攻。

可惜的是万柏回来后，看到早餐的菜锅里漂了一层红粉，误以为是牙粉掉到菜锅里，就用勺子把大部分的红粉舀去了。

7点整，日伪军纷纷地涌来用早餐，一会儿十几个敌人相继昏倒在地，恰巧此时有个姓马的便衣特务也进伙房吃早饭，发现十多个人昏倒在地，便立刻跑到岗楼上去报告。

这时，早已埋伏在东营里村的警卫连突击班的同志见到进攻信号后，带着捆束好的手榴弹剪开第一道铁丝网向第二道铁丝网匍匐前进。

站岗的日军听到报告吓了一跳，连忙跑到碉堡里，碉堡里的鬼子小队长吓坏了，他疯狂地叫喊着，不顾一切地用轻重机枪向外面乱射，在密集的弹雨下，战士们没有办法接近碉堡，这样的情形，如果继续进攻，要付出巨大的伤亡，而且不会有什么结果，所以被迫撤出了战斗。

第二天，这姓马的特务带领敌人烧毁了葛春喜家的房子。

这次投毒虽然没有达到全部拔除据点的目的，但日伪军受到打击，惶恐不安，以后他们烧水烧饭，再也不敢用中国人了。不久在一个深夜，他们由官塘据点的敌人接应，悄悄地、灰溜溜地撤离了白马桥。

1944年8月，江宁县警卫连四班班长袁茂槐到江宁谢村侦察敌情，发现铜山据点曹长柴庆基常常带着翻译吴学礼和炊事员到两面派周保长家中打麻将，他当晚向县总队副总队长李琪做了汇报。

李琪听后，非常兴奋，一个计划悄悄地在心中酝酿成熟起来。

李琪原为溧水县县大队长，怎么出现在江宁，还担任县总队副总队长呢？

原来1943年在浮山战斗中，周志远留下阻敌，他和许治带队转移，不料左胳膊为日军击伤，只好到刘子臣家养伤。

为应付当时紧张的形势，刘子臣一家将李琪进行了一番化装，以表兄弟相称，白天藏在阁楼密室里，深夜扶他下楼换药。刘子臣还让大儿媳妇杨花兰专门护理李琪，给他清洗伤口、换药、包扎，照料他的生活，一天三餐做上可口的饭菜，有时还买点鱼、猪肝等给他补身子，随时注意外面的动静，掩护好李琪。有一次日寇到了刘子臣家，杨花兰随机应变，亲热地喊道："表叔，请你出来做点事。"李琪心领神会地隐蔽起来，躲过了这一关。19天后，李琪被秘密护送到洪蓝镇继续治疗。

1943年7月，李琪伤愈出院后，调至京建公路（今称宁望公路）以西的横山县抗日民主政府，任横山县铜山区区长，后因中共横山县委划分为山南、山西、山北三个片，为加强对区级政权的领导，1943年12月，李琪被提任中共横山县山北工委书记，同时兼任横山县山北抗日自卫大队大队长，分管铜山、亭山两个区的地方抗日武装。1944年7月，李琪被选为中共横山县委委员，同时被任命为新四军横山县总队副总队长，兼县总队总支书记。

李琪想这柴庆基只顾打麻将，显然是产生了厌战情绪，是借打麻将、吹牛皮来消磨无法解脱的苦闷岁月。如果把这样的人捉来，是有可能改造过来的，如果改造好，将对打击敌人的士气、瓦解敌人的意志起到非常重要的作用。

他把这一情况向横山县抗日民主政府县长李钊做了汇报。

李钊原为茅山保安司令部政治部主任，兼湖西保安司令部司令，塘马战斗后，调至横山地区工作，现为横山县抗日民主政府县长。

他一听连声称妙，便进一步研究具体方案，最后决定把这个任务交给短枪班班长施业隆，由其完成任务。他要施业隆在三天之内把鬼子曹长柴庆基抓来，而且只能活捉，不得伤害。

施业隆的勇敢机智是全县闻名的，他接受任务后心想："杀个把小日本，不是什么难事，捉活的，还不准受伤，这就难了，怎么办？"

"要吃龙肉，须亲自下海"，他决定先侦察一下，摸清情况，再行决定。接受任务的当天，他独自到镇上，在一个"两面派"保长的茶馆里会见了保长，保长家在茶馆后面一进院里，他和保长闲扯了一阵，便到后进"看斜头"①。

那个曹长正在牌桌上吆五喝六。

施业隆和保长闲聊着，有意无意地往柴庆基身上拉："这个日本人，牌技不错呀。"

"大日本太君牌技不错，经常赢钱。"保长洋洋得意。

"经常赢钱，真羡慕，我要有这水平便天天来两串。"

"曹长牌技好，近来手气又好，赢了许多钱，牌瘾更足了，这一阵子差不多天天都要来这儿摸几串。"

"好呀，有太君压阵，还愁生意不好？"施业隆故意奉承道。

"那当然，那当然。"伪保长双眼笑成了一条缝。

老施回去向县委做了汇报，县委研究后，当即进行了周密的安排。

李钊如此这般做了布置，兵分两路，一路是短枪班五人组成行动小组，由施业隆指挥，一路由副总队长李琪带领一个班埋伏在陈家村做接应。

李琪之所以提出要接应，并亲自出马，是和他严谨的工作作风分不开的。

1942年1月，李琪奉令调任溧水县抗日民主政府第一区（即白马区）区长兼区抗日大队长，党内兼任区公所支部书记。当时的白马区刚开始创建，四周敌伪据点林立，方边、官塘、天王寺、袁巷等地都驻有日伪军，动不动就下乡"扫荡"，并派有潜伏的汉奸特务侦探情报，敌情严峻复杂。李琪自知任务艰巨，他坚决遵循党的正确路线，紧密依靠广大人民群众，积极开展对敌斗争，多次粉碎了敌伪"扫荡"，站稳了脚跟。他常以"勤奋、扎实、警惕、细致"教育下属、告诫自己，扎扎实实工作。

李琪经常带领干部、战士在经巷、曹山矿、周家山、秋湖山、张家山、花山、白马桥一带活动，既要推行抗日民主政权的政务，又要配合新四军打击下乡"扫荡"的日伪军。李

———————

① 看斜头：苏南俗语，指在一旁看他人打牌。

琪一心扑在抗日事业上，曾多次走过自己的家门而不入，有的同志劝他回家去看看，李琪总是说有许多工作急等着去做，哪有时间往家跑。

1942年7月，党组织根据斗争形势的变化，决定调李琪去新四军第六师十六旅四十六团任侦察参谋。这个决定虽使李琪高兴，但又不忍心让有病的父亲和身体衰弱的母亲为他担忧，于是，他向父母隐瞒了真相，抑制住内心的眷恋之情，踏上了新的征程。

李琪常出入于日伪据点附近，侦察了解情况，多次冒险到伪乡、保长家里宣传党的方针、政策，争取他们为抗日出力，然后回到部队，将各路侦察获得的情报及时综合整理，为团部制订作战方案提供第一手资料。1942年11月，李琪将溧水洪兰埠敌伪据点的兵力、火力部署侦察得一清二楚，整理成书面材料，团部领导研究后，决定夜袭洪兰埠敌据点，一举捣毁了敌人巢穴，毙伤敌军20余人。1943年3月份，根据李琪提供的情报，新四军四十六团拔除了渔歌乡境内的青圩伪军据点，给日伪军以沉重的打击。

一切安排好后，施业隆出发了。

第二天下午，日军曹长柴庆基和几个人正在茶馆后进院"稀里哗啦"地忙着"砌墙"，施业隆十分平静地来到保长家，伸头一看，除了打牌的，堂前山墙边一张鸦片铺上还躺着一个人，平戴礼帽，叼着香烟，说是来找保长的。

柴庆基朝那人看了一眼，觉得有点面熟，但一时想不起来在哪儿见过，感觉这是一张没有危险的似曾相识的脸，加之打牌不能分心，一心不能二用，便未加理睬。一会儿施业隆进来了，装着游手好闲的样子站在桌角旁看"斜头"。柴庆基一看，见是昨天也来看过"斜头"的，也是没危险的主儿，也就没介意。

不一会儿，外边又先后来了两个大汉，柴庆基皱了一下眉，其他几个打牌的人也觉得今天人杂，想叫保长管一管，未等保长反应过来，只见施业隆拔出枪来，对着桌子大喝一声："不许动！"这一声吼，把打牌的人吓呆了。

说时迟，那时快，两个大汉迅速用一条麻袋朝柴庆基头上一套，顺手把他的枪夺了过来。几乎同时，又窜进来两条身材魁梧的大汉，七手八脚地用绳子把柴庆基捆好。

柴庆基开头还挣扎几下，后来索性一动也不动，任人摆弄了，他早已厌战，无心反抗了。谁知此时，半路上竟冒出个"程咬金"，刚才躺在大烟铺上的那个家伙，观察一番后竟猛地跳起来扑向施业隆，去夺老施的枪。好在老施不久前看到过他，有所防备，手一抬，就势用短枪在他头上狠敲了一下，那人旋即昏厥过去，施业隆手一挥："一起扛走。"

两人夹一个，出了后门，扛起来飞也似的从西街僻道绕上山去。老施等战友们把人扛走后，用枪点点那几个抖抖瑟瑟打牌的人说："新四军专打鬼子，你们要跟鬼子勾结当卖国贼，定不饶恕！我走后，你们到东边炮楼上向鬼子报告，叫他们不怕死就来追，我等着他们。"

这几个人连连摇头，哈着腰忙说："不敢，不敢……"

老施说罢拎着短枪，扬长而去。

柴庆基和另一个家伙被逮到山上后，县委几个负责人听了老施的汇报，忙叫人给柴庆基松绑，准备晚饭。

李钊见抓了两个，一愣："怎么买一个，还饶一个？"

施业隆哈哈一笑："这个家伙是南京来的特务，送上门来的。"老施接着把前面的事复述了一遍，马上递上一支乌黑油亮的短枪和一张"派司"①，接着说："这是他的枪和特务证件，怪不得我们抓鬼子，他拼命上前阻拦，明摆着是向日本主子讨功！"

李钊在灯下仔细一看，只见上面标有姓名："窦其标"，果然是白下路宪兵队的，县委考虑到这是一个死心塌地的汉奸，留着后患无穷，决定就地镇压。

有人给柴庆基端了饭菜来，他微闭着眼不肯吃，大有只求速死之态。李钊温和地对他说："我们新四军优待俘虏，你吃吧。"

怕他听不懂中国话，又请曾在日本留过学的敌工站站长黄坡当翻译，向他讲党的政策和当前的形势。柴庆基听了半天，叹了一口气，才睁开眼慢慢吃起饭来。饭后，李钊书记又对柴庆基说："你如果愿意回去，现在就可以走，我们新四军的政策是凡是放下武器的俘虏来去自由。"

柴庆基听了，疑惑不解："我的不明白，你们抓我，为什么又放我？"

李钊听了黄坡翻译后，哈哈大笑："中国有句古话，叫作'化干戈为玉帛'，为的是和平，为的是中日两国人民的友好！"

柴庆基叹了一口气，为难地说："我不能回去了。"

李钊反问了一句："为什么呢？"

柴庆基回答说："你们把我的枪拿去，我回去就要'死啦死啦'的。"

李书记当即对他说："我明白，你等等。"说罢，便和县委的同志研究，大家认为，为了争取这个日本人，还是放了他好，当下便做出了释放柴庆基的决定。

侦察班长施业隆听了此事却叫道："好不容易逮来一个活鬼子，弄到一支枪，怎么又放了，我想不通，三国时关羽放了曹操，后患无穷呀。"

李琪笑了："我看柴庆基不是曹操，而是孟获，诸葛亮能七纵，难道我们不能一纵？现在对柴庆基这样的日本人应攻心为上。"

李钊又耐心地跟他讲："眼前利益服从长远利益，眼光看远些，以后，事实会让你想通的。"接着，李钊来到柴庆基面前，对他说："我们决定把枪还给你，放你回去，今后你对新四军有什么表示？"

柴庆基思考了一阵子，回答说将做到三条："一、不让日军下乡骚扰百姓；二、日军如组织大规模军事行动，事先送情报给你们；三、每月送些子弹给游击队。"

双方还研究了几个细节，如情报送出的地点，送子弹之前要做些假接触，虚张声势以掩人耳目等。计议停当，即让柴庆基稍事打扮，把他送到山边，虚打了几枪，吆喝了几声，

---

① 派司：指通行证。

让他跑了。柴庆基一身狼狈相，上装撕坏了、裤脚扯开了、满脸满身都是泥巴，这一招还真灵，他的上级果然相信他是从山上逃出来的。此后，镇上日军确实没有下乡骚扰过老百姓，他果然每月送来一些子弹，直到抗战胜利。

1945 年 8 月 15 日，鬼子投降了，从此，日本兵每天灰溜溜的，天天有人来跟他们交涉投降、缴械的事。什么"忠义救国军"等顽军，甚至老牌汉奸任援道的部队，这时也声称是"蒋委员长委任的先遣军"，向日军要枪要子弹。

横山县委曾派人与日军联系过，柴庆基却一时不敢做主，因为日军上司三令五申不准向共产党缴械，柴庆基看清了日伪顽沆瀣一气、紧紧勾结，跟共产党作对的用心，同时他也隐隐听到，他的上司已经怀疑他通新四军了。于是当月初日军小队奉命集中时，他就在撤走的前一天晚上，背上一支三八式，揣了一支短枪，乘人不备，偷偷地离开炮楼上了山，摸到下半夜，才让民兵把他带到横山县委。李钊一见到柴庆基，高兴极了："你来干什么？"

他兴奋地回答："我要参加你们新四军。"

"新四军太辛苦，你受得？"

柴庆基激动地说："共产党好，新四军好！我们的武器好，也打不赢你们，新四军勇敢大大的，老百姓拥护你们，我要和你们一样辛苦辛苦的。"

李钊深情地握住柴庆基的手说："欢迎欢迎，欢迎你参加我们的队伍！"

就这样，柴庆基成了新四军中的一员。

第三十六章

截杀冈本

蒋克，作为区委书记，她可不是仅仅做思想工作、政治工作的人，她还擅长于开展军事行动，这和她经历的艰难的生活环境和在斗争中的不断磨炼有关。她是一位南国姑娘，不是绣花缝补的女性，而是叱咤风云、舞刀弄枪的巾帼英雄。她常常参加一线的军事行动，开枪投弹是她的拿手好戏，连区长周迈都自叹不如。

1944年夏，蒋克刚在秦淮区某小村停下，突然传来一个好消息："小红子""小戴子"划船到上浦塘吃西瓜去了。

蒋克眼睛一亮，真是"踏破铁鞋无觅处，得来全不费工夫"。

"小红子""小戴子"是什么人？切莫以为是什么红粉知己、妖娆女性之类，而是日本官兵队特务冈本豢养的两个男性汉奸特务，这两个纤细的名字与其凶恶的本质反差实在太大。"小红子"，是东阳圩人，原是新四军，但是经不起艰苦生活的磨炼，投靠日本人做了可耻的汉奸。由于他是地道的本地人，熟悉苏南民情，又在新四军队伍里待过一阵子，也熟悉新四军的行动规律和战斗方式，所以投靠日本宪兵队以后，危害极大，经常使宪兵队的活动收到奇效。

他常常伙同"小戴子"四处游荡刺探情报，有时他装扮成乞丐，有时他化身为盲人，有时他变成了游走四方的郎中，有时他变为挑货郎……像演戏一般。最可恨的是他常常假扮成新四军伤员半夜敲百姓的门，倘若有人收留了他，第二天主人便会被日本"宪兵"请去。平常他窜入乡间，常常强奸民女，附近的百姓无不对他恨之入骨，但也没有办法，加之该徒生性狡黠、出没无常，新四军区大队几次抓捕，均被其逃脱。现在有人报告其划船去上浦塘吃瓜，绝不能放弃这样的机会。

蒋克和周迈带上七八名区大队队员，操上短枪，迅速奔向上浦塘，为了避免打草惊蛇，蒋克与其他区大队队员凫水过河，上岸后利用成片的玉米地，悄悄地向瓜棚爬去。

"小红子""小戴子"两个汉奸成天躲在城里也腻了，他们为了解闷，也为了解馋，便划了一条船，下乡来运西瓜，他们想把西瓜运回去，给日本主子尝尝，以讨得其欢心。

"黑籽、黄瓤！"小红子一阵惊叫，"好西瓜、好西瓜，老曾头，有你的，他妈的，看来你调理西瓜有一手。"这"小红子"一边夸奖这西瓜的主人，一边用手抠着瓜瓤，玩命地往嘴里塞。

真是行行出状元，这"小红子"是四乡八方有名的吃瓜高手，一嘴巴啃下去，他的嘴巴能一半吃瓜，一半吐籽。什么瓜好吃，什么瓜不好吃，可瞒不了他。

这"小戴子"是辨别瓜儿生熟的高手，什么瓜到他手上，他用手指轻弹一下，听其音，便能知其生熟，其辨别的精确率远高于一般瓜农。他吃瓜也很有一套，用井水泡西瓜并不稀奇，但他与众不同，他喜欢把西瓜暴晒后再放入井水中冷泡，这样的西瓜分外有味。

这两个汉奸知道上浦塘老曾家的瓜好吃，这几亩地的瓜，瓜皮特薄、瓜肉特甜，人行于田埂上，稍一震动，其瓜便会崩裂，汁水便会外淌，这两个汉奸到了田埂上使劲跺着脚，又蹦又跳。

果然，老曾的瓜便"叭叭"地炸开了，老曾心疼，这两个狗汉奸吃瓜不花钱倒也算了，来了一条船还要运走，一季的活肯定是白干了。他横下心，一面应付，一面叫孙子悄悄回去，传信给新四军。

这两个汉奸一边挑西瓜，一边把西瓜放在河里浸泡，然后到阴凉处把采到的西瓜用手捶开，掏出瓜肉，玩命地吃起来。"小戴子"不服气，要和"小红子"比一比，两个人便开始了吃瓜比赛，刚开始不相上下，后来"小红子"的功夫显示出来了，吃瓜的速度明显加快了，没多久，两个人的肚皮挺了起来，比猪八戒的肚皮还要大，肚皮上沾满瓜子，布满了瓜汁流淌的痕迹。

"不准动！"蒋克一跃而上，清脆明亮的声音传来后，她举起了手中的小手枪。

"不准动！"周迈同样举起了手枪。

还没等两个汉奸回过神来，七八个战士一拥而上，团团围住他们，手中的短枪齐齐地对准了这两个汉奸。

耳听着喊声，又面对着乌黑的枪口，两个汉奸马上明白了自己的处境，他们想挣扎，想到身边不远处的瓜藤上去取枪。但他们的脚、腿都不听话，双脚似乎被粘住了，动弹不得，心儿一阵狂跳后，头上的汗水比嘴里流出的口水、瓜汁还要多了。

一阵慌乱后，"小红子"头脑清醒了，他极力狡辩没有送过情报，没有抓捕过干部、乡民，没有骗过百姓。然后是一阵哀求、哀号，就在蒋克、周迈犹豫之际，两人的双脚似装了弹簧，齐齐弹起，想钻进玉米地里溜走。

要说溜走，这两个汉奸也绝非不可能，此二徒跑步速度奇快，蒋克、周迈是知道的。但队员们早有准备，像老鹰捉小鸡般，把他们刚刚跃起的身子抓回，又按到地里，二徒拼命挣扎，还大叫大喊。

队员们还真有些紧张，因为他们也不清楚附近有没有其他的日伪军，蒋克与周迈交换了一下眼色，旋即蒋克移动枪口，对着"小红子"砰砰两枪，"小红子"脑袋开花，如西瓜炸裂一般，"小戴子"还想挣扎，蒋克手一扬，"小戴子"的脑袋也开了花。

两个汉奸身子扭动了几下，两脚乱蹬了几下，便不动弹了。

事后，老百姓传开了，说蒋克一颗子弹射死两个汉奸，还有人传说蒋克是双枪女侠，左右开弓击毙两贼。

"小红子""小戴子"一死，吓坏了日本宪兵队的队长冈本，这个冈本突然如人间蒸发一般，不见其丝毫踪迹。

冈本对着镜子，仔细端详自己的脸，圆圆的，从轮廓上讲和狰狞毫无关系，况且自己的脸皮白白嫩嫩。再看自己的双眼，温和、宁静，再加上笑脸，谁都会认为这是一个善良而又慈悲的人。不过，只要稍微变一下姿态，那么这张圆圆的脸就会扭曲起来，变得十分可怕，虽不是蓝荧荧、青面獠牙，但是也十分恐怖。

他笑了笑，不断变换着两种神态，到后来，他自己也搞不清他原本的面目。

这几天，他做了一个梦，梦见自己的脑袋被新四军的大刀砍了一下，他大喊一声醒来，方知是场噩梦，但他还是有点心有余悸，因为"小红子""小戴子"一死，自己少了几个耳目，消息不大灵通，他觉得自己的脑袋如梦中所示一般，有点悬。

但他马上镇定下来，用右手轻轻地拍打了一下后脑勺，自信马上爆发出来，作为宪兵队长，他有足够的业绩为自己骄傲。

他上任后，共产党的赤山、句北、两溧等游击区受到严重破坏，江句县委组织部部长周喆被捕杀，新四军情报组长、赤水区区长陶家齐夫妇在湖熟被杀；1944年春的一天，秦淮区区大队驻地吴庄村被围，赤山区军事股长张耀华被杀……至于手段，用花样繁多来说并不为过。自己的实践远超过了昔日书本所学，光使用汉奸一事，便足够大书特书，他将汉奸们编上号，派到各游击区，有的打入共产党县区武装内部，有的开酒店茶馆，有的用女色引诱拉拢，有的打入佛庙披着袈裟当和尚。至于自己嘛，是地道的中国通，会说一口流利的中国话，又熟悉江宁、溧水的民情风俗，因此，化装成卖货郎、樵夫，甚至冒充新四军，无不惟妙惟肖，在索墅、青龙山、土桥、三岔、渡桂、赤山、龙都、郭庄庙、虬山一带活动，可谓顺风顺水、游刃有余呀。他摸了一下自己的胡子，感觉到这胡子到中国来后，也中国化了。起初他出去刺探情报，还担心别人看出端倪来，但几次活动下来，没人发现。他照照镜子，不知是自己眼睛花了，还是胡子确实中国化了，总之和原来的日本胡子有了很大的区别。

他整理了一下衣领，随即想到还有重要的任务。上司对自己的表扬够多了，自己在特工方面的成就虽不能彪炳青史，但也够笑傲同行了，不过"小红子""小戴子"这两个中国帮手被什么"双枪女侠"击毙，倒使自己的行动不够顺畅起来，少了耳目，尤其是少了重要的耳目，对从事特工的人来说，确实是增加了不少困难，但不管困难多大，"大日本帝国"的事业还是要进行下去。

他准备出发了，怀揣一架望远镜，身穿一件黑色大衣，手提一只黑色大提包，一副商人模样打扮，他拍了拍胸脯："谁说我不是一个商人，一个地道的中国商人。"

"出发，溧水！"他大喊一声，向溧水进发。

……

可此时，一张网，一张无形的网向他展开了。

江宁县委书记陆纲在一个漆黑的小屋内，在昏黄的油灯光照下，脸上的轮廓显得极为凹凸分明，他握紧了拳头，捶了捶四仙桌，火苗跳动了两下："同志们，据我们得到的情报，冈本习惯在冬天外出，我们守候着，一定要除掉这只恶狼，为死难的烈士报仇。"

任务一下达，武工队队长张甫生立刻召集七个精干的短枪手，其中有张志友、康林、张志礼和陈相林这几个人，他们身怀绝技，战斗经验十分丰富，经过几年的锤炼，他们的战斗力得到了空前的提升。

蒋克与周迈也早早地盯上了冈本这只既狡猾又凶恶的豺狼，处决了"小红子""小戴子"后，他们反复钻研、商讨，寻找线索，只要发现冈本的一点蛛丝马迹，便迅速合围，哪怕只有万分之一的希望，也要做百分之百的努力。

1944年年底，蒋克得到情报，冈本去了溧水，她马上汇报给了陆纲，自己带上区大队队员守候在禄口至柘塘之间的公路桥附近，静候冈本的到来。蒋克分析，这座公路桥是冈本的必经之地，他要回南京必然经过这个地方。陆纲得到蒋克传来的情报，即命武工队出发，武工队即刻出发与区大队会合，守候在路旁，一连几天，不见冈本的踪迹。

有的队员有些泄气，也有的队员怀疑是否走漏了消息。

"不会，"蒋克断然地回答，"继续守候，狐狸终有露出尾巴的时候。"

12月25日，突然天降大雪，不到半天，大地一片银白，远山、近村、茅亭、农舍、树林，全披上了银装，太阳一出，景色格外美丽。这真是适合吟诗的好景致，但区大队的战士们冷得直打哆嗦，哪有心思去品味野外的景色，个个呵着气、跺着脚，眼睛紧紧盯着公路桥旁的行人车辆。在另一个地段守候的张志友说："瑞雪兆丰年，上山打野兽，真是好季节，今天下雪出去必有好收获。"

康林笑道："天天钓鱼，不知哪天能钓到大鱼？"

"天天撒网，经验越来越足，多撒网，大鱼一定会来到。"

大家一商量，今天大雪，冈本如果出来必定要坐汽车，不妨和区大队一道守候在公路桥口。他们离桥口约有十公里，路是圩塘堤埂，上有冰雪，难以行走，但为了抓住这个老狐狸，再苦再累也得去。

他们赶了两小时路和区大队汇合在一起，守候在桥边。

时近中午，雪下得越来越大，县武工队队员和区大队队员的身体变粗了，个儿长高了，犹如一个个大雪人，他们的头发、睫毛上挂满了雪花，双手冻得红红的，脸上几乎结了薄冰片儿，但双眼仍死死地盯着桥口。

蒋克听到远处传来了喇叭声，不一会儿从溧水柘塘方向开来的汽车出现了，本来是9点钟的车，现在将近12点了才出现，看来是大雪所致，这么大的雪汽车没有停运，不是汽车公司高度敬业，便是乘客们强烈要求前行了。

车儿越来越近，摇摇晃晃，在雪地上爬行，黄色的泥浆在车轮旁回旋。

蒋克一跃而起，掏出手枪，在桥口拦住了汽车，刚开始司机没有停车的样子，后见蒋克的枪口对着驾驶室，又见路旁冒出几个雪人，个个拿着枪，对着车子，知道情况不妙，便只好停车。

车一停，乘客一阵骚乱，有一胖一瘦两个乘客，竭力想把自己藏在人堆里。

车上的乘客全下来了，共有二三十人，蒋克逐一询问，没有发现疑点，她决定把这二三十人全部带到秦淮中心区详细询问。

刚走一小段，只见一胖一瘦两个商人突然跳下公路向秣陵关奔去。

蒋克一愣，还未容她反应过来，县大队的陈相林和张志友拔枪追击，此时胖子玩命狂奔，瘦子突然停下拔枪阻击。

其他队员见状，纷纷奔去，陈相林摔了一颗手榴弹炸翻了瘦子。只见胖子一边脱下衣服，一边往田埂间稻草堆旁扔东西。

众人围了过来，胖子拔枪回击，互相对射一阵后，胖子把枪丢进河塘向前奔跑，他头戴礼帽，身着马褂，跑不快，见到小河，想蹚河过去。

陈、张两人追到河边，高喊道："上来，缴枪不杀！"

对方拒不上来，小张四下一望："副队长，这家伙东张西望，想拖延时间，等待援兵。""再不上来，就开枪了！"陈相林怒吼道。此人仍听而不闻，陈相林一枪打去，击中他的腹部，此人惨叫一声，倒在河中。小张跳下河，见其挣扎，又补了一枪，才结果了他的性命。

武工队与区大队在此人刚才阻击的稻草堆旁搜到了一只黑色大提包，内有一支崭新的德国造手枪、一架照相机、一副望远镜和一件黑大衣。

队员们把战利品交给了陆纲，陆纲打开皮包一检查，惊叫道："人呢？"

"打死在禄口河里了。"

"好极了，打得好，干得漂亮！你们猜他是谁？"

众人惊奇地对视着。

"告诉你们，他就是冈本。"

陆纲从桌子上提起包："这里都是他搜集的新四军的资料，"他郑重地说，"同志们，我代表县委给你们各记一个大功，奖励一件卫生衣，表彰你们为江句溧三县人民除了大害。"

陆纲将皮箱内冈本的照片交给蒋克保管，将呢大衣给了周迈，以表彰秦淮区区大队的贡献。

第三十七章

英雄张一郎

"伊基督，张一郎，张一郎，伊基督。忘了爹娘和祖宗，甘心做个小汉奸。"溧水城城北的小巷里有几个孩童在拍着手唱着歌，他们是冲着一个年轻的日本兵唱的，当那个小日本兵回头追来时，他们一哄而散，四处奔跑。

那个追赶的小日本兵虽然满脸怒气，但还是夹杂着些许羞愧之色，摇摇头叹口气停住了脚步。

小日本兵约莫十五六岁，身穿肥大的日本军衣、军裤，腰系大皮带，脚穿日本大皮鞋，一副军人的派头。不过其神情倒非武夫模样，皮肤不是粗糙黝黑类，而是又白又嫩，一看便知不是武夫行列中的人，而是涂脂抹粉登台演戏的戏子行或手提鸟笼到处晃悠的纨绔子弟行中的人。他脸型端正、眉清目秀、牙齿又白又整齐、唇皮又薄又红，整体感觉好像个鲜苹果，属于惹人疼爱的那种。如果换上天真、淘气的神情，必使老少妇人怜惜。不过令人遗憾的是这张脸面并没有配上与外形吻合的神情，他既不天真、淘气，也不朝气蓬勃，而是一副玩世不恭、油腔滑调、圆滑刁蛮的顽童类。

这个小日本兵会说一口流利纯正的溧水话，这倒并没有使溧水大街小巷的人惊讶，因为他不是日本人，是一个地道的中国溧水人，所以儿童唱歌时才会叫他"小汉奸"。

他是谁呢？一个中国少年怎么能穿上日本军服呢？

他是溧水县城郊乡沙河村人，1928年出生，乳名小锅子。10岁那年，其父张能玉因匪患丧命，母子生活无着，便来到溧水县城帮人家洗洗补补做家务，混一口饭吃。后来其母把他托付给异父同母的兄长张崇明照料，张崇明便让其在沙河初级小学读书，老师给小锅子取了个学名叫张崇智。

但好景不长，小锅子在其兄家本生活得好好的，不料其嫂因分娩不幸去世，其兄要离家到芜湖谋生，只得含泪把他托付给他人。但这一托，托出许多是非来，其兄所托之人是个伪警察，他是汪伪柘塘警察所的所长李金良。

这一来小锅子的命运发生了逆转，他被命运拨入到一个不可知的洪流中。

小锅子眉清目秀、明眸皓齿，是一个活泼可爱、又特别机灵的孩童，也就是说是人见人爱的孩童。1941年下半年的一天上午，日军驻溧水警备队情报主任森夏中尉来到柘塘伪警察所，见到了小锅子。这森夏见小锅子如此机灵，便产生了一个恶毒的念头：此小孩是收集情报的好材料，且他长得又清秀，讨人喜欢，不易为人觉察，如果从小培养，可以成为自己的好帮手。

他在问清了小锅子的来历后，便向李金良索要小锅子，李金良满口答应，于是小锅子来到了日本兵营中，走入了深渊。

森夏这个日本特务充分利用人的天性，给小锅子吃喝，不断向他灌输邪恶的思想理念，用他的恶毒理论给小锅子洗脑，用他那邪恶的法西斯烟火来熏烤小锅子那颗洁白稚嫩的心，小锅子渐渐地变成了一个有板有眼、充满邪气的小特务。

一天，日军驻溧水警备队的队长纪田太郎造访，他一见到小锅子就惊呆了，原来小锅子长得太像纪田太郎已过世的儿子，尤其那眼神散发出的幽幽情味，几乎和他的儿子一模一样。这纪田太郎鼻子一酸，差点儿掉下泪来。森夏虽然舍不得，因为他在小锅子身上下足了功夫，只待收获自己精心培养的成果了。但警备队长索要，他不好回绝，只好忍痛割爱，把小锅子送给了纪田太郎。

由于小锅子受过森夏的训练，其思想理念已接近日本儿童，加之其聪明伶俐，极尽奉承巴结之技，喜得纪田太郎连叫"吆西吆西"，以为上苍显灵，死去的儿子在异国他乡复生，便收小锅子为"干儿子"，还给他取了一个日本名"伊基督"，那是"一郎"的读音，他的儿子就叫"一郎"。

纪田也在小锅子身上下足了功夫，他和森夏不一样，他把小锅子视同己出，想把他培养成一个标准的具有武士道精神的日本军人。他每天教小锅子日语，说也巧合，这小锅子有较强的语言天赋，一学就会。不多久，他竟能说一口流利的日本话。纪田索性把他当日本人看待了，他觉得小锅子人机灵，不为人注意，便发给他一张查缉物品的证件，帮鬼子查禁五洋出境。

小锅子的心被熏黑了，在日本兵营待的时间一长，学了许多作恶的本领，开始在溧水街上胡作非为起来，吃喝不掏钱，买东西不付钱，动不动就打人、抢劫财物，还不时拿出纪田太郎的名字吓人，弄得老百姓无不咬牙切齿，一见其出来，便如同见了瘟神，唯恐躲避不及，连汪伪警察也让他三分，那些地痞流氓也千方百计地巴结他。

小锅子虽穿着日本衣到处横冲直撞，无人敢惹，但他还是听到有人在背地里骂他，尤其是骂他"小日本""汉奸"时，他的脸还是红了一阵子，内心还是有了丝丝波动。

16岁的他，内心还是脆弱，尤其到了晚上，住在兵营里还常常听到枪炮声。他不可能像日本兵那样有一颗"坚强"的心，他常常蜷缩起来，有一种莫名的恐惧感。因为他毕竟还是个孩子，毕竟是在中国乡村的土地上长大的。

有一天，他照例去一家酒馆吃饭，店老板见他前来，忙上前伺候，又是端茶又是递烟。

酒菜上来后，他便大口大口地吃喝起来。邻桌有几个人在轻声议论，好像是讲给他们自己听的，又好像是讲给他听的。

一个帽檐压得很低的商人模样的人瞟了他一眼，便朗声说道："城外四周都有新四军，新四军有两本红黑宝簿，红本子上记的是积德账，黑簿子上记的是锁命账。一个人坏事做多了，黑簿子记得太多，到了一定数量，新四军跟他要算总账。"

小锅子明白无误地看到对方在讲最后一句话时又朝他看了一眼。

小锅子浑身一哆嗦，酒还没喝完便匆匆离去，还破天荒地第一次付了酒钱，店主人一再不肯收，可小锅子硬是把钱塞给了店主人。店主人颇感意外，连声惊叫："发仙了，发仙了，'小日本'也有良心了。"

晚上，小锅子怎么也睡不着，戴帽子的人说新四军有红黑两簿，难道是真的吗？如果真是那样，哪天给新四军抓到，自己是吃不了要兜着走了。即使新四军一时抓不到，但也难保皇军一直能保护自己，因为也许皇军连自己也保护不了，一想到此，小锅子浑身是冷汗直冒。

"红黑簿呀，红黑簿呀。"他喃喃细语，心儿怦怦直跳，听老人讲阎王有生死簿，"阎王要你半夜死，谁敢留你到三更"。这红黑簿岂不是阎王簿，自己平昔欺压百姓、吃喝无度，还收集情报，为日军查缉物品，弄得百姓对自己咬牙切齿，连小孩儿都唱歌骂自己，照此推算自己的罪行早被新四军写到黑簿子上去了，而且条数不会少。长此以往，到那一天他们岂不是会拿着黑簿子，就像阎王拿着生死簿一样审判自己？

这一想，吓得小锅子直往被窝里钻，好像有人马上要把他抓走似的。他凭直觉判断，那个戴帽子的肯定是个新四军的便衣，腰间肯定别着枪，他的话是冲自己讲的，是对自己的一个警告。如果不是那天如数付给店老板钞票，也许早被他们开枪打成马蜂窝了。

许久，他才从被窝里探出头，看了看自己的住所兵营，这里到处是兵、到处是枪炮、到处是弹药，这些东西随时随地可以剥夺人的生命，和这些东西为伍，怎么可能安全呢？

他睡不着了，纪田太郎的呼噜声使他睡不着，远处不时传来的冷枪声更使他睡不着，他似乎又听到街上小孩的歌声："忘了爹娘和祖宗，甘心做个小汉奸。"

他又一阵阵哆嗦起来："爹娘、祖宗……汉奸……"

亲爹早已去世，母亲自从自己进入日本兵营后，再也不来了，虽然自己不愁吃穿，但生活中早已没有亲人了，除了日本人、汉奸，大家都用仇恨的、鄙视的眼光来看自己。这这这，这多令人难受呀！

至于继父纪田太郎，应该说对自己不错，但总还是有一些隔阂。

虽然他对我很亲热，但当自己一开口说起中国话，他便会不快起来。他有时凝视我半天，才缓缓说出："你要真是日本人就好了，你要真是我的儿子就好了。"他的眼光里还是流露着疑虑和犹疑。

是的，我是中国人，我不是日本人，虽然我被人称为小日本，但是我有爹，爹叫张能玉，我有娘，娘还在溧水城里帮人洗洗补补，我有祖宗，他们是地道的中国人，我不想做汉奸，我不想做汉奸呀……跟日本人过日子，"汉奸"这个臭名要被人骂一辈子，但不跟日本人，自己又到哪里去混日子呢？

一天，纪田太郎急匆匆把小锅子从睡梦中拉醒，小锅子一见纪田太郎的神色吓了一跳，因为他从没见到纪田太郎用如此神色看着他。先前的一切，他似乎带了一个假面具，而现在才是一个真面目，本真的面目。

他一反常态用汉语问起小锅子来："张一郎，你的说实话，有没有拿我的钞票，大大的钞票。"

小锅子连忙摇头，他不缺钱，另外纪田太郎也常给他钱用，他也知道，常常有大笔大笔的钱堆放着，但他知道那是特务经费，是绝对不能挪用的。

纪田太郎的眼中射出一道凶狠的光来，吓得小锅子直打哆嗦。

因为这种眼光他见到过，那是残杀其他中国人时才有的。

他一把揪住小锅子的衣领："你的不得撒谎，那些钱用处大大的，你拿了没有？放到哪儿去了？"

小锅子连忙辩解："我没看到，也没拿，真的。"

纪田太郎竟然拔出指挥刀，架在他脖子上："一定是你偷的，我这里没外人进来过，给你三天时间，钱不交出，死啦死啦的。"说完收起战刀，猛一下插入鞘中。

小锅子吓坏了，这怎么办？他确实没拿这笔钱呀，这三天之内，他怎么交得出？如果交不出，按理作为继父，也不可能对自己怎样，但按今天他的眼光来看就很难说了，况且以前他对中国人下手也十分毒辣。

自己毕竟是中国人呀，继父与继子这层关系，怎么能保护自己呢？纪田太郎是日本军人，他的本性怎么可能改变呢？

自己不走，必遭毒手，看来只能三十六计，走为上。

走到哪儿去呢？唯一的路只能投靠新四军，只有新四军才是真正抗日的部队，可人家会收留我吗？毕竟我做了许多坏事呀。

对，弄几把枪，弄些子弹，作为见面礼，以表诚意，新四军总不至于杀投诚的人吧。

夜晚，他偷了一支三八枪和一些子弹，拿了一根绳索，爬上城墙，用绳子滑了下去。再越过护城河，连夜跑到横山县亭山乡李在凤村，投奔了新四军游击小组。

"报，张一郎来投诚了。"游击小组的队员向在李在凤、九塘一带活动的游击小组组长谢应凤报告。

"哪个张一郎？"

"就是小锅子呀，就是伊基督，被日本人收养的。"

"啊，他来投诚？"谢应凤将信将疑。

"队长，他是日本头目的干儿子，他来投诚真假难辨，我们可得当心呀。"队员们七嘴八舌，议论纷纷。

"这也是，但我们不能拒绝呀，我们本来就兵源不足。但……我看，我们先接纳他，为保险起见，把他送到铜山那边去。"谢应凤决定收留他，但又不放心，所以把他转到铜山那边的区里。

分管溧水这边工作的副区长高佩清和区长助理徐芒也觉为难。

小锅子心里一阵难过，但他不怪别人，怪只怪自己在群众中的影响太坏，短时间内恐怕难以消除，怎么办？只有用自己的实际行动来消除别人的怀疑。

最好的办法是像梁山好汉一样用"投命状"来取信买家。

"区长，我要用这只三八枪消灭敌人，你们就看我的吧。"张一郎下定了决心。

高佩清和徐芒点点头，现在真假难辨，如今他主动请缨，岂不是好事？是马还是骡子，出来遛一遛便知。不过为了防止意外，他指示通讯员周久元在伏击敌人时要时时注意小锅子的行动，若是他假装投诚，在战场上立刻执行战场纪律，就地处决。

考验小锅子的机会终于来了，小锅子在几次伏击落空后，终于迎来了一次机会，有一次几个汪伪军从溧水出发到乌山抢劫。

小锅子伏在树林边注视着路上的伪军，躲在远处进行监视的周久元死死地盯住小锅子，刚开始还以为他和伪军在此接头呢，就在他疑虑之际，只见小锅子眯着眼对着伪军瞄准，瞬间他扣动了扳机。

几声枪响后，三个伪军受伤倒地，其他的伪军不知虚实，连忙拖起受伤的伪军狂奔而去，有一个伪军在慌乱中把枪也弄丢了。

小锅子连伤三名伪军，也背回了一支长枪，周久元把这一切告诉了区领导，夸奖他有胆量、枪法好。区领导点点头，自此，战士群众渐渐地改变了原先的看法。

小锅子得到了大家的信任，完全融入抗日的队伍中去了。1944年春，亭山区政权建立，决定成立沙河游击小组，此时的小锅子，在先前的历次战斗中表现得既有胆识又有智谋，被人共推为队长，此时没有人叫他小锅子，而是真正使用"张一郎"这个名字。

张一郎，这个崭新的名字出现了，小锅子已成长为优秀的抗日战士了。

沙河游击小组横空出世，张一郎指挥出色、张弛自如，使这个抗日战斗组织名震四方，日伪军闻之寝食不安、恐慌无比。

张一郎领到一个新任务，这是一个很对他胃口的任务，一个能使他的才智得以充分展示的任务，即惩治汪伪亭淮乡自卫团团长严泽涛。

1944年3月的某天夜里，张一郎带着吴顺喜等几个人大摇大摆来到严家，为了骗开严家的门，张一郎故意大声叫喊："干爹，我有几担米被你们的兄弟拦在王家庄，麻烦你帮帮忙处理一下。"

这严泽涛弄不清怎么一回事，还真以为自己的手下干了蠢事，连忙开门想问个究竟。

门一开，队员们冲了进去，把严的手一架，捆了起来。

张一郎用手榴弹木柄抵住严的脊背："老实点，别作声，你要是不老实，老子的枪可不是吃素的。"

这严泽涛平时作威作福，如凶神恶煞一般，今日被人架着，哪敢挣扎。他清楚，稍一反抗，无情的子弹将会在后面击穿他的脑袋，只得乖乖地跟他们走，走到亭山区委所在地曹村，由区领导处置。

张一郎要证明自己是一个全新的抗日志士，他充分地发挥着他的聪明才智，他的天赋在战争的熔炉里得到催化、升华，演绎出乡间抗日的华丽乐章，用神出鬼没来形容沙河游击队是最确切不过的了。

张一郎率队来到了孙家圩，迎面碰上了躲避在这儿的石湫大圩东伪自卫团团长端乐福。

张一郎加入抗日队伍是秘密的，张一郎的队伍几乎是来无影去无踪，机动性极强，游击小组不正面作战，不大规模作战，主要是保卫、维护地方政权和打击弱小敌顽势力，对敌起震慑作用，其影响力自不言而喻，但他们的成员一般的外人是不知道的。这张一郎平昔注意隐蔽，从不轻易暴露身份，加之纪田太郎在其失踪后也没宣扬，所以许多人并不知晓张一郎的行踪。这端乐福一见张一郎，连忙从人丛中窜出，一抱拳叫道："一郎小弟，什么风把你吹到这儿来了？"眼中流露出一副十分虔诚的关爱之色。

张一郎一愣，听声音好熟，一抬头看到一个十分精瘦的汉子站在眼前，此人一脸的横肉，头发又坚又硬，梳得油光发亮，牙齿黄乎乎的，嘴中喷出一股烟味，腰束宽皮带，透着武夫的气息，眼珠滴溜溜转，打量人、玩味人的时候，发出狡黠之光。

"噢，原来是端团长。"张一郎不露声色，"你在此有何贵干？"

"哎哟哟，老弟呀，我哪里有你的福气，你是纪田太君的干儿子，我们可高攀不上呀，老弟呀，以后有机会在纪田太君面前为老兄美言几句，让我能再晋升一步。"

"噢。"张一郎明白这个该死的端乐福还不知道自己已加入了抗日游击小队，也好，何不趁机把他骗走。

"没关系，你看，"他指了指身后的游击队员，"他们都是我的兄弟，这样吧，这儿人多，我们到村外谈一谈。"

"好好好，等会儿我请客。"端乐福一脸高兴，随张一郎步出村外，一到村外，张一郎大喝一声："帮我把他绑起来！"

端乐福一愣，揉了揉眼睛："兄弟别误会，我可是皇军的人，天地良心，我们是自己人。"

"谁跟你是自己人，我是堂堂正正的中国人，你这个狗汉奸！"

"啊，你不是张一郎吗？你不是纪田太君的干儿子吗？"端乐福睁大了眼，似乎不相信眼前发生的一切。

"纪田的干儿子早死啦，站在你面前的是新四军！"张一郎拍着胸脯朗声说道。

端乐福一听是新四军，两腿一软，跌倒在地，他连忙取出一片烟土，塞进嘴里，准备自杀。

张一郎喝令其吐出，端乐福自知难逃审判，死活不肯吐出烟土。

张一郎冷笑一声："我看你吐不吐。"他拿着刺刀去撬端乐福的嘴，端乐福疼得哇哇直叫，只好把烟土吐出。

张一郎手一挥，众人把端乐福五花大绑送到曹村。

没想到收获不小，端乐福为了活命，交出 8 支长枪、4 支短枪和 2000 发子弹、数百把大刀，亭山区、乡抗日游击队的武器装备有了极大的改善，张一郎在游击队的声望是越来越高。

四月初一，溧水庙会，自然是热热闹闹，街坊瓦肆、桥上桥下、小巷庭院，自然要比昔日热闹。当然，这儿不会少了张一郎他们的身影，他们这批人是不会放过这样一个"凑热闹"的机会的。

穿长衫、戴礼帽、摇纸扇，甚至架上一副墨镜，化装一番，是张一郎的拿手好戏，他的灵性在对敌斗争中又得到了很好的展示。他大摇大摆闯进伪军马队长家，把信留在那里，事后吓得马队长许久没敢下乡骚扰。

他又敲开外号叫"英姑家"的门，面对穿着绸衣、身居豪宅、过着锦衣玉食生活的老太婆，着着实实地进行了一番抗战宣传，最后甩下一叠信，让这个颇有权势的老太婆把信分别转交给她的干儿子——警察大队的赵金福和周庆荣等人。

这老太是个八面玲珑、见风使舵的老江湖，安全生存是她的第一原则，她见张一郎瞬间从日本人的干儿子转变成了新四军，吓得直吐舌，哪敢怠慢，连声说照办。

区领导十分高兴，没想到张一郎如此能干，庆幸他迷返知途，能回到抗日的大家庭中，并能做出如此优异的贡献，随即开会决定让他组织人警告、惩治一些拒交公粮的地头蛇，因为对付这些人软的不行，必须动硬的。

董老四，家住施家拐，是临淮乡伪乡长，岗头李小彭村的葛老五是伪团山乡乡长，区政府竭力争取他们，希望他们成为"两面派"，但他们不但不听劝说，拒交公粮，还坚决与抗日民主政府为敌，现在交给张一郎的任务是把他们逮捕归案。

这自然难不倒张一郎，晚上就是最好的时机，花一点时间摸清他们的生活规律，只要知道他们住在哪个村哪个店，然后猛扑上去，便手到擒来。

他们两个一齐在秦淮河边的郁家村落网，惊恐万状是他们只能有的窘相，"砰砰"两枪，两人便栽倒在荒郊野外，身上还留有"惩治汉奸"的警告信。无论是看到尸体的，看到信的，还是只听到枪声的伪乡保长个个吓得面如土色，再也不敢死心塌地为日本人和汪伪政府效劳，大都做起"白皮红心"的两面派，游击小组的锄奸活动收到了奇效。

张一郎当然也会遇到危险，1944 年初冬的一个夜晚，张一郎率游击小组协助亭山区乡干部在李在凤村汤老五家搞田亩登记，日伪军突然降临，幸好事先被游击队员发现，他们及时撤出村外，才避免了一场可怕的灾难。

"这就奇怪了。"张一郎想，"我们的行动很秘密呀，日伪军怎么知道我们在这儿？定然是有人告密。"

告密者是谁呢？经区委多方查实，原来是伪区长朱纯六的叔叔朱顺风所为，自然，这样的人不能留，区委按惯例把锄奸的任务交给张一郎。

张一郎自然是驾轻就熟，守候了几个晚上抓住了朱顺风，问实口供后，"砰砰"两声枪响,朱顺风一命归天,日伪军又少了一个耳目。

冰河渐渐解冻,大地渐渐回暖,历史的车轮呀,滚入了1945年,随着新一年的到来,抗日的形势起了翻天覆地的变化,日寇灭亡的日子不远了。

不过,敌人是凶恶的、残暴的,他们是不会自动灭亡的,他们还在挣扎,还在屠杀中国人民。1945年初的《苏南报》刊登了由卢沙撰写的《一郎不死》一文。

一郎不死?是的,一郎没有死,他永远活在人民的心中,这是文中的结语。

一郎是何许人?他为什么永远留在人民心中?

一郎亦即张一郎,亭山区沙河游击小组组长,卢沙的脑海中显现着材料汇集后形成的画面……

日本鬼子是兔子的尾巴长不了啦,这句话完全应验,美日莱特湾海战后,日本海军已失去远海作战能力,制海权已完全被美军控制,日军势力在中国战场已日益告急,败象已露,只能做垂死挣扎而已。

抗日形势蓬勃发展,也使一些汪伪汉奸惶惶不可终日,有的幡然悔悟,决心回到抗日的路途上来,投诚的投诚,暴动的暴动,至于人民群众抗日的热情已到了最高点,在溧水地区,群众纷纷参军已不再是个别现象。

经过两年的战斗洗礼,张一郎的沙河游击小组在抗战中不仅仅担负保护地方政府、惩治汉奸的任务,还积极参与到地方政府的政权建设和武装建设中。

1944年12月25日,严冬,张一郎带游击小组的部分队员到沙河动员群众参军,另外打算接应沙河东边伪警察署的小筛子来投诚。

此时一张无形的网已悄悄地向沙河游击小组张开。

纪田太郎虽然喜欢小锅子,吃住在一起,但毕竟不是同一国家、同一民族、同一血缘的人,因此,他在骨子里对小锅子有一种防范心理。平昔因其酷像自己的爱子而对其产生怜爱,暂时遮蔽了自己的防范意识,但一到特殊时刻,防范、怀疑便占据了上风。那次特务经费突然不见后,他大发雷霆,觉得自己无论如何不能再轻易喜爱和相信一个中国人,尽管他很像自己的儿子,所以他一反常态拔出刀来像对付一个普通中国人那样来威胁小锅子。但事后他才想起钞票放到一个连自己也忘掉的抽屉里了,他想原谅小锅子,不料小锅子不辞而别,生死不明,这纪田太郎也着实伤心了一阵。

后来沙河游击小组异军突起,搅得他们日夜不宁,他非常恼怒,几次围捕,均未成功。是什么样的人组织成如此精炼的队伍,又如此大胆出色地创造出接二连三的锄奸业绩呢?直到朱纯六被处决后,他才知道那是"张一郎"所为,那个"张一郎"便是原先的小锅子"伊基督"。

他又气又恨,想尽办法,却连张一郎的一根毫毛都没碰着,为此他不断地强化他的特务组织,特别是布置伪警察,严令他们在乡间布置耳目,许下重金,要捉拿张一郎。

"要抓活的,实在不行,死的也可以。"

这次便衣特务周益明来报,从许有信、徐学连处得到可靠情报,张一郎在沙河活动,他连忙布置七八十人兵分三路，捉拿张一郎，他反复关照："要活的，死的也可以。"

日伪军兵分三路，一路由南山头到朱家宕，一路由沙河到下思桥，一路从天生桥到五里桥，把沙河一带的村庄团团围住，发誓要消灭沙河游击小组。

张一郎已经成熟了，他已不是昔日的小锅子。单从外形上看，他个子长高了、身子骨结实了，从外表上看，他不再是细皮嫩肉、唇红齿白、八面玲珑的机灵儿，而是皮肤粗厚、脸容刚毅、沉着冷静而热情奔放的成熟青年。如果从气质上审视，虽然他眼里散发着和昔日同样灿烂的童真的光芒，但这种光芒是堂堂正正，具有浩然正气的光芒。岁月的流逝、战火的淬炼使他剔除了昔日受日军、伪军、汉奸影响而产生的污秽和糟粕，磨炼融合成了具有伟大理想、伟大信仰并为之不懈奋斗的高贵品质。

他望着寒冬的田野，信心满怀。他听领导讲在去年10月以后，十六旅便南下郎广，江政委和钟副旅长发动了溧高战役，斩获颇丰，前不久十六旅发动长兴战役，痛击了日寇。苏南的抗日形势已发生了逆转，眼看日本帝国主义横行的日子快要结束了，到时候自己要横戈跃马、冲锋陷阵、多杀鬼子、报效祖国。

他和吴顺喜、薛林几个队员在上午的动员工作中，下足了功夫，参军的人比想象的多，真可以说形势一片大好。吃过午饭，再去接应曹小筛子来投诚，这样可以大大加强沙河游击小组的实力，地方部队上升为主力部队也为期不远了。

他们几个人从沙河转到下思桥，饭后准备小歇，突然一个农民急急跑来："鬼子来了，快跑，快跑呀！"

"别怕，别怕，"张一郎从容不迫地站了起来，他观察了一会儿，迅速做出部署，"薛林，你带几个队员往太平桥方向冲，钻到敌伪军背后去打，这样可以粉碎敌人的包围，我和吴顺喜在原地坚持，吸引敌人，其余队员迅速西撤。"他拿起枪朝天举了举，"不用怕，我们手上的武器不是吃素的。"

队员们按张一郎的布置分头行动，张一郎和吴顺喜在原地东一枪、西一枪地放着，日伪军不知虚实，拼命朝他们两人围来，薛林等队员在冲到太平桥时又朝日伪军开枪，敌人的包围队形散乱起来，队员们和部分群众趁机跳出了日伪军的包围圈，而张一郎和吴顺喜则陷入重围中。

张一郎见众人已跳出包围圈，便和吴顺喜边打边撤。

子弹嗖嗖地破空而来，在空中发出尖啸之声，在他们越过几个田埂后，子弹已几乎是贴地而来。有时子弹穿越田埂，泥土爆裂迸射，张一郎知道敌人离自己很近了，遗憾的是脚下仍是一片开阔地，全是平坦的田野，从地形上讲，已没有依托了，危险指数陡然升高，但没办法，只有这样才能把敌人引开，战友和群众才能安全突围。

张一郎和吴顺喜都很机灵，左右跳跃腾挪，前后翻滚，日军的神枪手连连开枪，竟都没有命中，气得日军头目哇哇乱叫，但时间一长，两人渐渐被日军追上了。

突然，张一郎和吴顺喜发现前面有一个高高的田埂，他们两人没多想，便翻越而上，按常理越过此高高的田埂，日军的视线将被阻挡，两人极有可能逃离敌人的追击。

　　但越坡的速度放慢，日军有了瞄准的充足时间，子弹击穿了张一郎的大腿，张一郎倒在高高的田埂边，鲜血染红了他身下的茅草。

　　吴顺喜见张一郎没跟上，忙回头拉他，张一郎皱着眉咬着牙摆了摆手："我受伤了，腿断了，不能再跑了。你快走，拿我的枪走，我用手榴弹掩护你。"

　　"不，要死死在一起，我不能丢下你。"吴顺喜哪肯独自离去。

　　"快，快走！"张一郎推着他，话没说完几个伪军追了上来，还嚎叫着："你们被包围啦！"

　　"狗日的，你们来吧！"吴顺喜端枪便打，连发三枪后，伪军吓跑了，但日军追了上来。

　　"快走，把枪带走，不要管我。"吴顺喜要背张一郎走，但张一郎说什么也不肯。他高声叫道："赶快走，执行命令。"

　　吴顺喜无奈，只得流着眼泪，放下手榴弹，拿起枪依依不舍地离开了张一郎。

　　吴顺喜脱了身，其他人也脱险了，先前被张一郎指派在敌背后袭击的薛林他们，在一番攻击后也脱险了。

　　薛林连甩了几颗手榴弹把一部分日军吸引过来，双方乒乒乓乓交火了一阵子。薛林主动脱离战场，由于他在后面阻击，所以很快便被日伪军盯上了，他见前面是李成宽家，便一头扎了进去，想从他家后门跑到屋后的竹林，哪知此屋没有后门，他急了，只好跑进帮工们住的草房，往帮工田明瑞床上一躺。刚好田明瑞回来，而此时日伪军已经追来，再出屋转移已不可能了，他忙领着薛林翻到隔壁牛棚，让他从牛棚的出粪口逃走，出粪口很高，一时难以攀上，他连忙叫来表弟李金秋，两人托着薛林从窗洞钻出，薛林脚刚一着地，日伪军便赶来了，薛林借助屋后竹林的掩护，沿边突围，而田明瑞和李金秋被抓，后经保释方才放回家。

　　天空彤云密布，寒风劲吹，大地寒流翻滚，枯黄一片，而地心炽热的熔岩在奔腾。

　　负了重伤的张一郎卧躺于长满茅草的田埂上，注视着日军，日军重新做着部署，战斗出现了短暂的间隙。

　　张一郎觉得腿部疼痛，心儿狂野地乱跳，似乎要从嗓子口冲出。头晕，天在转，地在转；眼花，天空、大地是五彩缤纷，忽地又是血红一片。他知道就在吴顺喜离开的一刹那，他的命运已经有了归宿，对于这归宿，他早有了思想准备。死亡，不，牺牲，并不可怕，而是无上光荣，为抗日而死，死得其所。只是他觉得太快了些，他还年轻，他还能杀更多的鬼子，为更多的乡亲报仇。

　　他有些遗憾，因为他很有可能，不，是铁定看不到胜利了，如果能亲眼看到抗日胜利，能够亲自审判像纪田这样的侵略者那该多好呀，如果能和妈妈一起品尝胜利的果实那该多棒呀。

　　疼痛感袭来，心儿又狂跳起来，他睁开眼朝日军进攻的方向看去，似乎看到影影绰绰的影子在弯着腰、端着枪慢慢移来，耳朵里似乎听到地面上传来"嚓嚓嚓"的大头皮鞋的声音，鼻中又闻到了那股硝烟味，只有在战场上生死相搏时才有的那种硝烟味。

他的神经一下子绷紧起来，他把仅有的三颗手榴弹拿到身边，把后盖盖子全部打开，弦全部拉出，但许久没有发出声音，一切归于沉寂、沉寂，他的心跳一下子放慢下来。一阵风吹来，他的头脑清醒了许多。他知道这天、地，即将永远离自己而去，这茅草也将永远和自己天各一方，还有那亲爱的妈妈还在人间受尽凌辱，让他永远牵挂于心，但亲爱的妈妈，为了你不受凌辱，为了千千万万个母亲不受凌辱，孩儿只有战斗、战斗……

亲爱的妈妈，我已经跟定了新四军，我走过弯路，我要悔过自新，是新四军接纳了我，是新四军教育了我，是新四军使我面貌一新，成为一个抗日志士。妈妈，我是一个新四军战士了，而且是一个优秀的新四军战士，是一个有着光荣的战斗业绩并随时准备为民族独立、民族解放而光荣献身的新四军战士。妈妈呀，你看，为了表示自己的决心，我不仅用实际行动做了很好的回答，而且在自己的臂上刺上了一行字，这一行字便是我内心世界最好的佐证。

妈妈，那是接受任务后，我在街上请人在左臂上刺的，岳飞能在背上刺上"精忠报国"，孩儿便能在臂上刺上抗日誓言，这是昨日我在街上刚刺上的。

张一郎睁开眼，拉起左臂的袖子，那臂上清晰地刺着一行字。他用右手抚摸着，像抚摸着最神圣的东西，每抚摸一个字，他的心儿都要剧烈跳动一下，因为那是最神圣的东西，是人的精神境界的佐证，是神圣的誓言。

"八嘎，给我上！"只听见一个日军军官吼了一声，随即日伪军向前蠕动了。

日伪军围了上来，张一郎依托田埂甩出了一颗手榴弹，当场炸死了两个日军，其余的日军连忙散开，做扇形攻击。

几个日军迂回包抄而来，张一郎咬着牙又扔出了一颗手榴弹，手榴弹划出一道弧线又炸翻了一个日军。

其他日军连忙趴在稻田里，匍匐前进，日军清楚，那儿只有一个人了，只扔手榴弹，说明他没有子弹了，便从三个不同方向猛扑而来。张一郎扔完最后一颗手榴弹，炸死了两个日军后，被其他日军击中手臂倒在田埂边。

日伪军抓住了他，张一郎怒视着日军，几个日军几乎同时叫了起来："伊基督！"张一郎一看，原来是纪田太郎手下的日本兵，他和他们有相当长的一段时间朝夕相处，又能用流利的日语交流，应该是老相识了。

张一郎平静地用日语说："我不是伊基督，我是中国人，我叫张一郎。"

"你跟我们回去，纪田队长后来知道钱不是你拿的，你跟我们回去，他不会杀你的。"一个日本兵似乎用关切的语气跟他说。

"我为什么要跟你们日本人回去？"张一郎冷冷地笑了起来。

"因为你是纪田队长的干儿子，哪有儿子不回到父亲身边去的。"一个日本兵开导他。

"呸，纪田是日本鬼子，我是中国抗日队员，以前我糊涂，认贼作父，现在我们不共戴天，你们死心吧。"张一郎大声地叫道。

"嗯，"一个大胡子士兵抓住了张一郎的衣领，"你不要敬酒不吃吃罚酒，纪田队长不计前嫌，若你再不识相，就别怪我不客气！"

"狗强盗，还装什么假仁义，告诉纪田老儿，我抗日健儿早晚要取他的狗命。"张一郎用日语怒骂道。

"八嘎！"日军被骂火了，加之纪田有令"死的也行"，他们齐齐用刺刀刺向张一郎。张一郎，英雄张一郎献出了年轻的生命。

事后，当人们来安葬他的遗体时，发现他身中三枪，身上被日军刺了23个窟窿。

"你看，这上面有字。"一个战士叫道，人们顺着他的眼光，发现张一郎左手臂上刺着十个字，上前一看，这十个字是"坚决跟新四军革命到底"。

众人流了眼泪，把他安葬在曹村，为了纪念他，把沙河游击小组命名为"一郎游击小组"。

张一郎是富有传奇色彩的烈士，他走过弯路，但他用出色的抗日行动捍卫了自己的誓言——"坚决跟新四军革命到底"，他是我们民族的骄傲。

第三十八章

东坝战役

　　江渭清、王必成率领一纵队来到了高淳地区，胜利的喜悦自不可言，苏南老解放区是他们奋斗了多年的地方，现在以胜利者的姿态返身杀回，能不激动吗？

　　军民重逢，真可谓喜不自胜，当然可喜的还有其他因素，七大的闭幕、兵员的补充、武器的更新等。一纵队的面貌有了翻天覆地的变化，全纵队开展军政教育、军事训练，部署学习七大文件，总结南下经验，掀起了拥干爱兵、拥政爱民和技术练兵的热潮。

　　江渭清、王必成忙得不亦乐乎，厉兵秣马、养精蓄锐，正是进一步施展身手的大好时机，只等上级命令，随时展开战略反攻。果然，苏浙军区有了新的指示，要求一纵进一步扩大解放区，缩小沦陷区。

　　1945 年 8 月上旬，江渭清、王必成决心在高淳发起东坝战役。

　　发起东坝战役是苏南战略反攻的第一步，因为高淳已是日军推行伪化政策的重点地区，原来伪独立第十五旅胡冠军部乘我军南进天目山之机，在 5、6 月份进占高淳，进一步扩大伪化区，在东起溧阳社渚、梅渚，西至宣城狸桥、水阳一线修筑工事，一纵必须扫除这个障碍。

　　江、王两人反复研究，最后作出如下部署：二支队及溧高地方武装攻击东坝、定埠、漕塘、固城、下坝之敌，三支队及宣城当地武装在右翼攻击社渚、梅渚之敌。8 月 7 日晚，各参战部队进入预定地点，23 日午夜向敌军发起总攻击。

　　张强生接受了新任务后有一种异常的兴奋，因为他要作为军事主管即二支队的支队长来作战斗部署。使他兴奋的原因有很多，他担任过一支队二团一营二连连长、一支队一团二营营长、二旅五团团长、兴化独立团团长（未到任），都是独当一面的角色。但这一次可不一样，形势变了，部队的战斗面貌变了。对于苏南抗战，张强生最熟悉不过，他初上抗日战场进入苏南，便来到了高淳，后来虽然在苏北战斗过三年，但大部分时间还是在苏南，从那几年的战斗看，虽然新四军英勇作战，但敌强我弱的力量态势一直没变化，部队战斗基本是在高压态势下的游击，正面进攻、强攻的情形不多，心头总有一种不畅的感觉，而今世界格局已变，反法西斯力量空前强大，法西斯力量已近崩溃。德国投降了，日本在垂死挣扎，中国人民的抗日力量空前强大，战略大反攻已拉开了序幕，指战员们的精神面貌大变，个个摩拳擦掌，只等一声令下，便冲向敌军，展开厮杀。

看看现在部队的实力装备、人数，已发生巨大变化。

1944年年底十六旅主力和地方部队已发展到12700人、民兵24000人、自卫队14万余人。四十八团有4000余人，有四个步兵营、一个炮兵连和一个重机枪连。四十七团自周城战役后，由两个营发展到三个营，从小团上升为主力团，士兵有1000多人。四十六团又合编为三个营，士兵近3000人，其装备也大为改进。苏浙天目山三次反顽战役后，部队人数激增、装备更强，重机枪多了、炮多了，还有半自动式卡宾枪、汤姆式冲锋枪。

部队军事力量猛增，精神面貌焕然一新，作为一纵主要力量之一的二支队支队长，其心情的激动程度是可想而知了。

张强生在纵队会议上便显现出激动的心情，脑海里浮现出各种作战方案，一回到高淳小山头村，便开始分析自己原先构思的作战方案。

他思考许久，觉得方案已经成熟，便步出室外。江南的8月初，正是炎热的日子，虽然伏季已尽，但毕竟还带大伏的尾巴，有时丝毫不亚于夏季顶峰时期的酷热。战士们在烈日下训练，个个汗水淋漓、大气直喘，到了晚上在树底下露营，散散暑气，感受一点初秋的凉意，欢声笑语，精神饱满。

烈日下，张强生用望远镜四下审视了一番，做着纯军事的判断与分析。对于东坝这样的文化名镇，一般的人做这样的审视，无论如何都会涌起一种文化情怀，光是那些民间传说便足够令人回味，什么朱元璋、刘伯温呀，什么铁牛吃草啦，洪水滔天啦。张强生在老家江西安福苦读过三年私塾，在新四军中他也算是有文化的人，自然也会有这样的情怀，高淳境内的双女坟这样的流风余韵，就在他心中掀起过波澜，但他是军人，他是处在战略反攻中的二支队的军事首领，此时他对东坝只能做军事上的思考。

东坝呀，东坝，你是水陆码头，一条大河西出固城，东下溧阳、宜兴，直通太湖。陆路发达，北经溧水，直达南京。

东坝呀，东坝，你是军事要地，是国民党三战区向我游击根据地进攻的要点，只要国民党正规部队从后方开到东坝一线，反摩擦斗争便近在眼前。现在你已成为日伪第二道防线的重要据点，日伪常常在这儿集结兵力，向我游击区进攻、骚扰。

现在，我英雄的新四军一纵二支队已兵临城下，一定要让你回到人民的怀抱中。

张强生正在观察东坝，忽听到一阵"呼哧呼哧"的声音，他回头一看，只见一条金黄色的狗走到他面前，因天气炎热，它伸着舌头、摇着尾巴，双眼露出友善之色。

张强生极通狗性，他知道这狗并无恶意，向人表示着友善，他伸手在狗头上抚摸了一下，狗的尾巴摇得更欢。

警卫忙上来："张队长，小心狗咬。"

他笑了笑："不会的，不会。"张强生当然知道，因为他极喜爱狗，小时候经常逗弄着狗，也养过好几条狗。年少时，他一家在山上挖山石烧石灰，他就养了一条小狗，后来他去村外距离十几里地的山村读私塾。由于白天要下地干活，所以只能晚上去、晚上回。他总是带着书包、拿着油灯、带着小狗去，人与狗之间的情感真是非同一般。

现在又见到可爱的狗了，他情不自禁地在狗头上抚摸了一下。

看着可爱的大黄狗，张强生的心里掠过一丝悲凉，抗战多年，为了不暴露目标，战士们不得不打掉一些会叫的狗。每当看到这一情景，他心里便极度地难过，但没办法，这是战斗的需要，当然，这也是一笔账，也要落在日本人头上，让他们偿还。

现在好啦，形势变化了，不怕暴露目标了，也就不必打狗了。他有时想，如果有可能，他也想养一条狗，后来他果真养了一条，而且与狗有一张极具神韵的合影。三纵司令员陶勇也看上了张强生的这条通人性的大黄狗，要了几次，张强生只好忍痛割爱，让陶司令的警卫员牵走了。后来听说大黄狗不听陶司令的话，陶勇一气之下把大黄狗给杀了，张强生为此难过了好长时间。

晚上召开战前会议，政委吴咏湘分析了形势："往昔，东坝驻有日军一小队、伪军一个营和国民党土杂部队，这东坝工事坚固，且东面有梅渚、西北有漆桥、西南有狸头桥等据点，一旦受攻，可相互支援。当然现在不用担心了，形势变了，四十八团在攻歼梅渚、社渚之敌，四十七团在攻歼狸头桥、耕牛巷等据点之敌，我们的后方，是地方武装在攻歼漆桥、游山等据点之敌，因此我们可以放心地打。"

参谋长接着说："对，放心地打，昔日他们神气得很，我们有一年多的时间在这一带活动，也交过手，在漆桥消灭过他们一个连，但敌人兵力多，常常多路配合，不易消灭，在分散游击的情况下，四十六团也没有足够的兵力和攻坚手拔掉这个据点，相反，他们还乘我们南进天目山之际，集结独立十五旅的一八九团和他们控制的大刀会，对游击区进行了持续48天的扫荡，还在东坝周围增设了一批据点，现在该收拾他们了。"

参谋长拿出预设的方案："据我们全面侦查，现在东坝的布防是这样，镇北降福殿驻有伪高淳县保安中队和伪军一个连，南面濮阳公祠驻扎的是日军，攻击东坝，主要清除这两个点。"

最后，张强生、吴咏湘、参谋长商量决定：一营去解决固城据点的敌人，团直特务队去解决漕塘据点的敌人，二营、三营、重机枪连、迫击炮连去攻击东坝。

开战前会议时，张强生发言不多，他喜欢听别人的意见，然后用自己的方案去对照，再加以修正，这是他一贯的风格。

战友们倒喜欢他这样，干净利落，其实他的风格和他的形貌相似。张强生个子不高，但骨架硬朗，尽显精明强干的风姿，他脸容清瘦、头发超短，粗一看，疑似光头，给人一种简洁明朗的感觉。最神奇的是他双眼炯炯、眼光明亮，临战时神情像一头凶猛的豹子，一副标准的硬汉形象，这一点最为人乐道。事实上他的神情正印证了他的战斗作风，他打仗硬朗、简洁明快，从不拖泥带水。新丰战斗时，他担任突击连连长，以极其迅捷的速度扑进敌新丰车站的兵营里，打响了新丰战斗的第一枪。包巷战斗时，他带的队也表现出了快捷、硬朗的战斗作风。

现在在张强生发话了："同志们，任务已经下达，我强调重要的一点，现在离总攻时间不多了，我们离东坝还有一段距离，部队必须在11点前到达预定位置，为什么？因为总攻一到，只要兄弟部队枪声一响，日伪军马上会醒来，那时候我们的攻击起不到突袭的效果，这会增加多少困难？"

他止住了话语，顿了顿，然后严厉地说道："记住，总攻前，各部必须到达预设位置，时间一到，给我狠狠地打。"

"是！"众干部齐声回答，领命而去。

二、三营首长都对了一下表，然后急行军。

三营包围了北面的降福殿，二营包围了濮阳公祠。

三营突击分队战士总攻时，敌人还在梦中，他们先占领了日伪军的一些前沿工事，11点一到，便猛烈地攻击起来，三营火力强大，猛冲猛打，天亮前，降福殿附近的一些碉堡全被攻克，不久，伪保安中队和伪军一个连全被歼灭。

二营的枪声几乎和三营同时响起，突击分队猛扑濮阳公祠，但设伏点与濮阳公祠有一段距离，加之日军反应奇快，枪声一响，他们全被惊醒，马上占领了全部工事，密集的火力封锁了各突击分队前进的道路。

突击分队利用暗夜和敌人火力的死角继续前进，前进到敌人设置的各种副防御设施前，已近天亮，攻击被迫停止。

这濮阳公祠的周围不仅筑有各类碉堡，而且碉堡与碉堡之间有围墙相连，围墙内挖有交通沟，便于兵力机动，围墙上开有射击孔，祠中间筑有一个很高的炮楼，这个炮楼既能观察情况，又能架设重机枪，以火力支援各个碉堡的战斗，围墙外面有一道宽3米多、深2米多的外壕，壕内还有很深的水，壕上有一道铁丝网，敌人为了保障这个据点的安全，用启闭式的木桥控制人员的进出。据点周围可用来掩护接近的建筑物已被清除，为了及时发现我军的进攻情况，敌人还设了警戒阵地，在火力组织上，各个点有周密的分工。

"好狡猾的日军！"张强生不由得感叹道。他与日军打交道多年，深知日军的特性，这些措施，是日伪军总结了与我们多年作战失败的教训后采取的，像这样的工事，没有充分的时间和强大的火力，确实不易攻克。

他暗叹道，这就是军事上的辩证法，你有什么样的攻击武器，我就修筑什么样的防御工事，你采取什么样的攻击手段，我就采取什么样的防御战术。当初在敌后作战的部队多数没有平射火炮，敌人就用砖砌的碉堡来对付我们，我们通常采取夜袭、近战的手段，敌人很快就用外壕、铁丝网等阻止我们接近，而且事先对可能被我们占据的位置测好了距离，选好了瞄准点，夜间我们到达什么位置，他们就按预先的测定开火。

现在没有强大的火力，而距离完成上级交给的任务的时间不多了，只能用强攻。

上午10时左右，部队再次发起强攻，但由于火力不能完全压制敌人的火力，加上敌人据点里又有暗火力点出现，二营战士通过铁丝网和外壕的器材也不足，攻击再次受阻。

为减少冲击分队的伤亡，张强生命令部队暂停攻击。

现在，部队已靠近敌人工事，迫击炮派不上用场，为此，张强生调集了6挺重机枪支援二营，要求他们首先用重机枪火力摧毁核心阵地中的高碉堡，使它失去观察和以火力支援各抵抗点的作用，同时，团指挥员给各突击分队找来了通过外壕的一些就便器材，营指挥员也重新给各连规定了新的进攻路线、任务和战法。

下午4时，一声号令，6挺重机枪一齐狂吼起来，不时喷射出条条火舌，弹雨像水柱般射向敌人的核心碉堡，六对二的火力优势，顿时把那大碉堡里的火力压下去了，密集的子弹喷去，砖块如风化的岩石一片一片剥落下来，不一会儿，碉堡的北侧开了一个大洞，这个洞口一开，敌人难以坚守，精神上的压力骤增，我前沿分队的冲击出发地又向前推进了一步。

张强生也知道用几百发重机枪子弹在敌人的碉堡上打一个窟窿，对于视弹药如珍宝的新四军来说，这样的代价过于昂贵，但此刻，只有不惜代价打开据点，才能取得胜利，同时可以缴获敌人的武器装备，补充消耗，这代价可以弥补回来，这也是辩证法。

战斗到了最后关头，所有突击分队都已进到发起冲击的位置，天色渐渐地黑下来，在团指挥所的号令下，各分队奋起冲击，在一片"缴枪不杀"的喊声和手榴弹爆炸声中，敌人这个修筑多年、自诩为攻不破、打不开的核心阵地为我攻占，周围碉堡里的敌人也全部肃清，伪营长以下240多名官兵成了俘虏。

溧高县地方武装要解决的是定埠伪军据点，8月6日，溧高县强埠区区委书记兼区大队长范征夫参加了溧高县县委会议，县委书记兼武装总政委王一凡要求大家迅速组织力量，配合新四军苏浙军区第一纵队发起东坝战斗。

东坝战斗的目标是全部拔除从定埠到固城、从东坝到漆桥100多华里的两条公路线上的19个日伪军据点，歼灭所有的日伪军。强埠区的任务是牵制并包围定埠镇伪军两个主力连，不让他们前来增援，并伺机歼灭伪区、乡自卫团武装。

许治副总队长最后关切地对范征夫讲："你区兵少，武器差，只要能牵制住两个连的伪军，就是胜利。"

范征夫把胸脯一拍："放心吧，保证完成任务！"

范征夫一回到强埠区，便兴奋地向众人传达县委会议精神和上级布置的战斗任务，众人一听，兴奋异常，个个摩拳擦掌，恨不得马上扑向敌阵。

区委副书记胡凯兴奋的神色久久没有消失："这次一下子要拔掉近20个据点，太使人兴奋了。"

讨论到具体任务时，大家一下子冷静下来："定埠虽说是个小镇，也有4000多户人家，

1.3万多人口，还有不少商店，它处在苏、浙、皖三省交界的地方，地理位置显然非常重要，光靠区大队要牵制伪军两个连不能西援，确实难以办到。"说到此处，众人一脸为难之色。

范征夫胸有成竹，微微一笑："同志们，要说有困难，每支部队都有困难，同志们，我们有党，还有群众，天大的困难也能克服。毛主席说过，抗日战争是人民的战争，如果我们全区各乡的乡中队、所有的民兵以及广大的民众都发动起来，必将组成浩浩荡荡的大军，到那时，两个连的伪军还不能牵制住吗？"

众人一听，脸上顿时绽开了笑容，眼睛为之一亮："对对对，把群众发动起来，这伪军绝对挪动不了半步。"

范征夫见众人都赞同这一建议，便具体部署起来，范征夫和区副大队长史标负责解决伪区、乡自卫团武装，胡凯和区农会主任芮春木负责指挥上千民兵和群众，围困定埠两个碉堡，并派出警戒力量，防止南渡等日军的支援。

为了解决伪区、乡自卫团武装，范征夫、史标通过特殊人物开始策反伪自卫团武装人员。

有几个伪自卫团武装人员是高淳本地人，一听宣传，知道日本人大势已去，马上决定戴罪立功，答应做好内应，策应区大队解决自卫队武装。7日晚上11时，总攻枪声一响，范征夫、史标直扑伪区公所，在"内线"人员的配合下，几乎兵不血刃地活捉了伪区长及伪自卫团团长，解决了伪自卫团武装，收缴了30多支长短枪，然后冲向碉堡。

起初伪军一听枪声吓了一跳，刚一露头看到如此之多的人，几乎瘫倒在地，渐渐地，他们看清了举着火把的人群，几乎全是当地百姓，有的拿着扁担，有的拿着锄头，有的拿着钉耙，少数的拿着大刀，有枪的是民兵，还是老掉牙的破枪，根本没有威胁。这一下伪军胆气上来了，原来是地方武装，不是什么正规军，别说炮了，连轻重机枪都没有，这怎么奈何得了我钢筋混凝土构建的碉堡，只要不出去，便高枕无忧，他们索性缩了进去，任凭外面采取任何行动都不予理睬。

范征夫一看，牵制伪军的目的已经达到，现在是后半夜了，凭手中的力量难以实行攻击，便命令民兵和群众围住伪军，待天亮后，再想办法解决他们。

第二天，范征夫带人观察了一下敌情，发现敌人龟缩在碉堡里毫无突围、求援、出击之意，有时几乎悄无声息，好像外界什么也没有发生一样。

范征夫想了想，便采取政治攻势，希望通过宣传消减敌人的斗志，瓦解他们的士气。

连喊了几次，那些伪军见是区大队，哪放在眼里，如果不是忌惮出来遭到新四军正规部队的伏击和众多民众的攻击，他们早就开门应战了，现在见范征夫他们在呼喊，便用极其下流的脏话回应着，还不时放着冷枪，范征夫等人险些被击中。区大队、乡中队的同志见状，气愤极了，想冲上去和伪军拼命，范征夫连忙阻止："别急，同志们，不能盲目出击，你们看，伪军有两挺机枪封锁了碉堡前的开阔地带。我们没有炸药包，光靠手榴弹是炸不开的，我们不能做无谓的牺牲，还是请老大哥四十六团的部队来解决吧。"

四十六团的番号当时已变成二支队，但习惯上人们还是称四十六团，当时支队长是张强生，政委为吴咏湘，由于丁麟章在天目山反顽战役中牺牲了，吴咏湘改任政委，张强生从三支队调入二支队任支队长。

范征夫便写信给吴咏湘，请求增援。

10日下午3点左右，东坝等据点已被攻克，吴咏湘亲自带一个连加一门迫击炮、两挺重机枪、几挺轻机枪前来支援。

区大队、乡中队战士见到主力部队到来，个个喜上眉梢，跃跃欲试，士气一下子高涨起来。

吴咏湘要求他们再次展开政治攻势，范征夫他们又向伪军喊话，敦促他们放下武器。

伪军头头笑吟吟地答话说："你们这些土游击队，只有几十支破枪，还想打下定埠？有炮你们就放一下，我们就下碉堡投降。"

吴咏湘微微一笑，命令开炮，并对炮手说："三炮必须打中碉堡。"

炮手是天目山战役刚俘虏过来的，是参加我军不久的新战士，他这门迫击炮只剩下三颗炮弹，听到吴政委下命令，有些紧张。

第一炮没打准，偏到碉堡一边去了，吴咏湘喝令他瞄准，下一炮一定要打中。还未等第二炮发出，据点内响起一片伪军的叫喊之声："不好，不好，有炮，有炮，正规部队来了。"

炮手又打第二炮，炮弹正好落在碉堡的边角上，轰的一声，立即冒起一阵浓烟，我军阵地一片欢呼："打中了，打中了！"

吴咏湘命令轻重机枪同时开火，一下子把碉堡内往外扫射的火力全部压住了，伪军乱作一团，大喊大叫。吴咏湘立即命令号兵吹号，发起冲锋，众战士一拥而上，冲到碉堡边，伪军见我军有枪有炮，再挺下去就是死路一条，于是他们反绑着他们的头头，摇起白旗，走出碉堡，举手投降。我军缴获伪军两个连的全部武器，当晚结束战斗，二支队队部及区大队自此全都在定埠住了下来。

苏南军分区特务营刚担任了主攻高淳外围漆桥敌伪据点、阻击高淳增援之敌的任务。

1943年溧高战役时四十六团曾拔掉过这一据点，两年不到新四军又战漆桥。

而今漆桥如往日一样，仍是敌伪高淳外圈的重要据点，也是我军向南发展的主要障碍。这里地形比较复杂：东、南、西三面有河；东南面河里小坝上驻有日军30余人，筑有地堡；北面，敌人又构筑了碉堡，封锁道路，其守备工事比1943年又加固了许多，我兄弟部队曾多次袭击，均未成功。

苏南军分区特务营是刚刚组建的，由从独立三团抽调来的一、二、三连和机炮连组成，樊道余原是十六旅教导大队大队长，现在是苏南军分区特务营营长，攻打漆桥是该营成立后的第一仗。

攻击敌伪据点的前一天中午，军分区司令员钟国楚找樊道余布置任务："主力部队今晚要发动战役攻势，命你营攻克漆桥敌伪据点，并准备打击由高淳过来增援的敌人。"

樊道余一愣，特务营刚刚建立，突然接受这样重的任务，还是感到有点突然："我没有侦察过敌情，地形不熟悉呀。"正说着，溧高县军事科许治科长拿来一张简单的地图，介绍了漆桥镇敌伪据点的情况。

钟国楚感慨万分，当年溧高战役时，他和江渭清一道参与指挥，事过境迁，两年不到，他的部队又要啃这块难啃的骨头。不过当年他没有在漆桥一线指挥，对于漆桥的地形，他也一点儿都不熟悉。

钟国楚指示樊道余边打边侦察："首先控制街道，选好地形再进攻。"

樊道余回到营部后，召开了干部会议，做了详细的研究和部署，决定以一连为主攻连。部署完毕后，各连队领导立即回去做战斗准备。

7日晚饭后，部队集合并进行战前动员，随即由溧水李家山出发，次日凌晨3时左右到达漆桥西边的一个村子。一连沿着河堤接近漆桥西河边时，发现溧高县军事科提供的情况和地图与实际不符。原说镇西茶馆旁没有敌堡，有一条小路可进入街的中心，所以樊道余选择该处为进攻路线。但一连进到该处却发现有敌人的碉堡，那条小路也被敌人用铁丝网拦住，而且夜间不准通行。

一连前卫排迅速摸掉了敌人步哨，进入街道后，便控制了街东南大桥，以防河里小坞上的日本鬼子出来。但一连后续部队前进时被碉堡里的敌人发觉，敌人马上向他们扫射，当即有两名战士负伤。敌堡用火力封锁他们前进的道路，切断了他们的对外联系。

危急之时，当地群众冒着弹雨支援特务营。他们抢着抬门板、扛木材，架起了浮桥。部队迅速通过浮桥进入街道，控制了主要房屋。

一连的同志在茶馆的楼上用机枪火力封锁住敌堡枪眼，没多久堡内的敌人迅速被消灭。特务营俘虏伪军30余人，缴获轻机枪一挺。接着，部队又排除了前进的障碍，包围了镇西北两个大碉堡内的敌人，并切断其水源。

樊道余立即组织干部察看地形，实地部署各连队任务。

黄昏时分，特务营对敌人的两个碉堡发起了进攻，他们用轻重机枪封锁了敌人的枪眼，把手榴弹绑在竹竿上伸进碉堡里爆炸，很顺利地解除了堡内敌人的武装。伪军全部当了俘虏，特务营缴获敌轻机枪两挺、步枪60余支。

漆桥战斗胜利结束。

此时漆桥东面三华里处的游山头，盘踞着伪军的一个连，已被我溧阳独立团团团围住。钟国楚指示特务营要在第二天晚上拿下游山头，消灭伪军。

樊道余在两溧反顽时曾在观山与五十二师恶战过，他深知地形对作战的重要性，即刻去察看了地形，但因情况有变，溧阳敌人要扫荡我白马地区，特务营为配合主力歼灭该敌，临时改为由溧阳独立团进攻，特务营炮兵支援独立团。

独立团进攻之前，樊道余便早早到达炮兵阵地。黄昏前，炮兵发射了3排（12发）炮弹，全部命中山头。伪军驻的大庙四处起火，外围工事也被炸成废墟。可惜由于部署不周，有小股敌人从山南小路突围而出，向高淳逃窜去了，其余的全被消灭。

游山位于东坝、漆桥之间，三面峭壁，一面斜坡，山顶古庙驻伪军一个连，庙前、庙后及天井筑有四座碉堡。游山战斗由苏浙军区第一分区独立第一、第三团主攻，军分区特务营协同独立第一团作战。9日夜，独立第一团趁黑登山准备突袭，但守敌受漆桥战斗惊吓，加强了戒备，不时用机枪扫射，奇袭未成。经"诸葛亮会"研究，决定采用"土坦克"强攻，即把湿棉絮铺在桌面顶在头上挡住子弹进行强攻。10日下午，战士们将群众送来的棉絮和12张方桌顶在头上，向山顶冲去，冲至敌堡附近，伪连长信子厚下令狙击，后续部队被封锁在山腰，攻上山的部队被迫撤回山下。11日晨，在第二支队猛烈的炮火支援下，独立第一团团长胡品山、参谋长毛英奇率部冲至山顶，押着东坝俘虏的伪营长曹正华喊话，开展攻心战。伪连长信子厚带小股敌人从丛林逃脱，其余全部束手就擒。

主攻狸头桥的是苏浙军区一纵队第三支队（十六旅四十七团，团长黄玉庭），指挥部设在莲花塘，一营主攻狸头桥，二营攻击更楼巷、韦村，三营一个连主攻慈溪和阻击水阳来援之敌，另两个连做预备队，宣当人民抗日自卫总队的人员分别编入各营协同作战。8月9日23时战斗打响，一营叶营长率领一连向狸头桥街道及周围的敌人发起进攻，迅速扫清外围障碍，直插街心，攻克徐家祠堂，歼灭伪军一个排。遂包围臭水塘敌堡，在火力掩护下，战士们奋勇杀敌，迫使碉堡内守敌全部投降。同时，该营一部占领油榨头敌堡附近的民房，利用墙体做掩护猛攻敌堡，但因敌人工事坚固，火力凶猛，攻击数次受挫。正在此时，受伤的李连长身先士卒，身背集束手榴弹，飞快登上云梯冲向敌堡，将手榴弹塞进堡内，与敌人同归于尽。战士们乘势而上，攻克敌堡，俘敌70余人，攻进狸头桥街道，除伪军一八九团团部外，其余敌人均被击毙或生俘。随后，一营又分兵数路包围云山、塔山之敌，抢占文昌宫和附近有利地形，切断敌人的对外联系和粮、水补给。8月10日中午时分，我军向守敌发动进攻，经过激战，云山守敌全部投降，随后凭借险要地形和坚固工事顽抗的塔山之敌也被全歼。

二营营长邹志诚带领两个连攻打更楼巷。更楼巷是狸头桥街道通往昝村、东夏、咎家台、郑村及东坝、漕塘的必经之地，伪军在此修筑了三处工事和碉堡，有一个连防守，是伪团部的重要前哨阵地。更楼巷战斗进行得异常激烈，敌人拼命抵抗，火力凶猛，二营反复冲锋，均未得手，一名副连长、一名指导员和37名战士牺牲。后从俘虏口中得知，在战斗打响前不久，伪一八九团向更楼巷增援一个营，防御力大大增强。团长黄玉庭即派预备队和一营一部前来增援，10日上午攻破敌据点，取得更楼巷战斗的胜利。与此同时，盘踞在慈溪的敌人被三营全歼。

8月10日下午，四十七团和宣当人民抗日自卫总队全部开赴狸头桥街道附近，22时对伪军一八九团团部发起进攻。在火力掩护下，战士们顶着"土坦克"（桌面铺放多床浸湿的被子），攻至敌团部驻地附近。经2小时激战，除伪军团长潜逃外，余敌全部被歼。整个战斗歼伪军1000余人，缴获迫击炮4门、轻重机枪42挺、长短枪1200余支和大量弹药。

四十八团顺利攻下了梅渚、社渚等重要据点。

这次战役，从8月7日开始，到9日结束，先后攻克日伪据点东坝、下坝、梅渚、社渚、定埠、固城、漕塘、狸头桥、耕牛巷、昝村、游山、漆桥等10多处，摧毁敌人各类碉堡50

余座，消灭一部分日军和伪独立十五旅的一八九团，以及安徽保安团两个营，伪高淳县保安中队，共约3000余人。

东坝战役的胜利，使溧阳、溧水、高淳、郎溪、广德之间的广大乡镇为我控制，出现了纵横数十公里内没有日伪军据点的大好局面，这个胜利，给了南京伪政权和侵华日军指挥中心一个沉重的打击。

东坝战役临近结束时，传来了苏联红军进入我国东北的消息，战士们欣喜万分，抗日战争的最后胜利已指日可待了。

第三十九章

"我们回来了，溧水！"

"溧水，我们回来了！"

江渭清、王必成一踏上溧水大李巷的土地，就满怀豪情地发出了由衷的呼唤。

离开溧水一年多了，率部重回溧水，江渭清、王必成是感慨万分。

1943 年 10 月，日军为了打通宣长公路，出动两万人之众，向苏浙皖边区发动了大规模的战役行动，国民党军一溃千里。11 月，王必成、江渭清便分兵南下郎广，离开了征战多年的苏南抗战中心区溧水，倏忽间，已过去一年多，如今他们又打回到溧水这块土地上了。

江、王二人栓好马，来到了李巷的村外，远望绵延起伏、青翠一片的毕家山。

一年多了，战场上血雨腥风、风云变幻。1943 年 11 月初，王必成亲率南进部队经高淳进入郎溪，又向东插入广德，半月内先后进行了侯村、芦塘、泉村、砖桥等 9 次战斗，而江渭清则和钟国楚一道指挥了溧高战役。

1944 年，十六旅进行了杭村战斗、白埠战斗、长兴战役、周城战役。1944 年全年，在苏南作战 1242 次，毙伤日伪军 6700 余人，攻打据点 80 处，苏南主力和地方武装已发展到 12700 人，民兵 24000 人，自卫队 14 万余人，十六旅真可谓兵强马壮。

苏浙军区成立后，江、王二人成为一纵队的首领，直捣新登，三战天目，可谓威风八面。1945 年 7 月上旬，重回苏南，时值七大召开，部队面貌焕然一新。一纵趁势发动了东坝战役，5 战皆胜，共计摧毁日伪军据点 50 余处，歼日伪军 1800 余人，解放了苏皖边区多个市镇，真有点秋风扫落叶的架势。

8 月 6 日，美军在日本广岛投掷第一颗原子弹，8 月 8 日，苏联红军出兵中国东北，8 月 9 日，毛泽东发表《对日寇的最后一战》声明，抗日战争进入全面大反攻，苏浙军区准备夺取京、沪、杭。

但风云突变，日、伪、顽合流，反共硝烟又起，蒋介石依仗美军的支持，连日空运大批部队抢占沿海各大城市。

苏浙军区随即改变计划，准备就地向四周发展，夺取县城、集镇和广大乡村，准备长期作战，命令一纵队打回苏南，准备向南京挺近。

东坝战役一结束，江、王二人马不停蹄，率一纵队迅速来到溧水，又回到一年前战斗过的地方。不管如何，两人在溧水的岁月虽短暂，但对溧水的一山一水、一草一木都有极深的战斗情意。游梦缠绕，如今分别一年后，又肩负重任，重返故土，怎能不拥有一种特别的战斗豪情呢？

许久，许久，江渭清开口了："王司令呀，南京近在咫尺，我们还得认真对敌，别看我们人强马壮，但日寇还没有正式投降，他们肯定还要垂死挣扎，马虎不得，日军的战斗意志和战斗力你我是十分清楚的。"

"对，江政委，我们虽豪气冲天，但绝不能盲目行事，我看日军不会轻易投降，他们武器好，战斗力强，倘若他们固守城市，在眼下我们缺乏重武器的情况下，是不宜于打阵地战的，我们只有寻机而动，见机行事，在战略上采取进攻架势，在战术上采取灵活机动的策略。要想办法在行动中作战。"

"对！"江渭清点了点头，"我看我们纵队部暂时居住在李巷、岗上一带，一支队可缓缓向北推进，务必小心作战。"

"好！"

突然，警卫送来一份情报，有敌情：敌人分两路南下，企图合击一纵队。

原来在反法西斯战争行将全面结束时，狂妄的日寇还在苏南做垂死的挣扎，他们决定8月14日分兵南下，妄图阻挠我新四军苏浙军区主力向南京挺进。

"好嚣张呀，垂死挣扎、负隅顽抗，快灭亡了，还如此狂妄。秋后的蚂蚱，还神气啥，我们还正愁你不出来呢。"看完情报，王必成握紧了拳头。

"王司令，现在日本还没正式宣布投降，我们务必认真对待。因为日军的战斗力尚在，不可小觑。"江渭清神色凝重起来。

"对，我们务必认真对待，粟司令命我们挺近南京近郊，静候中央指示，随时要拿下南京城，我们的大方针不变。这些战斗我们马虎不得，否则会影响我们收复苏南的战略部署。"王必成点点头。

江渭清想了想，现在抗战形势已变，我抗日部队已今非昔比，而日军是日趋没落，我军不仅可以和日军正面较量，而且力量上已占上风，完全可以实行大规模的运动作战，想到这儿，他一股豪情涌上心头："王司令，我们的战略部署不能打乱，我们的步伐不能因此而放慢。我看对付这股敌人只靠一支队就够了，其他部队协调配合，不必纠缠。现在一纵主要是向北推进，为慎重起见，请求苏浙军区第一分区特务营予以支援，暂归一支队指挥，这样，方可无虞。"

"好，有一支队和特务营加上其他部队协同配合，解决这些敌军，是不会有什么问题的。"

王必成点头同意。

南京日军大本营命令句容县城之守敌，分两路南下，合击苏浙军区的新四军。日军抽调各据点兵力，合计1 400余人，由伪第三师师长任祖萱带领，兵分两路，进行"扫荡"。

敌军兵分东、西两路，东路由任祖萱亲自率领，计有日军一个中队和伪第三师八团两个营，向溧阳上兴埠、上沛埠进犯。西路则由伪第三师八团团长吴庭阶和句容县天王寺自卫团总团长戴静波率领，计有日军一个中队、伪军一个营和伪保安大队，向溧水白马桥、经巷等地"扫荡"，企图袭击我苏浙军区第一纵队驻地。

任祖萱狂妄地叫嚣："新四军龟缩郎、广山区久矣，今日前来，无异送死，谁捉住江渭清、王必成，赏大洋十万。"

敌情通报不断传来，江渭清、王必成仔细研究后认为，西面发现敌人，说明敌人已经行动。估计敌军明日拂晓前会突袭李巷，此仗必须打好，而且要速战速决，否则会延误一纵向北推进的速度。为此，他们两人决定部署如下：命饶惠潭率一支队在白马桥附近歼灭南下之敌；命黄玉庭率三支队在上兴埠以西阻歼南下之敌；命纵队特务营和张强生的二支队待命，视情况投入战斗；命溧水、溧阳、金坛等县总队对溧水、方边、天王寺、薛埠、朱林、金坛等地警戒，阻击可能前来支援之敌；命溧阳、溧水县地方政府连夜动员在敌南下行军路线两侧的群众进行坚壁清野，疏散隐蔽，以免遭受损失。

14日晚，溧水北经巷西侧的一小村内，一民房灯火明亮，一支队领导和苏浙军区第一军分区特务营营干部及前来送信的白马区抗日民主政府区长程华平一起开着军事会议。

一支队的支队长为饶惠潭，副支队长为颜伏，政委为罗维道，副政委为彭冰山，副参谋长为黄祖煌，这些首长个个都是能征惯战的将领。

饶惠潭在十六旅时为四十八团副团长，苏浙军区成立后为一支队副支队长，刘别生在新登战役牺牲后，他顺理成章地成为支队长，现在他接到纵队首长的指示，要求他带领一支队和第一军分区特务营粉碎西路进犯之敌。

煤油灯映照着他那清瘦的面容，他的头发又短又硬，显得格外精神。他两眼炯炯有神，战前惯有的双眉紧锁的表情却意外地荡然无存。看得出，他的心情特别好，没有通常战前的那种紧张和凝重。

是的，他完全有理由有如此的心情，因为现在的一支队亦即原先的四十八团有4000人之众，武器也大为改善，说兵强马壮，并不为过，有了这样雄厚的资本，怎能不雄心勃勃。况且部队经过天目山三次反顽战役后，已经经过大规模作战的磨炼，可谓底气十足。对于眼下这一群伪军，即使有日军助阵，也应该完全不会是昔日那样的不对等战斗了。

他抽了一根烟，缓缓地、长长地吐出了一串白烟圈，抗战十四年了，他经历了新四军抗战由小到大，由弱变强的战斗历程。想当初湘鄂赣红军游击队被编入一支队一团，他随陈毅、傅秋涛进入江南，旋即参加了粟裕的先遣支队。他作为先遣支队的一员，参加了江南对日作战的第一仗韦岗战斗。虽然我军大获全胜，但他也充分领教了日军的战斗素质和武器的精良，敌强我弱，部队只能以弱者姿态和敌人进行巧妙的夜战、近战。后来，经历了五次繁昌战斗、血腥的皖南事变，他的心灵一直经历着以弱战强的艰难历练。1943年南下苏南后，他担任了四十八团团长，大大小小打了许多仗，尤其是两溧反顽战役可谓是惊心动魄，虽然战果甚佳，但部队一直没有改变处于弱势的地位，直到日军打通了宣长线，十六旅经过敌进我进战略扩张后，日子才渐渐好过起来。有了广大的山区，部队回旋的余地大大拓宽，缴获了国民党的军火库后，武器装备大为改善，尤其是有了一定的重武器，打起仗来威力大不一样。

部队的扩军出奇的顺利，人员激增，供给也十分顺利，难怪十六旅原来的老首长罗忠毅、廖海涛一直盯着朗广山区，渐渐地自己和战友们的心态也有改变，这在以后的战斗中也可看得出来。杭村战斗，长兴战役，固城战斗，牛头山、泗安战斗以及后来的天目山三次反顽战斗，部队的精神面貌和战斗力完全不可同日而语，战斗基本上朝对等的方向展开，且渐渐向我倾斜。如今日军行将灭亡，这些乌合之众怎能挡住我一支队的步伐？

饶惠潭眉毛舒展后，又凝重起来，这是打仗，不是演戏，不得有丝毫马虎，俗语云：骄兵必败。

饶惠潭在油灯下用凝重的声音对众干部说道："纵队首长和军区首长得到敌情后，决定全力迎击敌军，敌军还是有较强的战斗力，我们马虎不得，首长指示采取诱敌深入的方针，围歼敌军。"

饶惠潭把眼光投向了副参谋长黄祖煌："黄副参谋长，你把战情分析分析，再谈一谈初步的作战方案。"

"好吧。"黄祖煌顺手拿出一张军用地图，摊开在八仙桌上。一个小战士掌着煤灯，灯光下，几位首长齐齐伸头，眼睛紧紧盯住地图。黄祖煌用手指点着地图上标有文字的村庄、小河，小声地讲着，有时用手比画着，说着作战构想。

黄祖煌1945年在第一次孝丰战役后，调苏浙公学参加整风，6月整风还没结束，即回一支队任副参谋长，7月参谋长曾旦生调至浙西独立团任团长，黄祖煌便负责一支队司令部的工作。

这黄祖煌可不是学院式的参谋长，他是从炮火里钻出来的一位赫赫有名的抗日战将，所以他对战斗的理解、对战斗的谋划除了具有他在书本上学到的军事艺术性外，还有十分贴近实际的现实性。

他在战前对战况、地形，甚至气候的调研都掌握得十分精细，战斗中的偶然性因素被降到了最低点。所以首长对黄祖煌的作战预案十分满意，实用、精确而不乏创造性。

对黄祖煌来说，他的这份本领不是先天具有的，而是在战争的实践中慢慢形成的。

他对着地图缓缓说道："同志们，这一仗不同于以往，敌人分兵前来，妄图阻挠我们北进，我们只能速战速决，不能久而不决，但敌人数量不少，也不是一下子就能吞掉。今非昔比，我们完全可以正面迎敌，充分利用现有兵力，采取分割包围的战术消灭日军，这是我们的既定方案，但是分割包围需要一定的地理条件。现在敌人从句容出击，西边敌军必沿溧水东边南下，那儿有许多山丘，两溧交界处有曹山、落步山、影头山，西面有狮子山、白虎山、杨家山、马占山，倘若我们北上迎敌，敌人很有可能聚集于山丘，利用地形，负隅顽抗，这必将形成阵地战，于我不利。我们的总体原则是引诱，于敌示弱，引诱敌军南下白马镇，然后在这一片开阔地带，实施穿插包围战术，歼敌于回峰山、毕家山之间的平原地带。"

副支队长颜伏直点头："对，这一带地形开阔，利于穿插包围，加之我们有反顽战斗的经验，十分有利于运动战。"

政委罗维道也点头赞许："我们在这儿待的时间长，这儿的一山一水一木，我们都很熟悉，利于作战，加之这儿的群众基础好，苏皖区党领导下的地方政府经营多年，真正可以让敌人淹没于人民群众的汪洋大海中。"

"对，黄副参谋长，你再谈谈作战预案。"饶惠潭干过多年的参谋也担任过较长时间的参谋长，他对黄祖煌的预案完全赞同，现在主要是让他拿出来，再让大家议一议，进一步完善这一计划。

黄祖煌用手指在地图上面划动着，众人齐齐地把头凑了过来："现在敌军从北而来，部队具体分布的位置是一支队在北经巷以西，我们一分区特务营在正北的西杨庄，如果设伏，还是选择丁家边以东、回峰山以西、北经巷以北为好，那一带地形相对低洼，利于伏击。"

颜伏说道："那我们必须正面迎敌，挡住敌人南下，北经巷的群众基础好，村子大，房屋也坚固，利于防守。"

饶惠潭微微点头："对，我们不能让敌人越过经巷村，然后想办法再把敌人围住，这样方能瓮中捉鳖。"

罗维道朗声赞道："这方案可行。"

"谁来诱敌深入呢？"

"谁在经巷阻敌呢？"

一个一个问题被抛出，黄祖煌一一作答，一个一个问题被解决，最后定下了战斗的最终方案。

白马区区大队诱敌深入，完成诱敌任务后，即迂回敌后，阻击敌军逃窜和组织战场救护工作。

一支队和第一军分区特务营全力合作，在经巷一带伏击来犯之敌，然后根据战场情况的变化，再定行动方案。

程区长连夜返回，率区大队深夜出发，在白马桥以北与敌接火。

程区长打游击有一套，他熟悉地形，带着队伍在夜晚东一枪西一枪，搞得敌人弄不清方向，找不见人，乱作一团。

此时的日军已从不同渠道得知大势已去，士气较为低落，兵无斗志，不愿突击。而伪军大多是乌合之众，也从不同方面得知，汪伪政府行将覆灭，只是鼓噪而行，只有敌酋还在做着春秋大梦，还想挣扎一番，便强赶着日伪军追击起区大队来。

15日凌晨4时许，区大队将敌军吸引到张家岗北侧的毛笪里，便把任务交给待命的一支队，随即翻过回峰山，埋伏在白马桥东南杨家塘一带，守候阻击。

一支队司令员饶惠潭率部队来到张家岗附近，他召开了营连干部会议，进行具体的战斗布置：一营一连接应白马区大队，继续担任诱敌深入的任务，把敌人从张家岗引到回峰山西南经巷一带，其余各连埋伏在经巷附近，待敌到达时，正面阻敌。二、三营由回峰山东侧向白马桥迂回包围，断敌退路。支队特务营和一分区特务营分别隐蔽在回峰山北侧的长冲和马占山下的西杨庄，待敌进入伏击圈后，即由长冲直插毛笪里，由西杨庄直插蒋家坝，将敌军拦腰切断。

支队司令员饶惠潭拿起一封信，对一营二连连长说："你连里不是有个潜水大王吗？你回去马上叫他把这封信送到一分区特务营驻地。"

一营二连连长回到部队后，通讯员带着沈顺金来到连长面前。沈顺金，又叫沈老王，1924年出生，余杭区黄湖镇清波村人。一支队一营二连三排战士。

"你来看，"二连长指着地图对他说，"你马上换上便衣，从九间桥下过河，把这封信送到一分区驻地，交给首长后，马上回来到经巷东南附近，我们在这里埋伏，来去共有60里路，争取在天亮前回到这里。"连长抬起头看着他，又问道："有困难吗？"沈顺金坚定地答道："没有，保证完成任务！"

通讯员小张拿着便衣递给沈顺金，他穿好便衣，告别连长后，转身消失在夜幕中。

第一支队一营来到经巷附近，营长观察地形后，立即作出布置，他对三个连长说："一连放下重武器，轻装直奔到张家岗北侧毛笪里接替白马区大队，与敌人接火后，把敌军引到经巷，然后立即进入经巷西岭中段阵地，三连在经巷西南岭、西北岭埋伏，二连在经巷西南岭西南埋伏，等一连把敌人引到岭下时，给我狠狠地打！"

一支队一连遭遇敌军，"乒乒乒乒"一阵排枪，打得敌人晕头转向。

敌人恼羞成怒，被区大队东一枪西一枪，东一颗手榴弹西一颗手榴弹，弄得团团转，明知道是一些零星的游击队，却没有办法围歼，他们便开足马力全队直压了过来，现在遇到一阵排枪，便知道遇上了正规部队，但凭枪声看，人数并不多。

吴庭阶一阵狂喜，看来是一股小小的新四军部队，柿子该挑软的捏，这小小的部队，何足为虑，灭此朝食，岂不是大功一件。他命部队全速推进："兄弟们，抓住他们，皇军有赏！"

一支队一连抵敌一阵后，便向南撤退。

伪军嚎叫着冲过来，日军有些迟疑，一连长见状，便命战士们利用有利地形朝日军齐射，日军惨叫着，倒下数人。

这一下激怒了日军，日军中队长中村指挥刀一挥，日军奋勇进击，发疯似的追赶一连战士，众伪军也齐跟着，雪球般向战士们滚来。

一连领导率领战士们向南撤退，这是预定的计划！连长、副连长都姓李，指导员就是顾肇基。

顾肇基感慨万分啊，这是他在溧水参加的第三个有名的战斗了，他和溧水有缘，参加过里佳山战斗，参加过反顽战斗，如今胜利在望，新的战斗又在召唤着他！他现在的身份是一纵一支队一营一连的指导员。

天目山反顽战役以后，他受了伤，伤愈后回到了团部，被分派到一营一连任指导员，原来的指导员叫须壮，被调到特务营任副教导员，顾肇基接替了他的职务。

一连的正、副连长都是红军，他们都姓李，连长老实、朴素、忠厚，副连长热情，他们的关系相处得很好，他们体谅顾肇基，认为顾肇基是一个优秀的指导员。

顾肇基是老指导员了，他从1939年就开始担任指导员，在这个位置上一直干到1945年，他的工作能力和水平并不低于营教导员，有时老战友一见面，就开玩笑说，老顾担任团政治处主任也不成问题，

顾肇基笑着说："我的事情领导、组织最清楚，我是老牛拉破车，不行啊！"两个老李同志很尊重顾，有事就找他商量，他们配合很默契。

可惜的是，在向南撤时，连长老李在离白马桥还有六里路的一个岗子上，因为目标太大，为日军枪弹所伤，当场牺牲！当时顾肇基就站在连长东面的岗子上，这个圈子目标太大，日军的手榴弹同机枪一起向他们袭击。顾肇基一面命令通讯员迅速把连长抬走，一面继续向张家岗撤退，把敌人引到死胡同里面！

敌人越过毛筀里、越过张家岗、逼近了经巷。

一营战士早已严阵以待，营长谭忠一声喊"打"！密集的子弹射向敌群，雨点般的手榴弹飞向敌阵。日军发现新四军战士利用经巷的土垣、房屋、树林有层次地阻击着，知道遇到了劲敌，哪敢怠慢，忙收住脚，待后面的伪军赶齐，在经巷一带实施强攻。

经巷村是溧水白马有名的大村，村内房屋林立、墙壁宽厚、土垣众多，是很好的掩体。战士们利用房屋、树林、土垣有效地射击，日军强攻了几次，除了丢下几具尸体外，一无所获。

二连战士沈顺金与三排战友们正面对着日本士兵的攻击，他与战友沉着冷静地伏在战壕里，等日军走到距阵地30米时，不慌不忙地瞄准敌人，一枪一个，打得日本鬼子和伪军人仰马翻，丢下20多具尸体，慌忙退下。连长命令全体指战员马上进入工事隐蔽，只留哨兵，监视敌人行动。

不久七八个日本鬼子交替掩护着攻击上来，离排长只有30多米，沈顺金见状，一把抓

444

起一颗手榴弹，侧身，随即左手拉弦，右手一挥，把手榴弹投向敌群。就在这一瞬间，敌人的子弹射进了沈顺金的胸膛，沈顺金当即倒下，三排长一把抱住他，大叫沈顺金！

沈顺金躺在三排长怀里，用左手指了一下，什么也没说便壮烈牺牲，排长拿起手枪叫着"为沈顺金报仇"，当场把一个日本鬼子撂倒在地！

中村气得嗷嗷直叫，一面用刀砍死几名溃退的伪军，一面命士兵集齐掷弹筒、小钢炮、步兵炮，向村庄进行轰炸。刹那间炮声隆隆，火光一片。

日军轰击许久，除了炸毁几座房屋，毁坏几堵土墙外，丝毫奈何不了英勇的新四军。

敌人强攻了几次，均被我军击退，一时不知如何是好。

吴庭阶和中村商量，准备迂回包抄经巷，从东、西、北三面进攻，以便早点拿下经巷，趁势向李巷突击。

天光大亮了，敌军还没布置完毕，忽然发现新四军有大量人员向回峰山东北侧移动，顿感不妙。

中村是个老狐狸，他知道大日本皇军强撑不了几天了，现在南京一带的皇军数量有限，否则这次袭击新四军不会让汪伪部队挂帅，眼下新四军顽强阻击，并不后退，又有其他人员向东北侧移动，这不明摆着是想围歼自己吗？

他叹了口气，经过几年作战，新四军已发展壮大了，他们不仅保持着数量上的优势，而且质量上也有了明显的提高，虽然武器装备没有明显的改观，但枪多了，子弹足了，自制的手榴弹也多了，若加以合理的利用，那么皇军在质量上的优势也将丧失殆尽。

中村第一次有了一种危机感，他忙和吴庭阶商议，不宜再强攻经巷，而应收缩兵力，或回撤句容。吴庭阶一听，猛然醒悟，连连点头，命令伪军收缩兵力，后撤白马桥。

一连战士见敌军后撤，便知日军有意退军，便奔出村子，分成几股分队，纷纷出击，打得敌军不得不回身应战。

日军纷纷地向北撤退，一连战士在顾肇基和副连长的带领下向北追击，日军不断地还击，子弹像雨点般向他们射来。

日军仓皇奔逃，十分狼狈！牛肉干、果酱、面包、糖果丢了一地，战士们并没有顾及这些战利品，还是快速地向前追击。

此时的二营、三营在副支队长颜伏的带领下经杨塘村向白马桥、杜巷挺进，堵住退缩的敌军，而支队特务营和一分区特务营像两把利刃，将敌拦腰切断，横向冲击敌军。

二营从回峰山东侧向白马桥方向奔跑前进时，五连的重机枪排被前面 100 多米长的山崖小道挡住去路，营长命令机枪排暂缓前进，绕道过崖，再赶上部队。

林玉相，机枪班战士，余杭区黄湖镇赐璧村人，1921 年出生。他仔细观察山崖小道，见四个人抬着重机枪无法经过，只能一个人扛着重机枪才能通过，他看了看重机枪后对排长说："让我一个人扛着重机枪走好了。"林玉相叫战友们抬起重机枪，他从枪架中间钻进，

用肩扛着枪身，两手各抓住一只枪架座脚，"蹬蹬蹬"，只见他扛着重机枪快步地走了过去

　　三营八连连长命令全连放下背包，轻装前进，刚到杜巷附近，见日军中队长带着敌人气喘吁吁地向杜巷窜来，连长命令全连快速抢占前面的制高点，一线拉开阻击。战士王金川，1913年出生，余杭区黄湖镇清波村人，他率先冲上制高点，对着最前面的五个日本鬼子，手起枪响，"啪啪啪"，三枪把三个日军撂倒在地。后面的日本鬼子吓得纷纷后退，向四周乱打一阵。这时连长来到了王金川身边，伸出双手拍着王金川的肩膀说："你真棒！"

　　伪军哪经得起冲击，一阵溃败，支队特务营和一分区特务营便把敌军切成两块，一块在杜巷以南、毛笪里以北地区，一块则在蒋家坝南面、经巷北面的张家岗地区。

　　中村见势不妙，忙命日军撤回张家岗，占据村中的高屋大房和高耸的土墩土墙，又让伪军占领村边的竹林、坟包，准备负隅顽抗，固守待援。

　　敌人慌乱了一阵，很快整合起来，在毛笪里、张家岗有板有眼地抵抗起来。

　　顾肇基发现，张家岗村的西南方向有一个水塘，也有一条路通到张家岗村的西面，不过那是一片开阔地，敌人的火力很猛！顾肇基命令战士们占据了张家岗西南方向的一个小村子，这个小村子的北面有土墙，可以作为掩体和日军对射，防止敌人撤退。

　　顾肇基命战士们在小村里搜索日军，又命人联络李副连长，共同对付张家岗的日军，但是联络不上，不知道副连长在什么地方；原来他们在经巷向北追击的时候，副连长在左侧，顾在右侧，在日军的屁股后面追击的。

　　这时候，一个司号员走了过来，他俘虏了一个日军，这个日军士兵是在草丛中被发现的，就穿了一条短裤。

　　司号员懂一些日语，顾叫其宣传新四军优待俘虏的政策："你的子弹、枪哪儿去了呢？"日军说枪丢到水塘里去了。顾命战士们去捞。然后，把三个战士叫来，让他们押着俘虏去团部，还写了个条子："送上俘虏日本鬼子一名，望收。"

　　为什么派三个战士呢？因为顾肇基在四十七团时，曾经发生过这样的事，一人押俘虏，有时俘虏会跑掉，或者是被群众打死了，派三个战士就比较保险了。

　　日本俘虏非常害怕，不断地向顾兆基磕头，顾开心极了！想当年在上海经过外白渡桥时，还要向日本鬼子鞠躬，现在轮到日本人向我们磕头求饶了！

　　顾肇基清点了一下人数，一个排现在剩下不到两个班了，大部分战士受了伤。

　　新四军的兵力一共只有五个营：一支队三个营、特务营、一军区一个特务营。五个营分兵两处，围攻盘踞在村庄里的日伪军，力量显然不够。

　　江渭清、王必成听到战情汇报后，立即决定集中优势兵力，先打弱敌，然后再汇歼强敌。"宜速战速决，若平均用力，久而不决，敌人前来增援，情况就不好办了。"王必成拿着铅笔，在地图前比画着。

　　"对，把拳头收回来，先砸向毛笪里，毛笪里有伪军两个连和句容县保安大队，400余人，

战斗力较弱，先吃掉他们，另外关照政工人员，阵前喊号，瓦解敌人，坚决彻底消灭他们！"江渭清点头赞同。

天王寺自卫总团团长戴晴波满头是汗，浑身发抖，他是句容天王上杆有名的大地主，抗战初期他脚踩三只船，他和新四军有往来，也出过一些力，但他同时又和国民党有来往，后来他又和日军勾搭上了，"皖南事变"后，他担任起句容县天王寺自卫团总团长。他哪有什么信仰，一切为了他个人的生存，也没什么军事才能，只不过是一个恶霸，根本经不起战争的考验。刚才一阵枪炮，早已把他吓坏，他原以为这次扫荡不会遇到什么强敌，县大队、区大队这些地方部队，都是小菜一碟，但没想到，碰上了新四军主力，而且被分割包围，看来势，对方迅如奔马、势若猛兽，今日必定是凶多吉少。他后悔不该贸然答应出兵，现在唯一的办法是鼓足士气，坚守待援，实在不行，则趁乱突围。好在皇军突击在前，现被围困在张家岗，没有人监督，自己则有了充分回旋的余地。

他找到了伪八团团长吴庭阶："老兄，看来情况不妙，这毛笪里是个死地啊，新四军人多势众，地形有利，这样下去，凶多吉少呀。"

这伪八团团长吴庭阶早已无心恋战，一听戴晴波的口气，心中有数："老弟说的是呀，听说大日本帝国快撑不住了，这大日本帝国撑不住，汪先生的中华民国也不一定能保得住，我们得灵活些，总不能白白送死。"

"对，先让兄弟们顶住，然后伺机而动。"戴晴波擦了一下汗，"让弟兄们利用房屋、牛棚、土墙做依托，做好战斗准备，再谎称皇军的援军即刻就到，马上可以围歼新四军。"

"好，高见，就这么办！"吴庭阶一阵狞笑。

泄了气的伪军已无斗志，听了戴晴波和吴庭阶的威逼利诱，便又强打起精神，慌慌张张抢占民房、牛棚、土墙，架好枪、安好炮、摆起阵势，准备迎战。

饶惠潭决定用一营佯攻张家岗敌军，其余部队全部集中于杜巷以南、毛笪里以北地区对敌围攻。

一阵猛烈的枪炮声后，盘踞在毛笪里负隅顽抗的伪军大乱起来，趁此间隙，一支队特务营教导员须壮带领宣教科的战士们前来喊话。

须壮，原名焕武，江苏武进安家乡包家塘人，1938 年，参加抗日青年训练班学习，11 月，新四军一支队二团路过，他参加了战士服务团，当时只有 14 岁，后调"江抗"三路政治部当文化教员、青年干事，1943 年，任新四军四十八团一营二连政治指导员。每当部队集合出发打仗前，他的连队总是歌声嘹亮，他还指挥全营唱雄壮的军歌。同年冬，在溧水上沛埠的战斗中，他身先士卒，带领连队直插顽保安团团部，经过激战，歼敌大部，将抓到的俘虏、缴获的武器和重要文件，及时送到十六旅政治部，得到了表扬，1945 年 6 月调任四十八团特务营任指导员。

须壮是出色的政治工作者，现在接到纵队首长江政委的命令，旋即挥戈上阵。大敌当前，瓦解敌人军心为上，敌军心一动摇，那么战斗力即会骤然下降，这会大大缩短消灭该部敌人的时间，那么张家岗之敌就难以固守待援了。

如何攻心呢？

须壮有自己的一套，昔日作战，他经常高呼"中国人不打中国人"，但眼下，形势大变，这样的口号缺乏力度，应抓住日本军国主义行将崩溃的消息，让那些不知情的伪军闻之，心里自然就会崩溃。

他拟好口号，主要是以下几条："苏军出兵东北了""原子弹落到了日本""全国大反攻了""日军已全面投降了""不要替日军卖命了""新四军优待俘虏"。

战士们在高处，用喇叭对着伪军呼喊，这一喊果然应验，伪军的枪声渐渐稀落，没多久，在毛笪里村的东北口，有60名伪军举着白旗，叫喊着不要开枪，投降而来。

吴庭阶挥枪叫喊着，但伪军已无斗志，乱成一团，纷纷逃窜，他已无法控制。戴晴波早已做好打算，他见东北口又打开了一个缺口，便赶快躲进老百姓的猪圈里，脱去军装，穿件汗衫，又到厨房内抓了一根扁担，挑起两只水桶，装作伙夫的样子和其他伪军一道混杂在一起向村外逃窜。

这一来，伪军几乎全作鸟兽散，新四军一支队战士和一分区战士蜂拥而入，除极少的负隅顽抗的伪军被打死外，其余的纷纷举手投降。

戴晴波想蒙混过关，企图逃脱，被平日受他欺压的下级士兵一把揪住，送到了二营六连连长面前，他吓得双腿打颤，身子如筛糠一般，哆嗦个不停。

吴庭阶躲在老百姓的床底下，也被拖了出来，像癞皮狗一样躺在地上一动不动。

毛笪里战斗一小时后，全部结束。

此时，一支队接到纵队通报，左路之敌被二支队张强生部阻于白马桥东北的分界山、瓦屋山一线，敌人发现我二支队一部向其北侧行动，三支队正向他们的东南侧后行动，怕被我军包围歼灭，迅即向东北撤退。二支队在追击中，敌人狼狈向天王寺逃窜。

未等打扫完战场，饶惠潭命特务营战士们又齐齐折回张家岗，协同一营围歼张家岗之敌，一支队副参谋长黄祖煌统一组织指挥围歼战斗。

张家岗有日军一个中队、伪军一个连，约300余人，武器好，因有日军一个中队，战斗力自非毛笪里的伪军可比。

日军中队长中村是一个能攻善守的将领，在中日战争中打过许多恶仗，也知道新四军人多势众，如强行突围，那么在行动中，若无地形依托，必遭覆灭之灾。若以民房据守，固守待援，凭日军强大的火力，支撑一天问题不大。因为张家岗是一个大村子，且村西有一地主高楼，居高临下，火力可以控制一片区域，如果再把村内民房打通，那么便可以组成道道火力网，没有重炮的新四军就奈何不了自己。若再配以其他一些工事加以阻击，张家岗虽不说固若金汤，也可说万无一失。

刚才为了消灭毛笪里的日军，新四军只留下一营一连少数战士佯攻，中村赶紧命士兵挖战壕、修工事、打通民房，待到一小时后，毛笪里战斗结束，中村的部署也已完毕。

黄祖煌受命后，根据张家岗的地形地物，要一营在村南侧东面对敌攻击，三营在北，特务营在村北侧西边对敌攻击，并要求各营以一部兵力在东西两头对敌佯攻。

新四军发起了第一轮攻击，中村在高楼架起了九二式重机枪、歪把子轻机枪，子弹像雨点一般倾泻而下，一波攻击后，新四军伤亡很大。

由于张家岗四周是一片开阔地，毫无遮掩，战士们根本近前不得。

战士们想起了老办法，借来八仙桌，上裹棉絮，浇上冷水，当坦克一般推着往前进攻，企图用炸药炸毁敌人据守的大楼。

但日军已把附近的民房打通，明枪暗箭一齐放，推着八仙桌的战士走了多远，便被枪弹击中，偶尔近前的也被日军丢下的手榴弹炸毁，敌军的火力几乎没有死角，战士们根本无法近前。

战士着急，干部更着急，日军的顽固，在精神上是难以被瓦解摧毁的。

三营在张家岗北面，八连担任主攻，七连、九连火力掩护，八连连长命令王金川班打前锋，班长将全班分成五个战斗小组，相互掩护、交替攻击。王金川组平时训练有素，滚翻迅速，将接近民房时为敌发现，日军居高临下，猛烈扫射，王金川与两名战士不幸中弹，壮烈牺牲。

为了抢救伤员，抗日游击小组长张太良带领游击小组走上了战场，大塘洼村人张太友虽然也是游击组员，但只有16岁，张太良没有让他去。他闷在家里心急如焚，去找同村的小伙伴闰忠成商量。两人商量一阵后，便沿着田冲的稻田向张家岗方向爬行，准备击杀敌人。在靠近张家岗村不到50米的稻田里，发现了一个满身是血的新四军伤员。当他俩爬到伤员身边时，他已昏迷不醒了。张太友二话没说，在闰忠成的帮助下，背着伤员沿着稻田往回爬行了200多米，将伤员放在安全的地方后，随即找来了一张春凳，两人抬着这位伤员奔走了七八里路，送到岗上村新四军后方医院。后来经及时抢救，伤员脱险了。

庄子中瘦瘦的、黑黑的、高高的，此时他眉头紧锁，一时也拿不出办法。

庄子中是特务营营长，菲律宾华侨，生于1918年，祖籍福建同安县，1938年，他同菲律宾的爱国华侨青年学生返回祖国，参加了新四军，后在皖南教导总队学习，参加了中国共产党。1939年冬，他加入一支队，后在四十八团三营任副营长；1944年春，四十八团成立特务营，他被调到特务营任营长。

现在敌军据守张家岗村，战士们久攻不下，这样拖下去，总不是办法。

他把自己的担忧告诉了须壮，须壮点头称是。

现在特务营的任务是配合其他营作战，怎么办？

他用望远镜看了看四周的地形，发现张家岗村的东面有一个不算太高的岗子，岗子上有些坟包，他灵机一动，带队来到岗子，占据高地，以便窥视村内的情况，伺机出击。他和须壮来到岗子上，趴在坟包边，用望远镜瞭望村内。

岗子离村子只有200多米远，庄子中与须壮立起身，大胆地观察了一会，实在想不出办法。这个村子特别大，村边的民房特别坚固，固守的敌人又指挥有方，看来突击是不可能的了，只有像牵牛鼻子一样，把敌人牵出来，才能消灭敌人，可敌人的要害在哪里呢？

庄子中想着，猛然想起久立在坟包前有一会儿时间了，脚下的岗子也在敌人的射程之内，他的心一阵紧缩，忙想招呼须壮趴下，突然尖啸之声破空而来，一股凉风刮过脸上，随即全身震疼，只觉天旋地转，迷茫一片。

庄子中、须壮被敌人的机枪击中要害，缓缓地倒下了。

战友们冒着弹雨救下了庄子中、须壮，但两人伤势太重，嘴一张一合，却发不出一点声音，眼光渐渐迷离，身体变冷。

两位英雄永远长眠于苏南溧水的土地上。

一连李副连长在村西南攻击时，在水塘边开阔地带也英勇献身了。

庄子中、须壮、李副连长的牺牲，激起了战士们的愤怒，他们高喊着为烈士报仇的口号，又发起了一轮进攻，但收获不大。

几次攻击未能克敌，饶惠谭支队长亲赴前沿，和黄祖煌、谭忠商量后，建议发挥我军夜战特长，把白天攻击改为夜间攻击，并将攻击突破点改在张家岗村东北角和西南角，并建议调二营上来接替特务营的攻击任务。

但敌人盘踞村中，逐屋攻击，伤亡太大。

黄祖煌见久攻不下，心里也十分着急，他清楚地知道，现在的这套攻坚办法和刚下山对付日军的办法没有什么区别。贺甲战斗基本上也采用这种方法，战斗时间也特长，伤亡也特大，他下意识地摸了一下右肩膀，那次战斗留下的伤疤还在，现在不应该再采用这种办法了。

他猛然想起去年8月23日至8月25日的长兴合溪战役，当时四十八团在独立二团的配合下，主攻长兴城外围合溪、白埠等据点。白埠镇是个小镇，守敌伪军一个营主力放在小镇中间的碉堡里，以火力控制东西街道，他作为二营营长和教导员杨焕章指挥周德喜为连长的四连迅速突进，很快扫清外围哨兵，直逼街中碉堡。伪营部就在碉堡边上，枪声一响，敌人都钻进了碉堡，固守顽抗。他命令四连由东向西，五连由西向东，六连警戒碉堡南北。此时，杨焕章教导员展开政治攻势，对敌喊话，但伪营长在碉堡上喊叫："新四军没有炮，我们不怕。"

"奶奶的，你们不怕。"他命令士兵推来从杭村缴来的大炮，对准碉堡。伪营长一见，吓得连声叫喊："别打炮，我们投降。"战斗顺利结束。白埠战斗结束后，四十八团如法炮制，又把九二步兵炮调到合溪镇。在攻打镇北大祠堂的战斗呈对峙状态时，九二步兵炮瞄准祠堂正门，一声怒吼，碉堡一下被轰了一个大窟窿。刘别生和曾旦生指挥一个营三个连同时发起冲锋，敌军吓破了胆，纷纷叫喊投降，可见炮弹的威力。现在一纵有大小炮十几门，轻重机枪几百挺，掷弹筒几十个，一支队的重武器最多呀。当初制定计划时是速战速决，想把敌人分割于旷野中，部队没有配备炮兵，没想到中村钻进了张家岗村，利用坚固房屋，配以强大的火力，用原先的办法对付伪军可以，对付日军可不行。再这样拖下去，太不明智了。

"应该用炮击扫清这些火力点。"他向饶惠潭提出建议。

饶惠潭也早有此意，战场上情况瞬息万变，应赶快做出调整。

饶惠谭完全同意，决定重新调整进攻方案，调团机炮连归二营指挥，在张家岗东北侧敌实施主攻，一营在村东南进行辅助性攻击，特务营做预备队。

任务布置完毕，饶惠谭支队长命令各营统一于 19 时 30 分发起攻击。

罗维道和彭冰山分别到一营、二营和特务营进行战斗动员，坚决消灭拒不投降的敌人。

19 时 30 分，天已近黑，二营和一营同时对敌炮击，各佯攻部队也开始了行动。

二营叶藻营长看到炮弹均落在指定目标上，便利用炮击成果，命部队迅即对敌发起冲击，四连在路北，五连在路南，利用民房打洞攻击前进。

五连机枪班战士林玉相见前方 20 米处有土堆，可以架重机枪压制敌人火力，就叫战友抬起机枪，让他扛着重机枪，到那土堆边去打击敌人。他扛着重机枪，在战友们的火力掩护下，快速向土堆挺进。快到土堆上时，敌人发现了，重机枪向他疯狂扫射，说时迟，那时快，他几个箭步冲到了土堆。但这时敌人的子弹击中了他的胸膛和腹部，林玉相连人带枪慢慢地倒在土堆上……

班长见状大吼一声："不怕死的跟我上！"手一挥，带着机枪手连滚带爬，快速地移动到土堆下，架起重机枪，对着日伪军的火力点猛烈扫射。

在重机枪的掩护下，五连最先突破敌人的火力封锁，冲进村里与敌人短兵相见，展开肉搏战，班长随后冲进敌阵内喊道："为林玉相和牺牲的战友们报仇，杀！"

他们逐屋攻击，不时遭日伪军反击，这时，他们除以火力击退反击外，还与日伪军进行白刃格斗，用拼刺刀的战术将反击的日伪军打下去，经过一个多小时的激烈巷战，全歼村庄东边守敌。

谭忠营长亲自指挥营机炮连的六零炮班，炮击村西南角独立房屋和村口两处民房。他见目标均已被摧毁，亲率二连攻占这两处地方，然后命二连进村小路北侧，三连进村小路南侧攻击前进。敌据分散民房，逐屋顽抗，二连、三连逐屋攻歼，经过两个多小时的激烈战斗，全歼村庄西边守敌，与二营在村庄中部会合，这时已是 21 时。一营、二营分别集合整队清理，忽听村西北角有激烈枪声，谭忠营长即命一连前去查看，原来是残敌利用夜晚逃窜到村西北角一地主家隐蔽，被特务营三连佯攻分队进村搜索发现，他们立即对敌展开攻击。

由于敌人居高临下，火力凶猛，加之这一片民房早已被打通，众战士仍无法接近，一时间难以攻下。

正在围歼残敌时，支队接到纵队命令：一支队迅即撤出战斗，残敌交由军分区特务营负责歼灭。

王必成、江渭清闻及庄子中、须壮牺牲，异常悲痛，考虑到残敌难以一时歼灭，若拖延太久，势必影响整个纵队的战略计划。遂建议第一军分区特务营留下阻敌，其余部队抛开守敌，全力北上，进军南京。

支队处理了战后事宜，连夜又向金坛疾进。

苏浙军区成立时，下辖三个纵队两个军分区。一军分区即茅山地区，司令员为钟国楚，副司令员为熊兆仁。

战斗打响后，熊兆仁来到前线，现在其他部队开拔北上，只留下特务营阻击，重任就落在他这个副司令身上。

熊兆仁暗想，日军在白天不敢轻易突围，怕在途中遭歼，到了晚上必然要逃窜，纵队首长虽然没有要求全歼日军，但也不能轻易让敌人跑掉，怎么办？

他细细地看着军用地图，突然眼睛一亮。他发现张家岗北面数里外有一大河，河名叫蒋家坝，上有一石桥，两小木桥，日军要北窜，必然要越过蒋家坝，而蒋家坝石桥并不宽，部队难以急速通过，蒋家坝的河面又较宽，水又深，不会游泳的士兵无法渡河。倘若拆除木桥，设重兵封锁石桥，敌人无法度过，必遭围歼。"对！"他一拍桌子，"好，就这么办，放蛇出洞。"

天一黑，熊兆仁急命战士撤出战斗，放弃包围，他急步来到蒋家坝，命战士将蒋家坝上的木桥拆除，又把几挺机枪架在坝头的小石桥边，严阵以待，只待日军逃窜。

天黑了，据守张家岗的日、伪军松了一口气，中队长中村拿着望远镜向四周照了照。下午他见新四军围攻的部队越来越猛，始终不敢出村突围，现在天黑了，夜幕一降，目标不明，也就不怕你新四军设伏，这里熟悉路径的伪军有的是。只要北上突击，进入旷野，凭皇军的火力，新四军是无法合围的。

为保险起见，他命伪军在前突击，日军殿后，一出村，一字长蛇阵，纷纷向蒋家坝涌来。

快到蒋家坝，他命部队停下，派人搜索河面，看看是否有异常情况。

探子回来说木桥被拆下，只有石桥尚在，中村心中一凛，有一种不祥的预感，但考虑到事已至此，只能硬着头皮闯，没有别的路可走，回头是不可能的了。

他先叫几个伪军上路，几个胆大的伪军弯腰探头，走上桥面，发现没什么动静，便直接起身叫道："皇军，新四军的没有，大大的安全。"

众日伪军一听，大喜过望，纷纷喊着往石桥上涌，就在前面的日伪军刚要过桥时，只听一声喊："打！"

"啪啪啪""哒哒哒"的枪声一片，日伪军是一阵惨叫，有的倒在石桥上，有的跌入河中，有的忙退了回去。

中村拔出战刀，发现身后又有新四军战士放着枪，他自知已是死路一条，举着刀嗷嗷叫着，命令士兵强行冲击。

几个日军冲上来，旋即被打倒在地，其余的再也不敢上。

日伪军见后面有追兵呐喊着追来，便不顾一切沿河逃窜，有的跳河逃命，不料河水太深，下去的日伪军大半被淹死，侥幸爬上来的也被子弹撂倒。

也算中村命大，这一中队的日军大都擅长游泳，趁乱时，从远处凫水过河。上岸后虽被击毙一批，但小部分光着身子逃脱，总算捡了条命。

没有渡河的伪军，早早地举起了手，缴枪投降了。

看到奇计奏效，熊兆仁露出了胜利的笑脸。

张家岗战斗共歼日军30余人，伪军一个营和句容县保安大队，其中毙敌300余人，俘虏400余人。缴获机枪十多挺，长短枪600多支，及其他军用物资若干。

我军以张家岗战斗的辉煌战绩，夺取了溧水地区抗战时期最后一仗的胜利。

张太良也是大塘洼村人，他带领的抗日游击小组从战场上抬回了英勇牺牲的须壮、庄子中的遗体，跟随他们进村的还有营部的通信员。张太良看着这两位为了抗日、为了中华民族而献身的新四军干部的遗体，心中万分悲痛。但是，当时部队只给须副教导员备了一口棺材，还缺一口，怎么办呢？忽然，他似乎想起了什么，掉转头便往家里跑去。

到家后，他十分沉痛地对父亲说："爹，新四军有两位干部牺牲了，现已抬进村。爹，我有件事想求您老人家。"父亲问他是什么事，他就直截了当地把捐献寿材的想法讲了出来。起初，他父亲思想还转不过弯来，但一想到新四军平时对老百姓的深情厚意，再看到儿子的一片诚心，也就点头答应了。

张太良在得到父亲的同意后，随即叫几个游击小组组员抬出了父亲的寿材，装殓了庄营长的遗体，与须副教导员一同埋葬在离村不远的山坡上。

张家岗抗日战斗胜利的捷报刚刚传开，又传来了日本宣布投降的喜讯。

"胜利啦！胜利啦！我们胜利啦！"溧水的百姓拥抱着、泪流满面，沉浸在胜利的喜悦之中，十四年抗战终于有了结果。

在抗战胜利喜讯的鼓舞下，苏浙军区新四军各部队和地方部队乘胜出击，解放被敌盘踞的城镇。苏南第一分区独立一团在溧水县、区地方武装配合下，连续解放了孔镇、官塘、洪蓝埠、柘塘等一些重要集镇。8月19日上午，驻溧水县的日伪军匆匆撤离，经夏家边、湖熟一路撤往南京，当日，溧水县解放。21日，溧高县抗日民主政府机关人员在县长杨源时带领下进入溧水城，政府设于章顺武屋内（今在城镇镇政府所在地），苏南一分区行政专员樊玉琳率专署机关人员同时进驻溧水城。

23日，溧水城区3000余军民喜气洋洋，兴奋地聚集在城隍庙前，参加苏南一分区召开的庆祝会，庆祝抗战胜利和溧水县城的解放。苏南一地委副书记李广兴奋地走上讲台，在大会上发言，各界代表也在会上纷纷发言。晚上，宣传队演出《反攻》《送郎去参军》等剧，慰问参加庆祝会的军民，溧水百姓看到了全新的文艺节目。

溧水县城解放后，在县城及近郊新解放的村庄建立了城关区，县政府秘书童超任中共城关区区委书记兼区长，阮醒中任副书记，县司法科长张一平兼副区长。城关区成立后，在县城郊区临淮、天桥（由横山县划入）、板桥（由溧高县韩胡区划入）、秦河、大东（新建立）等乡进行宣传组织工作，利用原乡保长，开展秋季征粮，发动群众送粮献草，着手修理溧水飞机场，开展扩武运动，扩大地方武装，为解放南京，接收日伪投降做了许多准备工作。

"现在我宣布将陶伯宇判处死刑，立即执行！"地区法院院长陈练升一声喊后，"砰砰"两声枪响，罪大恶极的陶伯宇被执行枪决。溧高县抗日民主政府进驻溧水县城后，为安定民心、稳定秩序，逮捕了民愤大、罪恶重的汪伪溧水县政府秘书陶伯宇，在城隍庙召开了公审大会，县司法科长张一平主持大会，宣布处决陶伯宇。不久，根据溧水城居民民意，将卖国亲敌的帮会头目朱福来处以极刑。惩处汉奸，进一步稳定了城区的社会秩序。

真是大快人心的事情啊！溧水的百姓终于看到了罪大恶极的汉奸的下场，正义得到了伸张，罪恶得到了清算。

新的生活终于来临了，共产党领导的军队和人民翻开了新的一页，百姓们走上了幸福的光明大道。

溧高县抗日民主政府在城区及时动员商店开业后，为保障商民合法经营，除以抗币代替伪币外，还发行了"溧水城区金融调剂委员会流通券"，限在城区流通使用。这对稳定金融物价、便利商品流通、安定人民生活起到了很好的作用。与此同时，县政府文教科干部还及时动员城隍庙小学教师复课。县城解放后，在日军占领期间从不敢进城的农民以及距城较远的农民，都纷纷进城进行交易。他们卖粮卖草，购买家庭生活必需用品，县城市面上出现了敌占以来从未有过的繁荣兴旺景象。

胜利，抗战的胜利！溧水人民在共产党的领导下，在苏南的大地上，掀起了一股轰轰烈烈的恢复生产和重建家园的高潮。

后记

面对一本书的后记，我从来没有过如此沉重的心情。出了很多书，写了很多后记，现在提起笔，却无从下手。

什么原因呢？是创作的艰难吗？不是，这本书的创作远不及塘马战斗创作得艰难。是什么呢？

踏上溧水的土地，第一次寻访抗战的战斗遗址，是2010年的夏日，那是出于对塘马战斗创作的需要，我来到了马占寺战斗的古战场，寻访塘马战斗前四十六团抗击日寇的战斗场景。天气是那么的炎热，下山时，所租的面包车出了问题，只得和司机躲在坟旁的大树下休息。没有恐怖，没有烦躁，心里热乎乎的。马占寺战斗和塘马战斗有什么联系，为什么四十六团不能前来增援，一切均有了答案。

当我用全部的精力进行十六旅研究创作的时候，觉得很有必要把溧水抗战的历史用文字记录下来，这一设想得到了溧水档案局领导的认同，合作在即，但由于种种原因第一次没有谈妥，我便放弃了这一创作的计划，加快创作《辉煌的东方游击战》的步伐，全身心地来到了盐阜地区进行调研，认真研究起新四军苏北根据地的抗战历史，决心以更大的规模、更大的视野来创作新四军的战斗，以新四军全部的战斗作为自己创作的素材。就在投入这些素材的整理并做撰写准备的时候，溧水方面发出了邀请，邀我来完成溧水8年抗战的历史叙写，思考良久，终于答应。溧水抗战历史的丰厚，溧水抗战地位的重要，我与十六旅的独到情怀，使我不得不放弃《辉煌的东方游击战》的创作，转而投入到溧水8年抗战的研究与创作中。

自2015年下半年始，我便与溧水档案局进行了愉快的合作，在这个过程中，得到了高明芳、卞新宏、阙乃梅、田科长及溧水区委、区政府、白马镇、新桥镇、石湫镇等镇政府的大力支持，也得到了省新四军研究会常浩如主任的大力支持。

为了在创作主题上取得高度一致，2016年5月初，赴北京与北京新四军研究会六师分会的领导共同商讨创作主题，回来后与溧水档案局敲定了创作主旨，便开始了艰辛的调研与创作工作。

2016 年的夏日，在北京，我对有关溧水抗战的历史人物和事件做了一个充分的调研。我认识许多人，采访不是大难事，但疾病使我不寒而栗，膝盖的疼痛难以自制，在北京待了 25 天，竟有十余天躺在床上。犹记得在宛平城蒋亚华家采访时，疼痛剧烈，竟使人头晕目眩，在北京西直门站乘地铁时步行的艰难，竟比 1999 年爬珠峰还要痛苦。但心是热的，意志是坚定的，因为我在完成一场神圣的使命。这样的信念在我创作塘马战斗时也曾经历过，2007 年南京政治学院的赵小石教授询问我，还能不能坚持塘马战斗的历史创作？我义无反顾地朗声回答："一定能坚持，必须坚指，这是我必须要完成的任务！"现在我躺在北京顺义的公寓里，发出了同样的战斗呼声，因为这是一种使命。新四军浴血奋战的精神深深地鼓舞着我，溧水百姓的全民抗战的精神深深地感染着我，我没有理由不去完成这样一个艰巨的任务。

所有的回忆是甜蜜的，但又是苍白的，特殊时期遇到的困苦，非常人能够想象，不过有许许多多的人在支持着我，鼓舞着我，给我们提供了足够的帮助。他们是江旅安、王苏炎、钟效雯、王东炎、乐俊淮、夏敏、王思源、黄亚玲、刘鲁、王楚平、徐新野、邱曲延、徐朝奉、曾建群、朱千里、康新、陈军华、张健儿、张小滨、张晓宇、范卫平、林陵、姜德明、余小慎、顾多多、徐飞、缪海丽、周志革、周晓汉……而且，我还有以前创作的丰厚的经验。

看到了南岗，看到了横山，看到了石场，看到了杭村，看到了"我的莫斯科"小官塘，看到了铜山，看到了经巷，还有那早已知晓的李巷，现在是窥视其真面目并印证那些研究的时刻了。

2017 年的夏日，我只身来到了南宁，采访了刘一鸿的儿子刘蔚楚，刘氏父子是我书写塘马战斗纪实文学中的主人公，在《塘马 1941》中多有叙写，尤其是刘一鸿，在溧水抗战史上有一定的地位。在和刘蔚楚的交谈中，我们对溧水抗战的历史有了更为真切的认识，党史资料的记载有很多的误差，亲历者的回忆，显得更为可靠，所以《溧水奔流》的"马村炮响"反映的现实就更接近于历史的真实面目。于纪实文学而言，真实是文章的核心，是文章的灵魂。在上海徐进的寓所，我们对四十六团的历史的了解就更为详尽，战斗是全方位的，党史资料的记载是简略的，亲历者的口述是最为真切的，所以对于他的采访，在书写溧水抗战的具体史实中，有着不同寻常的意义。无论是马占寺战斗、南岗战斗，还是两溧反顽中的攻打北经巷战斗，徐进都是战斗的亲历者，他为我书写溧水抗战的史实提供了不可多得的宝贵的资料，同时也提供了新的叙写视角。至于梅章，为创作《塘马 1941》，我早已在康平西路她的寓所里有过亲切的交谈，再次陪同溧水档案局的同志前去采访，重新聆听抗战岁月的生活介绍，这对于基层干部战斗风貌了解，同样有着非同寻常的意义。翁履康、吴坚、蒋亚华、吴家珍、赵波、黄亚英、夏希平、吴坚、吴镇、戎克勤、方政等新四军老战士的追忆，进一步展示了烽火岁月的战斗风貌。

怀着创作塘马战斗的情怀去书写《溧水奔流》的作品，心境一如创作塘马战斗作品时的壮怀激烈。陈毅、张鼎丞、粟裕、谭震林、罗忠毅、廖海涛、江渭清、邓振询、王必成、钟国楚……这些抗日将领的光辉形象时时萦绕于心，他们高举抗战的大旗，在苏南的大地上高奏着爱国主义、英雄主义的凯歌。张一郎、曹明梁、曹鸣飞、张孝廉等溧水骄子勇于献身，在党的领导下谱写着悲壮的乐章，其乐音在耳边久久回荡。溧水大轰炸的火光、新桥会师的喜悦、横山事变的惨烈、魂断许家棚的怪异、激战马占寺的硝烟、麈兵里佳山的针锋相对、南康二雄喜相逢的兄弟情谊、光明与黑暗中的一元化领导的伟绩、两溧反顽的壮怀激烈、石臼湖歌声的轻柔美妙、马村炮响的遗憾、喋血老虎庄的血腥、《山乡曲》的感染、休养所劫难的悲壮、溧高战役的号角声、《大姊南去了》的战斗情怀、东坝战役的壮阔、日寇投降前的最后一仗的豪劲……一切的一切不时地在脑海中浮现。

向着崇高、向着伟大，多层次、多角度、全景式……向着作品的深海挺进！

2017年10月底，终于完稿，我信心满怀地登上远赴加拿大的飞机。然而……

文学性与史料性相统一的问题再次凸现。初涉该文本的读者，他们对小说的理解和对纪实文学的理解不能严格地加以区分，他们常常用阅读小说的方式来解读纪实文学，他们对矛盾冲突的展示和历史的还原，不能够明确地加以辨析和区分，他们更多的是希望看到矛盾冲突的画面和想象夸张的手法，这不能不说是一个极大的遗憾。

在《沉重的翅膀》一文中我曾讲述过纪实文学创作的一些焦点问题，艺术性和史料性的统一问题是焦点中的焦点。就创作心理而言，虚构文本才能最大限度地满足作家因虚构带来的创作上的快乐，但纪实文学最大的特点就是真实，原则上排除虚构，写作的想象有限，翅膀不能展开，不能尽兴，有一种撞墙的感觉。尤其对人物的塑造上，对战斗生活的画面描写上，不可能过于失真和加以艺术的渲染，这对于创作来说是一个巨大的困惑。如果我们用小说的创作方式来创作这样的历史题材，肯定会有极大的偏差。

这种题材的崇高性、庄重性是不允许变形的，这些英雄人物是很难用纯主观性的艺术手法来创作的，也就是说文本的产生往往要服从于历史的真实和崇高的宗旨。对于创作来说，这是必须遵循的一些原则，史料性和艺术性的统一，必须放在第一位，如果真正想从艺术的成分上来展开自己的那种想象，进行随意式的艺术创作，必须到虚构文本中去演绎。

《溧水奔流》的出版，标志着我已完成了特定的历史使命，在现实生活中已实现了自己的创作理想，也基本上展示了崇拜英雄、歌颂英雄的创作情怀。

"好事多磨"，《溧水奔流》终于出版了，无论如何，我们对历史的深切缅怀，有了一个沉重的交代。我坚信我们有了进一步的担当，坚信铁军精神将永驻人间。

本书的创作同时得到了北京新四军研究会六师分会、上海新四军研究会六师分会、江苏省新四军研究会六师分会、常州新四军历史研究会的大力支持，在此表示衷心感谢！

刘志庆

2021年6月14日